O visconde de
BRAGELONNE

CLÁSSICOS ZAHAR
em EDIÇÃO COMENTADA E ILUSTRADA

Mulherzinhas*
Louisa May Alcott

Persuasão*
Jane Austen

Jane Eyre*
Charlotte Brontë

O morro dos ventos uivantes*
Emily Brontë

O conde de Monte Cristo*
Os três mosqueteiros*
Vinte anos depois
Alexandre Dumas

O corcunda de Notre Dame*
Victor Hugo

Moby Dick
Herman Melville

Frankenstein*
Mary Shelley

Drácula*
Bram Stoker

Aventuras de Huckleberry Finn*
As aventuras de Tom Sawyer
Mark Twain

A volta ao mundo em 80 dias*
Jules Verne

* Disponível também em edição bolso de luxo
Veja a lista completa da coleção no site zahar.com.br/classicoszahar

O *visconde de* BRAGELONNE

EDIÇÃO COMENTADA

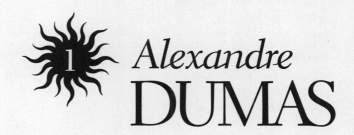 *Alexandre* DUMAS

Tradução, apresentação e notas:
Jorge Bastos

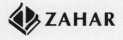

Copyright © 2024 by Editora Zahar
Copyright da tradução, apresentação e notas © 2024 by Jorge Bastos

*Grafia atualizada segundo o Acordo Ortográfico da Língua Portuguesa de 1990,
que entrou em vigor no Brasil em 2009.*

Título original
Le Vicomte de Bragelonne

Capa e ilustração
Rafael Nobre

Projeto gráfico
Mari Taboada

Preparação
Natalie Lima

Revisão
Luís Eduardo Gonçalves
Bonie Santos

Dados Internacionais de Catalogação na Publicação (CIP)
(Câmara Brasileira do Livro, SP, Brasil)

Dumas, Alexandre, 1802-1870
    O visconde de Bragelonne : Edição comentada/ Alexandre Dumas; tradu-
ção, apresentação e notas Jorge Bastos. — 1ª ed. — Rio de Janeiro : Clássicos
Zahar, 2024.

    Título original : Le Vicomte de Bragelonne.
    ISBN 978-65-84952-07-2

    1. Ficção francesa I. Bastos, Jorge. II. Título.

24-212762   CDD-843

Índice para catálogo sistemático:
1. Ficção : Literatura francesa   843
Eliane de Freitas Leite — Bibliotecária — CRB-8/8415

Todos os direitos desta edição reservados à
EDITORA SCHWARCZ S.A.
Praça Floriano, 19, sala 3001 — Cinelândia
20031-050 — Rio de Janeiro — RJ
Telefone: (21) 3993-7510
www.companhiadasletras.com.br
www.blogdacompanhia.com.br
facebook.com/editorazahar
instagram.com/editorazahar
x.com/editorazahar

Sumário

Apresentação
O feliz tempo da capa e espada, JORGE BASTOS   9

O VISCONDE DE BRAGELONNE

1. A carta   21
2. O mensageiro   29
3. O encontro   36
4. Pai e filho   43
5. Quando se falará de Cropoli, de Cropole e de um grande pintor desconhecido   48
6. O desconhecido   53
7. Parry   59
8. Como era Sua Majestade Luís XIV aos vinte e dois anos de idade   64
9. Quando o desconhecido da albergaria Médicis deixa de estar incógnito   73
10. A aritmética do sr. de Mazarino   83
11. A política do sr. de Mazarino   90
12. O rei e o tenente   97
13. Marie de Mancini   101
14. Quando o rei e o tenente dão, ambos, prova de boa memória   106
15. O proscrito   114
16. *Remember!*   119
17. Quando se procura Aramis e se encontra apenas Bazin   128
18. Quando d'Artagnan procura Porthos e encontra apenas Mousqueton   136
19. O que d'Artagnan foi fazer em Paris   143
20. Sobre a sociedade que se forma na rua dos Lombardos, sob a placa do Pilon-d'Or, para explorar a ideia do sr. d'Artagnan   147
21. D'Artagnan prepara sua viagem como representante da Planchet & Cia.   156
22. D'Artagnan viaja em nome da Planchet & Cia.   162
23. Quando o autor se vê, muito a contragosto, obrigado a discorrer um pouco sobre história   168

24. O tesouro 178
25. O pântano 184
26. O coração e o espírito 191
27. O dia seguinte 198
28. A mercadoria de contrabando 203
29. D'Artagnan começa a temer ter investido seu dinheiro e o de Planchet a fundo perdido 208
30. As ações da sociedade Planchet & Cia. voltam a subir 214
31. Monck se define 219
32. Como Athos e d'Artagnan se encontram uma vez mais na hospedaria Chifre do Veado 223
33. A audiência 233
34. Os inconvenientes da riqueza 239
35. No canal 244
36. Como d'Artagnan tirou, como se fosse uma fada, uma casa de campo de uma caixa de pinho 251
37. Como d'Artagnan liquidou o passivo da sociedade antes de estabelecer o ativo 258
38. Onde se vê que o merceeiro francês já se reabilitara no século XVII 263
39. O jogo do sr. de Mazarino 269
40. Negócio de Estado 273
41. A narrativa 278
42. O sr. de Mazarino se mostra pródigo 283
43. Guénaud 287
44. Colbert 291
45. Confissão de um homem de bem 296
46. A doação 301
47. Como Ana da Áustria deu ao rei um conselho e o sr. Fouquet deu outro 305
48. Agonia 312
49. A primeira aparição de Colbert 320
50. O primeiro dia da realeza de Luís XIV 327
51. Uma paixão 331
52. A aula do sr. d'Artagnan 336
53. O rei 343
54. As casas do sr. Fouquet 357
55. O abade Fouquet 366
56. O vinho do sr. de La Fontaine 372
57. A galeria envidraçada de Saint-Mandé 376
58. Os epicuristas 381
59. Quinze minutos de atraso 386
60. Plano de batalha 391
61. O cabaré Imagem de Nossa Senhora 395

62. Viva Colbert! 402

63. Como o diamante do sr. d'Emerys passou para as mãos de d'Artagnan 408

64. A diferença mais notável que d'Artagnan encontrou entre o sr. intendente e monsenhor superintendente 415

65. A filosofia do coração e da mente 421

66. Viagem 425

67. Como d'Artagnan conheceu um poeta que se tornou impressor para que os seus versos fossem impressos 430

68. D'Artagnan prossegue com as investigações 438

69. Quando o leitor irá provavelmente se surpreender tanto quanto d'Artagnan ao encontrar um velho conhecido 445

70. Quando as ideias de d'Artagnan, primeiro um tanto confusas, começam a se aclarar um pouco 451

71. Uma procissão em Vannes 458

72. O engrandecimento do bispo de Vannes 464

73. Quando Porthos começa a se arrepender de ter trazido d'Artagnan 472

74. D'Artagnan corre, Porthos ronca, Aramis aconselha 482

75. O sr. Fouquet age 488

76. D'Artagnan acaba enfim conseguindo sua promoção 496

77. Um enamorado e sua amada 503

78. Quando finalmente vemos ressurgir a verdadeira heroína desta história 509

79. Malicorne e Manicamp 516

80. Manicamp e Malicorne 521

81. O pátio do palacete Grammont 528

82. O retrato de Madame 535

83. Em Le Havre 541

84. No mar 546

85. As tendas 552

86. A noite 560

87. De Le Havre a Paris 565

88. O que o cavaleiro de Lorraine achava de Madame 572

89. A surpresa da srta. de Montalais 580

90. O consentimento de Athos 588

Cronologia: Vida e obra de Alexandre Dumas 593

APRESENTAÇÃO

O feliz tempo da capa e espada[1]

Na sequência do imenso sucesso de *Os três mosqueteiros* e *Vinte anos depois*, a saga dos quatro heróis tem continuidade com *O visconde de Bragelonne*. O visconde em questão, Raoul, é o filho bastardo de Athos (que finalmente assume a paternidade, pois se dizia apenas tutor no romance anterior) e é apadrinhado pelos três outros amigos, d'Artagnan, Porthos e Aramis. Ou seja, os três mosqueteiros, que já eram quatro, se tornam meio que cinco, pois o visconde foi criado — infelizmente para ele — na observância dos estritos valores das gerações anteriores, quase medievais, dos quais os *fab four* da época se veem tristemente como últimos remanescentes. Mas a irascibilidade de d'Artagnan, a vaidade de Porthos, a ambivalência de Aramis e a melancolia do ex-alcoólatra Athos impedem que os quatro mosqueteiros se vangloriem de exemplaridade: Raoul poderá cumprir esse papel por eles. É uma grande responsabilidade, um tanto pesada e até anacrônica para um jovem. Assim, tem continuidade também o namoro começado no volume anterior, entre o adolescente filho de Athos e Louise de La Vallière, agora com dezesseis ou dezessete anos, namoro que dará o que falar ao longo do romance.

Cronos, o deus grego do tempo que segue as medidas sequenciais do calendário, o tempo do homem, é implacável, muito mais do que Kairós, o tempo oportuno, que é o tempo dos deuses. E, verdade seja dita, toda aquela gente envelheceu: crianças se tornaram jovens e homens maduros já se mostram menos cordatos. Cerca de trinta anos se passaram entre as ações do primeiro e as do terceiro volume, e essas três décadas marcam, no romance, o fim da boa e romântica época da capa e espada, já agonizante em *Vinte anos depois*, e o início da seguinte: mais pragmática, financista e aburguesada. Se boa parte inicial de *O visconde de Bragelonne* se passa ainda sob a égide do cardeal e todo-poderoso primeiro-ministro Mazarino, ele finalmente morre pela metade

---

1. Para informações biográficas ou mais específicas não incluídas aqui para evitar repetições, convidamos o leitor a ler as apresentações de *Os três mosqueteiros* e *Vinte anos depois*.

do livro e o jovem Luís XIV assume de fato o poder, resolvido a mantê-lo centralizado na sua pessoa, que se autodenominará Rei Sol.

O ESTADO SOU EU

De fato, ao longo das diversas intrigas do romance, assistimos, como pano de fundo, ao estabelecimento de Luís XIV como rei absoluto depois de enfim desmontada a estrutura feudal que dispersava o poder e permitia as alianças e rebeliões senhoriais que tanto haviam tumultuado a ordem interna francesa nos últimos cem anos, culminando com a revolta da Fronda que acompanhamos em *Vinte anos depois*. Em 1660, quando tem início *O visconde de Bragelonne*, a França, mesmo contando com uma forte e indiscutível identidade cultural, mal começava, politicamente, a poder se apresentar como nação. E é o que pretende o jovem rei após a morte de Mazarino. Do ponto de vista cenográfico, por exemplo, tem início toda uma teatralização do cerimonial cortesão, sob forma de um rígido código de etiqueta que busca endeusar a pessoa do rei nos mínimos detalhes do seu cotidiano, do despertar ao deitar-se, passando pelas refeições, passeios ou mesmo simples saudações a convidados e entourage.

Luís XIV personifica a crença na realeza pelo *direito divino* e reina não por vontade dos súditos, do Parlamento ou da aristocracia, mas simplesmente por decisão do Ser Supremo, devendo apenas perante Ele responder por seus atos. Para isso, claro, é indispensável uma sólida e generalizada crença em Deus, só que abrandando a plena representatividade papal de até então e diminuindo o papel da Igreja católica na intermediação entre os homens e o céu: caberá ao rei cumprir esse atributo.

Dos quatro invencíveis, Athos sempre foi a voz da sabedoria e quem formalmente explicitava a necessidade da estrutura moral que, com seus Estados (povo, clero e nobreza), sustentava a monarquia. E é afirmando sua decisão de se remeter apenas a Deus — ou seja, não ao papa nem ao monarca — que ele declara o rompimento (seu e do filho) com Luís XIV ao descobrir no rei interesses humanos demais.

O MISTICISMO DO SANGUE

A legitimidade divina do soberano se sustentava numa ideia de raça — entendida no sentido de linhagem sanguínea e não, por exemplo, de encarnações, como é o caso do dalai-lama tibetano — que garantiria e autenticaria toda a aristocracia e era facilmente reconhecida na atitude fidalga, na alvura da pele, nas mãos finas e, muitas vezes, na louridão dos cabelos e no azul dos olhos. Vem daí, aliás, a expressão "sangue azul" para distinguir a nobreza, pois eram pessoas nas quais a delicadeza e a alvura da pele deixavam aparentes as veias azuladas nos pulsos, enquanto homens e mulheres que minimamente executassem trabalhos braçais, sobretudo no campo, eram amorenados pelo sol, tendo mãos e pés calejados. A adesão pessoal do republicano Alexandre Dumas a tal conceito de raça seria no mínimo duvidosa, mesmo sendo ele neto de um marquês (de la Pailleterie) "caucasiano", como narra em suas memórias (*Mes mémoires*). Acontece que esse caucasiano vivia na colônia francesa de São Domingos, na atual República Dominicana/Haiti, com uma escravizada de mestiçagem ameríndio-africana. Os dois tiveram um filho, Thomas Alexandre Dumas, em 1762, deixaram a ilha caribenha e se estabeleceram na França. O jovem Thomas recebeu educação esmerada em Paris, mas rompeu com o pai e se alistou no Exército como simples soldado de cavalaria em 1786, assumindo o sobrenome materno, Dumas. Uma fulgurante carreira na década posterior à Revolução o levou ao generalato, mas devido a divergências com Bonaparte acabou precocemente reformado, retirando-se para a cidade natal da esposa, Villers-Cotterêts, onde morreu, em 1806, em estado de quase pobreza. Seu filho, o futuro escritor Alexandre Dumas, ainda não completara quatro anos de idade.

Voltando à ideia de linhagem sociorracial nos anos em que se desenvolve a trama de *O visconde de Bragelonne*, não se pode dizer que alguma meritocracia fosse de todo ignorada, pois resultados sempre importam — e a substituição do aristocrático Nicolas Fouquet por Jean-Baptiste Colbert na direção das finanças do reino, que acompanhamos no romance, é a melhor prova disso. Para o autor, entretanto, o sentimento predominante parece invariavelmente melancólico, como se fosse mais o funeral de uma era do que o festejo pelo nascimento de outra. Tal impressão se reforça quando, por exemplo, são realçadas a decadência da moral fidalga, com toda a sua nobreza de sentimentos, e a ascensão de uma mentalidade financista — que será a mentalidade burguesa —, encarnada à perfeição no mercantilista Colbert.

Se em *Os três mosqueteiros* a ação se passava entre 1625-8 e, em *Vinte anos depois*, entre 1648-52, no terceiro volume, que de início chegou a se intitular *Dez anos mais tarde*, a trama se desenvolve entre 1660-6, grosso modo, ou seja, submetendo-se ao talento do romancista, que vez por outra atropela um pouco — sem exagero, coisa de dois ou três anos — a cronologia histórica para obter melhor dinâmica. Mas devemos lembrar que foi graças a isso que Dumas popularizou o romance histórico, tornando-o romance de capa e espada, e engrandeceu o romance de ação, apoiando-o na história.

A MINA DE OURO DO FOLHETIM

Como era praxe na época, *O visconde de Bragelonne* foi publicado em capítulos diários, entre 1847 e 1850, repetindo o êxito dos dois volumes anteriores, também lançados pelo jornal *Le Siècle*.

Foram anos particularmente conturbados, não só para o autor mas também para a França, que, em 1848, com uma revolução derrubou a monarquia e instaurou sua Segunda República. Elegeu-se presidente um sobrinho de Bonaparte, Luís Napoleão, que antes de terminar seu mandato de quatro anos deu um golpe de Estado e, a partir de uma consulta plebiscitária, restabeleceu o império instituído pelo tio, que já havia liquidado a Primeira República na sequência da Revolução Francesa.

A publicação do folhetim, por esses motivos, sofreu algumas interrupções, pois Dumas participou ativamente da agitação política e tentou, em seguida, um lugar na Câmara dos Deputados, sem sucesso. Candidatou-se também à Academia Francesa de Letras, sofrendo outra derrota. Ao mesmo tempo, mantinha sua frenética produção literária e teatral dos anos anteriores e inaugurou uma sala de teatro própria: o Théâtre-Historique. No mesmo ímpeto, comprou um castelo nas proximidades de Paris, batizado Castelo de Monte Cristo (como a ilhota que enriqueceu o herói do seu romance de 1844-6), para onde se mudou, levando junto uma infinidade de boêmios e parasitas, que lá dormiam, comiam e bebiam à vontade.

Tais empreitadas não duraram: o castelo em pouco mais de um ano foi a leilão judicial por dívidas, assim como o teatro foi fechado e teve falência declarada. Todo esse desastre financeiro, ao qual se acrescentou um processo por pensão não paga a outra ex-mulher e outro filho (não o autor de *A damas das camélias*), afetou também a relação de Dumas com Auguste Maquet (1813--88), seu auxiliar em dezessete romances (incluindo a tríade dos mosqueteiros) e treze peças de teatro, que o processou por não cumprir os pagamentos combinados. Esse processo, sobretudo, deu muito o que falar na época, pois o assunto era efervescente, a partir de um panfleto de Eugène de Mirecourt (1812-80), "Fábrica de romances. Casa Alexandre Dumas & cia.", apontando a exploração de *nègres littéraires* (aqui "negro" no sentido de escravizado, a forma mais pejorativa como é chamado em francês o ghost-writer) pelo mestiço Dumas. Ironicamente, Dumas o processou por racismo, condenando Mirecourt a seis meses de prisão e multa.

Mesmo para alguém que sempre levou — e continuaria levando — vida agitada, foi um período difícil. Assustado com a velhice, Dumas se aproximava dos cinquenta anos de idade e via fracassar um eventual plano B na Assembleia Legislativa ou na Academia.

DUMAS E OS MOSQUETEIROS ENVELHECEM

O famoso quarteto de capa, espada, chapéu, botas e esporas também sentia o peso da idade. Athos, o mais recolhido, acompanha de longe a vida do filho, sobre o qual pesa o encargo de manter um exemplo digno, como o pai, da antiga fidalguia. O viúvo Porthos (único a ter se casado, com a rica viúva de um procurador sovina), proprietário rural, dono de castelos e parques, cria diversões para cada dia da semana, na tentativa de afastar o tédio. Ele, que já havia conseguido, em *Vinte anos depois*, ser barão, sonha agora em ser duque. Aramis, desde sempre o mais ambivalente do grupo, é também quem melhor se adapta à moral da nova era: nomeado bispo, está perto de se tornar cardeal, mas não quer apenas repetir os primeiros-ministros/cardeais Richelieu e Mazarino; ele quer mesmo é ser papa. E d'Artagnan, por último, o único a permanecer funcionário público, d'Artagnan, que nos acostumamos a ver como o mais animado e bem-humorado dos quatro parceiros, esse mesmo d'Artagnan questiona todas as escolhas que fez na vida. Apenas ele, é verdade, continuou no íntimo convívio da corte e na proximidade do rei, num momento em que traições, desilusões e intrigas foram se tornando marcas de uma sociedade que deixava de ter a honra e a palavra como valores fundamentais.

Talvez, então, não só a idade pesasse sobre o seu entusiasmo. Em *O visconde de Bragelonne*, desiludido, d'Artagnan pede demissão do cargo, vira burguês aventureiro — numa empreitada que o deixa rico e secretamente muda para sempre a história da Grã-Bretanha —, compra um popularíssimo bar no centro de Paris, na atual praça do Hôtel de Ville... e o subloca, voltando ao serviço do rei como capitão, com o projeto de ser promovido a marechal. No entanto, no meio do caminho, mais uma vez se frustra e se demite para em seguida retomar suas funções mosqueteiras, compreendendo, por fim, as razões profundas de Luís XIV em seu percurso para se tornar o Estado.

Continua o mesmo d'Artagnan de sempre, com simpatias e antipatias intuitivas, desobedecendo respeitosamente ao rei para melhor servi-lo, mas tendo afinal entendido que os tempos mudaram.

O VERDADEIRO ADVENTO DE LUÍS XIV

D'Artagnan não só entende como também aceita tal mudança, ouvindo o jovem, tímido e fraco rei do início do romance explicar, já num dos últimos capítulos, seu projeto de Estado absolutista, concentrando todo o poder e disposto a estendê-lo mundo afora. Usando muito do seu malabarismo literário, Dumas, que é mestre em mostrar o quanto a juventude, a afoiteza, a vaidade, o sexo, enfim, as paixões importam nos acontecimentos históricos, escreve no capítulo 189:

> Como nossos leitores puderam ver, nessa história se desenvolveram em paralelo as aventuras de uma nova geração e as da geração anterior.
>
> Para uns, o reflexo da glória de outrora [...]. Para outros os combates entre a autoestima e o amor, as amargas decepções e as inefáveis alegrias: a vida, e não a memória.

Se para o leitor alguma variedade surgiu nos episódios da narrativa, isso se deve às fecundas nuances que brotam dessa dupla paleta [...]. Depois de ponderar com os velhos, é bom desvairar com os jovens.

E o que amarra esse pensamento do romancista são seus personagens secundários que, apesar de terem de fato existido, se mostram mais maleáveis à ficção, como a heroína Louise de La Vallière, noiva infiel de Bragelonne e primeira amante "oficial" de Luís XIV, que com ela teve quatro filhos extraconjugais. Aliás, um quarto volume da saga mosqueteira chegou a ser cogitado, por insistência do jornal *Le Siècle*, e se chamaria *O conde de Vermandois*, pondo em cena um desses filhos; ou seja, vinte anos depois de *O visconde de Bragelonne* e sem os heróis inaugurais... Mas Dumas, a essa altura, já estava mais interessado em escrever suas *Memórias*, também publicadas em capítulos.

ALEXANDRE SÊNIOR E ALEXANDRE JÚNIOR

Críticos literários não deixaram de apontar coincidências nas relações Athos-Raoul de Bragelonne e Dumas pai-Dumas filho, a começar pelo tardio reconhecimento da paternidade.

De fato, na atribulada vida sentimental do nosso autor, o futuro Dumas filho, registrado em 1824 com pai e mãe (uma costureira que morava no mesmo prédio que o escritor antes do sucesso) desconhecidos, esperou sete anos para receber o nome paterno e ser enviado a um bom colégio interno. Dessa relação traumática certamente restaram mágoas, mas que pareciam esquecidas no período, que já dissemos turbulento, da publicação de *O visconde de Bragelonne*. Pois juntou-se à turbulência desses três anos o estrondoso sucesso de *A dama das camélias*, logo levado ao teatro e tornando-se a maior bilheteria do século XIX.

Afora a cumplicidade que os dois Alexandres mantinham nos elegantes círculos literários parisienses, eles em nada se assemelhavam: prodigalidade de um, parcimônia do outro; devassidão do primeiro, moralismo do segundo. A Academia Francesa de Letras, que havia recusado um, abriu as portas para o outro. Mesmo sem repetir o sucesso de *A dama das camélias*, duas peças de Dumas filho encenadas em 1858-9, *O filho ilegítimo* e *O pai pródigo*, remetem claramente à relação dos dois.

ENVELHECIMENTO E NÃO OBSOLESCÊNCIA DO FOLHETIM

Mas voltemos ainda a *Bragelonne*. Alguma coisa no romance inevitavelmente envelheceu. Pode-se dizer, aliás, que nada parece hoje tão antiquado, no romantismo literário, quanto as cenas românticas. Muitas vezes também a prosa se estende com floreios que logo em seguida seriam abandonados pelos escritores realistas e naturalistas da geração seguinte, sobretudo após o efeito Flaubert, que se opunha à indústria do folhetim e à pressão do mercado editorial e jornalístico. De fato, o autor de *Madame Bovary* trouxe à cena literária a pesquisa lenta e as infinitas revisões do texto, preferindo a dúvida e não o ponto de vista, sem propor conclusão moral e deixando claro que a sustentação do livro está na própria literatura.

Lembremos então que pouco a pouco os romances deixaram de ser escritos em capítulos diários para jornais... e Dumas era pago por linha que escrevesse (ou melhor, que assinasse). Por outro lado, e ainda a reboque da escrita em folhetim, são bastante modernas as explícitas intromissões do autor na trama — o que hoje em dia seria chamado de metaficção — no intuito de lembrar algo contado dias ou meses antes, com explicações ao leitor: "Sendo nossa intenção, como romancista, concatenar os acontecimentos dentro de uma lógica quase fatal, dispomo-nos" etc. etc. Um leitor de hoje, mais intransigente, pode assinalar algumas distrações do próprio Dumas na narrativa, mas é verdade que, no seu borbotar criativo, detalhes assim tinham pouquíssima importância para ele e, provavelmente, para seus leitores (prova disso é que não se faziam correções nas edições posteriores).

Não vamos insistir (o que já foi feito na apresentação de *Vinte anos depois*) nas descrições fisionômicas e craniologistas, repletas de subentendidos, daquela época em que a fisiognomonia (a palavra, inclusive, data de 1836) era moda. Contudo, o que talvez seja um simpático sentimentalismo de Dumas é a nomeação de antigas ruas parisienses, pois muitas delas estavam em vias de desaparecer naquela época em que o barão Haussmann já planejava revirar de cabeça para baixo a espontânea urbanização medieval da cidade, tão magistralmente descrita por Victor Hugo em *O corcunda de Notre Dame*.

Vale igualmente ressaltar a reconhecida, no sentido de grata e homenageante, menção do autor a memorialistas e missivistas do século XVII que embasaram suas pesquisas, nominalmente ou, no mínimo, por meio de fórmulas como "registrou-se...", mas indicando sua maneira particular de lidar com esses documentos: "Nós, contudo, que temos a profissão de interpretar, como também de levar ao leitor as interpretações obtidas, não descumpriremos esse dever e não o deixaremos fora desse encontro".

O HOMEM DA MÁSCARA DE FERRO

Dada a sua fama, não podemos também deixar de destacar um dos pequenos romances dentro do romance aqui apresentado, que é o episódio do homem da máscara de ferro.

Trata-se de um dos prisioneiros de Estado mais célebres da história e que esteve de fato preso na ilha Sainte-Marguerite, como no romance. Mantido incógnito e oculto por uma máscara fixa, proibido de dizer seu nome, a lenda se espalhou e uma primeira versão ficcional, de 1745, o identificou como o conde de Vermandois (que aliás seria o quarto volume, como mencionamos, da saga mosqueteira), filho de Luís XIV e Louise de La Vallière. Dumas se serve de vários detalhes desse romance. Voltaire, por sua vez, em *Luís XIV e o seu século*, de 1751, diz que o personagem foi preso em 1661, ano da morte de Mazarino, e fornece inclusive detalhes técnicos da máscara, acrescentando que o prisioneiro gozava de regalias extraordinárias.

Da primeira metade do século XVIII até hoje, o homem da máscara de ferro foi personagem de milhares de livros e artigos jornalísticos, peças de teatro e filmes, com múltiplas conjecturas quanto à sua identidade. Falou-se do duque de Beaufort (personagem de *Vinte anos depois* e do próprio *Visconde de Bragelonne*), de Nicolas Fouquet (personagem deste último volume), de Molière (idem), de um anão negro que teria sido amante da rainha Maria Teresa, do próprio d'Artagnan histórico etc., mas sem dúvida a hipótese mais célebre é a de um suposto irmão gêmeo de Luís XIV, levantada por Voltaire e seguida por Dumas. Mesmo que sem prova nenhuma, essa variante é historicamente possível e, sem dúvida, a mais romanesca e saborosa.

DEPOIS DE *O VISCONDE DE BRAGELONNE*

Em termos, ao menos, de obras publicadas/encenadas, Alexandre Dumas, que passou muitas vezes a se apresentar, ironicamente, como o pai do autor de *A dama das camélias*, é inigualável. Além de quase uma centena de peças de teatro e óperas-cômicas, juntam-se a seus inúmeros romances — pelos quais a posteridade mais o manteve vivo (e traduzido) — livros de poemas, contos, novelas, biografias, crimes célebres, cozinha, arte, viagens; tudo isso formando uma verdadeira biblioteca. *Os três mosqueteiros*, de 1844, dois anos depois já contava com três traduções para o inglês e, de lá para cá, são inúmeras não só as traduções nas mais diversas línguas como as adaptações para o teatro, o cinema e a televisão.

Aproveitando o sucesso da saga d'artagnesca, muitos autores criaram pastiches e novos episódios envolvendo os quatro amigos ou um deles apenas. Por exemplo, como Athos já tinha um filho, o nosso visconde de Bragelonne, em algumas versões apócrifas Porthos e d'Artagnan ganharam sua própria descendência, poupando-se apenas Aramis, que era padre — e, no entanto, o mais mulherengo deles. Até mesmo Milady, a principal vilã de *Os três mosqueteiros*, foi resgatada para denunciar o machismo do lendário romance (*Milady, mon amour*, de Yak Rivais, 1986). A famosa divisa "Um por todos, todos por um", que na verdade foi invertida, pois no original (capítulo 19 de *Os três mosqueteiros*) temos "Todos por um, um por todos", paira sobre o belíssimo e dramático final de *O visconde de Bragelonne*, quando d'Artagnan se despede de Aramis: "Mantenhamos as quatro amizades, mesmo sendo apenas dois". Para além do uso popular mundialmente disseminado, sendo inclusive o lema da confederação de rúgbi do Japão, "Um por todos, todos por um" se tornou o slogan oficial da Suíça, com a finalidade de estimular o sentimento de solidariedade e unidade nacional desde as enchentes que chuvas diluvianas causaram no país em 1868.

Mas a Dumas o sucesso como escritor não bastava. Em 1860-1, ele resolve equipar, por conta própria, um navio e se junta a Garibaldi no projeto de unificação da Itália, publicando artigos em jornais franceses como correspondente de guerra, nos quais mistura jornalismo e know-how folhetinesco. Já muito doente e arruinado, em 1870 ele deixa Paris, sitiada pelo Exército prussiano de Bismarck, e se refugia na casa do filho, no litoral norte da França, onde a nora e as netas jogavam dominó diariamente com ele.

Dumas filho, vendo-o um dia pensativo, perguntou o que havia e descobriu o que tanto preocupava o fabuloso escritor: "Você acha que restará alguma coisa de mim?". Ao que ele respondeu: "Isso posso garantir que sim, papai". No dia seguinte, 5 de dezembro, Alexandre Dumas morreu, aos 68 anos, e foi enterrado em Villers-Cotterêts, sua cidade natal.

Quatro meses após a celebração do bicentenário de nascimento do romancista francês mais lido no mundo, ele teve seus restos trasladados para o Panthéon de Paris, ex-igreja católica que, desde a Revolução Francesa, se tornou o mausoléu laico que conserva as cinzas de personalidades incontestáveis, tendo à sua entrada, em letras de bronze, a inscrição "Aos grandes homens a pátria reconhecida". Alexandre Dumas foi panteonizado, como se diz por lá, ao lado do amigo Victor Hugo, mas também de Voltaire, Jean-Jacques Rousseau, Marie e Pierre Curie, Émile Zola e tantos outros grandes vultos do mundo republicano francês.

JORGE BASTOS

Jorge Bastos é tradutor, responsável por mais de sessenta traduções publicadas, de obras de autores como Voltaire, Victor Hugo, Raymond Aron, Michel Serres, Elie Wiesel, Marguerite Duras e Amin Maalouf. Foi livreiro e editor, e é autor de *Atrás dos cantos* e *O deserto e as tentações de santo Antão*.

O visconde de
BRAGELONNE

1. A carta

Em meados de maio de 1660, às nove horas da manhã, com o sol já quente secando o orvalho nos goivos do castelo de Blois,[1] um pequeno grupo, composto de três homens e dois pajens, entrou a cavalo pela ponte da cidade, sem causar maiores reações em quem passeava à beira do rio não fosse por uma pequena saudação com a mão e um aceno de cabeça, para, logo em seguida, exprimir com a voz essa mesma ideia, no mais puro francês falado no país:

— É Monsieur[2] que volta da caçada.

Só isso.

No entanto, enquanto os cavalos subiam o íngreme caminho que leva do rio ao castelo, alguns empregados do pequeno comércio local se aproximaram do último animal, que carregava diversos pássaros presos pelo bico ao arção da sela.

Alguns não deixavam de manifestar, com rústica franqueza, seu desprezo por tão magro resultado. Isso gerou uma pequena discussão sobre o pouco proveito da caça alada, mas logo depois todos voltaram às suas ocupações. Apenas um dos curiosos, um rapazote gorducho, bochechudo e folgado, tendo perguntado por que Monsieur, podendo se divertir à vontade, graças à sua imensa fortuna, perdia tempo com distração tão tediosa, ouviu a explicação:

— A principal distração de Monsieur é se entediar.

O alegre rapazote balançou os ombros, num gesto que claramente significava: "Nesse caso, prefiro ser João Gordo a ser príncipe".

E todos voltaram às suas labutas.

No entanto, Monsieur continuava seu caminho com ares tão melancólicos e, ao mesmo tempo, majestosos, que certamente teria causado admiração no público, se público houvesse. Na verdade, os burgueses de Blois não perdoa-

---

1. O castelo, incluído no circuito turístico dos castelos do Loire, foi a residência favorita dos reis da França à época do Renascimento. Começou a ser construído no século XIII e fica em pleno centro da cidade de Blois, menos de duzentos quilômetros ao sul de Paris.

2. O título Monsieur designava o irmão caçula do rei; no caso, o duque Gastão de Orléans (1608-60). A partir da entronização de Luís XIV, o título passou a designar o seu irmão, o duque de Anjou, passando Gastão de Orléans a ser chamado Grand Monsieur.

vam Monsieur por ter escolhido essa cidade tão alegre para nela se entediar. Por isso, sempre que viam de longe o augusto entediado, todos escapavam com um bocejo ou se viravam para dentro de casa, procurando evitar a influência desmotivadora daquele rosto comprido e pálido, daqueles olhos úmidos, daquelas maneiras acabrunhadas. Assim sendo, o digno príncipe quase sempre encontrava ruas desertas toda vez que por elas se aventurava.

Tratava-se, por parte dos moradores de Blois, de uma atitude bem equivocada, pois Monsieur era, depois do rei, e talvez até mais do que o rei, o maior proprietário de terras do reino. De fato, se Deus concedeu a Luís XIV, que reinava, a felicidade de ser filho de Luís XIII, a Monsieur concedeu a honra de ser filho de Henrique IV.[3] Para a cidade, então, não era pouca coisa gozar dessa preferência de Gastão de Orléans ao manter sua corte no antigo castelo des États.[4]

Mas estava no destino daquele grande príncipe só muito apagadamente ter a atenção e a admiração das pessoas, onde quer que desse o ar da sua graça. Com o passar do tempo, ele se habituara a isso.

Donde, provavelmente, a constante impressão de irremediável tédio em torno de Monsieur que, no entanto, até que tivera uma vida bem agitada. Ninguém assiste à decapitação de uma dúzia dos seus melhores amigos sem que isso lhe cause alguma comoção.[5] E como, desde a subida ao poder de Mazarino, não se tinha mais cortado a cabeça de ninguém, Monsieur deixara de ter com que se ocupar e o seu estado de espírito se ressentia disso.

A vida do pobre príncipe era então bem triste. Depois do seu fastidioso programa matinal de caça nas margens do Beauvron ou nos bosques de Cheverny, ele atravessava o Loire e, com ou sem apetite, ia almoçar em Chambord —[6] e, a até a caçada seguinte, a cidade de Blois não ouvia mais falar de seu soberano e senhor.

Isso no referente ao tédio extramuros; já do tédio interior podemos dar uma ideia ao leitor caso ele aceite seguir conosco o grupo de cavaleiros e subir até o majestoso pórtico do castelo des États.

---

3. Henrique IV (1553-1610) reinou de 1589 até o seu assassinato. Político muito hábil, abjurou o protestantismo, se declarou católico para ser coroado e deu início à consolidação do Estado francês.

4. O próprio castelo de Blois, que serviu de palco para a reunião dos Estados-Gerais, de 1588-9; seu espaço mais conhecido é a salle des États. A assembleia dos Estados-Gerais era convocada muito extraordinariamente e reunia representantes das três "ordens", ou "Estados" da sociedade: a nobreza, o clero e o povo.

5. Gastão de Orléans se envolveu em algumas conspirações fracassadas contra o seu irmão Luís XIII e o primeiro-ministro Richelieu, e depois contra a rainha regente Ana da Áustria e o primeiro-ministro Mazarino. Sobreviveu mais ou menos incólume, mas alguns companheiros seus foram presos, julgados e decapitados.

6. Os dois castelos, Blois e Chambord, se encontram a uma distância de treze quilômetros.

Monsieur montava um pequeno marchador de pelagem isabelina, equipado com uma ampla sela de veludo vermelho de Flandres e estribos fechados em forma de botinas. Seu gibão, de veludo carmesim, se confundia sob a capa da mesma cor com os arreios do animal, sendo apenas por esse conjunto predominantemente avermelhado que se podia diferenciar o príncipe dos seus dois companheiros de caça, um vestido de roxo e o outro de verde. O da esquerda, trajando roxo, era o escudeiro; o da direita, trajando verde, era o monteiro-mor.

Um dos pajens carregava dois falcões-gerifaltes pendurados numa vara, e o outro uma pequena trompa de caça, que ele indolentemente soprou ao chegarem a vinte passos do castelo. Com aquele príncipe indolente, todos cumpriam indolentemente seus afazeres.

Ao ouvirem o sinal, oito guardas que lagarteavam ao sol no pátio quadrado correram para pegar as alabardas, e Monsieur fez sua entrada solene no castelo.

Assim que Sua Alteza desapareceu nas profundezas do pórtico, os três ou quatro desocupados que tinham subido das alamedas ao castelo atrás do grupo montado, tecendo comentários sobre os pássaros dependurados, se dispersaram, indo cada um tecer seus próprios comentários sobre aquilo a que acabavam de assistir. Depois disso, o caminho, a praça e o pátio ficaram desertos.

Monsieur desceu do cavalo sem nada dizer e passou a seus aposentos, onde o criado de quarto o ajudou a trocar de roupa. Como Madame[7] não havia ainda mandado buscar as ordens para o almoço, Monsieur se acomodou numa espreguiçadeira e dormiu, satisfeito como se fossem onze horas da noite.

Os oito guardas, entendendo que suas funções estavam terminadas pelo resto da manhã, se deitaram ao sol em bancos de pedra. Os cavalariços desapareceram com as montarias na cocheira e, afora alguns alegres passarinhos que se provocavam uns aos outros com piados estridentes nas moitas de goivos, tinha-se a impressão de que o castelo inteiro dormia como Monsieur.

De repente, naquele tão calmo silêncio, ouviu-se uma risada alta, estrepitosa, que fez abrir o olho de um ou outro dos alabardeiros.

A risada vinha de uma janela do castelo, naquele momento visitada pelo sol, que a englobava num desses grandes ângulos assim traçados nos pátios internos, antes do meio-dia, recortados pelas linhas das chaminés.

A pequena sacada de ferro fundido servindo àquela janela era enfeitada por um vaso de goivos vermelhos, um de primaveras e outro com uma roseira temporã de magnífica folhagem verde, matizada por vários pontinhos vermelhos, que anunciavam futuras flores.

---

7. Como era chamada a mulher de Monsieur, no caso Marguerite, princesa de Lorraine (1615-72).

No quarto iluminado por essa janela via-se uma mesa quadrada, coberta por uma antiga tapeçaria estampada com flores de Haarlem. Em cima, uma comprida garrafa de cerâmica, com alguns íris e junquilhos. Duas jovens ocupavam lados opostos dessa mesa.

A atitude daquelas crianças era singular: podia-se achar que eram duas pensionistas de algum convento em período de folga. Uma, com os cotovelos na mesa e uma pena na mão, escrevia numa folha de belo papel da Holanda; a outra, de joelhos numa cadeira, se debruçando espichava a cabeça até o centro da mesa e acompanhava o que a primeira escrevia. Daí os mil gritinhos, mil gracejos, mil risadas — entre as quais uma, mais exagerada, havia assustado os passarinhos nos goiveiros e perturbado o sono da guarda de Monsieur.

Estamos em plena retratação descritiva e espero que me permitam ainda duas, as últimas deste capítulo.

A jovem que estava apoiada na cadeira, a mais ruidosa e de risada mais viva, era uma bela moça de dezenove ou vinte anos, com pele bronzeada, cabelos castanhos e olhos fulgurantes — que se acendiam sob sobrancelhas vigorosamente desenhadas —, mas o que mais chamava a atenção eram os dentes, brilhantes como pérolas entre os lábios vermelho-sangue.

Cada movimento seu parecia uma encenação mímica; ela não vivia, saltitava.

A outra jovem, que tentava escrever, repreendia a turbulenta companheira com olhos cujo azul era límpido e puro como o do céu naquele dia. Os cabelos louro-acinzentados, presos com infinita graça, caíam em cachos sedosos ao longo das faces nacaradas. A mão, fina e magra, deslizava sobre o papel e por si só já revelava uma extrema juventude. A cada risada da amiga, como se a censurasse, ela erguia seus brancos ombros de maneira poética e suave, mas sem o vigor e o rico modelado que se esperaria dos seus braços e mãos.

— Montalais! Montalais! —[8] ela afinal repreendeu a outra, com a voz delicada e ronronante de um gato. — Está rindo alto demais, como um homem. Não só vai chamar a atenção da guarda como também não ouvirá a sineta de Madame quando ela tocar.

A jovem chamada Montalais nem por isso parou de rir nem de gesticular, e respondeu:

— Louise,[9] minha amiga, não está dizendo o que tem mesmo vontade de dizer. Sabe muito bem que a assim denominada guarda já começa seu cochilo matinal e nem o canhão a acordaria. Também não ignora que a sineta de

---

8. Nicole-Anne Constance de Montalais (1641-?), que no romance se chamará Aure, foi de fato dama de honra da duquesa de Orléans, em Blois, e amiga da srta. de La Vallière. É citada pela sra. La Fayette em *Histoire d'Henriette d'Angleterre*, uma das fontes de Dumas.
9. Louise-Françoise de La Baume Le Blanc, duquesa de La Vallière (1644-1710), também dama de honra em Blois.

Madame pode ser ouvida lá da ponte e vou perfeitamente saber quando tiver que atendê-la. O que a chateia é que rio alto enquanto escreve e teme que a sua mãe, a sra. de Saint-Remy, suba e a veja aqui, como já aconteceu antes. Que veja, na verdade, essa enorme folha de papel na qual, em quinze minutos, você não conseguiu passar destas palavras: "Sr. Raoul".[10] E tem toda a razão, minha amiga, já que depois dessas palavras tantas outras podem ser escritas, significativas e incendiárias, que a sua querida mãe estaria no direito de jogar tudo no fogo. Hein? Não é isso? Confesse!

E Montalais ria ainda mais alto, alimentando suas turbulentas provocações.

A mocinha loura afinal se irritou de verdade. Rasgou o papel em que as palavras "Sr. Raoul" estavam de fato escritas em esmerada caligrafia e, amassando a folha com dedos trêmulos, jogou-a pela janela.

— Hum! — completou ainda a srta. de Montalais. — Não é que a nossa cordeirinha, nossa Menino Jesus, nossa pombinha às vezes se irrita?... Não se preocupe, Louise, a sra. de Saint-Remy não vai subir. E, se fizer isso, você sabe que tenho bons ouvidos. Aliás, é perfeitamente aceitável que escreva a um amigo que conhece há mais de doze anos, sobretudo uma carta começando com: "Sr. Raoul".

— Pronto, conseguiu! Não vou escrever — disse Louise.

— Ah! Que punição para Montalais! — exclamou ainda rindo a morena. — Vamos, por favor, outra folha de papel e terminemos logo essa correspondência. Bom! E agora é a sineta que toca! Maldição! Madame que espere, ou que fique essa manhã sem sua primeira dama de honra!

Uma sineta de fato tocava, anunciando que Madame terminara seus preparativos e esperava Monsieur, que lhe tomaria a mão no salão para que passassem ao refeitório.

Cumprida essa formalidade dentro do cerimonial, o casal almoçava e se separava até o jantar, invariavelmente fixado para as duas horas.[11]

O som da sineta fez com que se abrisse na copa, situada à esquerda do pátio, uma porta pela qual desfilaram dois maîtres d'hôtel, seguidos por oito ajudantes de cozinha que carregavam uma padiola cheia de travessas cobertas por tampas abauladas de prata.

Um dos maîtres, o que parecia ser o principal, discretamente bateu de leve com sua vareta num dos guardas que roncava no banco. Deu-se ao traba-

---

10. O início do "namoro" é assunto em *Vinte anos depois*, sobretudo nos capítulos 15-16, quando Raoul de Bragelonne tem quinze anos e Louise de La Vallière sete (!).
11. A primeira refeição era o desjejum (chamado de pequeno almoço). O almoço propriamente era servido ainda pela manhã, por volta das onze horas, e o jantar, a principal refeição do dia, era servido à tarde, sendo a ceia a refeição da noite.

lho inclusive de pôr nas mãos do soldado, ainda zonzo de sono, sua alabarda que estava de pé, encostada na parede. Sem se dar por achado, o dorminhoco então escoltou até o refeitório *a carne* de Monsieur, precedido por um pajem e os dois chefs.

Por onde *a carne* passava as sentinelas apresentavam armas.

A srta. de Montalais e sua companheira tinham seguido da janela esses detalhes do cerimonial, ao qual, no entanto, estavam acostumadas. Na verdade, olhavam com tanto interesse apenas para terem certeza de que não seriam incomodadas. Assim sendo, tão logo ajudantes de cozinha, guardas, pajens e maîtres d'hôtel passaram, elas regressaram à mesa na qual estavam antes, e o sol, que no enquadramento da janela havia por um instante iluminado aqueles dois encantadores rostos, tornou a ter, para alegrar, apenas goivos, primaveras e a roseira.

— Bom! — exclamou Montalais, voltando a seu lugar. — Madame pode perfeitamente almoçar sem mim.

— Será punida! — lembrou Louise, sentando-se também na cadeira em que estava antes.

— Punida? Ah, sei! Vou perder o passeio. É só o que peço, ser punida! Sair numa carruagem enorme, pendurada numa janelinha, virar à esquerda, virar à direita pelos caminhos de sempre, levar duas horas para percorrer uma légua e depois voltar, sem deixar de passar diante da janela de Maria de Médici,[12] onde Madame nunca deixa de dizer: "E pensar que foi por ali que a rainha Maria fugiu... quarenta e sete pés de altura!... Mãe de dois príncipes e três princesas!". Se considera isso uma diversão, Louise, quero ser punida todo dia, sobretudo se for para estar com você e escrever boas cartas como as que escrevemos.

— Montalais! Montalais! Temos que cumprir nossos deveres.

— Para você é fácil dizer isso, minha querida; tem toda a liberdade aqui nessa corte. É a única a usufruir das vantagens sem ter as obrigações. É mais dama de companhia de Madame do que eu, pois goza do prestígio que o seu padrasto tem no castelo.[13] Vive nessa casa triste como os passarinhos vivem nessa torre, respirando livremente, bicando flores e sementes, sem ter qualquer serviço a prestar, a menor obrigação. E vem me falar de deveres a cumprir? Na verdade, minha bela preguiçosa, quais são os seus deveres, além de escrever ao belo Raoul? E acabamos de ver que nem isso faz. Ou seja, você mesma me parece bastante displicente com relação aos deveres.

Louise voltou a ficar séria, apoiou o queixo na mão e disse, com toda a candura:

---

12. Maria de Médici (1575-1642), viúva de Henrique IV e mãe de Luís XIII e Gastão de Orléans. Em 1617 foi exilada por conspiração no castelo de Blois, do qual fugiu em 1619 por uma escada de corda, só se reconciliando com o filho em 1622.

13. Ou seja, o sr. de Saint-Rémy, intendente de Gastão de Orléans.

— Vai agora me culpar por meu bem-estar? Será capaz disso? Você tem um futuro, está vinculada à corte. Se o rei se casar, convidará Monsieur. Verá festas esplêndidas e verá o rei, que dizem ser tão bonito, tão amável!

— E verei Raoul, que está com o sr. Príncipe —[14] acrescentou com malícia Montalais.

— Pobre Raoul! — suspirou Louise.

— É o bom momento para continuar a carta, minha bela. Vamos, retomemos aquele interminável "Sr. Raoul" que brilhava no alto da página jogada fora.

Com um encantador sorriso ela enfiou de volta a pena na mão da amiga, que rapidamente escreveu aquelas mesmas palavras.

— E agora? — perguntou Louise.

— Apenas escreva o que pensa.

— E será que penso alguma coisa?

— Pensa em alguém, o que dá no mesmo, ou talvez seja até mais grave.

— Acha mesmo, Montalais?

— Louise, Louise, seus olhos azuis são profundos como o mar que vi em Boulogne ano passado. Não, estou dizendo bobagem; o mar é traiçoeiro, seus olhos são profundos como o céu ali no alto, veja.

— Pois já que lê com tanta facilidade os meus olhos, diga então o que penso, Montalais.

— Para começar, não pensa "Sr. Raoul", pensa "Meu querido Raoul".

— Oh!

— Não se escandalize. "Meu querido Raoul", dizíamos, e agora continue: "Como pediu, escrevo a Paris, onde se encontra a serviço do sr. Príncipe. Deve se entediar muito, para que a lembrança de uma provinciana possa distraí-lo…".

Louise se pôs bruscamente de pé e disse, com um sorriso:

— Não, Montalais, não penso nada disso. Vou mostrar o que penso.

Decidida, retomou a pena e, com mão firme, escreveu:

Seria eu bem lamentável pessoa se as suas instâncias em guardar de mim uma lembrança me causassem efeitos menos vivazes. Tudo aqui me remete a nossos primeiros anos, tão rapidamente transcorridos, mas tão ternamente conservados, que jamais outros terão o mesmo encanto em meu coração.

Montalais, que observava o curso da pena e lia, de cima para baixo, o que a amiga escrevia, a fez parar, batendo palmas:

---

14. O título Monsieur le Prince designava especificamente o primeiro príncipe na linhagem sucessória, depois do irmão de sangue do rei. Era, na época, Luís II de Bourbon-Condé (1621-86), herói da Guerra dos Trinta Anos, chamado "o grande Condé", a serviço de quem estava Raoul de Bragelonne. Aliou-se à Fronda e aos espanhóis, sendo derrotado, mas em seguida foi perdoado e recuperou suas antigas honrarias.

— Até que enfim! Isso sim é franqueza, é sentimento, e com estilo! Mostre a esses parisienses, amiga, que Blois é a cidade da mais pura dicção.

— Ele sabe que para mim Blois foi o paraíso.

— E é o que eu queria dizer, você fala como um anjo.

— Deixe-me terminar.

E ela, de fato, continuou:

E você, pelo que escreveu, pensa em mim. Fico feliz, mas não surpresa, sabendo quantas vezes nossos corações bateram tão perto um do outro.

— Cuidado, minha ovelhinha — interrompeu Montalais —, está expondo a sua lã. E temos lobos por lá.

Louise ia responder, mas o galope de um cavalo ecoou sob o pórtico do castelo.

— O que pode ser? — Montalais foi até a janela para ver. — Hã… um belo cavaleiro, não se pode dizer o contrário!

— Oh! É Raoul! — exclamou Louise, que também se aproximara e, muito pálida, voltou à mesa, onde estava a carta inacabada.

— Isso é um apaixonado dos bons, palavra! — exclamou Montalais. — Alguém que sabe chegar na hora certa!

— Saia da janela, saia, por favor! — murmurou Louise.

— O que tem? Ele não me conhece; quero saber o que vem fazer aqui.

2. O mensageiro

A srta. de Montalais estava certa, o jovem cavaleiro era agradável de se ver. Tratava-se de um rapaz com cerca de vinte e quatro ou vinte e cinco anos, grande, esguio e vestindo com graça o elegante uniforme militar da época. Suas compridas botas de cano alto, rebatido, calçavam pés dos quais a própria srta. de Montalais não se envergonharia, caso se disfarçasse com trajes de homem. Uma das suas finas e ágeis mãos freou o cavalo no meio do pátio, enquanto a outra erguia o chapéu com longa plumagem que sombreava seu rosto grave e, ao mesmo tempo, ingênuo.

Todo esse barulho acordou os guardas, que prontamente se puseram de pé.

O jovem esperou que um deles se aproximasse e, se debruçando na sua direção, com voz clara e precisa, perfeitamente ouvida da janela em que se ocultavam as duas moças, declarou:

— Mensagem para Sua Alteza Real.

— Ah! — exclamou o guarda, e chamou: — Oficial, um mensageiro!

O bravo soldado sabia muito bem que oficial nenhum estava por perto, pois o único que havia quase nunca deixava um pequeno apartamento que dava para o jardim dos fundos do castelo. Então quase de imediato emendou:

— O oficial está em ronda, meu nobre, mas vou avisar o intendente geral, o sr. de Saint-Remy.

— O sr. de Saint-Remy? — repetiu o cavaleiro, corando.

— Conhece-o?

— Sim... Avise-o, por favor, para que minha chegada seja o mais depressa possível anunciada a Sua Alteza.

— Parece haver urgência — disse o guarda, como se falasse consigo mesmo, mas esperando, quem sabe, obter resposta.

O mensageiro fez um gesto afirmativo com a cabeça.

— Nesse caso, irei eu mesmo procurar o intendente.

O rapaz apeou e, enquanto os demais soldados observavam curiosos cada movimento do belo animal que ele montava, o primeiro voltou e perguntou:

— Perdão, meu nobre, mas a quem devo anunciar?

— Visconde de Bragelonne, da parte de Sua Alteza, o príncipe de Condé.

O soldado fez profunda reverência e, como se o simples nome do vencedor de Rocroy e Lens[15] já lhe desse asas, rapidamente subiu a escadaria principal e chegou à antecâmara.

O visconde nem sequer teve tempo de amarrar seu cavalo nas argolas de ferro junto à escadaria e o sr. de Saint-Remy já descia esbaforido, dando apoio com uma das mãos à sua avantajada barriga, enquanto a outra cortava os ares como um pescador corta as águas com um remo.

— Ah, sr. visconde, aqui em Blois! — ele exclamava. — Que maravilha! Bom dia, meu caro Raoul, bom dia!

— Meus respeitos, sr. de Saint-Remy.

— Como a sra. de La Vall...[16] quero dizer, a sra. de Saint-Remy ficará feliz em vê-lo! Mas entre, Sua Alteza Real almoça. Deve ser interrompida? É algo grave?

— Sim e não, sr. de Saint-Remy. Mas qualquer atraso pode ser prejudicial.

— Nesse caso, apressemos a missão do sr. visconde. Por favor, me acompanhe. Aliás, Monsieur está de excelente humor hoje. Além disso, o senhor nos traz notícias, não é?

— E importantes, sr. de Saint Remy.

— Imagino que boas?

— Excelentes.

— Venha, venha. Vamos logo, então! — exclamou o intendente, que ajeitava a roupa enquanto caminhava.

Com o chapéu na mão, Raoul o seguiu, um tanto impressionado com o barulho solene que suas esporas faziam no assoalho daquelas imensas salas.

Assim que ele desapareceu no interior do palácio, a janela do pátio deixou de estar vazia e um animado cochicho comprovava a agitação das duas jovens, que logo chegaram a uma decisão qualquer, pois uma delas desapareceu: a morena, enquanto a outra permaneceu na sacada, oculta pelas flores, vigiando atentamente a escadaria por onde o sr. de Bragelonne havia entrado no palácio.

O objeto de tanta curiosidade continuava seu caminho, seguindo os passos do intendente. O som de pessoas atarefadas, um aroma de vinho e de carnes, um tilintar de cristais e louças o fizeram acreditar que se aproximavam do final da caminhada.

Pajens, criados e ajudantes de cozinha, juntos na copa anterior ao refeitório, receberam o recém-chegado com a cortesia proverbial da região. Alguns

---

15. Importantes vitórias francesas na Guerra dos Trinta Anos, a primeira em 1643 e a segunda em 1648, decisiva para o fim do conflito.
16. A atual sra. de Saint-Rémy era antes sra. de La Vallière. Louise, sua filha, mantém o nome e é chamada srta. de La Vallière.

conheciam Raoul, quase todos sabiam que ele vinha direto de Paris. Pode-se dizer que sua aparição por um momento suspendeu o serviço.

Fato é que um pajem, que enchia a taça de Sua Alteza, ouvindo o som das esporas na dependência ao lado, ingenuamente se virou, sem notar que continuava a encher a taça, não mais onde devia, mas na toalha.

Madame, menos preocupada do que o seu glorioso esposo, notou a distração do pajem.

— O que está fazendo? — ela o repreendeu.

— O que está fazendo? — repetiu Monsieur. — O que está acontecendo?

O sr. de Saint-Remy, aproveitando a ocasião, passou a cabeça pela porta.

— Por que estou sendo incomodado? — quis saber Gastão, puxando para si uma grossa fatia de um dos maiores salmões a terem algum dia subido o Loire, para ser fisgado entre Paimbœuf e Saint-Nazaire.[17]

— Porque chegou um mensageiro de Paris. Mas, é claro, podemos esperar o final do almoço de Monsieur, temos tempo.

— De Paris! — exclamou o príncipe, deixando cair o garfo. — Um mensageiro de Paris, foi o que disse? E vem da parte de quem, esse mensageiro?

— Da parte do sr. Príncipe — apressou-se o intendente.

Sabe-se que, dito dessa forma, era do sr. de Condé que se tratava.

— Um mensageiro do sr. Príncipe? — exclamou Gastão, com uma ansiedade que não passou despercebida a nenhum dos presentes e, por isso mesmo, duplicou a curiosidade geral.

Monsieur talvez tenha, por um segundo, voltado ao tempo feliz das conspirações, quando qualquer barulho de portas provocava emoções, qualquer carta podia conter um segredo de Estado, qualquer mensagem noticiava alguma intriga sombria e complicada. Talvez também o prestigioso nome do sr. Príncipe já bastasse para, ganhando proporções fantasmagóricas, circular sob as arcadas de Blois.

Monsieur afastou o prato à sua frente.

— Devo dizer ao enviado que espere? — perguntou Saint-Remy.

Uma olhada de Madame bastou para Gastão, que respondeu:

— Não. Pelo contrário, mande-o entrar logo. Aliás, quem é ele?

— Um fidalgo daqui da região, o visconde de Bragelonne.

— Ah, ótimo!... Traga-o, Saint-Remy, traga-o.

Assim que pronunciou, com sua gravidade habitual, essas palavras, Monsieur lançou um olhar aos empregados que o serviam à mesa e todos, pajens, criados, escudeiros etc. deixaram de lado guardanapo, faca, copo, e iniciaram uma retirada, tão rápida quanto desordenada, em direção à segunda copa.

---

17. Duas cidades no estuário do Loire, distantes cerca de vinte quilômetros entre si, cada uma numa margem do rio.

Esse pequeno exército se dividiu em duas fileiras quando Raoul de Bragelonne, com o sr. de Saint-Remy à frente, entrou no refeitório.

O curto momento de solidão em que essa retirada havia deixado Monsieur lhe permitiu assumir uma postura mais diplomática. Não se voltou, esperando que o intendente trouxesse até ele o mensageiro.

Raoul parou à altura da parte menos nobre da mesa, de maneira a ficar entre as duas cabeceiras. Desse lugar fez uma respeitosa saudação a Monsieur e outra, bem humilde, a Madame. Em seguida se endireitou e aguardou que lhe dirigissem a palavra.

Já o príncipe esperava que as portas estivessem bem fechadas. Não queria ter que se virar para confirmar, pois não seria digno, mas detidamente prestou atenção ao barulho da fechadura que, ao menos, pressupunha uma aparente confidencialidade.

Fechada a porta, levantou o olhar para o visconde e disse:

— Soube que veio de Paris.

— Ainda há pouco, monsenhor.[18]

— Como está o rei?

— Sua Majestade se encontra em perfeita saúde, monsenhor.

— E minha cunhada?

— Sua Majestade a rainha-mãe sofre ainda do peito. Mas no último mês esteve melhor.

— Disseram-me que veio da parte do sr. Príncipe; provavelmente se enganaram.

— Não, monsenhor. O sr. Príncipe me encarregou de trazer a Vossa Alteza Real uma carta, que aqui está; e devo aguardar resposta.

A voz de Raoul havia caído a um diapasão mais grave, provavelmente por se sentir um tanto impressionado com aquela pouco expansiva e meticulosa recepção.

O duque, sem perceber ser ele próprio o causador dessa mudança de tom, ficou mais ansioso e, com uma rápida olhada, recebeu a carta do príncipe de Condé, rompendo o lacre como se fosse um pacote suspeito. Para ler sem que se decifrasse nele o efeito produzido, virou-se de costas.

Quase com a mesma aflição, Madame seguia cada gesto do seu augusto marido.

Impassível e um pouco mais à vontade, dada a atenção que o casal dedicava à carta, Raoul pôde, de onde estava, pela janela aberta à sua frente olhar os jardins e as estátuas que o enfeitavam.

— Ah! — exclamou de repente Monsieur, com um sorriso radiante. — Mas que agradável surpresa, uma encantadora carta do sr. Príncipe! Veja, senhora.

---

18. Na França de antigamente, era um tratamento de honra que se dava a pessoas da alta nobreza, e não apenas do clero.

A mesa era comprida demais para que a mão do príncipe chegasse à da princesa, e o visconde, com toda a naturalidade, intermediou a operação. Fez isso com tamanha elegância que encantou a princesa, e lhe valeu um gracioso agradecimento.

— Conhece o conteúdo desta carta? — perguntou Gastão a Raoul.

— Sim, monsenhor. De início recebi verbalmente a mensagem, mas o sr. Príncipe pensou melhor e preferiu escrever.

— É uma caligrafia bastante apurada — disse Madame —, mas não consigo entender.

— Poderia ler em voz alta, sr. de Bragelonne? — pediu o duque.

— Sim, por favor — reiterou Madame.

Raoul começou a leitura, à qual Monsieur voltou a dar toda a atenção. A carta dizia:

Monsenhor,

O rei se dirige à fronteira. É do vosso conhecimento que o casamento de Sua Majestade se concluirá[19] e o rei me concedeu a honra de organizar sua viagem. Tendo certeza da alegria que será, para Sua Majestade, passar um dia em Blois, ouso pedir permissão para marcar vosso castelo em nosso itinerário. Caso o imprevisto cause algum embaraço, suplico que me comuniqueis pelo mensageiro que envio, o visconde de Bragelonne, um fidalgo a meu serviço. O itinerário dependerá da decisão de Vossa Alteza Real e, não passando por Blois, o cortejo tomará a direção de Vendôme ou Romorantin, mas ouso esperar que meu pedido seja bem recebido. Em todo caso, é a expressão de minha plena dedicação e de meu desejo de ser agradável a Vossa Alteza.

— Nada será mais airoso para nós — disse Madame, que, algumas vezes, havia consultado com o olhar o marido. — O rei em Blois! — ela exclamou, talvez um pouco alto demais, caso se quisesse manter a notícia em segredo.

— Cavalheiro — disse por sua vez Sua Alteza, tomando a palavra. — Agradeça ao sr. príncipe de Condé, exprimindo toda a nossa gratidão pelo prazer que nos proporciona.

Raoul se inclinou.

— Que dia chegará Sua Majestade? — continuou o príncipe.

— Muito provavelmente hoje, monsenhor, no fim do dia.

— E como saberiam minha resposta, caso fosse negativa?

— Eu teria como missão, monsenhor, voltar a galope a Beaugency para dar contraordem ao correio, que, por sua vez, a transmitiria ao sr. Príncipe.

---

19. Luís XIV se casou em 9 de junho de 1660 com Maria Teresa, infanta da Espanha (1638-83), selando a paz entre os dois países. O casamento ocorreu na cidade fronteiriça de Saint-Jean-de-Luz, nos Pireneus.

— Sua Majestade então se encontra em Orléans?

— Mais perto ainda, monsenhor. Nesse momento, Sua Majestade já deve estar em Meung.

— A corte o acompanha?

— Sim, monsenhor.

— Aliás, esqueci de pedir notícias do sr. cardeal.[20]

— Sua Eminência parece estar em boa saúde, monsenhor.

— Suas sobrinhas o acompanham?

— Não, monsenhor. Sua Eminência ordenou que as srtas. de Mancini fossem por Brouage.[21] Seguem pela margem esquerda do Loire, e a corte pela direita.

— Como? A srta. Marie de Mancini não acompanha a corte? — perguntou Monsieur, em quem a circunspecção começava a se desfazer.

— Sobretudo ela — respondeu discretamente Raoul.

Um sorriso fugidio, vestígio imperceptível de seu antigo gosto por intrigas tortuosas, iluminou as descoradas faces do príncipe.

— Obrigado, sr. de Bragelonne — disse então Monsieur. — Certamente não vai transmitir ao sr. Príncipe o que vou pedir, pois será um elogio ao mensageiro enviado, mas farei isso em pessoa.

Raoul se inclinou, agradecendo.

Monsieur fez sinal a Madame, que tilintou uma campainha à sua direita.

Imediatamente o sr. de Saint-Remy entrou e a sala se encheu de gente.

— Senhores — anunciou o príncipe. — Sua Majestade nos dá a honra de vir passar um dia em Blois e estou certo de que o rei, meu sobrinho, não se arrependerá do favor que concede à nossa casa.

— Viva o rei! — gritaram com frenético entusiasmo todos os que ali estavam a serviço, com o sr. de Saint-Remy puxando o coro.

Gastão amargamente abaixou a cabeça. A vida inteira tivera que ouvir, ou melhor, aceitar, esse "Viva o rei!", não sendo ele o rei. Como há muito tempo não ouvia tais palavras, deixara de se afligir, mas agora uma realeza mais jovem, mais arrebatada e brilhante vinha à sua casa, numa nova e dolorosa provocação.

Madame compreendeu o sofrimento daquele coração tímido e acabrunhado. Levantou-se da mesa; o marido maquinalmente fez o mesmo, e todo

---

20. Giulio Raimondo Mazarini (1602-61) continuava sendo o todo-poderoso primeiro-ministro da França. Em 1639 se naturalizou francês e pouco a pouco afrancesou o seu nome. Era cardeal sem nunca, na verdade, ter sido padre, e, nascido pobre, ao morrer era dono da maior fortuna do século XVII.

21. Porto na costa do Atlântico, hoje em dia afastado do mar. As sobrinhas de Mazarino, as irmãs Olympe, Marie e Hortense Mancini, eram célebres pela beleza e também por seus casos amorosos. Foram em seguida casadas com grandes nomes da nobreza e eram chamadas, na corte, de *mazarinettes*.

o pessoal de serviço, num zumbido semelhante ao das colmeias, cercou Raoul com perguntas.

Percebendo a movimentação, Madame chamou o sr. de Saint-Remy e disse, como dona de casa ciosa das suas obrigações:

— Não é hora para tagarelice, temos tudo a preparar.

O intendente então rompeu o círculo que se formara em torno de Raoul e o conduziu à antecâmara.

— Cuidem bem desse jovem fidalgo — acrescentou a castelã, dirigindo-se a Saint-Remy.

— Vou mandar que lhe sirvam algo refrescante — ele disse a Bragelonne. — E temos também, no castelo, um alojamento à sua disposição.

— Agradeço muito, sr. de Saint-Remy. Mas deve imaginar o quanto quero ir ver meu pai.[22]

— É verdade, claro, sr. Raoul, apresente a ele meus humildes cumprimentos, por favor.

Raoul se livrou afinal do velho intendente e continuou seu caminho.

Passou sob o pórtico puxando o cavalo pela rédea e uma vozinha o chamou, vinda de um recanto à sombra:

— Sr. Raoul!

Surpreso, ele se virou e viu uma jovem morena que pedia silêncio com um dedo nos lábios e lhe estendeu a mão.

Raoul não a conhecia.

---

22. Athos, conde de La Fère, mora em sua propriedade, não muito distante de Blois. É a primeira vez, aliás, que Raoul se diz filho de Athos, que, em *Vinte anos depois*, era seu tutor.

3. O encontro

Raoul deu um passo na direção da jovem que o chamava.

— E meu cavalo, o que faço? — ele perguntou.

— Está parecendo um tanto atrapalhado! Logo no primeiro pátio há um hangar, um pouco mais atrás; amarre-o lá e venha rápido.

— Farei isso, pois.

Raoul não levou nem quatro minutos e voltou à pequena porta onde a misteriosa moça o esperava no escuro dos primeiros degraus de uma escada de caracol.

— É corajoso o bastante para me seguir, sr. cavaleiro andante? — perguntou a jovem, notando certa hesitação no rapaz.

Como resposta, ele apenas começou a subir os degraus sombrios. Galgaram três andares e Raoul às vezes, procurando se apoiar, tocava com as mãos um vestido de seda que ocupava toda a largura da escada. A cada tropeçada que dava, sua guia fazia um *psiu!* severo, estendendo a mão macia e perfumada.

— Levado dessa maneira, é possível subir até o torreão do castelo sem o menor cansaço — Raoul falou, buscando ser galante.

— Isso quer dizer que está curioso, cansado e preocupado, mas fique tranquilo, chegamos.

A jovem empurrou uma porta que de imediato, sem qualquer transição, encheu de luz o último degrau da escada, onde Raoul ainda se encontrava, agarrado ao corrimão. A desconhecida continuou em frente e ele a seguiu, entrando num quarto.

Imediatamente ouviu o seu nome, se virou e viu, a dois passos, de mãos juntas e olhos fechados, a bela jovenzinha loura de olhos azuis e ombros alvos que havia gritado ao reconhecê-lo.

O amor e a felicidade eram tão visíveis na expressão da jovem que Raoul apenas caiu de joelhos, murmurando, por sua vez, o nome de Louise.

— Ah, Montalais! Montalais! — ela suspirou. — Que pecado enorme me enganar assim.

— Enganei-a? Eu?

— Exatamente. Disse que ia só se informar e trouxe o sr. Raoul.

— Foi o único jeito; sem isso, como ele receberia a carta que estava escrevendo?

A essas palavras, Montalais apontou para o papel, que continuava em cima da mesa, e Raoul deu um passo em sua direção. Mais rápida — mesmo que dentro da clássica hesitação, ali muito bem representada —, Louise estendeu a mão para impedir. Vendo aquela mão quente e trêmula, ele a tomou entre as suas e a levou aos lábios, mas de forma tão respeitosa que foi sobretudo um suspiro que a tocou.

A outra jovem, enquanto isso, com todo o cuidado dobrou em três o papel que estava em cima da mesa e o guardou no decote do vestido, como fazem as mulheres, dizendo:

— Pronto, Louise. O visconde daqui não vai tirar a carta, como o falecido rei Luís xiii não ousava pegar os bilhetes suspeitos que a srta. de Hautefort escondia no busto.[23]

Raoul ficou vermelho frente à cumplicidade das duas jovens, sem notar que a mão de Louise continuava nas suas.

— Agora que já me perdoou por ter trazido o visconde, Louise, e creio que também ele não me quer mal por isso; assinada a paz, conversemos como velhos amigos. Para começar, apresente-me ao sr. de Bragelonne.

— Sr. visconde — disse a jovem, com sua graça séria e seu sorriso cândido —, tenho a honra de lhe apresentar a srta. Aure de Montalais, jovem dama de honra de Sua Alteza Real, Madame. Além disso, minha amiga, minha ótima amiga.

Raoul a cumprimentou da forma mais cerimoniosa e perguntou:

— E a mim, Louise? Não vai apresentar?

— Ah, ela o conhece! Conhece tudo!

A frase fez Montalais rir e Raoul suspirar de felicidade, pois a interpretou como: tem pleno conhecimento *do nosso amor*.

— Cumpridas as formalidades, sr. visconde — disse Montalais —, aceite esta poltrona e conte logo a notícia que tão inesperadamente o trouxe.

— Não é mais segredo, senhoritas. O rei, a caminho de Poitiers, passará por Blois para visitar Sua Alteza Real.

— O rei, aqui? — exclamou Montalais, batendo as mãos. — Vamos ver a corte! Imagine, Louise! A verdadeira corte! Meu Deus! E quando será isso, visconde?

— É possível que ainda esta noite, ou amanhã, no mais tardar.

Montalais fez um gesto de contrariedade.

---

23. A srta. (ela só se casou aos trinta anos, ou seja, tardíssimo àquela época) Marie de Hautefort (1616-91), dama de companhia de Maria de Médici, muito bonita e com forte personalidade, foi um notório amor platônico do rei. Serviu em seguida como dama de companhia de Ana da Áustria, com a função de vigiá-la, mas logo se tornou sua aliada.

— Não temos tempo para coisa alguma! Sem nem poder preparar um vestido! Vamos parecer umas polonesas, ou retratos da época de Henrique IV!... Ah, é uma péssima notícia, visconde!

— Mas as senhoritas já são bonitas...

— Não basta!... Bonitas porque a natureza ajudou, mas ridículas por termos sido esquecidas pela moda... Infelizmente ridículas! E vão me ver assim, ridícula?

— Vão? Quem? — perguntou ingenuamente Louise.

— Quem? Está sendo tola, querida!... Isso é pergunta que se faça? "Vão" quer dizer todo mundo, quer dizer os cortesãos, a nobreza... "Vão" quer dizer o rei.

— Perdão, amiga, mas todo mundo está acostumado a nos ver como somos...

— Concordo. Mas isso vai mudar e seremos ridículas, mesmo em Blois. Ao nosso lado estará a moda de Paris e todos verão que estamos na moda de Blois! É horrível!

— Nada disso é tão grave, senhorita.

— Bom, já que não tem jeito, que se danem! Azar de quem não me achar a seu gosto! — concluiu filosoficamente Montalais.

— Seriam pessoas bem difíceis — acrescentou Raoul, fiel à galanteria de sempre.

— Obrigada, visconde. Dizíamos então que o rei vem a Blois?

— Com toda a corte.

— As srtas. de Mancini também?

— Não, elas não.

— Mas como, se dizem que o rei não pode se afastar da srta. Marie?

— Terá que poder, senhorita, pois é o que decidiu o cardeal, que exilou as sobrinhas em Brouage.

— Ele? Que hipócrita!

— Psiu! — preocupou-se Louise, colando o dedo nos lábios rosados.

— O quê? Ninguém está ouvindo. Estou só dizendo que o velho Mazarino Mazarini[24] é um hipócrita e está louco para tornar a sobrinha rainha da França.

— Não é assim, senhorita, uma vez que o sr. cardeal, pelo contrário, preparou o casamento de Sua Majestade com a infanta Maria Teresa.

Montalais olhou Raoul bem nos olhos e disse:

— E vocês em Paris acreditam mesmo nisso? Pelo visto somos menos crédulos em Blois.

---

24. A origem italiana do cardeal era sempre lembrada em momentos de raiva.

— Senhorita, se o rei se dispõe a ir além de Poitiers, na direção da Espanha, se todos os artigos do contrato já foram fixados por d. Luís de Haro[25] e Sua Eminência, deve-se entender que a coisa é séria.

— Ah, pode até ser! Mas o rei é o rei, concorda?

— Com certeza. Como o cardeal é o cardeal.

— E não seria o rei um homem? Não ama Marie de Mancini?

— Ele a adora.

— E então? Eles vão se casar. Teremos guerra contra a Espanha, o sr. Mazarino vai gastar alguns dos milhões que economizou e nossos fidalgos se ilustrarão por proezas diante dos orgulhosos castelães. Muitos voltarão coroados de louros, e nós os coroaremos de murta.[26] É como entendo a política.

— Montalais é louca — explicou Louise. — Os exageros a atraem como o fogo atrai as borboletas.

— Louise, você é tão sensata que nunca vai amar.

— Ah! — exclamou a amiga, em tom de afetuosa repreensão. — Procure entender. É desejo da rainha-mãe casar o filho com a infanta; vai querer que o rei desobedeça? Caberia, a um coração real como o seu, dar mau exemplo? Quando os pais proíbem o amor, devemos afastar o amor!

Louise suspirou; Raoul, desconcertado, baixou os olhos, e Montalais deu uma risada sarcástica, dizendo:

— Que bom que não tenho pais.

— Deve ter notícias da saúde do sr. conde de La Fère — cortou Louise, depois do suspiro que, em sua eloquente expansão, revelara tanta dor.

— Não, senhorita — respondeu Raoul. — Ainda não fui ver meu pai. Estava a caminho quando a srta. de Montalais teve a bondade de me chamar. Espero que esteja bem. Nada ouviram em contrário, não?

— Nada, sr. Raoul, graças a Deus nada!

Fez-se um silêncio e as duas jovens almas, que seguiam idêntico pensamento, perfeitamente se entenderam, sem qualquer ajuda do olhar.

— Ai, meu Deus! — exclamou de repente Montalais. — Tem alguém subindo!...

— Quem pode ser? — inquietou-se Louise, pondo-se de pé.

— Estou causando um transtorno às senhoritas. Fui indiscreto — balbuciou Raoul, assustado.

— São passadas pesadas — observou Louise.

— Bom, se for apenas o sr. Malicorne[27] não precisamos nos preocupar — replicou Montalais.

---

25. Luis de Haro y Guzmán (1598-1661), ministro espanhol.

26. Na Roma antiga, a coroa de louros era oferecida aos generais que voltavam vitoriosos da guerra, e a de murta era associada à deusa do amor, Vênus.

27. Houve um barão de Malicorne, Germain Texier d'Hautefeuille (1626-94) que teria sido amante da srta. de Montalais, segundo a sra. La Fayette, mas no romance o personagem é fictício.

Louise e Raoul se entreolharam, sem saber quem poderia ser o tal sr. Malicorne.

— Não se preocupem — continuou Montalais —, ele não é ciumento.

— Mas senhorita...

— Entendo... Enfim, é tão discreto quanto eu.

— Meu Deus! — alarmou-se Louise, que se aproximara da porta entreaberta para ouvir. — Pelos passos, é minha mãe!

— A sra. de Saint-Remy! Onde posso me esconder? — assustou-se Raoul, se encolhendo atrás do amplo vestido de Montalais, que parecia em pânico.

— É ela sim, reconheço inclusive a biqueira dos seus sapatos. A nossa excelente mãe!... Sr. visconde, é pena que a janela dê para o chão duro, e a cinquenta pés de altura.

Raoul olhou a sacada parecendo mesmo se dispor a pular. Louise o puxou pelo braço.

— É claro! Tonta que sou! — falou Montalais. — Tenho um armário para os vestidos de cerimônia... Parece até que foi feito para isso.

A lembrança veio bem a tempo, pois a sra. de Saint-Remy subia mais rápida do que nunca. Chegou no exato momento em que Montalais, como nas cenas de teatro, fechava e protegia com o próprio corpo o armário.

— Ah, Louise! Então está aqui — exclamou a sra. de Saint-Remy.

— Estou sim — respondeu a filha, mais pálida do que se tivesse cometido um grande crime.

— Muito bem, muito bem!

— Sente-se, por favor — pediu Montalais, oferecendo uma poltrona, mas dispondo-a de forma que a visitante ficasse de costas para o armário.

— Obrigada, srta. Aure, obrigada. Mas temos que ir, filha.

— Ir aonde, minha mãe?

— Aos nossos aposentos, ora! Não é preciso se preparar?

— Para quê? — apressou-se Montalais a fingir surpresa, temendo que Louise se traísse.

— Não souberam da novidade? — estranhou a sra. de Saint-Remy.

— Qual novidade chegaria até duas mocinhas nesta torre?

— Hum... Não viram ninguém?

— A senhora está falando por enigmas e nos deixa mortas de curiosidade! — exclamou Montalais, vendo Louise cada vez mais pálida e procurando dizer alguma coisa.

Mas ela afinal percebeu um olhar significativo, um desses olhares que fazem até uma parede entender o que se quer dizer. Louise indicava o chapéu, o infeliz chapéu de Raoul que se pavoneava em cima da mesa.

Montalais correu até ele, pegou-o com a mão esquerda, passou-o para a direita pelas costas e o manteve escondido enquanto falava.

— Pois saibam então que um mensageiro — contou a sra. de Saint-Remy — veio anunciar a chegada iminente do rei. Enfim, senhoritas, tratem de se preparar!

— Então não temos tempo a perder! — exclamou Montalais. — Vá com sua mãe, minha amiga, vou preparar meu vestido de gala.

Louise se levantou e a mãe a puxou pela mão.

— Vamos.

Em voz mais baixa, já fora do quarto, falou:

— Já a proibi de vir aqui, por que continua?

— É minha amiga. E eu acabava de chegar.

— Não a viu esconder alguém?

— Mãe!

— Havia um chapéu de homem, posso garantir; o chapéu daquele fulano, aquele vagabundo!

— Mãe! — repetiu Louise, chocada.

— O tal Malicorne! Uma dama de honra ter relacionamentos assim... francamente!

As vozes desapareceram nas profundezas da pequena escada, mas Montalais nada havia perdido da conversa, cujo som a reverberação trazia de volta como uma corneta auditiva.

Ela deu de ombros e, vendo Raoul, que saíra do esconderijo e também havia escutado, comentou:

— Pobre Montalais, vítima da amizade!... Pobre Malicorne, vítima do amor!

Em seguida parou, vendo a atitude tragicômica do rapaz, aturdido por descobrir tantos segredos num só dia.

— Ah, senhorita! — ele continuou. — Como agradecer tamanha bondade?

— Um dia acertaremos as contas. Agora trate de ser rápido, pois a sra. de Saint-Remy é pouco compreensiva e pode provocar uma inspeção aqui no meu alojamento, o que será péssimo para todos nós. Até logo!

— E Louise... como saber?...

— Rápido, rápido! O rei Luís XI sabia bem o que fazia quando inventou o correio.[28]

— Infelizmente! — disse Raoul.

— E não estou aqui, intermediando melhor do que qualquer correio do reino? Rápido, seu cavalo! Se por acaso a sra. de Saint-Remy voltar para uma lição de moral, é melhor que não o encontre aqui.

— Ela contaria ao meu pai, não é? — murmurou Raoul.

---

28. Por volta de 1477, o rei Luís XI criou um serviço de postas para a troca de cavalos, visando à transmissão rápida de mensagens, mas só em 1576 o rei Henrique III o ampliou.

— E o senhor ficaria de castigo! Ah, visconde! Vê-se logo que veio da corte: é tão medroso quanto o rei. Que pena! Aqui em Blois não dependemos tanto do consentimento de papai! Pergunte a Malicorne.

Com essas palavras, a afoita Montalais empurrou Raoul pelos ombros porta afora. Ele passou o mais discretamente possível pelo pórtico, pegou seu cavalo, montou e partiu como se oito guardas de Monsieur o perseguissem.

4. Pai e filho

Raoul seguiu a estrada que tão bem conhecia — e da qual com tanto carinho se lembrava — de Blois à casa do conde de La Fère.

Que o leitor nos dispense de novamente descrever a propriedade; ele a conhece, pois nela esteve em nossa companhia, em outra época.[29] Desde então, porém, as paredes ganharam uma pátina cinza extra e os tijolos tons acobreados mais harmônicos. Também as árvores cresceram e algumas, que antes estendiam seus finos braços por cima das sebes, agora — arredondadas, encorpadas e luxuriantes — projetavam longe, sob ramagem rica em seiva, suas sombras floridas ou frutuosas sobre quem passava.

De longe, Raoul reconheceu o telhado agudo, as duas pequenas torres, o pombal entre os olmos e as revoadas incessantes das aves girando em torno, sem nunca se afastarem do cone de tijolos, iguais às doces lembranças que rodopiam em volta de uma alma serena.

Ao se aproximar, ele identificou o barulho das roldanas que rangiam com o peso dos baldes cheios e teve também a impressão de ouvir o melancólico gemido da água voltando a cair no poço, som triste, fúnebre e solene que marca o ouvido desses dois sonhadores que são a criança e o poeta. Barulho que os ingleses chamam *splash*, os poetas árabes *gasgachau* e nós franceses, que tanto gostaríamos de ser poetas, temos que traduzir com uma perífrase: *o barulho da água caindo na água.*

Há mais de um ano Raoul não vinha visitar o pai. Tinha passado todo esse tempo com o sr. Príncipe.

De fato, depois das emoções da Fronda,[30] da qual tentamos antes contar o primeiro período, Luís de Condé tinha se reconciliado, de forma pública, solene e franca com a corte. Durante a temporada de ruptura com o rei, o sr. Príncipe, que há muito apreciava Bragelonne, em vão ofereceu todas as vantagens que poderiam deslumbrar um jovem. Mas a influência do conde de La Fère, que um dia, nas catacumbas de Saint-Denis,[31] explicara ao filho seus

---

29. Em *Vinte anos depois*, capítulo 15.
30. Guerra civil que abalou a França de 1648 a 1653, central na trama de *Vinte anos depois*.
31. Ver capítulo 24 de *Vinte anos depois*.

princípios de lealdade e de realeza, sempre o fizera recusar. E não só isso, pois em vez de acompanhar o sr. de Condé na rebelião, o visconde passara ao serviço do sr. de Turenne,[32] combatendo pelo rei. Depois, quando igualmente o sr. de Turenne abandonou a causa real, ele também o deixou. Dessa invariável linha de ação resultou que, como Turenne e Condé só venceram um ao outro sob a bandeira do rei, Raoul, por mais jovem que fosse, tinha dez vitórias inscritas em sua folha de serviço e derrota nenhuma da qual sua bravura e consciência se envergonhassem.

Seguindo as diretivas do pai, Raoul havia, teimosa e inquestionavelmente, servido à fortuna do rei Luís xiv, apesar de todas as tergiversações que eram endêmicas e, pode-se dizer, inevitáveis na época.

Reconquistando as boas graças do rei, o sr. de Condé usou de todo o seu privilégio de anistia para conseguir de volta muitas coisas, entre as quais Raoul. Com seu inabalável bom senso, o conde de La Fère sem demora aconselhou o filho a se reapresentar ao príncipe de Condé.

Um ano inteiro então se passara desde que os dois tinham se visto. Algumas cartas podiam remediar, mas não curar as dores da ausência. Vimos que, em Blois, Raoul havia deixado outro amor, mas bem diferente do amor filial.

No entanto, sejamos justos e reconheçamos que, sem o acaso e sem a srta. de Montalais — dois demônios a serviço da tentação —, Raoul teria cumprido sua missão de mensageiro e imediatamente galopado na direção da casa paterna. É provável até que, antes de partir, desse uma olhada em volta, mas sem parar, mesmo que visse Louise acenando.

Se a primeira parte do trajeto ocorreu como uma volta ao passado que ele acabava de tão logo deixar — o passado representado pela amada —, a segunda se voltou para o amigo que ele logo — mas ainda demoradamente demais, a seu gosto — encontraria.

O portão do jardim estava aberto e Raoul lançou sua montaria pela aleia sem se importar com um velho, vestido com um casaco roxo de lã e um grande gorro de veludo surrado, sacudindo os braços, revoltado. O camponês, que limpava com as mãos um terreiro de roseiras-anãs e margaridas, se indignava por ver um cavalo correr daquela maneira em suas alamedas de saibro batido.

Arriscou inclusive um ríspido "Ei!", que fez o cavaleiro se virar para ele. E foi uma brusca mudança de cena, pois assim que viu o rosto do visitante o velho se endireitou e correu na direção da casa, com grunhidos entrecortados que pareciam ser, no seu caso, o paroxismo de uma esfuziante alegria. O jovem chegou ao estábulo, deixou o cavalo com um criado e subiu a escadaria da casa com um vigor que muito teria alegrado o coração do pai.

---

32. Henri de La Tour d'Auvergne, marechal de Turenne (1611-75), um dos mais famosos generais da França.

Atravessou a antecâmara, as salas de jantar e de estar sem encontrar ninguém. Chegou afinal à porta do conde de La Fère, bateu com impaciência e entrou quase sem esperar o "Entre!" dito num tom grave e, ao mesmo tempo, afável.

O conde estava sentado a uma mesa coberta de papéis e livros: era ainda o nobre e belo fidalgo de antes, mas o tempo dera a essas qualidades um toque mais solene e mais distinto. A testa alva e sem rugas sob os cabelos compridos, já predominantemente brancos; o olhar penetrante, mas doce, sob cílios que pareciam os de um jovem; o bigode fino que começava a ficar grisalho, enquadrando lábios puros e delicados que pareciam nunca terem se contraído por paixões mortais; postura ereta e elegante; mãos irrepreensíveis, mas emagrecidas: era esse o ilustre fidalgo elogiado por tantos personagens igualmente ilustres sob o nome de Athos. Estava ocupado em corrigir páginas de um caderno de manuscritos seus.[33]

Raoul abraçou o pai pelos ombros, pelo pescoço, como pôde, e o beijou com ternura. Tudo isso tão rápido que o conde não teve força nem tempo para se afastar ou controlar a emoção.

— Raoul! Que surpresa! Não acredito!

— Ah! Que alegria vê-lo!

— Mas diga… Teve alguns dias de licença para vir a Blois ou aconteceu alguma calamidade em Paris?

— Nada disso, graças a Deus! — respondeu Raoul, conseguindo pouco a pouco se acalmar. — Só coisas boas. O rei vai se casar, como tive a honra de contar na minha última carta, e está a caminho da Espanha. Sua Majestade passará por Blois.

— Em visita a Monsieur?

— Exatamente. Então, para não pegá-lo desprevenido, ou apenas para ser agradável, o sr. Príncipe me enviou como mensageiro.

— Esteve com Monsieur? — perguntou o conde, interessado.

— Tive essa honra.

— No castelo?

— Sim — respondeu Raoul baixando os olhos, sem dúvida por sentir na pergunta do conde algo mais do que simples curiosidade.

— Ah, é mesmo?… Meus parabéns, visconde.

Raoul se inclinou.

— E esteve com mais alguém em Blois?

---

33. Em sua Apresentação para *Os três mosqueteiros*, contando como chegou aos personagens do romance, Dumas fala de suas pesquisas e de um *Relato do sr. conde de La Fère concernindo a alguns fatos ocorridos na França no fim do reinado de Luís XIII e início do reinado de Luís XIV*, encontrado em biblioteca. Podemos então imaginar que fossem esses escritos que Athos revisava.

— Vi também Sua Alteza Real, Madame.

— Ótimo. Mas não foi a Madame que me referi.

Raoul ficou muito vermelho e não respondeu.

— Ao que parece não me ouviu, visconde — insistiu de La Fère, sem acentuar mais a observação, mas exprimindo maior severidade no olhar.

— Ouvi muito bem, senhor. Se reflito sobre minha resposta não é por buscar uma mentira, como deve saber.

— Sei que nunca mente. Mas é estranho que leve tanto tempo para dizer sim ou não.

— Só posso responder depois de compreender a pergunta, e creio que não receberá bem minhas primeiras palavras. Provavelmente desagradará ao sr. conde que eu tenha visto...

— A srta. de La Vallière, não é?

— Sei bem a quem o senhor se refere — disse Raoul, com indescritível doçura.

— E minha pergunta é se a viu.

— Eu ignorava totalmente, ao entrar no castelo, que a srta. de La Vallière lá se encontrasse. Ao ir embora, terminada minha missão, o acaso nos pôs em presença um do outro. Pude então apresentar a ela meus respeitos.

— E como se chama o acaso que o fez encontrar a srta. de La Vallière?

— Srta. de Montalais.

— Quem vem a ser a srta. de Montalais?

— Uma jovem que eu não conhecia e jamais havia visto. É dama de honra de Madame.

— Não levarei adiante o interrogatório, visconde, pois já lamento tê-lo feito durar tanto. Recomendei que evitasse a srta. de La Vallière e só a visse com minha autorização. Claro, sei que disse a verdade e que não foi sua a iniciativa. Fico contrariado, mas sei que foi obra do acaso. Contudo, insisto no que já disse. Sabe Deus que nada tenho contra essa jovem, mas não está nos meus planos que frequente aquela casa. Peço ainda uma vez, querido Raoul, que entenda isso.

A frase causou certa perturbação no olhar tão límpido e puro de Raoul.

— Mas agora, meu amigo — continuou o conde, com seu doce sorriso e voltando à voz habitual —, falemos de outra coisa. Talvez já tenha que retomar sua função?

— Não. Posso permanecer aqui por hoje. O sr. Príncipe felizmente me deu como dever apenas aquele, que tão bem se acordava a meus desejos.

— O rei está bem?

— Otimamente.

— O sr. Príncipe também?

— Como sempre.

Seguindo o velho hábito, o conde se esqueceu de Mazarino.

— Pois bem, já que é todo meu, reservo também o restante do dia para estar com você. Abrace-me... mais... mais... Está em casa, visconde... Ah! Eis nosso velho Grimaud!...[34] Venha, Grimaud, o visconde quer abraçá-lo também.

Não foi preciso insistir e o robusto velho se aproximou de braços abertos, com Raoul também se adiantando na sua direção.

— Quer que passemos ao jardim, Raoul? Vou mostrar o novo apartamento que preparei pensando em você, para quando vier de licença. E enquanto olhamos as plantações desse inverno e os dois cavalos de tração que troquei, poderá me dar notícia dos amigos de Paris.

O conde fechou o manuscrito, tomou o braço do rapaz e eles saíram.

Grimaud melancolicamente acompanhou com os olhos Raoul, cuja cabeça quase encostava no alto da porta, e, cofiando o cavanhaque branco, deixou escapar a profunda observação:

— Cresceu!

---

34. Grimaud é o fiel criado de Athos desde *Os três mosqueteiros* e foi habituado a falar o mínimo necessário.

5. Quando se falará de Cropoli, de Cropole e de um grande pintor desconhecido

Enquanto o conde de La Fère visita com Raoul as recentes obras feitas na propriedade e os dois cavalos comprados, permitam-nos os leitores que os levemos de volta à cidade de Blois, para que acompanhem a inabitual movimentação que agitava o lugar.

Era sobretudo nas casas mais importantes que se viam as consequências da notícia trazida por Raoul.

De fato, o rei e a corte em Blois significavam cem cavaleiros, dez carruagens, duzentos cavalos, criadagem numerosa... Onde alojar não só toda essa gente, mas também fidalgos da região, que talvez chegassem em duas ou três horas, assim que a notícia se alastrasse como esses círculos que se formam num lago a partir de uma pedra jogada na água?

Blois, que pela manhã era como o lago mais calmo do mundo, como vimos, ao se espalhar o anúncio do iminente acontecimento se encheu de tumulto e de balbúrdia.

Todos os serviçais do castelo, orientados pelos mais graduados, percorriam a cidade em busca de provisões, e dez correios a cavalo foram mandados a galope às reservas de Chambord em busca de caça, aos cais do Beuvron em busca de peixes e às estufas de Cheverny em busca de flores e frutos.

Tapeçarias preciosas eram tiradas dos baús, assim como lustres a serem pendurados com fortes correntes douradas. Um exército de homens do povo varria os pátios e lavava as fachadas de pedra, enquanto as mulheres percorriam os prados do outro lado do Loire à procura de ramagens e de flores silvestres. A cidade inteira, não querendo ficar de fora desse arroubo de limpeza, participava com muita escova, vassoura e água.

O que era escoadouro na parte alta da cidade, aumentado com tanta faxina se tornava riacho na parte baixa, e a pavimentação — em geral um tanto lamacenta, deve-se reconhecer — brilhava como um diamante sob os amigáveis raios do sol.

Junto a isso, instrumentos musicais eram preparados e gavetas eram esvaziadas. Disputava-se no comércio local tudo aquilo que se pudesse encontrar para lustrar e enfeitar. Donas de casa reviam suas provisões de pão, de carnes, de condimentos. Muitos burgueses, com suas despensas tão bem abastecidas como se fossem enfrentar o cerco de um exército inimigo, sem portanto ter com que se preocupar, vestiam seus trajes de festa e se encaminhavam às portas da cidade, disputando a honra de ser o primeiro a anunciar ou ver o cortejo. Todos sabiam que o rei só chegaria à noite, ou até mesmo na manhã seguinte... mas o que é a espera senão uma espécie de loucura, e o que é a loucura senão um excesso de confiança?

Na cidade baixa, a cem passos do castelo des États, entre a praça e o castelo, numa bonita rua que existia na época e se chamava rua Velha — devia, de fato, ser bem velha — se erguia um venerável edifício de fachada que ia se estreitando, atarracado e largo, ornado por janelas que davam para a rua: três no primeiro andar, duas no segundo, e uma lucarna redonda no terceiro.

Numa lateral dessa construção, mais recentemente se acrescentara um vasto paralelepípedo que invadia a rua sem fazer cerimônia, o que era uma prática urbanística da época. A via pública perdia um quarto da largura, mas o imóvel se ampliava em quase metade do que era: como não ver nisso compensação suficiente?

Reza a tradição que essa casa de fachada estranha pertencia, no tempo de Henrique III, a um conselheiro dos Estados-Gerais a quem a rainha Catarina visitou ou quis estrangular, segundo duas diferentes versões. Seja como for, aquela augusta senhora deve ter pisado com sua prudente botina na soleira desse prédio.[35]

Morto o conselheiro — estrangulado ou de morte natural, isso aqui pouco importa —, a casa foi vendida, depois abandonada, e por fim isolada das demais da rua. Só por volta da metade do reinado de Luís XIII é que um italiano chamado Cropoli, sobrevivente das cozinhas do marechal d'Ancre,[36] foi morar nela. Fundou ali um pequeno albergue, onde preparava um macarrão tão requintado que vinham de longe encomendar a especialidade da casa ou comer in loco.

O lugar ganhou maior fama pelo fato de a rainha Maria de Médici — prisioneira, como se sabe, no castelo des États — ter, certo dia, mandado buscar a iguaria.

E foi justo no dia da sua famosa fuga pela janela. O prato de macarrão ficou em cima da mesa, praticamente intocado pelo apetite real.

---

35. Catarina de Médici (1519-89), casada com o rei Henrique II, foi rainha e regente com grande envolvimento político. Morreu em Blois, sem poder voltar a Paris, de onde o rei Henrique III, seu filho, fora afastado em consequência dos conflitos entre católicos e protestantes.
36. O florentino Concino Concini, marquês d'Ancre e marechal da França (1575-1617), teve grande influência política junto à regente Maria de Médici, angariando a antipatia do jovem Luís XIII e de parte da nobreza. Assassinado em Paris por ordem do rei, seu corpo foi deixado ao povo, que o despedaçou.

A partir desse duplo favor feito à casa trapezoidal — um estrangulamento e um macarrão — veio ao pobre Cropoli a ideia de dar a seu albergue um nome pomposo. Mas sua nacionalidade italiana não era bem-vista naquela época e sua pouca fortuna, cuidadosamente escondida, fazia com que ele procurasse não chamar muita atenção.

Ao sentir que a morte não tardaria, o que acabou acontecendo em 1643, logo depois da morte do rei Luís XIII, ele mandou chamar o filho, que era um jovem e promissor ajudante de cozinha. Com lágrimas nos olhos, o aconselhou que guardasse o segredo do macarrão, que afrancesasse seu nome, que se casasse com uma francesa e, enfim, quando o ambiente político estivesse livre das nuvens que o ameaçavam — já naquela época se usava essa imagem tão em moda nos dias de hoje, nos editoriais jornalísticos e na Câmara — encomendasse do ferreiro vizinho uma bela tabuleta em que um famoso pintor por ele indicado faria retratos das duas rainhas com a seguinte legenda: *Aux Médicis*.[37]

O bom Cropoli, feitas essas recomendações, teve forças apenas para indicar a seu jovem herdeiro uma lareira sob a qual havia escondido mil luíses em moedas de dez francos e expirou.[38]

Homem de fibra, Cropoli filho suportou a perda com resignação e o dinheiro sem insolência. Começou por habituar sua clientela a não enfatizar tanto o I final do seu nome e, com a ajuda da boa vontade geral, passou a ser chamado apenas de sr. Cropole, que parece um nome perfeitamente francês.

Depois se casou. Por perto morava uma francesinha de quem ele gostava e, mesmo depois de mostrar o que havia sob a laje da lareira, ainda conseguiu arrancar dos pais da moça um dote razoável.

Cumpridas as duas primeiras tarefas, ele se pôs à procura do pintor que devia fazer a tabuleta e o encontrou.

Era um velho italiano, um êmulo dos Rafael e dos Carracci, mas um êmulo malsucedido. Dizia-se da escola veneziana, por gostar muito da cor. Suas obras — das quais nunca vendeu uma única tela — de longe chamavam atenção, mas desagradavam formidavelmente os burgueses, tanto que ele acabou não insistindo mais.

Um trunfo seu era ter pintado um banheiro para a sra. d'Ancre, e ele lamentava que o cômodo tivesse sido incendiado por ocasião da desventura do marechal.

Cropoli, sendo compatriota, se mostrava indulgente com Pittrino. Era esse o nome do artista. Talvez tivesse visto as famosas pinturas do banheiro.

---

37. O plural não define o gênero em francês, podendo então ser "Às" ou "Aos Médici" (a ambiguidade será importante a seguir).

38. O franco era uma das diversas moedas correntes. Os primeiros foram cunhados no século XIV e se tornaram moeda única em 1795 até 1º de janeiro de 1999, quando foram substituídos pelo atual euro. Naquela época pesavam 3,87 gramas de ouro, equivalendo a uma libra, ou vinte soldos.

De um jeito ou de outro, era tamanha a sua estima, ou mesmo tamanha a amizade, que o trouxe para morar em sua casa.

Pittrino, agradecido e bem alimentado à base de macarrão, passou a propagandear a reputação do prato nacional e, à época do seu fundador, com uma língua infatigável prestou serviços valiosos à casa Cropoli.

Ao envelhecer, se apegou ao filho como ao pai e, pouco a pouco, se tornou uma espécie de supervisor de um empreendimento em que a sua íntegra probidade, sua reconhecida sobriedade, sua proverbial castidade e mil outras virtudes que acreditamos ser desnecessário enumerar aqui lhe garantiram um lugar eterno naquele lar, com direito a inspecionar os empregados. Além disso, era quem experimentava o macarrão, como aval do puro gosto da antiga tradição. Diga-se que não tolerava um grão de pimenta-do-reino a mais ou um átomo de parmesão a menos. Sua alegria foi imensa no dia em que, chamado a compartilhar o segredo de Cropole filho, foi também encarregado de pintar a famosa tabuleta.

Foi visto remexendo com fúria uma velha arca, onde encontrou pincéis meio roídos por ratos, mas ainda utilizáveis, tintas em bisnagas mais ou menos ressecadas, óleo de linhaça numa garrafa e uma paleta que tinha pertencido a Bronzino, esse *diou de la pittoure*,[39] como dizia em seu eternamente juvenil entusiasmo o artista ultramontano.

Na alegria da reabilitação, Pittrino se tornava grande.

Fez como fizera Rafael; mudou sua maneira e pintou, à la Albane,[40] duas deusas, em vez de duas rainhas. As ilustres damas se mostravam graciosas na tabuleta, oferecendo ao olhar surpreso do espectador uma confusão de lírios e de rosas, resultado da encantadora mudança de estilo de Pittrino. Assumiam pose de sereias anacreônticas, tanto que um representante do conselho municipal, convidado a ver a peça capital na sala de Cropole, declarou que aquelas senhoras eram formosas demais, com encantos demasiado vívidos para uma tabuleta às vistas dos transeuntes.

— Sua Alteza Real, Monsieur — ele disse a Pittrino —, que frequentemente passeia pela cidade, não gostará de ver sua ilustre mãe tão desnuda e mandará o senhor às masmorras subterrâneas do castelo, pois o glorioso príncipe nem sempre tem um coração compassivo. Apague as duas sereias ou a legenda, senão proíbo a exibição do anúncio. Digo isso para o seu bem, mestre Cropole, e para o do sr. Pittrino.

O que responder a semelhante argumento? Foi preciso agradecer ao membro do conselho, e assim fez Cropole.

Mas Pittrino caiu em sombria frustração.

Pressentiu perfeitamente o golpe.

---

39. Ou "deus da pintura" (numa mistura de francês e italiano), Agnolo do Cosimo di Mariano, conhecido como Il Bronzino (1503-72), pintor italiano de estilo maneirista.
40. Francesco Albani (1578-1660), pintor barroco.

Assim que a autoridade se retirou, cruzando os braços perguntou:

— E então, mestre, o que vamos fazer?

— Mudar a legenda — disse com tristeza Pittrino. — Tenho aqui um excelente preto de ébano e num piscar de olhos posso trocar "Médicis" por "Ninfas" ou "Sereias", como preferir.

— De jeito nenhum — respondeu Cropole. — Não estaria cumprindo o que meu pai determinou. O que para ele mais importava...

— Eram as personagens — cortou Pittrino.

— Era a legenda — disse Cropole.

— A prova de que fazia questão das personagens é que as pediu com semelhança. E são semelhantes — replicou o pintor.

— Sim, mas se não fossem quem saberia que são elas sem a legenda? A memória dos habitantes de Blois com relação a essas duas celebridades pouco a pouco se apagou. Quem reconheceria Catarina e Maria sem o sobrenome?

— Mas e minha pintura? — desesperou-se Pittrino, sentindo que o jovem Cropole tinha razão. — Não quero perder o fruto do meu trabalho.

— E eu, por minha vez, não quero que seja preso, como também não quero ser mandado às masmorras.

— Vamos só apagar "Médicis" — suplicou o artista.

— Não — Cropole foi firme. — Mas acabo de ter uma ideia, uma ideia sublime... para manter sua pintura e também minha legenda... "Médici" não quer dizer médico em italiano?

— Sim, no plural.

— Encomende outra placa no ferreiro. Pinte nela seis médicos e escreva embaixo: "Aux Médicis...".[41] Será um trocadilho engraçado.

— Seis médicos! É impossível! E a composição? — revoltou-se Pittrino.

— Isso é problema seu, mas assim será. É o que quero, e o que precisa ser feito. Meu macarrão está queimando.

A razão era peremptória, e Pittrino obedeceu. Fez a tabuleta dos seis médicos com a legenda. O membro do conselho aplaudiu e autorizou.

A tabuleta fez um sucesso louco na cidade, o que prova que a poesia sempre sai perdendo diante dos burgueses, como disse Pittrino.

Tentando agradar o pintor, Cropole pendurou no seu quarto de dormir as ninfas da tabuleta original, o que fazia a sra. Cropole ruborizar sempre que se despia à noite.

Foi assim que a casa cuja fachada se afunilava ganhou uma tabuleta. Foi assim que, com o sucesso, o albergue dos/das Médici foi forçado a se expandir com o quadrilátero que já descrevemos. Foi como Blois passou a ter uma albergaria com esse nome, sendo seu proprietário mestre Cropole e seu pintor titular mestre Pittrino.

---

41. Seria então: "Aos médicos".

6. O desconhecido

Assim instituída e recomendada por sua tabuleta, a albergaria de mestre Cropole avançava rumo a uma sólida prosperidade.

Não era uma fortuna imensa que Cropole tinha em vista, mas podia esperar dobrar os mil luíses em ouro legados por seu pai, conseguir mais mil com a venda da casa e do ponto comercial e, enfim, viver livre e feliz como um burguês citadino.

Defendendo seu negócio, Cropole ficou louco de alegria ao saber da chegada do rei Luís XIV.

Ele, a mulher, Pittrino e dois ajudantes de cozinha imediatamente atacaram toda a população do pombal, do galinheiro e das coelheiras, de forma que se ouviram, nos pátios da albergaria dos/das Médici tantos lamentos e gritos quanto em Ramá, outrora.[42]

O albergue, naquele momento, tinha um só hóspede: um homem que não passava dos trinta anos, vistoso, grande e austero, ou melhor, melancólico em todos os seus gestos e olhares.

Vestia um traje de veludo preto com fechos de azeviche, em que a gola branca, simples como as que usam os mais severos puritanos, realçava a pele trigueira e jovem do pescoço. Um fino bigode louro mal cobria o lábio trêmulo e um tanto desdenhoso.

Falava olhando as pessoas de frente. Sem afetação, é verdade, mas de maneira tão direta que o brilho dos seus olhos azuis parecia insuportável, fazendo ir ao chão muitos olhares, como espadas menos destras, num combate singular.

Naquele tempo em que os homens — criados iguais por Deus — por obra dos preconceitos se dividiam em duas castas distintas, fidalgos e plebeus, da mesma forma como se dividem no mundo em duas raças, a preta e a branca; naquele tempo, dizíamos, o personagem do qual acabamos de esboçar o retrato não poderia deixar de ser visto como fidalgo, e da melhor estirpe. Para isso, bastava observar suas mãos compridas, esbeltas e brancas, em que cada

---

42. Em Mateus 2,18, uma das localidades em que foram chorados os meninos recém-nascidos assassinados por ordem do rei Herodes.

músculo, cada veia transparecia sob a pele ao menor movimento, e cujas falanges se avermelhavam à menor crispação.

Ele havia chegado sozinho à casa Cropole. Sem hesitar e sem sequer pensar, aceitou o apartamento mais importante que o albergueiro indicou, por interesses pecuniários condenáveis, dirão alguns, ou louváveis, dirão outros, alegando que, bom observador, Cropole podia julgar as pessoas à primeira vista.

Esse apartamento ocupava toda a frente do velho edifício triangular: uma grande sala iluminada por duas janelas no primeiro andar, com um quarto pequeno ao lado e outro em cima.

Desde que chegara, o hóspede mal havia tocado na refeição que lhe foi servida no quarto. Dissera apenas poucas palavras ao hoteleiro, avisando que um viajante chamado Parry viria procurá-lo e que então o levassem ao apartamento.

Depois disso se manteve num silêncio tal que Cropole quase se sentiu ofendido, acostumado a pessoas mais expansivas.

Esse fidalgo, em todo caso, se levantara bem cedo naquela manhã em que teve início essa história e se pôs à janela da sala, debruçado no parapeito da sacada, olhando triste e insistentemente para os dois lados da rua, é provável que na expectativa da chegada do viajante já mencionado.

Por isso viu passar o pequeno séquito de Monsieur voltando da caça e pôde em seguida saborear a profunda tranquilidade da cidade, absorto que estava na sua espera.

De repente, o tumulto dos pobres que corriam aos campos, dos correios que partiam, da lavação das calçadas, dos fornecedores da casa real, dos lojistas e vendedores ambulantes agitados e barulhentos, das carroças sendo movimentadas, dos cabeleireiros e dos pajens atarefados, todo esse tumulto o surpreendeu, mas sem fazê-lo perder nem um pouco da impassibilidade majestosa que dá à águia e ao leão um olhar sereno e desdenhoso, mesmo diante da gritaria e dos arrebatamentos de caçadores ou de curiosos.

Pouco depois, os gritos das vítimas degoladas no quintal, os passos apressados da sra. Cropole na pequena escada de madeira, tão estreita e tão ruidosa, a movimentação trepidante de Pittrino, que pouco antes fumava diante da porta com a fleuma de um holandês, tudo isso gerou no hóspede um início de surpresa e de inquietação.

No momento em que decidia ir em busca de informações, sua porta foi aberta. Ele achou ser o viajante por ele tão impacientemente aguardado que estava sendo trazido.

Voltou-se então para a porta.

Mas em vez de ver quem esperava, deparou-se com mestre Cropole apenas, é verdade que tendo mais atrás, na penumbra da escada, o rosto bastante gracioso, mas ali alterado pela curiosidade, da sra. Cropole, que deu uma furtiva olhada no belo fidalgo e sumiu.

Cropole entrou sorridente, com o boné na mão, mais se curvando do que se inclinando.

Um gesto do desconhecido foi suficiente como interrogação, sem que qualquer palavra fosse pronunciada.

— Cavalheiro — disse Cropole —, vim perguntar como devo chamá-lo: Vossa Senhoria, sr. conde, sr. marquês...

— Cavalheiro, ou senhor já basta, mas diga logo o que tem a dizer — respondeu o desconhecido, com esse tom que não admite discussão nem réplica.

— Vim perguntar se o senhor passou bem a noite e se tem a intenção de manter ainda este apartamento.

— Tenho.

— É que está acontecendo algo que não esperávamos.

— O quê?

— Sua Majestade Luís XIV chega hoje à cidade e deve aqui repousar por um dia, talvez dois.

Uma grande surpresa se estampou no rosto do desconhecido.

— O rei da França vem a Blois?!

— Está a caminho, senhor.

— É uma razão a mais para que eu fique.

— Muito bem, senhor; mas pretende conservar o apartamento inteiro?

— Não entendo a pergunta. Por que não teria hoje o que tinha ontem?

— Bem, permita-me Vossa Senhoria dizer que ontem, quando escolheu o apartamento, não estabelecemos um preço, partindo do princípio de que eu pressupunha os recursos de Vossa Senhoria... mas hoje...

O desconhecido ficou vermelho. Sua impressão imediata foi de estar sendo insultado, pois não o achavam rico o bastante para aquela despesa.

— Mas hoje — ele continuou a frase do hoteleiro — pressupõe...

— Cavalheiro, sou um homem bem-criado, com a graça de Deus! Por mais dono de hospedaria que seja, tenho sangue fidalgo. Meu pai foi servidor e chef do falecido marechal d'Ancre, que Deus tenha a sua alma...

— Não o contesto nesse ponto, apenas quero saber, e depressa, aonde pretende chegar com suas perguntas.

— O senhor deve perfeitamente entender que nossa cidade é pequena, que será invadida pela corte, que todas as casas estarão repletas de gente e que, em consequência, as diárias vão encarecer bastante.

O desconhecido ficou ainda mais vermelho.

— Estipule então o seu preço.

— Serei consciencioso, senhor, procuro apenas um ganho honesto e adequado, sem ser incivil ou grosseiro... Bom, esse apartamento é considerável e o senhor o ocupa sozinho...

— Isso só diz respeito a mim.

— Sim, é claro! De forma alguma estou expulsando o cavalheiro.

O sangue afluiu às têmporas do desconhecido, que lançou sobre o pobre Cropole, descendente de um chef do sr. marechal d'Ancre, um olhar que o faria se enfiar sob aquela famosa laje da lareira se não estivesse paralisado onde se encontrava pela negociação dos seus interesses.

— Está querendo que eu parta? Explique-se mais prontamente.

— Senhor, cavalheiro, entendeu-me mal. É muito delicado o que estou querendo dizer. Exprimo-me mal ou talvez, sendo o senhor estrangeiro, pois vejo pelo sotaque...

De fato, o desconhecido muito ligeiramente pronunciava o R na garganta, o que constitui a principal característica do sotaque inglês, mesmo entre os britânicos que melhor falam francês.

— Como estrangeiro — ele continuou — é possível que não acompanhe as nuances do que estou dizendo. Acho apenas que o cavalheiro poderia liberar um ou dois dos três cômodos que ocupa, o que diminuiria bastante a diária e me deixaria com a consciência mais tranquila. Na verdade, é difícil aumentar exageradamente o preço dos quartos quando procuramos mantê-los a um preço não exagerado.

— Quanto era a diária de ontem?

— Um luís, incluindo refeição e cuidados com o cavalo.

— E a de hoje?

— Pois é! Eis a dificuldade. Estamos no dia em que chega o rei. Se a corte vier passar a noite, a diária conta. Três cômodos a dois luíses cada são seis luíses. Dois luíses nada são, mas seis luíses...

O desconhecido, a quem vimos ficar cada vez mais vermelho, empalideceu.

Tirou do casaco, com heroica bravura, uma bolsinha com um brasão bordado e a escondeu na palma da mão. A tal bolsinha era de uma magreza, uma flacidez, uma falta de estofo que não escaparam aos olhos atentos de Cropole.

O desconhecido esvaziou-a na mão. Continha três duplos luíses, que perfaziam os seis luíses na nova diária.

Só que o total devido era de sete luíses.

O hoteleiro então olhou para o desconhecido como quem diz: e o resto?

— Falta um luís, não é?

— Sim, cavalheiro, mas...

O desconhecido procurou no bolso dos calções e o revirou. Continha uma carteirinha, uma chave de ouro e algumas moedas de prata, que ele juntou até somarem um luís.

— Obrigado — disse Cropole. — Preciso ainda saber se o senhor pretende guardar ainda amanhã o apartamento, para que o mantenha reservado. Se não for o caso, poderei promete-lo a clientes que venham da parte de Sua Majestade.

— Nada mais justo — respondeu o desconhecido depois de um demorado silêncio. — Não tenho mais dinheiro, como pôde constatar, mas quero ficar com o apartamento. Preciso então que venda para mim esse diamante, ou que o guarde em caução.

Cropole olhou por tanto tempo a pedra que o desconhecido se apressou a dizer:

— Prefiro que o venda, pois vale trezentas pistolas.[43] Se houver um agiota em Blois, ele lhe dará duzentas ou no mínimo cento e cinquenta. Aceite o que ele oferecer, mesmo que cubra apenas o montante da sua diária. Faça isso!

— Por favor, cavalheiro — exclamou Cropole, caindo em si com a súbita inferioridade que o desconhecido lhe retribuiu ao abandonar de forma tão altiva e desinteressada o diamante, como também por sua inalterável atitude diante de tantas negociações e desconfianças. — Por favor! Não somos, em Blois, gananciosos como o senhor parece pensar, e se o diamante alcança tal valor...

O desconhecido mais uma vez o fulminou com seu olhar azul.

— Não tenho esse tipo de conhecimento, senhor, acredite — defendeu-se Cropole.

— Mas os joalheiros têm, informe-se com eles — respondeu o desconhecido. — Acredito que com isso nossas contas estejam encerradas, concorda, sr. hoteleiro?

— Perfeitamente, mas lamento a forma como tudo se passou, pois temo tê-lo ofendido.

— De forma alguma — replicou o desconhecido, com a altivez de quem se sente superior.

— Ou de ter parecido me aproveitar de um nobre viajante... Que o cavalheiro leve em consideração a necessidade.

— Não falemos mais disso e, por favor, queira me deixar só em meus aposentos.

Cropole fez uma reverência e se retirou, muito constrangido, pois tinha bom coração e sentia sincero pesar por tudo aquilo.

---

43. Antiga moeda de ouro que se confundia com o dobrão espanhol, valendo dez libras (que eram de prata) e com a metade do valor do luís, também de ouro. Outras moedas a aparecerem no romance são o escudo — com 3,45 gramas de ouro, valendo três libras (o de prata tinha apenas um quarto desse valor) — e o franco, que se confunde com a libra.

O desconhecido foi pessoalmente fechar a porta e, uma vez sozinho, olhou o fundo da bolsinha de seda de onde saíra o diamante, seu último recurso.

Consultou também o vazio dos bolsos, olhou os papéis na carteira e se convenceu da absoluta indigência em que estava.

Ergueu então os olhos ao céu, num sublime gesto de calmo desespero, limpou com a mão trêmula algumas gotas de suor que desciam por sua nobre fronte e trouxe de volta à terra o olhar, impregnado da magnificência divina.

A tempestade acabava de passar distante. Talvez, do fundo da alma, ele tenha rezado.

Reassumiu seu posto na sacada e ali permaneceu imóvel, átono, morto, até o momento em que, com o céu começando a escurecer, os primeiros archotes atravessaram a rua perfumada e todas as janelas da cidade pouco a pouco se iluminaram.

7. Parry

Enquanto o desconhecido olhava com interesse aquelas luzes e prestava atenção em todos aqueles sons, mestre Cropole entrou na sala com dois ajudantes e, juntos, puseram a mesa.

O estrangeiro os ignorou completamente.

O hoteleiro em seguida se aproximou e disse em voz baixa, com profundo respeito:

— Cavalheiro, o diamante foi avaliado.

— Ah! — ele se surpreendeu. — E então?

— Então que o joalheiro de Sua Alteza Real propôs duzentas e oitenta pistolas.

— Está com elas?

— Achei dever aceitá-las; mas impus como condição que se o senhor quiser reaver o diamante, se houver uma entrada de fundos... ele lhe será devolvido.

— De forma alguma. Eu disse que podia vendê-lo.

— Então segui o que disse, ou mais ou menos, uma vez que sem tê-lo totalmente vendido recebi o dinheiro.

— Tire o que lhe devo — acrescentou o desconhecido.

— Farei isso, já que o senhor exige.

Um sorriso triste se esboçou nos lábios do fidalgo.

— Deixe o restante em cima desta arca — ele acrescentou, se desviando do móvel assim que o indicou com a mão.

Cropole dispôs um saco bastante volumoso, do qual tirou o valor das suas diárias.

— Mas agora não me cause o desgosto de não cear... Já o jantar foi rejeitado; é vergonhoso para a casa Médicis. A ceia está servida e me arrisco inclusive a dizer que tem ótima aparência.

O desconhecido pediu um copo de vinho, partiu um pedaço de pão e não deixou a janela para comer e beber.

Pouco depois ouviu-se uma fanfarra e clarins. Gritos se ergueram distantes, um rebuliço confuso encheu a parte baixa da cidade e o primeiro som mais distinto que chegou aos ouvidos do estrangeiro foi um tropel de cavalos se aproximando.

— O rei! O rei! — repetiam pessoas na densa e ruidosa multidão.

— O rei! — repetiu Cropole, abandonando o hóspede e suas tentativas de polidez para ir satisfazer a curiosidade.

Com Cropole trombaram na escada a sra. Cropole, Pittrino, os serventes e os ajudantes de cozinha.

O cortejo avançava devagar, iluminado por milhares de luzes, tanto da rua quanto das janelas.

Após uma companhia de mosqueteiros e um cerrado grupo de fidalgos, vinha a liteira do cardeal Mazarino, puxada como uma carruagem por quatro cavalos negros.

Seus pajens e criados o seguiam, logo atrás.

Em seguida vinha a carruagem da rainha-mãe, com suas damas de honra nas janelas e seus fidalgos a cavalo, dos dois lados.

Depois via-se o rei, montado num belo cavalo de raça saxã e crina longa. O jovem príncipe mostrava seu nobre e gracioso rosto, iluminado pelas tochas dos pajens, distribuindo saudações às janelas de onde vinham as mais vivas aclamações.

Ao lado do rei, mas dois passos atrás, estavam o príncipe de Condé, o sr. Dangeau[44] e vinte outros cortesãos, seguidos por suas respectivas criadagens e bagagens, encerrando a marcha triunfal.

Toda essa pompa seguia uma ordem militar.

Apenas alguns cortesãos mais velhos usavam traje de viagem; quase todos estavam em indumentária de guerra. Muitos ostentavam a meia-lua dourada no pescoço[45] e a correia de couro do boldrié, como no tempo de Henrique IV e Luís XIII.

Quando o rei passou à sua frente, o desconhecido, que se debruçara na sacada para ver melhor e tinha escondido o rosto com o braço, sentiu o coração pesado, transbordando de amargor.

O som das trompas o embriagou, as aclamações populares o ensurdeceram; por um momento, naquele fluxo de luzes, de tumulto e de brilhantes imagens, ele perdeu sua habitual frieza.

— *Ele* é rei! — murmurou o homem à janela, sublinhando "ele" com um desespero tão aflito que deve ter chegado ao trono de Deus.

Estava ainda nesse sombrio devaneio quando todo aquele barulho, todo aquele esplendor se desvaneceu. Na esquina da rua restavam apenas vozes discordantes e roucas que espaçadamente gritavam ainda: "Viva o rei!".

---

44. Philippe de Courcillon Dangeau (1638-1720) escreveu um *Diário da corte de Versalhes*, que Dumas certamente leu.

45. Placa de metal decorada em forma de meia-lua que os oficiais da infantaria usavam no peito, pendurada no pescoço.

Restavam também as seis velas acesas nas mãos dos moradores da casa Médicis, ou seja, duas para os Cropole, uma para Pittrino e uma para cada ajudante de cozinha.

O patrão não parava de repetir:

— Como o rei é bonito, e como se parece com seu ilustre e falecido pai!

— É mais bonito — observou Pittrino.

— Que bela e altiva expressão! — acrescentou a sra. Cropole, já num alvoroço de comentários com vizinhos e vizinhas.

O marido alimentava esse falatório com observações pessoais, sem notar que um velho a pé, mas puxando pela rédea um pequeno cavalo irlandês, tentava abrir passagem entre as pessoas ainda paradas diante da casa.

Ouviu-se então, da janela do andar de cima, a voz do estrangeiro:

— Senhor hoteleiro, há quem esteja querendo chegar ao seu estabelecimento e não consegue.

Só então Cropole viu o velho e abriu caminho para ele.

A janela foi fechada.

Pittrino conduziu o recém-chegado, que entrou sem dizer uma palavra.

O hóspede o esperava no primeiro andar e abriu os braços para o velho. Levou-o em seguida a uma poltrona, que foi recusada:

— Não, de modo algum. Sentar-me diante de milorde? Nunca!

— Parry —[46] exclamou o fidalgo. — Por favor... está vindo da Inglaterra... de tão longe! Na sua idade, ninguém deveria mais passar por fadigas como as que o meu serviço lhe impõe. Repouse um pouco...

— Antes de qualquer coisa, preciso transmitir a milorde a resposta.

— Parry... insisto, não fale... se a notícia fosse boa, não teria começado assim. Tudo indica que é má.

— Milorde — disse o velho —, não há por que se alarmar. Nem tudo está perdido. Vontade e perseverança são necessárias e, sobretudo, resignação.

— Parry — respondeu o jovem —, cheguei aqui sozinho, atravessando mil perigos; não acredita em minha vontade? Por dez anos imaginei essa viagem, apesar de todos os conselhos contrários e todos os obstáculos; quer maior perseverança? E vendi esta noite o último diamante de meu pai, por não ter mais como pagar este quarto e para não ser expulso da hospedaria.

Parry fez um gesto de indignação e o jovem respondeu apenas com uma pressão da mão e um sorriso.

— Restam-me duzentas e setenta e quatro pistolas e me considero rico. Não me desespero, Parry; não vê nisso resignação?

O velho ergueu ao céu suas trêmulas mãos.

— E agora — disse o estrangeiro — não procure me poupar: o que aconteceu?

---

46. Era o fiel criado de quarto do rei Carlos I da Grã-Bretanha (1600-49) em *Vinte anos depois*.

— Meu relato será breve. Mas, em nome de Deus, milorde, não tremais assim!

— É de impaciência, Parry. Vamos, o que disse o general?

— Primeiro, o general não me recebeu.

— Imaginou que fosse um espião.

— Exato, milorde. Então escrevi uma carta.

— E o que houve?

— Ele a recebeu e leu, milorde.

— A carta explicava bem minha posição, minhas intenções?

— Sim, sem dúvida... — disse Parry com um triste sorriso. — Tudo fielmente descrito.

— E então, Parry?

— Então um ajudante de ordens me trouxe a carta de volta, com um aviso do general dizendo que se eu ainda me encontrasse na jurisdição do seu comando no dia seguinte seria preso.

— Preso! — murmurou o jovem. — Preso! Você, meu mais fiel servidor!

— Sim, milorde.

— E tinha assinado *Parry*?

— Com todas as letras, milorde. Além disso, o ajudante de ordens me conhecia de Saint James e — acrescentou o velho com um suspiro — de White Hall![47]

O jovem se inclinou pensativo e sombrio, para afinal dizer, tentando ainda se iludir:

— Tomar uma atitude assim, diante de subalternos... mas, enfim, pessoalmente... o que ele fez? Diga.

— Não foi nada amistoso, milorde: enviou quatro cavaleiros que me deram o cavalo com que cheguei aqui. Fui levado às pressas ao pequeno porto de Tenby, e mais me jogaram do que me puseram a bordo de um barco de pesca que se dirigia ao noroeste da França, de onde vim para cá.

— Ah... — suspirou o jovem, apertando convulsivamente a garganta para impedir o choro. — Foi só isso, Parry, só isso?

— Sim, milorde, só isso!

Depois dessa breve resposta, houve um longo intervalo de silêncio. Ouvia-se apenas o barulho que o salto da bota do rapaz fazia, atormentando com fúria o assoalho.

Querendo mudar o rumo da conversa, o velho perguntou:

— Milorde, o que era todo aquele barulho no momento em que eu chegava? Por que as pessoas gritavam "Viva o rei!"? A que rei se referiam e por que toda aquela iluminação?

---

47. Palácios da Coroa britânica, em Londres, sendo que White Hall foi palco da decapitação do rei Carlos I, em 30 de janeiro de 1649 (capítulos 69-72 de *Vinte anos depois*).

— Ah, Parry! Você não sabe — disse ironicamente o jovem. — Era o rei da França em visita à sua boa cidade de Blois. São dele todas aquelas trompas, todas aquelas mantas douradas. Todos aqueles fidalgos põem suas armas a seu serviço. Sua mãe o precede numa carruagem magnificamente incrustada de prata e ouro! Feliz rainha! Seu ministro coleta milhões e o leva a um rico casamento. Por isso o povo está feliz, ama o seu rei e o homenageia com aclamações e gritos: "Viva o rei! Viva o rei!".

— Entendo, entendo, milorde — disse Parry, mais preocupado ainda com o rumo da nova conversa.

— Você sabe — continuou o desconhecido — que enquanto vemos essas homenagens ao rei Luís XIV, à minha mãe e à minha irmã faltam recursos e até alimentação. Dentro de quinze dias eu próprio serei difamado e estarei na miséria, com a Europa inteira sabendo o que você acaba de contar... Parry, há outros exemplos de alguém da minha posição que se tenha...

— Milorde, pelo amor de Deus!

— Tem razão, Parry, estou sendo covarde. Se eu próprio nada fizer por mim, o que Deus poderá fazer? Não, Parry, tenho dois braços, tenho uma espada...

Bateu com violência num braço com a outra mão e despregou da parede a espada.

— O que vai fazer, milorde?

— O que vou fazer, Parry? O que todo mundo da minha família faz: minha mãe vive da caridade pública, minha irmã mendiga por minha mãe, em algum lugar tenho irmãos que igualmente pedem esmola. Eu, que sou o mais velho, farei o mesmo, vou pedir!

Um riso nervoso e terrível interrompeu essas palavras. Ele cingiu a espada, pegou o chapéu em cima da arca, pediu que Parry lhe prendesse no ombro a capa escura que o abrigara por toda a viagem e, apertando as duas mãos do velho que o olhava com ansiedade, se despediu:

— Meu bom Parry. Mande que acendam a lareira, beba, coma, durma e descanse. Que estejamos todos bem, meu fiel, meu único amigo: somos ricos como reis!

Ele deu um soco na bolsa com as moedas, que pesadamente caiu no chão, e voltou a dar a lúgubre risada que havia assustado o velho servo. Enquanto o albergue inteiro gritava, cantava e se preparava para receber e hospedar os viajantes anunciados por seus criados, ele atravessou o salão do térreo e chegou à rua. Parry, que tinha se posto à janela, o perdeu de vista um minuto depois.

8. Como era Sua Majestade Luís xiv aos vinte e dois anos de idade

Como vimos pela descrição que tentamos fazer, a chegada de Luís xiv à cidade de Blois foi festiva e brilhante, donde a jovem majestade ter parecido bastante satisfeita.

Chegando ao pórtico do castelo des États, o rei encontrou, com sua guarda e seus fidalgos, Sua Alteza Real, o duque Gastão de Orléans, cuja fisionomia, naturalmente majestosa, acrescentava àquela circunstância solene maiores lustro e dignidade.

Madame, por sua vez, em grande traje de cerimônia, aguardava numa sacada que dava para o pátio interno a entrada do sobrinho. Todas as janelas do antigo castelo, em geral tão abandonadas e tristes, resplendiam com senhoras e luzes.

Foi então ao som de tambores, trompas e vivas que o jovem rei atravessou o portal do castelo em que, setenta e dois anos antes, Henrique iii apelou ao assassinato e à traição para manter na própria cabeça e na sua linhagem direta uma coroa que já escorregava em prol de outra família.[48]

Todos os olhares, depois de admirarem o jovem e tão bonito, encantador e nobre rei, procuraram aquele outro rei da França, bem diferente do primeiro, ou seja, o cardeal Mazarino, velho, pálido e encurvado.

Luís dispunha de muitos dos dons naturais que representam o completo fidalgo. Tinha um olhar brilhante e doce, de um azul puro e celestial, mas os mais hábeis fisionomistas, esses investigadores da alma, mesmo que fosse permitido a um súdito sustentar o olhar do rei, nunca chegariam ao fundo daquele abismo de doçura. Isso porque os olhos do rei tinham a assombrosa profundeza do azul-celeste, ou desse outro azul, ainda mais assustador, mas quase igualmente sublime, que o Mediterrâneo abre sob a quilha dos navios nos belos dias de verão, espelho gigantesco em que o céu se compraz a refletir ora suas estrelas, ora suas tempestades.

---

48. Referência ao assassinato do duque de Guise (1550-88), chefe da Liga Católica, por ordem do rei, durante os Estados-Gerais de Blois. Com Henrique iii, também assassinado no ano seguinte, se encerrou a linhagem dos Valois no trono francês, dando início à dos Bourbon, com Henrique iv.

O rei era de pequena estatura, mal chegava a cinco pés e duas polegadas,[49] mas sua juventude ainda desculpava esse defeito, compensado, aliás, pela grande nobreza de todos os seus gestos e alguma habilidade nos diversos exercícios físicos.

Luís, é claro, já se mostrava perfeitamente rei — e era muita coisa ser rei naquela época de respeito e dedicação tradicionais —, mas como até então havia muito pouco aparecido diante do povo, e como nessas ocasiões estava sempre ao lado da mãe, mulher bastante alta, e do cardeal, que tinha bela estampa, muitos o diminuíam como monarca e diziam: o rei é menor que o cardeal.

Valessem o que valessem essas observações físicas que se faziam, sobretudo na capital, o jovem príncipe foi recebido como um deus pelos moradores de Blois, e quase como um rei pelos tios, Monsieur e Madame, seus anfitriões.

No entanto, ao ver na sala de recepção poltronas de mesmo tamanho para ele, para a mãe, para o cardeal, para a tia e para o tio, numa disposição semicircular que habilmente disfarçava essa igualdade, Luís xiv ficou vermelho de raiva e olhou em volta, buscando descobrir, na expressão dos presentes, se tal humilhação havia sido proposital. Como nada percebeu no rosto impassível do cardeal nem da sua mãe ou de qualquer outra pessoa, aceitou a poltrona e se sentou, mas tendo a preocupação de fazer isso antes de todos.

Fidalgos e damas foram apresentados às Suas Majestades e ao cardeal.

O rei notou que sua mãe e ele pouco conheciam os nomes anunciados, enquanto o cardeal, pelo contrário, com uma memória e uma presença de espírito admiráveis, nunca deixava de falar a cada um das suas terras, dos seus antepassados ou dos seus filhos, dos quais era inclusive capaz, muitas vezes, de recitar os nomes, o que encantava aqueles dignos provincianos e confirmava neles a ideia de que é única e verdadeiramente rei quem conhece seus súditos, dentro de uma lógica que reza não ter o sol nenhum rival porque apenas ele a todos aquece e ilumina.

As esforçadas observações do jovem rei, há muito iniciadas sem que ninguém percebesse, continuaram ali, e ele prestava toda a atenção, tentando perceber alguma coisa nas fisionomias daquelas pessoas que, de início, lhe pareciam insignificantes e triviais.

Uma refeição ligeira foi servida. O rei, sem querer reclamar da hospitalidade, a esperava com impaciência. Naquele momento, em todo caso, recebeu todas as homenagens devidas, quando não à sua posição, pelo menos ao seu apetite.

O cardeal se limitou a encostar nos lábios murchos um mingau servido numa xícara de ouro. O todo-poderoso ministro, que havia tomado da rainha-

---

49. Ou seja, pouco mais de 1,60 metro, mas há controvérsias e muitos autores modernos o descrevem com pouco mais de 1,80 metro.

-mãe sua regência e do rei o seu reinado, não conseguira tomar da Natureza um bom estômago.

Ana da Áustria, que já sofria do câncer que seis ou oito anos depois a mataria, também se manteve frugal.[50]

Já Monsieur, ainda excitado demais com aquele grande evento em sua vida provinciana, nada comeu.

Apenas Madame, como verdadeira lorena que era, rivalizou com Sua Majestade. De forma que Luís XIV, não sendo o único a comer, ficou muito grato à tia, mas também ao sr. de Saint-Remy, o intendente geral, que de fato se distinguiu nessa atividade.

Terminada a refeição, com um sinal de aprovação de Mazarino, o rei se levantou e, a convite de Madame, caminhou entre as fileiras de convidados.

As damas puderam então observar, pois há coisas para as quais as mulheres, seja em Blois ou Paris, são boas observadoras, que Luís XIV tinha o olhar rápido e ousado, o que as fazia nele supor um alto apreciador de certas boas qualidades. Os homens, por sua vez, notaram que o príncipe era orgulhoso e altivo, gostando de fazer baixarem os olhos os que o olhavam demorada ou fixamente demais, característica que lhes fazia pressentir um grande chefe.

Luís XIV havia cumprido mais ou menos um terço da sua inspeção quando seus ouvidos identificaram uma palavra dita por Sua Eminência, que conversava com Monsieur.

Um nome de mulher.

Assim que o ouviu, não escutou mais coisa alguma. Desinteressou-se das pessoas que aguardavam sua passagem, pensando apenas em chegar o mais rápido possível ao final.

Como bom cortesão, Monsieur se informava com Sua Eminência da saúde de suas sobrinhas. De fato, cinco ou seis semanas antes, três sobrinhas do cardeal tinham chegado da Itália: as senhoritas Hortense, Olympe e Marie de Mancini.

Monsieur perguntava então como estavam as sobrinhas do cardeal e dizia lamentar não ter a alegria de recebê-las ao mesmo tempo que ao tio. Acrescentou que elas certamente teriam crescido em beleza e graça, como tudo levava a crer, desde a última vez que as tinha visto.

O que antes de tudo havia chamado a atenção do rei foi o claro contraste nas vozes dos dois homens. A de Monsieur parecia calma e natural ao falar, enquanto o sr. de Mazarino, para responder, dera um salto de uma oitava e meia acima do diapasão do seu tom normal.

---

50. Ana da Áustria morreu em 22 de janeiro de 1666, de um câncer no seio.

Era como se o cardeal quisesse que sua voz chegasse a um ouvido distante, num outro ponto da sala. Dizia:

— As srtas. de Mancini têm toda uma educação a concluir, deveres a cumprir, uma posição social a aprender. A permanência numa corte jovem e brilhante as dissipa um pouco.

Ao ouvir essa última frase, Luís sorriu com tristeza. A corte era de fato jovem, mas graças à avareza do cardeal estava longe de ser brilhante.

— Mas não espera enclausurá-las — respondeu Monsieur — nem torná-las burguesas...

— De forma alguma — continuou o cardeal, forçando o sotaque italiano de maneira que, de suave e aveludado que era, se mostrava agudo e vibrante —, de forma alguma. Quero casá-las logo, e do melhor jeito possível.

— Não faltarão bons partidos, sr. cardeal — respondeu Monsieur, com a bonomia de um comerciante que parabeniza um colega.

— É o que espero, monsenhor, ainda mais por terem recebido de Deus graça, juízo e beleza.

Enquanto isso, Luís XIV terminava o círculo das apresentações, como foi dito, guiado por Madame.

— Srta. Arnoux — dizia a princesa, apresentando a Sua Majestade uma robusta loura de vinte e dois anos que, numa festa de vilarejo, passaria por camponesa endomingada —, filha de minha professora de música.

O rei sorriu. Madame nunca fora capaz de tirar quatro notas afinadas da viola ou do cravo.

— Srta. Aure de Montalais — continuou Madame —, moça de qualidade, a meu serviço, com muitos méritos.

Já não era mais o rei quem ria, mas a jovem apresentada, pois pela primeira vez na vida ouvia um elogio de Madame, que em geral era pouco generosa com ela.

Foi por isso que Montalais, que já conhecemos, fez uma profunda reverência diante de Sua Majestade, tanto por respeito quanto para ocultar um riso que o rei poderia interpretar mal.

Foi nesse exato momento que o rei ouviu o tal nome que o fez estremecer.

— E a terceira, como se chama? — perguntava Monsieur.

— Marie, monsenhor — respondeu o cardeal.

Sem dúvida havia nessa palavra alguma força mágica pois, como dissemos, ao ouvi-la o rei estremeceu e, levando Madame para o centro do círculo, como se quisesse confidencialmente fazer uma pergunta, na verdade queria apenas se aproximar mais de onde estava o cardeal.

— Minha tia — ele disse rindo e a meia-voz —, pelas aulas de geografia eu não tinha ideia de Blois estar a distância tão prodigiosa de Paris.

— O que quer dizer, sobrinho?

— É que serão necessários vários anos para que a moda dê conta de tal distância. Basta ver essas jovens.

— Conheço todas.

— Algumas são bonitas.

— Não diga coisas assim alto demais, sobrinho, isso as deixaria loucas.

— Não terminei a frase, querida tia, e a segunda parte corrige a primeira — sorriu o rei. — Quero dizer que algumas parecem velhas, outras feias, apenas por seguirem a moda de dez anos atrás.

— Mas, Sire, Blois fica a apenas cinco dias de Paris.

— Pois é isso, dois anos de atraso por dia.

— É realmente a impressão que vos causa? Que estranho, não a mim.

— Basta comparar, minha tia — continuou Luís XIV, se aproximando mais de Mazarino a pretexto de escolher uma perspectiva melhor —, a tanta ostentação espalhafatosa e penteados pretensiosos aquele simples vestido branco. É provavelmente uma das jovens acompanhantes da minha mãe, não a conheço. Traz uma elegância simples, uma atitude graciosa! Temos ali uma pessoa, enquanto as outras são apenas trajes.

— Meu caro sobrinho — riu Madame —, devo infelizmente dizer que, dessa vez, vossa ciência divinatória falhou. A moça elogiada nada tem de parisiense, é uma jovem daqui, de Blois.

— Ah, tia! — pareceu duvidar o rei.

— Aproxime-se, Louise — chamou Madame.

A mocinha que já apareceu aqui com esse mesmo nome timidamente atendeu, ruborizada e assustada sob o olhar real.

— Srta. Louise-Françoise de La Baume Le Blanc, filha do marquês de La Vallière — apresentou cerimoniosamente Madame.

A jovem se inclinou com tanta graça, apesar do profundo acanhamento que a presença do rei lhe inspirava, que ele, ao olhá-la, perdeu algumas palavras da conversa do cardeal com Monsieur.

E continuava Madame:

— Enteada do sr. de Saint-Remy, nosso intendente geral, que presidiu à preparação do excelente recheado com trufas que Vossa Majestade tanto apreciou.

Não havia graça, beleza ou juventude que sobrevivesse a semelhante apresentação. O rei sorriu. Viessem do bom humor ou da ingenuidade, as palavras de Madame implacavelmente liquidaram todo o encanto e a poesia que Luís acabava de ver na moça.

Para Madame — e, consequentemente, para o rei —, a srta. de La Vallière não passava, naquele momento, da enteada de alguém cujo principal talento se aplicava aos perus trufados.

Assim são os príncipes, como também assim eram os deuses do Olimpo. Diana e Vênus deviam maltratar um bocado a bela Alcmena e a pobre Io quando por acaso se rebaixavam a falar de beldades mortais, entre o néctar e a ambrosia, à mesa de Júpiter.[51]

Mas felizmente Louise tinha se curvado tanto que não ouviu as palavras de Madame nem viu o sorriso do rei. De fato, se a pobre menina, que demonstrara bom gosto e fora a única, entre todas aquelas jovens, a pensar em se vestir de branco, se aquele coração de passarinho, tão vulnerável a todas as mágoas, tivesse ouvido as cruéis palavras de Madame e visto o egoísta e frio sorriso do rei, morreria ali mesmo.

E nem mesmo Montalais, com suas engenhosas ideias, poderia ressuscitá-la, pois o ridículo mata qualquer coisa, inclusive a beleza.

Mas felizmente, como dissemos, Louise, cujos ouvidos zumbiam e cujos olhos se turvavam, nada viu, nada ouviu, e o rei, que tinha ainda a atenção voltada para a conversa entre o cardeal e Monsieur, se apressou a voltar para perto deles.

Chegou justo no momento em que Mazarino concluía:

— Marie, como suas irmãs, parte neste momento para Brouage. Tracei para elas um trajeto ao longo da outra margem do Loire, e não a que seguimos. Pelos meus cálculos, e seguindo as ordens que dei, estarão amanhã à altura de Blois.

Tais palavras foram ditas com o tato, a contenção, a firmeza de tom, a intenção e o alcance que faziam do *signor* Giulio Mazarini o maior ator do mundo.

Daí terem atingido em cheio o coração de Luís XIV, e o cardeal, voltando-se ao ouvir se aproximarem os passos de Sua Majestade, imediatamente notou o efeito produzido no rosto do seu pupilo, efeito que o simples rubor já deixava claro. De qualquer forma, que dificuldade isso podia representar para quem há vinte anos fintava pela astúcia todos os diplomatas europeus?

Aquelas últimas palavras ouvidas eram como uma flecha envenenada e atingiram o coração do jovem rei; ele não conseguiu mais se acalmar e lançou um olhar inseguro, fraco e morto à sua volta. Mais de vinte vezes procurou o olhar da rainha-mãe, que, entregue ao prazer de conversar com a cunhada e, diga-se, avisada por um ligeiro sinal de Mazarino, parecia não entender as expressivas súplicas do filho.

A partir daquele momento, música, flores, luzes, beleza, tudo se tornou horrível e insípido para Luís XIV. Depois de cem vezes morder os lábios, espreguiçar braços e pernas como a criança bem-educada que, não podendo

---

51. Na mitologia grega, Alcmena era mulher de Anfitrião e foi enganada por Zeus (Júpiter), que tomou a aparência do marido, tendo com ela um filho, Héracles (Hércules). Io foi outra mortal por quem Zeus se apaixonou e teve sua vida infernizada pela ciumenta esposa do deus, Hera, deusa protetora da fidelidade conjugal. Diana (Ártemis) era a deusa da caça, e Vênus (Afrodite), do amor.

bocejar, usa todas as formas possíveis para declarar seu tédio, depois de lançar mais um inútil apelo à mãe, ele afinal olhou em desespero para a porta, isto é, para a liberdade.

E nessa porta, enquadrada pelo batente no qual estava encostada, chamou sua atenção uma figura altiva e morena, de nariz aquilino e olhar duro, mas vivaz, com cabelos grisalhos e longos, bigode negro; um autêntico exemplo do garbo militar. Sua meia-lua de metal brilhava mais que um espelho, quebrava os reflexos luminosos que nela se concentravam e os dardejava de volta. Esse oficial tinha na cabeça o chapéu cinza com pluma vermelha, prova de que ali estava a serviço e não por prazer. Se fosse por prazer que estivesse, como cortesão e não como soldado, traria o chapéu na mão, já que o prazer impõe sempre algum custo.

Melhor prova ainda de que o oficial estava a serviço e cumpria uma tarefa de rotina é que vigiava, de braços cruzados, com notável indiferença e suprema impassibilidade, as alegrias e os fastios da festa. Como um filósofo — e todos os velhos soldados são filósofos — ele parecia, acima de tudo, compreender infinitamente melhor os fastios que as alegrias, adequando-se àqueles e evitando estas.

Estava ele então encostado, como foi dito, no batente esculpido da porta, quando os olhos tristes e cansados do rei por acaso encontraram os seus.

Não era a primeira vez, tudo indica, que os olhos do oficial encontravam aqueles outros, dos quais ele conhecia a linguagem e o pensamento, pois assim que se fixou na fisionomia de Luís XIV e, através dela, soube o que se passava em seu coração, isto é, todo o tédio que o oprimia, toda a tímida vontade que se agitava em seu interior, ele entendeu ser preciso fazer alguma coisa sem que lhe pedissem, prestar um favor que parecesse até contrariar o interessado. E assim, vibrante como se comandasse a cavalaria em dia de batalha, ele gritou com voz retumbante:

— O serviço do rei!

A esse brado, que teve o efeito de um trovão se impondo sobre a orquestra, os cantos, os zum-zuns e as movimentações, o cardeal e a rainha-mãe olharam com surpresa para Sua Majestade.

Pálido, mas decidido, Luís XIV — sustentado pela intuição do seu próprio pensamento, que acabava de se manifestar na ordem que a presença de espírito do oficial mosqueteiro havia dado — se levantou da poltrona em que estava e deu um passo na direção da porta.

— Está indo embora, meu filho? — quis confirmar a rainha, enquanto Mazarino se limitou a perguntar com o olhar, que poderia parecer simpático, não fosse tão penetrante.

— Sim, minha mãe — respondeu o rei —, estou cansado e gostaria ainda de escrever antes de dormir.

Um sorriso passou pelos lábios do ministro, que pareceu, com um meneio de cabeça, desejar boa-noite ao rei.

Monsieur e Madame se apressaram então a dar ordens aos serventes, que se apresentaram.

O rei fez um cumprimento geral, atravessou a sala e chegou à porta.

Ali, duas fileiras de vinte mosqueteiros esperavam Sua Majestade.

No extremo dessas fileiras estava o oficial impassível, com espada desembainhada à mão.

O rei passou e todos se puseram na ponta dos pés para vê-lo ainda mais uma vez.

Dez mosqueteiros abriam passagem nas antecâmaras e nos degraus da escada. Dez outros se fechavam atrás de Monsieur, que decidira acompanhar Sua Majestade.

O pessoal do serviço vinha em seguida.

Esse pequeno cortejo escoltou o monarca até o apartamento a ele reservado.

Era o mesmo que o rei Henrique III havia ocupado em sua estadia no castelo des États.

Monsieur dera suas ordens. Os mosqueteiros, comandados pelo oficial, partiram por uma pequena passagem de comunicação entre uma ala e outra do castelo.

Abria essa passagem uma antecâmara quadrada e escura, mesmo nos dias mais bonitos.

Monsieur fez Luís XIV parar e disse:

— Vossa Majestade está atravessando o local exato em que o duque de Guise levou a primeira punhalada.

O rei, bastante desinteressado por coisas da história, conhecia o fato, mas sem saber onde havia ocorrido e seus detalhes.

— Ah!... — ele disse apenas, com um arrepio.

E parou.

Todos, à frente e atrás dele, também pararam.

— O duque, Sire, estava mais ou menos onde estou — continuou Gastão. — Andava no mesmo sentido que Vossa Majestade. O sr. de Loignes estava no lugar em que se encontra neste momento o tenente dos mosqueteiros. O sr. de Sainte-Maline estava atrás e os acompanhantes habituais em volta do duque. Foi quando se deu o ataque.

O rei se virou para o tenente e viu algo como uma nuvem passar por sua fisionomia marcial e audaciosa.

— Sim, por trás — murmurou o oficial, com um gesto de supremo desprezo e tentando retomar a marcha, parecendo se sentir pouco à vontade entre aquelas paredes que guardavam a lembrança da antiga traição.

Mas o rei, que dava sinais de se interessar, dispôs-se ainda a olhar aquele lugar fúnebre.

Gastão percebeu e, tomando o archote das mãos do sr. de Saint-Remy, continuou:

— Foi bem ali que ele caiu, Sire. Havia nesse lugar uma cama, da qual ele rasgou o cortinado, agarrando-se.

— E por que o piso parece escavado nesse ponto? — perguntou Luís.

— Por ser onde o sangue se juntou — respondeu Gastão. — Penetrou tanto no carvalho que só raspando conseguiram fazê-lo desaparecer. E mesmo assim... — acrescentou Gastão, aproximando o archote do ponto designado — mesmo assim essa mancha avermelhada resistiu a todas as tentativas de apagá-la.

Luís XIV ergueu a cabeça. Talvez se lembrasse da marca sangrenta que um dia lhe mostraram no Louvre e que, como equivalente daquela de Blois, fora provocada um dia por seu pai, com o sangue de Concini.

— Vamos! — ele ordenou.

Todos se puseram imediatamente em marcha, pois é provável que a emoção tivesse emprestado à voz do jovem príncipe um tom autoritário, ao qual não estavam acostumados.

Chegando ao apartamento reservado ao rei, ao qual se tinha acesso não só pela pequena passagem que acabamos de percorrer, mas também por uma ampla escadaria vinda do pátio, disse Gastão:

— Que Vossa Majestade aceite esses aposentos, por mais indignos que sejam de recebê-la.

— Meu tio — respondeu o jovem príncipe —, agradeço vossa cordial hospitalidade.

Gastão cumprimentou o sobrinho, que o beijou, e depois se retirou.

Dos vinte mosqueteiros que tinham acompanhado o rei, dez escoltaram Monsieur até as salas da recepção, que continuavam cheias apesar da partida de Sua Majestade.

Os dez restantes foram postados pelo oficial, que pessoalmente em cinco minutos explorou, com esse olhar frio e duro que nem sempre a experiência garante, pois depende de um talento específico e especial.

Depois, com todos os seus comandados posicionados, ele escolheu como quartel-general a antecâmara, onde encontrou uma ampla poltrona, uma lâmpada, vinho, água e pão endurecido.

Aumentou a mecha da lâmpada, bebeu meio copo de vinho, contraiu os lábios num sorriso dos mais expressivos, se acomodou na ampla poltrona e tomou suas disposições para perfeitamente dormir.

9. Quando o desconhecido da albergaria Médicis deixa de estar incógnito

Apesar da aparente fleuma, pesava sobre o oficial que dormia, ou se preparava para tal, uma grande responsabilidade.

Tenente dos mosqueteiros do rei, ele detinha o comando de toda a companhia vinda de Paris, uma companhia de cento e vinte homens, mas à exceção dos vinte de que já falamos, os cem outros estavam sendo usados na guarda da rainha-mãe e, sobretudo, na do sr. cardeal.

Nas viagens, *monsignor* Giulio Mazarini economizava os custos relativos à própria guarda e se servia da do rei — e sem cerimônia, pois reservava cinquenta homens para si, particularidade que não deixaria de parecer estranha a qualquer pessoa que não conhecesse as práticas daquela corte.

O que também não deixaria de parecer não só estranho, mas bastante extraordinário à mesma pessoa é que a ala do castelo destinada ao sr. cardeal era brilhante, iluminada e movimentada. Os mosqueteiros montavam guarda diante de cada porta e não deixavam ninguém entrar, a não ser os correios, que, mesmo em viagem, seguiam Sua Eminência para suas correspondências.

Vinte homens estavam de serviço junto à rainha-mãe; os trinta restantes descansavam para render companheiros no dia seguinte.

Na ala do rei, pelo contrário, reinavam a obscuridade, o silêncio e a solidão. Fechadas as portas, acabava toda aparência de realeza. As pessoas em função tinham pouco a pouco se retirado. O sr. Príncipe mandara perguntar se Sua Majestade requisitaria seus bons ofícios e, diante do tradicional "não" do tenente dos mosqueteiros, que estava habituado à pergunta e à resposta, tudo começava a adormecer, como numa boa casa burguesa.

No entanto, na parte do castelo em que se encontrava o jovem rei, se ouviam as músicas da festa, como também se viam as janelas faustamente iluminadas do salão.

Em seus aposentos já havia dez minutos, Luís XIV percebeu, por uma movimentação mais agitada que a da própria saída, que também o cardeal se retirava, indo para a cama seguido por um cortejo de fidalgos e damas.

Para assistir a toda essa movimentação ele só precisava, aliás, olhar pela janela, cujas folhas não tinham sido fechadas.

Sua Eminência atravessou o pátio guiado por Monsieur, que carregava um archote. Depois saiu a rainha-mãe, a quem Madame dava familiarmente o braço, e as duas cochichavam como velhas amigas.

Mais atrás, vinha todo um desfile de grandes damas, pajens, serviçais. Tochas iluminavam o pátio inteiro como um incêndio, com reflexos movediços. Então o barulho dos passos e das vozes se perdeu nos andares superiores.

Ninguém mais se lembrava do rei, que, de cotovelos fincados na janela, tristemente acompanhou o fim de toda aquela iluminação, ouviu se afastar todo aquele barulho. Ninguém, a não ser nosso desconhecido da albergaria Médicis, que vimos sair envolto em sua capa negra.

Na verdade, ele havia de imediato tomado a direção do castelo e, com sua aparência melancólica, rondava as imediações, no meio da gente do povo que ainda se aglomerava ali. Percebendo que ninguém guardava o portão principal nem o pórtico, já que os soldados de Monsieur confraternizavam com os soldados do rei, ou seja, passavam de uns para os outros à discrição, ou melhor, à indiscrição, garrafas e garrafas do vinho de Beaugency,[52] o desconhecido atravessou a multidão, depois o pátio e chegou à escada que levava aos aposentos do cardeal.

O que o fez tomar essa direção foi o brilho da iluminação e o ar atarefado dos pajens e do pessoal do serviço.

Mas foi barrado por um mosquete e pelo grito de uma sentinela:

— Aonde está indo, amigo?

— Aos aposentos do rei — respondeu com tranquila altivez.

O soldado chamou um dos oficiais de Sua Eminência, que, com o tom de um empregado de guichê que encaminha adiante um solicitante num ministério, despachou o desconhecido:

— A outra escada, ali em frente.

Sem mais se preocupar, o oficial retomou a conversa interrompida.

O estrangeiro tranquilamente seguiu para a escada indicada.

Ali, nenhum barulho mais, nenhum archote.

Apenas a escuridão, dentro da qual se pressentia uma sentinela, como uma sombra.

O silêncio fez com que se ouvissem seus passos nas lajes e o tilintar das esporas.

Quem montava guarda era um daqueles vinte mosqueteiros destinados ao serviço do rei e que cumpria sua tarefa com a rigidez e a consciência de uma estátua.

---

52. O Beaugency é um vinho de alta qualidade da região de Orléans, podendo ser branco, rosé ou tinto.

— Quem vem lá? — gritou esse guarda.

— Amigo — respondeu o desconhecido.

— O que quer?

— Falar com o rei.

— Oh! Isso não será possível, meu caro senhor.

— Por quê?

— Porque o rei já se retirou.

— Já?

— Sim.

— Mesmo assim, preciso falar com ele.

— Repito, não é possível.

— Mas…

— Afaste-se!

— A ordem é essa?

— Não tenho contas a lhe prestar. Afaste-se!

E dessa vez a sentinela juntou à palavra um gesto de ameaça. O desconhecido, no entanto, não se moveu, como se os seus pés tivessem criado raiz.

— O senhor mosqueteiro por acaso é fidalgo? — ele perguntou.

— Tenho essa honra.

— Prazer! Eu também e, entre fidalgos, devemos manter consideração.

O guarda abaixou a arma, impressionado com a maneira com que foram ditas essas palavras, e disse:

— Fale, cavalheiro. Se o que pedir for algo em meu poder…

— Obrigado. Há um oficial de serviço, não há?

— Nosso tenente.

— Pois eu gostaria de falar com ele.

— Ah! É diferente. Suba, cavalheiro.

O desconhecido o cumprimentou e subiu a escada, com o grito "Tenente, uma visita!" transmitido de sentinela em sentinela, abrindo caminho. E assim, afinal, foi perturbar o primeiro sono do oficial.

Arrastando a bota, esfregando os olhos e prendendo a capa, o tenente deu três passos até o estrangeiro.

— O que posso fazer pelo cavalheiro? — perguntou.

— É o oficial de plantão, tenente?

— Tenho essa honra — respondeu o mosqueteiro.

— Senhor, preciso absolutamente falar com o rei.

O tenente prestou bastante atenção no desconhecido e, nessa averiguação, por mais rápida que tenha sido, viu tudo que queria ver, ou seja, uma profunda distinção por trás das roupas ordinárias.

— Suponho que o cavalheiro não seja nenhum louco, e me parece capaz de saber que não se entra assim nos aposentos de um rei sem que ele dê permissão para isso.

— Ele dará permissão, tenente.

— Permita-se pôr em dúvida a afirmação. O rei se retirou há quinze minutos e já deve estar se despindo. Apenas sigo a ordem das coisas.

— Quando ele souber quem sou — respondeu o desconhecido, erguendo a cabeça —, abrirá uma exceção.

O oficial estava cada vez mais surpreso, e cada vez mais inclinado a acreditar no que o visitante dizia.

— Caso eu aceite anunciá-lo, posso ao menos saber a quem devo a honra?

— Sua Majestade Carlos II, rei da Inglaterra, da Escócia e da Irlanda.

O oficial soltou uma exclamação de espanto, recuou e pôde-se ver no seu rosto pálido uma das mais pungentes emoções que alguma vez um homem de ação tenha procurado recalcar no fundo do coração.

— Meu Deus, Sire! Eu devia ter reconhecido Vossa Majestade.

— Por ter visto algum retrato meu?

— Não, Sire.

— Talvez tenha me visto pessoalmente na corte, antes de ser expulso da França?[53]

— Não, Sire, também não.

— Como então me reconheceria, se nunca viu meu retrato nem minha pessoa?

— Sire, estive com Sua Majestade, o rei vosso pai, num momento terrível.

— No dia...

— Sim.

Uma sombria nuvem perpassou pelo semblante do príncipe. Afastando-a com a mão, ele perguntou:

— Vê ainda alguma dificuldade em me anunciar?

— Perdoai-me, Sire. Eu não podia adivinhar um rei em trajes tão modestos. No entanto, tive a honra de dizer ainda há pouco a Vossa Majestade que vi o rei Carlos I... Mas perdão, vou correndo prevenir o rei.

Logo em seguida, voltando atrás, perguntou ainda:

— Vossa Majestade deseja provavelmente manter em segredo esse encontro?

— Não tenho como exigir, mas se for possível...

— É possível, Sire, pois posso não avisar o fidalgo acompanhante de serviço, mas para isso preciso que Vossa Majestade consinta em me entregar a espada.

— Verdade; sei que ninguém entra armado nos aposentos do rei da França.

— Vossa Majestade pode ser uma exceção à regra, se preferir, mas nesse caso preciso atenuar minha responsabilidade, prevenindo o serviço do rei.

---

53. Com a ascensão política de Oliver Cromwell (1599-1658) na Inglaterra, a permanência de Carlos II e seu irmão Jaime em Paris se tornou incômoda para o governo francês e eles foram forçados a buscar asilo nos Países Baixos espanhóis.

— Eis minha espada, tenente. Pode agora me anunciar a Sua Majestade?

— Imediatamente, Sire — disse o oficial, indo bater à porta de comunicação, que foi aberta pelo criado de quarto.

— Sua Majestade, o rei da Inglaterra! — ele anunciou.

— Sua Majestade, o rei da Inglaterra! — repetiu o camarista.

Ao ouvir essas palavras, um fidalgo abriu os dois panos de uma porta e pôde-se ver Luís XIV se aproximar, sem chapéu e sem espada, com o gibão aberto e uma enorme surpresa estampada no rosto.

— Meu irmão![54] Aqui em Blois?! — ele exclamou, fazendo sinal para que se afastassem o fidalgo e o camarista, que passaram a um cômodo anexo.

— Sire — respondeu Carlos II —, dirigia-me a Paris, na esperança de ver Vossa Majestade, e fui surpreendido pelos preparativos para a vossa chegada. Prolonguei então minha estadia, tendo algo bastante particular a vos comunicar.

— Este lugar vos convém, meu irmão?

— Perfeitamente, meu irmão, pois creio que não podem nos ouvir.

— Mandei que se retirassem meu fidalgo e meu camarista, que estão no quarto ao lado. Ali, atrás daquela divisória, há um gabinete desocupado, dando para a antecâmara, e na antecâmara estava apenas um oficial, não é?

— Perfeitamente, Sire.

— Podeis então falar, meu irmão, estou ouvindo.

— Vou começar, Sire. Que Vossa Majestade se apiede das infelicidades que se abateram sobre a nossa casa.

O rei da França ficou ruborizado e aproximou a poltrona da do rei da Inglaterra.

— Sire — disse Carlos II —, não preciso perguntar a Vossa Majestade se conhece em detalhes minha deplorável história.

Luís XIV ficou ainda mais ruborizado e, estendendo a mão sobre a do rei da Inglaterra, disse:

— Meu irmão, é vergonhoso admitir, mas raramente o cardeal fala de política à minha frente. Como se isso não bastasse, meu camarista, La Porte,[55] que antes fazia leituras para mim, foi afastado do serviço. De forma que peço a meu irmão Carlos que me conte tudo como a alguém que nada sabe.

— Pois, Sire, rememorando os fatos, terei uma ocasião a mais para tocar o coração de Vossa Majestade.

— Fazei isso, meu irmão.

---

54. Luís XIV e Carlos II na verdade eram primos, mas os reis por direito divino comumente se tratavam por irmãos.

55. Pierre de La Porte (1603-80), muito ligado a Ana da Áustria, foi camarista do jovem Luís XIV até 1653 (ver *Vinte anos depois*). Escreveu um livro, *Mémoires*, relatando fatos que presenciou entre 1624 e 1666.

— Sire, chamado a Edimburgo em 1650, durante a expedição de Cromwell na Irlanda, fui coroado em Scone.[56] Um ano depois, ferido numa das províncias que nos havia usurpado, Cromwell se voltou contra nós. Enfrentá-lo era a minha meta, e deixar a Escócia o meu desejo.

— No entanto — observou o jovem rei —, a Escócia é praticamente o vosso país natal...

— Sim, mas os escoceses estavam sendo cruéis compatriotas! Haviam-me forçado a renegar a religião dos meus pais e enforcaram lorde Montrose, meu mais fiel súdito, por não ser convencionalista.[57] Como o pobre mártir antes de morrer havia pedido que seu corpo fosse esquartejado, para que cada cidade da Escócia pudesse receber um pedaço e exibir um testemunho da sua fidelidade, eu não podia entrar ou sair de uma delas sem passar por algum resto daquele corpo que havia agido, combatido e respirado por mim.

"Numa marcha ousada passei pelo exército de Cromwell e entrei na Inglaterra. O Protetor[58] deu início a uma estranha corrida que tinha a coroa inglesa como meta. Se eu chegasse a Londres antes dele, provavelmente a conseguiria, mas ele me alcançou em Worcester.

"O espírito da Inglaterra não estava mais conosco. Em 5 de setembro de 1651, um ano depois da batalha de Dunbar, já tão funesta para os escoceses, fui derrotado. Dois mil homens do meu lado morreram; precisei recuar e, afinal, fugir.

"A partir daí, minha história se tornou um romance. Perseguido, cortei os cabelos[59] e me disfarcei de lenhador. Um dia que passei entre os galhos de um carvalho deu a essa árvore o nome de carvalho real,[60] com que ainda hoje é conhecida. Minhas aventuras no condado de Strafford, de onde saí levando na garupa a filha do meu anfitrião, geraram muitas anedotas e serão tema de baladas. Um dia escreverei tudo isso, Sire, para transmitir a experiência à nossa real irmandade.

"Contarei como, ao chegar à casa do sr. Norton, encontrei um capelão da corte que assistia a um jogo de bocha. Também lá, um antigo servente me chamou pelo nome e se desfez em lágrimas, quase causando minha morte com sua fidelidade, como outro qualquer a poderia causar pela traição. Para

---

56. Cidade em que tradicionalmente eram coroados os reis escoceses sobre a chamada "pedra do destino", ou "pedra de Scone". A coroação se deu em 1651.

57. Para ser coroado, Carlos II precisou abjurar o catolicismo; o marquês de Montrose, James Graham (1612-50), foi herói militar escocês; convencionalistas — a partir da convenção presbiteriana de 1588 — eram os seguidores escoceses de Cromwell.

58. Qualificação assumida por Cromwell, lorde protetor da república (o título já existia na monarquia e era dado aos regentes).

59. Na época, os nobres usavam cabelos longos. Os seguidores de Cromwell adotavam um corte particular, em cuia.

60. O *royal oak* se tornou ponto turístico e hoje ainda pode ser visitado no local um descendente do famoso carvalho.

terminar, falarei do meu pavor, isso mesmo, Sire, pavor, quando na casa do coronel Windham um ferreiro que cuidou do nossos cavalos notou que tinham ferraduras escocesas."[61]

— É estranho que eu ignorasse tudo isso — murmurou Luís XIV. — Sabia apenas do vosso embarque em Brighelmsted e do desembarque na Normandia.

— Ah! Se Deus permite que os reis ignorem assim suas respectivas histórias, como querer que eles socorram uns aos outros?

— Mas por favor, meu irmão — continuou Luís XIV —, como, tendo sido tão mal recebido na Inglaterra, ter ainda esperança com relação a esse infeliz país e a esse povo rebelde?

— Ah, Sire! É que desde a batalha de Worcester tudo mudou muito por lá! Cromwell morreu, depois de assinar com a França um tratado no qual o nome dele vem acima do vosso. Morreu em 5 de setembro de 1658, ainda no aniversário das batalhas de Worcester e Dunbar.

— O filho o sucedeu.

— Certos homens, Sire, têm família, mas não herdeiro. A herança legada por Oliver foi pesada demais para Richard, que não era republicano nem monarquista, deixava seus guardas comerem seu jantar e seus generais governarem a república. Acabou abdicando do protetorado em 22 de abril de 1659, há pouco mais de um ano.[62]

"Desde então, a Inglaterra é uma mesa de jogo onde qualquer um lança os dados pela coroa de meu pai. Os dois jogadores mais bem posicionados são Lambert[63] e Monck.[64] E o que eu quero, Sire, é entrar nessa partida na qual se disputa o meu manto real. Só preciso de um milhão para corromper um dos dois jogadores e torná-lo meu aliado, ou de duzentos fidalgos[65] para expulsá-los de White Hall como Jesus expulsou do templo os vendilhões.[66]

— Então — retomou Luís XIV — o que pedis...

— É vossa ajuda; isto é, não só o que os reis devem uns aos outros, mas também os simples cristãos. Vossa ajuda, Sire, em dinheiro ou em homens.

---

61. O rei Carlos II propriamente não escreveu suas aventuras para fugir da Inglaterra, mas elas constam do v. II de *History of Great Britain*, de David Hume (1759).

62. Richard Cromwell (1626-1712) foi designado pelo pai, Oliver, para substituí-lo como lorde protetor após a sua morte, mas manteve o posto por apenas quatro meses. Victor Hugo (1802-85), em sua peça *Cromwell*, o descreve medíocre e sem convicções políticas, além de bon-vivant, ao contrário do pai.

63. John Lambert (1619-84), importante general republicano, rompeu com Cromwell quando este indicou o próprio filho para substituí-lo. Contrário à restauração de Carlos II, passou seus últimos 24 anos em prisão domiciliar.

64. George Monck (1608-70), almirante, comandou a repressão republicana à Escócia. Temendo a anarquia após a morte de Cromwell, foi uma peça importante na restauração da monarquia.

65. Os fidalgos, ao contrário dos homens do povo e da burguesia, tinham formação militar.

66. João 2,15-6 e Mateus 21,12-3.

Com isso, em um mês viro Lambert contra Monck ou Monck contra Lambert, reconquisto a herança de meu pai sem custar um guinéu a meu país, uma gota de sangue a meus súditos, que estão saturados de revolução, de protetorado e de república, querendo apenas a paz, à sombra da monarquia. Com isso, Sire, deverei mais a Vossa Majestade do que a meu pai. Pobre pai! Pagou tão caro pela ruína da nossa casa! Ah, Sire! Que miséria, que desespero o meu, que chego a acusar meu pai!

O sangue afluiu às faces pálidas de Carlos II, que as escondeu por um momento entre as mãos, como ofuscado por aquele sangue que parecia se revoltar contra a blasfêmia filial.

O jovem rei não se sentia menos infeliz do que o irmão mais velho. Agitava-se na poltrona sem nada conseguir dizer.

Por fim foi Carlos II, a quem dez anos a mais davam uma força superior no controle das emoções, o primeiro a falar:

— Vossa resposta, Sire? Espero-a como um condenado espera a execução. Terei que morrer?

— Meu irmão — respondeu o príncipe francês —, pedis um milhão. A mim! Nunca dispus de um quarto dessa soma! Nem de coisa alguma! Sou tão rei da França quanto sois rei da Inglaterra. Não passo de um nome, de uma marca trajando veludo com flores de lis, nada mais. Sou um trono visível, e é essa a única vantagem que tenho sobre meu irmão inglês. Nada tenho, nada posso.

— Será possível? — exclamou Carlos II.

— Meu irmão — disse Luís abaixando a voz —, passei por misérias pelas quais não passam os mais pobres fidalgos. Se meu pobre La Porte estivesse ainda comigo, poderia contar que dormi em lençóis rasgados e com buracos que as minhas pernas atravessavam; que mais tarde, quando eu pedia uma carruagem, recebia uma viatura carcomida pelos ratos, e que quando eu pedia meu jantar, perguntavam na cozinha do cardeal se restava alguma coisa para o rei. E ainda hoje, com vinte e dois anos e tendo alcançado a maioridade real, quando deveria ter a chave do tesouro de Estado, a direção da política e o poder de decisão quanto à paz e à guerra, olhai a meu redor, olhai onde me encontro: no abandono, no pouco-caso, no silêncio, enquanto, ali em frente, basta ver quantos esperam a vez, basta ver as luzes, as homenagens! Ali! É ali que está o verdadeiro rei da França.

— O cardeal?

— Sim, o cardeal.

— Isso quer dizer que estou condenado, Sire.

Luís XIV não respondeu.

— Condenado, sim, pois nada posso pedir a quem teria deixado morrer de frio e de fome minha mãe e minha irmã, filha e neta de Henrique IV, não lhes enviassem, o sr. de Retz e o Parlamento, a lenha e o pão. [67]

— Morrer! — murmurou Luís XIV.

— Que seja! — continuou o rei da Inglaterra. — Este pobre Carlos II, neto, como Vossa Majestade, de Henrique IV, sem poder contar com o Parlamento nem com o sr. de Retz, morrerá de fome, como quase morreram minha irmã e minha mãe.

Luís franziu a testa e torturou os punhos rendados da camisa.

Tamanha atonia e imobilidade, pouco disfarçando a patente emoção, impressionaram o rei Carlos, que tomou a mão do primo e disse:

— Obrigado, meu irmão. A solidariedade é o melhor que eu podia esperar, na posição em que se encontra Vossa Majestade.

— Um milhão ou duzentos fidalgos, foi o que ouvi? — perguntou de repente Luís XIV, erguendo a cabeça.

— Sire, um milhão me bastaria.

— Nem é tanto.

— Oferecido a um só homem, é. Muitas vezes se pagou menos por convicções, e eu só teria que tratar com venalidades.

— Duzentos fidalgos... basta pensar, é pouco mais do que uma companhia...

— Manteve-se em minha família, Sire, a lembrança de quatro homens, quatro fidalgos franceses que apoiaram meu pai e quase o salvaram, tendo ele já sido julgado pelo Parlamento e estando sob a custódia do Exército, cercado por toda uma nação.

— Se eu então conseguir o dinheiro ou duzentos fidalgos estarei cumprindo meu papel de irmão?

— De salvador, e se eu voltar ao trono do meu pai, a Inglaterra será, pelo menos enquanto eu reinar, uma irmã para a França, como tereis sido um irmão para mim.

— Pois assim será, meu irmão! — disse Luís, se levantando. — O que não quereis pedir, pedirei eu! O que nunca fiz em benefício próprio, farei pelo vosso. Irei ao rei da França, o outro, o rico, e solicitarei esse milhão ou esses duzentos fidalgos. E veremos!

— Ah! — exclamou Carlos. — Vossa Majestade é um nobre amigo, um coração criado por Deus! Está sendo a minha salvação, e quando ela precisar da vida que me devolve, bastará pedi-la!

---

67. Henriqueta da França (1609-69) se casou com Carlos I. Ela e a filha, Henriqueta Stuart, se refugiaram na França com o agravamento da guerra civil na Inglaterra. O cardeal de Retz (1613-79), eminente ativista político, deixou à posteridade suas *Memórias*, que fazem a crônica daquela época.

— Não diga mais nada, meu irmão, silêncio! — sugeriu Luís. — Que não nos ouçam! Nada temos ainda. Pedir dinheiro a Mazarino… é mais do que atravessar a floresta encantada em que cada árvore oculta um demônio,[68] é mais do que partir para a conquista de um mundo.

— No entanto, Sire, quando é o rei que pede…

— Como disse, nunca pedi — respondeu Luís com um orgulho que fez empalidecer Carlos.

Como um homem ferido, o rei inglês se levantou para ir embora.

— Perdoai-me, irmão — reteve-o o francês —, não são a minha mãe e a minha irmã que sofrem. Meu trono é duro e nu, mas nele estou sentado. Perdão, não considereis o que disse, fui egoísta, mas vou me redimir pelo sacrifício. Falarei com o cardeal. Esperai-me aqui, por favor. Volto logo.

---

68. Floresta encantada a que se referem vários romances arturianos, também conhecida como Vale sem Retorno, na mítica floresta de Broceliande.

10. A aritmética do sr. de Mazarino

Enquanto o rei se dirigia depressa à ala do castelo em que se encontrava o cardeal, levando com ele apenas seu criado de quarto, o oficial mosqueteiro saiu — respirando como alguém que foi forçado a prender o fôlego por muito tempo — do pequeno cômodo de que já falamos, no qual o rei imaginava não haver ninguém. Esse pequeno aposento antes fazia parte do quarto e era agora separado apenas por uma fina divisória. Daí que a separação servia para os olhos, mas permitia que se ouvisse, por menos indiscreta que fosse a pessoa, o que se dizia do outro lado.

Não há dúvida então de que o tenente dos mosqueteiros tenha perfeitamente ouvido a conversa entre as duas majestades.

Prevenido pelas últimas palavras do jovem rei, ele saiu a tempo para prestar saudação quando passasse, acompanhando-o com o olhar até que desaparecesse no corredor.

Depois disso, balançou a cabeça de maneira peculiar e, com um sotaque que se mantivera, apesar dos quarenta anos passados fora da sua Gasconha natal,[69] murmurou:

— Triste ofício! Triste amo!...

Dito isso, o tenente voltou à sua poltrona, esticou as pernas e fechou os olhos como alguém que dorme ou medita.

Durante esse curto monólogo e a acomodação que se seguiu, enquanto o rei, atravessando os longos corredores do velho castelo, se dirigia aos aposentos do sr. de Mazarino, uma cena bem diversa lá acontecia.

O cardeal se deitara atormentado pela gota, mas sendo disciplinado a ponto de se servir até mesmo da dor, tornava a insônia uma humilde serva do trabalho. Assim sendo, mandara Bernouin, seu criado de quarto,[70] trazer uma mesinha de viagem que sempre o acompanhava para poder escrever na cama.

---

69. Região do sudoeste da França, próxima dos Pireneus, onde nasceram o sempre citado rei Henrique IV e o mosqueteiro d'Artagnan, que eram então gascões, comumente vistos como espertos e matreiros.

70. Já ocupava essa função em *Vinte anos depois*.

Mas a gota não é um adversário que se deixa ludibriar facilmente e, como a cada movimento a dor de surda se tornava aguda, ele perguntou ao camarista:

— Brienne não está?[71]

— Não, monsenhor. Vossa Eminência o dispensou e ele já foi se deitar, mas posso ir chamá-lo.

— Não, não é necessário. Mas vejamos… malditos números!

E o cardeal se perdia em cogitações, fazendo contas nos dedos.

— Ah, os números! Se Vossa Eminência se lançar em cálculos, garanto uma bela de uma enxaqueca amanhã! E lembro também que o sr. Guénaud[72] não está aqui.

— Tem razão, Bernouin. Pois você é que ficará no lugar de Brienne, meu amigo. Na verdade, deveria ter trazido o sr. Colbert.[73] Esse jovem é muito bom, Bernouin, muito bom. Um rapaz disciplinado!

— Pode ser — disse o camarista —; pessoalmente, não gosto muito dele.

— Tudo bem, Bernouin. Mas não precisamos da sua opinião. Sente-se ali, pegue a pena e escreva.

— Pronto. O que devo escrever?

— Comece aqui, seguindo as duas linhas já escritas.

— Pronto.

— Escreva: setecentas e sessenta mil libras.

— Sim.

— De Lyon…

O cardeal pareceu hesitar.

— De Lyon — repetiu Bernouin.

— Três milhões e novecentas mil libras.

— Sim, monsenhor.

— De Bordeaux, sete milhões.

— Sete — repetiu Bernouin.

— Isso mesmo — disse o cardeal, irritado. — Sete.

Em seguida, continuou:

— Pode imaginar, Bernouin, que tudo isso é dinheiro a se gastar?

— Bom, monsenhor… que seja a gastar ou a receber pouco importa, já que esses milhões não são meus.

— São do rei. É o dinheiro do rei que estou contando. Bem, onde estávamos? Está sempre me interrompendo!

---

71. Henri-Auguste de Loménie, conde de Brienne (1595-1666), ocupou várias funções junto a Mazarino. No romance, ele aparece ainda como secretário, mas na época era, oficialmente, ministro do Exterior.

72. François Guénaud (1586-1667), reitor da Faculdade de Medicina de Paris, médico dos mais ilustres personagens da corte.

73. Jean-Baptiste Colbert (1619-83) administrou a fortuna de Mazarino de 1651 a 1661 e será um dos principais ministros de Luís XIV.

— Nos sete milhões de Bordeaux.

— Ah, é verdade! De Madri, quatro. Explico a você de quem é esse dinheiro, Bernouin, porque todo mundo comete a tolice de achar que tenho milhões. É algo que não aceito. Um ministro, aliás, nada tem que seja seu. Bom, continue. Créditos gerais, sete milhões. Propriedades, nove milhões. Está escrevendo, Bernouin?

— Estou, monsenhor.

— Bolsa, seiscentas mil libras; valores diversos, dois milhões. Ah! Já estava esquecendo: mobiliário dos diferentes castelos...

— Devo anotar "da Coroa"? — perguntou Bernouin.

— Não é necessário. Está subentendido. Escreveu?

— Escrevi, monsenhor.

— E os números?

— Estão alinhados, uns sob os outros.

— Some tudo, Bernouin.

— Trinta e nove milhões, duzentas e sessenta mil libras, monsenhor.

— Ah! — decepcionou-se o cardeal. — Nem chegamos a quarenta milhões!

Bernouin refez o cálculo.

— Não, monsenhor, faltam setecentas e quarenta mil libras.

Mazarino pediu o papel e o reviu atentamente.

— De qualquer forma, trinta e nove milhões, duzentas e sessenta mil libras... formam uma bela quantia.

— Ah, Bernouin! Quisera eu que o rei dispusesse disso.

— Vossa Eminência disse que esse dinheiro é de Sua Majestade.

— Com certeza, mas me refiro ao disponível, ao líquido. Esses trinta e nove milhões estão comprometidos, e até mais que isso.

Bernouin sorriu à sua maneira, quer dizer, como alguém que só acredita no que quer acreditar, enquanto preparava a beberagem noturna do cardeal e ajeitava seu travesseiro.

— Bem — disse Mazarino, tendo se retirado o criado —, não temos nem quarenta milhões e preciso chegar aos quarenta e cinco que fixei como meta. Mas nem sei se terei o tempo necessário! Estou decaindo, acabando, não vou dar conta. Por outro lado, quem sabe também se não consigo dois ou três milhões com os amigos espanhóis? Descobriram minas no Peru, que diabo! Deve ter sobrado alguma coisa.

Enquanto falava assim, todo voltado para os números e sem pensar mais na gota, afastada por um pensamento que nele era mais forte do que qualquer outro, Bernouin voltou ao quarto, todo agitado.

— O que é isso? — ele perguntou. — O que houve?

— O rei, monsenhor, o rei!

— Como assim, o rei? — estranhou Mazarino, escondendo depressa o papel. — O rei está aqui? A esta hora? Achei que já estivesse até dormindo. O que terá havido?

Luís xiv acabava de entrar no quarto e pôde ouvir essas últimas palavras, além de ver o gesto agitado do cardeal, erguendo-se na cama.

— Não houve coisa alguma. Pelo menos nada que possa alarmar o cardeal. Apenas uma comunicação importante que preciso fazer ainda esta noite, só isso.

Mazarino imediatamente se lembrou da atenção que o rei dera a suas palavras enquanto falava da srta. de Mancini e achou que a tal comunicação tinha a ver com isso. Acalmou-se então e assumiu seu ar mais cândido, que muito alegrou o jovem rei, e disse:

— Sire, eu deveria, é claro, ouvir Vossa Majestade de pé, mas a violência do meu mal...

— Deixemos de lado a etiqueta, meu caro cardeal — respondeu familiarmente Luís. — Sou seu aluno e não rei, como o senhor bem sabe. Sobretudo neste momento, em que venho como requerente, como solicitante. Inclusive como muito humilde solicitante, esperando ser bem recebido.

Vendo o rubor do rei, Mazarino julgou que sua ideia se confirmava, ou seja, a de um impulso amoroso por trás de todas aquelas belas palavras. Contudo, o astuto político, por mais astuto que fosse, se enganava: o rubor não vinha de nenhum pudibundo impulso de paixão juvenil, mas apenas da dolorosa contração do orgulho real.

Como faria um tio condescendente, Mazarino se dispôs a facilitar a confidência:

— Falai, Sire. E já que Vossa Majestade quer por um instante esquecer que sou um mero súdito, referindo-se a mim como seu professor, insisto ainda nos meus mais dedicados e ternos sentimentos.

— Obrigado, cardeal. O que tenho a pedir, aliás, não é muito.

— Infelizmente, Sire, infelizmente. Bem gostaria que Vossa Majestade me pedisse algo importante e até mesmo um sacrifício... mas seja qual for o pedido, disponho-me a tranquilizar vosso coração, querido Sire.

— Pois, eis do que se trata — disse o rei, com batidas no peito num ritmo que só se igualava ao do ministro. — Acabo de receber a visita de meu irmão, o rei da Inglaterra.

Mazarino deu um pulo da cama como se tivessem encostado nele a garrafa de Leyde ou a pilha de Volta,[74] ao mesmo tempo que uma surpresa, ou

---

74. A garrafa de Leyde, apresentada em 1745 por Ewald von Kleist mas já utilizada em feiras populares na cidade de Leyde, com a curiosidade de dar choques elétricos nas pessoas. A pilha voltaica foi a primeira pilha elétrica, oficialmente apresentada por Alessandro Volta em 1800.

melhor, um claro desapontamento iluminava seu rosto, com tal relampejo de raiva que Luís xiv, por menos diplomata que fosse, viu não ser aquilo, absolutamente, o que o ministro esperava ouvir.

— Carlos ii! — exclamou Mazarino, com uma voz rouca e visível desprezo nos lábios. — Recebeu a visita de Carlos ii?

— Do rei Carlos ii — corrigiu Luís xiv, dando ao neto de Henrique iv o título que Mazarino esquecia. — Exato. O desventurado príncipe tocou meu coração ao contar as infelizes peripécias pelas quais passou. Sua posição é grave, sr. cardeal, e me trouxe à lembrança que também tive meu trono sendo disputado e fui obrigado, nos dias mais tensos, a deixar minha capital.[75] E agora passo pela infelicidade de ver, sem apoio, um irmão humilhado e fugitivo.

— E que não tem — acrescentou o cardeal, impaciente —, como Vossa Majestade, um Júlio Mazarino a seu lado! Tivesse, sua coroa teria se mantido intacta.

— Sei e não nego tudo que minha casa deve ao senhor — devolveu com orgulho o rei — e, pessoalmente, nunca me esquecerei disso. Mas é justo por meu irmão, o rei da Inglaterra, não ter a seu lado o poderoso gênio que me salvou, que gostaria de estender a ele a ajuda desse mesmo gênio e pedir que o proteja. Estou certo de que o sr. cardeal, com um simples toque de mão, poderá devolver à cabeça de Sua Majestade a coroa, tombada no cadafalso do seu pai.

— Sire, agradeço vossa generosa opinião a meu respeito, mas não temos o que fazer ali: é uma gente furiosa que renega Deus e corta a cabeça de seus reis. Entendei, Sire, uma gente perigosa, desde que se conspurcou derramando o sangue real, satisfeita na lama convencionalista, e da qual não devemos chegar perto. Tal política nunca me agradou e tem o meu repúdio.

— Assim sendo, o senhor cardeal pode nos ajudar a trocá-la por outra.

— Qual?

— A restauração de Carlos ii, por exemplo.

— Santo Deus! — exclamou Mazarino. — Será que o pobre Sire ainda admite essa quimera?

— Com certeza — replicou o jovem rei, assustado com as dificuldades que entrevia diante do tão experiente ministro. — Ele inclusive pede, para isso, apenas um milhão.

— Só isso. Um milhãozinho de nada! — ironizou o cardeal, exagerando o sotaque italiano. — Um milhãozinho, por favor, meu irmão. É uma família de mendigos, isso sim!

---

75. Durante a rebelião da Fronda. Ver capítulos finais de *Vinte anos depois*.

— Cardeal — disse Luís xiv, erguendo a cabeça —, essa família de mendigos é um ramo da minha.

— É rico o bastante para dar milhões aos outros, Sire? Dispõe de milhões?

— Ah... — sentiu Luís xiv o golpe, com suprema dor, mas se esforçando para não deixar que transparecesse em seu rosto. — Sei que sou pobre, sr. cardeal, mas afinal a coroa da França vale um milhão e para uma boa ação eu a penhoraria, se necessário. Não encontrarei agiotas que me emprestem um milhão?

— Resumindo, Sire, Vossa Majestade precisa de um milhão? — perguntou Mazarino.

— Foi o que disse.

— Equivoca-se, precisa de bem mais do que isso. Bernouin!... Já vereis, Sire, de quanto precisais, na verdade... Bernouin!

— O que está fazendo, cardeal? Pretende consultar um criado para os meus negócios?

— Bernouin! — gritou outra vez Mazarino, sem parecer notar a humilhação do jovem príncipe. — Venha até aqui e diga a soma que eu pedia ainda há pouco, meu amigo.

— O cardeal não me ouviu? — insistiu Luís, empalidecendo, indignado.

— Não vos irriteis, Sire. Trato os negócios de Vossa Majestade com toda a clareza. Todo mundo na França sabe disso, meus livros contábeis estão em dia. O que pedi ainda há pouco, Bernouin?

— Vossa Eminência me pediu que fizesse algumas somas.

— Que você fez, não é?

— Sim, monsenhor.

— Para constatar de quanto Sua Majestade precisa neste momento... não foi o que eu disse? Seja franco, meu amigo.

— Foi o que Vossa Eminência disse.

— Ótimo! E de que soma eu disse que gostaria de dispor?

— Creio que de quarenta e cinco milhões.

— E a que total chegamos, reunindo todos os nossos recursos?

— Trinta e nove milhões, duzentos e sessenta mil francos.

— Obrigado, Bernouin. É tudo que eu queria saber. Pode sair — disse o cardeal, fixando seu brilhante olhar no jovem rei, estupefato.

— Mas, no entanto... — balbuciou Luís.

— Ah, ainda duvida? Pois bem, aqui tem uma prova — falou Mazarino, buscando sob o travesseiro o papel coberto de números e mostrando-o ao rei, que desviou o olhar, tão profunda era a sua dor.

— Como Vossa Majestade quer um milhão, e como não lancei aqui esse milhão, é de quarenta e seis milhões que precisamos. E não creio haver no mundo agiotas que emprestem semelhante soma, mesmo penhorando a coroa da França.

Com os punhos crispados, o rei empurrou sua poltrona.

— Perfeito. Meu irmão Carlos II morrerá de fome.

— Sire — respondeu no mesmo tom Mazarino. — Lembrai-vos de um provérbio que cito como a mais saudável expressão da política: "Alegre-se de ser pobre quando o seu vizinho também é".

Luís pensou um pouco, lançando ao mesmo tempo um olhar curioso ao papel, do qual uma ponta aparecia sob o travesseiro.

— Então não há como satisfazer meu pedido, sr. cardeal?

— Não há, de forma alguma, Sire.

— Mesmo que isso nos crie um inimigo, caso ele suba ao trono sem minha ajuda.

— Se for este o único temor de Vossa Majestade, que se tranquilize — disse com toda a firmeza o cardeal.

— Está bem, não insistirei mais — respondeu Luís XIV.

— Mas estais convencido, Sire? — perguntou ainda o cardeal, pousando sua mão sobre a do rei.

— Perfeitamente.

— Podeis pedir qualquer outra coisa, Sire, e ficarei feliz de atender-vos, tendo recusado esta.

— Qualquer outra coisa?

— Certamente! Não estou de corpo e alma a serviço de Vossa Majestade? Ei! Bernouin, archotes e guardas para Sua Majestade! Sua Majestade volta a seus aposentos.

— Ainda não, senhor. Vendo tamanha boa vontade de sua parte, vou aproveitá-la.

— Algo pessoal, Sire? — perguntou o cardeal, esperando que enfim fossem falar da sobrinha.

— Não exatamente — respondeu Luís. — Ainda para meu irmão Carlos.

A expressão de Mazarino se fechou e ele resmungou alguma coisa que o rei não pôde distinguir.

11. A política do sr. de Mazarino

No lugar da hesitação com que, quinze minutos antes, havia abordado o cardeal, podia-se agora ler nos olhos do jovem rei esse tipo de vontade contra a qual se pode até lutar, que talvez mesmo se quebre, dada a sua falta de fundamento, mas que no mínimo manterá, como uma ferida no fundo do coração, a lembrança da derrota.

— Desta vez, sr. cardeal, trata-se de algo mais fácil de obter do que um milhão.

— Será mesmo, Sire? — perguntou Mazarino, lançando seu olhar matreiro, capaz de ler nas profundezas de qualquer coração.

— Acredito que sim, e quando souber o teor do meu pedido...

— E será que não sei?

— O que ainda não pedi?

— Posso repetir inclusive as palavras do rei Carlos...

— Isso me espantaria...

— Foram: "E se aquele avaro, aquele joão-ninguém italiano...".

— Sr. cardeal!...

— Se não foram essas as palavras exatas, era esse o sentido. Deus do céu, nem por isso quero mal a ele. Cada um vê as coisas à sua maneira. Carlos II então disse: "E se esse joão-ninguém italiano negar o milhão que pedimos, se nos virmos obrigados, por falta de dinheiro, a desistir da diplomacia, bem... pediremos quinhentos fidalgos".

O rei estremeceu, pois o cardeal se enganara apenas na quantidade.

— Não foi isso? — exclamou o ministro, triunfante. — Em seguida acrescentou belas palavras como: "Tenho amigos do outro lado do canal, e a eles falta apenas um chefe, uma bandeira. Quando me virem, quando virem a bandeira da França, se juntarão a mim, constatando que tenho vosso apoio. As cores do uniforme francês valerão pelo milhão que o sr. de Mazarino recusou". Pois ele sabia que o milhão seria recusado. "Vencerei com esses quinhentos fidalgos e a honra será toda vossa." Foi mais ou menos o que ele disse, não foi? Juntando a isso metáforas brilhantes, imagens pomposas, pois gostam muito de falar naquela família! Mesmo no patíbulo, o pai ainda falava.

O suor da vergonha escorria pela testa de Luís, que sentia a indignidade de ouvir aquilo mas não via o que fazer, sobretudo diante de quem tudo se curva, inclusive sua mãe. Mas fez ainda um esforço:

— Não são quinhentos, mas apenas duzentos homens.

— Então adivinhei o pedido.

— Nunca neguei a profundidade de visão do sr. cardeal e por isso mesmo achei que não recusaria a meu irmão Carlos algo tão simples e tão fácil quanto o que peço em nome dele, ou melhor, em meu nome.

— Sire, há trinta anos faço política, primeiro com o sr. cardeal de Richelieu, e depois sozinho. Tal política nem sempre foi das mais honestas, devo confessar, mas nunca foi inábil. Esta a que se propõe nesse momento Vossa Majestade é, ao mesmo tempo, desonesta e inábil.

— Desonesta?

— Vossa Majestade assinou um tratado com o sr. Cromwell.

— Sei disso. Um tratado no qual a assinatura do sr. Cromwell estava acima da minha.

— E por que assinou, Sire? O sr. Cromwell escolheu e pegou o melhor lugar. Era mesmo o feitio dele. Mas volto ao sr. Cromwell. Vossa Majestade tem um tratado com ele, ou seja, com a Inglaterra, pois quando esse tratado foi assinado o sr. Cromwell era a Inglaterra.

— Ele morreu.

— De fato, Sire?

— Certamente, pois seu filho Richard o sucedeu e inclusive abdicou.

— Pois justamente! Richard herdou o poder quando Cromwell morreu, e o Parlamento inglês, quando Richard abdicou. O tratado faz parte da herança, nas mãos de Richard ou de quem governar a Inglaterra. Continua válido, mais do que nunca. Como não levar isso em consideração? O que mudou? Carlos II quer que façamos agora o que não quisemos fazer há dez anos, mas isso foi previsto. Sois aliado da Inglaterra, Sire, e não de Carlos II. Pode sem dúvida parecer desonesto, do ponto de vista familiar, ter assinado um tratado com alguém que fez cortarem a cabeça do cunhado do rei vosso pai. Concordo também que se aliar a um parlamento que por lá ficou conhecido como *Rump Parliament*[76] seja desonesto, mas não inábil do ponto de vista político, pois graças a esse tratado salvei Vossa Majestade, que era ainda menor, dos problemas de uma guerra externa que a Fronda… lembrai-vos da Fronda, Sire (o jovem rei abaixou a cabeça), teria fatalmente complicado. Com isso creio

---

76. *Rump*, literalmente, é a parte traseira do boi, a alcatra. Em português usa-se "Parlamento Depurado": em 6 e 7 de dezembro de 1648, 156 membros do Parlamento inglês foram presos ou afastados para que os 53 restantes votassem a condenação à morte de Carlos I.

provar a Vossa Majestade que mudar de caminho agora, sem prevenir nossos aliados, seria ao mesmo tempo inábil e desonesto. Entraríamos em guerra pelo lado errado, merecendo o revide e parecendo temê-la, mesmo que a tenhamos provocado. Pois permitir que quinhentos, duzentos, cinquenta ou dez homens invadam um país não deixa de ser uma permissão. Um francês é a nação, um uniforme é o Exército. Que Vossa Majestade imagine, por exemplo, uma guerra com a Holanda, o que mais cedo ou mais tarde vai acontecer, ou com a Espanha, o que pode acontecer se vosso casamento não der certo (Mazarino olhou bem diretamente para o rei), e mil coisas podem fazer com que assim seja; pois bem, o que dizer se a Inglaterra enviasse às Províncias Unidas holandesas ou à infanta espanhola um regimento, uma companhia ou até mesmo um esquadrão de fidalgos ingleses? Estaria honestamente obedecendo aos limites do tratado de aliança?

Luís ouvia. Era estranho que Mazarino, autor de tantas trapaças políticas, conhecidas como "mazarinadas", evocasse a boa-fé.

— De qualquer maneira — disse enfim o rei —, não posso impedir que fidalgos do meu Estado, sem autorização manifesta, desembarquem na Inglaterra por vontade própria.

— Caberia a Vossa Majestade obrigá-los a voltar ou, no mínimo, proclamar-se contra a presença deles como inimigos num país aliado.

— Mas um gênio tão profundo como o do sr. cardeal pode nos ajudar a encontrar um meio para ajudar esse pobre rei sem que nos comprometamos.

— E é exatamente o que não quero, Sire. Mesmo que daqui dirigisse a política da Inglaterra, eu nada mudaria. Governada à maneira como é, a Inglaterra, para a Europa, é uma eterna causadora de litígios. Que continue a Holanda a proteger Carlos II. Os dois países vão se chocar e lutarão. São as duas grandes potências navais. Que destruam suas respectivas marinhas. Construiremos a nossa com o que sobrar, e isso se tivermos dinheiro para comprar os pregos.

— Como é miserável e mesquinho tudo isso, sr. cardeal!

— Não nego, Sire, mas, ao mesmo tempo, é evidente! E mais: admitindo por um instante a possibilidade de quebrar vossa palavra e de eludir o tratado, pois não é raro ver palavras serem quebradas e tratados serem eludidos, mas apenas quando há um grande interesse em jogo ou quando o tratado se torna incômodo demais. Mas digamos que Vossa Majestade autorize a ação solicitada e a França, sua bandeira, o que é a mesma coisa, atravesse o canal e combata: a França será derrotada.

— Por quê?

— Bom, a batalha de Worcester já nos mostrou que hábil general é Sua Majestade Carlos II!

— Não terá mais que enfrentar Cromwell…

— É verdade, mas terá que enfrentar Monck, que é mais perigoso. Aquele bom vendedor de cerveja[77] de quem falamos era um iluminado, tinha momentos de exaltação, de entusiasmo, de expansão nos quais transbordava como um tonel, e nesses transbordamentos sempre transpareciam algumas gotas do seu pensamento, que bastavam para que se conhecesse seu pensamento completo. Cromwell com isso mais de dez vezes deixou que penetrassem sua alma, que todos supunham protegida por tríplice camada de bronze, como diz Horácio.[78] Mas Monck! Ah, Sire! Que Deus vos proteja de ter que fazer política com o sr. Monck! Há um ano é ele o culpado por todos os cabelos brancos que tenho! Não é um iluminado, infelizmente, é um político; ele não transborda, é pura contenção. Há dez anos tem os olhos voltados para alguma coisa que ninguém sabe qual. Toda manhã, como aconselhava Luís xi, ele queima o gorro com que dormiu à noite. Assim, no dia em que esse plano tão lenta e solitariamente amadurecido eclodir, brotará com todas as condições de sucesso que acompanham o imprevisto.

"Este é Monck, de quem Vossa Majestade possivelmente jamais ouvira falar, de quem talvez nem conhecesse o nome até vosso irmão Carlos ii, que muito bem sabe quem ele é, pronunciá-lo. É um prodígio de profundidade e de tenacidade, as duas únicas qualidades contra as quais a astúcia e o ardor podem pouco valer. Quando era jovem tive ardor, Sire, e astúcia continuo tendo. Posso afirmar, uma vez que tanto me criticam por isso. Percorri um belo caminho com essas duas qualidades já que, de filho de pescador em Piscina,[79] me tornei primeiro-ministro do rei da França e, nesse cargo, Vossa Majestade deve reconhecer, prestei bons serviços a vosso trono. Pois bem, Sire, se eu tivesse encontrado Monck no meu caminho em vez de o sr. de Beaufort, o sr. de Retz ou o sr. Príncipe, bem, estaríamos perdidos![80] Entrai nessa aventura levianamente, Sire, e caireis nas garras desse soldado político. O capacete de Monck é um cofre de ferro no qual ele tranca seus pensamentos e do qual ninguém tem a chave. Diante dele eu me inclino, Sire, eu que tenho apenas um gorro de veludo."

— O que pode então querer Monck?

— Ah! Se eu soubesse não insistiria tanto na necessidade de tomar cuidado com ele, pois eu seria mais forte. Mas com Monck, tenho medo de fazer previsões. Vossa Majestade compreende o significado disso? Se eu achasse poder prever, me fixaria numa ideia e a seguiria. Desde que esse homem assumiu o poder lá do outro lado, sinto-me como aqueles danados descritos

---

77. O pai de Cromwell explorava uma pequena cervejaria ligada à sua propriedade rural.

78. Em *Odes*, I, 3, 9, o poeta Horácio (65 a.C.-8 a.C.) se refere ao navio "de carvalho e tríplice bronze" que leva a bordo o colega e amigo Virgílio (70 a.C.-19 a.C.).

79. Cidade italiana onde nasceu Mazarino, na região de Abruzzo.

80. Grandes personagens da oposição política francesa a Mazarino (muito presentes em *Vinte anos depois*).

por Dante aos quais Satã torceu o pescoço, fazendo com que andem para a frente olhando para trás:[81] vou para o lado de Madri, mas não perco de vista Londres. Prever, com esse diabo de homem, significa errar, e errar significa perder. Que Deus me guarde de querer adivinhar o que ele quer. Limito-me, e já é o bastante, a espionar o que faz e creio... Mais uma vez, Vossa Majestade compreende o significado desse "creio"? Com relação a Monck, "creio" nada significa. Mas creio que ele simplesmente quer ser o sucessor de Cromwell. Carlos II já fez propostas por dez intermediários e ele os dispensou dizendo: "Desapareça ou mando enforcá-lo!". Monck é um sepulcro. Neste momento, se solidariza com o Parlamento depurado, mas isso não me engana, ele apenas não quer ser assassinado. O assassinato o pararia no meio da sua obra e ele quer completá-la. E creio também, mas na verdade não creio, digo isso apenas por força do hábito, creio que Monck procura se manter bem com o Parlamento para, na hora certa, esmagá-lo. Carlos II pede a Vossa Alteza espadas, mas é para lutar contra Monck. Que Deus nos proteja de lutar contra Monck, Sire, pois ele vencerá, e ser derrotado por Monck é algo de que jamais poderia me consolar na vida! Acharia que ele há dez anos previa essa vitória. Pelo amor de Deus, Sire, pela fraternidade que vos une, quando não pelo perigo que representa semelhante adversário, que Carlos II se mantenha sossegado. Vossa Majestade pode propor uma pequena renda, dar a ele um dos seus castelos... Ah, não, isso não! Lembrei-me de que o tratado, o famoso tratado de que falávamos há pouco, não deixa a Vossa Majestade o direito de dar a ele um castelo!

— Como assim?

— Exatamente. Vossa Majestade se comprometeu a não dar hospitalidade ao rei Carlos e a forçá-lo inclusive a deixar a França. Portanto, deveis fazer com que ele compreenda ser impossível sua permanência aqui, isso nos compromete, ou eu mesmo...

— Basta! — disse Luís XIV pondo-se de pé. — Compreendo que me recuse um dinheiro que é da sua competência administrar. Compreendo que me recuse duzentos fidalgos; o cargo de primeiro-ministro, aos olhos da França, lhe dá a responsabilidade pela paz e pela guerra. Mas impedir que eu ofereça hospitalidade ao neto de Henrique IV, meu primo-irmão, companheiro da minha infância, não! Nesse ponto finda o seu poder e começa a minha vontade.

— Sire, curvar-me-ei sempre diante da vontade de meu rei — respondeu o cardeal, contente por se safar a tão baixo custo. — Que Vossa Majestade guarde então o rei da Inglaterra perto de si ou em algum dos seus castelos. Que Mazarino saiba disso, mas que o ministro não saiba.

— Boa noite, senhor — despediu-se Luís XIV. — Retiro-me, desesperado.

---

81. Dante Alighieri, *A divina comédia*, "Inferno", canto XX.

— Mas convencido, é tudo de que preciso, Sire.

O rei não respondeu e saiu, pensativo. Estava de fato convencido, mas não pelo que dissera Mazarino, e sim por algo que, pelo contrário, evitara contar: a necessidade de seriamente estudar seus interesses e os da Europa, pois acabava de ver como eram difíceis e obscuros.

Encontrou o rei da Inglaterra sentado no mesmo lugar em que o havia deixado.

Ao vê-lo, o príncipe inglês se levantou, mas logo notou o desânimo estampado com letras sombrias no semblante do primo.

Tomando então a iniciativa, como se procurasse lhe evitar a triste confissão, disse:

— Seja como for, nunca esquecerei a bondade e a amizade que o rei da França acaba de demonstrar.

— Uma boa vontade infelizmente estéril, meu irmão! — replicou Luís XIV.

Carlos II ficou pálido, passou a mão fria pela testa e lutou por alguns instantes contra uma vertigem que o fez oscilar.

— Compreendo — ele afinal disse. — Não há mais esperança!

Luís tomou a mão de Carlos II e pediu:

— Aguardemos, meu irmão, não nos precipitemos; tudo pode mudar. As decisões extremas arruínam as causas. Acrescentai, por favor, um ano ainda de provação àqueles já passados. Não há ocasião ou oportunidade que torne o atual momento propício para que se passe à ação. Permanecei na França, irmão. Tereis à disposição qualquer um dos meus palácios, o que mais vos agradar. Ficarei atento aos acontecimentos e nos prepararemos juntos. Por favor, irmão, coragem!

Carlos II retirou a mão e, recuando para uma saudação mais cerimoniosa, acrescentou:

— De todo o meu coração, muito obrigado, Sire. Tendo, sem resultado, apelado para o maior rei da Terra, pedirei agora a Deus um milagre.

E saiu sem querer mais nada ouvir, de cabeça erguida, mão trêmula, uma dolorosa contração em seu nobre rosto, com essa sombria profundidade no olhar de quem, sem mais entrever esperança no mundo dos homens, parece ir além, procurando em mundos invisíveis.

O oficial dos mosqueteiros, vendo-o passar tão lívido, quase se dobrou em dois para cumprimentá-lo.

Em seguida pegou um archote, chamou dois soldados e desceu com o infeliz rei a escada deserta, segurando na mão o chapéu, cuja pluma varria os degraus.

Chegando à porta, ele perguntou ao rei para qual lado se dirigia, para que os dois mosqueteiros o acompanhassem.

Respondeu Carlos II, a meia-voz:

— O senhor, que conheceu meu pai, como disse, talvez tenha rezado por ele. Se assim for, lembre-se também de mim em suas orações. Vou-me só, peço que não me acompanhe nem mande que me sigam de longe.

O oficial se inclinou e dispensou seus comandados para que regressassem ao interior do palácio, ficando ele próprio sob o pórtico a ver Carlos II se afastar e se perder no escuro da primeira esquina. E então murmurou:

— Se aqui estivesse, com toda a razão Athos diria ao filho, como disse antes ao pai: "Um brinde à Majestade decaída!".[82]

Depois, subindo as escadas, a cada degrau repetia:

— Ah, triste ofício, triste amo! Vida assim não é mais tolerável, já é tempo que eu me decida… Acabou toda a generosidade, acabou a energia! Não tem jeito, o professor venceu, o aluno está para sempre aniquilado. Caramba! Não vou aguentar. Ei, vocês todos — ele gritou, entrando na antecâmara —, o que fazem aí a me olhar dessa maneira? Apaguem esses archotes e voltem a seus postos! Ah! Estão cuidando de mim? Boas pessoas que são; preocupados comigo, não é? Não percam seu tempo! Não sou o duque de Guise e ninguém vai me assassinar ali no corredor. Aliás — ele acrescentou baixinho —, seria necessária uma firme decisão para isso, e ninguém mais assume decisões desde a morte do cardeal Richelieu. Ah, é preciso reconhecer, era um homem de verdade! Está resolvido, amanhã mesmo lanço meu gibão às urtigas!

Em seguida, pensando melhor, resolveu:

— Não, ainda não! Tenho uma enorme prova pela frente e vou passar por ela. Mas juro que será a última, caramba!

Nem havia terminado a frase e uma voz, vinda do quarto do rei, o chamou:

— Senhor tenente.

— Estou aqui.

— O rei pede que vá falar com ele.

— Vamos, quem sabe é para o que estou pensando — murmurou o tenente, entrando nos aposentos reais.

---

82. Ver *Vinte anos depois*, capítulo 64.

12. O rei e o tenente

Assim que viu o oficial entrar, o rei dispensou o criado de quarto e o fidalgo de companhia.

— Quem estará de serviço amanhã, tenente? — ele perguntou.

O oficial inclinou a cabeça e respondeu:

— Eu, Sire.

— Ainda o senhor?

— Sempre.

— Como assim?

— Sire, em viagem os mosqueteiros suprem todas as exigências da casa de Vossa Majestade, isto é, o serviço junto ao rei, junto à rainha-mãe e ao sr. cardeal, que fica com a melhor parte, quer dizer, a maior parte da vossa guarda real.

— Mas e as trocas?

— Dos cento e vinte homens, Sire, só há troca para vinte ou trinta, que descansam. No Louvre é diferente, e quando estamos lá tenho um sargento com quem revezar. Em viagem, Sire, não se sabe o que pode acontecer e prefiro estar sempre de plantão.

— Todos os dias?

— E noites, Sire.

— Isso é inaceitável; exijo que descanse.

— Agradeço, Sire, mas, no que me concerne, não quero.

— Como? — estranhou o rei, sem entender o sentido da resposta.

— O que estou dizendo, Sire, é que não quero me expor. Se o diabo estiver querendo armar alguma coisa duvidosa, e me conhecendo, tenho certeza de que escolherá o momento em que não estou. Mantendo-me então sempre de serviço, fico mais tranquilo.

— Mas assim vai se matar.

— Bem, Sire, há trinta e cinco anos é como faço, e sou o mais saudável indivíduo do vosso reino de França e Navarra. Mas não vos preocupeis comigo, Sire. Seria muito estranho, não estou acostumado.

O rei cortou a conversa com uma pergunta:

— Então estará aqui logo mais, pela manhã?

— Como agora, Sire.

O rei deu algumas voltas pelo quarto. Era visível que ardia de vontade de falar, mas algum temor o continha.

De pé, imóvel, com o chapéu na mão e um punho na cintura, o tenente acompanhava suas voltas e, a observá-lo, resmungava, mordendo o bigode:

"Sem um pingo de decisão, caramba! Aposto que vai acabar não falando."

O rei continuava a andar, dando de vez em quando uma olhada na direção do tenente.

"Igualzinho ao pai", continuava o mosqueteiro em seu monólogo interior; "é orgulhoso, sovina e tímido, tudo ao mesmo tempo. Triste amo!"

Luís parou:

— Tenente?

— Ainda aqui, Sire.

— Por que, esta noite, lá no salão, o senhor gritou: "O serviço do rei, os mosqueteiros de Sua Majestade"?

— Por ter recebido vossa ordem, Sire.

— Minha?

— Exato.

— Na verdade, eu não disse nenhuma dessas palavras, tenente.

— Sire, ordens podem ser dadas com um sinal, um gesto, uma piscada de olho, tão exatas e tão claramente quanto por palavras. Um servidor que não tem ouvido para isso, por melhor que seja, será apenas a metade de um bom servidor.

— Tem então olhos perceptivos, não é?

— Por que a pergunta, Sire?

— Porque veem o que não existe.

— Meus olhos são de fato bons, Sire, apesar de servirem, e há muito tempo, a seu dono. Sempre que têm algo a ver, não deixam de fazê-lo. E esta noite viram que Vossa Majestade podia explodir de tanto que tinha vontade de bocejar. Com súplicas eloquentes Vossa Majestade olhou primeiro para Sua Eminência, depois para Sua Majestade, a rainha-mãe, e enfim para a porta pela qual queria sair. Meus olhos perfeitamente viram o que acabo de enumerar e viram os lábios de Vossa Majestade articularem: "Quem pode me tirar daqui?".

— Tenente!

— Ou ao menos isso, Sire: "Meus mosqueteiros!". De forma que não hesitei. O olhar era para mim, o pedido era para mim, e então gritei: "Os mosqueteiros de Sua Majestade!". Isso aliás é tão verdadeiro que Vossa Majestade não só não me contradisse, mas ainda me confirmou, partindo na mesma hora.

O rei disfarçou um sorriso. Depois, passados alguns segundos, voltou seu olhar límpido para aquela fisionomia tão inteligente, ousada e firme que era como o perfil enérgico e orgulhoso da águia frente ao sol.[83]

---

83. Uma antiga tradição, sustentada por Aristóteles em *História dos animais*, tomo 3, livro IX, XXIII, 5, diz que a águia é o único animal a olhar fixamente para o sol e a amestrar seus filhotes para isso.

— Muito bem — disse o rei após um curto silêncio, durante o qual havia tentado, sem conseguir, fazer com que o oficial abaixasse os olhos.

Vendo que o rei nada mais dizia, o mosqueteiro girou nos calcanhares e deu três passos na direção da porta, pensando: "Ele não vai falar, diabos, não vai falar!".

— Obrigado, oficial — disse por fim o rei.

"Era só o que faltava", continuou o tenente, "ser criticado por ter sido menos idiota que os outros."

Chegou à porta, fazendo tilintar suas esporas.

Já na soleira, porém, e sentindo ser essa a expectativa de Luís XIV, se voltou.

— Vossa Majestade disse tudo o que queria? — ele perguntou, num tom impossível de ser descrito e que, sem parecer provocador, demonstrava tão persuasiva franqueza que o rei logo respondeu:

— Por favor, aproxime-se.

"Eita, até que enfim!", murmurou o oficial.

— Ouça.

— Sou todo ouvidos, Sire.

— Monte um cavalo amanhã cedo, tenente, por volta das quatro horas. E tenha outro selado para mim.

— Dos estábulos de Vossa Majestade?

— Não, de um dos seus mosqueteiros.

— Entendi, Sire. Só isso?

— E irá comigo.

— Sozinho?

— Sozinho.

— Devo chamar Vossa Majestade ou esperá-la?

— Espere-me.

— Onde, Sire?

— Na porta menor do parque.

O tenente se inclinou, percebendo que o rei falara tudo que tinha a dizer.

E de fato o rei o dispensou, com um gesto amável da mão.

O mosqueteiro se retirou e filosoficamente voltou à sua cadeira, onde, em vez de dormir, como se poderia imaginar dado o avançado da hora, pôs-se a refletir, mais a fundo do que jamais fizera.

O resultado dessas reflexões não foi tão triste quanto o das reflexões anteriores:

"Pronto, já é um início. O amor o faz se mexer e ele vai seguir em frente! Como rei é uma nulidade, mas como homem talvez valha alguma coisa. Aliás, logo saberemos, amanhã... Ooh!", ele exclamou de repente, se endireitando. "Uma ideia que pode ser gigantesca, puxa!, e talvez minha fortuna esteja nessa ideia!"

Isso o fez se levantar e andar de um lado para outro com as mãos nos bolsos do gibão pela imensa antecâmara que lhe servia de alojamento.

A vela ardia furiosa sob o estímulo de uma brisa fresca que se introduzia pelas fendas da porta e pelas gretas da janela, cortando o cômodo de viés. Projetava uma claridade avermelhada, irregular, ora radiosa, ora enfraquecida, a partir da qual se via caminhar pela muralha a ampliada sombra do tenente, recortada em silhueta como uma imagem de Callot,[84] a espada espetada no boldrié e o chapéu com seu penacho.

"É isso", ele murmurava, "ou muito me engano ou o Mazarino montou uma armadilha para o jovem enamorado. Marcou um encontro e deu o endereço tão facilmente quanto faria o próprio sr. Dangeau. Ouvi e sei o valor das palavras: 'Amanhã de manhã estarão à altura da ponte de Blois'. Caramba! É bem claro! Sobretudo para alguém apaixonado! Por isso tanta hesitação, tanta dificuldade e a ordem: 'Senhor tenente dos meus mosqueteiros, a cavalo, amanhã cedo, às quatro horas'. O que é tão claro quanto se dissesse: 'Senhor tenente dos meus mosqueteiros, amanhã, na ponte de Blois, às quatro horas da manhã, entendido?'. Temos aí um segredo de Estado que eu, minúsculo que sou, sou o único a conhecer neste momento. E por quê? Porque tenho bons olhos, como disse ainda há pouco Sua Majestade. E porque ouço dizerem que ele ama loucamente a bonequinha italiana! Contam que suplicou de joelhos à mãe para se casar com a moça! Comentam que a rainha chegou inclusive a consultar a corte do papa para saber se um casamento assim, contra a sua vontade, seria válido! Ah, se eu tivesse ainda vinte e cinco anos! Se tivesse aqui, a meu lado, aqueles que não tenho mais! Se não desprezasse tão profundamente todo mundo, poria em desacordo o sr. de Mazarino e a rainha-mãe, a França e a Espanha, e faria uma rainha à minha maneira... mas para quê?"

Para sublinhar o seu pouco-caso com relação àquilo, o tenente estalou os dedos e então continuou:

"Esse italiano miserável, joão-ninguém unha de fome que acaba de negar um milhão ao rei da Inglaterra, talvez não me desse nem mil pistolas pela notícia se eu a levasse a ele. Ai, caramba! Que crianice a minha! Estou ficando tolo! O Mazarino dar alguma coisa, só rindo!"

E o oficial se pôs a rir sozinho, formidavelmente, para afinal concluir:

"Tratemos de dormir, e agora mesmo. Minha cabeça está cansada com essa noitada toda. Amanhã estará mais clara."

Feita essa recomendação a si mesmo, embrulhou-se bem na capa, fazendo pouco do seu vizinho de quarto.

Cinco minutos depois, dormia a sono solto, com a boca entreaberta e deixando escapar não algum segredo, mas um ronco sonoro que se ampliava à vontade sob a majestosa abóbada da antecâmara.

---

84. Jacques Callot (1592-1635), desenhista e gravador. Sua obra mais conhecida é uma série de dezoito águas-fortes, *As grandes misérias da guerra*, com cenários grandiosos.

13. Marie de Mancini

O sol mal iluminava com seus primeiros raios os grandes bosques do parque e os altos cata-ventos do castelo quando o jovem rei, acordado já havia duas horas, vítima da insônia do amor, abriu a folha externa da janela e olhou, cheio de curiosidade, os pátios do palácio adormecido.

Viu ser a hora combinada: o grande relógio da torre marcava quatro e quinze.

Vestiu-se sozinho, não querendo chamar atenção, mas o camarista, que parecia dormir profundamente, acordou assustado, achando ter falhado em suas funções, e Luís o mandou de volta a seu quarto recomendando o mais absoluto silêncio.

Desceu então a escada menor, saiu por uma porta lateral e viu mais adiante, junto ao muro do parque, um homem a cavalo, tendo ao lado outro, cujas rédeas segurava.

O homem estava irreconhecível em sua capa e sob o chapéu.

Inclusive o cavalo, selado como o de um burguês abastado, nada oferecia de mais notável, mesmo para um bom observador.

Luís se aproximou. Sem desmontar, o oficial segurou o estribo do segundo cavalo e pediu, com voz discreta, as ordens de Sua Majestade.

— Siga-me — disse Luís XIV.

O oficial passou o seu cavalo ao trote, atrás do outro, e tomaram o rumo da ponte.

Ao chegarem do outro lado do Loire, disse o rei:

— Tenente, por favor, siga em frente por esse caminho até encontrar uma carruagem e venha então me avisar. Aguardarei aqui.

— Vossa Majestade aceitaria me dar alguns detalhes dessa carruagem que devo encontrar?

— Uma carruagem em que se encontram duas jovens e provavelmente também alguns acompanhantes.

— Sire, não quero cometer erros; não haveria algum outro sinal que possa me ajudar a reconhecer a carruagem?

— Provavelmente ostenta o brasão do sr. cardeal.

— Entendi, Sire — respondeu o oficial, satisfeito por ter uma referência.

Pôs então o cavalo em trote largo e tomou a direção indicada pelo rei. Mas antes mesmo de percorrer quinhentos metros avistou quatro mulas e depois uma carruagem surgir numa pequena elevação.

Atrás dessa carruagem vinha outra.

Com uma rápida olhada, ele confirmou ser o que procurava.

Deu meia-volta e logo chegou aonde o rei aguardava:

— Sire, são duas carruagens. A primeira de fato transporta duas damas com suas acompanhantes, e a segunda, criados, provisões e bagagens.

— Ótimo — respondeu o rei com a voz um tanto trêmula. — Pois então, por favor, vá até essas damas e diga que um cavaleiro da corte gostaria de cumprimentá-las em particular.

O oficial partiu a galope.

— Caramba! — ele dizia a brida solta. — Arranjei um emprego novo, só espero que honroso! Eu que me queixava de nada ser, agora sou confidente do rei. É coisa para fazer um mosqueteiro estourar de orgulho!

Aproximou-se da carruagem, querendo cumprir sua tarefa de maneira galharda e espirituosa.

Duas senhoras estavam de fato no coche: uma muito bonita, embora um tanto magra, e outra menos favorecida pela natureza, mas alegre, graciosa e reunindo, nas ligeiras linhas da testa, todos os sinais de uma personalidade voluntariosa.

Sobretudo os olhos, vivos e penetrantes, falavam de forma mais eloquente do que qualquer das frases amorosas que então estavam em moda naqueles tempos de galanteria.

E foi a esta última que d'Artagnan se dirigiu sem se enganar, mesmo que, como dissemos, a outra talvez fosse mais bonita.

— Minhas senhoras — ele se apresentou —, sou o tenente dos mosqueteiros e está logo adiante na estrada um cavaleiro que as espera e gostaria de cumprimentá-las.

Dizendo essas palavras, cujo resultado aguardava com curiosidade, a viajante de olhos negros deu um grito de alegria, se debruçou na janela e, vendo se aproximar o tal cavaleiro, estendeu os braços, gritando:

— Ah, meu querido Sire!

E lágrimas imediatamente brotaram em seus olhos.

O cocheiro parou os cavalos, as camaristas se levantaram em tumulto no fundo da carruagem e a segunda senhora esboçou uma reverência que se concluiu com o mais ferino sorriso que a inveja jamais delineou em lábios femininos.

— Marie! Minha querida Marie! — exclamou o rei, tomando a mão da jovem de olhos negros e abrindo ele próprio a pesada portinhola.

Puxou a moça para fora da carruagem com tamanho ímpeto que ela pousou em seus braços antes de apoiar os pés no chão.

O tenente, postado do outro lado do carro, via e ouvia sem ser notado.

Luís ofereceu o braço à srta. Mancini e fez sinal ao cocheiro e aos ajudantes para que seguissem em frente.

Eram mais ou menos seis horas, o passeio estava agradável, grandes árvores com folhagens ainda não liberadas de seus invólucros dourados deixavam filtrar o orvalho da manhã, suspenso como diamantes líquidos nos galhos frementes. A relva se estendia junto às sebes; as andorinhas, que havia apenas alguns dias estavam de volta, desenhavam suas curvas graciosas entre o céu e a água. Uma brisa perfumada pelos bosques em florescência corria ao longo da estrada e enrugava o espelho d'água do rio. Todas essas belezas do dia, todos esses perfumes das plantas, todas essas aspirações da terra buscando o céu embriagavam os dois enamorados que andavam lado a lado, apoiados um no outro, olhos nos olhos, mão na mão e, paralisados por um mútuo desejo, não ousavam falar, de tanto que tinham a se dizer.

O oficial viu que o cavalo abandonado ia solto e aquilo inquietava a jovem. Aproveitando o pretexto, ele se aproximou e, também a pé entre os dois animais seguros pelas rédeas, não perdeu uma palavra ou gesto do casal.

Foi a srta. Mancini quem começou:

— Ah, querido Sire; então não me abandonou?

— Como pode ver, Marie.

— Tantas pessoas me disseram que não pensaria mais em mim assim que nos separássemos!

— Será que só agora vê que estamos cercados de pessoas que querem nos enganar, Marie querida?

— E essa viagem, essa aliança com a Espanha? É para o seu casamento!

Luís abaixou a cabeça.

Ao mesmo tempo, o oficial pôde ver luzir ao sol o olhar de Marie de Mancini, brilhando como uma adaga sacada da bainha.

— E nada fez por nosso amor? — insistiu a jovem, após um instante de silêncio.

— Ah, como pode pensar algo assim? Joguei-me aos joelhos de minha mãe, implorei, supliquei, disse que minha felicidade depende de você, ameacei...

— E então?... — ela perguntou com avidez.

— A rainha-mãe escreveu a Roma e responderam que nosso casamento não teria nenhum valor, que o santo padre o anularia. Vendo enfim não haver esperança para nós, pedi que meu casamento com a infanta fosse ao menos adiado.

— O que não impede que esteja viajando para isso.

— O que posso fazer? Às minhas súplicas e lágrimas alegam sempre as razões de Estado.

— E então?

— E então, o que fazer quando tantas vontades se unem contra mim?

Foi a vez de Marie abaixar a cabeça.

— Precisamos, nesse caso, nos despedir para sempre — ela disse. — Como sabe, estou partindo para o exílio, serei enterrada viva. Sabe também que isso não é tudo, pois meu casamento, por sua vez, está sendo preparado!

Luís empalideceu e levou a mão ao coração.

— Se fosse apenas da minha vida que se tratasse, tendo sido tão pressionada teria cedido, mas achei se tratar também da sua e combati para preservar o seu bem.

— Oh, sim, meu bem, meu tesouro! — murmurou o rei, talvez mais por dever do que por paixão.

— O cardeal cederia — acrescentou Marie — se o rei se dirigisse a ele, se insistisse. Poderia chamar de sobrinho o rei da França... Compreende, Sire? Faria tudo, até mesmo a guerra. Teria então certeza de governar sozinho, sob o duplo pretexto de ser o responsável pela formação do rei e de ter a ele cedido a sobrinha. Combateria todas as vontades contrárias, derrubaria todos os obstáculos. Ah, Sire, estou certa disso. Sou mulher, vejo com clareza tudo aquilo que pode o amor.

Essas palavras produziram sobre o rei um estranho efeito. Foi como se, ao invés de exaltar a paixão, a tivessem esfriado. Ele diminuiu o passo e constatou:

— Fazer o quê, Marie? Tudo fracassou.

— Exceto sua vontade, não é, querido Sire?

— Hélas! — lamentou o rei, ficando vermelho. — Será que tenho uma vontade?

— Oh! — deixou dolorosamente escapar a srta. Mancini, ofendida.

— O rei só tem a vontade que lhe dita a política, que lhe impõe a razão de Estado.

— É porque não ama! — exclamou Marie. — Se amasse, teria uma vontade.

Dizendo isso, ela o olhou e viu que estava pálido, mais abatido que um exilado ao deixar para sempre sua terra natal.

— Acuse-me, se quiser — murmurou o rei —, mas não diga que não a amo.

Um longo silêncio encobriu essas palavras, que o jovem rei pronunciara com sentimento verdadeiro e profundo.

— Não quero pensar, Sire — continuou Marie, num último esforço —, que amanhã ou depois de amanhã não o verei mais. Não quero pensar que terminarei meus tristes dias longe de Paris, que os lábios de um velho, de um desconhecido tocarão essa mão que está entre as suas. Não posso pensar em tudo isso sem que o desespero transborde do meu pobre coração.

E ela, de fato, se desmanchou em lágrimas.

O rei, também comovido, levou o lenço à boca e sufocou o pranto.

— Os carros pararam — ela disse —, minha irmã me espera. O momento é crucial: o que decidir assim estará por toda a vida! Oh, Sire! Como pode querer que eu o perca? O que quer, Luís? Que pertença a outro e não a seu rei, seu senhor, seu amor, aquela a quem um dia disse "Eu te amo"? Ah, coragem, Luís! Uma palavra, uma só! Diga: "Quero!", e minha vida inteira estará presa à sua e todo o meu coração será seu para sempre.

O rei nada respondeu.

Marie então olhou para Luís como Dido olhou para Eneias nos Campos Elísios, feroz e cheia de desprezo,[85] e falou:

— Então adeus. Adeus vida, adeus amor, adeus céu!

Deu um passo para se afastar. O rei a conteve, pegou sua mão e a levou aos lábios. Com o desespero se sobrepondo à resolução que parecia já ter tomado, ele deixou cair sobre aquela bela mão uma lágrima escaldante de dor, que fez Marie estremecer como se realmente a tivesse queimado.

A jovem viu os olhos úmidos do rei, sua fronte pálida, os lábios contraídos e exclamou, com um tom que não se pode descrever:

— Oh, Sire! Sois rei, chorais e eu parto!

Como única resposta, ele escondeu o rosto no lenço.

O oficial soltou algo como um rugido, que assustou os dois cavalos.

Indignada, a srta. Mancini se afastou precipitadamente em direção ao carro, gritando ao cocheiro:

— Vamos, vamos rápido!

O homem obedeceu, chicoteou os cavalos e a pesada carruagem se moveu em seus eixos rangentes, enquanto o rei da França sozinho, abatido, aniquilado, não ousava olhar nem para a frente nem para trás.

---

85. Na *Eneida*, livro VI, versos 467-8, de Virgílio (70 a.C.-19 a.C.).

14. Quando o rei e o tenente dão, ambos, prova de boa memória

O rei, como todos os enamorados do mundo, ficou por muito tempo a olhar a carruagem que levava sua amada desaparecer no horizonte. Depois de cem vezes despregar e voltar a pregar os olhos naquela mesma direção, e conseguindo enfim acalmar um pouco o borbulhar do coração e do pensamento, ele se lembrou de que não estava sozinho.

O oficial segurava ainda os cavalos pelas rédeas e não perdera ainda a esperança de ver o rei abrir mão da decisão tomada.

"Ele pode rapidamente montar e ir atrás da carruagem: não se perde por esperar."

Mas a imaginação do tenente dos mosqueteiros era brilhante e rica demais, indo muito além do que podia imaginar o rei, que evitou tais excessos.

Limitou-se a se aproximar do oficial e, com voz dolente, disse:

— Pronto, está terminado... A cavalo.

O oficial imitou a atitude, a lentidão, a tristeza e se pôs lenta e tristemente em sela. O rei partiu, o tenente o seguiu.

Na ponte, Luís se voltou uma última vez. O oficial, paciente como um deus que tem a eternidade diante e também atrás de si, esperou ainda por um eventual lampejo de energia. Esperou em vão; energia nenhuma apareceu. Luís tomou a rua que leva ao castelo e nele entrou quando batiam sete horas.

Uma vez de volta o rei, e tendo o mosqueteiro notado — pois ele tudo notava — uma beira da cortina se afastar na janela do cardeal, ele soltou um grande suspiro, como alguém a quem se liberta dos mais fortes entraves, e disse a si mesmo, a meia-voz:

— Com isso, meu oficial, espero que dê tudo por terminado!

O rei chamou seu fidalgo e disse:

— Não receberei ninguém nas próximas duas horas, entendido?

— Sire — replicou o fidalgo —, há, no entanto, alguém que pede para vos falar.

— Quem?

— O tenente dos mosqueteiros.

— O que me acompanhou?

— Ele mesmo, Sire.

— Ah! Mande então que entre.

O oficial entrou.

A um sinal do rei, o fidalgo e o camarista se retiraram.

Luís os acompanhou com o olhar até que fechassem a porta, e quando a tapeçaria que a protegia caiu, falou:

— Já que está aqui, aproveito para lembrar que não pedi, mas que recomendo a mais absoluta discrição com relação a esta manhã.

— Ah, Sire! Por que Vossa Majestade se dá a esse trabalho? Vê-se que não me conhece.

— É verdade. Bem sei o quanto é discreto, mas como eu nada disse...

O oficial se inclinou.

— Vossa Majestade nada mais tem a dizer? — ele perguntou.

— Não, o senhor pode se retirar.

— Seria permitido, antes, falar algo que preciso comunicar ao rei?

— O que é? Explique-se.

— Algo sem importância para Vossa Majestade, mas que para mim interessa imenso. Perdoai-me então vos falar disso. Não houvesse urgência e necessidade, eu de forma alguma o faria e simplesmente desapareceria mudo e pequeno como sempre fui.

— Como assim, desapareceria? Não estou entendendo.

— Sire, em poucas palavras, vim apresentar minha demissão.

O rei teve uma reação de surpresa, mas o oficial permaneceu imóvel como uma estátua.

— Demissão? Sua? E por quanto tempo, por favor?

— Bom... para sempre, Sire.

— Como assim? Está deixando meu serviço? — continuou Luís, com algo mais além da surpresa.

— É o que lamento, Sire.

— Não pode ser...

— Creio que sim, Sire: estou ficando velho. Há trinta e quatro ou trinta e cinco anos carrego minha carcaça; meus pobres ombros estão cansados. Sinto que é preciso ceder lugar aos mais jovens. Não sou deste século, tenho ainda um pé no antigo. Por isso, como tudo é estranho para mim, tudo me espanta e me confunde. Enfim... vim apresentar minha demissão a Vossa Majestade.

— O senhor — disse o rei, olhando o oficial que vestia o uniforme com uma elegância de dar inveja a um jovem — é mais forte e mais vigoroso do que eu.

— Ah! — respondeu o oficial, com um sorriso de falsa modéstia. — Vossa Majestade diz isso porque tenho a vista ainda bastante boa e o pé bastante firme, sinto-me à vontade num cavalo e meu bigode ainda está escuro; mas Sire, é a vaidade das vaidades, tudo isso, são só ilusões, aparência, fumaça. Pareço ainda jovem, é verdade, mas no fundo sou velho, e em menos de seis meses, tenho certeza, estarei alquebrado, podágrico, impotente. Por isso, Sire...

— Por favor, lembre-se — interrompeu o rei — de ter dito ontem, nesse mesmo lugar em que está agora, ser a pessoa mais saudável da França. Afirmou desconhecer o cansaço e não se preocupar minimamente em passar noites e dias no seu posto. Estou certo? Procure se lembrar.

O oficial deu um suspiro:

— Sire, a velhice é presunçosa e devemos aceitar que os velhos elogiem o que ninguém mais elogia neles. É possível que tenha dito isso, mas o fato é que estou muito cansado e quero me aposentar.

— O senhor não está dando a verdadeira razão — insinuou o rei, avançando na direção do oficial, num movimento sutil e majestoso. — Quer de fato deixar o serviço, mas dissimula o motivo.

— Acreditai, Sire...

— Acredito no que vejo, e vejo um homem enérgico, vigoroso, cheio de presença de espírito, que talvez seja o melhor soldado da França, e tal personagem não me convence minimamente precisar de repouso.

— Ah, Sire! — respondeu amargo o tenente. — Quantos elogios! Vossa Majestade realmente me confunde! Enérgico, vigoroso, com presença de espírito, bravo, o melhor soldado! Vossa Majestade exagera meu pequeno mérito a ponto de, por maior que seja minha autoestima, eu na verdade não me reconhecer nessa descrição. Fosse eu fátuo o bastante para acreditar apenas na metade do que diz Vossa Majestade, me veria como alguém precioso, indispensável. Um servidor que reúna tantas e tão brilhantes qualidades constitui um tesouro sem preço. No entanto, Sire, à exceção de hoje, diga-se, fui a vida toda apreciado bem abaixo do que valho, a meu próprio ver. Repito então que Vossa Majestade exagera.

O rei franziu a testa, percebendo certa zombaria por trás das palavras do oficial.

— Bom, abordemos de fato a questão. O serviço que faz não o agrada, é isso? Quero que responda corajosa e francamente, sem desvios.

O oficial, que já amarrotava havia alguns instantes o chapéu entre as mãos, bastante constrangido, ergueu a cabeça.

— Ah, Sire! Isso me deixa mais à vontade. À pergunta feita com tamanha franqueza, responderei também com franqueza. Dizer a verdade é boa coisa tanto pelo prazer que nos causa, por aliviar o peso no coração, quanto pela raridade do fato. Direi então a verdade a meu rei, pedindo que ele desculpe os maus modos de um velho soldado.

Visivelmente inquieto, Luís olhou para o oficial e ordenou:

— Pois então fale! Com impaciência aguardo as verdades que tem a dizer.

O oficial descansou o chapéu na mesa, e a sua fisionomia, já de costume tão inteligente e marcial, subitamente ganhou um ar de solenidade e grandeza.

— Sire, deixo vosso serviço por estar descontente — ele começou. — O criado, hoje em dia, pode respeitosamente se aproximar do seu amo, como faço agora, e prestar conta do seu trabalho e dos fundos que lhe foram disponibilizados, devolver as ferramentas que lhe foram confiadas e dizer: "Amo, cumpri minha tarefa, por favor me pague e nos separemos".

— Sr. tenente! — exclamou o rei, indignando-se.

— Ah, Sire! — respondeu o oficial, flexionando por um momento o joelho. — Nunca um servidor foi mais respeitoso do que estou sendo diante de Vossa Majestade, que me ordenou dizer a verdade. Agora que comecei, é preciso que ela venha à luz, mesmo que me ordeneis o contrário.

Havia tamanha decisão na musculatura tensionada do rosto do oficial que Luís xiv não precisou dizer que continuasse. E foi o que fez, enquanto o rei o olhava, com um misto de curiosidade e admiração.

— Sire, há quase trinta e cinco anos, como disse, sirvo à casa real da França. Nesse serviço, poucos gastaram tantas espadas quanto eu, e as espadas a que me refiro eram de boa qualidade. Eu era um rapazote, ignorando todo tipo de coisa, exceto a coragem, e o rei vosso pai percebeu em mim um homem, enquanto o cardeal de Richelieu reconheceu em mim um inimigo. A história dessa inimizade entre a formiga e o leão pode ser lida, da primeira à última linha, nos arquivos secretos da vossa família.[86] Se por acaso Vossa Majestade quiser, faça isso, é uma história que vale a pena, garanto. Vereis que o leão, já cansado, sem fôlego, pediu enfim a paz e, justiça lhe seja feita, transigiu com toda a magnitude. Foi uma bela época, Sire, repleta de batalhas como uma epopeia de Tasso ou de Ariosto![87] As maravilhas daquela época, nas quais a nossa atual dificilmente acreditaria, pareciam a todos nós coisas banais. Por cinco anos, não houve um dia que não me levasse a ser um herói, pelo que me disseram personagens meritórios. E é uma enormidade, cinco anos de heroísmo! Mas acredito no que disseram essas pessoas, pois eram bons conhecedores: o sr. de Richelieu, o sr. de Buckingham, o sr. de Beaufort, o sr. de Retz, que era também um implacável gênio na guerrilha de rua![88] Acrescentem-se ainda o rei Luís xiii e também a rainha, vossa augusta mãe, que me disse um dia "Obrigada!" por não sei mais qual serviço que tive a

---

86. E em *Os três mosqueteiros*, primeiro volume da trilogia.

87. Torquato Tasso (1544-95), autor de *Jerusalém libertada*, em que descreve combates entre cristãos e muçulmanos, no final da primeira Cruzada. Ludovico Ariosto (1474-1533), autor de *Orlando furioso*, com descrições de batalhas de Carlos Magno.

88. Todos personagens importantes (e reais) de *Os três mosqueteiros* e *Vinte anos depois*.

honra de lhe prestar. Perdoai-me, Sire, por falar com tamanha ousadia, mas tudo isso, como já disse, é história.

O rei mordeu o lábio e se sentou pesadamente numa poltrona.

— Estou importunando Vossa Majestade — falou o tenente. — Mas é o que caracteriza a verdade! É uma dura companheira, armada de ferro; fere a quem atinge, e às vezes também a quem a expõe.

— Não, tenente — respondeu o rei. — Convidei-o a falar; fale.

— Depois de servir ao rei e ao cardeal, veio o serviço da Regência, Sire. Lutei também contra a Fronda, já com menor entusiasmo. Os homens começavam a ser menores. Mesmo assim levei os mosqueteiros de Vossa Majestade a algumas situações perigosas que se registraram na história da Companhia. Que belo destino o meu! Tornei-me um favorito do sr. de Mazarino: tenente aqui, tenente acolá, à esquerda tenente, à direita tenente! Não havia disputa armada na França à qual vosso humilde servidor não fosse chamado. Em pouco tempo o sr. cardeal resolveu não se limitar mais à França e me enviou à Inglaterra, ao sr. Cromwell. Mais um indivíduo que não era dos mais agradáveis, posso garantir, Sire, pois tive a honra de conhecê-lo. Muito me foi prometido por conta dessa missão, e é verdade que, como fiz o contrário daquilo que me fora recomendado, fui generosamente pago, pois enfim me nomearam capitão dos mosqueteiros, que é a situação mais ambicionada da Corte, acima dos marechais da França e com muita justiça, pois quem diz capitão dos mosqueteiros diz o melhor soldado e o rei dos bravos!

— Capitão? Creio que comete um lapso — aparteou o rei. — Provavelmente quis dizer tenente.

— De forma alguma, Sire, nunca cometo esse tipo de lapso. Que Vossa Majestade acredite: o sr. de Mazarino me deu a patente.

— E então?

— O sr. de Mazarino, Vossa Majestade sabe melhor do que qualquer outra pessoa, não gosta de dar. E inclusive às vezes toma de volta o que entrega: ele a retomou quando se estabeleceu a paz e não precisou mais de mim. Concordo que não fosse digno de substituir o sr. de Tréville,[89] de ilustre memória, mas afinal era uma promessa que havia sido feita e devia ser respeitada.

— É o que o deixa descontente? Isso é simples, buscarei informações. Gosto das coisas justas, e sua reclamação, mesmo que em assuntos militares, não me contraria.

— Não, Sire — disse o oficial. — Expressei-me mal, não reclamo mais, absolutamente, coisa alguma.

— Está sendo delicado, mas vou cuidar do seu caso e, mais tarde...

— Ah, Sire! Exatamente! Mais tarde! Há trinta anos ouço essa expressão cheia de benevolência dita por grandes personagens, e agora por Vossa Ma-

---

89. Capitão-comandante da guarda do rei em *Os três mosqueteiros*.

jestade. Mais tarde! Foi como recebi vinte ferimentos e como cheguei aos cinquenta e quatro anos de idade sem nunca ter tido um luís na minha bolsa e sem nunca ter encontrado um protetor no meu caminho, eu que protegi tantas pessoas! Mudo então a fórmula, Sire, e quando me disserem "Mais tarde", passarei a dizer "Agora". É o repouso que solicito, Sire. Um pedido que pode ser facilmente atendido: nada custará a pessoa alguma.

— Não esperava esse tipo de linguagem, cavalheiro, sobretudo da parte de um homem que sempre conviveu com a alta nobreza. Esquece que está falando com o rei, um fidalgo de tão boa linhagem quanto a sua, imagino, e quando *eu* digo "Mais tarde", creia.

— Não tenho dúvida, Sire. Mas vou ao final dessa terrível verdade que tenho a vos dizer. Mesmo que visse sobre essa mesa o bastão de marechal, a espada de Grande Oficial da Coroa ou a coroa da Polônia em vez de "Mais tarde", posso jurar, Sire, que continuaria dizendo "Agora". Ah, desculpai-me, Sire, sou da terra de vosso antepassado Henrique IV: não digo as coisas frequentemente, mas quando digo, digo tudo.

— O futuro do meu reinado é pouco tentador para o senhor, ao que parece — declarou Luís com altivez.

— Esquecimento, é só esquecimento por todo lugar! — continuou o oficial. — O amo se esqueceu do servidor e eis que o servidor acaba por se esquecer do amo. Vivo numa época miserável, Sire! Vejo a juventude desestimulada e temerosa, vejo-a tímida e sem recursos, quando deveria ser rica e poderosa. Por exemplo, abri ontem à noite a porta do rei da França a um rei da Inglaterra, seu irmão, cujo pai eu, reles peão, só não salvei porque Deus se pôs contra, favorecendo seu eleito Cromwell! Abri essa porta, ou seja, o palácio de um irmão a outro irmão, e o que machuca o coração, Sire, é ver o ministro desse rei expulsar o proscrito, humilhando o seu amo e o levando a condenar à miséria outro rei, seu igual. Enfim, vejo meu príncipe, que é jovem, belo e bravo, que tem coragem no coração e olhos faiscantes, vejo-o tremer diante de um padre que ri dele por trás das cortinas da sua alcova, onde devora sem se levantar da cama todo o ouro da França, para defecá-lo depois em cofres desconhecidos. Sim, compreendo vosso olhar, Sire. Levo a ousadia às raias da demência, mas fazer o quê? Sou um velho; e estou dizendo a meu rei coisas que eu faria engolir de volta quem as dissesse à minha frente. Vossa Majestade mandou que eu abrisse meu coração e exponho a bílis que reúno há trinta anos, do mesmo jeito que derramaria todo o meu sangue se Vossa Majestade assim ordenasse.

Sem dizer uma palavra o rei enxugou o suor frio e abundante que escorria das suas têmporas.

O minuto de silêncio que se seguiu a toda essa veemência representou, tanto para o orador quanto para o ouvinte, séculos de aflição.

— O senhor — disse finalmente o rei — mencionou a palavra "esquecimento". Foi o que ouvi e é, então, ao que responderei. Outros podem ter esquecido alguns fatos, mas eu não. E prova disso é ter guardado a lembrança de um dia em que o povo enfurecido, enfurecido e tumultuoso como o mar, invadiu o Palais Royal, um dia em que eu fingia dormir na minha cama e um único homem, de espada em punho, escondido atrás da minha cabeceira, velava por minha vida, disposto a arriscar a sua,[90] como vinte vezes já fizera por minha família. Esse fidalgo, a quem naquela ocasião perguntei o nome, não se chamava d'Artagnan?

— Vossa Majestade tem boa memória — respondeu friamente o oficial.

— Se tenho tais lembranças da infância — continuou o rei —, imagine o que posso cultivar na idade adulta.

— Vossa Majestade foi generosamente favorecida por Deus — manteve o mesmo tom o oficial.

— Então, sr. d'Artagnan — continuou Luís com uma agitação febril —, não pode ser tão paciente quanto eu? Não pode fazer o que faço?

— E o que faz, Sire?

— Espero.

— Vossa Majestade pode, pois é jovem. Já eu, Sire, não tenho mais tempo para esperar: a velhice bate à minha porta e a morte vem logo atrás, já olhando dentro da minha casa. Vossa Majestade começa a vida, tem muita esperança e fortuna pela frente; já eu, Sire, me vejo na outra ponta do horizonte, e estamos tão longe um do outro que nunca terei tempo para esperar que Vossa Majestade me alcance.

Luís deu uma caminhada pelo quarto, sempre enxugando aquele suor que teria assustado bastante os médicos se pudessem ver o rei em semelhante estado.

— Muito bem — disse então Luís xiv, com voz decidida. — Se quer sua aposentadoria, conte com isso. Demite-se da patente de tenente dos mosqueteiros?

— Deponho-a humildemente aos pés de Vossa Majestade.

— Basta. Farei o pedido da sua pensão.

— Ficarei muito grato a Vossa Majestade.

— Acho, senhor — continuou o rei, fazendo um violento esforço —, que perde um bom amo.

— E eu tenho certeza, Sire.

— Poderá encontrar outro igual?

— Ah, Sire! Sei muito bem que Vossa Majestade é única no mundo. Não tenho a intenção de buscar serviço sob qualquer outro rei na Terra. Não terei outro senhor além de mim.

---

90. Ver *Vinte anos depois*, capítulo 55.

— Verdade?

— Juro a Vossa Majestade.

— Guardarei seu juramento, senhor.

D'Artagnan se inclinou.

— E como sabe, tenho boa memória — enfatizou o rei.

— Sei, e mesmo assim espero que essa boa memória de Vossa Majestade falhe neste momento para que esqueça as misérias que fui obrigado a expor. Sua Majestade está tão acima dos pobres e dos pequenos que espero...

— Minha Majestade fará como o sol que tudo vê, grandes e pequenos, ricos e miseráveis, dando lustre a uns, calor a outros e, a todos, vida. Adeus, sr. d'Artagnan, adeus, está livre.

E o rei, com uma forte emoção abafada na garganta, passou depressa para o quarto ao lado.

D'Artagnan pegou seu chapéu na mesa em que o havia deixado e saiu.

15. O proscrito

D'Artagnan não tinha ainda descido toda a escada e o rei já chamava o seu fidalgo:

— Tenho algo a pedir, senhor.

— Estou às ordens de Vossa Majestade.

— Então espere um pouco.

O jovem rei escreveu então a seguinte carta, que lhe custou alguns suspiros mesmo que, ao mesmo tempo, uma espécie de sensação de triunfo brilhasse em seus olhos:

> Sr. cardeal,
>
> Graças a seus bons conselhos, e sobretudo a sua firmeza, pude vencer e dominar uma fraqueza indigna de um rei. Sua Eminência muito habilmente planejou meu destino para que o reconhecimento não me paralisasse no momento em que ia destruir sua obra. Entendi o erro que estaria cometendo em desviar minha vida do caminho para mim traçado. Seria com certeza calamitoso para a França e calamitoso para a minha família que surgisse qualquer desentendimento entre o rei e o seu ministro.
>
> E é o que certamente aconteceria se eu tomasse como esposa sua sobrinha. Compreendi perfeitamente e não me oporei mais ao cumprimento do meu destino. Disponho-me então ao casamento com a infanta Maria Teresa; a abertura das conferências para a oficialização pode desde já ser marcada.
>
> Do seu afeiçoado, LUÍS

A carta foi relida e depois lacrada.

— Por favor, entregue isto em mãos ao sr. cardeal.

O fidalgo se retirou. À porta de Mazarino encontrou Bernouin, que, ansioso, esperava.

— Então? — perguntou o camarista.

— Uma carta para Sua Eminência.

— Uma carta! Ah, esperávamos por ela desde o passeio dessa manhã.

— Então sabiam que Sua Majestade…

— Um dos deveres do primeiro-ministro é tudo saber. E Sua Majestade pede, suplica?...

— Não sei, mas suspirou várias vezes enquanto escrevia.

— Bem, sabemos o que isso quer dizer. Suspira-se tanto de felicidade quanto de infelicidade.

— O rei, no entanto, não parecia alegre ao voltar.

— Não deve ter observado bem. Aliás, só viu Sua Majestade ao voltar, quando tinha a seu lado apenas o tenente da guarda. Pude no entanto acompanhá-la pelo telescópio de Sua Eminência e vi o quanto tudo foi penoso. O casal chorava, tenho certeza.

— Ora! Talvez fosse de felicidade...

— Não, era por amor, e trocavam mil juras que o rei quer sustentar. E essa carta é o começo disso.

— E o que pensa Sua Eminência desse amor que, aliás, não é mais segredo para ninguém?

Bernouin pegou o braço do mensageiro e, enquanto subiam a escada, respondeu a meia-voz:

— Que isso fique entre nós, mas Sua Eminência espera que o caso tenha sucesso. Teremos guerra com a Espanha, mas, enfim... e a guerra vai agradar à nobreza. O sr. cardeal inclusive dará um dote digno de rei à sobrinha. Haverá dinheiro, festas e guerra; todos ficarão contentes.

— Pessoalmente — respondeu o fidalgo, balançando a cabeça —, acho essa carta muito leve para tanta coisa.

— Amigo — respondeu Bernouin —, tenho certeza do que digo. O sr. d'Artagnan me contou tudo.

— É mesmo? E o que ele disse?

— Fui falar com ele e pedi notícias, da parte do cardeal, sem deixar que transparecessem nossas intenções, evidentemente, pois o sr. d'Artagnan tem bom faro.

"'Meu caro Bernouin', ele respondeu, 'o rei está loucamente apaixonado pela srta. de Mancini. É tudo o que posso dizer.' Então perguntei: 'Acredita que a ponto de passar por cima dos projetos de Sua Eminência?'.

"'Ah, não me faça tal pergunta. Acho o rei capaz de tudo. Tem a cabeça dura como ferro, e o que ele quer, ele quer. Se tiver enfiado na cachola que vai se casar com a srta. de Mancini, se casará com ela.' Depois disso o tenente foi aos estábulos, pegou um cavalo que selou pessoalmente e saiu como se o diabo o carregasse."

— Então acha...?

— Acho que o sr. tenente da guarda sabe mais do que quis dizer.

— Crê então que o sr. d'Artagnan...

— Correu, segundo todas as probabilidades, atrás das exiladas a fim de dar prosseguimento ao que for necessário para o sucesso da paixão do rei.

Com essa conversa, os dois confidentes chegaram à porta do gabinete de Sua Eminência, que não sofria mais da gota e caminhava ansioso pelo quarto, ouvindo às portas e olhando pelas janelas.

Bernouin entrou, seguido pelo fidalgo, que tinha ordem de entregar pessoalmente a carta. Mazarino a pegou então e, antes de abrir, preparou um sorriso que encobrisse qualquer emoção causada pela leitura. Assim sendo, não se viu em seu rosto reflexo nenhum que o traísse.

— Muito bem! — ele afinal disse, depois de ler e reler a carta. — Muito bem... o senhor fidalgo pode dizer ao rei que agradeço a obediência aos desejos da rainha-mãe e tudo farei para que sua vontade se cumpra.

O mensageiro saiu. Assim que a porta se fechou, o cardeal, que a Bernouin não precisava disfarçar seus sentimentos, deixou de lado o esforço e, da maneira mais sombria, ordenou:

— Chame o sr. de Brienne.

O secretário entrou cinco minutos depois.

— Senhor — disse a ele Mazarino —, acabo de prestar um grande serviço à monarquia, o maior que já prestei. Leve esta carta a Sua Majestade, a rainha-mãe, pois ela prova o que digo. Tão logo a receba de volta, guarde-a na caixa B, com os documentos e peças relativas a meu serviço.

Brienne saiu e, como a tão interessante missiva estava sem lacre, ele não deixou de lê-la no caminho. Não é preciso dizer que Bernouin, que mantinha boas relações com todo mundo, se aproximou o bastante do secretário para conseguir ler por cima do seu ombro. A notícia se espalhou pelo castelo com tal rapidez que Mazarino chegou a temer que chegasse aos ouvidos da rainha antes que o sr. de Brienne lhe mostrasse a carta de Luís XIV. Pouco depois, todas as ordens já haviam sido dadas para a partida e o sr. de Condé, tendo ido cumprimentar o rei em seu suposto despertar,[91] anotou na planilha de viagem a cidade de Poitiers como local de estadia e repouso para Suas Majestades.

Em poucos instantes, se desfazia uma intriga que vinha surdamente ocupando toda a diplomacia da Europa. Como resultado mais concreto teve apenas o de fazer um pobre tenente dos mosqueteiros perder seu posto e seu ganha-pão. Mas é verdade que, em troca, ganhou a liberdade.

Saberemos logo mais como o sr. d'Artagnan a aproveitou. Por enquanto, se o leitor assim permitir, voltemos à albergaria Médicis, onde uma janela acabava de ser aberta naquele mesmo momento em que as ordens eram dadas para a partida do rei.

Essa janela que estava sendo aberta era a de um dos cômodos de Carlos. O infeliz príncipe havia passado a noite a pensar, com a cabeça entre as mãos e os cotovelos plantados numa mesa, enquanto Parry, exausto e velho,

---

91. O despertar, assim como o deitar do rei, era um evento diário que seguia todo um cerimonial e para o qual convidados ilustres eram chamados.

116 O VISCONDE DE BRAGELONNE

adormecera num canto, com corpo e mente igualmente esgotados. Singular destino o desse servidor fiel que via recomeçar, para a segunda geração, a assustadora série de misérias que se abatera sobre a primeira. Depois de pesar bem a nova derrota sofrida, tendo profundamente compreendido o completo isolamento em que se encontrava e vendo escapar aquela sua recente esperança, Carlos II fora tomado por uma espécie de vertigem, desabando na ampla poltrona em que estava sentado.

Mas Deus se apiedou do infeliz príncipe e lhe enviou o sono, irmão inocente da morte. Carlos então só acordou às seis e meia, ou seja, quando o sol já iluminava o quarto e Parry, não querendo acordá-lo, se mantinha imóvel, considerando com profunda dor os olhos daquele jovem, já vermelhos pela noite maldormida, e as faces, já emaciadas pelos sofrimentos e privações.

Mas afinal o barulho de algumas carroças pesadas que desciam na direção do Loire o acordou. Ele se pôs de pé, olhou em volta como alguém que tudo esqueceu, viu Parry, apertou sua mão e pediu que fosse acertar as despesas com mestre Cropole. O hoteleiro, forçado a fazer as contas com Parry, cumpriu sua parte, diga-se, de forma honesta. Apenas fez sua observação de sempre, de que os dois viajantes não haviam comido, o que para ele representava o duplo desgosto de uma humilhação para a sua cozinha e a necessidade de cobrar por uma refeição não aproveitada, contudo perdida. Parry não discutiu e pagou.

— Espero — disse o rei — que com os cavalos não tenha ocorrido o mesmo e tenham comido o bastante, pois seria terrível que viajantes como nós, com uma longa estrada pela frente, encontrassem cavalos enfraquecidos.

Cropole, diante disso, reassumiu o ar majestoso e respondeu que o seu estábulo era tão hospitaleiro quanto a sua cozinha.

O rei tomou sua montaria, seu velho servidor fez o mesmo, e os dois pegaram a direção de Paris, sem quase encontrar pessoa alguma pelas ruas ou pelos arredores da cidade.

Para o príncipe, o golpe era ainda mais cruel por se tratar de um novo exílio. Os mal-aventurados se agarram às mínimas esperanças, como os bem-aventurados às maiores felicidades, e quando é preciso deixar o lugar em que a esperança nos afagou o coração sofremos a terrível dor que sente aquele que, banido, põe o pé no navio que o levará ao desterro. É só em aparência que o coração muitas vezes ferido sofre por uma pequena picada; ele vê como um bem a momentânea ausência do mal, que é tão só a inexistência da dor. Isso porque, nos piores infortúnios, Deus lança a esperança como aquela gota de água que o rico, no inferno, pedia a Lázaro.[92]

Por um instante, a esperança de Carlos II chegou inclusive a ser mais que uma fugidia probabilidade, ao ser tão bem recebido por seu irmão Luís. Ela

---

92. Na parábola do rico e Lázaro, Lucas 16,19-31.

se encorpou como realidade. A posterior recusa de Mazarino devolveu a falsa realidade ao estado quimérico, e a promessa de Luís XIV, improvisada em seguida, pareceu derrisória. Derrisória como a sua coroa, o seu cetro, os amigos, como tudo o que havia povoado a sua infância de herdeiro e se afastara em sua juventude de proscrito. Derrisório! Tudo o que não fosse o frio e funesto repouso prometido pela morte parecia derrisório a Carlos II.

Eram essas as ideias do infeliz príncipe, desmoronado em seu cavalo, que, a rédeas soltas, caminhava sob o sol cálido e suave do mês de maio — o que parecia, à triste misantropia do exilado, mais um insulto à sua dor.

16. *Remember!*[93]

Um cavaleiro passou em velocidade pelos dois viajantes, indo na direção de Blois, que eles haviam deixado fazia coisa de meia hora. Apressado que estava, esse cavaleiro apenas encostou a mão no chapéu à guisa de cumprimento. Carlos II mal reparou nele, um jovem de vinte e quatro ou vinte e cinco anos que se voltava às vezes, acenando para um homem diante do portão de uma bela casa branca e vermelha, ou seja, de tijolos e pedras, com telhado de ardósia, ao lado esquerdo do príncipe.

Esse homem, um velho grande e magro, de cabelos brancos — estamos falando daquele ao portão — respondia aos acenos do jovem com outros de despedida, tão carinhosos quanto seriam os de um pai. O rapaz afinal desapareceu numa curva da estrada, margeada por belas árvores, e o velho já se dispunha a entrar na casa quando reparou nos dois viajantes, que passavam em frente ao portão.

O rei, como foi dito, seguia de cabeça baixa, braços inertes, deixando que o cavalo avançasse quase que por vontade própria, enquanto Parry, mais atrás, para melhor aproveitar o agradável calor do sol havia descoberto a cabeça e olhava em volta, curioso. Seu olhar cruzou com o do velho no portão e este, como se uma imagem inesperada de repente o invadisse, soltou uma exclamação e deu um passo na direção dos dois viajantes.

Seus olhos imediatamente foram de Parry ao rei, fixando-se nele por alguns instantes. Por mais rápido que tenha sido o exame, o resultado se refletiu imediata e claramente nas feições do velho. Pois assim que ele reconheceu o mais jovem — e dizemos reconheceu porque apenas um reconhecimento explícito poderia explicar semelhante reação — ele juntou as mãos com respeitosa surpresa e, tirando o chapéu, cumprimentou de forma tão profunda que pareceu se ajoelhar.

Tal demonstração, por mais distraído, ou melhor, mergulhado em seus pensamentos que estivesse o rei, chamou sua atenção. Freando então o cavalo, ele se voltou para seu acompanhante e perguntou:

---

93. Remete-se ao capítulo 71 de *Vinte anos depois*, com o mesmo título.

— Por Deus, Parry! Quem pode ser esse homem que nos cumprimenta assim? Será que me conhece?

Abalado e pálido, Parry já conduzia o próprio cavalo até o portão e respondeu, parando a cinco ou seis passos do velho, ainda em reverência:

— Ah, Sire! Estou assim atônito pois creio reconhecer esse bravo homem. Sim, é de fato ele. Vossa Majestade permite que eu lhe fale?

— Pois não, por favor.

— Será mesmo o sr. Grimaud? — perguntou Parry.

— Sim, eu mesmo — respondeu o firme velho, endireitando sua postura e sem nada perder da atitude respeitosa.

— Não me enganei, Sire. Este homem era o fiel escudeiro do conde de La Fère, e o conde de La Fère, deveis vos lembrar, é o digno fidalgo de quem tantas vezes falei a Vossa Majestade que a lembrança deve ter permanecido, não só na memória, mas também no coração.

— Aquele que deu assistência a meu pai em seus últimos momentos? — perguntou Carlos, visivelmente emocionado.

— Isso mesmo, Sire.

— Triste momento! — suspirou o filho.

Logo em seguida, dirigindo-se a Grimaud, cujos olhos ágeis e inteligentes pareciam procurar ler seu pensamento, perguntou:

— Meu amigo, pode me dizer se o conde de La Fère mora aqui por perto?

— Ali — respondeu Grimaud, estendendo o braço para além da casa branca e vermelha.

— E o conde de La Fère estaria agora em casa?

— Mais adiante, sob os castanheiros.

— Parry — disse o rei —, não quero perder uma oportunidade tão preciosa de agradecer ao fidalgo a quem nossa casa deve tão belo exemplo de dedicação e generosidade. Por favor, meu amigo, fique com meu cavalo — ele pediu, entregando a rédea a Grimaud.

A pé, ele se encaminhou sozinho à casa de Athos, como quem vai visitar um amigo. Contava com a informação concisa de Grimaud: mais adiante, sob os castanheiros. Deixou então a construção branca e vermelha à esquerda e se dirigiu direto à aleia indicada. Foi fácil se orientar: o topo dessas grandes árvores, já cobertas de folhas e de flores, ultrapassava todas as demais.

Chegando sob os losangos ora luminosos ora sombrios que nuançavam o chão da aleia, segundo o capricho das copas com mais ou menos folhas, o jovem príncipe avistou um fidalgo que caminhava com as mãos para trás e parecia mergulhado num sereno devaneio. Certamente havia muitas vezes ouvido a descrição do fidalgo, pois sem hesitar se dirigiu até ele. Ouvindo passos, o conde de La Fère ergueu a cabeça e, vendo um desconhecido de aspecto elegante e nobre se aproximando, descobriu a cabeça e esperou. A poucos passos,

Carlos II, por sua vez, passou o chapéu para as mãos e então, como se respondesse à muda pergunta do conde, explicou:

— Sr. conde, venho cumprir um dever. Há muito devia trazer a expressão da minha gratidão. Sou Carlos II, filho de Carlos Stuart, que reinou na Inglaterra e morreu no cadafalso.

Ao ouvir aquele nome ilustre, Athos sentiu algo como um arrepio percorrer suas veias, mas à visão do jovem príncipe de pé, de cabeça descoberta e estendendo a mão, duas lágrimas vieram por um instante perturbar o límpido azul dos seus belos olhos.

Ele se inclinou respeitosamente, mas o príncipe tomou sua mão e disse:

— Vejo o quanto sou desventurado, sr. conde. Precisei que o acaso nos aproximasse. No entanto, não devia ter sempre comigo as pessoas que amo e respeito, em vez de apenas no coração saber dos serviços que prestaram, e apenas pela memória saber os seus nomes? Sem que o seu servidor reconhecesse o meu, eu passaria diante da sua casa como diante da porta de qualquer estranho.

— É verdade, Vossa Majestade viveu dias ruins — Athos respondeu ao que disse o príncipe, limitando-se a uma saudação para responder à pergunta.

— E os piores, infelizmente, talvez ainda estejam por vir — continuou Carlos.

— Sire, esperemos!

— Conde, conde! — prosseguiu o rapaz, balançando a cabeça. — Tive esperanças até a noite de ontem, como bom cristão, juro.

Athos olhou interrogativamente para o rei.

— Ah, não é uma história difícil de ser contada — ele explicou. — Proscrito, tendo tudo perdido, desprezado, decidi, apesar de toda a minha aversão, tentar pela última vez a sorte. Não está escrito no céu que, para a nossa família, toda felicidade e todo infortúnio vêm da França? O senhor bem sabe disso, sendo um dos franceses que meu infeliz pai encontrou ao pé do cadafalso no dia da sua morte, depois de tê-los a seu lado nos dias de batalha.

— Sire — disse com modéstia Athos —, eu não estava sozinho. Além disso, meus companheiros e eu cumprimos, naquelas circunstâncias, nosso dever de fidalgos, nada mais. Mas Vossa Majestade estava em vias de me contar...

— É verdade. Eu tinha a proteção... Perdoe minha hesitação, conde, mas para um Stuart, o senhor pode compreender, pois compreende todas essas coisas, isso é difícil de dizer. Eu tinha a proteção do meu primo *stathouder* da Holanda,[94] mas sem o apoio ou pelo menos a aprovação da França ele não

---

94. Nas Províncias Unidas (a Holanda era apenas a mais importante e mais conhecida das sete províncias), o *stathouder* era o chefe do Executivo, título concedido sobretudo aos príncipes de Orange-Nassau.

quer tomar uma iniciativa. Vim então pedir essa aprovação ao rei da França, que a recusou.

— O rei a recusou?

— Não, não ele. Justiça seja feita a meu jovem irmão Luís, foi o sr. de Mazarino.

Athos mordeu o lábio.

— Provavelmente pensa que eu deveria ter esperado tal recusa — completou o rei, que percebera a reação.

— Foi de fato o que pensei, Sire — replicou respeitosamente o conde. — Há muito tempo conheço o ministro.

— Então resolvi levar a coisa adiante, para saber logo com o que posso contar. Disse a meu irmão Luís que, para não comprometer a França nem a Holanda, eu tentaria pessoalmente a sorte, como já fiz, se ele me concedesse duzentos fidalgos, ou me emprestasse um milhão.

— E qual foi o resultado, Sire?

— O resultado, conde, é que sinto neste momento algo estranho: a satisfação do desespero. Em certas almas há, e acabo de descobrir que a minha é uma delas, uma real satisfação na certeza de que tudo está perdido e de que finalmente chegou a hora de sucumbir.

— Espero que Vossa Majestade não tenha ainda chegado a esse extremo — falou Athos.

— Para dizer isso, sr. conde, para tentar reanimar em meu coração qualquer esperança, é preciso não ter entendido o que acabo de dizer. Vim a Blois para pedir a meu irmão Luís a esmola de um milhão, com o qual creio poder reorganizar minha posição, e só obtive uma recusa. Como vê, tudo está perdido.

— Permite-me Vossa Majestade que eu apresente uma opinião contrária?

— O sr. conde me toma por alguém que não conhece sua situação?

— Sempre constatei, Sire, ser nas situações desesperadas que de repente surgem as grandes reviravoltas da fortuna.

— Obrigado, conde, é bom encontrar corações como o seu, tão confiantes em Deus e na monarquia para nunca se desesperarem com relação ao destino dos reis, por mais baixo que caiam. Infelizmente suas palavras são como esses remédios que se dizem supremos e, no entanto, curam apenas as feridas curáveis, mas fracassam diante da morte. Obrigado pela perseverança no consolo, conde. Obrigado por sua lembrança dedicada, mas sei com o que posso contar. Nada mais me salvará. E veja, meu amigo, estou tão convencido disso que já tomava o caminho do exílio com meu velho Parry, voltando às dores no pequeno eremitério que a Holanda me oferece. Lá, querido conde, tudo logo estará terminado e a morte virá depressa, tão assiduamente chamada por este corpo que a alma corrói e por esta alma que aspira ao céu!

— Vossa Majestade tem mãe, irmã e irmãos. Vossa Majestade é o chefe da família e deve pois pedir a Deus uma vida longa, e não a morte mais rápida. Vossa Majestade foi proscrita, é fugitiva, mas tem o direito a seu lado; deve então aspirar aos combates, aos perigos, aos negócios, e não ao repouso do céu.

— Conde — clamou Carlos II, com um sorriso de indefinível tristeza —, já ouviu falar de algum rei que tenha reconquistado o seu reino com um servidor da idade de Parry e com os trezentos escudos que esse servidor leva em sua bolsa?

— Não, Sire, mas já ouvi falar, inclusive mais de uma vez, que um rei destronado, mas com vontade férrea, perseverança, amigos e um milhão de francos habilmente empregados pode recuperar o seu reino.

— Então não me compreendeu? Esse milhão, pedi a meu irmão Luís e me foi negado.

— Vossa Majestade ouviria ainda por alguns minutos, com atenção, o que tenho a dizer?

— Com prazer — Carlos II respondeu, olhando fixamente para Athos.

— Então tenho algo a contar a Vossa Majestade — falou o conde, tomando a direção de casa.

Levou o rei a seu gabinete e o fez se sentar.

— Sire, Vossa Majestade não disse ainda há pouco que, dado o atual estado de coisas na Inglaterra, um milhão seria suficiente para reconquistar o seu reino?

— Para ao menos tentar e, caso não consiga, morrer como um rei.

— Pois bem, que Vossa Majestade então ouça o que tenho a dizer.

Com um sinal de cabeça, Carlos concordou. Athos foi até a porta e passou a tranca, depois de averiguar que ninguém por perto podia ouvir. Em seguida, continuou:

— Vossa Majestade teve a bondade de se lembrar que prestei assistência ao muito nobre e infeliz Carlos I, quando os seus carrascos o levaram de Saint James para White Hall.

— Sim, e me lembrarei sempre.

— É uma terrível história para um filho ouvir, e ele já deve tê-la ouvido muitas vezes. No entanto, devo contá-la ainda a Vossa Majestade, acrescentando certo pormenor.

— Fale, por favor.

— Quando o rei vosso pai subiu ao cadafalso, ou melhor, passou do quarto ao cadafalso montado junto à janela, tudo estava organizado para a sua fuga. O carrasco fora afastado, preparou-se um túnel sob o assoalho do quarto... Para terminar, eu próprio estava sob o piso do patíbulo, que pude ouvir ranger com o peso dos passos.

— Parry me contou esses terríveis detalhes, conde.

Athos se inclinou e prosseguiu:

— Há um, porém, que ele não pode ter contado, Sire, pois se passou entre mim, Deus e vosso pai. Algo que nunca revelei, nem sequer a meus mais caros amigos: "Afaste-se", disse a augusta vítima ao carrasco encapuzado. "Será por um curto momento, e então serei todo seu, mas lembre-se de descer o machado apenas ao meu sinal. Quero livremente fazer uma oração."

— Perdão — disse Carlos II perdendo a cor —, mas o senhor, que conhece tantos detalhes do funesto acontecimento, sabe o nome desse covarde que escondeu o rosto para impunemente assassinar um rei?

Athos empalideceu um pouco.

— Seu nome? Sim, eu sei, mas não posso dizer.

— E o que aconteceu com ele? Pois ninguém mais, na Inglaterra, soube.

— Ele morreu.

— Mas não na cama, não a morte calma e suave, não a morte das pessoas honestas?

— Teve morte violenta, numa noite terrível, entre o furor dos homens e a tempestade de Deus. Seu corpo, atravessado por um punhal, afundou nas profundezas do mar. Que Deus perdoe quem o matou![95]

— Entendo — disse o rei, vendo que o conde não queria prolongar o assunto.

— O rei da Inglaterra, depois de ter, como eu disse, falado com o carrasco encapuzado, acrescentou: "Preste bem atenção: desfira o golpe apenas quando eu apoiar o pescoço no cepo e abrir os braços, dizendo 'Remember'".

— De fato — disse Carlos com voz rouca —, sei ter sido a última palavra pronunciada por meu infeliz pai. Mas com que finalidade? Para quem?

— Para o fidalgo francês que estava sob seu cadafalso.

— O senhor?!

— Sim. E cada palavra, dita por entre as tábuas do patíbulo cobertas por um pano negro, ressoa ainda no meu ouvido. O rei tinha se ajoelhado para rezar e perguntou:

"'Conde de La Fère, está aí?'

"'Estou, Sire.'

"'O rei então se inclinou...'"

Também Carlos II, com a respiração suspensa, ardendo de aflição, se inclinou para ouvir melhor cada palavra que fosse dita. Sua cabeça encostava na de Athos.

— O rei então se inclinou — repetiu o francês — e disse: "Conde de La Fère, não pude ser salvo, não era para ser. Agora, mesmo que assim esteja cometendo sacrilégio, posso dizer: falei aos homens, falei a Deus e lhe falo agora.

---

95. Ver *Vinte anos depois*, capítulo 78.

Para sustentar uma causa que considerei sagrada, perdi o trono dos meus pais e me apossei da herança dos meus filhos".

Carlos II escondeu o rosto entre as mãos e uma lágrima abrasadora escorreu entre seus dedos brancos e emagrecidos.

— "Resta-me ainda um milhão em ouro", continuou o rei, "que enterrei nas adegas subterrâneas do castelo de Newcastle, no momento em que deixei a cidade."

Carlos ergueu a cabeça com uma expressão de surpresa dolorosa que teria arrancado lágrimas de quem quer que conhecesse essa imensa fortuna.

— Um milhão! — ele murmurou. — Conde!

— "Desse dinheiro, ninguém tem conhecimento; use-o quando achar conveniente às necessidades do meu filho mais velho. Agora, conde de La Fère, diga-me adeus."

"'Adeus, Majestade santa e mártir!', exclamei."

Carlos II se ergueu e foi encostar na janela a fronte, que ardia.

— Foi quando — continuou Athos — o rei pronunciou essa palavra, *Remember!*", a mim endereçada. Como Vossa Majestade pode constatar, eu me lembrei.

O rei não pôde mais resistir à emoção. Athos viu a convulsiva movimentação dos seus ombros. Ouviu o pranto que lhe dilacerava o peito e ele próprio se calou, sufocado pela onda de lembranças amargas com que havia comovido aquela cabeça real.

Num violento esforço, Carlos II deixou a janela, engoliu as lágrimas e voltou a se sentar ao lado de Athos, que se explicou:

— Sire, até hoje considerei que o momento não havia ainda chegado para utilizar esse derradeiro recurso, mas acompanhando de longe os acontecimentos na Inglaterra, sentia sua aproximação. Pretendia em breve me informar onde se encontrava Vossa Majestade, para procurá-la. Como veio a mim, vejo isso como um sinal de que Deus está conosco.

— O senhor é para mim — disse Carlos, com a voz ainda sufocada pela emoção — o que seria um anjo enviado por Deus. É o salvador que a própria tumba do meu pai ressuscitou. Por outro lado, há dez anos as guerras civis se sucedem em meu país, abalando homens e revirando a terra. Provavelmente não resta mais ouro nas entranhas do nosso solo do que amor no coração dos meus súditos.

— Sire, conheço o lugar onde Sua Majestade escondeu esse tesouro e ninguém, tenho certeza, pode tê-lo descoberto. Por acaso o castelo de Newcastle foi totalmente demolido? Desmontaram cada pedra e o desenraizaram do chão?

— Não. Ainda está de pé, mas neste momento o general Monck o ocupa e suas tropas acampam em volta. O único lugar onde posso encontrar um socorro, como vê, está nas mãos do inimigo.

— O general Monck não pode ter descoberto o tesouro.

— Mesmo assim, devo me entregar a Monck para me aproximar desse ouro? Ah, como vê, conde, deve-se aceitar o destino; e ele me fulmina cada vez que me ergo. O que fazer tendo Parry como único seguidor, Parry a quem Monck já expulsou uma vez? Não, conde, aceitemos ainda esse último golpe.

— Será que não consigo o que Vossa Majestade não pode, e que Parry não tem mais como tentar?

— O senhor, conde, iria lá?

— Se Vossa Majestade assim permitir — disse Athos, cumprimentando o rei —, certamente, Sire.

— O senhor, que está tão perfeitamente bem aqui?

— Nunca estarei perfeitamente bem enquanto tiver um dever a cumprir, e considero um dever supremo, que o rei vosso pai me legou, velar por vossa fortuna e dar um destino real a esse tesouro. Assim que Vossa Majestade me autorizar, parto com ela.

— Ah, conde! — exclamou o rei, esquecendo toda a etiqueta real e se jogando ao pescoço de Athos. — O senhor prova a existência de Deus no céu: ele às vezes envia mensageiros aos infelizes que gemem aqui na terra.

Comovido com aquele impulso juvenil, Athos respeitosamente agradeceu e, se aproximando da janela, gritou:

— Grimaud, prepare os cavalos!

— Como? Assim, de imediato? — espantou-se o rei. — Ah, o senhor é um homem maravilhoso!

— Sire! Nada é mais premente que o serviço de Vossa Majestade. Aliás — ele acrescentou sorrindo —, trata-se de um hábito adquirido há muito tempo, servindo à rainha vossa tia e ao rei vosso pai. Como o perderia justamente no momento em que se trata da servir a Vossa Majestade?

— Que homem! — murmurou o rei.

Depois, após um momento de reflexão, continuou:

— Não, sr. conde, não posso expô-lo a tais privações. Não tenho como pagar por semelhante serviço.

— Qual! — riu Athos. — Vossa Majestade está zombando de mim: tem um milhão. Quem me dera ter nem que fosse a metade, já estaria à frente de um regimento. Mas que não seja por isso, restam-me ainda alguns rolos de ouro folheado e diamantes de família. Vossa Majestade, assim espero, aceitará compartilhar disso com um servidor dedicado.

— Com um amigo. Aceito, conde, mas com a condição de que, por sua vez, esse amigo compartilhe comigo o que eu tiver.

— Sire — disse Athos, abrindo um pequeno cofre, do qual tirou ouro e joias —, eis-nos agora ricos. Felizmente seremos quatro contra eventuais ladrões.

A alegria trouxe de volta alguma cor às faces exangues de Carlos II. Ele viu se aproximarem da entrada da casa dois cavalos de Athos, preparados por Grimaud, que já calçava suas botas de estrada.

— Blaisois,[96] esta carta é para o visconde de Bragelonne. Para todos, fui a Paris. Confio-lhe a casa, Blaisois.

Blaisois se inclinou, abraçou Grimaud e fechou o portão.

---

96. Blaisois já trabalhava com Athos em *Vinte anos depois*. Seu nome significa "natural da cidade de Blois".

17. Quando se procura Aramis e se encontra apenas Bazin

Nem se tinham passado duas horas desde a partida do dono da casa, que se fora em viagem a Paris, no entender de Blaisois, quando um cavaleiro em boa montaria parou diante do portão e com um "Ei!" gritado alto chamou os cavalariços, ainda em volta do recém-nomeado responsável, que transmitia as instruções. Esse "Ei!" era certamente familiar ao capataz, que assim que viu o visitante exclamou:

— Sr. d'Artagnan!... Rápido, corram para abrir!

Um agitado enxame de oito empregados se apressou ao portão, aberto como se fosse uma pluma. E cada um se mostrava mais amável que o outro, sabendo como o dono da casa recebia aquele amigo. Aliás, é um detalhe que se deve sempre observar, a atitude do empregado com relação aos visitantes.

— Ah! — disse com um sorriso satisfeito o sr. d'Artagnan, que se apoiava no estribo se preparando para desmontar. — E onde está o nosso querido conde?

— Puxa, lamento pelo senhor — respondeu Blaisois — como também pelo sr. conde, quando souber da sua vinda! Uma ocorrência do destino fez o sr. conde partir nem faz duas horas.

D'Artagnan não se afligiu por tão pouco e disse:

— Que jeito? Mas vejo que você continua fluente no mais puro francês. Por que não me dá uma aula de gramática e de bela sintaxe enquanto espero o regresso do patrão?

— Isto será impossível, o senhor esperaria demais.

— Ele não volta hoje?

— Nem amanhã ou depois de amanhã. O sr. conde partiu em viagem.

— Em viagem? — estranhou d'Artagnan. — Que história é essa?

— A mais exata verdade. O conde me delegou a honra de cuidar de sua casa e acrescentou, com sua voz tão cheia de autoridade e doçura... é como ele fala comigo: "Diga que fui a Paris".

— Mas que diabos! — exclamou d'Artagnan. — É por onde devia ter começado, seu tolo... Tudo que eu precisava saber é que ele está indo na direção de Paris. Duas horas à minha frente, então?

— Isso mesmo.

— Posso alcançá-lo. Está sozinho?

— Não.

— E quem está com ele?

— Um fidalgo que não conheço, um velho e o sr. Grimaud.

— Bom, tudo isso junto não deve avançar tão rápido... Vou indo...

— O senhor pode me ouvir um minuto? — perguntou Blaisois, segurando as rédeas do cavalo.

— Ouço, se não começar a fazer frases intermináveis e falar depressa.

— Acho que essa história de Paris é para ludibriar.

— Oh! — d'Artagnan ficou sério. — Ludibriar?

— Exato. O sr. conde não está indo a Paris, posso jurar.

— Por que acha isso?

— Pelo seguinte: o sr. Grimaud sempre sabe para onde vai o patrão. E prometeu que a primeira vez que fosse a Paris pegaria um dinheiro comigo para minha mulher.

— Ah, você tem mulher?

— Tinha, daqui da região. O patrão achou que ela falava muito e eu então a enviei a Paris. É incômodo às vezes, mas agradável outras.

— Entendo. Mas continuando: acha que o conde não se dirige a Paris?

— Não, pois se fosse o caso Grimaud estaria faltando com sua palavra, cometendo perjúrio, o que é impossível.

— O que é impossível — repetiu d'Artagnan, perdido em devaneio, pois se sentia perfeitamente convencido disso. — Entendi, meu bom Blaisois, muito obrigado.

Blaisois se inclinou.

— Bom, você sabe que não é por curiosidade... Preciso mesmo falar com o conde... não pode... com um pedacinho só de frase... você que fala tão bem, me dar a entender... Uma sílaba só... O resto eu adivinho.

— Juro, senhor, não tenho como... Ignoro inteiramente a finalidade da viagem... Quanto a ouvir por trás das portas, não aprecio, e aliás é algo proibido aqui.

— Bom, meu caro — resignou-se d'Artagnan —, começo mal a coisa. Não há de ser nada. Pelo menos sabe quando o conde volta?

— Tão pouco quanto sua destinação.

— Vamos, Blaisois, pense.

— O senhor está duvidando da minha sinceridade! Ah, isso me entristece muito sensivelmente.

— Que o diabo carregue essa sua língua dourada! — resmungou d'Artagnan. — É melhor lidar com um caipira qualquer! Bom, até a próxima!

— Tenho a honra de lhe apresentar meus respeitos, senhor.

"Droga! O sujeito é insuportável", disse para si mesmo d'Artagnan.

Deu uma última olhada na casa, fez o cavalo se voltar à saída e partiu como alguém que nada tem de desagradável ou incerto na alma.

Já fora da propriedade, e sem que ninguém de lá o pudesse ver, respirou fundo, se perguntando:

— Vejamos, será que Athos estava em casa? Não, toda aquela gente à toa no pátio ia estar apavorada se o patrão pudesse ver. Athos partir em viagem? É bastante incompreensível... Bah! É o mistério em pessoa... Além disso, não é de quem preciso agora. Preciso de um sujeito astuto, paciente. Quem pode me ajudar está num certo mosteiro que conheço, em Melun. Quarenta e cinco léguas! Quatro dias e meio! Qual o problema? Dias bonitos e estou livre. Devoremos a distância.

Passou o cavalo ao trote, tomando a direção de Paris. No quarto dia, chegou a Melun, como pretendia.

Era hábito de d'Artagnan jamais perguntar a alguém o caminho ou qualquer outra informação banal. Para detalhes assim, a não ser em caso de erro grave, ele confiava na perspicácia que nunca lhe faltava, na experiência de trinta anos e na grande prática que guardava de ler na fisionomia das casas como na das pessoas.

Em Melun, ele logo localizou o mosteiro, simpática casa com emboço branco sobre tijolos vermelhos, vinhas virgens que subiam e se agarravam às calhas, além de uma cruz de pedra esculpida no telhado da empena. Da sala de teto baixo dessa casa vinha um som, ou melhor, uma confusão de sons, como os piados de passarinhos que acabam de sair do ovo. Uma voz soletrava distintamente as letras do alfabeto. Uma outra, pastosa e aguda, repreendia a tagarelice e, ao mesmo tempo, corrigia os erros de quem lia.

D'Artagnan reconheceu essa voz e, como a janela da sala estava aberta, se aproximou sem desmontar, sob o gradeado e as amarras vermelhas da vinha, e gritou:

— Bazin,[97] meu querido Bazin, bom dia!

Um gorducho baixote, de rosto chato, tendo no topo da cabeça uma coroa de cabelos grisalhos simulando a tonsura e coberta por um velho barrete de veludo preto, se levantou assim que ouviu. Não exatamente *se levantou*, mas *pulou* é o que se deveria ter dito. Bazin de fato pulou e levou junto consigo uma cadeirinha baixa, que as crianças quiseram erguer, travando em torno dela batalhas mais árduas do que as dos gregos tentando arrancar dos troianos o corpo de Pátroclo.[98] Bazin fez mais do que pular; ele deixou cair a cartilha que tinha nas mãos e uma palmatória.

---

97. O fiel acompanhante de Aramis desde *Os três mosqueteiros*.
98. Na *Ilíada*, no canto XVII, com a ferrenha disputa pelo corpo do amigo dileto do herói grego Aquiles, morto pelo príncipe troiano Heitor.

— Sr. d'Artagnan, o senhor! — disse Bazin.

— Em carne e osso. Onde está Aramis... Quer dizer, o sr. cavaleiro[99] d'Herblay... Ai, errei ainda! O sr. vigário-geral?

— Ah! — estufou-se Bazin de dignidade. — Monsenhor está na sua diocese.

— Como?! — surpreendeu-se d'Artagnan.

Bazin repetiu o que dissera.

— Puxa! Veja só, Aramis tem uma diocese?

— Exato. E por que não teria?

— Ele é bispo?

— Mas de onde sai o senhor para ignorar isso? — disse Bazin, um tanto irreverente.

— Meu querido Bazin, nós pagãos e gente de espada sabemos quando o indivíduo é coronel, ou comandante de regimento, ou marechal da França... mas bispo, arcebispo ou papa... que o diabo me carregue! Notícia assim só chega a nós depois de três quartos da Terra já saberem.

— Psss! Psss! — fez Bazin, arregalando os olhos. — Não dê mau exemplo a essas crianças, às quais tento incutir bons princípios.

As crianças tinham de fato se aproximado de d'Artagnan e admiravam o cavalo, a espada, as esporas e a aparência marcial. Admiravam sobretudo sua voz grossa; de modo que, quando ele praguejou, a escola inteira repetiu: "Que o diabo me carregue!" numa barulheira tremenda de risos, gritos e festejos que encheu de satisfação o mosqueteiro e fez o velho pedagogo perder a cabeça.

— Aqui, já! Quietos, seus pirralhos... Aqui... Contente, sr. d'Artagnan? Foi só chegar e todos os meus bons princípios vão por água abaixo... Enfim, com o senhor, como sempre, a desordem... Babel de volta!... Ah! Deus do céu! Ah! Delinquentes!

E o digno Bazin aplicou tabefes a torto e a direito, o que só aumentou a gritaria dos alunos, agora de outro tipo.

— Pelo menos aqui o senhor não vai desencaminhar ninguém — continuou Bazin.

— Acha mesmo? — zombou d'Artagnan, com um sorriso que causou um arrepio e fez o carola murmurar:

— Ele é capaz disso.

— E onde fica a diocese do seu patrão?

— Monsenhor René é bispo de Vannes.

— Quem fez com que fosse nomeado?

— Ora, o sr. superintendente, nosso vizinho.

---

99. Trata-se, no caso, da designação nobiliárquica dada a nobres sem um título de família, como conde (ligado a um condado), barão (ligado a um baronato) etc. Também d'Artagnan é cavaleiro.

— Não brinca! Fouquet?[100]

— Certamente.

— Aramis então está em boas relações com ele?

— Monsenhor pregava todos os domingos em Vaux, convidado pelo superintendente. Depois caçavam juntos.

— Ah!

— E monsenhor frequentemente compõe suas homilias... não, quero dizer, seus sermões, com o sr. superintendente.

— Não diga! Prega em versos, nosso digno bispo?

— Peço que não brinque com as coisas religiosas, pelo amor de Deus!

— Vamos, Bazin, calma. Quer dizer que Aramis está em Vannes?

— Em Vannes, na Bretanha.

— Você é um sonso, Bazin. Isso não é verdade.

— O senhor pode muito bem ver que o apartamento do mosteiro está vazio.

"Ele tem razão", pensou d'Artagnan, considerando a casa, cujo aspecto mostrava certo abandono.

— Mas o bispo deve ter escrito ao senhor contando sua promoção.

— Foi quando?

— Há um mês.

— Hum! Então tudo bem, Aramis não pode ter precisado de mim em tão pouco tempo. Mas então, Bazin, por que não seguiu o seu pastor?

— Não posso, senhor, tenho minhas obrigações.

— A cartilha?

— E meus penitentes.

— Como? É confessor? Padre?

— É como se fosse. Tenho a vocação!

— Mas e a ordenação?

— Ah! Agora que monsenhor é bispo, logo serei ordenado, ou pelo menos terei minha autorização — disse calmamente Bazin, esfregando as mãos.

"De fato, nada pode acabar com gente assim", pensou d'Artagnan.

— Mande que me sirvam alguma coisa, Bazin.

— Agora mesmo, senhor.

— Um frango, uma sopa e uma garrafa de vinho.

— Hoje é sábado, dia magro — lembrou Bazin.

— Tenho minha autorização — zombou d'Artagnan.

Bazin olhou para ele, desconfiado.

---

100. Nicolas Fouquet (1615-80), visconde de Vaux e superintendente de finanças do reino à época de Mazarino. Era o segundo homem mais poderoso do país depois do cardeal. Mandou construir o castelo de Vaux-le-Vicomte, a cinquenta quilômetros de Paris, um dos mais luxuosos da França. Foi destituído e preso por ordem de Luís XIV em 1661.

— Mas que tartufo! O que está pensando? — irritou-se o mosqueteiro. — Se você, que é o criado do bispo, espera ter licença para cometer crimes, por que não teria eu, que sou amigo, para comer o que pede meu estômago? Bazin, trate de me receber bem ou, juro por Deus!, me queixo com o rei e você nunca vai confessar ninguém. Deve saber que a nomeação dos bispos passa pelo rei, então todo cuidado é pouco.

Bazin sorriu hipocritamente e disse:

— Temos o sr. superintendente do nosso lado.

— Está fazendo pouco do rei?

Bazin não respondeu, mas seu sorriso era eloquente o bastante.

— Meu jantar — insistiu d'Artagnan. — Já são quase sete horas.

Bazin se virou e mandou que o mais velho dos alunos avisasse a cozinheira. D'Artagnan, enquanto isso, examinava o mosteiro.

— Argh! Monsenhor hospedava Sua Grandeza[101] bastante mal aqui — constatou, fazendo uma careta.

— Temos o castelo de Vaux — desdenhou Bazin.

— Que vale o do Louvre? — ironizou d'Artagnan.

— Bem mais — replicou Bazin, cheio de segurança.

— Ah! — exclamou o tenente.

Talvez fosse prolongar a discussão e defender a supremacia do Louvre, mas notou que seu cavalo continuava amarrado às barras de uma porta.

— Diabos! — reclamou. — Mande que cuidem do meu cavalo. O seu patrão bispo não tem nada parecido nos seus estábulos.

Bazin deu uma olhada de viés no cavalo e respondeu:

— O sr. superintendente o presenteou com quatro animais dos seus estábulos e qualquer um deles vale o preço de quatro iguais a este.

O sangue ferveu nas veias de d'Artagnan. Sua mão formigava, procurando em qual ponto da cabeça de Bazin se abateria. Mas isso logo passou; veio a reflexão, e ele se limitou a dizer:

— Diabos, diabos! Fiz bem em deixar o serviço do rei. Diga-me, digno Bazin, de quantos mosqueteiros dispõe o sr. superintendente?

— Com o dinheiro que tem, pode ter todos que quiser — respondeu ele, fechando seu livro e dispensando as crianças aos tapas.

— Diabos, diabos! — repetiu ainda d'Artagnan.

Como a cozinheira veio avisar que tudo estava pronto, ele a seguiu até a sala de jantar, onde a refeição o esperava.

Pôs-se à mesa e atacou o frango com valentia.

— Tenho a impressão — disse o viajante, enfiando os dentes na penosa que lhe fora servida e que visivelmente haviam esquecido de engordar —, tenho a impressão de haver cometido um erro não indo procurar, já de início,

---

101. Era o título honorífico que se dava antigamente aos grandes senhores e aos bispos.

serviço na casa de tão grande senhor. Parece mesmo poderoso esse superintendente. Na verdade, na corte de nada se fica sabendo e os raios do sol nos impedem de ver estrelas maiores, que são também sóis, mas um pouco mais distantes da Terra. Só isso.

D'Artagnan gostava muito, por prazer e por tática, de fazer as pessoas falarem de coisas que lhes interessavam, e fez o que pôde com mestre Bazin. Foi perda de tempo: além do elogio cansativo e hiperbólico ao sr. superintendente das finanças, Bazin, que se mantinha cismado, nada contou que não fossem mesmices, o que fez o visitante, bastante mal-humorado, querer ir se deitar assim que acabou de comer.

Foi levado a um quarto bem ruim, com uma cama capenga, mas não era um cliente difícil. Soube que o bispo levara as chaves do seu apartamento particular e, conhecendo Aramis, que era organizado e tinha sempre muito a esconder, não estranhou. Atacou então a cama, mesmo achando-a mais dura que o frango, com a mesma valentia. E como tinha um sono tão bom quanto o apetite, não levou tempo maior para dormir do que havia levado para chupar o último osso do assado.

Desde que não estava mais a serviço de ninguém, d'Artagnan se prometera dormir tão pesado quanto dormia leve até então, mas por maior que fosse sua convicção ao fazer essa promessa, e por maior que fosse sua vontade de religiosamente respeitá-la, ele acordou em plena noite com um barulho de carruagens e lacaios a cavalo. Uma claridade de repente iluminou as paredes do quarto, o que o fez pular da cama e correr à janela de camisola.

"Será que é o rei?", pensou, esfregando os olhos. "É um aparato que só pode ter a ver com alguém da realeza."

— Viva o sr. superintendente! — gritou, ou melhor, berrou à janela do térreo alguém que, pela voz, só podia ser Bazin. E de fato era ele, que não só gritava, mas acenava com um lenço numa das mãos e um círio aceso na outra.

D'Artagnan viu então algo que parecia uma reluzente forma humana se debruçar fora da portinhola da carruagem principal. Ao mesmo tempo, muitas risadas, possivelmente provocadas pela estranha atitude de Bazin, vindas da mesma carruagem, deixavam uma espécie de rastro de alegria atrás da rápida passagem do cortejo.

— Eu devia ter visto logo — disse d'Artagnan — que não era o rei, pois ninguém ri tão à vontade perto do monarca. Ei! Bazin! — ele gritou ao vizinho de baixo, que quase caía da janela para acompanhar por mais tempo a carruagem. — Ei! Que diabos é isso?

— É o sr. Fouquet — respondeu Bazin, parecendo querer protegê-lo.

— E toda aquela gente?

— É a corte do sr. Fouquet.

— Oh! — exclamou d'Artagnan. — O que acharia disso o sr. de Mazarino?

E voltou a se deitar, pensativo, se perguntando como Aramis sempre conseguia fazer boa figura com as pessoas mais poderosas do reino.

"Será por ter mais sorte ou por eu ser mais bobo que ele? Bah!"

Era a interjeição com que ele, desde que se tornara um homem assentado e sereno, encerrava cada pensamento e cada frase, em seu novo estilo. Antes ele dizia "Caramba!", que parecia algo como esporear o cavalo. Agora, mais velho, dizia esse "Bah!" filosófico, que servia de freio para qualquer entusiasmo.

18. Quando d'Artagnan procura Porthos e encontra apenas Mousqueton

A o realmente se convencer de que a ausência do sr. vigário-geral d'Herblay era real e de que o amigo não se encontrava em Melun nem nas proximidades, d'Artagnan bem contente deixou Bazin, deu uma olhada maliciosa no magnífico castelo de Vaux, que começava a ter o esplendor que causou a sua ruína,[102] franziu os lábios como alguém desconfiado, além de prevenido, e tocou em frente seu cavalo malhado, dizendo:

— Bom, vamos lá. É em Pierrefonds[103] que encontrarei a melhor pessoa e o melhor cofre. E é só do que preciso, pois, cá entre nós, tenho uma ideia.

Pouparemos os leitores dos incidentes prosaicos da viagem de d'Artagnan, que chegou a bom porto na manhã do terceiro dia. Seu caminho foi por Nanteuil-le-Haudouin e Crépy. De longe, viu o castelo de Luís de Orléans, que, tendo passado à Coroa, era guardado por um velho zelador. Era uma dessas velhas construções da Idade Média, com muralhas de mais de meio metro de largura e torres com mais de três de altura.

D'Artagnan passou ao longo das muralhas, mediu com os olhos as torres e desceu na direção do vale. Dali podia já vislumbrar o castelo de Porthos, situado às margens de um lago e beirando uma magnífica floresta. É o mesmo que já tivemos a honra de descrever a nossos leitores, então nos contentaremos apenas em indicar. Depois das belas árvores, depois do sol de maio dourando as encostas verdes, depois dos altos bosques empenachados e seguindo na direção de Compiègne, a primeira coisa que chamou a atenção de d'Artagnan foi uma grande caixa movente, empurrada por dois lacaios e puxada por dois outros. Dentro dessa caixa havia uma enorme coisa verde e dourada que subia, puxada e empurrada, as risonhas alamedas do parque. De longe, essa tal coisa era impossível de detalhar e não parecia com nada em particular. Olhando mais de perto, via-se uma espécie de tonel enrolado num

---

102. No ano seguinte, Fouquet cairia em desgraça, despertando suspeitas por seu enriquecimento.

103. Ostentosa propriedade onde mora Porthos, descrita com toda a sua pompa no capítulo 12 de *Vinte anos depois*.

pano verde com galões de ouro. Mais de perto ainda, porém, identificava-se um homem, ou melhor, uma espécie de joão-teimoso cuja extremidade inferior, esparramada, preenchia a caixa inteira. E mais de perto ainda, descobria-se que esse homem era Mousqueton, Mousqueton de cabelos brancos e rosto vermelho como Polichinelo.[104]

— Santa madre! — exclamou d'Artagnan. — É o nosso caro sr. Mousqueton!

— Ah!... — gritou o volumoso indivíduo. — Ah! Que felicidade! Que alegria! Sr. d'Artagnan!... Parem, cretinos!

Essas últimas palavras se dirigiam aos lacaios que empurravam e puxavam. A caixa parou e os quatro lacaios, com uma precisão militar, tiraram ao mesmo tempo os chapéus agaloados e se puseram em formação atrás da caixa.

— Ah, sr. d'Artagnan! — voltou a exclamar Mousqueton. — E pensar que não posso me jogar a seus joelhos! Como vê, fiquei incapacitado.

— Nossa! É a idade, querido Mousqueton.

— Não, senhor, não a idade; são as enfermidades, as infelicidades.

— Infelicidades? Você, Mousqueton? — espantou-se d'Artagnan, dando a volta na caixa. — Está louco? Parece forte como um carvalho de trezentos anos, graças a Deus.

— Ah! São as pernas, as pernas! — disse o fiel servidor.

— Como assim as pernas?

— Não querem mais me carregar.

— Que ingratas! Pois vejo que parece alimentá-las bem.

— É verdade; quanto a isso, não podem reclamar — ele suspirou. — Sempre fiz tudo que pude pelo meu corpo, não sou egoísta.

Novo suspiro.

"Será que Mousqueton também quer ser barão, para suspirar tanto?", pensou d'Artagnan.[105]

— Meu Deus! — disse Mousqueton, saindo de um penoso devaneio. — Meu Deus! Como monsenhor ficará contente de saber que o senhor pensou em vir vê-lo.

— Grande Porthos; quero muito abraçá-lo!

— Ah! — comoveu-se Mousqueton. — Vou escrever a ele, contando.

— Como? Escreverá a ele?

— Hoje mesmo.

— Ele não está aqui?

— Certamente não...

— Mas está por perto? Longe?

— Como saber, senhor, como saber?

---

104. Personagem da commedia dell'arte italiana.
105. Ver capítulos 12, 13 e 14 de *Vinte anos depois* sobre os suspiros de Porthos, querendo ser barão.

— Caramba! — exclamou o mosqueteiro, batendo o pé no chão. — Só estou dando azar! Porthos é tão caseiro!

— É verdade, ninguém é mais sedentário que monsenhor... mas...

— Mas o quê?

— Quando um amigo pede...

— Um amigo?

— Como não? O digno sr. d'Herblay.

— Foi Aramis quem o chamou?

— Eis como tudo se passou, sr. d'Artagnan. O sr. d'Herblay escreveu a monsenhor...

— É mesmo?

— Uma carta, senhor, uma carta tão premente que pôs todo o castelo de cabeça para baixo!

— Conte-me, caro amigo — pediu d'Artagnan —, mas antes mande embora esses senhores.

Mousqueton soltou um "Caiam fora, seus inúteis!" com pulmões tão poderosos que o simples sopro, sem as palavras, já teria feito os quatro carregadores desaparecerem. D'Artagnan se sentou na vara da caixa e pôs-se à escuta.

— Como disse — começou Mousqueton —, monsenhor recebeu uma carta do sr. vigário-geral d'Herblay há coisa de oito ou nove dias. Era o dia dos prazeres... campestres; ou seja, quarta-feira.

— O que quer dizer isso? — estranhou o visitante. — Dia dos prazeres campestres?

— Exato. Temos tantos prazeres nesta deliciosa região que eles se atropelam. De forma que fomos forçados a organizar sua distribuição.

— Reconheço nisso o espírito ordeiro que Porthos sempre teve. A mim é que não viria uma ideia assim. Mas é verdade que os prazeres não se atropelam à minha frente.

— No nosso caso, sim — disse Mousqueton.

— E como então organizaram isso? — perguntou d'Artagnan.

— É uma história meio comprida.

— Não faz mal, temos tempo. E você fala tão bem, caro Mousqueton, é realmente um prazer ouvi-lo.

— É verdade — disse Mousqueton, com um sinal de satisfação que, com toda a evidência, vinha da justiça que lhe era feita. — É verdade que melhorei muito na companhia de monsenhor.

— Estou esperando a distribuição dos prazeres, Mousqueton, e com impaciência. Quero saber se cheguei num dia promissor.

— Ah, sr. d'Artagnan! — lamentou-se melancolicamente Mousqueton. — Desde que monsenhor partiu, todos os prazeres se evaporaram!

— Bom, meu caro, recorra às lembranças.

— Por qual dia quer que comecemos?

— Ora! Comece pelo domingo, que é o dia do Senhor.

— O domingo?

— Sim.

— Domingo. Prazeres religiosos: monsenhor vai à missa, distribui o pão sagrado, recebe conselhos e instruções do seu diretor espiritual. Não é dos mais divertidos, mas aguardamos um carmelita de Paris que velará por nossa paróquia e que fala muito bem, pelo que dizem. Isso vai nos despertar, pois nosso atual clérigo é de dar sono. Domingo, então, prazeres religiosos. Segunda, prazeres mundanos.

— Ahá! — alegrou-se d'Artagnan. — O que se entende com isso? Quero saber tudo sobre os prazeres mundanos, conte.

— Na segunda-feira, vamos à sociedade. Recebemos e retribuímos visitas. Toca-se alaúde, dança-se, fazem-se versos, queima-se incenso em homenagem às damas.

— Nossa! É o máximo da galanteria — disse o mosqueteiro, que precisou apelar para todo o vigor dos seus músculos mastoides para controlar a enorme vontade de rir.

— Terça-feira, prazeres científicos.

— Hum! Curioso! Quais são? Dê alguns detalhes, querido Mousqueton.

— Monsenhor comprou uma esfera que vou lhe mostrar. Preenche todo o perímetro da torre maior, menos uma galeria que ele mandou abrir acima da esfera. Há fios de cobre em que foram amarrados o sol e a lua. Tudo isso gira, é muito bonito. Monsenhor me mostra os mares, as terras longínquas e prometemos nunca ir lá. É muito interessante.

— Muito interessante, sem dúvida — repetiu d'Artagnan. — E quarta-feira?

— Prazeres campestres, como já tive a honra de dizer. Olhamos os carneiros e as cabras de monsenhor; fazemos as pastoras dançarem ao som da flauta e da gaita de foles, como está escrito num livro que monsenhor tem em sua biblioteca, chamado *Éclogas*. O autor morreu há apenas um mês.

— O sr. Racan? —[106] perguntou d'Artagnan.

— Exato, Racan. Mas isso não é tudo. Pescamos com linha no pequeno canal e depois jantamos com coroas de flores na cabeça. Isso encerra a quarta-feira.

— Diabos! — comentou d'Artagnan — É bem completa a quarta-feira. E a quinta? O que pode restar para a pobre quinta-feira?

— Ela nada tem de pobre, acredite — disse Mousqueton com um sorriso. — Na quinta-feira temos os prazeres olímpicos. Ah! Que dia! Fazemos com que todos os vassalos de monsenhor se apresentem, lancem o disco, lutem,

---

106. Honorat de Bueil, marquês de Racan (1598-1670), foi da Academia Francesa de Letras. Na verdade, não tinha ainda morrido por ocasião do diálogo.

corram. O próprio monsenhor lança o disco como ninguém. E quando aplica um soco… credo, que calamidade!

— Calamidade?

— Exato. Fomos obrigados a desistir do cesto.[107] Ele quebrava cabeças, arrebentava maxilares, afundava peitorais. É uma linda competição, mas ninguém mais queria competir com ele.

— Quer dizer então que o punho…

— Ah, sim! Mais forte do que nunca. Monsenhor decai um pouco no concernente às pernas, ele próprio reconhece; então tudo se concentrou nos braços, de forma que…

— De forma que ele, com um soco, ainda derruba um boi.

— Mais do que isso, ele agora demole paredes. Recentemente, depois de jantar na casa de um dos arrendatários, o senhor sabe o quanto monsenhor é popular e bom, depois do jantar, ele de brincadeira deu um soco na parede; ela desabou, o telhado veio abaixo, com três homens e uma velha ficando soterrados.

— Deus do céu, Mousqueton, e Porthos?

— Ah, monsenhor ficou com a cabeça levemente arranhada. Aplicamos em algumas partes do corpo uma água benta que as religiosas nos dão. Mas, no punho, nada.

— Nada?

— Nada.

— Lá se foram os prazeres olímpicos! Devem custar caro demais, se contarmos as viúvas e os órfãos…

— Ganham pensões, tenente. Um décimo do ganho de monsenhor é destinado a isso.

— Passemos à sexta-feira — propôs d'Artagnan.

— Sexta-feira, prazeres nobres e guerreiros. Caçamos, construímos armas, amestramos falcões, domamos cavalos. E o sábado, enfim, é o dia dos prazeres espirituais: enriquecemos nosso espírito, olhamos os quadros e as estátuas de monsenhor, até escrevemos e traçamos mapas. Resumindo, seguimos os cânones de monsenhor.

— Traçam planos, seguem os cânones…

— Isso mesmo.

— Meu amigo — disse d'Artagnan. — O sr. du Vallon é, na verdade, dono do espírito mais sutil e amável que conheço, mas há um tipo de prazer do qual, tenho impressão, vocês esqueceram.

— Qual, por favor? — perguntou Mousqueton, preocupado.

— Os prazeres materiais.

---

107. Manopla feita com fitas de couro cru guarnecidas de ferro que atletas da Antiguidade usavam em combates de pugilato.

Mousqueton enrubesceu.

— O que o senhor quer dizer com isso? — ele perguntou, baixando os olhos.

— Refiro-me à mesa, ao bom vinho, à noitada em torno das evoluções da garrafa.

— Ah! Mas esses prazeres nem são levados em conta, são praticados todos os dias.

— Meu bom Mousqueton — retomou d'Artagnan —, me desculpe. Fiquei tão absorto nos encantos da sua narrativa que esqueci o principal da nossa conversa, que era saber o que o sr. vigário-geral d'Herblay escreveu ao sr. du Vallon.

— É verdade — concordou Mousqueton. — Os prazeres nos distraíram. Pois bem, eis.

— Sou todo ouvidos, querido Mousqueton.

— Quarta-feira...

— Dia dos prazeres campestres...

— Exato. Uma carta chegou. Eu próprio a entreguei, tendo reconhecido a letra.

— E então?

— Monsenhor leu e exclamou: "Rápido, meus cavalos! Minhas armas!".

— Ah, pela mãe do Cristo! — exclamou d'Artagnan. — Ainda algum duelo!

— Não. Eram só as seguintes palavras:

Caro Porthos, pegue a estrada se quiser chegar antes do equinócio. Espero-o.

— Caramba! — não se conteve d'Artagnan. — Havia urgência, ao que parece.

— Com certeza. De forma que monsenhor partiu no mesmo dia com seu secretário, para tentar chegar a tempo.

— E será que chegou?

— Assim espero. Monsenhor, que não se faz de rogado, como o senhor bem sabe, ainda repetia o tempo todo: "Raios! Que diabo pode ser isso de equinócio? Tanto faz, só se o sujeito estiver muito bem montado chegará antes de mim".

— E acha que Porthos chegou na frente? — perguntou d'Artagnan.

— Tenho certeza que sim. Esse equinócio pode ser rico o quanto quiser, mas duvido que tenha cavalos como os de monsenhor!

D'Artagnan conteve a vontade de rir porque a brevidade da carta de Aramis o fazia pensar. Ele seguiu Mousqueton, ou melhor, o carrinho de Mousqueton, até o castelo. Sentou-se a uma mesa suntuosa, em que foi servido como um rei, mas nada conseguiu tirar de Mousqueton, que chorava sem parar. E foi tudo.

Ao longo de uma noite passada numa excelente cama, d'Artagnan sonhou muito com o sentido que podia ter a carta de Aramis. Preocupou-se com as relações que porventura pudessem existir entre o equinócio e os negócios de Porthos, mas depois, sem conseguir entender coisa alguma, achando que talvez tudo não passasse de algum caso amoroso do bispo, para o qual era de esperar que os dias tivessem a mesma duração que as noites, ele deixou Pierrefonds como havia deixado Melun e como havia deixado o castelo do conde de La Fère. Mas não sem certa melancolia, que podia perfeitamente ser vista como um dos mais sombrios humores do mosqueteiro. De cabeça baixa, olhos fixos, deixava que as pernas caíssem de cada lado do cavalo, dizendo a si mesmo, nesse vago devaneio que chega, às vezes, à mais sublime eloquência:

"Sem amigos, sem futuro, sem coisa alguma! Minhas forças se esgotam, como nossa amizade passada. Oh, é a velhice que chega, fria e inexorável. Envolve com sua fita de luto tudo aquilo que reluzia, que aromatizava minha juventude, para depois jogar esse doce fardo sobre o ombro e carregá-lo, com tudo o mais, ao abismo sem fundo da morte."

Um arrepio fez tremer o coração do gascão, sempre tão destemido e forte contra as desgraças da vida, mas a quem ali, por alguns momentos, as nuvens pareceram negras, a terra escorregadia e gredosa como a dos cemitérios.

— Aonde ir?... — ele se perguntou. — O que fazer?... Sozinho... Totalmente só, sem família, sem amigos... Bah! — ele de repente exclamou. E esporeou o cavalo, que, nada tendo visto de melancólico na boa aveia de Pierrefonds, aproveitou o incentivo para mostrar sua alegria, num galope solto que devorou duas léguas.

"A Paris!", decidiu-se d'Artagnan.

E no dia seguinte estava na capital.

Tinha levado dez dias naquela viagem.

19. O que d'Artagnan foi fazer em Paris

O tenente apeou diante de uma loja da rua dos Lombardos, sob uma placa em que se lia: Pilon-d'Or. Um homem de aparência saudável, com um avental branco e cofiando o bigode grisalho com a mão avantajada, deu um grito de alegria ao ver o cavalo malhado.

— Sr. d'Artagnan! — ele exclamou. — Que alegria!

— Olá, Planchet! —[108] respondeu o tenente, curvando-se para entrar na loja.

— Rápido, alguém que cuide do cavalo do sr. d'Artagnan. E alguém que prepare o seu quarto. E alguém para providenciar seu jantar! — gritou Planchet.

— Obrigado, Planchet! Olá, rapazes — agradeceu o recém-chegado aos serventes que acorriam.

— Permite que eu continue o envio desse café, desse caramelado e dessas uvas assadas? — perguntou Planchet. — São para a copa do sr. superintendente.

— Continue, continue.

— É coisa rápida, depois comeremos.

— Tente fazer com que sejamos só nós a cear — pediu d'Artagnan. — Preciso falar com você.

Planchet olhou para o antigo patrão de maneira significativa.

— Ah, não se preocupe! Só coisas agradáveis — tranquilizou d'Artagnan.

— Melhor assim, ótimo!...

Planchet respirou aliviado, enquanto d'Artagnan se sentava bem à vontade na loja, em cima de um saco de rolhas, examinando o local. Era um empório bem aparelhado; respiravam-se os aromas do gengibre, da canela e da pimenta-do-reino em pó, o que fez d'Artagnan espirrar.

Os serventes, felizes por verem de perto um homem de guerra conhecido como o tenente dos mosqueteiros, um homem que no dia a dia convivia com o rei, trabalhavam com entusiasmo e serviam os fregueses costumeiros com uma precipitação desdenhosa que alguns notaram.

Planchet recebia o dinheiro das vendas e fazia suas contas sem deixar de dar atenção ao antigo patrão. Com os clientes, falava depressa e com a or-

---

108. Fiel acompanhante de d'Artagnan desde *Os três mosqueteiros*.

gulhosa familiaridade do comerciante bem-sucedido que serve a todos, sem depender de ninguém. D'Artagnan observou essa particularidade com um prazer ao qual voltaremos mais adiante. Viu que a noite pouco a pouco caía e Planchet, enfim, o levou a um cômodo no primeiro andar onde, entre sacos e caixas, uma mesa, muito corretamente posta, esperava os dois.

O convidado aproveitou um momento de pausa para observar o lojista, a quem há um ano não via. O inteligente Planchet ganhara certa barriga, mas o rosto não havia inchado. O olhar brilhante brincava ainda com agilidade nas órbitas profundas, e a gordura, que nivela todas as saliências características da face, não havia ainda alterado a proeminência das maçãs do rosto, indício de esperteza e de cupidez, nem o queixo, indício de fineza e perseverança. O merceeiro se dispunha na sala de jantar com o mesmo fausto que na loja. Ofereceu uma refeição frugal, mas bem parisiense: assado cozido no forno da padaria, com legumes e salada, além da sobremesa, que vinha da própria loja. D'Artagnan se alegrou ao notar que o comerciante tirava dos nichos especiais uma garrafa de vinho d'Anjou que, por toda a vida, foi o seu preferido.

— Antigamente — disse Planchet com um sorriso cheio de bonomia —, era eu quem bebia do seu vinho, e agora tenho a felicidade de vê-lo beber do meu.

— E com a graça de Deus, amigo Planchet, ainda o beberei por muito tempo, espero, pois agora estou livre.

— Livre? Está de licença? Por quanto tempo?

— Por tempo ilimitado!

— Deixou o serviço? — surpreendeu-se Planchet.

— Deixei. Vou descansar.

— E o rei? — alarmou-se o ex-escudeiro, sem imaginar que o rei pudesse viver sem os préstimos de alguém como d'Artagnan.

— O rei que procure outros... Bom, jantamos bem, você está animado; tudo isso me predispõe a algumas confidências... Abra então as orelhas.

— Pois sim.

E com uma risada mais franca do que maliciosa, abriu uma garrafa de vinho branco.

— Só não me faça perder a cabeça.

— Ah, o senhor, quando perde a cabeça...

— Pois agora essa cabeça é minha e pretendo cuidar dela melhor do que nunca. Mas falemos de finanças... Como anda nosso dinheiro?

— Muito bem. As vinte mil libras que me emprestou continuam investidas no meu comércio, rendendo nove por cento. Como lhe pago sete, ainda ganho em cima disso.

— E continua contente?

— Muito. Vai me trazer outro tanto?

— Melhor do que isso... Mas está precisando?

— Não, na verdade não. Pessoas agora me procuram para esses assuntos. Estou ampliando os negócios.

— Era o seu projeto.

— Sirvo um pouco como um banco... Compro as mercadorias de colegas em necessidade, empresto dinheiro a quem está em dificuldade para reembolsar.

— Sem agiotagem?...

— Ah! Não me diga isso. Semana passada tive dois "encontros" por causa dessa palavra.

— Como?

— Explico: tratava-se de um empréstimo... O sujeito me deu como garantia uma carga de rapadura que eu venderia se o reembolso não fosse efetuado até determinada data. Emprestei mil libras. Ele não pagou, então vendi a mercadoria por mil e trezentas libras. Ele soube e me cobrou cem escudos. E eu neguei... mostrando que poderia perfeitamente ter conseguido vender por novecentas libras apenas. Ele me acusou de agiotagem e pedi que repetisse aquilo num campo livre de policiamento. Era um ex-guarda, aceitou. Atravessei aquela espada que o senhor me deu na coxa esquerda dele.

— Valha-me Deus! Que banco estranho esse seu! — brincou d'Artagnan.

— Acima de treze por cento, eu brigo — replicou Planchet. — É como sou.

— Pegue só doze e chame o resto de indenização ou corretagem.

— Tem razão. Mas o que queria propor?

— Ah, Planchet, é coisa demorada e difícil de contar.

— Conte mesmo assim.

D'Artagnan coçou o bigode como alguém pouco à vontade com a confidência a ser feita, e sem plena confiança no confidente.

— É um investimento? — perguntou Planchet.

— É.

— De um bom produto?

— Bastante bom: quatrocentos por cem, Planchet.

O comerciante bateu na mesa com tanta força que as garrafas deram um pulo, como se tivessem se assustado.

— Isso é possível?

— Acho que será mais — disse com frieza d'Artagnan. — Mas é melhor pensar por baixo.

— Diabos! — animou-se Planchet, se aproximando. — Isso é incrível!... Pode-se pôr muito dinheiro?

— Vinte mil libras cada um.

— É a soma que tem comigo. Por quanto tempo?

— Por um mês.

— E isso vai render?...

— Cinquenta mil libras para cada um; pode contar.

— É uma monstruosidade!... Será preciso brigar muito por algo assim?

— Acho que de fato vai ser preciso brigar um bocado — disse d'Artagnan com a mesma tranquilidade. — Mas desta vez somos dois, e farei as coisas sozinho.

— Não posso permitir...

— Você não vai poder ir; seria preciso deixar sua casa.

— A coisa não se passa em Paris?

— Não.

— Ah! No exterior?

— Na Inglaterra.

— País de grande especulação, é verdade — comentou Planchet. — País que conheço bem... Qual tipo de negócio, sem querer parecer curioso demais?

— Trata-se de uma restauração.

— De monumentos?

— Sim, de monumentos. Restauraremos White Hall.

— É importante... E em um mês, acredita?...

— Cuidarei disso.

— Essa parte é com o senhor; e uma vez que me coloca no negócio...

— Sim, é comigo... e estou bem a par... e vou consultá-lo bastante.

— Fico orgulhoso... mas entendo muito pouco de arquitetura.

— Não é verdade, você é excelente arquiteto. Tanto quanto eu, para isso de que se trata.

— Obrigado...

— Confesso ter querido oferecer a coisa àqueles amigos que você conhece, mas não estavam em casa... É pena, não há mais corajosos nem mais habilidosos que eles.

— Com certeza! Pelo visto haverá concorrência e a empreitada será disputada?

— Ah, sim, Planchet, sem dúvida...

— Estou louco para saber mais.

— Vai saber, Planchet. Feche bem todas as portas.

— Pois não.

Tudo foi trancado.

— Ótimo. Agora se aproxime.

Planchet fez isso.

— E abra a janela, assim o barulho da rua e das carroças impedirá que nos ouçam.

Planchet abriu a janela como pedido e a vaga de tumulto que tomou o cômodo, com gritaria, rodas, latidos e passos ensurdeceu o próprio d'Artagnan, o que era a sua intenção. Ele então bebeu um copo de vinho branco e começou:

— Planchet, tenho uma ideia.

— Ah, isso não me surpreende, vindo do senhor — respondeu o merceeiro, trêmulo de emoção.

20. Sobre a sociedade que se forma na rua dos Lombardos, sob a placa do Pilon-d'Or, para explorar a ideia do sr. d'Artagnan

Passado um instante de silêncio, durante o qual d'Artagnan pareceu organizar não só uma ideia, mas todas as suas ideias, ele começou:

— Você com certeza, meu caro Planchet, ouviu falar de Sua Majestade Carlos I, rei da Inglaterra.

— Infelizmente sim, pois o senhor deixou a França para ir ajudá-lo e, apesar disso, ele caiu e quase o arrastou na sua queda.

— Pois. Vejo que tem boa memória, Planchet.

— Puxa! Estranho seria se eu a perdesse, por pior que fosse. Tendo ouvido Grimaud contar, e o senhor sabe que ele não é de contar muito, como caiu a cabeça do rei Carlos, como os senhores viajaram a metade de uma noite num navio prestes a explodir e viram subir à tona o tal sr. Mordaunt, com certo punhal de cabo dourado plantado no peito... são coisas que não se esquecem.[109]

— No entanto, há pessoas que as esqueceram, Planchet.

— Pode ser, pessoas que não as viram, ou não ouviram Grimaud contá-las.

— Pois então, já que se lembra de tudo isso, vou precisar recordar apenas que o rei Carlos I tinha um filho.

— Sem querer corrigi-lo, tinha inclusive dois, pois vi o segundo em Paris, o sr. duque de York, num dia em que ia ao Palais Royal e me disseram ser apenas o segundo filho do rei Carlos I. Já o primeiro, conheço de nome, mas nunca vi.

— E é justo aonde quero chegar, a esse filho mais velho, que antes era chamado príncipe de Gales e agora Carlos II, rei da Inglaterra.

— Rei sem reino — respondeu sentenciosamente Planchet.

— Exato, companheiro, e você pode acrescentar infeliz príncipe, mais infeliz do que um homem do povo perdido no mais miserável bairro de Paris.

Planchet fez um gesto, expressando essa compaixão dedicada aos estrangeiros com os quais jamais estaremos em contato. Além disso, em todo esse

---

109. Ver capítulo 78 de *Vinte anos depois*. Mordaunt é o principal vilão da obra.

preâmbulo, ele não via o menor indício da tal ideia comercial do sr. d'Artagnan, que era, basicamente, o que lhe interessava. Acostumado a perfeitamente compreender as coisas e os homens, d'Artagnan percebeu o que se passava e disse:

— Já vou chegar ao que importa. Esse jovem príncipe de Gales, rei sem reino, como você muito bem definiu, me interessou. Vi quando ele mendigou o apoio de Mazarino, que é um patife, e a ajuda do rei Luís, que é uma criança, e percebi, pois tenho esse talento, naquele olho inteligente de rei decaído, naquela austera nobreza que sobreviveu a todas as misérias, uma fibra de homem íntegro e de rei.

Planchet tacitamente aprovou, mas nada daquilo, pelo menos a seu ver, esclarecia a tal ideia do sr. d'Artagnan, que continuou:

— Meu raciocínio, então, foi o seguinte. Ouça com atenção, pois nos aproximamos do final.

— Estou ouvindo.

— Não se semeou a terra com tantos reis assim para que os povos os encontrem na medida em que precisam. E, na minha opinião, esse rei sem reino é uma semente que, se for corretamente semeada, pode florescer em qualquer estação do ano, de forma certa, discreta e vigorosa, escolhendo chão, céu e tempo.

Planchet aprovava com a cabeça, ou seja, continuava sem nada entender.

— Pobre pequena semente de rei! Foi o que eu disse a mim mesmo e de fato me comovi, o que me leva a pensar que talvez esteja fazendo alguma bobagem. Por isso resolvi consultá-lo, meu amigo.

Planchet ficou vermelho de prazer e orgulho.

— Pobre pequena semente de rei! Quero pegá-la e semeá-la numa terra boa.

— Santo Deus! — exclamou Planchet, olhando fixamente o antigo amo, como se começasse a pôr em dúvida o seu juízo.

— O que foi? — perguntou d'Artagnan. — O que o incomoda?

— A mim? Nada.

— Você disse: "Santo Deus!".

— Disse?

— Tenho certeza. Será por ter, afinal, compreendido?

— Confesso que temo...

— Ter compreendido?

— Sim.

— Que quero levar ao trono o rei Carlos II, que não tem mais trono? É isso?

Planchet deu um pulo da cadeira em que estava.

— Então... então é o que chama de restauração!?

— Exato. Não é como se chama?

— Sim, é claro. Mas pensou bem nisso?

— Nisso o quê?

— Em tudo que há lá.

— Onde?

— Na Inglaterra.

— E o que há na Inglaterra?

— Primeiro, e peço que me desculpe por me meter em coisas de fora do meu comércio, mas sendo um negócio que está sendo proposto... pois é um negócio que me propõe, não é?

— Um ótimo negócio, Planchet.

— Já que me propõe um negócio, tenho o direito de discuti-lo.

— Pois discuta. É da discussão que nasce a luz.

— Então veja! Já que tenho permissão para isso, devo dizer que lá, para começar, há o Parlamento.

— Sei. E o que mais?

— O Exército.

— Bom. Mais alguma coisa?

— A nação.

— Só isso?

— Uma nação que permitiu a queda e a morte do falecido rei, pai deste último, e que não vai querer se desmentir.

— Planchet, meu amigo — disse d'Artagnan —, raciocinas como um queijo. A nação... a nação não aguenta mais esses senhores que esbravejam e cantam salmos. No referente à cantoria, querido Planchet, já notei que as nações preferem cantar trovinhas alegres e não o cantochão. Basta que se lembre da Fronda, como se cantou naqueles anos! Que época boa!

— Hum... nem tanto. Por pouco não fui enforcado.

— Sim, mas não foi.

— Não fui.

— E começou sua fortuna no meio de toda aquela cantoria.

— É verdade.

— Estamos conversados?

— Como assim? E o Exército, e o Parlamento?

— Como disse, tomo emprestadas vinte mil libras do sr. Planchet, e ponho outro tanto da minha parte. Com essas quarenta mil libras, monto um exército.

Planchet juntou as mãos. Percebia que o ex-patrão falava sério e, realmente, tinha perdido o juízo.

— Um exército!... — ele esboçou um sorriso, sabendo que não se deve irritar um louco. — Um exército... de muitos homens?

— Quarenta — respondeu d'Artagnan.

— Quarenta contra quarenta mil, não chega a ser muito. O senhor sozinho vale por mil homens, eu sei, mas onde encontrará trinta e nove que valham tanto quanto o senhor? E mesmo que os encontre, quem fornecerá dinheiro para pagá-los?

— Muito bom, Planchet... Ah, diabos! Você poderia ser cortesão.

— Não, estou só dizendo o que penso. E justamente por isso digo que na primeira batalha campal, com seus quarenta homens, receio que...

— Mas por isso mesmo não haverá batalha campal, meu caro Planchet — riu o gascão. — Temos, na Antiguidade, belíssimos exemplos de recuos e marchas judiciosas que consistiam em evitar o inimigo, em vez de confrontá-lo. Você deve saber disso, Planchet, você que comandou os parisienses no dia em que teriam enfrentado os mosqueteiros, e calculou tão bem as marchas e contramarchas, sem precisar se afastar da praça Royale.[110]

Planchet deu uma risada e admitiu:

— É verdade. Se os seus quarenta homens estiverem sempre escondidos, e não forem inábeis, pode ser que não sejam logo derrotados. Mas, enfim, tem algum resultado em mente?

— Claro que sim. Aqui está o plano que, na minha opinião, logo devolverá Sua Majestade Carlos II ao trono.

— Hum! — exclamou Planchet, redobrando a atenção. — Vejamos esse plano. Mas antes, creio que esquecemos de uma coisa.

— De quê?

— Resolvemos a questão da nação, que prefere canções leves em vez de salmos, e do Exército, que não combateremos; mas resta o Parlamento, que não canta.

— Nem pega em armas. Como um homem inteligente como você, Planchet, se preocupa com um monte de falastrões que se autodenominam *rump*? Os parlamentares não me preocupam, Planchet.

— Se não o preocupam, sigamos em frente.

— Exato, e cheguemos ao resultado. Você se lembra de Cromwell?

— Só por ter ouvido muito falar.

— Era um grande guerreiro.

— E, mais ainda, de um terrível apetite.

— Como assim?

— De uma só vez, abocanhou a Inglaterra inteira.

— Então veja, Planchet! E se, depois de Cromwell ter devorado a Inglaterra, alguém devorasse Cromwell?

— Ah! É um dos primeiros axiomas da matemática, o recipiente deve ser maior do que o conteúdo.

— Maravilha!... É o que nos interessa, Planchet.

---

110. Ver *Vinte anos depois*, capítulo 83.

— Mas o sr. Cromwell já morreu, e o seu recipiente agora é a tumba.

— Meu querido Planchet, fico feliz de ver que não só se aprimorou na matemática, mas também na filosofia.

— Bom, no meu comércio, me sirvo muito do papel impresso; e isso instrui.

— Parabéns! Então sabe... pois não aprendeu matemática e filosofia sem um pouco de história... que depois desse Cromwell enorme, veio um minúsculo.

— Sei. Um que se chamava Richard e fez como o senhor: pediu demissão.

— Muito, muito bem! Depois do grande, que morreu, depois do pequeno, que se demitiu, veio o terceiro. Este último se chama Monck. É um general muito hábil, tanto que nunca entrou numa batalha. É ótimo diplomata, pois nunca fala e, antes de dizer bom dia a uma pessoa, pensa por doze horas e acaba dizendo boa noite, o que faz todo mundo achá-lo incrível, por justamente já ter caído a noite.

— É de fato muito bom. E conheço outro político que também se encaixa nessa descrição.

— O sr. de Mazarino, não é?

— Ele mesmo.

— E está certo. Só que o sr. de Mazarino não aspira ao trono da França; e isso muda tudo, você há de concordar. Mas voltando ao sr. Monck, que tem no seu prato, bem cozida, a Inglaterra, e já abre a boca para devorá-la; esse sr. Monck diz aos seguidores de Carlos II e ao próprio Carlos II: "*Nescio vos...*".[111]

— Não sei inglês — disse Planchet.

— Mas eu sim — confortou-o d'Artagnan. — *Nescio vos* significa: "Não os conheço". O que o sr. Monck, o homem importante da Inglaterra, depois de tê-la engolido...

— Resumindo? — apressou-o Planchet.

— Resumindo, vou chegar lá com os meus quarenta homens, sequestrar o fulano e trazê-lo embrulhado para a França, onde duas possibilidades se apresentam a meus olhos extasiados.

— E aos meus! — exclamou Planchet, agora entusiasmado. — Vamos prendê-lo numa jaula e cobrar ingresso.

— Bem, eu não tinha pensado nessa. É uma terceira possibilidade, que você acaba de encontrar.

— Não acha boa?

— Sim, claro; mas acho as minhas melhores.

— Vejamos então as suas.

— Primeiro peço um resgate.

— De quanto?

---

111. Em latim no original, "Não vos conheço", da parábola das dez virgens (Mateus 25,12), expressão usada para rejeitar pessoas.

— Vai saber… Um sujeito assim deve valer uns cem mil escudos.

— Ah, com certeza!

— Então veja: primeiro peço um resgate de cem mil escudos. Ou, o que é ainda melhor, entrego-o ao rei Carlos, que, não tendo mais general a temer nem diplomata a dobrar, vai poder restaurar a si mesmo e, uma vez restaurado, vai me dar os tais cem mil escudos. Foi essa a minha ideia. O que acha?

— Magnífica! — exclamou o comparsa, tremendo de emoção. — E como teve essa ideia?

— Foi na beira do rio Loire, enquanto nosso bem-amado rei Luís XIV choramingava na mão da srta. de Mancini.

— Com todo o respeito, acho a ideia sublime, mas…

— Ah, tem um mas…

— Se permitir um aparte. É mais ou menos como a pele daquele belo urso, o senhor sabe, que pretendiam vender, mas que era preciso, antes, ser retirada do animal ainda em vida.[112] E, bem, para pegar o sr. Monck, vai haver briga.

— Com certeza, mas terei levantado um exército.

— Sei, estou vendo. Um golpe certeiro. Ah, então não tem erro! Ninguém se compara ao senhor nesse tipo de coisa.

— É verdade que me saio bem — disse d'Artagnan, com orgulhosa simplicidade. — Se pudesse ainda ter o querido Athos, o bravo Porthos e o esperto Aramis, a coisa estava resolvida. Mas eles estão por aí, sabe-se lá onde… Então farei tudo sozinho. Mas diga, acha um bom negócio e um investimento vantajoso?

— Muito! Até demais!

— Como assim?

— Porque as boas coisas nunca vêm no momento certo.

— Esta é infalível, Planchet, e prova disso é que estou todo voltado a ela. Será um belo lucro para você e, para mim, uma grande ação. As pessoas dirão: "Foi assim a velhice do sr. d'Artagnan". E terei um lugar nas histórias e inclusive na história, Planchet.

— Meu Deus! — emocionou-se o merceeiro. — Quando penso que é aqui no meu comércio, no meio das minhas rapaduras, ameixas secas e canelas que esse gigantesco projeto está sendo amadurecido, tenho a impressão de minha loja ser um palácio.

— Cuidado, tome todo o cuidado, Planchet. Se a menor indiscrição transparecer, vamos os dois para a Bastilha. Preste atenção, meu amigo, pois o que estamos combinando é um complô: o sr. Monck é um aliado do sr. de Mazarino, tome cuidado.

— Quem teve, como eu, a honra de trabalhar com o senhor não tem medo; e quem tem a sorte de estar num mesmo negócio que o senhor se cala.

---

112. La Fontaine, "O urso e os dois amigos", *Fábulas*, livro 5, xx.

— Ótimo, você tem que se preocupar com isso mais do que eu, pois em oito dias estarei na Inglaterra.

— Pode ir tranquilo. Quanto antes melhor.

— O dinheiro está disponível?

— Amanhã já pode estar, aqui mesmo. Prefere ouro ou prata?

— Ouro. É mais cômodo. Mas como vamos oficializar isso?

— Ora, meu Deus, da maneira mais simples: me dê um recibo, nada mais.

— Não, de jeito nenhum — reagiu d'Artagnan. — É preciso garantias nessas coisas.

— É também minha opinião... mas com o senhor...

— E se eu morrer por lá, se for atingido por uma bala de mosquete, ou passar mal por ter bebido cerveja?[113]

— Por favor acredite que, nesse caso, estarei tão arrasado com a sua morte que não pensarei no dinheiro.

— Obrigado, Planchet, mas mesmo assim... vamos, como dois escriturários, redigir juntos um contrato, uma espécie de ato que consideremos como de formação de uma sociedade.

— Como queira.

— Sei que é difícil, mas vamos tentar.

Planchet foi buscar pena, tinta e papel.

D'Artagnan pegou a pena, molhou na tinta e escreveu:

Os srs. d'Artagnan, ex-tenente dos mosqueteiros do rei, morando atualmente na rua Tiquetonne, hotel de la Chevrette,

e Planchet, merceeiro, domiciliado na rua dos Lombardos, no estabelecimento Pilon-d'Or,

resolvem que:

Uma sociedade com capital de quarenta mil libras foi formada para explorar uma ideia trazida pelo sr. d'Artagnan.

O sr. Planchet, que tem conhecimento dessa ideia e a aprova em sua totalidade, confiará vinte mil libras ao sr. d'Artagnan.

Não será exigido reembolso nem juros até o retorno do sr. d'Artagnan de uma viagem à Inglaterra.

O sr. d'Artagnan, por sua vez, se compromete a juntar vinte mil libras às vinte mil libras do sr. Planchet.

Ele se servirá da referida soma de quarenta mil libras como melhor lhe aprouver, comprometendo-se todavia ao que será enunciado abaixo.

No dia em que o sr. d'Artagnan tiver, por um meio qualquer, estabelecido Sua Majestade o rei Carlos II no trono da Inglaterra, ele entregará nas mãos do sr. Planchet a soma de...

---

113. São frequentes, nos dois outros volumes, as zombarias com quem bebe cerveja e não vinho.

— A soma de cento e cinquenta mil libras — disse ingenuamente Planchet, vendo d'Artagnan parar.

— Diabos, não! — disse d'Artagnan. — A divisão não pode ser feita pela metade, não seria justo.

— Mas pusemos cada um a metade — lembrou timidamente Planchet.

— Sim, mas ouça a cláusula, meu caro, e se não a achar correta, nós a cancelaremos.

Ele então escreveu:

No entanto, como o sr. d'Artagnan oferece à associação, além do capital de vinte mil libras, seu tempo, sua ideia, sua indústria e sua pele, coisas que ele muito aprecia, sobretudo esta última, o sr. d'Artagnan guardará, das trezentas mil libras, duzentas mil libras para si próprio, o que estabelece a sua parte como dois terços.

— Aprovado — disse Planchet.

— Acha justo?

— Perfeitamente justo.

— E se sentirá satisfeito com cem mil libras?

— Ora! Com certeza. Cem mil libras a partir de vinte mil!

— E em um mês, saiba.

— Como, um mês?

— É o que peço, um mês.

— Pois dou seis semanas — disse generosamente Planchet.

— Obrigado — respondeu com polidez o mosqueteiro.

Em seguida, os dois sócios releram o ato.

— Está perfeito — disse Planchet. — E o falecido sr. Coquenard, primeiro marido da sra. baronesa du Vallon,[114] não teria feito melhor.

— Acha mesmo? Perfeito. Então assinemos.

E os dois apuseram suas firmas.

— Dessa maneira — disse d'Artagnan —, não devo nada a ninguém.

— Mas eu deverei — observou Planchet.

— Não, pois por mais afeiçoado que eu seja à minha pele, posso deixá-la por lá e você perderá tudo. Aliás, droga! Isso me fez pensar em algo importante, uma cláusula indispensável. Vou escrevê-la:

Caso o sr. d'Artagnan morra na empreitada, a liquidação estará resolvida e o sr. Planchet desde já libera a sombra do sr. d'Artagnan das vinte mil libras por ele investidas no caixa da referida associação.

---

114. O sr. Coquenard, em *Os três mosqueteiros*, era um promotor de justiça com cuja viúva, muito rica, Porthos se casou.

Essa última cláusula assustou Planchet, mas reparando nos olhos brilhantes, na mão decidida e em toda a desenvoltura do sócio, ele recobrou coragem e, sem qualquer hesitação, acrescentou sua rubrica. D'Artagnan fez o mesmo e assim se redigiu o primeiro ato societário conhecido. Depois disso talvez se tenham cometido abusos, tanto na forma como no fundo...

— Agora trate de ir dormir, meu caro patrão — disse Planchet, enchendo um último copo de vinho d'Anjou para d'Artagnan.

— Ainda não — ele respondeu —, pois resta o mais difícil, e preciso sonhar esse mais difícil.

— Qual! — exclamou Planchet. — Tenho tanta confiança no senhor que não trocaria minhas cem mil libras por noventa mil.

— E que Deus me perdoe, mas acho que tem razão — brincou d'Artagnan.

Dito isso, ele pegou uma vela, subiu para o seu quarto e se deitou.

21. D'Artagnan prepara sua viagem como representante da Planchet & Cia.

D'Artagnan sonhou tão bem a noite inteira que seu plano estava traçado na manhã seguinte.

— Pronto! — ele disse, sentando-se bruscamente na cama, com o cotovelo fincado no joelho e o queixo na mão. — Vou procurar quarenta homens bem confiáveis e firmes, recrutados num pessoal um tanto comprometido, mas acostumado à disciplina. Prometo quinhentas libras por um mês se voltarem; nada se não voltarem, ou a metade para as viúvas ou o que seja. Quanto à alimentação e à hospedagem, isso é problema dos ingleses, que têm bois no pasto, toicinho na salgadeira, galinhas no galinheiro e cereal no celeiro. Apresento-me ao general Monck com essa tropa. Serei aceito, conquisto sua confiança e me aproveito disso o mais rápido possível.

Sem seguir adiante, balançou a cabeça e parou.

— Não. Não me atreveria a contar algo assim a Athos, e isso significa que são meios pouco honrosos. O uso da violência será certamente necessário, mas não posso comprometer os princípios da lealdade. Com quarenta homens estarei em campo como um chefe de guerrilha. Sim, mas e se encontrar nem digo quarenta mil ingleses, como aventou Planchet, mas quatrocentos? Serei derrotado, pois dos meus quarenta soldados no mínimo dez não vão se mostrar à altura, dez que por tolice serão logo mortos. Não, é impossível juntar quarenta homens confiáveis, isso não existe. Tenho que me contentar com trinta. Com dez homens a menos serei obrigado a evitar o confronto à mão armada, dado o meu pequeno efetivo. E se o confronto tiver que acontecer, a escolha de trinta homens é mais segura do que a de quarenta. Além disso, economizo cinco mil francos, isto é, a oitava parte do meu capital. Vale a pena. Está resolvido, terei então trinta homens, que dividirei em três bandos. Vamos nos espalhar pela região, para nos reunirmos num determinado momento. Em grupos de dez não despertaremos suspeitas, passaremos despercebidos. Isso, trinta é um ótimo número. Três dezenas, e três é um número predestinado. Sem contar que, realmente, uma companhia de trinta homens, uma vez reunida, tem ainda uma aparência imponente. Ah, infeliz que sou! —

continuou d'Artagnan. — Vou precisar de trinta cavalos, isso vai me arruinar. Onde estava com a cabeça que fui me esquecer dos cavalos? Não se pode, no entanto, montar um negócio assim sem cavalos. Bom, que seja! Faremos o sacrifício. É melhor só pensar nos cavalos estando lá. Os ingleses, aliás, têm bons animais. Mas ia esquecendo, droga! Três bandos precisam de três chefes. É mais uma dificuldade. Um eu já tenho, que sou eu, mas os outros dois custarão quase tanto dinheiro quanto o resto da tropa. Não, decididamente preciso de um só oficial. Sendo assim, vou reduzir a tropa a vinte homens. Não é muito, mas se com trinta homens eu já estava decidido a evitar confrontos, com vinte estarei ainda mais. Vinte é um número redondo. Isso inclusive diminui em dez o número de cavalos, o que se deve levar em consideração. E com um bom tenente... Caramba! Quanto não se ganha com paciência e cálculo! Não é que eu ia embarcar com quarenta homens e agora tenho vinte, e com iguais chances de sucesso? Dez mil libras economizadas de uma só vez, e ganhando maior segurança. Vamos em frente: trata-se agora de encontrar o meu tenente, vou encontrá-lo e depois... Não é tão fácil, é preciso que seja bravo e bom, como eu. Só que um bom tenente terá que saber o meu segredo, e como esse segredo vale um milhão e vou pagar mil libras, mil e quinhentas no máximo, meu tenente venderá o segredo a Monck. Nada de tenente então, caramba! Esse homem, aliás, mesmo que seja mudo como um discípulo de Pitágoras,[115] terá na tropa um soldado favorito que vai se tornar seu sargento. Esse sargento vai acabar sabendo o segredo pelo tenente, e isso no caso desse último ser honesto e não ter querido vendê-lo. O sargento, menos probo e menos ambicioso, entregará o pacote todo por cinquenta mil libras. Vamos, vamos! Não tem como! Nada de tenente. Nesse caso, não posso dividir minha tropa e agir em dois pontos ao mesmo tempo, pois sou um só e... Mas para que agir em dois pontos, já que temos um homem apenas a capturar? Para que enfraquecer um corpo, pondo a direita aqui e a esquerda ali? Um só corpo, caramba! Um só, e comandado por d'Artagnan; é isso! Só que vinte homens avançando em bando parecem suspeitos. Assim que virem vinte cavaleiros juntos, uma companhia será enviada para saber por ordem de quem e, à falta de resposta convincente, o sr. d'Artagnan e seus homens serão fuzilados como se fossem coelhos. Vou me limitar então a dez homens e poderei agir de forma simples e íntegra. Serei forçado à prudência, o que já garante meia vitória numa ação como essa. Com um número maior de homens, quem sabe eu não me lançaria numa loucura qualquer. Dez cavalos já não são muito, para comprar ou tomar. Ah, que excelente ideia! E que perfeita tranquilidade ela injeta em meu espírito! Elimino suspeitas, ordens superiores, perigos. Dez homens podem ser apenas empregados ou funcionários. Dez homens, levando dez cavalos

---

115. No verbete "Pitágoras" da *Biographie universelle Michaud*, muito consultada por Dumas, consta que seus discípulos deviam fazer voto de silêncio por dois, três ou cinco anos.

carregados de mercadorias, são tolerados e até bem recebidos em todo lugar. Dez homens viajando por conta da casa francesa Planchet & Cia. Não há o que dizer. Dez homens vestidos como trabalhadores: é normal que tenham uma boa faca de caça, um bom mosquete preso no cavalo, uma boa pistola na cartucheira. Nunca são incomodados, pois não têm más intenções. Podem até ser meio contrabandistas, mas o que tem? O contrabando não é como a poligamia, passível de forca. O pior que pode acontecer é que nos confisquem a mercadoria. E confiscada, qual o problema? Vamos, é um plano magnífico. Dez homens apenas, dez homens que contratarei para o meu serviço, dez homens decididos como quarenta, que custarão o preço de quatro e que, para maior segurança, nada saberão do objetivo, e aos quais direi apenas: "Meus amigos, vamos dar um golpe". Dessa maneira, Satã vai precisar ser bem esperto se quiser me preparar uma das suas. Quinze mil libras economizadas! Formidável, para quem ia gastar vinte mil.

Satisfeito com seu industrioso cálculo, d'Artagnan se fixou nesse plano, decidido a nada mais mudar. Tinha, numa lista fornecida por sua inesgotável memória, dez nomes ilustres entre aqueles que correm atrás de aventuras, maltratados pela fortuna ou hostilizados pela Justiça. Com isso estabelecido, levantou-se e partiu à procura deles, avisando a Planchet que não o esperasse para o almoço e talvez nem mesmo para o jantar. Um dia e meio a correr por certos lugares de Paris bastou para a colheita e, sem pô-los em comunicação uns com os outros, em menos de trinta horas ele organizou, arrolou e reuniu uma bela safra de indivíduos mal-encarados, falando um francês ainda menos fino do que o inglês de que iam se servir. Em sua maioria eram ex-guardas, cujo mérito d'Artagnan tinha podido apreciar em algumas ocasiões e que por bebedeira, por golpes infelizes de espada, por ganhos inesperados no jogo ou pelas reformas econômicas do sr. de Mazarino foram forçados a buscar a sombra e a solidão, esses dois grandes consolos para almas incompreendidas e machucadas.

Em suas feições e aspecto geral se estampavam as dores espirituais por que haviam passado. Apenas alguns tinham o rosto dilacerado, mas as roupas, todos. D'Artagnan apaziguou as mais urgentes dessas fraternas misérias com ponderada distribuição de escudos da Planchet & Cia. Depois de cuidar para que esses escudos fossem empregados em melhorar a aparência física da tropa, marcou um encontro no norte da França, entre Bergues e Saint-Omer, dali a seis dias, e tinha suficiente confiança na boa vontade, no bom humor e na relativa probidade dos seus ilustres recrutas para saber que nenhum deles faltaria à chamada.

Dadas essas ordens e marcado o encontro, ele foi se despedir de Planchet, que pediu notícias do seu exército. D'Artagnan não julgou necessário pô-lo a par da redução feita no seu pessoal, temendo com isso abalar a confiança do sócio, que ficou contente de saber que o exército já estava organizado. Sentia-

-se como uma espécie de vice-rei que, do seu trono-caixa, bancava uma tropa de elite destinada à guerra contra a pérfida Albião,[116] essa inimiga de todos os corações realmente franceses.

Planchet contou em belos luíses duplos[117] vinte mil libras para d'Artagnan, perfazendo a sua parte pessoal, e outras vinte mil, ainda em belos luíses duplos, que eram a parte de d'Artagnan. Este último guardou cada um dos vinte mil francos num saco e, avaliando o peso, um em cada mão, observou:

— Não havia pensado nisso, meu caro Planchet, mas pesam mais de quinze quilos.

— E daí? Seu cavalo vai carregá-los como uma pluma.

D'Artagnan balançou a cabeça.

— Não é assim. Um cavalo sobrecarregado com esse peso, além de todo o equipamento e o cavaleiro, não atravessa com tanta facilidade um rio nem salta com tanta leveza um muro ou uma vala. Vai-se o cavalo e vai-se o cavaleiro. Você não leva isso em consideração, Planchet, por ter servido na infantaria.

— E o que fazer? — perguntou Planchet, realmente preocupado.

— Ouça, vou pagar meu exército apenas na volta. Guarde para mim os vinte mil francos da minha metade. Faça-os render, enquanto isso.

— E a minha metade? — perguntou Planchet.

— Levo-a comigo.

— Fico orgulhoso pela confiança. E se não voltar?

— É improvável, mas há de fato essa possibilidade. Mesmo assim, tem razão, Planchet, traga uma pena e vou deixar com você meu testamento.

Ele então escreveu, numa folha de papel:

Eu, d'Artagnan, tenho vinte mil libras que economizei, moeda a moeda, nos trinta e três anos em que estive a serviço de Sua Majestade, o rei da França. Deixo cinco mil a Athos, cinco mil a Porthos e cinco mil a Aramis para que eles as deem, em meu nome e nos deles, a meu jovem amigo Raoul, visconde de Bragelonne. Deixo as cinco mil restantes a Planchet, para que ele distribua sem tanta dor as outras quinze mil a meus amigos.

Com esse intuito assino,

D'ARTAGNAN

Planchet parecia curioso para saber o que fora escrito.

— Leia — disse o mosqueteiro.

---

116. Expressão muito usada para se referir à Inglaterra a partir da Revolução Francesa e da oposição inglesa à ascensão napoleônica. "Albião", denominação dos gregos antigos para a Inglaterra, viria de alba, referente à brancura dos penhascos de Dover, na região sudeste da Grã-Bretanha.

117. O luís valia dez libras, com diâmetro de 25 milímetros, e o duplo luís, vinte, com 28,5 milímetros de diâmetro.

Chegando às últimas linhas, seus olhos se encheram de lágrimas.

— Achou que sem isso eu não daria o dinheiro? Se for assim, não quero essas cinco mil libras.

D'Artagnan sorriu.

— Aceite, Planchet, aceite. Desse modo só perderá quinze mil, em vez de vinte, sem ficar tentado a afrontar a vontade do seu patrão e amigo para não perder coisa alguma.

Conhecia bem o coração dos homens e dos merceeiros, o querido d'Artagnan!

Aqueles que chamaram de louco Dom Quixote, por ele partir à conquista de um império levando consigo apenas Sancho, seu escudeiro; e aqueles que chamaram de louco Sancho, por seguir seu patrão na conquista do referido império, provavelmente da mesma forma julgariam d'Artagnan e Planchet.

No entanto, o primeiro era considerado alguém da mais refinada inteligência, e isso pelas mais refinadas inteligências da corte francesa. Já o segundo, de pleno direito adquirira a reputação de ter uma das mais poderosas mentes entre os merceeiros da rua dos Lombardos, ou seja, de Paris, ou seja, da França.

No entanto, avaliando aqueles dois homens pelo modo de ver da maioria das pessoas, e avaliando sobretudo os meios com os quais contavam restituir um rei a seu trono, o mais deficiente cérebro de um país em que os cérebros são bem deficientes se revoltaria diante da fatuidade do tenente e da estupidez do seu sócio.

Felizmente, d'Artagnan não era alguém que ouvisse as tolices que se diziam à sua volta nem os comentários que se faziam sobre sua pessoa. Seu lema era: "Façamos direito e deixemos que falem". Já Planchet, no plano dos lemas, havia adotado: "Deixo que ele faça e não digo nada". O resultado era que, como sempre acontece entre todos os gênios superiores, os dois homens estavam certos, *intra pectus*,[118] de ter razão, apesar do que pensava a maioria das pessoas.

Para começar, d'Artagnan pôs o pé na estrada num dia em que fazia o melhor tempo do mundo. Sem nuvens no céu, sem nuvens no peito, alegre e forte, calmo e decidido, imbuído da sua decisão. Consequentemente, levava consigo uma dose decuplicada desse fluido poderoso que os abalos da alma fazem brotar nos nervos e propiciam à máquina humana uma força e uma influência das quais os séculos futuros, segundo todas as probabilidades, se darão conta mais aritmeticamente do que somos capazes hoje. Retomou, como em épocas passadas, aquela estrada fecunda em aventuras que o levava a Boulogne e que ele percorreria pela quarta vez.

---

118. Em latim no original: "no fundo deles mesmos".

Quase podia, ao longo do caminho, ver a antiga marca dos seus passos no chão e das suas mãos nas portas das hospedarias. A memória, sempre ativa e presente, ressuscitava aquela juventude que, trinta anos depois, nem seu generoso coração nem o punho de aço desmentiam.

Que rica natureza, a daquele homem! Tinha todas as paixões, todos os defeitos, todas as fraquezas; e por puro espírito do contra, tão familiar à sua inteligência, todas essas imperfeições se transformavam em correspondentes qualidades. Graças à imaginação incessantemente errante, quando d'Artagnan tinha medo de uma sombra, com vergonha de ter tido medo, ele se lançava contra essa sombra com extravagâncias de bravura, caso o perigo fosse real. Tudo nele eram emoções e, com isso, prazer. Gostava muito da companhia das pessoas, mas nunca se entediava na sua própria. Se fosse possível observá-lo quando estava sozinho, vez ou outra se poderia vê-lo rir das bobagens que contava a si mesmo ou das maluquices que imaginava, cinco minutos antes de vir o tédio.

Certamente não estava tão alegre como estaria se a expectativa fosse a de encontrar alguns bons amigos em Calais e não os dez sacripantas esperados. A melancolia, no entanto, não o visitou mais do que uma vez por dia, ou seja, foram mais ou menos cinco visitas que ele recebeu dessa sombria deidade, até vislumbrar o mar em Boulogne. E foram, diga-se, visitas rápidas.

Porém, chegando ao porto, d'Artagnan sentiu estar perto da ação e qualquer outro sentimento além da confiança desapareceu, para não mais voltar. De Boulogne ele seguiu o litoral até Calais, onde se daria o encontro geral.

Para todos ele havia indicado o hotel Grand-Monarque, onde a pensão não era cara, onde os marinheiros se encontravam festivamente, onde os homens de espada — e que a desembainhavam quando necessário, é claro — achavam hospedagem, cama, mesa e todas as demais doçuras da vida por pouco mais de um franco a diária.

D'Artagnan quis surpreendê-los em flagrante delito de vida errante a fim de julgar, pela primeira impressão, se podia contar com eles como bons companheiros.

Chegou num fim de tarde, às quatro e meia, em Calais.

22. D'Artagnan viaja em nome da Planchet & Cia.

O hotel Grand-Monarque ficava numa rua paralela ao porto, sem dar para o porto propriamente. Algumas ruelas cortavam, como os degraus cortam as duas paralelas de uma escada de pedreiro, as duas grandes linhas retas do porto e da rua. Pelas ruelas era possível ir inopinadamente do porto à rua e da rua ao porto.

D'Artagnan chegou ao porto, pegou uma dessas ruelas e inopinadamente caiu diante do hotel Grand-Monarque.

O momento era propício e lembrou a d'Artagnan seu início de carreira, no hotel do Franc-Meunier, em Meung.[119] Marujos que acabavam de jogar dados discutiam e se ameaçavam uns aos outros, enfurecidos. O hoteleiro, sua mulher e dois garçons vigiavam, preocupados, aqueles maus jogadores, entre os quais uma briga parecia prestes a estourar, com facas e machados.

Mesmo assim, o jogo continuava.

Dois homens, num banco de pedra, pareciam tomar conta da porta. Outros oito indivíduos ocupavam quatro mesas mais ao fundo da sala. Nem os homens do banco de pedra nem os dessas mesas participavam da discussão ou do jogo. D'Artagnan reconheceu, nesses espectadores frios e indiferentes, seus dez asseclas.

A confusão crescia. Toda paixão tem, como o oceano, sua maré crescente e sua vazante. No auge da exacerbação, um dos marinheiros virou a mesa e, com ela, o dinheiro que estava em cima. Tudo foi ao chão. O pessoal do hotel se aproveitou e boa quantidade de níqueis foi disfarçadamente recolhida, enquanto os jogadores se sopapeavam.

Apenas os dois homens do banco de pedra e os oito do fundo da sala, apesar de aparentemente não se conhecerem, apenas eles, como dissemos, pareciam, por prévia combinação, impassíveis no meio da gritaria raivosa e do tilintar das moedas. Dois deles, no entanto, chegaram a afastar com o pé brigões que rolavam até a mesa deles.

---

119. Em *Os três mosqueteiros*, capítulo 1, indo da sua Gasconha natal a Paris.

Dois outros, sem absolutamente participar da confusão, tiraram as mãos dos bolsos, enquanto outros dois, mais adiante, subiram em cima da mesa que ocupavam como fazem, para se proteger, pessoas pegas de surpresa por uma enchente.

D'Artagnan não perdeu nenhum desses detalhes que acabamos de citar e pensou: "É, não posso reclamar, formam um bonito grupo: circunspectos, calmos, habituados ao barulho, experientes na pancadaria. Ufa, acertei na escolha!".

Mas um ponto da sala de repente chamou sua atenção.

Os dois homens que tinham afastado com o pé os desordeiros passaram a ser violentamente xingados por marinheiros que acabavam de se reconciliar.

Um deles, meio bêbado de raiva e muita cerveja, ameaçadoramente foi pedir satisfação ao menor daqueles dois sábios, perguntando com que direito havia empurrado com o pé criaturas de Deus que não eram cachorros. Ao fazer isso, para tornar mais direta a intimidação, estendeu o punho bem debaixo do nariz do homem, que ficou lívido, sem que se possa dizer se por covardia ou raiva. Diante do que o marinheiro optou pela primeira dessas possibilidades e ergueu o punho, com a clara intenção de descê-lo sobre a cabeça do estranho.

Sem que se visse qualquer movimento mais brusco do homem ameaçado, uma violenta pancada foi aplicada no estômago do marujo, que rolou pela sala com gritos medonhos. Ao mesmo tempo, unidos pelo espírito corporativo, todos os homens do mar se juntaram contra o forasteiro.

Este último, com o mesmo sangue-frio já demonstrado, e sem cometer a imprudência de tocar em suas armas, agarrou um caneco de cerveja com tampa de estanho e com ele derrubou dois ou três dos seus agressores. Só depois disso, vendo que ele sucumbiria diante do número de adversários, os sete outros homens silenciosos, que até então não tinham se mexido, compreenderam ser a causa comum que estava em jogo e procuraram ajudar.

Ao mesmo tempo, os dois indiferentes junto à porta se voltaram franzindo a testa, o que indicava bem claramente uma intenção de atacar pela retaguarda, caso o inimigo não cessasse a ofensiva.

O hoteleiro, os garçons e dois guardas-noturnos — que passavam e por curiosidade entraram na sala — foram envolvidos na briga e tomaram boas cacetadas.

Como ciclopes, os parisienses soltavam bordoadas com uma noção de conjunto e tática que dava gosto ver. Obrigados afinal a recuar, dada a inferioridade numérica, se protegeram atrás da mesa principal, deitada por quatro deles num esforço combinado, enquanto dois outros se aparelhavam, cada um com um cavalete, usado como gigantesco porrete de abatedouro. Com essa arma improvisada, de uma só vez oito marinheiros foram derrubados, depois de atingidos na cabeça pela monstruosa máquina de guerra.

O chão estava coalhado de feridos e a sala repleta de gritos e de poeira levantada, quando d'Artagnan, satisfeito com o espetáculo, avançou de espada em punho e, batendo com o pomo do cabo em toda cabeça que via pela frente, soltou um enérgico "Ei!" que cessou imediatamente a confusão. Todos recuaram, esvaziando a área central e se aglomerando na periferia de um círculo, de forma que o mosqueteiro se isolou numa posição dominante.

— Mas o que é isso? — ele perguntou, com o tom majestoso de Netuno gritando "*Quos ego…*".[120]

Na mesma hora, e assim que se ouviu o trovejar daquela voz (para manter a metáfora virgiliana), os recrutas de d'Artagnan, reconhecendo cada um seu soberano senhor, imediatamente encerraram raivas, ataques com tampo de mesa e porretadas de cavalete.

Diante daquela comprida e nua espada, daquele ar marcial e decidido apresentando-se em socorro dos inimigos — tudo isso representado por alguém que parecia habituado ao comando —, os marinheiros, por sua vez, recolheram seus feridos e demais restos.

Os parisienses enxugaram a testa e agradeceram ao chefe.

O hoteleiro do Grand-Monarque se desmanchou em agradecimentos ao pacificador, que os aceitou como quem sabe que nada recebe além daquilo que fez por merecer. Em seguida declarou que, esperando a hora da ceia, daria uma volta pelo porto.

Aqueles que reconheceram nisso uma convocação de imediato pegaram seus chapéus, espanaram a poeira das roupas e o seguiram.

D'Artagnan, porém, como quem flana e examina cada coisa, em vez de parar se dirigiu às dunas. Os dez homens, estranhando estarem todos ali e verem, à direita, à esquerda e atrás, companheiros que não imaginavam ter, o seguiram, com mútuos olhares desconfiados.

Só quando estavam todos atrás da mais volumosa duna foi que d'Artagnan, sorrindo por vê-los guardando certa distância uns dos outros, virou-se e, fazendo com a mão um sinal de paz, exclamou:

— Ei, amigos, não nos entredevoremos! Foram feitos para viverem juntos, para se entenderem em tudo.

Isso mudou por inteiro o ambiente. Os homens respiraram como se tivessem sido libertados de um caixão e examinaram-se uns aos outros com simpatia. Depois disso, voltaram-se para o chefe, que conhecendo há muito a arte de se comunicar com homens dessa têmpera, improvisou o pequeno discurso a seguir, acentuado por uma energia tipicamente gascã:

---

120. Em latim no original: "Quem sou eu?", pergunta-ameaça que Netuno dirige aos ventos enfurecidos na *Eneida*, I, 135, de Virgílio.

— Amigos, vocês sabem quem sou. E por saber quem são os convidei para que participem de uma expedição gloriosa. Saibam que, trabalhando para mim, estarão trabalhando para o rei. Aviso-os, porém, que se deixarem transparecer algo dessa conjectura me verei obrigado a arrebentar-lhes imediatamente a cabeça da maneira que me parecer mais cômoda. Nenhum dos senhores ignora que os segredos de Estado são como um veneno mortal: enquanto o veneno está no frasco e esse frasco está fechado, não faz mal nenhum; mas, fora do frasco, mata. Agora aproximem-se e contarei a parte que posso contar desse segredo.

Todos se achegaram, com sinais de curiosidade.

— Mais perto — continuou d'Artagnan —, para que o pássaro que passa acima das nossas cabeças, o coelho que brinca nas dunas e o peixe que salta na onda não possam ouvir. Trata-se de avaliar o quanto o contrabando inglês prejudica os comerciantes franceses e relatar ao sr. superintendente das finanças. Entrarei em todo tipo de lugar e observarei tudo. Somos pobres pescadores do norte da França, lançados no litoral britânico por uma tempestade. Nem preciso dizer que não venderemos peixe nenhum, como aliás não os vendem os pescadores de verdade. Mas os ingleses podem suspeitar do que de fato somos, e seremos, nesse caso, forçados a nos defender. Ou seja, foram escolhidos não só pela inteligência, mas também pela coragem. Levaremos vida tranquila e sem correr grandes perigos, uma vez que contamos com um protetor poderoso, graças a quem não devemos ter problema nenhum. Só uma coisa me contraria, mas espero que alguns de vocês me tirem dessa situação. O que me contraria é ter uma tripulação que nada entende de pesca, o que parece bem esquisito... então, se houver entre vocês quem já tenha estado no mar...

— Ah, não seja por isso! — disse um dos recrutas. — Fiquei preso por três anos com piratas de Túnis e conheço as manobras náuticas como um almirante.

— Estão vendo? Que admirável coisa é o acaso! — festejou d'Artagnan.

A frase foi dita com indefinível bonomia fingida, pois ele perfeitamente sabia que aquela vítima era, na verdade, um ex-pirata e, aliás, havia sido chamado por isso. Mas d'Artagnan nunca dizia mais do que precisava ser dito, pois assim mantinha as pessoas na dúvida. Achou suficiente a explicação e aceitou o efeito, sem se preocupar com a causa.

— E eu — acrescentou outro — por sorte tenho um tio que dirige os trabalhos de manutenção do porto de La Rochelle. Em criança, brinquei muito nos navios. Sei lidar com o leme e a vela a ponto de poder desafiar qualquer marinheiro de mar aberto.

O companheiro também não mentia: condenado a seis anos de trabalhos forçados, tinha remado nos navios de Sua Majestade no porto de La Ciotat.

Dois outros foram mais sinceros e simplesmente confessaram ter, por castigo, servido num navio e não se envergonhavam disso. D'Artagnan se viu então no comando de dez homens de guerra, dos quais quatro eram marinheiros, ou seja, dispunha de um exército e de uma marinha, o que teria levado o orgulho de Planchet ao extremo, conhecesse ele esse detalhe.

Restava então apenas a ordem geral, e d'Artagnan deu-a com precisão. Explicou que deviam, todos, seguir para Haia, uns pelo litoral que vai até Breskens e outros pela estrada que leva a Antuérpia.

A partir das etapas de marcha, calculou-se o encontro para quinze dias depois, na praça principal de Haia.

Recomendou ainda que todos se organizassem em duplas como bem quisessem. Ele próprio escolheu, entre os personagens menos patibulares, dois guardas que conhecera em tempos passados e tinham como únicos defeitos serem jogadores e beberrões inveterados. Eram homens que não haviam ainda perdido toda a memória do que era civilização e, com trajes limpos, seus corações poderiam voltar a bater. Para não despertar ciúmes, deixou que os outros partissem antes. Depois lhes deu roupas suas e, então, também eles se puseram a caminho.

A esses dois, em quem parecia ter muita confiança, d'Artagnan fez uma falsa confidência para garantir o sucesso da expedição. Contou que se tratava não de averiguar o prejuízo que o contrabando inglês causava ao comércio francês, mas, pelo contrário, o quanto o contrabando francês poderia prejudicar o comércio inglês. Os dois pareceram ficar convencidos, e de fato ficaram. O chefe tinha certeza de que, na primeira bebedeira, um dos dois contaria o importante segredo ao resto do bando. O truque parecia infalível.

Quinze dias depois daquilo que acabamos de ver se passar em Calais, a tropa inteira estava reunida em Haia.

D'Artagnan pôde então notar que, demonstrando notável inteligência, todos os seus homens já pareciam marujos, mais ou menos maltratados pelo mar.

Ele os deixou dormirem num pardieiro de Newkerkestreet e se hospedou, mais confortavelmente, no grande canal.

Soube que o rei da Inglaterra tinha voltado ao abrigo que lhe dava Guilherme II de Nassau, *stathouder* da Holanda. Soube também que a recusa de Luís XIV havia esfriado a proteção que lhe era oferecida até então e que ele, por isso, se retirara numa casinha do vilarejo de Scheveningen, nas dunas do litoral, a apenas uma légua de Haia.

Lá, pelo que diziam, o infeliz banido se consolava do exílio admirando, com essa melancolia particular dos príncipes da sua raça, esse imenso mar do Norte que o separava da Inglaterra, como antes havia separado Maria Stuart da França.[121] Lá, junto das árvores do belo bosque de Scheveningen, na areia

---

121. Maria Stuart (1542-87) foi rainha soberana da Escócia e da França por casamento com Francisco II. Ficando logo viúva, voltou à Escócia, sem conseguir se manter no trono. Com seus direitos à coroa inglesa apoiados pelo partido católico, acabou ficando presa por dezoito anos, até ser condenada pela rainha Elizabeth I e morta.

fina em que urzes douradas crescem nas dunas, Carlos II como elas vegetava, só que ainda mais infeliz, pois vivia a vida do pensamento, ora esperando, ora desesperando.

D'Artagnan chegou a ir a Scheveningen procurando confirmar o que diziam sobre o príncipe. E de fato viu Carlos pensativo e sozinho sair por uma pequena porta que dava para o bosque, passear pela praia ao sol poente, sequer despertando a curiosidade dos pescadores que, no fim do dia, puxavam seus barcos para a areia, como os antigos marinheiros do Arquipélago.[122]

O francês reconheceu o rei, viu-o fixar o olhar sombrio na imensa extensão marinha e absorver, em seu pálido rosto, os vermelhos raios do sol já chanfrado pela linha negra do horizonte. Carlos II em seguida voltou para a casinha isolada, ainda só, ainda lento e triste, distraído com o ranger da areia friável e móvel sob seus passos.

No mesmo fim de tarde, d'Artagnan alugou por mil libras um barco de pesca que custava quatro mil. Deu as mil libras à vista e deixou as outras três mil em depósito de garantia com o burgomestre. Em seguida embarcou, sem ser visto e no breu da noite, com os seis homens que formavam a sua infantaria. Na maré crescente, às três horas da madrugada, ganhou ostensivamente o mar aberto com os quatro restantes, confiando sobretudo na ciência do ex-galeriano como se fosse ele o piloto-mor do porto.

---

122. Como era chamado, na Antiguidade, o mar Egeu. O termo passou a se aplicar também às suas ilhas e, em seguida, a qualquer grupo de ilhas.

23. Quando o autor se vê, muito a contragosto, obrigado a discorrer um pouco sobre história

Enquanto reis e homens assim se preocupavam com a Inglaterra, que se governava por conta própria e, deve-se dizer a seu favor, nunca havia sido tão malgovernada, um homem, em quem Deus havia fixado seu olhar e encostado seu dedo, um homem predestinado a escrever seu nome com letras brilhantes nos livros de história, dava prosseguimento, diante do mundo, a uma obra cheia de mistério e audácia. Ele avançava, e ninguém sabia aonde queria ir, mesmo que não só a Inglaterra, mas também a França e o resto da Europa o vissem seguir com passo firme e cabeça erguida. Tudo que então se sabia sobre esse homem nós vamos contar aqui.

Monck acabava de se declarar a favor da liberdade do *Rump Parliament* ou, se preferirem, do Parlamento Depurado, como era chamado, Parlamento que o general Lambert, imitando Cromwell, de quem tinha sido auxiliar, rigidamente bloqueara, para que seguisse sua vontade. Durante todo o bloqueio, membro nenhum pôde sair e um só, um certo Pierre Wentwort, entrou.[123]

Lambert e Monck: tudo se resumia a esses dois personagens, com o primeiro representando o despotismo militar e o segundo o puro republicanismo. Os dois eram os únicos representantes políticos daquela revolução em que Carlos I havia primeiro perdido a coroa e depois a cabeça.

Lambert, aliás, não disfarçava suas intenções, procurando estabelecer um governo totalmente militar e ser chefe desse governo.

Monck, visto por alguns como um republicano rígido, queria manter o *Rump Parliament*, essa representação visível, mesmo que degenerada, da República. Outros, porém, o consideravam apenas um ambicioso, querendo se servir desse parlamento, que ele parecia proteger, como degrau para subir ao trono que Cromwell deixara vazio.

Com isso Lambert e Monck, um perseguindo o Parlamento, o outro se declarando a favor, haviam-se mutuamente declarado inimigos.

---

123. Em 13 de outubro de 1659, o general Lambert, com o apoio do Exército, bloqueou o Parlamento e, três dias depois, na Escócia, Monck se declarou a favor da autoridade parlamentar, tornando inevitável o confronto.

Os dois, então, imediatamente pensaram em ter seu próprio exército: Monck na Escócia, onde se concentravam presbiterianos e monarquistas, quer dizer, os descontentes, e Lambert na capital, onde, como sempre, se encontrava a mais forte oposição contra o poder visível, que era o Parlamento.

Monck era o pacificador da Escócia, onde formou exército e construiu seu abrigo, com um garantindo o outro. Sabia não ser ainda chegado o dia, o dia marcado pelo Senhor para a grande mudança. Por isso não desembainhava a espada. Inexpugnável em sua difícil e montanhosa Escócia, general absoluto, rei de um exército de onze mil experientes soldados que ele mais de uma vez levara à vitória: era essa a posição de Monck ao se declarar a favor do Parlamento, a cem léguas de Londres, mas tão ou mais bem informado do que se passava na capital do que Lambert, que tinha seu quartel-general na City.[124] Este último, pelo contrário, como já foi dito, se concentrava na capital e fazia dela o centro de todas as suas operações, reunindo ali não só seus amigos mas todo o povo mais simples, eternamente inclinado a apoiar os inimigos do poder constituído.

Foi então em Londres que Lambert soube do apoio que, das fronteiras da Escócia, Monck dera ao Parlamento. Achou não poder mais perder tempo, pois o rio Tweed não é tão distante do Tâmisa para que um exército vá de um ao outro, sobretudo bem comandado. Sabia, além disso, que os soldados de Monck, à medida que penetrassem na Inglaterra, formariam no caminho essa bola de neve que é o emblema do globo da fortuna e, para o ambicioso, um degrau que o tempo todo se amplia para levá-lo ao topo. Assim, juntou seu exército, formidável tanto por sua composição quanto pelo número, e tomou a dianteira contra Monck que, como um navegador prudente vogando entre recifes, avançava devagar, atento aos rumores e farejando o ar que vinha de Londres.

Os dois exércitos se defrontaram à altura de Newcastle, com Lambert, que havia chegado primeiro, acampando na cidade.

Sempre circunspecto, Monck parou onde estava e montou seu quartel-general em Coldstream, às margens do Tweed.

Ver Lambert encheu de alegria o exército de Monck, enquanto, pelo contrário, ver Monck encheu de intranquilidade o exército de Lambert. Tudo indicava que aqueles intrépidos guerreiros, que tanto barulho tinham feito nas ruas de Londres, haviam tomado a estrada na esperança de ninguém encontrar pela frente e agora, vendo ali perto um exército, um exército que brandia diante deles não só um estandarte, mas também uma causa e um princípio,

---

124. A City de Londres é o centro histórico, geográfico e econômico da cidade, com um status diferente dos demais bairros londrinos, sendo considerado um condado cerimonial à parte. Mantém-se hoje como o segundo centro financeiro mundial, atrás apenas de Nova York.

tudo indicava, dizíamos, que aqueles intrépidos guerreiros tenham começado a se achar menos republicanos do que os soldados de Monck, já que estes sustentavam o Parlamento, enquanto Lambert mal sustentava a si mesmo.

Já Monck, propriamente, se porventura achou alguma coisa, foi com certo desânimo, pois conta a história — e essa pudica senhora, como se sabe, nunca mente — que, ao chegar a Coldstream, procurou por toda a cidade um carneiro para assar, sem nada encontrar.

Se fosse um exército inglês que Monck comandasse, é possível que tivesse acontecido uma deserção em massa. Mas os escoceses não são ingleses, para quem essa carne fluida chamada sangue é de primeira necessidade. Os escoceses, gente pobre e sóbria, vivem de um pouco de cevada triturada entre duas pedras, diluída em água da fonte e cozida no arenito aquecido em brasa.

Feita a distribuição da cevada, eles não se preocuparam em saber se havia ou não carne em Coldstream.

Pouco familiarizado com os pudins de cevada, Monck morria de fome e seu estado-maior, no mínimo tão faminto quanto ele, ansiosamente procurou por todo lado o que preparar para a janta.

O comando buscou se informar. Os batedores haviam encontrado a cidade deserta e as despensas vazias. Não se podia contar com açougues ou padarias em Coldstream. Não foi encontrado sequer um pedaço de pão para a mesa do general.

À medida que se sucediam os relatórios, cada um menos tranquilizador que o outro, vendo o pavor e o desânimo no rosto de todos Monck declarou não estar com fome e que, aliás, todos comeriam no dia seguinte, já que Lambert provavelmente daria início ao combate. Com isso, entregaria suas provisões, caso fosse pressionado em Newcastle, ou liberaria para sempre suas tropas da fome, caso fosse vencedor.

Esse consolo só teve eficácia sobre um pequeno número, mas isso pouco importava a Monck, que era bem autoritário sob a aparência da mais perfeita doçura.

Forçoso foi então que cada um se mostrasse satisfeito. Tão faminto quanto o seu pessoal, mas demonstrando a mais perfeita indiferença pelo carneiro ausente, Monck cortou um pedaço de meia polegada de fumo do rolo de um sargento e se pôs a mastigá-lo, afirmando a seus tenentes ser a fome uma quimera e que, aliás, nunca se sente fome quando se tem alguma coisa a mastigar.

Essa graça satisfez alguns daqueles que resistiram à primeira conclusão que Monck havia tirado com relação à proximidade de Lambert. O número de recalcitrantes então diminuiu, a guarda foi estabelecida, as patrulhas organizadas, e o general continuou a mascar tabaco diante da sua tenda aberta.

Entre os dois acampamentos inimigos havia uma velha abadia, da qual restam apenas umas poucas ruínas hoje em dia, mas que na época estava de pé e se chamava abadia de Newcastle. Fora erguida num vasto terreno, independente tanto da planície quanto do rio, pois na verdade era quase um pântano, alimentado por olhos-d'água e pelas chuvas. No entanto, entre esses alagados cobertos de relva alta, de juncos e de caniços, viam-se extensões de terra firme que serviam, antigamente, para a horta, para o parque, para um jardim e demais dependências de serviço da abadia, mais ou menos como essas grandes aranhas marinhas cujo corpo é redondo e as patas vão divergindo a partir dessa circunferência.

Uma das patas mais compridas da abadia, a horta, se prolongava até onde estava armado o acampamento de Monck. Infelizmente tudo isso se passava, como foi dito, nos primeiros dias de junho, e a horta, aliás abandonada, poucos recursos oferecia.

Monck havia montado vigilância nesse local, que lhe pareceu o mais propício a surpresas. Viam-se, para além da abadia, as fogueiras do acampamento inimigo. Entre essas fogueiras e a construção, se estendia o Tweed, fazendo fluírem suas escamas luminosas sob a espessa sombra de alguns grandes carvalhos-verdes.

O general conhecia muito bem aquela posição, pois Newcastle e seus arredores tinham lhe servido várias vezes de quartel-general. Sabia que, à luz do dia, o inimigo poderia enviar batedores às ruínas e buscar uma escaramuça, mas que à noite não se arriscaria. Sentia-se então em segurança e os soldados podiam vê-lo — depois daquilo que ele faustosamente chamara sua ceia, isto é, o exercício de mastigação que mencionamos no início do capítulo —, como depois fez Napoleão, à véspera de Austerlitz,[125] dormindo sentado numa cadeira de palha, iluminado por uma lamparina e também pela lua, que começava a subir no céu.

Isso significa que eram mais ou menos nove e meia da noite.

De repente Monck foi tirado desse cochilo, talvez factício, por uma tropa de soldados que, se aproximando com gritos de alegria, batia com os pés nos pregos da tenda do general, procurando despertá-lo.

Não era preciso tanto barulho; Monck abriu os olhos.

— Mas o que é isso, meninos? — ele perguntou. — O que está havendo?

— General, o senhor vai jantar — responderam várias vozes.

— Já jantei, amigos, e estava fazendo a digestão, como devem ter visto. Mas entrem e contem o que os trouxe — disse ele tranquilo.

— Uma boa notícia, general.

---

125. Importante batalha, travada em 2 de dezembro de 1805, em que os franceses derrotaram as forças austro-russas.

— Imagino! Lambert mandou avisar que travaremos batalha amanhã?

— Não, mas acabamos de capturar um barco de pescadores que levava peixe para Newcastle.

— Foi um erro, meus amigos. Esses cavalheiros de Londres são delicados e fazem questão de manter seus hábitos. Isso vai deixá-los muito mal-humorados. Estarão terríveis esta noite e amanhã. O melhor é mandar ao sr. Lambert os seus peixes e pescadores, a menos que...

O general pensou um pouco, então quis saber:

— Digam, que pescadores são esses?

— Marinheiros do norte da França que pescavam para os lados da Holanda quando foram arrastados às nossas costas por um vento forte.

— Entre eles há quem fale nossa língua?

— O chefe disse algumas palavras em inglês.

O general começou a ficar desconfiado.

— Hum... Tragam-nos aqui, quero vê-los.

Um oficial saiu imediatamente para cumprir a ordem.

— Quantos são? — continuou Monck. — E em que tipo de barco vieram?

— Uns dez ou doze, meu general, e estão numa espécie de veleiro grande, mais para cabotagem, de construção holandesa, ao que parece.

— E levavam peixe para o acampamento de Lambert?

— Isso mesmo, general, e parece inclusive que fizeram boa pesca.

— Bom, vamos ver isso de perto — disse Monck.

De fato, naquele mesmo instante o oficial voltava trazendo o chefe dos pescadores, um homem de uns cinquenta ou cinquenta e cinco anos mas com boa aparência. De altura mediana, vestia um casaco de lã grossa e, na cabeça, um gorro enfiado até os olhos. Tinha um facão atravessado na cinta e caminhava com essa hesitação típica dos marinheiros, causada pela oscilação do navio, e que nunca os deixa ter certeza de onde vão apoiar o pé, se no deque do convés ou no vazio.

Com um olhar fino e penetrante, Monck considerou demoradamente o pescador, que sorria com esse sorriso meio zombeteiro, meio sonso dos nossos camponeses.

— Fala inglês? — perguntou Monck, em excelente francês.

— Ah, muito mal, milorde — respondeu o pescador.

Essa resposta saiu mais com o sotaque vivo e aos saltos das populações do além Loire do que da forma arrastada como falam as pessoas do oeste e do norte da França.

— Mas fala... — insistiu Monck, tentando observar ainda o sotaque.

— Bom, a gente do mar — respondeu o pescador — acaba falando um pouco de todas as línguas.

— Você então é marinheiro pescador?

— No dia de hoje, milorde, sobretudo pescador, e um tremendo pescador. Peguei um barbo que pesa pelo menos quinze quilos, e mais de cinquenta sargos. Tenho também umas pescadinhas que, fritas, ficarão muito boas.

— Você me dá a impressão de ter pescado mais no golfo da Gasconha do que na Mancha — observou Monck, com um sorriso.

— De fato sou do sul; e isso faria de mim um mau pescador, milorde?

— De jeito nenhum, e vou comprar seus peixes. Mas agora fale francamente: a quem eles se destinavam?

— Milorde, não escondo que ia a Newcastle, seguindo a costa, quando um grupo de cavaleiros que subia em sentido contrário fez sinal para que trouxesse o barco ao acampamento de Vossa Excelência, sob pena de uma descarga de mosquetes. Como não estava armado para guerra — acrescentou o pescador, sorrindo — achei melhor obedecer.

— E por que ia oferecer seus peixes a Lambert e não a mim?

— Milorde, serei franco. Vossa Senhoria permite?

— Sim, e inclusive, se necessário, ordeno.

— Pois bem, milorde! Ia procurar o sr. Lambert porque esses cavalheiros da cidade pagam bem, enquanto os senhores escoceses, puritanos, presbiterianos, convencionalistas, como preferirem se chamar, comem pouco e não pagam coisa alguma.

Monck balançou os ombros, mas não pôde deixar de sorrir.

— E por que, sendo do sul, vem pescar nas nossas águas?

— Porque caí na besteira de me casar na Picardia.

— Bom, de qualquer maneira, a Picardia fica na França e não na Inglaterra.

— Milorde, o homem leva o barco ao mar, mas Deus e o vento fazem o restante e levam o barco para onde bem entendem.

— Não tinha intenção de chegar ao nosso litoral?

— De jeito nenhum.

— E qual caminho seguia?

— Estávamos vindo de Ostende, onde havíamos avistado cavalas, quando um vento forte do sul nos tirou da rota. Vendo ser inútil lutar, seguimos o que ele queria. Foi preciso então, para não perder a pesca, que era boa, ir vendê-la no mais próximo porto da Inglaterra, e esse porto era Newcastle. Disseram-nos ser inclusive um bom momento, pois havia uma população maior nos campos e na cidade, ambos cheios de fidalgos muito ricos e com muita fome. Então me dirigia a Newcastle.

— E seus companheiros, onde estão?

— Ah, ficaram a bordo. São marujos sem instrução nenhuma.

— Enquanto você...?

— Bem — disse o capitão, com uma risada. — Corri mundo com meu pai e sei como se diz um soldo, um escudo, uma pistola, um luís e um duplo luís em todas as línguas da Europa. De forma que minha tripulação me ouve como a um oráculo e me obedece como a um almirante.

— Foi então você que escolheu o sr. Lambert como melhor opção?

— Fui eu sim. Mas sejamos francos, milorde, me enganei?

— É o que saberá mais tarde.

— Em todo caso, milorde, se houve erro, o erro foi meu, e não deve culpar por isso meus companheiros.

"É realmente um estranho personagem", pensou Monck.

Em seguida, após alguns instantes a bem observar o pescador, continuou:

— Então veio de Ostende, foi o que disse?

— Sim, milorde, em linha reta.

— Ouviu então os falatórios por lá, pois não tenho dúvida de que muito se fale disso na França e na Holanda. O que faz aquele que se diz rei da Inglaterra?

— Ah, milorde! — exclamou o pescador, com uma franqueza ruidosa e expansiva. — Não podia perguntar a alguém mais capacitado, pois posso dar uma tremenda informação. Imagine, milorde, que parando em Ostende para vender as poucas cavalas que tínhamos, vi o ex-rei passeando pelas dunas, esperando suas montarias para ir a Haia: é um rapaz alto, pálido, cabelos pretos, expressão um tanto dura. Não parece muito bem, no conjunto, e acho que o ar da Holanda não é dos melhores para ele.

Monck seguia com muita atenção a conversa rápida, colorida e difusa do pescador, numa língua que não era a sua. Felizmente, como dissemos, ele a falava com bastante facilidade. O homem, por sua vez, empregava às vezes uma palavra francesa, às vezes uma inglesa e às vezes uma palavra que parecia não pertencer a língua nenhuma, e que era uma palavra gascã. Mas os olhos falavam por conta própria, e de forma tão eloquente que se podiam perder palavras vindas da boca, mas, pelos olhos, nenhuma das suas intenções.

O general parecia cada vez mais satisfeito com o exame que fazia.

— Deve ter ouvido dizer que esse ex-rei, como o chamou, se dirigia a Haia com determinada finalidade.

— Ah, sim, certamente — assentiu o pescador. — Ouvi sim.

— E que finalidade era essa?

— Sempre a mesma, ora. Não é ideia fixa dele voltar à Inglaterra?

— É verdade — concordou Monck, pensativo.

— Sem contar — acrescentou o pescador — que o *stathouder…* o senhor sabe, milorde, Guilherme II…

— O que tem ele?

— Vai ajudá-lo com tudo o que puder.

— Ah, ouviu dizer isso?

— Não, mas é o que acho.

— Entende então de política? — perguntou Monck.

174 O VISCONDE DE BRAGELONNE

— Bom, milorde... nós marinheiros estamos habituados a observar a água, o ar, ou seja, as coisas mais móveis do mundo. É raro então que nos enganemos em tudo o mais.

— Aliás — disse Monck, mudando de assunto —, dizem que vai nos alimentar bem.

— Farei o meu possível, milorde.

— Por quanto então nos vende a sua mercadoria, para começar?

— Não sou doido de estabelecer um preço, milorde.

— Por quê?

— Porque meu peixe, de qualquer forma, é seu.

— Com que direito?

— O direito do mais forte.

— Mas minha intenção é pagar por ele.

— É muito generoso da sua parte, milorde.

— E ao preço de mercado.

— Nem peço tanto.

— E o que pede?

— Que nos deixe partir.

— Para onde, para o general Lambert?

— Eu? — espantou-se o pescador. — E fazer o que em Newcastle, já que não terei mais peixe?

— Em todo caso, ouça.

— Estou ouvindo.

— Um conselho.

— Arre! Milorde quer me pagar e ainda me dar um bom conselho! Milorde se mostra pródigo.

Monck olhou mais fixamente do que nunca para o pescador, com relação ao qual parecia ter ainda certa desconfiança.

— Exato. Quero pagar e dar um conselho, pois as duas coisas têm a ver uma com a outra. Prosseguindo, se for procurar o general Lambert...

O pescador balançou a cabeça e os ombros como quem diz: "Já que ele insiste, é melhor não contrariar".

— Não atravesse o pântano — continuou Monck. — Estará com dinheiro e há lá alguns escoceses que coloquei em emboscada. São pessoas pouco tratáveis, que compreenderão mal a língua que você fala, mesmo que a mim pareça ser composta de três línguas, e tomarão tudo o que lhe dei. De volta ao seu país, você vai dizer que o general Monck tem duas mãos, uma escocesa e outra inglesa, e toma de volta com a mão escocesa o que deu com a mão inglesa.

— Oh, general! Irei aonde o senhor mandar, fique tranquilo — disse o pescador, com um receio expressivo demais para não ser exagerado. — Fico de bom grado aqui, se quiser que eu fique.

— Acredito — disse Monck, com um imperceptível sorriso. — Mas não posso mantê-lo na minha tenda.

— Não era minha intenção, milorde, e peço apenas que Vossa Senhoria me indique onde prefere que eu me coloque. E não se preocupe, para nós uma noite passa rápido.

— Então vou mandar que o levem de volta ao barco.

— Como melhor aprouver a Vossa Senhoria. Mas se Vossa Senhoria puder fazer com que seja um carpinteiro a me acompanhar, ficarei infinitamente grato.

— Por quê?

— Porque os cavalheiros do seu exército, ao fazer meu barco subir o rio preso aos cabos que os cavalos deles puxavam, meio que o arrebentaram nas pedras das margens, de forma que tenho pelo menos setenta centímetros de água no meu porão, milorde.

— É um motivo a mais para que queira permanecer a bordo, acredito.

— Milorde, estou às ordens — disse o pescador. — Vou descarregar meus cestos onde quiser e depois serei pago, se assim quiser. Envie a soma que achar justa. Como vê, não sou difícil.

— Hum! É bem esperto, isso sim! — disse Monck, que, com toda a sua observação, não conseguira encontrar, no límpido olhar do pescador, a menor sombra. — Ei, Digby!

O ajudante de ordens apareceu.

— Leve esse digno pescador e seus companheiros às pequenas tendas dos refeitórios, antes do pântano. Eles assim estarão perto da embarcação, mas pelo menos não dormirão na água essa noite. O que há, Spithead?

Spithead era o sargento de quem Monck havia pegado, para o seu jantar, um pedaço de fumo de rolo.

A pergunta vinha pelo fato de Spithead ter entrado na tenda do general sem ser chamado.

— Milorde — ele respondeu —, um fidalgo francês acaba de se apresentar nos postos de frente e pede para falar com o senhor.

Tudo isso foi, evidentemente, dito em inglês.

Mesmo assim, o pescador teve uma pequena reação que Monck, voltado para o sargento, não percebeu.

— E quem é esse fidalgo? — perguntou o general.

— Milorde — respondeu o subalterno —, ele disse, mas esses infelizes nomes franceses são de pronúncia tão difícil para uma garganta escocesa que não pude guardar. Além disso, os homens da guarda me disseram ser o mesmo fidalgo que se apresentou ontem, no caminho para cá, e Vossa Excelência não o quis receber.

— É verdade, estava em reunião com os oficiais.

— Milorde decide alguma coisa com relação a esse fidalgo?

— Sim, tragam-no aqui.

— Devem-se tomar precauções?

— Quais?

— Vendar-lhe os olhos, por exemplo.

— Para quê? Verá o que é bom que veja, isto é, que tenho comigo onze mil bravos dispostos a terem cortadas as suas gargantas em defesa do Parlamento, da Escócia e da Inglaterra.

— E esse homem, milorde? — perguntou Spithead, indicando o pescador que, durante a conversa, tinha se mantido de pé e imóvel, como alguém que vê, mas não compreende.

— Ah, é verdade — disse Monck.

Em seguida, voltando-se para o vendedor de peixe:

— Até mais, meu amigo. Já resolvi onde vão ficar. Digby, pode levá-lo. Não se preocupe, mandarei o dinheiro daqui a pouco.

— Obrigado, milorde — ele agradeceu e saiu, acompanhando Digby.

A cem passos da tenda, encontrou seus companheiros, que com visível apreensão conversavam, mas fez um sinal que pareceu tranquilizá-los e em seguida disse:

— Ei, todos vocês! Sua Senhoria, o general Monck, tem a bondade de pagar pelo nosso peixe e ainda nos oferece hospitalidade por esta noite.

Os pescadores se juntaram ao chefe e, conduzidos por Digby, todos tomaram a direção dos refeitórios, onde poderiam passar a noite, como foi dito.

No caminho, à sombra, passaram perto do guarda que levava o tal fidalgo francês ao general Monck.

O fidalgo em questão estava a cavalo e envolto numa ampla capa, o que impediu ao chefe dos pescadores vê-lo melhor, por maior que fosse sua curiosidade. Já o fidalgo, sem saber que tinha compatriotas ali bem ao lado, não deu a menor atenção ao pequeno grupo.

O ajudante de ordens levou os hóspedes a uma tenda bastante limpa, desalojando uma empregada da cantina, que precisou encontrar outro lugar para ela e seus seis filhos. Uma grande fogueira ardia bem à frente e projetava sua luz purpúrea nas poças lamacentas do pântano, que uma brisa fresca levemente ondulava. Acomodados os marinheiros, o ajudante de ordens desejou boa-noite a todos e mostrou que, da entrada da tenda, podiam ver os mastros da embarcação que balançava no Tweed, provando que ela ainda não havia afundado. Isso pareceu alegrar infinitamente o chefe dos pescadores.

24. O tesouro

O fidalgo francês que Spithead havia anunciado a Monck e passara, envolto em sua capa, tão perto do pescador que saía da tenda do general, cinco minutos antes havia atravessado os diferentes postos sem olhar em volta, temendo parecer indiscreto. Segundo a ordem dada, conduziram-no à tenda principal. Foi deixado sozinho na antecâmara e ali esperou Monck, que só demorou o tempo necessário para ouvir o relatório dos subordinados e estudar, pela divisória de lona, o rosto do visitante.

O relatório dos que haviam acompanhado o fidalgo francês deve ter mencionado a discrição com que ele se tinha comportado, pois sua primeira impressão quanto à recepção do general foi melhor do que era de esperar, num momento como aquele, e da parte de alguém conhecido por ser desconfiado. Mesmo assim, pois era hábito seu, tão logo se viu diante do estrangeiro, Monck pregou nele olhos penetrantes, que o outro, por sua vez, sustentou sem parecer se incomodar ou se preocupar. Passados alguns segundos, o general fez um gesto com a mão e a cabeça, indicando esperar que o visitante se explicasse.

— Milorde — começou o fidalgo, num excelente inglês —, pedi esse encontro com Vossa Excelência por um assunto de importância.

— Cavalheiro — respondeu Monck em francês —, o senhor fala nossa língua perfeitamente para um filho do continente. Peço porém que me desculpe, pois a questão é indiscreta: fala francês com a mesma perfeição?

— Com relação ao inglês, nada há de extraordinário na minha familiaridade, pois morei na Inglaterra quando era moço e, depois disso, voltei duas vezes, mas falemos em francês.

Essas palavras foram ditas com uma pureza da língua que não só comprovava ser ele de fato francês, mas um francês da região de Tours.

— E em qual parte da Inglaterra morou?

— Na juventude, em Londres. Em seguida, por volta de 1635, viajei por prazer pela Escócia e, em 1648, estive por algum tempo em Newcastle, mais especificamente no convento cujos jardins estão sendo agora ocupados pelo exército de milorde.

— Queira me perdoar, mas imagino que compreenda o motivo das minhas perguntas, não é?

— Ficaria surpreso se não fossem feitas, milorde.

— Mas agora, cavalheiro, o que posso fazer pelo senhor?

— Trata-se do seguinte, milorde… Mas, antes, estamos a sós?

— Perfeitamente a sós, exceto pela guarda habitual.

Dizendo isso, Monck afastou um pano da tenda e mostrou ao fidalgo que a sentinela se encontrava a no máximo dez passos e poderia prestar socorro em um segundo.

— Nesse caso, milorde — disse o fidalgo num tom calmo, como se há muito tempo tivesse uma relação de amizade com seu interlocutor —, estou decidido a falar com Vossa Excelência, por sabê-la honesta e digna. Aliás, a comunicação que farei comprovará meu apreço.

Espantado com aquela fala que estabelecia entre ele e o fidalgo no mínimo a igualdade, Monck ergueu seu olhar penetrante e, com uma ironia que a simples inflexão da voz fazia notar, pois músculo nenhum da sua fisionomia se moveu, ele disse:

— Agradeço, mas primeiramente, quem é o senhor?

— Eu me apresentei a seu sargento, milorde.

— É preciso desculpá-lo. É escocês e teve dificuldade em guardar seu nome.

— Chamo-me conde de La Fère, general — disse Athos, se curvando.

— Conde de La Fère? — repetiu Monck, procurando na memória. — Perdão, mas creio ser a primeira vez que ouço esse nome. Tem algum cargo na corte da França?

— Nenhum. Sou um simples fidalgo.

— Qual dignidade?

— O rei Carlos I me tornou cavaleiro da Jarreteira, e a rainha Ana da Áustria me deu o cordão da ordem do Espírito Santo.[126] São minhas únicas dignidades, senhor.

— A Jarreteira! O Espírito Santo! O senhor é cavaleiro dessas duas ordens?

— Sim.

— E em qual ocasião semelhante favor lhe foi concedido?

— Por serviços prestados às Suas Majestades.

Monck olhou espantado para aquele homem que lhe parecia tão simples e tão grande ao mesmo tempo. Em seguida, como se desistisse de penetrar no mistério de tal simplicidade e tal grandeza, com relação ao qual o estrangeiro não parecia disposto a prestar maiores esclarecimentos, perguntou:

— Foi o senhor que ontem se apresentou aos postos de frente?

— Eu mesmo, milorde, mas não fui recebido.

— É comum não permitir a entrada de estranhos no acampamento, sobretudo às vésperas de uma provável batalha. Nesse ponto difiro de meus co-

---

126. Ver capítulos 59 e 96 de *Vinte anos depois*.

legas oficiais e prefiro nada deixar para trás. Toda opinião pode ser útil e qualquer eventual perigo terá sido enviado por Deus, podendo eu pesá-lo na mão com a energia que me foi dada. Com isso quero dizer que não foi recebido ontem apenas por causa de uma reunião com meu estado-maior. Mas agora estou livre, fale.

— Fez bem em me receber, milorde, pois o que me trouxe nada tem a ver com o seu acampamento ou com a batalha a ser travada contra o general Lambert. Prova disso é que evitei ver seus homens e fechei os olhos para não contar suas tendas. Foi um assunto pessoal que me trouxe aqui, milorde.

— Pois fale, cavalheiro.

— Ainda há pouco — continuou Athos — tive a honra de dizer a Vossa Senhoria que por muito tempo estive em Newcastle. Foi no tempo do rei Carlos I, quando o falecido rei foi entregue ao sr. Cromwell pelos escoceses.

— Estou lembrado — disse friamente Monck.

— Eu tinha comigo, naquele momento, uma forte soma em ouro e, na véspera da batalha, talvez prevendo como tudo podia se passar no dia seguinte, escondi-a no principal subsolo do convento de Newcastle, na torre cujo topo pode ser visto daqui, prateado pela lua. Enterrei-a ali e vim pedir a Vossa Senhoria que me permita retirá-la antes, quem sabe, que uma mina ou outro engenho de guerra tudo destrua e espalhe esse ouro ou o torne visível aos soldados, caso a batalha se desloque nessa direção.

Monck sabia avaliar os homens e viu, na fisionomia do seu interlocutor, toda a energia, toda a razão e toda a circunspecção possíveis. Só pôde, então, atribuir a uma magnânima confiança a revelação do fidalgo francês, mostrando-se profundamente tocado.

— O senhor, de fato, teve bom pressentimento com relação a mim. Mas essa soma vale o risco a que se expõe? E acredita que esteja ainda no local em que a deixou?

— Está, milorde, não tenho dúvida.

— Isso responde a minha segunda pergunta, e a primeira?... Perguntei se a soma é forte o bastante para tamanho risco.

— Sim, milorde, pois se trata de um milhão que escondi em dois barris.

— Um milhão! — exclamou o general, sendo ele próprio, agora, atentamente observado.

Monck percebeu e sua desconfiança voltou.

"Hum, isso pode ter sido uma armadilha...", ele pensou e retomou a conversa:

— Pelo que compreendi, o senhor então gostaria de retirar esse tesouro?

— Exatamente, milorde.

— Hoje?

— Esta noite, tendo em vista as circunstâncias que expliquei.

— No entanto — lembrou Monck —, o general Lambert está à mesma distância que eu da abadia que o interessa. Por que não se dirigiu a ele?

— Nas circunstâncias importantes, milorde, devemos consultar nosso instinto. E o general Lambert não me inspira a mesma confiança que o senhor.

— Que seja, cavalheiro. Farei com que encontre o seu dinheiro, se ele porventura ainda estiver lá, pois é possível que não seja o caso. Doze anos se passaram desde 1648, e muita coisa aconteceu.

Monck insistia nesse ponto para ver se o fidalgo francês deixaria escapar algo, mas Athos se manteve firme.

— Estou convencido, milorde — ele disse, sem pestanejar —, de que os dois barris não mudaram de lugar nem de dono.

A resposta desfez uma desconfiança de Monck, mas sugeriu outra.

Era muito possível que aquele francês fosse um emissário enviado para induzir em erro o protetor do Parlamento: o ouro era uma isca que, muito possivelmente, se lançava para atiçar a cupidez do general. Não havia ouro nenhum; Monck poderia pegar, em flagrante delito de mentira e de logro, o fidalgo francês. Com isso se safaria da armadilha preparada, conseguindo ainda um triunfo que ainda mais o realçaria. Já certo do que fazer, disse a Athos:

— O senhor provavelmente me dará a satisfação de compartilhar do meu jantar…

— Com prazer — respondeu Athos, inclinando-se. — É uma honra da qual me sinto digno, pela simpatia que tenho por milorde.

— É muito atencioso da sua parte aceitar com tal franqueza, uma vez que nossos cozinheiros são pouco experientes, além de meus agentes de provisionamento terem chegado hoje de mãos vazias. Não fosse o surgimento de um pescador do seu país que se perdeu e chegou a nosso acampamento, o general Monck dormiria hoje sem jantar. Mas tenho peixe fresco, ao que parece.

— Será sobretudo pela honra de estar mais alguns instantes na companhia de milorde.

Após tal troca de civilidades, durante a qual Monck nada perdeu da sua circunspecção, o jantar — ou o que se devia entender como tal — foi servido numa mesa de pinho. Com um gesto o conde de La Fère foi convidado a se sentar, tendo o general à sua frente. O prato único, de peixe cozido, se propunha mais aos estômagos famintos do que aos paladares difíceis.

Enquanto jantavam, ou seja, comiam o tal peixe acompanhado de cerveja ordinária, Monck quis saber dos acontecimentos que deram fim à Fronda, da reconciliação do sr. de Condé com o rei e do provável casamento de Sua Majestade com a infanta Maria Teresa, mas evitou, assim como Athos, qualquer alusão aos interesses políticos que uniam, isto é, desuniam naquele momento a Inglaterra, a França e a Holanda.

Nessa conversa, Monck se convenceu de uma coisa, que já havia notado nas primeiras palavras trocadas: o seu companheiro de mesa era alguém de alta distinção.

Não podia ser um assassino nem um espião. Mas o general achou que fosse um conspirador, dada a conjugação de sutileza e firmeza.

Quando deixaram a mesa, ele perguntou:

— O senhor acredita mesmo nesse seu tesouro?

— Sim, milorde.

— Sério?

— Muito seriamente.

— E acredita poder encontrar o lugar em que foi enterrado?

— Logo à primeira inspeção.

— Pois bem, por curiosidade vou acompanhá-lo. Será na verdade necessário, pois teria muita dificuldade em circular pelo acampamento sem minha presença ou a de um dos meus oficiais.

— General, não aceitaria que se desse a esse incômodo se, de fato, não fosse necessária a sua companhia. E reconhecendo que tal companhia não só muito me honra, mas é também imperativa, aceito-a.

— Precisamos levar ajudantes? — perguntou Monck.

— Creio não ser preciso, se o senhor mesmo não vir necessidade. Dois homens e um cavalo bastarão para transportar os dois barris até a faluca[127] que me trouxe.

— Mas será preciso escavar, revirar terra, quebrar pedras, e não acha poder fazer tudo isso sozinho, não é?

— General, não será preciso escavar nem quebrar nada. O tesouro está escondido no subsolo das sepulturas do convento. Sob uma pedra na qual foi chumbada uma grande argola de ferro, abre-se uma pequena escada de quatro degraus. É onde se encontram os dois barris, juntos um do outro, cobertos com uma capa de gesso em forma de caixão. Além disso, há uma inscrição que vai me ajudar a reconhecer a pedra. E como não quero, nesse caso que envolve delicadeza e confiança, guardar segredos para Vossa Excelência, a inscrição é:

Hic jacet venerabilis Petrus Guillelmus Scott, Canon. Honorab. Conventus Novi Castelli. Obiit quarta et decima die. Feb. ann. Dom., MCCVIII.
   Requiescat in pace.[128]

---

127. Veleiro de dois mastros inclinados para a proa, longo, leve e estreito, podendo funcionar também a remo.

128. "Aqui jaz o venerável Pedro Guilherme Scott, honrado cônego da abadia de Newcastle, morto em 14 de fevereiro do ano do Senhor 1208. Que descanse em paz."

Monck não perdia uma palavra. Espantava-se com aquilo que podia ser uma maravilhosa duplicidade e, nesse caso, aquele homem representava o seu papel de maneira realmente superior. Mas talvez fosse por leal boa-fé que ele assim apresentasse o seu pedido, numa situação em que o roubo daquele ouro, com uma só punhalada, no meio de todo um exército, seria visto como uma restituição.

— Agradeço. Eu o acompanho, e a aventura me parece tão maravilhosa que carrego eu mesmo o archote.

Dizendo isso, ele se armou com uma espada curta e pôs uma pistola na cinta. Para isso, entreabriu o gibão, deixando que se vissem os finos anéis da cota de malha que o protegeria da primeira punhalada de um assassino.

Colocou na mão esquerda um *dirk*[129] escocês e, virando-se para Athos, perguntou:

— Está pronto? Eu estou.

O francês, ao contrário do que acabava de fazer Monck, desprendeu seu próprio punhal e o colocou em cima da mesa. Depois desafivelou a cinta da espada, que foi deixada ao lado do punhal. Em seguida, sem afetação, abrindo os fechos do gibão como se procurasse o lenço, mostrou, sob a fina camisa de cambraia, o peito nu e sem armas ofensivas ou defensivas.

"Trata-se realmente de um homem singular", pensou Monck. "Parte sem arma alguma; terá preparado alguma emboscada lá?"

Como se adivinhasse o pensamento de Monck, disse Athos:

— Milorde propôs irmos somente nós, o que me agrada, mas um grande capitão não deve se expor temerariamente. Já é noite, a travessia do pântano pode apresentar perigo; peça que o acompanhem.

— Tem razão — disse Monck, que imediatamente chamou:

— Digby!

O ajudante de ordens se apresentou.

— Cinquenta homens com espada e mosquete — ele disse, e olhou para Athos, que observou:

— É muito pouco, se houver perigo; é demais, se não houver.

— Irei sozinho — disse Monck. — Digby, não preciso de ninguém. Vamos, cavalheiro.

---

129. Punhal com lâmina de trinta a quarenta centímetros, com fio duplo, usado na cintura.

25. O pântano

Indo do acampamento ao Tweed, Athos e Monck atravessaram aquele mesmo trecho pelo qual Digby havia conduzido os pescadores indo do Tweed ao acampamento. O aspecto da paisagem, dadas as mudanças causadas pelo homem, era de natureza a provocar forte efeito em alguém com imaginação delicada e viva como Athos. Ele então reparava apenas na desolação do lugar, enquanto Monck reparava apenas nele, que, com olhos ora voltados para o céu, ora para a terra, procurava, pensava, suspirava.

Digby, que estranhara a última ordem do general, e sobretudo o tom empregado, seguiu por uns vinte passos a caminhada noturna, mas como o seu superior, lá pelas tantas, se voltou e pareceu não gostar da desobediência, compreendeu estar sendo indiscreto e voltou para a tenda.

Imaginou que o general queria fazer, incógnito, uma dessas inspeções de vigilância que todo capitão experiente faz antes de um confronto decisivo. A si mesmo, então, ele explicou a presença de Athos como um subalterno explica tudo aquilo que lhe parece misterioso por parte do chefe: Athos devia ser um espião com informações que melhor esclareceriam o general.

Após dez minutos de caminhada, mais ou menos a meio caminho entre as tendas e os postos de controle — mais frequentes nas proximidades do quartel-general —, Monck tomou uma pequena trilha aterrada que se dividia em três direções. A da esquerda levava ao rio, a do meio à abadia de Newcastle, no pântano, e a da direita atravessava as primeiras linhas do acampamento escocês, quer dizer, as linhas mais próximas do exército de Lambert. Do outro lado do rio havia ainda um posto avançado de vigilância, com cento e cinquenta soldados que tinham atravessado o Tweed a nado. Fazendo isso, chamaram a atenção do inimigo, mas como não havia ponte lançada naquele local, e os homens de Lambert não se mostravam tão dispostos a nadar quanto os de Monck, eles não pareciam correr tanto risco.

Do lado de cá do rio, a cerca de quinhentos passos da velha abadia, estava acampado o grupo de pescadores, no meio de um formigueiro de pequenas tendas erguidas pelos soldados que vinham das proximidades e tinham com eles mulheres e filhos.

Iluminada pela lua, toda essa confusão oferecia uma visão impressionante. A penumbra enobrecia os detalhes, e a luz, que procura o luzir das coisas, conseguia, mesmo nos mosquetes mais enferrujados, algum ponto ainda intacto, e em cada trapo de lona a parte mais alva e menos suja.

Atravessando essa paisagem sombria, iluminada por uma dupla fonte de claridade — a luz prateada da lua e a luz avermelhada das fogueiras que se extinguiam —, Monck chegou então com Athos à encruzilhada dos três caminhos aterrados. Ali parou e, dirigindo-se ao companheiro, perguntou:

— O senhor reconhece o caminho?

— General, se não me engano, o do meio leva à abadia.

— É isso mesmo. Mas precisaremos de luz que nos guie no subsolo.

Ele se virou e disse:

— Pelo visto Digby nos seguiu. Ao menos poderá providenciar a luz de que precisamos.

— É verdade, general. Alguém de fato há algum tempo vem atrás de nós.

— Digby! Digby! Aproxime-se, por favor.

Em vez de obedecer, a sombra pareceu se surpreender e, recuando em vez de avançar, procurou se disfarçar para, em seguida, desaparecer pelo caminho da esquerda, indo na direção da tenda designada para os pescadores.

— Acho que não era Digby — disse Monck.

Os dois haviam se encaminhado para onde estava a sombra. Não chegava a ser suspeito alguém perambular, às onze horas da noite, num acampamento em que descansavam dez mil ou doze mil homens.

— De qualquer forma — disse Monck —, precisamos de uma lanterna ou uma tocha para ver onde pisamos. Vamos buscar uma.

— General, o primeiro soldado que aparecer poderá nos iluminar.

— Não — disse Monck, para ver se não havia alguma combinação entre o conde de La Fère e os pescadores. — Prefiro chamar um daqueles marinheiros franceses que vieram nos vender peixe. Como partem amanhã, o segredo ficará mais bem guardado. Caso se espalhe pelo exército escocês a notícia de um tesouro encontrado na abadia de Newcastle, meus *highlanders* vão pensar que há um milhão debaixo de cada laje do edifício e não deixarão pedra sobre pedra.

— Como achar melhor, general — respondeu Athos, de forma tão natural que ficava claro pouco importar, para ele, que fosse um soldado ou um pescador a iluminar o caminho.

Monck se aproximou do caminho aterrado por onde havia desaparecido quem ele achou ser Digby e encontrou uma patrulha que, fazendo a ronda pelas tendas, seguia na direção do quartel-general. Ele e o conde foram parados, apresentaram a senha e puderam seguir em frente.

Um soldado, acordando com o barulho, ergueu-se em sua manta xadrez para ver o que se passava.

— Pergunte a ele onde estão os pescadores — disse Monck a Athos. — Se for eu a perguntar, ele me reconhecerá.

Athos se aproximou do soldado, que lhe indicou a tenda. Os dois então se dirigiram até lá.

Teve o general a impressão de que, no momento em que se aproximavam, uma sombra igual à que vira antes penetrava sorrateira na tenda, mas assim que entrou percebeu ter se enganado, pois todos dormiam misturados e só se viam pernas e braços em desordem.

Para não levantar suspeitas quanto a qualquer conivência dele com seus compatriotas, Athos permaneceu do lado de fora.

— Ei! Acordem! — gritou Monck em francês.

Dois ou três homens mais ou menos se ergueram.

— Preciso de alguém que me ilumine o caminho — ele continuou.

Todos se agitaram. Uns não passaram disso, mas outros se puseram de pé. O chefe do grupo foi o primeiro a se prontificar.

— Vossa Excelência pode contar conosco — ele disse, com uma voz que fez Athos estremecer. — Para onde vamos?

— Logo verá. Um archote, rápido! Vamos!

— Pois não. Aceita Vossa Excelência que seja eu a acompanhá-lo?

— Você ou qualquer um, tanto faz, mas que alguém ilumine o caminho. "Que voz estranha a desse pescador!", pensou Athos.

— Providenciem fogo! — gritou o pescador aos companheiros. — Rápido!

Depois, em voz bem baixa, dirigindo-se ao companheiro que estava mais próximo, disse:

— Vá você, Menneville. E esteja pronto para qualquer eventualidade.

Um dos pescadores tirou algumas centelhas de uma pederneira e, com um graveto, acendeu uma lanterna.

A claridade invadiu a tenda.

— Está pronto, cavalheiro? — perguntou Monck a Athos, que estava voltado para o escuro.

— Pronto, general — ele respondeu.

— Ah, o fidalgo francês! — disse baixinho o chefe dos pescadores. — Diacho! Fiz bem em encarregá-lo da tarefa, Menneville. Ele poderia me reconhecer. Ilumine, vá!

Isso foi cochichado no fundo da tenda, e tão baixo que Monck nada pôde ouvir, até porque conversava com Athos.

Enquanto isso, Menneville se aprontava. Na verdade, recebia ordens do chefe.

— E então? — chamou Monck.

— Aqui estou, general — respondeu o pescador.

Monck, Athos e Menneville deixaram a tenda.

"Seria impossível", pensou Athos. "Que ideia mais delirante!"

— Siga em frente pelo caminho do meio, e com passadas rápidas! — ordenou Monck ao pescador.

Não tinham ainda dado vinte passos e a mesma sombra que antes parecera entrar na tenda saiu, se esgueirou até os pilotis e, protegida por essa espécie de parapeito levantado junto do caminho, observou com curiosidade o passeio do general.

Os três desapareceram na bruma. Seguiam na direção de Newcastle, de cuja abadia já se percebiam as pedras brancas, parecendo sepulcros.

Depois de uma curta pausa sob o alpendre, eles entraram. A porta fora arrebentada a machadadas. Quatro soldados, que formavam um posto avançado, dormiam tranquilos numa reentrância, pois dava-se como certo que um eventual ataque não começaria por ali.

— A presença desses homens o incomoda? — perguntou Monck a Athos.

— Pelo contrário. Vão poder nos ajudar a rolar os barris, se Vossa Excelência permitir.

— Tem razão.

Por mais adormecidos que estivessem, os soldados acordaram às primeiras passadas dos visitantes entre os espinhos do mato e a relva que havia invadido o alpendre. Monck disse a senha e entrou no convento, atrás do marinheiro com o archote e de Athos, cujos movimentos vigiava, com o *dirk* escondido na manga e pronto para enfiá-lo entre os rins do fidalgo ao primeiro gesto suspeito seu, que, no entanto, avançava a passos firmes, atravessando salas e pátios.

Não restava mais nenhuma porta ou janela no monumento. As portas haviam sido queimadas, algumas no próprio lugar, restando ainda pedaços sobreviventes à ação do fogo, que provavelmente se extinguira por não conseguir dar conta daquelas maciças junções de carvalho fixadas com cravos de ferro. Quanto às janelas, como todos os vidros tinham sido quebrados, viam-se pássaros noturnos fugirem pelos buracos, assustados com a claridade da tocha. Ao mesmo tempo, morcegos gigantescos passaram a traçar seus vastos círculos silenciosos em torno dos intrusos, com suas sombras se agitando nas altas paredes de pedra, projetadas pela luz. O espetáculo era tranquilizador para quem não se deixa impressionar, e com isso Monck concluiu não haver outras pessoas no convento, uma vez que os ariscos animais ainda estavam ali e se foram quando eles se aproximaram.

Depois de atravessar trechos embarreirados e arrancar pedaços da hera que assumira a guarda daquela solidão, Athos chegou ao subsolo da sala principal, que tinha sua entrada pela capela. Ali ele parou e disse:

— Chegamos, general.

— É a laje?

— Sim.

— De fato, estou vendo a argola, mas está incrustada horizontalmente na pedra.

— Vamos precisar de uma alavanca.

— Não será difícil encontrar.

Olhando em volta, viram um pequeno freixo de três polegadas de diâmetro que crescia numa quina da parede, subindo até uma janela que seus galhos haviam tapado.

— Tem uma faca? — Athos perguntou ao pescador.

— Tenho sim.

— Então corte esta árvore.

O pescador obedeceu, apesar de sua faca ficar bem prejudicada. Com o freixo arrancado e limpo para servir de alavanca, os três puderam penetrar no subterrâneo.

— Fique aqui — disse Monck ao pescador, indicando um canto do subsolo. — Temos uns barris de pólvora a desenterrar e o seu archote pode ser perigoso.

O homem recuou assustado e não se moveu mais, enquanto Monck e Athos desapareceram atrás de uma coluna junto à qual, por um respiradouro, entrava um raio da lua refletido exatamente pela pedra que o conde de La Fère vinha de tão longe ver.

— Aqui estamos — ele disse, mostrando ao general a inscrição em latim.

— Sim — concordou Monck.

Depois, como se quisesse ainda deixar ao francês uma desculpa, observou:

— Notou que já entraram neste lugar e várias estátuas foram quebradas?

— Milorde já deve ter ouvido dizer que o respeito religioso dos escoceses costuma doar às estátuas dos mortos objetos preciosos que eles possuíram em vida. Com isso os soldados provavelmente acharam que, sob o pedestal das estátuas que ornavam essas tumbas, podia haver um tesouro escondido. Daí terem quebrado pedestal e estátua. Mas a tumba que nos interessa, do venerável cônego, não se distingue por nada assim. Ela é simples, e o temor que os puritanos daqui sempre tiveram de cometer sacrilégio a protegeu. Pedaço nenhum dessa tumba foi sequer riscado.

— É verdade — admitiu Monck.

Athos pegou a alavanca.

— Quer ajuda? — perguntou Monck.

— Obrigado, mas não quero que milorde participe de um trabalho ao qual talvez não queira estar vinculado se souber das suas consequências prováveis.

Monck ergueu a cabeça.

— O que quer dizer? — ele perguntou.

— Quero dizer... Esse homem...

— Espere — disse Monck. — Entendo o seu receio e vou fazer um teste.

Dizendo isso, virou-se para o pescador, de quem se via a sombra projetada pelo archote.

— *Come here, friend* —[130] ele chamou, com voz de comando.

O pescador não se mexeu.

— Ele realmente não entende — continuou o general. — Fale-me então em inglês, por favor.

— Milorde, frequentemente vi homens, em certas circunstâncias, com autocontrole bastante para não responderem a uma pergunta feita numa língua que eles, no entanto, compreendem. O pescador talvez seja menos ignorante do que parece. É melhor que o dispense, por favor.

"Ele quer mesmo estar sozinho comigo neste subterrâneo", pensou Monck. "Que seja, vamos até o fim, um homem vale um homem, e seremos só os dois…"

— Meu amigo — disse Monck ao pescador —, suba essa escada que acabamos de descer e não permita que ninguém venha nos incomodar.

O pescador se moveu para obedecer.

— Deixe o archote — acrescentou Monck. — Ele vai acusar a sua presença, o que pode lhe causar um tiro de mosquete de algum soldado mais assustado.

O pescador pareceu ter apreciado o conselho, plantou o archote no chão e desapareceu sob a arcada da escada.

Monck foi buscar o facho e o deixou junto da coluna.

— Aliás, é mesmo só dinheiro que está escondido nessa tumba?

— Sim. E em cinco minutos milorde não terá mais dúvida.

Enquanto dizia isso, Athos deu uma violenta pancada no gesso, que se partiu, deixando à mostra uma fenda, na qual foi introduzida a ponta da alavanca. Porções inteiras de gesso cederam, soltando pedaços arredondados. Com um vigor inesperado para mãos tão delicadas, o conde passou a sacudir e afastar pedras.

— É a parte em alvenaria de que falei a milorde — ele explicou.

— Sim, mas não vejo ainda os barris — rebateu Monck.

— Se eu tivesse um punhal — disse Athos, olhando em volta —, logo os veria. Infelizmente esqueci o meu na tenda de milorde.

— Emprestaria o meu — disse Monck —, mas a lâmina é frágil demais para esse tipo de trabalho.

Athos continuava procurando em volta algo que pudesse servir.

Monck não perdia nenhum movimento das suas mãos, nenhuma expressão dos seus olhos.

— Por que não pede a faca do pescador? Ele tinha uma — ele sugeriu.

---

130. Em inglês no original: "Venha aqui, amigo".

— É verdade. Usou-a para a alavanca — concordou Athos, indo à escada. — Meu amigo, poderia jogar a sua faca? Estou precisando dela — ele pediu ao pescador.

O barulho da arma ressoou nos degraus.

— Parece bem sólida — disse Monck. — Com a mão firme que tem, poderá fazer bom proveito.

Aparentemente Athos deu às palavras do general apenas seu sentido natural e simples. Também não notou, ou ao menos não pareceu notar que, ao voltar, Monck se afastara, levando a mão esquerda à coronha da pistola e tendo a direita já no *dirk*. Pôs-se ao trabalho de costas para Monck, sem qualquer possibilidade de defesa. Bateu durante alguns segundos de forma tão segura e eficiente no gesso intermediário que o separou em dois pedaços. Monck pôde então ver os dois barris juntos, imóveis no invólucro argiloso, graças ao seu peso.

— Milorde pode constatar que meus pressentimentos não me enganaram.

— É verdade. E tudo leva a crer que esteja satisfeito, não é? — respondeu Monck.

— Com certeza. A perda desse dinheiro teria sido terrível para mim, mas estava certo de que Deus, que protege a boa causa, não permitiria que esse ouro não fosse empregado para o seu triunfo.

— Está sendo tão misterioso com o que diz quanto com o que faz — observou Monck. — Ainda há pouco não compreendi quando afirmou não querer me fazer assumir responsabilidade no trabalho que executávamos.

— Tive motivos para dizer isso, milorde.

— E agora fala em boa causa. O que entende por isso, boa causa? Neste momento, cinco ou seis causas estão sendo defendidas na Inglaterra, o que não impede que cada um veja a sua não apenas como boa, mas como a melhor. Qual causa apoia, conde? Fale francamente, para que saibamos se nesse ponto, ao qual parece dar tanta importância, temos a mesma opinião.

Athos fixou em Monck um desses olhares profundos que parecem impedir que esconda um só dos seus pensamentos quem está sendo assim observado. Depois, erguendo o chapéu, num tom solene se pôs a falar, enquanto seu interlocutor, com a mão longa e nervosa, cofiava o bigode e a barba, deixando um olhar vago e melancólico percorrer as profundezas do subterrâneo.

26. O coração e o espírito

— Milorde é um nobre inglês — disse o conde de La Fère —, um homem leal falando a um nobre francês, um homem de coração. Este ouro, o conteúdo destes dois barris que aqui estão, eu disse que é meu, mas não é verdade. Pela primeira vez na vida, menti. Uma mentira de curta duração, diga-se, mas este ouro pertence ao rei Carlos II, exilado da sua pátria, expulso do seu palácio, órfão tanto de pai quanto de seu trono e privado de tudo, mesmo da triste felicidade de beijar de joelhos a pedra em que a mão dos assassinos escreveu este simples epitáfio que eternamente clamará por vingança: "Aqui jaz o rei Carlos I".

Monck empalideceu ligeiramente. Um imperceptível calafrio enrugou sua pele e arrepiou seu bigode grisalho.

— Eu, conde de La Fère, o único, o último nobre ainda fiel ao pobre príncipe abandonado, me ofereci a vir encontrar o homem de quem depende hoje o destino da realeza na Inglaterra. E vim, coloquei-me sob o seu olhar, nu e desarmado, para dizer: Milorde, aqui está o último recurso de um príncipe que Deus estabeleceu como seu rei, cujo nascimento fez dele o seu amo. Do senhor, e somente do senhor dependem a sua vida e o seu futuro. Aceita empregar este dinheiro para consolar a Inglaterra dos males que ela sofreu durante a anarquia, quer dizer, aceita ajudar, ou quando não pelo menos deixar que siga em frente o rei Carlos II? O senhor tem o mando e é todo-poderoso, pois o acaso às vezes desfaz a obra do tempo e de Deus. Estou aqui sozinho e desconhecido; se o ocorrido o assustar por ter tido meu testemunho, se minha cumplicidade parecer incômoda, o senhor está armado, e temos aqui uma tumba já aberta. Se, pelo contrário, o entusiasmo da causa que defende o embriaga, se milorde for o que parece ser, se a sua mão, naquilo que faz, obedecer a seu espírito, e o seu espírito a seu coração, aqui está o meio de eliminar para sempre a causa do seu inimigo Carlos Stuart. Mas mate o homem que tem à sua frente, pois ele não voltará a quem o enviou sem levar o que a ele confiou Carlos I, seu pai, e fique com este ouro que poderá servir para sustentar a guerra civil. Infelizmente, milorde, é essa a condição fatal do infortunado príncipe! Ele precisa corromper ou matar, pois tudo a ele se opõe, tudo o rejeita, tudo lhe é hostil. No entanto, foi marcado pelo selo divino e precisa, para não desmentir o seu sangue, subir ao trono ou morrer no solo sagrado da pátria.

"Milorde me ouviu. A qualquer outro que não fosse o ilustre homem a quem falo eu diria: O senhor é pobre, o rei oferece esse milhão como sinal para um imenso negócio, pegue-o e sirva a Carlos II como servi a Carlos I, e tenho certeza de que Deus, que nos ouve, que nos vê, que é o único a ler no seu coração protegido contra todos os olhares humanos, tenho certeza de que Deus lhe dará uma feliz vida eterna após uma morte feliz. Mas ao general Monck, cuja altura acredito ter medido, eu digo: Há para o senhor, na história dos povos e dos reis, um lugar brilhante, uma glória imortal, perpétua, se sozinho, sem outro interesse que não seja o bem do seu país e da justiça, o senhor se tornar o suporte do seu rei. Muitos foram conquistadores e usurpadores gloriosos, mas o senhor, milorde, poderá ser o mais virtuoso, probo e íntegro dos homens. Teve uma coroa nas mãos e, em vez de ajustá-la à sua cabeça, colocou-a na daquele para quem ela foi talhada. Ah, milorde, aja assim e legará à posteridade o mais ambicionado nome de que uma criatura humana possa se orgulhar."

Athos parou. Enquanto falava, o general não demonstrou aprovação ou reprovação nenhuma. Ao longo de todo esse veemente discurso os seus olhos inclusive pouco se animaram com o brilho que indica alguma inteligência. O conde de La Fère o observava com tristeza, vendo o seu rosto apagado, e um grande desânimo invadiu sua alma. Mas afinal Monck deu um sinal de vida interior e, rompendo o silêncio que se fizera, disse, com voz suave e grave:

— Vou lhe responder, conde, usando suas próprias palavras. A qualquer outro que não fosse o senhor, eu responderia com a expulsão, a prisão, ou coisa pior. Pois, afinal, me propõe um suborno e, ao mesmo tempo, me constrange. Mas é uma pessoa para a qual não se pode negar a atenção e a consideração que merece: é um bravo fidalgo, conde, afirmo e sei o que afirmo. Ainda há pouco falou de algo que o falecido rei transmitiu a seu filho: não seria o senhor um dos franceses que, ouvi dizer, tentaram sequestrar Carlos em White Hall?

— Sim, milorde, e estava sob o cadafalso no momento da execução. Sem conseguir salvá-lo, recebi no rosto o sangue do mártir. Recebi também sua última palavra. Foi a mim que Carlos I disse *Remember!*, e ao dizer "Lembre-se!", se referia a esse dinheiro que está a seus pés, milorde.

— Ouvi muito falar do senhor, conde — continuou Monck —, mas fico feliz por tê-lo apreciado antes por conta própria e não pelo que me contaram. Darei então ao senhor as explicações que não dei a ninguém, e entenderá a distinção que faço entre o senhor e as pessoas que me foram enviadas até hoje.

Athos se inclinou, preparando-se a avidamente absorver as palavras que, uma a uma, viriam de Monck, palavras raras e preciosas como o orvalho no deserto:

— O senhor falou do rei Carlos II, mas por favor me diga, por que eu me importaria com esse fantasma de rei? Envelheci na guerra e na política, que estão hoje tão estreitamente ligadas que todo homem de espada deve combater em razão de seu direito ou de sua ambição, com interesse pessoal e não cegamente atrás de um superior, como nas guerras ordinárias. Pessoalmente eu talvez nada deseje, mas tenho muito a temer. É na guerra que reside, hoje, a liberdade da Inglaterra e talvez a de cada inglês. Por que eu iria, livre na posição que para mim criei, estender minha mão aos grilhões de um estranho? Pois, para mim, Carlos não passa disso. Ele travou combates e foi derrotado, é então mau capitão. Não teve sucesso em nenhuma negociação, é então mau diplomata. Arrastou sua miséria por todas as cortes da Europa, é então um coração fraco e pusilânime. Nada de nobre, nada de grande, nada de forte já saiu desse gênio que aspira a governar um dos maiores reinos da Terra. São negativas as imagens que tenho de Carlos, e o senhor quer que eu, homem de bom senso, gratuitamente me torne vassalo dessa criatura inferior a mim quanto à capacidade militar, à política e à dignidade? Não! Quando alguma grande e nobre ação me levar a admirar Carlos, eu talvez reconheça seus direitos a um trono do qual derrubamos o seu pai, por lhe faltarem virtudes que, até o presente, faltam também ao filho. Mas até o presente, em matéria de direitos, reconheço apenas os meus: a revolução me tornou general, minha espada me tornará Protetor, se eu quiser. Que Carlos se mostre, que se apresente, que participe do concurso aberto ao gênio e, sobretudo, que se lembre ser de uma linhagem à qual se pedirá mais do que a qualquer outra. Então, conde, não falemos mais disso. Não recuso nem aceito: reservo-me, aguardo.

Athos sabia que Monck estava bem informado sobre tudo o que dizia respeito a Carlos II e preferiu não levar adiante a discussão. Não eram a hora nem o local certos. Então disse:

— Milorde, só me resta então agradecê-lo.

— E pelo quê? Por me ter corretamente julgado e por eu ter agido em conformidade com seu julgamento? Acha mesmo necessário? Esse ouro que o senhor vai levar ao rei Carlos servirá como teste: vendo o que ele fará, quem sabe terei dele uma melhor opinião.

— Não teme Vossa Excelência se comprometer deixando partir uma soma destinada a servir às armas do inimigo?

— Inimigo, foi o que disse? Veja bem, pessoalmente não tenho inimigos. Estou a serviço do Parlamento, que me ordena combater o general Lambert e o rei Carlos, seus inimigos, e não meus. Então os combato. Se o Parlamento, pelo contrário, me ordenasse dispor galhardetes no porto de Londres e juntar os soldados para ali receber o rei Carlos II...

— O senhor obedeceria? — entusiasmou-se Athos.

— Queira me desculpar — sorriu Monck. — Já estava prestes, eu, uma cabeça grisalha... Na verdade, em que estava pensando? Já estava prestes a arroubos de rapazote.

— Então não obedeceria?

— Não é o que estou dizendo. Para mim, antes de tudo, o bem da minha pátria. Deus me deu a força que tenho e certamente quis, com isso, que eu a utilize para o bem de todos. Ao mesmo tempo, me deu discernimento. Se o Parlamento me ordenasse algo assim, eu pensaria.

Athos se ensombreceu.

— Vejo que Vossa Excelência decididamente não se dispõe a favorecer o rei Carlos II.

— O senhor coloca muitas questões, mas agora é minha vez.

— Por favor. E que Deus lhe inspire a mesma franqueza que a mim!

— Quando tiver levado esse ouro a seu príncipe, que conselho lhe dará?

Athos fixou em Monck um olhar orgulhoso e decidido, para então responder:

— Milorde, com esse milhão que outros talvez empregassem em negociações, aconselharei a constituição de dois regimentos, para que o rei volte a seu país pela Escócia, que o senhor acaba de pacificar, e dê ao povo as franquias que a revolução prometeu e não concedeu por inteiro. Aconselharei que comande pessoalmente esse pequeno exército, que crescerá, acredite, dispondo-se a morrer com a bandeira na mão e a espada na bainha, dizendo: "Ingleses, aqui está o terceiro rei de minha raça que vocês matam: preocupem-se com a justiça de Deus!".[131]

Monck baixou a cabeça e refletiu um pouco, perguntando em seguida:

— Se ele conseguir, o que é inverossímil, mas não impossível, pois tudo é possível neste mundo, o que lhe aconselharia?

— A sempre se lembrar de que, pela vontade de Deus, ele perdeu a coroa, mas que pela boa vontade dos homens, a recuperou.

Um sorriso irônico se esboçou nos lábios de Monck, que disse:

— Infelizmente, os reis não sabem seguir um bom conselho.

— Ah, milorde, Carlos II não é rei — replicou Athos também sorrindo, mas com expressão bem diferente.

— Pois, abreviemos as coisas, conde... É esse o seu desejo, não é?

Athos se inclinou.

— Darei ordem para que transportem esses dois barris para o local que indicar. Onde está hospedado?

— Num pequeno burgo na foz do rio, Excelência.

— Ah! Conheço o lugar. São cinco ou seis casas, não é?

---

131. Ou seja, Maria Stuart e Carlos I, mortos no patíbulo.

— Isso mesmo. Estou logo na primeira, com dois homens que fabricam redes de pesca. Foi o barco deles que me trouxe à terra firme.

— E o seu navio?

— Está ancorado à minha espera, a um quarto de milha da costa.

— E não conta partir imediatamente?

— Tentarei ainda uma vez convencer milorde.

— Não conseguirá — respondeu Monck. — Mas é importante que deixe Newcastle sem que se levante qualquer suspeita quanto à sua estadia, que pode ser prejudicial ao senhor e a mim. Meus oficiais acreditam que Lambert atacará amanhã. Pessoalmente, acho possível, mas improvável. Seu exército não tem princípios homogêneos e não há exército que se sustente sem isso. Instruo meus soldados a subordinarem minha autoridade a uma autoridade superior, e isso faz com que, além de mim, à minha volta e acima de mim eles tentem ainda alguma coisa. O resultado é que, se eu morrer, pois é algo que pode acontecer, meu exército não se desmotivará de imediato. Outro resultado é que se eu quiser, por exemplo, me ausentar, como às vezes tenho vontade, não haveria no acampamento nem sombra de inquietude ou de desordem. Sou o ímã, a força agregadora e natural dos ingleses. Toda essa ferragem desordenada, enviada contra mim, por mim será atraída. Lambert neste momento comanda dezoito mil desertores, mas não falei disso a meus oficiais, como pode imaginar. Nada melhor, para um exército, do que a sensação de iminência da batalha: todos se mantêm despertos, todos se protegem. Digo isso para a sua segurança. Não se apresse em de novo se lançar ao mar: daqui a oito dias teremos alguma novidade, a batalha ou o acomodamento. Passado esse período, como me julgou digno de crédito e me confiou o seu segredo, quero retribuir essa confiança. Irei visitá-lo ou o chamarei. Então, não parta sem meu sinal. Reitero meu convite.

— Prometido, general — exclamou Athos, tomado por tão grande alegria que, apesar de toda a sua circunspecção, foi impossível evitar um brilho no olhar.

Monck surpreendeu essa chama e imediatamente a apagou com um dos seus mudos sorrisos que sempre rompiam, nos interlocutores, o caminho que achavam ter conseguido abrir.

— Então milorde me dá um prazo de oito dias… — disse Athos.

— Oito dias, isso mesmo.

— E nesses oito dias, o que devo fazer?

— Se houver batalha, mantenha-se longe, por favor. Sei que os franceses são curiosos com relação a diversões desse tipo. Pode querer ver e acabar sendo atingido por uma bala perdida. Nossos escoceses atiram mal e não quero que um digno fidalgo como o senhor regresse ferido à França. Não quero ser obrigado a enviar, eu mesmo, a seu príncipe o milhão que o senhor terá deixado. Com certa razão diriam que pago o pretendente para que lute contra o Parlamento. Agora vá, cavalheiro, e que tudo siga entre nós como combinado.

— Ah, milorde! Que alegria seria para mim ser o primeiro a penetrar no nobre coração que bate sob essa capa — disse Athos.

— Então realmente acredita que tenho segredos — disse Monck, sem mudar a expressão divertida que tinha no rosto. — Ora, conde, que segredo haveria na cabeça oca de um soldado? Mas já é tarde, o archote está se apagando. Vamos chamar nosso homem. Ei! — gritou Monck em francês e se aproximando da escada. — Ei, pescador!

Meio adormecido pelo frescor da noite, este último perguntou, com a voz sonolenta, o que queriam.

— Vá ao posto e diga ao sargento para vir imediatamente aqui, da parte do general Monck.

Era uma ordem fácil de ser atendida, uma vez que o sargento, intrigado com a presença do general naquela abadia deserta, vinha se aproximando e estava a poucos passos do pescador.

A ordem do general chegou então diretamente a ele, que se apresentou.

— Pegue um cavalo e dois homens — disse Monck.

— Um cavalo e dois homens? — repetiu o sargento.

— Isso mesmo. Tem como conseguir um cavalo com albarda e cestos?

— Com certeza, a cem passos daqui, no acampamento dos escoceses.

— Ótimo.

— O que faço com o cavalo, general?

— Aproxime-se mais.

O sargento desceu os três ou quatro degraus que o separavam de Monck e apareceu sob a arcada.

— Está vendo ali, onde está aquele fidalgo? — começou Monck.

— Sim, general.

— Vê aqueles dois barris?

— Perfeitamente.

— Um deles contém pólvora e o outro balas. Quero transportar esses barris para o pequeno burgo à beira do rio, que pretendo ocupar amanhã com duzentos mosquetes. Deve ter percebido que a missão é secreta; trata-se de uma operação que pode decidir a vitória da batalha.

— Meu general! — murmurou o sargento.

— Bem. Amarre então esses dois barris no cavalo, que você e mais dois homens escoltarão até a casa desse fidalgo, que é meu amigo. Mas entenda, ninguém pode saber.

— Eu iria pelo pântano, se conhecesse o caminho — disse o sargento.

— Conheço um — interferiu Athos. — Não é largo, mas bastante sólido, sobre pilotis. Com algum cuidado, chegaremos.

— Siga o que esse cavaleiro disser — comandou Monck.

— Ai! Os barris são pesados — falou o sargento, tentando erguer um deles.

— Pesam duzentos quilos cada um, se contiverem o que devem conter. Não é, cavalheiro?

— Mais ou menos — confirmou Athos.

O sargento foi buscar o cavalo e os homens. Sozinho com Athos, Monck procurou falar apenas de coisas sem importância, enquanto examinava distraidamente o subsolo. Depois, ouvindo os passos do cavalo, disse:

— Vou deixá-lo com esses homens e sigo para o acampamento. O senhor está seguro.

— Voltarei então a vê-lo, milorde? — perguntou Athos.

— Como disse, conde, e com todo o prazer.

Monck estendeu a mão a Athos.

— Ah, milorde, se o senhor quisesse... — murmurou o francês.

— Psiu! — fez Monck. — Combinou-se que não falaríamos mais disso.

E com um cumprimento ele subiu os degraus da escada, enquanto seus homens desciam. Não dera nem vinte passos se afastando da abadia e ouviu um pequeno assobio, distante e prolongado. Parou, prestou atenção e, nada mais vendo nem ouvindo, retomou seu caminho. Só então se lembrou do pescador e olhou em volta, mas ele havia desaparecido. Se no entanto olhasse mais atentamente, o veria curvado, passando como uma serpente entre as pedras e se perdendo no meio da bruma, rente à superfície do pântano. E veria também, se tentasse penetrar com o olhar nessa bruma, algo que chamaria sua atenção: os mastros da embarcação dos pescadores haviam mudado de lugar e se encontravam agora bem perto da margem do rio.

Monck, porém, nada disso viu e, achando não ter o que temer, tomou o caminho deserto que levava a seu acampamento. Só nesse momento lhe pareceu estranho o desaparecimento do pescador e uma real desconfiança começou a tomar conta dele, que acabava de pôr sob as ordens de Athos o único posto que poderia protegê-lo. Havia ainda uma milha de caminho a atravessar pelo alagado até chegar ao acampamento.

A neblina se adensava com tal intensidade que mal se distinguia coisa alguma a uma distância de dez passos.

Teve a impressão de ouvir um barulho de remo que surdamente batia no pântano à sua direita.

— Quem está aí? — ele gritou.

Não houve resposta. Armou então a pistola, pôs a espada na mão e apertou o passo sem, no entanto, chamar por ajuda. Fazer isso, sem haver uma urgência absoluta, lhe pareceu indigno.

27. O dia seguinte

Eram sete horas da manhã: os primeiros raios de luz iluminavam os alagados, nos quais o sol se refletia como uma bola vermelha, quando Athos, acordando e abrindo a janela do seu quarto, que dava para a margem do rio, viu a mais ou menos quinze passos o sargento e os homens que o haviam acompanhado na véspera e, depois de deixarem os barris na sua casa, voltado pelo caminho aterrado da direita.

Por que, tendo regressado ao acampamento, estariam de novo ali? Foi a questão que de imediato se apresentou.

Atento, o sargento parecia apenas aguardar que o fidalgo aparecesse para interrogá-lo. Estranhando que estivessem ali os homens que havia visto irem embora, era impossível não se mostrar surpreso:

— Não é tão estranho assim — disse o sargento —, pois ontem o general me pediu que cuidasse da sua segurança.

— O general está no acampamento? — perguntou Athos.

— Certamente, pois era para onde estava indo ontem, quando se despediram.

— Pois então espere um pouco. Vou até lá e direi o quão fielmente o senhor cumpriu a missão. Ao mesmo tempo pegarei minha espada, que esqueci na tenda.

— Ótimo — disse o sargento. — Pois íamos exatamente pedir que nos acompanhasse.

Athos notou algo fugidio na expressão do militar, mas a aventura no subsolo da abadia podia ter atiçado sua curiosidade e não seria tão fora do comum que transparecessem no rosto traços dos sentimentos que o agitavam.

Com todo o cuidado, fechou bem as portas e entregou as chaves a Grimaud, que por sua vez tinha se transferido para a entrada coberta do celeiro, onde os barris foram trancados. O sargento escoltou o conde de La Fère até a entrada do acampamento, onde outra guarda o esperava, e substituiu os quatro homens.

Essa nova escolta era comandada pelo ajudante de ordens Digby, que, durante o trajeto, olhava para Athos de maneira tão desconfiada que o francês estranhou tamanha e tão severa vigilância, enquanto na véspera tudo parecia mais cordial.

De qualquer forma, continuou a caminhada até o quartel-general, guardando para si os pensamentos sobre o que via e sentia. Encontrou na tenda três oficiais superiores, o substituto imediato de Monck e dois coronéis. Sua espada estava ainda em cima da mesa, no lugar em que fora deixada na véspera.

Como não se conheciam, o subcomandante perguntou, olhando-o bem, se era ele o fidalgo que havia acompanhado o general na noite anterior.

Foi o ajudante de ordens quem respondeu:

— Sim, Excelência, ele mesmo.

— Não creio ter negado — interferiu Athos com altivez. — De minha parte, senhores, permitam-me indagar por que essas perguntas e, sobretudo, por que esse tom com que as fazem.

— Se fazemos essas perguntas — disse o subcomandante — é por termos o direito, e o tom com que as fazemos, acredite, é o que convém à situação.

— Os senhores não sabem quem sou — continuou Athos —, mas devo dizer que só reconheço aqui, como meu igual, o general Monck. Onde ele está? Levem-me até ele e, se for o caso, espero poder contentá-lo. Repito, senhores, onde está o general?

— Com os diabos! O senhor sabe melhor do que nós — respondeu o subcomandante.

— Eu?

— Com certeza.

— Não estou entendendo, senhor.

— Pois já vai entender. Mas, para começar, fale baixo. O que lhe disse ontem o general?

Athos apenas sorriu, fazendo evidente pouco-caso da pergunta.

— Não pedimos que sorria — irritou-se um dos coronéis. — Pedimos que responda.

— Posso desde já dizer que nada responderei aos senhores sem a presença do general.

— Sabe muito bem ser impossível — continuou o mesmo coronel.

— É a segunda vez que dão essa estranha resposta — constatou Athos. — O general está ausente?

A pergunta foi feita com tanta boa-fé, e o fidalgo parecia tão ingenuamente surpreso, que os três oficiais se entreolharam. A partir de uma espécie de convenção tácita com os dois colegas, o subcomandante retomou a palavra:

— Ontem o general o deixou ainda nos limites do monastério?

— Sim.

— E o senhor foi...

— Não cabe a mim responder, e sim aos homens que me acompanharam. São seus soldados, basta que os interroguem.

— E se preferirmos interrogar o senhor?

— Nesse caso, prefiro dizer que nada devo a nenhum dos cavalheiros, que aqui só reconheço o general, e que somente a ele responderei.

— Que seja, mas estamos em nosso pleno direito de nos constituirmos conselho de guerra e, diante dos seus juízes, terá que responder a nós.

A reação de Athos foi apenas de surpresa e desdém, em vez do terror que se esperava.

— Juízes escoceses ou ingleses julgando a mim, súdito do rei da França? A mim, sob a salvaguarda da honradez britânica? Os senhores não têm noção do que dizem! — respondeu Athos, dando de ombros.

Os oficiais se entreolharam.

— Diz então não saber onde se encontra o general?

— A isso já respondi, senhor.

— Sim, mas respondeu algo inverossímil.

— No entanto, é a verdade. Pessoas da minha condição em geral não mentem. Sou fidalgo, já lhes disse, e quando tenho comigo a espada que, por excesso de delicadeza, deixei ontem em cima dessa mesa, onde ainda se encontra, ninguém, acreditem, me diz coisas que eu não queira ouvir. Porém, estou desarmado. Se acham que são meus juízes, julguem-me; se forem apenas meus carrascos, matem-me.

— Mas cavalheiro... — tentou retomar o diálogo o subcomandante, em tom mais cortês, impressionado com a grandeza e o sangue-frio de Athos que, no entanto, o interrompeu:

— Oficial, vim tratar confidencialmente com seu general de assuntos de grande importância. Não foi ordinária a forma como fui recebido. Os seus soldados podem confirmar o que digo. Se o general me recebeu tão dignamente, foi por saber quais são os meus títulos. Os senhores não esperam, imagino, que eu lhes revele meus segredos e menos ainda os dele.

— Mas afinal, aqueles barris, o que contêm?

— Não fizeram essa pergunta aos soldados? O que eles responderam?

— Que contêm pólvora e chumbo.

— De quem receberam essa informação? Devem ter dito.

— Do general, mas não somos tão tolos.

— Preste atenção no que diz. Não é a mim que está desmentindo, é ao seu superior.

Os oficiais, mais uma vez, trocaram olhares. Athos continuou:

— Diante dos soldados, o general me disse que esperasse oito dias. Em oito dias me daria a resposta que espero. Por acaso fugi? Não. Estou esperando.

— Ele disse oito dias? — exclamou o subcomandante.

— Disse. E saibam que tenho uma chalupa ancorada na boca do rio e poderia muito bem já ter ido embora. Se fiquei foi unicamente para atender ao pedido do general, para que não parta sem termos um novo encontro, por ele fixado em oito dias. Repito então que aguardo.

O subcomandante se voltou para os dois outros oficiais e disse em voz baixa:

— Se for verdade o que o fidalgo diz, ainda há esperança. O general pode ter começado negociações tão secretas que achou imprudente nos prevenir. O tempo de sua ausência é então de no máximo oito dias.

Em seguida, voltando-se para Athos:

— A sua declaração, senhor, é da maior importância; poderia repeti-la sob juramento?

— Vivo num mundo em que minha simples palavra basta como o mais sagrado juramento.

— Desta vez, porém, a circunstância é mais grave do que qualquer outra por que tenha passado. Precisamos pensar na sobrevivência de todo um exército. Veja bem, o general desapareceu e estamos à procura dele. Trata-se de um desaparecimento natural ou um crime? Devemos levar aos limites a investigação ou esperar com paciência? Neste momento, tudo depende do que o senhor disser.

— Interrogado assim não tenho por que hesitar — respondeu Athos. — Sim, vim falar confidencialmente com o general Monck e pedir uma resposta sobre certos assuntos. Sim, o general, sem poder responder antes da batalha que se espera, pediu que eu aguardasse por oito dias nessa casa em que me alojei, prometendo que voltaríamos então a nos ver. Sim, juro por Deus, que é o senhor absoluto da minha vida, assim como da vida dos senhores, que tudo isso é verdade.

Athos pronunciou essas palavras com tamanha grandeza e solenidade que os três oficiais ficaram quase convencidos. Um dos coronéis, entretanto, fez ainda uma tentativa:

— Mesmo que persuadidos quanto à verdade do que diz, há nisso tudo um estranho mistério. O general é um homem prudente demais para abandonar seu exército às vésperas de uma batalha sem avisar nenhum de nós. Particularmente, não posso acreditar, confesso, que algum acontecimento estranho não esteja na origem desse desaparecimento. Pescadores estrangeiros vieram ontem aqui nos vender peixes. Foram alojados com os escoceses, ou seja, no caminho que o general e o senhor seguiram para ir à abadia e voltar. Um dos pescadores os acompanhou com um archote. Esta manhã, descobriu-se que tanto o barco quanto os pescadores sumiram, levados à noite pela maré.

— Pessoalmente, nada vejo nisso de tão extraordinário — observou o subcomandante. — Afinal, aqueles homens não eram nossos prisioneiros.

— Não. Mas volto a repetir que foi um deles que, com um archote, acompanhou o general e o cavalheiro ao subsolo da abadia. E o general havia levantado suspeitas sobre aqueles homens. Então, quem nos garante que não estivessem combinados e, dado o golpe, o cavalheiro, que é de fato corajoso, não tenha ficado apenas para nos tranquilizar com a sua presença e impedir que procuremos na boa direção?

O argumento impressionou os dois outros oficiais.

— Deixe-me dizer — aparteou Athos — que o seu raciocínio, muito interessante em aparência, é inconsistente no que me concerne. Pelo seu entendimento, não fugi para desviar suspeitas. Pois bem, suspeitas ocorrem a mim como aos senhores e afirmo ser impossível que o general, às vésperas de uma batalha, tenha partido sem nada dizer a pessoa alguma. Há algo estranho nisso tudo, e os senhores, em vez de perderem tempo aqui, deveriam investigar, de toda maneira possível. Sou prisioneiro dos senhores, por palavra ou de outra forma. À minha honra interessa que se esclareça o que aconteceu ao general Monck, e se me dissessem agora: "Pode ir!", eu responderia: "Obrigado, mas ficarei". E se perguntarem minha opinião, posso afirmar: "O general foi vítima de uma conspiração, pois se precisasse deixar o acampamento, teria me avisado". Então procurem, vasculhem, revirem a terra, revirem o mar; o general não se ausentou, ou pelo menos não por vontade própria.

O subcomandante fez um sinal aos outros oficiais e respondeu:

— Creio que, por sua vez, o senhor está indo longe demais. O general não foi vítima de acontecimentos externos e, provavelmente, os manipulou nesse sentido. Ele já fez isso outras vezes. Não temos por que nos alarmar, sua ausência será de curta duração. Evitemos então, por uma pusilanimidade que o general consideraria crime, deixar que se propague a notícia da sua ausência, que abateria o ânimo da tropa. O general está nos dando uma imensa prova de confiança, mostremo-nos à altura. Que o mais profundo silêncio cubra todo esse caso com um véu indevassável. Manteremos o cavalheiro aqui, não por suspeitarmos de sua relação com um suposto crime, mas para garantir com mais eficácia o segredo quanto à ausência do general. Assim, até nova ordem, o cavalheiro permanecerá no quartel-general.

— Os senhores esquecem — disse Athos — que nessa última noite o general me confiou algo, pelo qual sou responsável. Deem-me a guarda que bem entenderem, amarrem-me se quiserem, mas deixem que minha prisão seja na casa onde me instalei. Garanto, palavra de fidalgo, que o general, ao voltar, ficará muito contrariado com os senhores se não aceitarem isso.

Os oficiais se consultaram por um instante, e em seguida o subcomandante declarou:

— Que seja. O senhor volta então à sua casa.

Foi dada a Athos uma guarda de cinquenta homens, que o manteria fechado em casa, sem perdê-lo de vista em momento nenhum.

O segredo se manteve, mas as horas e os dias se passaram sem que o general voltasse ou desse notícias.

28. A mercadoria de contrabando

Dois dias depois disso que acabamos de relatar, e enquanto confiantemente se esperava o general Monck no acampamento, uma pequena faluca holandesa, tripulada por dez homens, ancorou na costa de Scheveningen, a uma distância de mais ou menos um tiro de canhão da terra. Era noite fechada, a escuridão era grande e a maré subia: um momento excelente para o desembarque de passageiros e mercadorias.

A baía de Scheveningen tem a forma de um grande crescente. É pouco profunda e, sobretudo, pouco segura, fazendo com que nela venham estacionar apenas grandes falucas flamengas ou essas barcaças holandesas que os pescadores puxam para a areia em cima de rolos, como já faziam os Antigos, no dizer de Virgílio. Quando a maré cresce e flui para a terra, não é prudente aproximar demais a embarcação da costa, pois se houver um vento a proa recebe areia, e a dessa costa é esponjosa, grudando facilmente nas superfícies. Por isso, assim que o veleiro lançou âncora, o bote de apoio foi desatado com oito homens a bordo, que remaram na direção do litoral. Entre eles se distinguia um objeto de forma oblonga, uma espécie de cesto grande ou trouxa.

A praia estava deserta: os poucos pescadores que moravam nas dunas continuavam ainda em suas camas. Uma solitária sentinela guardava a costa (muito pouco vigiada, por ser ali impossível o desembarque de qualquer navio maior) e, sem poder plenamente seguir o exemplo dos pescadores que estavam em suas camas, pelo menos os imitava dormindo no fundo da sua guarida, de forma igualmente profunda. O único barulho que se ouvia era então o assobio da brisa noturna nas urzes das dunas. Mas devia ser uma gente desconfiada aquela que se aproximava, pois esse silêncio real e a aparente solidão pareciam não tranquilizá-la, e o bote, que no máximo se via como um ponto mais escuro no oceano, deslizava procurando não fazer barulho com os remos, dirigindo-se à terra no ponto em que se mostrava mais próxima.

Assim que a água ficou mais rasa, um só homem desceu, depois de dar uma ordem com esse tom que indica o hábito do comando. A partir disso, vários mosquetes imediatamente luziram sob os fracos relampejos do mar, que é o espelho do céu, e a trouxa oblonga de que já falamos foi transportada para a terra com infinito cuidado. Logo em seguida, aquele primeiro indivíduo a desembarcar correu de viés rumo à aldeia de Scheveningen, dirigindo-se à ponta mais avançada do bosque. Lá chegando, procurou a casa que uma vez já percebemos entre as árvores e dissemos ser a moradia provisória, moradia bastante modesta, daquele que, por gentileza, era chamado de rei da Inglaterra.

Ali, como por todo lugar, tudo dormia. Só um cão bem grande, da raça desses que os pescadores de Scheveningen atrelam a pequenas charretes para transportar peixes a Haia, se pôs a latir e a formidavelmente rosnar assim que se ouviram os passos do desconhecido diante das janelas. Esse alarme, porém, em vez de assustar o recém-desembarcado, o deixou muito contente, pois sua voz talvez não bastasse para acordar as pessoas da casa, e com um ajudante assim ele nem precisaria gritar. Então apenas esperou que os sonoros e repetidos latidos surtissem seu provável efeito para só então arriscar dizer alguma coisa. E com isso o cão passou a rugir tão ferozmente que logo, de dentro da casa, alguém procurou acalmar o animal. Assim que conseguiu, com uma voz ao mesmo tempo fraca, entrecortada e educada, esse alguém perguntou:

— O que quer?

— Procuro Sua Majestade, o rei Carlos II — respondeu o estranho.

— E o que quer com ele?

— Preciso falar-lhe.

— E quem é o senhor?

— Ai, caramba! São perguntas demais, não gosto de falar a uma porta.

— Diga apenas o seu nome.

— Também não gosto de gritar meu nome ao ar livre. Mas fique tranquilo, não vou comer o seu cachorro, e queira Deus que ele seja igualmente respeitoso com relação a mim.

— São notícias que traz, é isso? — insistiu a voz, paciente e sempre buscando se tranquilizar, como fazem os velhos.

— Esteja certo, notícias e bem surpreendentes! Por favor, abra!

— Por sua alma e consciência, as notícias que traz valem que se acorde o rei? — continuou o velho.

— Pelo amor de Deus, caro senhor, puxe os ferrolhos! Não vai se arrepender, posso jurar, de se dar ao incômodo. Valho meu peso em ouro, palavra!

— Mas não posso abrir sem que me diga o seu nome.

— É mesmo necessário?

— Sigo uma ordem do rei, senhor.

— Pois bem, meu nome, vou dizer... mas aviso logo que isso não vai adiantar muito.

— Pouco importa, diga assim mesmo.

— Pois bem, sou o cavaleiro d'Artagnan.

Do outro lado da porta, ouviu-se um grito:

— Meu Deus! Sr. d'Artagnan! Que felicidade! Eu bem que achei conhecer essa voz...

— Veja só! Conhecem minha voz aqui! Fico orgulhoso.

— Ah! Conheço-a bem — disse o velho, destrancando a porta. — Vai entender por quê.

Dizendo isso, fez entrar o visitante, que logo reconheceu seu interlocutor obstinado à luz da lanterna que foi erguida.

— Caramba, Parry! Eu devia ter imaginado.

— Eu mesmo, meu querido sr. d'Artagnan, Parry. Que alegria voltar a vê-lo!

— Disse tudo: que alegria! — também não se conteve d'Artagnan, apertando as mãos do velho. — Que coisa! Você vai chamar o rei, não vai?

— O rei está dormindo, meu caro senhor.

— Droga! Acorde-o! Ele não vai reclamar, posso garantir.

— Está vindo da parte do conde, não é?

— De que conde?

— Do conde de La Fère.

— De Athos? Droga, não. Estou vindo da parte de mim mesmo. Vamos, Parry, rápido, o rei! Preciso do rei!

Parry viu que não devia resistir mais; conhecia d'Artagnan o bastante para saber que, apesar de gascão, o que ele dizia nunca estava além do que podia. Atravessou um pátio e um pequeno jardim, tranquilizou o cachorro, que de fato gostaria de degustar carne de mosqueteiro, e foi bater à janela de um cômodo no andar térreo de um pequeno pavilhão.

Na mesma hora, um cachorrinho, que ficava nesse cômodo, respondeu ao cachorrão que ficava no pátio.

"Pobre rei!", disse para si mesmo d'Artagnan, "é essa a sua guarda; é verdade que talvez assim esteja até mais protegido."

— O que quer? — perguntou o rei, do fundo do quarto.

— Sire, é o sr. cavaleiro d'Artagnan que traz notícias.

Ouviu-se logo barulho no quarto. Uma porta foi aberta e uma forte claridade inundou o corredor e o jardim.

O rei escrevia à luz de um candeeiro. Papéis estavam espalhados em cima da escrivaninha, com um rascunho de carta cujo grau de dificuldade, pelas inúmeras rasuras, pode-se imaginar.

— Entre, sr. cavaleiro — ele disse.

Depois, vendo o pescador, perguntou:

— E então, Parry, onde está o cavaleiro d'Artagnan?

— Diante de Vossa Majestade, Sire — disse o próprio d'Artagnan.

— Vestido assim?

— Olhai bem, Sire, já nos vimos em Blois, na antecâmara do rei Luís XIV.

— Sim, claro, e me lembro inclusive de ficar muito agradecido ao senhor.

D'Artagnan se inclinou.

— Era um dever fazer o que fiz, assim que soube se tratar de Vossa Majestade.

— E está trazendo notícias, foi o que disse?

— Estou, Sire.

— Da parte do rei da França, provavelmente?

— Não exatamente, Sire. Vossa Majestade deve ter visto, em Blois, que o rei da França só se preocupa com sua própria majestade.

Carlos olhou para o alto.

— Não, Sire. Trago um misto de notícias e de fatos pessoais. No entanto, ouso esperar que Vossa Majestade ouça com interesse tanto as notícias quanto os fatos.

— Diga, cavalheiro.

— Se não me engano, Sire, Vossa Majestade falou bastante, em Blois, do impasse em que se encontram vossos negócios na Inglaterra.

Ficando vermelho, Carlos disse:

— Cavalheiro, foi apenas ao rei da França que falei.

— Oh! Vossa Majestade se equivoca — disse o mosqueteiro, com frieza. — Sei falar com os reis quando estão mal, e é inclusive só quando estão mal que eles falam comigo. Assim que estão bem, deixam de me ver. Tenho então por Vossa Majestade não só todo o respeito, mas também a mais absoluta dedicação, coisa que, vindo de mim, significa muito. Bom, ouvindo Vossa Majestade se queixar do destino, achei-a nobre, generosa e carregando bem o seu fardo.

— Na verdade — disse Carlos, espantado —, não sei se prefiro as liberdades que toma ou o seu respeito.

— Ainda é cedo para escolher, Sire — disse d'Artagnan. — Vossa Majestade, então, se queixava a seu irmão Luís XIV da dificuldade que tinha para regressar à Inglaterra e recuperar o trono sem homens e sem dinheiro.

Carlos deixou escapar um gesto de impaciência.

— E o principal obstáculo que havia no caminho — continuou d'Artagnan — era um certo general, comandante das forças parlamentares, que representava no país o papel de outro Cromwell. Vossa Majestade não disse isso?

— Sim. Mas volto a dizer, cavalheiro, foram palavras ditas exclusivamente ao rei.

— E já vereis, Sire, que elas felizmente chegaram também ao tenente dos mosqueteiros de Sua Majestade. A pessoa tão incômoda era o general Monck, creio. Não era esse o nome, Sire?

— Sim, não nego; mas, ainda uma vez, por que essas perguntas?

— Ah, Sire, bem sei que não devemos interrogar os reis, mas espero que logo mais perdoeis essa quebra de etiqueta. Vossa Majestade acrescentava que, se pudesse falar com o general frente a frente, triunfaria fosse pela força, fosse pela persuasão. Parecia ser o mais sério e insuperável, o único verdadeiro obstáculo no caminho.

— Tudo isso é verdade; meu destino, meu futuro, minha obscuridade ou minha glória dependem desse homem, mas, afinal, aonde quer chegar?

— A uma conclusão: que sendo esse general Monck incômodo a tal ponto, seria boa coisa nos livrarmos dele ou trazê-lo para o lado de Vossa Majestade.

— Cavalheiro, um rei que não tem exército nem dinheiro, já que ouviu a conversa que tive com meu irmão, nada pode fazer contra alguém como Monck.

— Eu sei, Sire, era vossa opinião, mas para vossa felicidade não era a minha.

— O que quer dizer?

— Que sem exército e sem dinheiro eu, sozinho, fiz o que Vossa Majestade achava só poder fazer com um exército e muito dinheiro.

— Como? O que está dizendo? O que fez?

— O que fiz? Ora, Sire! Fui até lá pegar esse homem tão incômodo para Vossa Majestade.

— Na Inglaterra?

— Exatamente, Sire.

— Foi pegar Monck na Inglaterra?

— Agi mal, por acaso?

— O senhor, na verdade, é louco!

— Por nada neste mundo, Sire.

— Pegou Monck?

— Peguei, Sire.

— Onde?

— No meio do seu acampamento.

O rei estremeceu de impaciência e ergueu os ombros.

— Peguei-o no caminho aterrado de Newcastle — acrescentou com simplicidade d'Artagnan — e o trouxe até Vossa Majestade.

— Trouxe-o aqui! — exclamou o rei, quase indignado com o que lhe parecia uma farsa.

— Sire — respondeu d'Artagnan, no mesmo tom —, trouxe-o aqui. Está logo ali, numa caixa grande com alguns buracos, para poder respirar.

— Meu Deus!

— Oh! Que Vossa Majestade se tranquilize. Tivemos todo o cuidado. Está em bom estado e perfeitamente acondicionado. Prefere Vossa Majestade vê-lo, conversar com ele, ou que o joguemos na água?

— Meu Deus! — repetiu Carlos. — Meu Deus! O que está dizendo é verdade? Não está me insultando com alguma indigna mistificação? Teria conseguido essa façanha de inaudita e genial audácia? É impossível!

— Vossa Majestade me permite abrir a janela? — perguntou d'Artagnan, já abrindo.

O rei nem sequer teve tempo para dizer sim: um estridente assobio foi dado e três vezes repetido, no silêncio da noite.

— Pronto! Está sendo trazido para Vossa Majestade.

29. D'Artagnan começa a temer ter investido seu dinheiro e o de Planchet a fundo perdido

O rei mal conseguia se recuperar da surpresa e seus olhos iam do sorridente rosto do mosqueteiro à escura janela aberta para a noite. Mas antes que conseguisse fixar o pensamento, oito dos homens de d'Artagnan, pois dois tinham ficado guardando a embarcação, trouxeram para a casa, onde Parry o recebeu, o objeto de forma oblonga que continha o destino da Inglaterra.

Antes de partir de Calais, d'Artagnan mandara montar na cidade uma espécie de caixão largo e profundo o bastante para que um homem pudesse nele se revirar à vontade. O fundo e as laterais, razoavelmente acolchoados, formavam um leito macio, de forma a não transformar aquela prisão em local de tortura. A pequena grade de que d'Artagnan havia falado ao rei, semelhante à viseira de um capacete, estava à altura do rosto do prisioneiro. Fora arranjada de maneira que, ao menor grito, uma pressão externa pudesse abafar esse grito ou, se necessário, quem gritou.

D'Artagnan conhecia bem sua tripulação e, passando a conhecer o preso, durante todo o trajeto temeu duas coisas: que o general preferisse morrer e os forçasse a sufocá-lo, ou que seus guardas ficassem tentados por eventuais ofertas e o pusessem, a ele próprio, no lugar de Monck.

Com isso passou os dois dias e as duas noites sozinho ao lado do general, oferecendo vinho e alimentos, sempre recusados, e tentando assegurá-lo com relação ao destino que o aguardava após aquele singular encarceramento. Duas pistolas sobre a mesa e sua espada nua o garantiam contra as indiscrições lá de fora.

Chegando a Scheveningen, ele se sentiu enfim seguro, pois seus homens temiam qualquer conflito com as autoridades locais. Conseguira inclusive interessar à sua causa o assecla que lhe servia moralmente de imediato, aquele mesmo que já vimos respondendo pelo nome Menneville e que, por ser alguém com mais consciência, tinha mais a perder que os colegas. Ele acreditava ter algum futuro servindo a d'Artagnan e correria o risco de ser cortado em pedacinhos pelo cumprimento das suas ordens. Foi então a ele que, uma vez desembarcados, foram confiadas a caixa e a respiração do general. Com ele também se combinara que os sete homens transportariam a caixa assim que ouvissem o triplo assobio. O imediato seguiu tudo à risca.

Estando a caixa no interior da casa, d'Artagnan dispensou seus homens com um belo sorriso e anunciou:

— Os senhores prestaram um grande serviço a Sua Majestade, o rei Carlos II, que, em menos de seis semanas, será rei da Inglaterra. A gratificação será dobrada. Voltem e me esperem no navio.

Eles então se foram, com urros de alegria que assustaram até o cachorro.

A caixa fora levada até a antecâmara do rei. D'Artagnan fechou as portas com todo o cuidado e só depois disso abriu o tampo, dizendo:

— Meu general, peço mil desculpas. Tudo isso foi absolutamente indigno de se fazer com alguém como o senhor, bem sei, mas tive que me prestar a esse papel. Além disso, a Inglaterra não é um lugar cômodo no que se refere aos transportes. Espero então que leve esses fatos em consideração. Mas agora, meu general, o senhor pode se levantar e andar.

Dizendo isso, cortou as amarras que prendiam os braços e as mãos de Monck, que se levantou e se sentou, hesitante como alguém que espera a morte.

D'Artagnan então abriu a porta do gabinete de Carlos e anunciou:

— Sire, vosso inimigo, o sr. Monck. Prometi a mim mesmo fazer isso por Vossa Majestade. É coisa feita. General — ele acrescentou, voltando-se para o prisioneiro —, o senhor tem à sua frente Sua Majestade, o rei Carlos II, soberano e senhor da Grã-Bretanha.

Monck ergueu um olhar friamente estoico na direção do jovem príncipe e respondeu:

— Não reconheço rei nenhum da Grã-Bretanha. Sequer vejo aqui alguém digno de se dizer fidalgo, pois foi em nome do rei Carlos II que um emissário, que tomei por um homem honesto, me preparou uma armadilha infame. Caí nessa armadilha, azar o meu. E agora o senhor, que provocou isso (disse ele, dirigindo-se ao rei), e o senhor, que executou (voltando-se para d'Artagnan), ouçam o que direi: têm o meu corpo, podem matá-lo. Façam isso, pois nunca terão minha alma nem minha anuência. Não me peçam uma palavra mais, pois a partir deste instante não abrirei a boca nem mesmo para gritar. É tudo o que tenho a dizer.

Tais palavras foram pronunciadas com a feroz e invencível determinação do mais iracundo puritano. D'Artagnan olhou para o prisioneiro como quem sabe reconhecer o valor de cada palavra e fixa esse valor a partir do tom com que é pronunciada.

— Devo admitir — ele falou baixinho ao rei — que temos um homem decidido. Não aceitou nem um pedaço de pão nem uma gota de vinho nos últimos dois dias. Como a partir deste momento é Vossa Majestade quem decide o seu destino, lavo-me as mãos, como disse Pilatos.[132]

De pé, pálido e resignado, Monck esperava, com olhar fixo e braços cruzados.

D'Artagnan se virou para ele e explicou:

— O senhor deve perfeitamente compreender que suas palavras, aliás muito bonitas, não melhoram as coisas. Sua Majestade queria conversar com o senhor e isso foi o tempo todo negado. Agora que estão um diante do outro, o senhor não por vontade própria, é verdade, por que nos obrigar a rigores que considero inúteis e absurdos? Fale, que diabo!, nem que seja para dizer não.

Monck não abriu a boca, Monck não desviou os olhos, Monck alisou o bigode com um ar preocupado, mostrando não se dispor a facilitar as coisas.

Carlos II, enquanto isso, estava em profunda meditação. Pela primeira vez se via diante de Monck, ou seja, diante daquele a quem tanto tinha tentado encontrar e, com esse olhar particular que Deus deu à águia e aos reis, sondava o abismo do seu coração.

Via que Monck estava firmemente decidido a morrer e não falar, o que era surpreendente da parte de alguém tão considerável e que se via ali tão cruelmente ferido. Carlos II tomou naquele instante uma dessas decisões em que um homem comum joga a sua vida, um general a sua fortuna, um rei a sua coroa.

— Em certos pontos o senhor tem toda a razão — ele disse então a Monck. — Assim sendo, não peço que me responda, mas apenas ouça.

Houve um momento de silêncio, durante o qual o rei esperou algum sinal de Monck, que se mantinha impassível.

— Ainda há pouco me fez uma crítica dolorosa, ao dizer que um emissário meu foi a Newcastle lhe preparar uma cilada. Isso, aliás, não indignou o sr. d'Artagnan, que aqui está e a quem devo, antes de tudo, meu muito sincero agradecimento por sua generosa, sua heroica dedicação.

D'Artagnan respeitosamente o saudou. Monck nem sequer pestanejou.

— Pois o sr. d'Artagnan, e observe, sr. Monck, que não digo isso querendo me desculpar, o sr. d'Artagnan — continuou o rei — foi à Inglaterra por iniciativa própria, sem interesse, sem ordem, sem esperança, como verdadeiro fidalgo que é, querendo prestar ajuda a um rei infeliz, além de acrescentar uma bela façanha a mais em sua existência já tão repleta de ações ilustres.

D'Artagnan ficou um pouco vermelho e tossiu para se recompor. Monck não se moveu.

---

132. Em Mateus 27,24-5, o governador da província romana da Judeia, Pôncio Pilatos, lavando as próprias mãos, transferiu para os judeus a responsabilidade pela condenação de Jesus à morte.

— Não acredita no que estou dizendo, sr. Monck? — retomou o rei. — Posso entender: semelhantes provas de dedicação são tão raras que facilmente duvidamos delas.

— Seria um grande erro do general não acreditar, Sire — exclamou d'Artagnan —, pois o que Vossa Majestade acaba de dizer é tão estritamente verdadeiro que começo a achar que, indo buscar o general, fiz algo que contraria tudo. E isso me desespera.

— O senhor não me deixaria mais agradecido — exclamou o rei, pegando a mão do mosqueteiro —, acredite, se tivesse conseguido o sucesso da minha causa, pois me revelou um amigo que eu ignorava, ao qual serei eternamente grato e que estará sempre em meu coração.

E o rei apertou cordialmente a mão de d'Artagnan.

— E um inimigo — ele continuou, cumprimentando Monck — que estimarei agora em seu devido valor.

Os olhos do puritano lançaram uma luz, mas uma só, e o seu rosto, um instante iluminado por essa luz, retomou sua sombria impassibilidade.

Continuou Carlos:

— Então, sr. d'Artagnan, eis o que vai acontecer: o conde de La Fère, que o senhor conhece, creio, foi a Newcastle...

— Athos? — surpreendeu-se d'Artagnan.

— Sim, creio ser o seu nome de guerra. O conde de La Fère foi a Newcastle acreditando poder talvez convencer o general a conversar comigo ou com pessoas do meu partido, quando o senhor violentamente, ao que parece, interferiu na negociação.

— Caramba! — continuava surpreso d'Artagnan. — Era ele, então, entrando no acampamento, na mesma noite que eu, com meus pescadores...

Uma imperceptível movimentação nas sobrancelhas de Monck confirmou ao mosqueteiro que ele estava certo.

— Agora entendo — ele murmurou. — Achei o vulto familiar, achei ter ouvido a sua voz. Que estupidez cometi. Ah, desculpai-me, Sire! Achei estar fazendo a coisa certa.

— Não há mal nenhum — disse o rei —, a não ser pela acusação que me foi feita de ter preparado uma armadilha, o que não foi o caso. Não são essas as armas que eu contava utilizar, como o general verá em breve. Quando eu lhe der minha palavra de fidalgo, senhor, acredite nela. Agora, só mais uma coisa, tenente d'Artagnan.

— Ouço de joelhos, Sire.

— O senhor está do meu lado, não é?

— Vossa Majestade viu. Até exagerei nisso!

— Bom, de um homem como o senhor, uma palavra basta. Aliás, além da palavra, há as ações. General, por favor me acompanhe. Venha também, tenente.

O mosqueteiro, bastante surpreso, se prontificou a obedecer. Carlos II saiu, Monck o seguiu e d'Artagnan foi no encalço de Monck. Carlos pegou o caminho que d'Artagnan tinha percorrido para chegar a ele. A brisa fresca do mar bateu no rosto dos três caminhantes noturnos e, a cinquenta passos de uma pequena porta que Carlos abriu, eles se viram no alto de uma duna, diante do oceano que, tendo parado de subir, descansava na praia como um monstro fatigado. Pensativo, Carlos andava de cabeça baixa, com a mão dentro da capa. Monck o seguia com os braços livres e olhar inquieto. D'Artagnan vinha depois, com o punho fechado no pomo da espada.

— Onde está a embarcação que os trouxe? — perguntou Carlos ao mosqueteiro.

— Ali, Sire. Tenho sete homens e um imediato que me esperam naquele pequeno barco com uma luz acesa.

— Ah! Estou vendo, o barco foi puxado para a areia. Mas não vieram de Newcastle nesse barco...

— Não, Sire. Fretei por minha conta uma faluca que está ancorada à distância de um tiro de canhão daqui. Foi com ela que fizemos a viagem.

— O senhor está livre — disse o rei a Monck.

O general, por mais força de vontade que tivesse, não pôde impedir uma exclamação. O rei fez com a cabeça um movimento afirmativo e continuou:

— Vamos acordar um pescador daqui da aldeia, que porá seu barco no mar essa noite mesmo e o levará aonde o senhor lhe disser para ir. O sr. d'Artagnan, que aqui está, o escoltará. Deixo o sr. d'Artagnan aos cuidados da sua lealdade, sr. Monck.

Monck deixou escapar um murmúrio de surpresa e d'Artagnan um profundo suspiro. O rei, parecendo nada notar, bateu na porta de pinho que fechava a cabana de pescador mais próxima da duna.

— Ei! Keyser! — ele gritou. — Acorde!

— Quem está chamando? — perguntaram lá de dentro.

— Eu, Carlos, rei.

— Ah, milorde! — exclamou Keyser, levantando-se enrolado na vela de barco que era usada como rede de dormir. — O que posso fazer?

— Patrão Keyser — disse Carlos —, aparelhe o mais rápido possível. Aqui está um passageiro que freta o seu barco e o pagará bem. Então, sirva-o bem.

O rei deu uns passos para trás, a fim de deixar que Monck falasse livremente com o pescador.

— Quero fazer a travessia para a Inglaterra — disse Monck, que falava holandês no limite do necessário para se fazer entender.

— Daqui a pouco — disse o patrão. — Daqui a bem pouco tempo, se assim quer.

— E quanto vai demorar? — inquietou-se Monck.

— Nem meia hora, Excelência. Meu filho mais velho está neste momento aparelhando, pois devíamos partir para a pesca às três horas da manhã.

— E então? Tudo acertado? — perguntou Carlos, se aproximando.

— Tudo, menos o preço, Sire — disse o pescador.

— Será comigo — respondeu Carlos. — O cavalheiro é meu amigo.

Monck estremeceu e olhou para Carlos ao ouvir isso.

— Pois não, milorde — respondeu Keyser.

Nesse momento se ouviu o filho mais velho do pescador, que, na praia, soprava num chifre de boi.

— Então, boa viagem — disse o rei.

— Preciso que Vossa Majestade me conceda alguns minutos. Meus marinheiros me esperam e estou partindo sem eles, preciso preveni-los — disse d'Artagnan.

— Assobie — falou Carlos, sorrindo.

E foi de fato o que ele fez, enquanto o patrão Keyser respondia a seu filho. Quatro homens, capitaneados por Menneville, chegaram correndo.

— Têm aqui uma boa parte do pagamento — disse a eles d'Artagnan, mostrando uma bolsa com duas mil e quinhentas libras em ouro. — Esperem-me em Calais, vocês sabem onde.

E com um profundo suspiro entregou a bolsa a seu imediato.

— Como? Vai nos deixar? — estranharam os homens.

— Por pouco tempo — ele respondeu. — Ou por muito, quem sabe? Mas com essas duas mil e quinhentas libras e as duas mil e quinhentas que já receberam, estão pagos, dentro do que combinamos. Até breve, meninos.

— E o barco?

— Não se preocupem com ele.

— Mas nossas coisas estão na faluca.

— Vão até lá buscar e depois peguem a estrada.

— Sim, comandante.

D'Artagnan se voltou para Monck e disse:

— Espero suas ordens, general, pois vamos partir juntos. A menos que minha companhia lhe seja desagradável.

— Pelo contrário, senhor — respondeu Monck.

— Por favor, cavalheiros, embarquemos! — gritou o filho de Keyser.

Carlos cumprimentou nobre e dignamente o general, dizendo:

— O senhor perdoará o contratempo e a violência por que passou quando se convencer de que não fui o causador.

Monck se inclinou profundamente, sem responder. A d'Artagnan, por sua vez, Carlos procurou nada dizer em particular e se despediu em voz alta:

— Uma vez mais, obrigado, sr. cavaleiro, obrigado por seus serviços. O Senhor Deus os pagará, reservando apenas para mim as provações e a dor.

Monck seguiu Keyser e o filho, subindo a bordo. D'Artagnan vinha atrás, murmurando:

— Ah, meu pobre Planchet, acho que fizemos um mau negócio!

30. As ações da sociedade Planchet & Cia. voltam a subir

Durante a travessia, Monck só falou a d'Artagnan o mínimo necessário. Por exemplo, quando o francês demorava a aparecer para a refeição, uma pobre refeição com peixe salgado, biscoito e gim, Monck o chamava:

— À mesa, cavaleiro!

Nada mais. E justo por ele ser, nessas grandes ocasiões, extremamente conciso, d'Artagnan achava que tal concisão nada anunciava de bom. E como tinha muito tempo disponível, queimava a mufa tentando imaginar como Athos havia encontrado Carlos II, como tinham conspirado a tal viagem e como, enfim, havia entrado no acampamento de Monck. O pobre tenente dos mosqueteiros arrancava um pelo do bigode toda vez que lhe vinha à cabeça ser Athos o cavaleiro que acompanhava Monck na famosa noite do sequestro. Após duas noites e dois dias de travessia, o patrão Keyser enfim acostou em terra firme, no lugar indicado pelo general, que dera todas as ordens durante a travessia: bem onde desaguava o pequeno rio e onde Athos estava morando provisoriamente.

Era fim de tarde e um belo sol, parecendo um escudo de aço em brasa, mergulhava a extremidade inferior do seu disco sob a linha azul do mar. A faluca singrava ainda, subindo o rio, bastante largo naquele ponto, mas Monck, na sua impaciência, ordenou o desembarque e o escaler de Keyser o levou, na companhia de d'Artagnan, à beira lamacenta do rio, coberta de caniços.

Tendo se resignado a obedecer, o mosqueteiro seguia Monck como o urso acorrentado segue o dono. Tal situação era bastante humilhante e ele resmungava baixinho o quanto é amargo servir aos reis, já que nem o melhor deles vale um vintém.

O general andava a passadas largas, parecendo não se sentir ainda seguro de estar em terras inglesas. Mas já se percebiam distintamente as poucas casas de marinheiros e pescadores espalhadas pelo pequeno cais daquele humilde porto. De repente, d'Artagnan gritou:

— Olhe ali! Tem uma casa pegando fogo!

Monck olhou. De fato, um incêndio começava a devorar uma das casas. Fora ateado num pequeno hangar contíguo, cujo telhado já ardia. O vento fresco da noite ajudava as chamas a avançar.

Os dois viajantes apressaram o passo, ouviram gritos e viram soldados que agitavam suas armas e mostravam o punho na direção da habitação que ardia. Só por estarem voltados a isso é que, sem dúvida, não haviam notado a chegada da faluca.

Monck parou por um instante e, pela primeira vez, formulou com palavras um pensamento:

— Hum, talvez não sejam mais soldados meus, mas de Lambert.

Tais palavras expressavam ao mesmo tempo uma dor, uma apreensão e uma queixa que d'Artagnan perfeitamente compreendeu. É verdade, na ausência do general, Lambert podia ter atacado, vencido, dispersado as tropas parlamentares e tomado com seu exército a área ocupada pelas forças de Monck, privadas da sua mais firme liderança. A partir dessa dúvida, que passou da mente de Monck à sua, d'Artagnan raciocinou: "Das duas, uma: ou Monck tem razão e tudo aqui foi tomado pelos lambertistas, ou seja, inimigos que muito bem me receberão, pois a mim é que devem a vitória, ou nada mudou e Monck, feliz por encontrar seu acampamento no mesmo lugar, não será duro demais na vingança".

Com seus respectivos pensamentos, os dois avançaram e já se encontravam num pequeno grupo de marinheiros que, penalizados, viam a casa queimar mas não se atreviam a dizer coisa alguma, assustados com as ameaças dos soldados. Monck se dirigiu a um deles e perguntou:

— O que está acontecendo?

— Bom — respondeu o homem, sem ver que Monck era um oficial, pois uma capa o cobria inteiro —, o que há é que essa casa estava servindo de moradia a um estrangeiro, que se tornou suspeito aos soldados, que então tentaram entrar na casa para levá-lo ao acampamento. O estrangeiro, porém, apesar da enorme desvantagem, ameaçou de morte o primeiro que tentasse passar por sua porta. Houve quem tentasse fazer isso e o francês o derrubou com um tiro de pistola.

— Ah! Um francês? — animou-se d'Artagnan, esfregando as mãos. — Que bom!

— Como assim, bom? — estranhou o pescador.

— Não, eu quis dizer... e depois?... Me enganei.

— E depois? Os outros ficaram como leões furiosos e deram mais de cem tiros de mosquete na casa, mas o francês estava protegido lá dentro e toda vez que alguém tentava entrar pela porta, levava um tiro do criado dele, que tem boa pontaria! Quando era pela janela que se tentava, era a pistola do patrão que funcionava. Podem contar, tem sete homens no chão.

— Ah, meu bravo compatriota! — exclamou d'Artagnan. — Espere, espere um pouco que estou chegando e vamos acabar com essa gentalha!

— Um instante, cavaleiro — disse Monck. — Espere um pouco o senhor.

— Muito tempo?

— Não. Só o tempo de confirmar uma coisa.

Ele então se voltou para o marinheiro e perguntou, com uma ansiedade impossível de disfarçar, apesar de todo o autocontrole:

— Meu amigo, são de que lado esses soldados?

— De qual seriam? São desse louco do Monck!

— Então não teve batalha?

— Ah, batalha? Para quê? O exército do Lambert está derretendo como a neve em abril. Tudo está indo para o lado do Monck, oficiais e soldados. Mais oito dias e Lambert só vai ter uns cinquenta homens com ele.

O pescador foi interrompido por nova saraivada de tiros contra a casa e mais um disparo de pistola, que respondeu ao ataque e derrubou o agressor mais arrebatado. A irritação dos soldados não podia ser maior.

O incêndio avançava e um rolo de chamas e fumaça pairava sobre o alto da casa. D'Artagnan não se conteve mais e gritou, olhando duro para Monck:

— Caramba! É general e deixa seus soldados queimarem casas e assassinarem pessoas? Vai ficar olhando tudo isso só para esquentar as mãos no incêndio! Caramba! É isso um homem?!

— Paciência! Tenha um pouco de paciência — disse Monck, com um sorriso.

— Paciência? Paciência? Até que esse fidalgo tão corajoso seja assado, é isso?

E d'Artagnan partiu.

— Volte aqui! — gritou imperiosamente Monck, mas já tomando a direção da casa.

Um oficial também acabava de se aproximar e gritou ao sitiado:

— Tudo está queimando, mais uma hora e estará torrado! Ainda tem tempo, basta que nos diga o que sabe do general Monck e deixamos que salve sua vida. Responda ou, por são Patrick...![133]

O sitiado não respondeu; provavelmente recarregava a pistola.

— Foram buscar reforços — continuou o oficial. — Em quinze minutos, mais cem homens estarão aqui.

— Para responder — gritou o francês —, quero que todo mundo se afaste. Só saio livre e só me renderei no acampamento. É isso ou terão que me matar aqui!

---

133. São Patrick, ou são Patrício, morto em 493, é o santo padroeiro da Irlanda.

— Com mil diabos! — exclamou d'Artagnan. — É a voz de Athos! Ah, canalhas!

A espada de d'Artagnan brilhou fora da bainha.

Monck o impediu de avançar, também parou e gritou com voz forte:

— Ei! O que está acontecendo aqui? Digby, por que esse fogaréu? Por que essa gritaria?

— O general! — exclamou Digby, deixando cair a espada.

— O general! — repetiram os soldados.

— E por que o espanto? — perguntou Monck, com voz calma.

E em seguida, feito o silêncio, continuou:

— E então, quem acendeu esse fogo?

Os soldados abaixaram a cabeça.

— O que está acontecendo? Faço uma pergunta e não respondem? Acuso-os de um incêndio e ninguém faz nada? Ainda não estão ardendo, essas chamas?

Imediatamente vinte homens correram em busca de baldes, de jarras e de tonéis. O fogo foi extinto com o mesmo ímpeto que se impunha, momentos antes, para atiçá-lo. Nesse meio-tempo d'Artagnan já havia encostado uma escada na casa e gritava:

— Athos! Sou eu, eu, d'Artagnan! Não vá me matar, meu amigo.

Pouco depois ele estreitava o conde nos braços.

Enquanto isso, com seu jeito calmo de sempre, Grimaud desmontava a fortificação do térreo e, depois de abrir a porta, cruzou tranquilamente os braços na soleira. Só a voz de d'Artagnan o levou a uma exclamação de surpresa.

Apagado o fogo, os soldados se apresentaram, confusos, tendo Digby à frente.

— General — disse o oficial —, por favor, nos desculpe. O que fizemos foi por amor ao senhor, que acreditávamos perdido.

— Enlouqueceram? Perdido? Por acaso um homem como eu se perde? Não tenho o direito de me ausentar quando quiser, sem prevenir? Por acaso me confundem com algum burguês da City? E cercam, encurralam e ameaçam de morte um fidalgo, meu amigo e hóspede, só por suspeitarem dele? Que palavra é essa, suspeitar? Que Deus me impeça de mandar fuzilar todos os que aqui esse bravo fidalgo ainda deixou vivos!

— General — disse lamentosamente Digby —, éramos vinte e oito e temos oito de nós caídos.

— Pois autorizo o sr. conde de La Fère a juntar esses vinte que sobraram àqueles oito — disse Monck, estendendo a mão a Athos.

— Voltem ao acampamento — comandou Monck. — Sr. Digby, está suspenso por um mês.

— General...

— Isso lhe ensinará, numa próxima vez, a só agir por ordem minha.

— Segui a do subcomandante, general.

— O subcomandante não pode dar ordens assim e, se de fato tiver mandado queimar esse fidalgo, será suspenso no seu lugar.

— Não foi o que ele mandou, general. Apenas disse que o levássemos ao acampamento, mas o conde não quis nos acompanhar.

— Não quis que pilhassem a minha casa — disse Athos, com um olhar significativo para Monck.

— E fez muito bem. Para o acampamento, já disse!

Os soldados se afastaram, cabisbaixos.

— Agora que estamos só nós — disse Monck a Athos —, me explique por que insistiu em ficar aqui, tendo a sua faluca…

— Eu o esperava, general. Não disse que nos falaríamos em oito dias?

Um eloquente olhar de d'Artagnan confirmou, em Monck, a certeza de que os dois tão bravos e leais fidalgos não eram cúmplices em seu sequestro. Mas disso ele já sabia.

— O senhor tinha toda a razão — ele disse então a d'Artagnan. — Mas, por favor, me deixe falar um momento com o conde de La Fère.

D'Artagnan aproveitou para ir cumprimentar Grimaud.

Monck pediu a Athos que o levasse a seu quarto. O cômodo ainda estava cheio de fumaça e de destroços. Mais de cinquenta balas tinham atravessado a janela e feito estragos nas paredes. Mas havia uma mesa, um tinteiro e o que mais fosse necessário para uma carta. Monck pegou a pena, escreveu uma única linha, assinou, dobrou o papel, lacrou-o com o sinete do seu anel e o entregou a Athos, dizendo:

— Por favor, conde, entregue esta carta ao rei Carlos II. Parta agora mesmo, se nada mais o prender aqui.

— E os barris?

— Os pescadores que me trouxeram podem ajudar a embarcá-los. É preferível que em uma hora todos já tenham partido.

— Perfeito, general — concordou Athos.

— Sr. d'Artagnan! — gritou Monck pela janela.

O mosqueteiro subiu correndo.

— Abrace seu amigo e se despeça, pois ele está voltando para a Holanda.

— Para a Holanda? — exclamou d'Artagnan. — E eu?

— Está livre para ir com ele, mas peço que fique — disse Monck. — Recusar-me-ia esse favor?

— De jeito nenhum, general, estou às suas ordens.

D'Artagnan abraçou Athos, mal tendo tempo de dizer adeus. Monck os observava. Em seguida controlou pessoalmente o transporte dos barris, o embarque de Athos e, pegando pelo braço d'Artagnan — pasmo e emocionado —, levou-o na direção de Newcastle. Ao lado de Monck, o francês murmurava baixinho:

— Hum, é coisa feita! As ações da Planchet & Cia. voltam a subir.

218 O VISCONDE DE BRAGELONNE

31. Monck se define

Mesmo que satisfeito em suas expectativas, d'Artagnan não compreendia bem a situação. A viagem de Athos à Inglaterra continuava sendo um dos seus graves temas de meditação, assim como o claro entendimento dele com o rei e aquela estranha coincidência entre a sua iniciativa e a do amigo. Era melhor deixar as coisas seguirem o seu rumo. Uma imprudência fora cometida e, mesmo tendo sucesso, como se prometera, vantagem nenhuma tinha vindo desse sucesso. Uma vez tudo perdido, não há mais o que perder.

D'Artagnan seguiu Monck pelo acampamento. A volta do general produziu um efeito maravilhoso, pois todos o achavam perdido. E Monck, com sua expressão austera e maneiras glaciais, parecia perguntar a seus oficiais mais entusiasmados e a seus soldados mais eufóricos o porquê de tanta alegria. Ao subcomandante, que viera a seu encontro e falou da inquietude causada por seu desaparecimento, ele respondeu:

— Por que isso? Sou obrigado a lhe prestar contas?

— Mas, senhor, as ovelhas sem seu pastor podem tremer.

— Tremer? — respondeu Monck, com sua voz calma e poderosa. — Ah, oficial! Que palavra!... Deus me livre! Se minhas ovelhas não tiverem dentes e unhas, desisto de ser pastor. Meus oficiais, então, tremiam?

— Pelo senhor, general.

— Metam-se nas suas próprias vidas. Posso não ter tudo que Deus deu a Oliver Cromwell, mas tenho o que ele deu a mim e estou satisfeito, por pouco que seja.

O oficial se calou. Imposto o silêncio, ficou a certeza de ter o general ido cumprir alguma importante tarefa ou simplesmente tê-los colocado à prova. Mostravam pouco conhecer aquele temperamento escrupuloso e paciente. Mesmo seguindo a boa-fé dos puritanos, seus aliados, devia ter fervorosamente agradecido ao santo padroeiro que o havia tirado do caixão do sr. d'Artagnan.

Enquanto essas coisas iam acontecendo, nosso mosqueteiro não parava de repetir:

— Deus do céu, fazei com que o sr. Monck não tenha o mesmo amor-próprio que eu, pois se alguém me metesse numa caixa com aquela gradezinha à altura da boca e me levasse daquela maneira, transportado como um bezerro pelos mares, eu guardaria tão má lembrança da minha aparência lamentável naquele caixão, e tanto rancor contra quem fez isso comigo... Estaria tão atento para ver se no rosto do perverso aparecia um sorriso sarcástico, ou na sua atitude alguma imitação grotesca da minha posição na caixa que... caramba!, eu facilmente lhe enfiaria um punhal na garganta, lembrando da gradezinha, e o pregaria num caixão de verdade, em homenagem àquele em que fui deixado mofando por dois dias.

E d'Artagnan era sincero ao dizer isso, pois tinha uma pele sensível, o nosso gascão. Monck, felizmente, estava preocupado com outras coisas. Não abriu a boca sobre o acontecido com o seu acabrunhado sequestrador e o manteve a seu lado, reconhecendo o terreno, de maneira a obter o que provavelmente queria, isto é, reabilitar-se diante de d'Artagnan, que se comportava como especialista sempre elogioso: admirou todo o plano tático de Monck e a organização do acampamento, além de zombar bem-humorado das circunvalações de Lambert, que, segundo ele, se dera ao trabalho de fortificar um acampamento para vinte mil homens enquanto um pedacinho de terra já bastaria para o sargento e os cinquenta soldados que talvez ainda se mantivessem fiéis.

Assim que reassumiu o comando, Monck aceitou a proposta de encontro feita no dia anterior por Lambert e que o seu estado-maior havia recusado alegando que o general não estava bem de saúde. O encontro não foi demorado nem interessante. Lambert pediu uma declaração de intenções do adversário, que afirmou não ter outros intuitos que não fossem os da maioria. Em seguida, perguntou se não seria mais conveniente uma aliança e não uma batalha para encerrar a disputa. Monck pediu oito dias para pensar, sabendo que o adversário não podia recusar esse prazo, ele que, no entanto, tinha chegado dizendo que devoraria o exército parlamentarista. O resultado do encontro era esperado com ansiedade pelas tropas vindas de Londres e, como nada aconteceu, elas começaram, como havia previsto d'Artagnan, a preferir a boa causa e o Parlamento, por mais depurado que fosse, em vez do vazio pomposo anunciado pelo general Lambert.

Todos se lembravam, além disso, das boas refeições feitas na capital, da profusão de cerveja e do xerez que os burgueses da City pagavam aos amigos soldados, que agora viam com horror o pão escuro da guerra, a água turva do Tweed — salgada demais para o copo mas não o suficiente para a marmita — e se diziam: "Será que não estaríamos melhor do outro lado? Os assados não vêm de Londres para Monck?".

A partir daí, só se ouviu falar de deserção no exército de Lambert. Os soldados se deixavam levar pela força dos princípios, que são, como a disciplina, o laço obrigatório de todo corpo constituído para uma determinada finalidade. Monck defendia o Parlamento, Lambert o atacava. A vontade de um

220   O VISCONDE DE BRAGELONNE

de sustentá-lo não era maior do que a do outro, mas ele havia escrito isso em sua bandeira, de maneira que o partido contrário era obrigado a assumir, na sua, a palavra "rebelião", que não soa bem a ouvidos puritanos. Todos partiam, então, indo de Lambert a Monck, como os pecadores vão de Baal a Deus.[134]

Monck calculou: com mil deserções por dia, Lambert levará vinte dias para ficar sozinho, mas em tudo que desmorona o peso e a velocidade se combinam, gerando uma progressão. Cem partiram no primeiro dia, quinhentos no segundo, mil no terceiro. Ele achou ser mil o número médio. Mas de mil a deserção passou logo a dois mil, depois a quatro mil, e oito dias depois, Lambert, vendo não ter mais como travar batalha, caso fosse provocada, tomou a sábia decisão de levantar acampamento durante a noite e voltar a Londres. Pensou poder assim tomar a dianteira e reconstituir sua força com os restos do partido militar.

Porém, livre e sem maiores preocupações, Monck marchou vitorioso rumo ao mesmo destino, acrescentando a seu exército, no caminho, todos os partidos indecisos. Acampou em Barnet, ou seja, a quatro léguas da capital, com todo o apoio do Parlamento, que já o considerava um protetor, e esperado pelo povo, que queria vê-lo em pessoa para só então decidir se o apoiava ou não. O próprio d'Artagnan não sabia dizer qual era o plano do general e, com admiração, o observava. Se claramente tomasse um partido, Monck não poderia entrar em Londres sem provocar a guerra civil. Ele então procrastinou por algum tempo.

De repente, sem que ninguém esperasse, conseguiu expulsar da capital o partido militar e se estabeleceu na City, no meio dos burgueses, por ordem do Parlamento. E no momento em que os burgueses reclamavam de Monck, no momento em que os próprios soldados acusavam o comandante, ele, seguro de ter o apoio popular, declarou ao Parlamento Depurado ser preciso abdicar, desfazer o estado de sítio e ceder vez a um governo que não fosse uma piada. Monck fez essa declaração apoiado em cinquenta mil espadas, às quais, na mesma noite, se juntaram quinhentos mil habitantes da boa cidade de Londres, com delirantes brados de alegria.[135]

Quando o povo, enfim, triunfante e festejando com banquetes orgíacos nas ruas, começou a se perguntar qual chefe de Estado proclamar, soube que um navio acabava de partir de Haia com Carlos II a bordo.

— Senhores — disse Monck a seus oficiais —, estou indo receber o rei legítimo. Quem estiver comigo, que me siga!

---

134. Baal, divindade adorada em comunidades antigas do Oriente Médio que representa, na Bíblia, os falsos deuses.

135. Historicamente, em 2 de janeiro de 1660, Monck deixou a Escócia. Em 3 de fevereiro, entrou em Londres com dezoito mil soldados. Foi solenemente recebido pelo Parlamento Depurado no dia 6 e o dissolveu em 20 de abril. No mês de maio, o novo Parlamento restaurou a monarquia.

Uma imensa aclamação acompanhou essas palavras, que d'Artagnan não pôde deixar de ouvir com um arrepio de emoção.

— Caramba! — ele disse a Monck. — Isso foi formidável.

— O senhor me acompanha, não é? — perguntou o general.

— Como ficar de fora? Mas diga, por favor, o que escreveu na carta que entregou a Athos, quer dizer, ao conde de La Fère... sabe... no dia em que chegamos?

— Não tenho segredos com o senhor — respondeu Monck. — Escrevi: "Sire, espero Vossa Majestade dentro de seis semanas, em Dover".

— Ah! Eu disse formidável, mas foi magistral. Uma façanha e tanto!

— E o senhor entende do assunto — replicou Monck.

Foi a única e vaga alusão que o general fez sobre a viagem à Holanda.

32. Como Athos e d'Artagnan se encontram uma vez mais na hospedaria Chifre do Veado

O rei da Inglaterra chegou com grande pompa a Dover e Londres.[136] Mandara chamar seus irmãos e também a irmã e a mãe. A Inglaterra estava havia tanto tempo entregue a si mesma, ou seja, à tirania, à mediocridade e ao descontrole que aquela volta de Carlos II, conhecido pelos ingleses apenas como filho de um rei de quem eles tinham cortado a cabeça, foi uma festa em todo o Reino Unido. Tanto festejo e tanta aclamação impressionaram de tal modo o jovem rei que ele disse ao ouvido de Jaime de York, seu irmão mais moço:

— Foi um erro termos ficado tanto tempo fora de um país que nos ama tanto.

O cortejo se estendeu, magnífico. Um clima admirável ajudou o sucesso da solenidade. Carlos havia recuperado juventude e bom humor. Parecia transfigurado. Sentia todos aqueles corações o aquecerem como um sol.

Naquela ruidosa multidão de cortesãos e adoradores — que pareciam esquecidos de terem conduzido ao patíbulo de White Hall o pai do novo rei — um homem, trajando uniforme de tenente dos mosqueteiros, com o sorriso em seus finos e mordazes lábios, observava o povaréu que vociferava suas bênçãos, mas também o príncipe. Visivelmente emocionado, Carlos retribuía as saudações, sobretudo das mulheres que lançavam buquês de flores às patas do seu cavalo.

— Que boa profissão essa de ser rei! — dizia o homem de uniforme, embalado pela contemplação e tão absorto que parou no meio do caminho, a admirar o desfile. — Aqui temos, na verdade, um príncipe nadando em ouro e diamantes como um Salomão,[137] florido como um campo primaveril. Vai colher a mancheias no imenso cofre em que seus mui fiéis súditos, há pouco mui infiéis, juntaram para ele uma ou duas cargas de lingotes de ouro. Jogam-lhe buquês numa quantidade que poderia soterrá-lo e, há dois meses, se aparecesse

---

136. Em 29 de maio de 1660, Carlos II chegou a Londres.
137. Riquíssimo rei de Israel, segundo o Livro dos Reis, no Antigo Testamento.

por aqui, receberia tanta bola de canhão e bala de mosquete quanto hoje recebe flores. Realmente, não é pouca coisa nascer em certos berços, apesar do que dizem os plebeus, afirmando que pouco lhes importa terem nascido plebeus.

O cortejo continuava seu percurso e, acompanhando o rei, as aclamações se afastavam na direção do palácio, o que não impedia que nosso oficial levasse alguns esbarrões.

— Caramba! — exclamou nosso pensador. — Temos um bocado de gente aqui me atropelando e me olhando como um nada ou até coisa pior, já que são ingleses e eu francês. Se perguntarem a essas pessoas: "Quem é d'Artagnan?", responderão: "*Nescio vos*". Mas se lhes disserem: "Olha o rei passando, olha o sr. Monck", vão berrar: "Viva o rei! Viva o sr. Monck!" até que seus pulmões estourem.

"No entanto", ele continuou, vendo passar o povo com aquele seu olhar tão fino e às vezes tão cheio de orgulho, "pensem um pouco, boas pessoas, o que esse seu rei Carlos fez, o que esse sr. Monck fez, e comparem ao que fez este pobre desconhecido chamado d'Artagnan. É verdade que não podem, já que é um desconhecido, e isso talvez impeça a comparação. Mas, bah!, e daí? Nem por isso Carlos II deixa de ser um grande rei, apesar de ter sido exilado por doze anos, e o sr. Monck um grande capitão, apesar de ter feito uma viagem à Holanda num caixão. Assim sendo, já que reconhecem um como grande rei e outro como grande capitão, *Hurrah for the king Charles II! Hurrah for the captain Monck!*"

E a sua voz se misturou às vozes dos milhares de espectadores, chegando, por um momento, a superá-las. Para melhor representar a devoção, ele sacudiu no ar o chapéu. Alguém segurou o seu braço no meio daquela expansiva manifestação de lealdade monárquica.

— Athos! — exclamou d'Artagnan. — Você por aqui?

Os dois amigos se abraçaram e o mosqueteiro continuou:

— Você por aqui e não no meio dos cortesãos, meu caro conde? Como isso se faz? Sendo o herói da festa, não deveria cavalgar do lado esquerdo de Sua Majestade restaurada, como o sr. Monck cavalga do lado direito? Realmente, não entendo, como não entendo o príncipe, que tanto lhe deve.

— Ainda zombando de tudo, meu querido amigo? Nunca vai corrigir esse lastimável defeito?

— Então não faz parte do cortejo?

— Não, porque não quis.

— E por que não?

— Não sou embaixador nem representante enviado pelo rei da França, e não é bom que me mostre tão próximo de um rei do qual Deus não me fez súdito.

— Caramba! Mostrava-se no entanto bem próximo do rei anterior, o pai deste atual.

— O momento era outro, meu amigo: aquele rei ia morrer.

— Mas tudo que fez por esse de agora...

— Fiz porque devia fazer. Mas bem sabe que deploro qualquer ostentação. Espero apenas que o rei, não precisando mais de mim, me deixe voltar à minha tranquilidade e à minha sombra; é tudo o que peço.

D'Artagnan deu um suspiro.

— O que está havendo? — perguntou Athos. — Dá a impressão de que esse feliz regresso do rei a Londres o entristece. E fez por Sua Majestade pelo menos tanto quanto eu.

— Não concorda — riu d'Artagnan, com sua risada gascã — que fiz um bocado por Sua Majestade sem que ninguém perceba?

— Com certeza, meu amigo. E o rei sabe disso — exclamou Athos.

— É verdade — disse o mosqueteiro, com amargura. — Bolas! Não pensava mais nisso, e tentava inclusive nem me lembrar mais.

— Ele, no entanto, não esquecerá, posso garantir.

— Diz isso só para me consolar, Athos.

— Consolar de quê?

— Droga! De todas as despesas que fiz. Estou arruinado, meu amigo, arruinado pela restauração desse jovem príncipe que acaba de passar fazendo graça no seu cavalo isabel.

— O rei não sabe que você está arruinado, meu amigo, mas sabe que lhe deve muito.

— E de que adianta, Athos? Diga! Pois afinal, reconheço, você trabalhou da mais nobre maneira. Mas eu, que aparentemente o atrapalhei, fui quem na verdade fez o seu plano dar certo. Siga meu raciocínio: pela persuasão e pelos bons modos, você talvez não conseguisse convencer o general Monck, enquanto, comigo, o nosso caro general foi tão brutalmente tratado que o príncipe pôde se mostrar generoso. Tal generosidade se inspirou na minha desastrada boa ação e Carlos está sendo pago com a restauração patrocinada por Monck.

— Tudo isso, caro amigo, é a mais pura verdade.

— Pois bem! Por mais pura que seja essa verdade, também não deixa de ser verdade, caro amigo, que voltarei à minha bela pátria muito estimado pelo sr. Monck, que o dia inteiro me chama *my dear captain*, mesmo que eu não seja seu querido nem capitão, e muito apreciado pelo rei, que já se esqueceu do meu nome. Voltarei à minha bela pátria, como eu dizia, amaldiçoado pelos soldados que recrutei, dando a entender que receberiam boa recompensa, e amaldiçoado pelo bom Planchet, de quem pedi emprestada parte do seu patrimônio.

— Como assim? E que diabo Planchet tem a ver com tudo isso?

— Eh! Pois é, meu amigo! Esse rei todo pimpão, sorridente e adorado que o sr. Monck acha ter chamado do exílio, que você acha ter apoiado, que eu acho ter trazido, que o povo acha ter reconquistado, que ele próprio acha ter negociado de maneira a ser finalmente coroado, nada disso é verdade. Carlos ii, rei da Inglaterra, da Escócia e da Irlanda foi posto no trono por um merceeiro da

França que mora na rua dos Lombardos e se chama Planchet. É ao que se reduz a grandeza! "Vaidade, vaidade, tudo é vaidade!",[138] dizem as Santas Escrituras.

Athos não pôde deixar de rir da irritação espirituosa do amigo.

— Caro d'Artagnan — disse ele, apertando afetuosamente a sua mão —, deixou de ser filósofo? Não representa mais uma satisfação ter me salvado a vida, chegando em tão boa hora com Monck no momento em que os infelizes parlamentaristas queriam me queimar vivo?

— Bom, alguma coisa você certamente fez e talvez até merecesse isso, meu caro conde.

— Por quê? Por ter salvado o milhão do rei Carlos?

— Que milhão?

— Ah, é verdade! Você nunca chegou a saber disso. Mas não me queira mal, o segredo não era meu. Aquele *"Remember!"* que o rei Carlos pronunciou no patíbulo...

— E que quer dizer "Lembre-se"?

— Perfeitamente. A frase inteira era: Lembre-se de que há um milhão enterrado nos subsolos de Newcastle, e que esse milhão pertence a meu filho.

— Ah, entendi! Mas o que também vejo, e é horrível, é que toda vez que Sua Majestade Carlos II pensar em mim, vai dizer: "O sujeito que quase me fez perder a coroa. Felizmente fui generoso, grande, cheio de presença de espírito". É o que vai dizer de mim e dele próprio o jovem fidalgo com um gibão preto surrado que chegou ao castelo de Blois com o chapéu na mão, pedindo que o ajudasse a entrar nos cômodos do rei da França.

— D'Artagnan, d'Artagnan! — disse Athos, pousando a mão no ombro do mosqueteiro. — Não está sendo justo.

— Tenho esse direito.

— Não, pois ignora o futuro.

D'Artagnan olhou para o amigo bem nos olhos e deu uma risada.

— Você na verdade tem frases maravilhosas, querido Athos, de que só você e o cardeal Mazarino são capazes.

Athos, visivelmente, não gostou da comparação.

— Queira desculpar se o ofendi — continuou d'Artagnan, rindo. — O futuro? Credo! Que belas palavras essas que tanto prometem, e como enchem bem a boca, pois é só o que fazem! Caramba! Conheci tanta gente que prometia, quando é que vou encontrar alguém que dê? Mas vou parar de resmungar — quis mudar de assunto. — O que está fazendo aqui, querido Athos? É o tesoureiro do rei?

— Como? Tesoureiro do rei?

— Sim. Já que ele tem um milhão, precisa de um tesoureiro. O rei da França, mesmo sem um centavo, tem um superintendente das finanças, o sr. Fouquet. É verdade que, em troca disso, o sr. Fouquet tem alguns milhões.

---

138. Eclesiastes 1,2 (em latim, *Vanitas vanitatum et omnia vanitas*).

— Ah! Nosso milhão já se foi há muito — riu Athos, por sua vez.

— Pode-se entender como. Deve ter ido embora em cetim, pedrarias e plumas de todo tipo e toda cor. Eram príncipes e princesas que precisavam muito de alfaiates e costureiras... Aliás, você se lembra do quanto gastamos para nos dar boa aparência na campanha de La Rochelle e também ter nossa entrada triunfal a cavalo?[139] Umas duas ou três mil libras, Deus do céu! É verdade que os trajes do rei são mais pomposos e devem tranquilamente custar um milhão. Mas já que não é tesoureiro, ao menos é da corte?

— Palavra de honra, não faço ideia — respondeu Athos.

— Não faz ideia?

— Não voltei a ver o rei desde Dover.

— Então ele o esqueceu também, raios! Que ótimo!

— Sua Majestade precisou cuidar de tantas coisas!

— Puxa! — exclamou d'Artagnan, com uma daquelas caretas que só ele sabia fazer. — Era só o que faltava, juro, volto a ter saudade de *monsignor* Giulio Mazarini. Como? O rei não o viu mais?

— Não.

— E não está furioso com isso?

— Eu? Por quê? Será que imagina, d'Artagnan, ter sido pelo rei que agi como agi? Não conheço esse rapaz. Defendi o pai, que representava para mim um princípio sagrado, e procurei ajudar o filho por simpatia pelo mesmo princípio. Some-se a isso que era um digno fidalgo, uma nobre criatura mortal, aquele pai. Você se lembra.

— É verdade, um bravo e excelente homem, que teve uma vida triste, mas uma morte bem bonita.

— Pois compreenda isso, meu caro d'Artagnan: àquele rei, àquele homem de coração, àquele amigo dos meus ideais, se posso assim me exprimir, jurei, na hora suprema, conservar fielmente o segredo sobre algo que deveria ser entregue a seu filho, para ajudá-lo quando chegasse a hora. Esse jovem foi me encontrar, me contou sua miséria, ignorava que eu pudesse representar algo mais do que uma lembrança viva do seu pai. Cumpri, com Carlos II, o que havia prometido a Carlos I; só isso. O que me importa, então, que ele seja ou não grato? Foi a mim que prestei serviço, me livrando daquela responsabilidade, e não a ele.

— Eu sempre disse — respondeu d'Artagnan, com um suspiro — que o desprendimento é a mais bela coisa do mundo.

— E então? Ora, caro amigo! Não está na mesma situação que eu? Se bem ouvi suas palavras, você se deixou impressionar pela infelicidade daquele jovem. Da sua parte é ainda mais bonito, pois eu me via com um dever a cumprir, enquanto você nada devia ao filho do mártir. Não tinha que pagar o preço daquela preciosa gota de sangue que pingou no meu rosto do assoa-

---

139. *Os três mosqueteiros*, capítulo 38.

lho do cadafalso. O que o fez agir foi apenas o coração, o coração nobre e bom que bate no seu peito, sob o seu aparente ceticismo e sarcástica ironia. Comprometeu o patrimônio de um ex-empregado, e provavelmente também o seu, pródigo avarento! E o seu sacrifício não é reconhecido! Mas e daí? Quer devolver o dinheiro de Planchet? Entendo isso, meu amigo, pois não convém a um fidalgo aceitar empréstimo de um inferior sem lhe devolver o capital, com juros. Qual o problema? Vendo minhas terras, se necessário, ou se não for o caso, alguma pequena fazenda. Poderá reembolsar Planchet e sobrarão ainda nos meus celeiros, tenho certeza, grãos suficientes para nós dois e para Raoul. Dessa maneira, meu amigo, só terá dívidas consigo mesmo e, se bem o conheço, sei que ficará contente de poder pensar: "Coroei um rei". Não tenho razão?

— Athos! Athos! — disse d'Artagnan, em devaneio. — Já lhe disse uma vez que se um dia você for padre passarei a ir à missa para ouvi-lo pregar. E se um dia me disser que o inferno existe, nossa!, morrerei de medo dos braseiros e dos espetos. Você é melhor do que eu, quer dizer, melhor do que todo mundo, e meu único mérito, reconheço, é o de não ter inveja. Tirando isso, que Deus me dane!, como dizem os ingleses, tenho todos os defeitos.

— Não conheço ninguém que valha d'Artagnan — replicou Athos. — Mas afinal chegamos aonde estou morando. Quer entrar, meu amigo?

— Ei! É a Chifre do Veado, não é? — surpreendeu-se o mosqueteiro.

— Confesso, amigo, que não por acaso me hospedei aqui. Gosto dos antigos conhecidos, gosto de me sentar no mesmo lugar em que despenquei de cansaço, desesperado, quando você apareceu, naquela noite de 30 de janeiro.[140]

— Depois de descobrir a casa do carrasco de máscara? É mesmo, foi um dia terrível!

— Então fique um pouco — interrompeu Athos.

Entraram na sala que antes era a sala de estar comum. O lugar inteiro, e não só a sala, tinha passado por grandes transformações. O antigo albergueiro, ficando rico o bastante, deixara a atividade e transformara a tal sala num entreposto de artigos coloniais. Já o restante da casa, ele alugava mobiliado a estrangeiros.

Foi com imensa emoção que d'Artagnan reconheceu os móveis daquele quarto do primeiro andar: os lambris, as tapeçarias e até o mapa geográfico que Porthos estudava com tanto afinco nas horas vagas.

— Foi há onze anos! — exclamou d'Artagnan. — Caramba! Tenho a impressão de ter sido há um século.

— E eu de que foi ontem — disse Athos. — Veja a alegria que sinto, meu amigo, por saber que está aqui, que posso apertar a sua mão e encostar um pouco a espada e o punhal, pegar descansado esta garrafa de xerez. Ah! A ale-

---

140. Ver *Vinte anos depois*, capítulo 72, quando os quatro amigos se reencontram após a execução de Carlos I, em 1649. Mas a hospedaria se chamava Bedford's Tavern.

gria só seria maior se nossos dois amigos estivessem nas duas pontas desta mesa, e Raoul, meu querido Raoul, junto à porta, a nos olhar com seus olhos grandes, brilhantes e doces!

— É verdade — disse d'Artagnan, emocionado. — Aprovo sobretudo a primeira parte do que disse: é muito bom sorrir onde tão legitimamente trememos, achando que a qualquer momento o tal Mordaunt podia aparecer à nossa frente.

Nesse momento a porta se abriu e d'Artagnan, por mais bravo que fosse, deu um pulo.

Athos notou e sorriu:

— É o nosso anfitrião — ele disse — trazendo alguma carta para mim.

— Isso mesmo, milorde — confirmou o homem. — De fato, uma carta.

— Obrigado — agradeceu Athos pegando o envelope, sem olhar. — Mas por favor, não se lembra desse meu amigo?

O velho ergueu a cabeça, olhou com atenção d'Artagnan e disse:

— Não.

— É um dos amigos de que falei e que esteve hospedado aqui há onze anos.

— Ah! — suspirou o velho. — Tantos estrangeiros passaram por este lugar…

— Mas foi em 30 de janeiro de 1649 — acrescentou Athos, acreditando com isso estimular a memória preguiçosa do homem.

— É possível… mas faz tanto tempo! — ele sorriu, já se retirando.

— Está vendo? — disse d'Artagnan. — Realize façanhas, faça revoluções, tente gravar seu nome na pedra ou no bronze com espadas vigorosas, mas algo é mais rebelde, mais duro e inatingível que o ferro, o bronze e a pedra: o cérebro decrépito de um hoteleiro que enriqueceu no seu comércio. Nem me reconheceu! E eu o teria tranquilamente reconhecido.

Sorrindo, Athos voltou à carta, dizendo:

— Ah, é de Parry!

— Hum! — animou-se d'Artagnan. — Leia, talvez conte alguma novidade.

Athos balançou a cabeça e começou:

Sr. conde,
O rei lamentou muito não tê-lo visto hoje a seu lado, entrando em Londres. Sua Majestade me encarrega de dizer isso e também que o espera esta noite, no palácio Saint James, entre nove e onze horas.

Com todo o respeito,
Seu humilde e fiel servidor

PARRY

— Está vendo, meu caro d'Artagnan — disse Athos —, não se deve perder a esperança com relação ao coração dos reis.

— Não perder a esperança, tem razão — zombou d'Artagnan.

— Meu querido, queridíssimo amigo — insistiu o conde, sem deixar de notar aquela sutil amargura —, me desculpe. Terei ferido, sem querer, meu melhor companheiro?

— Que ideia! E a prova disso é que vou acompanhá-lo até o palácio. Até a porta, é claro. Vai me distrair.

— Entrará comigo, meu amigo. Vou dizer a Sua Majestade...

— Está louco? — replicou d'Artagnan, com real e puro orgulho. — Pior do que diretamente mendigar, só mesmo mendigar por intermédio de alguém. Bom, vamos lá, o passeio será ótimo. Quero mostrar a casa do sr. Monck, que fica no caminho e me hospeda: uma bela casa, sem dúvida! Ser general na Inglaterra dá mais dinheiro do que ser marechal na França, sabia disso?

Athos deixou então que o amigo o guiasse, triste com a falsa alegria que d'Artagnan tentava demonstrar.

A cidade inteira estava em festa. Os dois amigos o tempo todo esbarravam em entusiastas que lhes pediam, bêbados, que gritassem "Viva o bom rei Carlos!". D'Artagnan respondia com um grunhido e Athos com um sorriso. Chegaram assim à casa de Monck, diante da qual, como foi dito, era preciso de fato passar para ir ao palácio Saint James.

Athos e d'Artagnan pouco falaram no caminho, até pelo fato de terem coisas demais a dizer se começassem. Um achava que, falando, pareceria estar alegre, e essa alegria poderia ferir o outro. E este, por sua vez, receava que, falando, deixasse transparecer um amargor que incomodaria o amigo. Era uma singular emulação de silêncio entre contentamento e mau humor. D'Artagnan foi o primeiro a ceder às cócegas que habitualmente lhe vinham à língua:

— Você se lembra, Athos, de um trecho das memórias de d'Aubigné[141] em que esse fiel servidor, gascão como eu, pobre como eu, e já ia dizendo corajoso como eu comenta a sórdida cupidez de Henrique IV? Meu pai sempre me disse que d'Aubigné era mentiroso. No entanto, lembre como todos os príncipes com origem no grande Henrique puxaram ao patrono!

— Que história é essa, d'Artagnan? — respondeu Athos. — Os reis da França são avaros? Isso é loucura.

— Bom, sendo perfeito, você nunca concorda com os defeitos dos outros. Na verdade, porém, Henrique IV era avaro e seu filho Luís XIII também. Fomos testemunhas disso, não se lembra? Gastão, por sua vez, levava a sovinice ao exagero e isso o fez ser detestado por todos à sua volta. Para a pobre Hen-

---

141. Agrippa d'Aubigné (1552-1630), conhecido principalmente pelo poema épico *Les tragiques*, de 1616.

riqueta foi bom ser unha de fome, já que nem sempre tinha o que comer nem com que se aquecer, e foi o exemplo que deu a seu filho Carlos II, neto do grande Henrique IV, avaro como a mãe e como o avô. Bom, percorri corretamente a genealogia dos avaros?

— D'Artagnan, meu amigo — exclamou Athos —, está sendo bem rude com essa raça de águias que são os Bourbon.

— Ah, já ia me esquecendo do melhor!... O outro neto de Henrique, Luís XIV, meu ex-patrão. Digo que é avaro pois não quis emprestar um milhão a seu irmão Carlos! Bom, vejo que está se irritando. Mas felizmente estamos bem perto da minha casa, quer dizer, da casa do meu querido Monck.

— Meu amigo, você de jeito nenhum me irrita, só me entristece. É de fato terrível ver o seu mérito não ser reconhecido à altura dos serviços que prestou. Na minha opinião, o seu nome é tão radioso quanto os mais admiráveis da guerra e da diplomacia. Diga-me se os Luynes, os Bellegarde e os Bassompierre mereceram como nós a fortuna e as honrarias.[142] Você tem toda a razão, meu amigo, tem cem vezes razão.

D'Artagnan suspirou e, tomando a frente do amigo no portão da casa em que Monck vivia, nos limites da City, falou:

— Permita que eu deixe em segurança minha bolsa, pois se nessa confusão das ruas esses talentosos larápios de Londres, respeitados até mesmo em Paris, roubarem o que resta dos meus pobres escudos, não terei nem mesmo com que voltar à França. E, bom, contente deixei a França e louco de alegria voltarei, pois recuperei todas as minhas antigas prevenções contra a Inglaterra, às quais se acrescentaram, agora, muitas mais.[143]

Athos nada respondeu.

— Então me dê um segundo, meu caro — continuou d'Artagnan —, e já volto. Sei que tem pressa de chegar logo ao palácio para receber suas recompensas, mas acredite, tenho a mesma pressa em compartilhar da sua alegria, mesmo que de longe... Espere um pouco.

D'Artagnan já se dirigia ao vestíbulo quando alguém, meio camareiro, meio soldado, e que preenchia na casa de Monck as funções de porteiro e de segurança, parou nosso mosqueteiro, dizendo em inglês:

— Por favor, milorde d'Artagnan!

— E agora, o que foi? Será que também o general vai me dispensar?... Só faltava essa, ser expulso também por ele.

Essas palavras, ditas em francês, de forma alguma sensibilizaram o homem a quem se dirigiam, e que só falava um inglês misturado ao mais rude

---

142. Famílias notáveis à época, as duas primeiras de velha linhagem aristocrática e a terceira mais recente.

143. Em *Vinte anos depois*, d'Artagnan e Porthos são sempre muito desrespeitosos com a Grã-Bretanha, ao contrário de Aramis e, sobretudo, Athos.

escocês. Mas a Athos sim, pois o amigo começava a parecer ter razão em suas queixas.

O homem mostrou uma carta a d'Artagnan, dizendo:

— *From the general.*

— É isso. Está me mandando embora — comentou o gascão. — Acha que devo ler, Athos?

— Deve estar enganado — respondeu o conde —, ou vou achar que somos as únicas pessoas corretas por aqui.

D'Artagnan deu de ombros e partiu o lacre da carta, enquanto o inglês, impassível, aproximou dele uma forte lanterna, para que pudesse ler.

— E então, o que é? — perguntou Athos, vendo mudar a fisionomia do amigo.

— Aqui, leia você mesmo — disse o mosqueteiro.

Athos pegou o papel e leu:

Sr. d'Artagnan, o rei lamentou muito que não tenha vindo a Saint Paul com o cortejo. Sua Majestade diz ter sentido a sua falta, como também eu, caro capitão. Vejo um só meio de como reparar tudo isso. Sua Majestade me espera às nove horas no palácio Saint James. Poderia vir também? Sua Mui Graciosa Majestade fixa essa hora para a audiência que pretende lhe conceder.

A carta era de Monck.

33. A audiência

— E agora, o que diz? — exultou Athos com carinhosa crítica quando d'Artagnan terminou de ler a carta.

— Bom... — ele começou, rubro de prazer e também envergonhado por ter se precipitado em acusar o rei e o general. — É uma delicadeza... que nada garante, é verdade... mas já é uma delicadeza.

— Fico aliviado. Me chateava considerar o jovem príncipe ingrato — disse Athos.

— Fato é que o presente, para ele, ainda está bem próximo do passado — replicou d'Artagnan —, mas até aqui tudo parecia me dar razão.

— Concordo, amigo, concordo. E vejo que o seu olhar de sempre voltou. Não sabe o quanto fico feliz.

— Pelo visto, Carlos II recebe o sr. Monck às nove horas e a mim às dez. É uma grande audiência, daquelas que, no Louvre, chamávamos de distribuição da água benta da corte. Vamos lá nos proteger da chuva debaixo do alpendre, amigo, vamos lá.

Athos nada respondeu e os dois apertaram o passo na direção de Saint James, ainda invadido pela multidão que, mesmo de longe, queria ver por trás dos vidros vultos de cortesãos e reflexos do rei. Soavam as oito horas quando tomaram lugar na galeria, entre todos que aguardavam ali. Chamaram a atenção os seus trajes simples, de talho estranho, mas de tão nobre e característica aparência. Eles próprios, depois de medirem com uma rápida olhada o grupo de pessoas, voltaram a conversar entre si. Um alvoroço se fez ouvir de repente numa extremidade da galeria: era o general Monck que entrava, seguido por mais de vinte oficiais em busca de um sorriso seu, pois no dia anterior era ele ainda o senhor da Inglaterra. De qualquer forma, todos imaginavam um belo futuro para o restaurador da família Stuart.

— Senhores — dizia a eles Monck —, lembrem-se, por favor, que nada mais sou. Há pouco comandava ainda o principal exército da república. Agora esse exército pertence ao rei, nas mãos de quem vim depositar meu poder de ontem.

Uma grande surpresa se expressou em todos os rostos, e o círculo de aduladores e postulantes que disputava espaço em volta do general aos poucos se desfez e acabou se dispersando nas grandes ondulações da multidão. Monck vinha esperar na antecâmara, como todo mundo. D'Artagnan não deixou de assinalar isso ao conde de La Fère, que se preocupou. Mas de repente a porta do gabinete de Carlos se abriu, o jovem príncipe apareceu, precedido por dois auxiliares, e perguntou, depois de um cumprimento geral:

— O general Monck está presente?

— Aqui, Sire — respondeu o velho militar.

Carlos foi até ele e pegou suas mãos, em clara demonstração de amizade.

— General — ele disse em voz alta. — Acabo de assinar o seu título, o senhor é duque de Albermale. Minha intenção é que ninguém se iguale ao senhor em poder e em fortuna, neste reino em que, à exceção do nobre Montrose, pessoa alguma demonstrou tamanha lealdade, coragem e talento. Senhores, o duque é comandante-chefe dos nossos exércitos de terra e do mar. Prestem-lhe, por favor, as homenagens devidas a esse cargo.

Enquanto todos acorriam ao general, que recebia os cumprimentos sem em momento algum perder sua habitual impassibilidade, d'Artagnan disse a Athos:

— E pensar que todo esse ducado, esse comando dos exércitos de terra e de mar, toda essa grandeza, enfim, couberam numa caixa de seis pés de comprimento por três de largura!

— Amigo — replicou Athos —, grandezas bem mais imponentes cabem em caixas ainda menores, caixas que são fechadas para sempre!...

De repente, Monck percebeu os dois fidalgos, que se mantinham afastados, esperando que o fluxo maior de pessoas se retirasse. Abriu passagem, foi até eles e os surpreendeu no meio daquelas filosóficas reflexões.

— Estavam falando de mim — disse o general, com um sorriso.

— Milorde — respondeu Athos —, falávamos também de Deus.

Monck pensou por um momento e retomou, contente:

— Falemos também um pouco do rei, por favor. Pois creio que tenham audiência com Sua Majestade.

— Às nove horas — disse Athos.

— Às dez horas — disse d'Artagnan.

— Entremos logo no gabinete — respondeu Monck, fazendo sinal aos dois para que o precedessem, coisa que nenhum deles quis aceitar.

O rei, durante essa conversa em francês, tinha voltado ao centro da galeria.

— Ah, meus franceses! — ele disse, com um tom de descontraída alegria que, apesar de tantos contratempos e tristezas, ele não havia perdido. — Os franceses, meu consolo!

Athos e d'Artagnan se inclinaram.

— Duque, leve nossos amigos à minha sala de estudo. Estarei com os senhores logo a seguir — ele acrescentou em francês.

E despachou rapidamente sua corte para voltar aos seus franceses, como os havia chamado.

— Sr. d'Artagnan — foi a primeira coisa que disse, ao entrar —, é uma satisfação revê-lo.

— Sire, minha alegria não poderia ser maior, cumprimentando, agora, Vossa Majestade em seu palácio de Saint James.

— O senhor me prestou um imenso serviço e lhe devo um grande reconhecimento. Se não temesse me intrometer no território do nosso comandante-chefe, ofereceria um posto digno do senhor junto à nossa pessoa.

— Sire — replicou d'Artagnan —, deixei o serviço do rei da França prometendo não servir a nenhum rei.

— Ora, isso me deixa decepcionado. Gostaria de fazer muito por sua pessoa, que tem toda a minha estima.

— Sire...

— Vamos — disse Carlos, com um sorriso —, não tenho como fazê-lo quebrar essa promessa? Duque, ajude-me. Se oferecêssemos, quer dizer, se eu oferecesse, pessoalmente, o comando-geral dos meus mosqueteiros?

D'Artagnan se inclinou ainda mais baixo que da primeira vez.

— Eu lamentaria muito ter que recusar o que Vossa Graciosa Majestade estaria me oferecendo — ele respondeu. — Um fidalgo tem apenas sua palavra, e essa palavra, tenho a honra de dizer a Vossa Majestade, foi dada ao rei da França.

— Não toquemos então mais nesse assunto — disse o rei, voltando-se para Athos e deixando d'Artagnan mergulhado nas mais vivas dores do desapontamento.

"Ah! Eu bem que disse: palavras, a água benta da corte! Os reis têm sempre o talento de oferecer o que sabem que não será aceito, e assim se mostram generosos sem correr risco. Idiota!... Triplo idiota que fui por ter, por um instante, esperado!"

Enquanto o mosqueteiro pensava, Carlos tomava a mão de Athos.

— Conde, o senhor foi, para mim, um segundo pai. O que fez não tem preço. Procurei, mesmo assim, como recompensá-lo. Meu pai o tornou cavaleiro da Jarreteira: é uma ordem da qual nem todos os reis da Europa podem se orgulhar. Pela rainha regente o senhor foi nomeado cavaleiro do Espírito Santo, que é uma ordem não menos ilustre. Acrescento então a essas comendas a do Tosão de Ouro que me foi enviada pelo rei da França, pois o rei da Espanha, seu sogro, deu duas a ele, por ocasião do seu casamento.[144] Mas, em contrapartida, tenho um pedido a fazer.

---

144. A Insigne Ordem do Tosão de Ouro, estabelecida em 1429, se constituiu como ordem de cavalaria católica à época das guerras de religião, sob a tutela da Coroa espanhola.

— Sire — disse Athos, confuso —, o Tosão de Ouro para mim? Sendo o rei da França o único, em meu país, a se orgulhar de tal distinção?

— Quero que o senhor esteja, em seu país e em qualquer lugar, em paridade com todos que os soberanos distinguiram — disse Carlos, tirando a fita do seu pescoço. — E tenho certeza, conde, de que meu pai sorri, do fundo do seu túmulo.

"É realmente estranho", pensou ainda d'Artagnan, enquanto o amigo recebia de joelhos a eminente ordem que lhe conferia o rei, "realmente incrível que eu tenha sempre visto a chuva da prosperidade cair na horta dos que estão ao meu redor e nenhuma gota sequer na minha! Seria de arrancar os cabelos se eu fosse invejoso, juro!"

Athos se ergueu e Carlos o beijou com carinho.

— General — ele chamou Monck.

Em seguida, com um sorriso, acrescentou:

— Queira me desculpar, devia ter dito duque. Tal engano, porém, se explica pelo fato de esse título ser curto demais para o meu gosto... Procuro outro que o prolongue... Gostaria de tê-lo tão perto do meu trono que pudesse dizer como a Luís xiv: meu irmão. Ah, já sei, e com isso será quase meu irmão, pois o declaro vice-rei da Irlanda e da Escócia, meu querido duque. Dessa maneira não me enganarei mais.

O duque pegou a mão do rei, mas sem entusiasmo, sem alegria, em conformidade com as maneiras a que todos estavam habituados. Seu coração, no entanto, se comovera com esse último favor. Jogando habilmente com a generosidade, Carlos havia esperado que se revelassem as ambições do duque... que foram satisfeitas até além do esperado.

— Caramba! — resmungou com seus botões d'Artagnan. — A chuva volta a cair. É de deixar qualquer um louco.

E ele se revirou de maneira tão acabrunhada e tão comicamente miserável que o rei não pôde deixar de sorrir. Monck se preparava para deixar o gabinete, pedindo licença para se retirar.

— Como? Meu mais fiel apoio vai partir? — perguntou o rei.

— Se Vossa Majestade permitir. Na verdade, estou bem cansado... As emoções do dia me extenuaram, preciso de repouso.

— Mas não vai partir sem o sr. d'Artagnan, espero!

— Por que não, Sire? — perguntou o velho militar.

— Mas sabe muito bem por quê.

Monck olhou, surpreso.

— Peço que Vossa Majestade me desculpe, mas não sei... o que quer dizer.

— Ah, é bem possível que tenha esquecido, mas o sr. d'Artagnan não.

A mesma surpresa se esboçou no rosto do mosqueteiro.

— Veja só, duque — continuou o rei. — Não está sob o mesmo teto que o sr. d'Artagnan?

— Sim, tive a honra de lhe oferecer hospedagem, Sire.

— Tal ideia foi do senhor, apenas do senhor?

— Sim, Sire, somente minha.

— Pois não podia ser de outra forma... O prisioneiro fica sob a custódia de seu vencedor.

Foi a vez de Monck ficar ruborizado.

— Ah, é verdade! Sou prisioneiro do sr. d'Artagnan.

— Com certeza, pois seu resgate não foi pago. Mas não se preocupe, eu o tirei do sr. d'Artagnan, a dívida é minha.

Os olhos de d'Artagnan recuperaram alegria e brilho. O gascão começava a compreender. Carlos se aproximou e disse:

— O general não é rico e não poderia pagar o seu real valor. Provavelmente disponho de mais dinheiro, mas agora que ele é duque e vice-rei, talvez valha uma soma que nem eu possa pagar. Vejamos, sr. d'Artagnan, não seja inflexível demais, quanto lhe devo?

Encantado com o rumo que tomava a coisa, mas entrando perfeitamente no jogo, ele respondeu:

— Sire, Vossa Majestade não tem por que se alarmar. Quando tive a felicidade de capturar Sua Graça, ela era apenas general. Limitemo-nos então a um resgate de general. Mas basta que o general me entregue sua espada e me considerarei pago, pois só sua espada vale tanto quanto ele.

— *Odds fish!*,[145] como dizia meu pai — exclamou Carlos II. — Que galante resposta, de um galante fidalgo, não acha, duque?

— Com certeza! — respondeu Monck, que desembainhou a espada e disse a d'Artagnan:

— Aqui está. Muitos já dispuseram de melhores lâminas, mas, por mais modesta que seja esta, eu nunca a havia rendido antes.

D'Artagnan pegou com orgulho aquela espada, graças à qual um rei acabava de ser entronizado.

— Oh! — exclamou Carlos II. — Como? Uma espada que me devolveu o trono deixar o meu reino e não estar mais entre as joias da minha Coroa? Não, por minha alma, não posso permitir! Capitão d'Artagnan, pago duzentas mil libras por essa espada. Se achar pouco, é só dizer.

— É muito pouco, Sire — devolveu d'Artagnan com inimitável seriedade. — Para começar, não quero vendê-la, mas Vossa Majestade a deseja e isso é uma ordem. Então obedeço, mas o respeito que devo ao ilustre soldado aqui presente me leva a estimar em um terço mais o preço da minha façanha. Assim, peço trezentas mil libras pela espada ou cedo-a por nada a Vossa Majestade.

---

145. Literalmente, "Peixe estranho!", interjeição muito usada por Carlos II, que poderia se traduzir como "Caramba!". Na verdade é uma corruptela da expressão mais comum *God's flesh* (literalmente "Carne de Deus").

Pegando-a pela ponta, ele a entregou ao rei.

Carlos II soltou uma gargalhada.

— Galante fidalgo e alegre companheiro! *Odds fish!* Não acha, duque? Não acha, conde? Realmente me agrada muito. Espere, cavaleiro d'Artagnan, guarde isso.

Indo até sua mesa, ele pegou uma pena e escreveu uma ordem de pagamento de trezentas mil libras a ser apresentada a seu tesoureiro.

D'Artagnan recebeu o documento e, voltando-se para Monck num tom grave, falou:

— Bem sei que ainda pedi muito pouco, mas acredite, sr. duque, teria preferido morrer do que me deixar guiar pela cupidez.

O rei voltou a rir como o mais feliz *cokney*[146] do seu reino.

— Venha me ver antes de partir, cavaleiro. Precisarei de uma provisão de alegria, agora que os meus franceses vão embora.

— Ah, Sire. Não vou vendê-la como vendi a espada do duque. Com todo o prazer a darei gratuitamente — replicou d'Artagnan, que se sentia flutuando no ar.

— E o senhor, conde, venha também me ver — ele acrescentou, voltando-se para Athos. — Tenho uma importante mensagem da qual pedirei que se encarregue. Sua mão, duque.

Monck apertou a mão do rei.

— Adeus, senhores — disse Carlos, estendendo cada uma das mãos aos franceses, que nelas encostaram os lábios.

— E agora, o que me diz? — provocou Athos assim que saíram. — Está contente?

— Psiu! — fez d'Artagnan, emocionado de alegria. — Ainda não fui ao tesoureiro... o alpendre pode cair na minha cabeça.

---

146. Morador do East End, subúrbio popular londrino, mas passou também a caracterizar o dialeto e o sotaque falado na região.

34. Os inconvenientes da riqueza

D'Artagnan não perdeu tempo e, assim que a coisa lhe pareceu adequada e oportuna, foi procurar o tesoureiro de Sua Majestade.

Teve então a satisfação de trocar um pedaço de papel com algumas palavras, numa caligrafia nada bonita, por uma quantidade prodigiosa de escudos recentissimamente cunhados com a efígie de Sua Mui Graciosa Majestade Carlos II.

Ele em geral sabia se manter controlado, mas naquela ocasião não pôde deixar de demonstrar uma alegria que o leitor consegue imaginar, se for capaz de certa indulgência com relação a alguém que, a vida toda, nunca tinha visto tantas moedas e rolinhos de moedas organizados numa ordem realmente agradável de se ver.

O tesoureiro acomodou todos esses rolinhos em sacos, lacrados com um selo em que se viam estampadas as armas da Inglaterra, favor que os tesoureiros não costumam conceder a qualquer um.

Em seguida, impassível e polido apenas o suficiente quanto se devia com alguém que gozava da amizade do rei, ele disse a d'Artagnan:

— Pegue o seu dinheiro, senhor.

O seu dinheiro! Essa frase fez vibrarem mil cordas que o mosqueteiro jamais havia imaginado ter no coração.

Pôs os sacos num carrinho e voltou para casa, imerso em profunda meditação. Um homem que possui trezentas mil libras não consegue mais ter a testa lisa: uma ruga para cada centena de mil libras não é muito.

Trancou-se no quarto, não jantou, não recebeu pessoa alguma e, de luz acesa e pistola engatilhada na mesa, se manteve acordado a noite toda, sonhando em como impedir que aqueles belos escudos, que do cofre real haviam passado para os seus próprios cofres, não passassem dos seus próprios cofres para os bolsos de um gatuno qualquer. O melhor meio que encontrou o gascão foi o de provisoriamente trancar o seu tesouro atrás de fechos sólidos o bastante para que punho nenhum os arrebentasse, e complicados o bastante para que nenhuma chavezinha qualquer os abrisse.

D'Artagnan se lembrou de que os ingleses eram considerados os melhores do mundo em mecânicas e aparelhos de segurança tesoureira. Decidiu-se então a procurar, logo no dia seguinte, um especialista que lhe vendesse um cofre-forte.

Não precisou ir muito longe. Um certo Will Jobson, domiciliado em Piccadilly, ouviu suas proposições, compreendeu seus temores e prometeu confeccionar uma fechadura de segurança que o libertasse para sempre de qualquer receio:

— Posso lhe entregar um mecanismo inédito. Na primeira tentativa mais violenta contra a fechadura, um orifício invisível se abrirá e um pequeno cano, também invisível, expelirá uma bela bolota de cobre de oito onças que derrubará o infeliz, e não sem um bom estardalhaço. O que acha?

— Acho formidável — empolgou-se d'Artagnan. — Gostei muito da bolota de cobre. E quais seriam as condições?

— Quinze dias para a fabricação e quinze mil libras a serem pagas na entrega — respondeu o artista.

D'Artagnan se preocupou. Quinze dias era tempo suficiente para que todos os ladrões de Londres tornassem inútil o seu cofre-forte. E com relação às quinze mil libras, era pagar caro por algo que um pouco de vigilância poderia proporcionar de graça.

— Preciso pensar, mas obrigado — ele agradeceu.

Voltou para casa correndo. Ninguém tinha se aproximado do tesouro.

Nesse mesmo dia, Athos foi vê-lo e o encontrou num estado que o deixou surpreso.

— O que é isso? Está rico e não parece nada alegre! Você que queria tanto a riqueza...

— Meu amigo, os prazeres com os quais não estamos habituados incomodam mais do que as tristezas a que estávamos acostumados. Vou pedir um conselho. Poderá me dar, pois sempre teve dinheiro: quando se tem dinheiro, o que se faz com ele?

— Depende.

— O que fez do seu, que não o tornou um avaro nem um pródigo? Pois a avareza seca o coração e a prodigalidade o afoga... não é?

— Fabrício não se expressaria mais corretamente.[147] Mas, na verdade, meu dinheiro nunca me incomodou.

— Como assim? Está investido de forma rentável?

— Não. Como sabe, tenho uma boa casa, que representa a maior parte do meu patrimônio.

---

147. Caio Fabrício Luscino foi por duas vezes cônsul da República romana, em 283 e 278 a.C., e era um modelo de austeridade e incorruptibilidade. No canto xx do "Purgatório", na *Divina comédia*, Dante o representa como a virtude contrária à avareza e à opulência.

— Sei disso.

— De forma que, seguindo esse caminho, quando quiser será tão rico quanto eu, ou mais.

— E os rendimentos, você os acumula?

— Não.

— O que pensa de um esconderijo numa parede sólida?

— Nunca precisei disso.

— Então tem algum parceiro, um homem de negócios confiável que paga juros aplicando uma taxa correta?

— De jeito nenhum.

— Santo Deus! O que faz, então?

— Gasto o que tenho e tenho apenas o que gasto, meu caro d'Artagnan.

— Aí está! Mas você é meio príncipe, e quinze ou dezesseis mil libras de rendimento escorrem entre os seus dedos. Além disso, tem títulos, representações.

— Não o vejo menos principesco, meu amigo, e o seu dinheiro bastará sem tanta sobra.

— Trezentas mil libras? Tem nisso dois terços de sobra.

— Perdão, mas tenho impressão de ter ouvido… enfim, achei ter entendido… achei que tivesse um sócio…

— Ai! Droga! É verdade! — exclamou d'Artagnan, envergonhado. — Planchet, me esqueci do Planchet, santo Deus!… Pronto! Lá se vão cem mil escudos… É pena, era um número redondo, bem tilintante… Puxa, Athos! Já não sou mais rico. Que memória você tem!

— É mesmo boa, graças a Deus!

— O bom Planchet — resmungou d'Artagnan. — Não fez mau negócio. Que bom investimento, diabos! Bom, o que foi dito foi dito.

— Quanto vai dar a ele?

— Ah! Ele não é difícil, podemos nos acertar. Corri riscos, sabe? Tive despesas, tudo isso tem que entrar nos cálculos.

— Meu querido, eu o conheço — disse tranquilamente Athos — e nada temo pelo bom Planchet, cujos interesses estão mais seguros nas suas mãos do que nas dele. Mas agora que não tem mais o que fazer aqui, é melhor que pensemos em partir. Vá agradecer a Sua Majestade, pôr-se às suas ordens e em seis dias poderemos ver as torres da Notre-Dame.

— Meu amigo, estou de fato louco para isso e vou agora mesmo apresentar meus respeitos ao rei.

— Enquanto isso — disse Athos —, irei cumprimentar algumas pessoas na cidade e fico à sua disposição.

— Pode me emprestar Grimaud?

— De todo o coração… O que quer com ele?

— Algo muito simples e não irá cansá-lo. Vou pedir que cuide das minhas pistolas que estão em cima da mesa, ao lado dessas caixas que aqui estão.

— Muito bem — respondeu imperturbavelmente Athos.

— Ele não se afastará daqui, não é?

— Tão pouco quanto as suas pistolas.

— Então estou indo ver Sua Majestade. Até logo.

D'Artagnan de fato logo chegou ao palácio Saint James, onde Carlos ii, que escrevia sua correspondência, o deixou na antecâmara por uma boa hora.

À espera, andando das portas às janelas e das janelas às portas da galeria, achou ver uma capa parecida com a de Athos atravessar os vestíbulos, mas no momento em que ia verificar melhor foi chamado por um funcionário da parte de Sua Majestade.

Carlos ii esfregava as mãos, enquanto nosso amigo lhe agradecia.

— Cavaleiro — ele disse —, não me agradeça. Paguei apenas um quarto do que valeu a história da caixa em que o senhor enfiou nosso bravo general... quer dizer, o excelente duque de Albermale.

E o rei voltou a rir de se dobrar.

D'Artagnan achou melhor não interromper Sua Majestade, mantendo-se modestamente à espera.

— Aliás — continuou Carlos —, acha que ele de fato o perdoou?

— Se perdoou? Assim espero, Sire.

— Bom... é que foi bem cruel... *Odds fish!* Encaixotar como um arenque o principal personagem vivo da revolução inglesa! No seu lugar, eu não confiaria tanto, cavaleiro.

— Mas Sire...

— Sei que Monck o declara seu amigo... Mas tem o olho profundo demais para não ter boa memória, e sobrancelha alta demais para não ser muito orgulhoso. Sabe, *grande supercilium*.[148]

"É melhor eu aprender latim, claro", pensou com seus botões o francês.

— Já sei — exclamou o rei, satisfeitíssimo. — Vou arrumar as coisas entre os senhores. Saberei fazer com que...

D'Artagnan mordeu a ponta do bigode.

— Vossa Majestade permite que eu fale com toda a sinceridade?

— Certamente, por favor.

— Pois bem, Vossa Majestade está me assustando... Caso arrume as coisas como parece querer, estou perdido. O duque vai mandar me assassinar.

O rei deu nova gargalhada, que transformou o medo de d'Artagnan em terror.

— Sire, por favor, prometei-me deixar que eu mesmo trate disso. E, aliás, se meus préstimos não vos forem mais necessários...

— Não, cavaleiro. Já quer partir? — continuou Carlos, com uma hilaridade cada vez mais inquietante.

---

148. Em latim, grande (ou pesada, austera) sobrancelha.

— Se Vossa Majestade não tiver mais nada a pedir.

Carlos ficou um pouco mais sério.

— Só uma coisa. Sabe minha irmã, lady Henriqueta, ela o conhece?

— Não, Sire, mas… um velho soldado como eu não é algo agradável de se ver, sobretudo para uma jovem e alegre princesa.

— Pois eu quero muito que minha irmã o conheça. Quero que ela, se necessário, possa contar com o senhor.

— Sire, tudo que Vossa Majestade quiser será sagrado para mim.

— Ótimo… Parry! Venha até aqui, meu bom Parry.

A porta lateral foi aberta e Parry entrou. Seu rosto brilhou assim que viu o cavaleiro.

— Onde está Rochester? —[149] perguntou o rei.

— No canal, com as senhoras — respondeu Parry.

— E Buckingham?[150]

— Também.

— Ótimo. Leve o cavaleiro até Villiers… é o duque de Buckingham, cavaleiro… e peça ao duque que apresente o sr. d'Artagnan a lady Henriqueta.

Parry se inclinou e sorriu para d'Artagnan.

— Cavaleiro — continuou o rei —, esta foi a sua audiência de despedida. O senhor poderá partir quando quiser.

— Obrigado, Sire!

— Mas procure se entender com Monck.

— Ah, Sire!…

— Sabe que um navio nosso está à sua disposição?

— Mas Sire, é muita gentileza, e não posso aceitar que oficiais de Vossa Majestade se incomodem por minha causa.

O rei bateu no ombro de d'Artagnan.

— Não é pelo senhor, cavaleiro, mas pelo embaixador que envio à França e de quem, acredito, apreciará a companhia, pois o conhece.

D'Artagnan o olhou, intrigado.

— É o nosso conde de La Fère… a quem o senhor chama de Athos — acrescentou o rei, terminando a conversa como a havia começado, com uma alegre risada. — Adeus, cavaleiro. Queira-me bem como lhe quero bem.

Com isso, fazendo sinal a Parry para perguntar se alguém o esperava no gabinete ao lado, o rei para lá se dirigiu, deixando o cavaleiro confuso com aquela singular audiência.

O velho camareiro o pegou amigavelmente pelo braço e o levou na direção dos jardins.

---

149. John Wilmot (1647-80), poeta e amigo de Carlos II.

150. Jorge Villiers (1628-87), 2º duque de Buckingham, que se tornaria importante conselheiro de Carlos II.

35. No canal

Nas águas verde-opacas do canal, margeado por rebordos de mármore em que o tempo já havia semeado manchas escuras e tufos de vegetação musguenta, deslizava majestosamente uma comprida barcaça chata, adornada com as armas da Inglaterra e um dossel coberto por longos tecidos adamascados, que arrastavam suas franjas na água. Oito remadores, manejando ritmadamente seus remos, faziam-na se mover pelo canal com a graciosa lentidão dos cisnes que, perturbados em sua tranquilidade pelas ondulações, olhavam de longe passar todo aquele esplendor e barulho. Mencionamos o barulho porque estavam a bordo quatro violonistas e alaudistas, dois cantores e vários cortesãos, todos esbanjando ouro e pedrarias, além de exibirem seus dentes branquíssimos para agradar lady Stuart, neta de Henrique IV, filha de Carlos I, irmã de Carlos II, que ocupava, sob o dossel da embarcação, o lugar de honra.

Já conhecemos essa jovem princesa, pois a vimos no Louvre, com a mãe, carecendo de lenha e de pão, sustentada pelo coadjutor e pelos parlamentares.[151] Como os irmãos, teve uma infância difícil e acabava agora, de repente, de acordar daquele longo e terrível pesadelo para se sentar nos degraus de um trono, cercada de cortesãos e aduladores. Como Maria Stuart ao sair da prisão, ela aspirava por vida e liberdade, mas também por riqueza e poder.

Adolescente, lady Henriqueta se tornara muito bonita, e a recente restauração a celebrava. Os anos de miséria haviam roubado o fulgor do orgulho, mas a prosperidade o trazia de volta. Ela resplendia de alegria e bem-estar, como essas flores de estufa que, esquecidas por uma noite nas primeiras geadas do outono, deixam pender o topo, mas que no dia seguinte, aquecidas na atmosfera em que nasceram, se reerguem mais esplêndidas do que nunca.

Lorde Villiers de Buckingham, filho daquele que teve um papel tão ilustre nos primeiros capítulos desta história,[152] lorde Villiers de Buckingham, belo fidalgo, melancólico com as mulheres, risonho com os amigos, e Vilmot de Rochester, risonho com os dois sexos, estavam naquele momento de pé diante de lady Henriqueta e disputavam o privilégio de fazê-la sorrir.

---

151. Ver capítulo 39 de *Vinte anos depois*.
152. Em *Os três mosqueteiros*.

Encostada numa almofada de veludo com bordaduras de ouro e deixando as mãos cortarem a água, a jovem e bela princesa escutava indolentemente os músicos sem ouvi-los e ouvia os dois cortesãos sem parecer escutá-los.

Isso porque lady Henriqueta, criatura cheia de encantos, que juntava às graças da França as da Inglaterra, não tendo ainda amado, era cruel em sua sedução. O sorriso, esse ingênuo favor que concedem as jovens donzelas, sequer iluminava o seu rosto, e se ela às vezes erguia os olhos era para pregá-los com tanta fixidez num ou noutro dos seus admiradores que o ímpeto galante deles, por mais intrépido que fosse, se assustava e encolhia.

Mas a embarcação continuava em frente, os músicos não paravam e os cortesãos começavam também a perder fôlego. O passeio, aliás, parecia provavelmente monótono à princesa, pois, balançando de repente a cabeça com impaciência, ela resolveu:

— Bom, chega disso, voltemos.

— Ah, senhora! — lamentou Buckingham. — Pobres de nós que não conseguimos tornar o passeio agradável a Vossa Alteza.

— Minha mãe me espera — respondeu lady Henriqueta. — Além disso, francamente confesso que me entedio, cavalheiros.

Para amenizar a crueldade da declaração, a princesa tentou consolar com um olhar cada um dos jovens, que pareciam aflitos com tamanha franqueza. O olhar produziu efeito, pois os dois se alegraram, mas logo em seguida, como se a augusta coquete achasse ter sido generosa demais com simples mortais, virou-se de costas para os dois rapazes e pareceu mergulhar num devaneio, no qual era evidente que nenhum deles se incluía.

Buckingham mordeu o lábio com raiva, pois estava mesmo enamorado de lady Henriqueta e por isso levava tudo a sério. Rochester igualmente mordeu o seu, mas como, no seu caso, a mente sempre dominava o coração, foi apenas para reprimir uma maliciosa risada. A princesa deixou então seus olhos pairarem pelos gramados finos e floridos da margem, desviando-os assim dos dois pretendentes. Foi como percebeu, ainda distantes, Parry e d'Artagnan.

— Quem está vindo ali? — ela perguntou.

Os dois rapazes se precipitaram com a rapidez de um raio.

— Parry — respondeu Buckingham. — Apenas Parry.

— Perdão — disse Rochester —, mas tem alguém com ele, creio.

— Sim, é Parry — retomou languidamente a princesa. — Mas o que significa, milorde, esse "Apenas Parry"?

— Significa, senhora, que o fiel Parry, o errante Parry, o eterno Parry não tem, acredito, grande importância — respondeu Buckingham, irritado.

— Está muito enganado, sr. duque, o errante Parry, como disse, errou a serviço da minha família, e ver esse velho servidor é sempre uma alegria para mim.

Lady Henriqueta seguia a eterna lógica das mulheres bonitas e, sobretudo, das mulheres coquetes: passava do capricho à contrariedade. O cortejador teve que suportar o capricho, o cortesão devia se curvar à contrariedade. Ele se inclinou e nada respondeu.

— É verdade, senhora — interveio Rochester, também se inclinando —, Parry é o exemplo do bom criado. Mas não é mais jovem, e jovens como nós só veem graça nas coisas alegres. E um velho não chega a ser uma coisa alegre...

— Não continue, milorde — disse asperamente lady Henriqueta —, essa conversa não me agrada.

Em seguida, como se falasse a si mesma:

— É realmente incrível o quanto os amigos do meu irmão têm pouca consideração por seus servidores!

— Ah, senhora — exclamou Buckingham —, Vossa Graça fere meu coração com o punhal forjado por suas próprias mãos.

— O que quer dizer essa frase, que parece vir de um madrigal francês, sr. duque? Não compreendi.

— Significa que a senhora, tão boa, tão encantadora e sensível, já riu algumas vezes, quer dizer, sorriu, das caduquices pueris desse bom Parry, por quem Vossa Alteza demostra agora tão maravilhosa suscetibilidade.

— Pois saiba, milorde, que se fui a tal ponto leviana, considero um erro que me lembre disso — respondeu a jovem, com um gesto de impaciência, para depois prosseguir: — Creio que esse bom Parry quer falar comigo. Por favor, sr. Rochester, mande que encostem.

O rapaz imediatamente transmitiu a ordem da princesa. Um minuto depois, a barcaça chegava à margem.

— Desembarquemos, cavalheiros — disse lady Henriqueta, aceitando o braço que lhe oferecia Rochester, apesar de Buckingham estar mais próximo e também apresentar o seu.

O primeiro, então, com um orgulho mal dissimulado que atravessou de ponta a ponta o coração do infeliz colega, ajudou a princesa a atravessar a pequena ponte que a tripulação havia lançado da embarcação à margem.

— Para onde Vossa Graça deseja ir? — perguntou Rochester.

— Na direção do bom e errante Parry, como disse milorde Buckingham, com seus olhos debilitados pelas lágrimas que derramou por nossos infortúnios.

— Meu Deus! Como Vossa Alteza se mostra triste hoje! — exclamou Rochester. — Devemos vos parecer uns ridículos inconsequentes.

— Fale por si mesmo, Rochester — interrompeu Buckingham, ressentido. — No referente a mim, desagrado de tal forma Sua Alteza que não lhe pareço coisa alguma.

A observação ficou sem resposta e o que se viu foi apenas lady Henriqueta forçar seu acompanhante a passadas mais rápidas. Buckingham ficou para trás e aproveitou o isolamento para aplicar mordidas tão furiosas em seu lenço de batista que ele logo ficou em farrapos.

— Parry, meu bom Parry — disse a princesa, com sua vozinha fraca. — Vi que está me procurando, estou aqui.

Querendo amigavelmente dar tempo a seu companheiro que, como dissemos, tinha ficado para trás, Rochester observou:

— Se ele não a vir, o desconhecido que o acompanha é bom guia, até para um cego. Tem olhos que brilham como um farol de lâmpada dupla.

— Uma bela e marcial pessoa — falou a princesa, disposta a contrariar ainda seus acompanhantes.

Rochester se inclinou.

— Uma dessas vigorosas estampas de soldado que só se veem na França — ela acrescentou, com a insistência de quem sabe não correr risco de contradição.

Rochester e Buckingham se entreolharam como quem diz: "Mas o que deu nela?".

— Vá ver, sr. de Buckingham, o que quer Parry — disse lady Henriqueta.

Tomando essa ordem como um favor, ele se apressou em ir ao encontro do velho que, junto com d'Artagnan, vinha lentamente na direção daquela nobre juventude. Parry andava devagar por causa da idade, mas d'Artagnan agora fazia o mesmo achando ser como devia andar o novo d'Artagnan, dono de um terço de milhão, isto é, sem fanfarrice, mas também sem timidez. Quando Buckingham, seguindo com toda a solicitude os desejos da princesa que, parecendo cansada com os poucos passos que acabava de dar, se sentara num banco de mármore, quando Buckingham, dizíamos, estava a apenas alguns passos, Parry afinal o reconheceu.

— Ah, milorde — disse o velho camarista, resfolegante. — Vossa Graça aceita seguir uma ordem do rei?

— Como posso, sr. Parry? — perguntou o jovem com uma espécie de frieza, temperada pela vontade de agradar a princesa.

— Nada mais simples! Sua Majestade pede que Vossa Graça apresente este senhor a lady Henriqueta Stuart.

— Para começar, senhor quem? — perguntou o duque com altivez.

D'Artagnan, como sabemos, era extremamente sensível com relação ao tom de voz, e o de milorde Buckingham o desagradou. Olhando então o cortesão bem nos olhos, dois relâmpagos brilharam sob as suas sobrancelhas, mas, fazendo um esforço para se controlar, tranquilamente disse:

— Sr. cavaleiro d'Artagnan, milorde.

— Queira me desculpar, mas esse nome informa apenas o seu nome, nada mais.

— O que quer dizer?

— Quero dizer que não o conheço.

— Estou em melhor situação — respondeu o francês —, pois tive a honra de conhecer bastante bem a sua família, e mais particularmente milorde duque de Buckingham, seu ilustre pai.

— Meu pai? — surpreendeu-se o rapaz. — Com efeito, creio agora me lembrar... sr. cavaleiro d'Artagnan, não é?

O mosqueteiro se inclinou e disse:

— Em carne e osso.

— Perdão, não seria um daqueles franceses que tiveram, com meu pai, certos assuntos secretos?

— Precisamente, sou um daqueles franceses.

— Então, cavalheiro, permita-me dizer ser estranho que meu pai não tenha mais ouvido falar do senhor enquanto estava vivo.

— Não, mas ouviu no momento em que morreu. Fui eu quem o avisou, através do criado de quarto da rainha Ana da Áustria, do risco que corria. Infelizmente o aviso chegou tarde demais.[153]

— Entendo. Imagino então que o senhor, que teve a intenção de ajudar meu pai, venha agora pedir o apoio do filho.

— Antes de mais nada, milorde — respondeu com fleuma d'Artagnan —, não preciso de apoio nenhum para coisa alguma. Sua Majestade, o rei Carlos II, a quem tive a honra de prestar alguns serviços (devo dizer que passei a vida nessa ocupação de prestar serviços), querendo, provavelmente, me honrar com sua gentileza, ordenou que eu fosse apresentado a lady Henriqueta, sua irmã, a quem eu talvez tenha também a honra de ser útil no futuro. Como o rei o sabia nesse momento com Sua Alteza, me enviou ao senhor, por intermédio de Parry. Não há mistério nenhum. Ao senhor, propriamente, não peço coisa alguma, e se não quiser me apresentar a Sua Alteza, terei o desgosto de dispensar o seu préstimo e a audácia de me apresentar por conta própria.

— De qualquer forma — replicou Buckingham, querendo ter a última palavra —, o cavaleiro não recuará diante de uma explicação cuja necessidade foi suscitada por si mesmo.

— Nunca recuo, senhor — disse d'Artagnan.

— Deve então saber, uma vez que teve assuntos secretos com meu pai, de algum detalhe particular...

— Esses assuntos estão bem distantes de nós, pois o senhor sequer era nascido, e tinham a ver com umas malfadadas agulhetas de diamante que recebi das suas mãos e levei à França. Realmente não vale a pena reavivar tais lembranças.

— Ah, cavaleiro — disse entusiasticamente Buckingham, aproximando-se de d'Artagnan e estendendo a mão —, então é o senhor! O senhor a quem meu pai tanto procurou e que poderia tanto esperar de nós!

— Esperar, duque! Na verdade foi o que mais fiz na vida.

---

153. *Os três mosqueteiros*, capítulo 59, e *Vinte anos depois*, capítulo 4.

Enquanto isso, a princesa, cansando-se da demora, se aproximara.

— Ao menos não haverá de esperar por essa apresentação — disse então Buckingham.

Inclinando-se diante de lady Henriqueta, continuou:

— Senhora, o rei vosso irmão deseja que eu tenha a honra de apresentar a Vossa Alteza o sr. cavaleiro d'Artagnan.

— Para que Vossa Alteza possa, se necessário, contar com um apoio sólido e um amigo seguro — acrescentou Parry.

D'Artagnan se inclinou.

— Algo mais a acrescentar, Parry? — perguntou lady Henriqueta ao velho servidor, sorrindo para d'Artagnan.

— Sim, senhora, o rei pede que Vossa Alteza religiosamente guarde seu nome na memória e se lembre do mérito do sr. d'Artagnan, a quem Sua Majestade deve, segundo afirma, sua restauração no trono.

Buckingham, a princesa e Rochester trocaram olhares surpresos.

— É outro pequeno segredo do qual, segundo toda probabilidade, não vou poder me vangloriar diante do filho de Sua Majestade, o rei Carlos II, como fiz com o senhor a respeito das agulhetas de diamante — disse d'Artagnan ao duque.

— Senhora — pediu Buckingham —, o cavalheiro acaba, pela segunda vez, de me lembrar de algo tão forte que solicito vossa permissão para conversar um pouco com ele em particular.

— Pois não, milorde, mas devolva logo à irmã esse amigo tão dedicado ao irmão.

Dizendo isso, ela voltou a aceitar o braço de Rochester, enquanto Buckingham pegava o de d'Artagnan.

— Por favor, cavaleiro — ele começou —, fale desse caso dos diamantes, que ninguém na Inglaterra conhece, nem mesmo o filho do seu principal personagem.

— Milorde, uma só pessoa tinha o direito de falar desse caso, como disse: o seu pai. Ele preferiu se calar; peço permissão para fazer o mesmo.

E d'Artagnan se inclinou, deixando evidente que nenhuma insistência levaria a coisa alguma.

— Queira por favor desculpar então minha indiscrição — disse Buckingham. — E se algum dia eu for à França…

Voltou-se para dar uma última olhada na direção da princesa, nada preocupada com ele, interessada que estava, ou parecia estar, na conversa com Rochester.

Buckingham suspirou.

— E então? — perguntou d'Artagnan.

— Dizia que se um dia eu for à França...

— E irá, milorde — sorriu d'Artagnan —, posso garantir.

— Por que diz isso?

— Ah! Tenho estranhas maneiras de prever coisas, e uma vez previstas, raramente me engano. Mas então, se vier à França?...

— Pois bem, ao senhor a quem os reis pedem essa preciosa amizade que lhes devolve coroas, me atreverei a pedir um pouco daquele grande interesse que o senhor dedicou a meu pai.

— Milorde — respondeu d'Artagnan —, acredite, me sentirei muito honrado se, lá estando, o senhor se lembrar da minha presença aqui. Mas agora, se me permite...

E voltando-se para lady Henriqueta, completou:

— Senhora, Vossa Alteza é filha da França e, como tal, espero revê-la em Paris. Um dos dias mais felizes da minha vida será aquele em que Vossa Alteza me der uma ordem, mostrando não ter se esquecido das recomendações de vosso augusto irmão.

Dizendo isso, ele se inclinou e a jovem princesa, com uma graça toda real, lhe estendeu a mão para beijar.

— Ah, senhora — disse em voz baixa Buckingham —, o que seria preciso fazer para obter de Vossa Alteza semelhante favor?

— Ora, milorde! — respondeu lady Henriqueta. — Pergunte ao sr. d'Artagnan. Ele lhe dirá.

36. Como d'Artagnan tirou, como se fosse uma fada, uma casa de campo de uma caixa de pinho

As palavras do rei sobre o amor-próprio de Monck tinham inspirado em d'Artagnan uma insistente apreensão. A vida inteira o tenente havia desenvolvido a grande arte de bem escolher seus inimigos, e, quando estes se mostraram implacáveis e inflexíveis, foi por ele realmente não ter conseguido que fosse de outra forma. Mas os pontos de vista mudam muito ao longo da vida. É uma lanterna mágica cujos aspectos o olho humano modifica a cada ano. Daí resulta que, do último dia de um ano em que se via branco ao primeiro dia do outro, em que se vê preto, há o espaço de apenas uma noite.

Ao partir de Calais com seus dez sacripantas, d'Artagnan pouco se importava em ter que enfrentar Golias, Nabucodonosor ou Holofernes:[154] era a mesma coisa que cruzar espada com um recruta ou bater boca com a dona da pensão. D'Artagnan era como um gavião que investe contra um bode. A fome cega. Mas o d'Artagnan satisfeito, o d'Artagnan rico, o d'Artagnan vitorioso, o d'Artagnan orgulhoso, após um triunfo tão difícil, tinha agora coisa demais a perder e então media cada passo que dava para evitar um possível tropeção.

Voltando do encontro à beira do canal, ele pensava numa só coisa: como não ficar mal com alguém tão poderoso quanto Monck, um personagem que o próprio Carlos procurava não contrariar, por mais rei que fosse. De fato, tão recentemente de volta, o protegido poderia precisar ainda do protetor e, se fosse o caso, não lhe recusaria a magra satisfação de deportar o sr. d'Artagnan, trancafiá-lo em alguma torre dos arredores ou ainda vagamente afogá-lo na travessia de Dover a Boulogne. Trocas de favor desse tipo são frequentes entre reis e vice-reis, sem maiores consequências.

Nem sequer era necessário que Carlos tivesse participação ativa numa eventual revanche de Monck. Seu papel se limitaria a simplesmente perdoar o vice-rei da Irlanda de tudo aquilo que se atentasse contra o francês. Bastaria, para que o duque d'Albermale ficasse com a consciência tranquila, um *te ab-*

---

154. Três personagens bíblicos, poderosos inimigos do povo judeu.

solvo[155] dito entre chacotas, ou o rabisco de um *Charles, the king* na parte de baixo de um pergaminho. Com aquelas duas palavras pronunciadas ou essas três escritas, o pobre d'Artagnan via a si mesmo para sempre enterrado sob as ruínas da própria imaginação.

Além disso, coisa bem inquietante para alguém tão previdente, ele se via sozinho, sem que a amizade de Athos bastasse para tranquilizá-lo. Claro, caso se tratasse de uma boa distribuição de estocadas ou outras espadachinadas, o mosqueteiro poderia perfeitamente contar com o companheiro, mas para o que fosse das sutilezas reais, quando o *talvez* de um acaso infausto pudesse justificar Monck ou Carlos ii, d'Artagnan conhecia Athos bastante bem para saber que ele se poria mais do lado da lealdade monárquica e se limitaria a derramar calorosas lágrimas na tumba do morto, dispondo-se no máximo, sendo o morto seu amigo, a compor em seguida seu epitáfio com os mais pomposos superlativos.

"Decididamente", pensou o gascão, como resultante das reflexões que fizera baixinho e reproduzimos em voz alta, "decididamente preciso me pôr de bem com o sr. Monck e conseguir uma prova da sua perfeita paz de espírito com relação ao passado. Se — queira Deus que não — ele se mostrar ainda taciturno e reservado na expressão desse sentimento, dou meu dinheiro para que Athos o leve e fico na Inglaterra ainda por algum tempo, até enxergar as coisas com mais clareza. Nesse meio-tempo, como tenho olho vivo e pé ligeiro, ao primeiro sinal hostil pulo fora e vou me pôr aos cuidados de milorde Buckingham, que no fundo me parece bom sujeito e a quem, em troca da hospitalidade, posso contar toda aquela história dos diamantes, que no máximo comprometeria uma rainha velha, para quem, aliás, sendo mulher de um unha de fome tal qual o Mazarino,[156] será bom aparecer como tendo sido, em outra época, amante de um bonitão que nem Buckingham. Caramba! Tudo resolvido e esse tal de Monck não vai me pegar. Aliás, tive uma ideia!"

Sabe-se que ideias em geral não faltavam a d'Artagnan. Além disso, durante o solilóquio ele fora se abotoando até o queixo e nada atiçava mais sua imaginação do que esse preparativo para qualquer combate que fosse, que os romanos chamavam *accinctio*.[157] Chegou então muito bem disposto à moradia do duque d'Albermale. Foi levado ao vice-rei com uma presteza que comprovava ser ainda visto como alguém da casa. Monck estava em seu gabinete de trabalho.

---

155. Em latim, "Absolvo-o".

156. Em *Vinte anos depois*, Dumas segue boatos não comprovados sobre um casamento secreto de Ana da Áustria com Mazarino.

157. Em latim, cingir-se, armar-se.

— Milorde — começou o gascão, com a expressão de franqueza que muito bem sabia imprimir em seu rosto sagaz —, vim pedir um conselho.

Tão moralmente abotoado quanto seu antagonista estava fisicamente, Monck respondeu:

— Pois não, meu caro.

E seu rosto expressava um sentimento não menos aberto.

— Antes de mais nada, milorde, prometa-me segredo e indulgência.

— Prometo o que quiser. O que há? Diga!

— O que há, milorde, é que não me sinto tão contente com o rei.

— Ah, é mesmo? E por quê, meu caro tenente?

— Sua Majestade às vezes gosta de caçoar de forma bastante comprometedora de seus servidores, e esse tipo de coisa, milorde, é uma arma que fere pessoas de espada, como nós.

Monck fez todo o esforço possível para não deixar transparecer o que pensava, mas d'Artagnan o vigiava atento demais para não perceber um levíssimo rubor nas suas faces.

— Eu próprio — disse Monck, da maneira mais natural do mundo — nada tenho contra uma brincadeira ou outra, meu caro sr. d'Artagnan. Meus soldados poderão inclusive dizer que eu ouvia, sem me importar e até apreciando, as canções satíricas que chegavam ao nosso acampamento, vindas das tropas de Lambert, e que teriam ferido os ouvidos de um general mais intransigente.

— Ah, bem sei — continuou d'Artagnan — que milorde é um homem completo, que há muito tempo se pôs acima das misérias humanas, mas há brincadeiras e brincadeiras, e algumas têm o privilégio de me irritar além do razoável.

— Posso saber quais, *my dear*?

— Aquelas que se dirigem contra meus amigos ou contra pessoas que respeito, milorde.

Monck teve uma imperceptível contração, que d'Artagnan percebeu.

— E como — ele perguntou —, como a alfinetada que arranha outra pessoa pode ferir a sua pele? Conte-me isso!

— Milorde, vou numa só frase explicar: tratava-se do senhor.

Monck deu um passo na sua direção.

— De mim?

— Sim. E é algo que não consigo entender, mas talvez seja também por não conhecê-lo tanto. Como o rei pode zombar de alguém que lhe prestou tão imensos serviços? Como compreender que ele se divirta a pôr em disputa um leão como o senhor e um mosquito como eu?[158]

— Também não vejo como — disse Monck.

— Exato! Quero dizer que o rei, que me devia uma recompensa, podia tê-lo feito como a um soldado, sem inventar aquela história de resgate, que fere milorde.

---

158. La Fontaine, *Fábulas*, livro II, 9.

— Não, não me fere absolutamente, juro — riu-se Monck.

— Não da minha parte, é claro. Milorde me conhece, sou tão discreto que um túmulo pareceria falante, em comparação. Mas... o senhor entende, milorde?

— Não.

— Se alguém mais ficar sabendo do segredo que sei...

— Qual segredo?

— Ora, milorde, o infeliz segredo de Newcastle.

— Ah! O milhão do conde de La Fère?

— Não, milorde, não esse. A ação empreendida contra o general.

— Foi um bom golpe, cavaleiro, só isso, e não há o que dizer. O senhor é um homem de guerra, ao mesmo tempo bravo e atilado; reúne as qualidades de Fábio e Aníbal.[159] Então usou aquilo de que dispõe, força e esperteza. Não há o que dizer contra o ocorrido, cabia a mim ter me prevenido.

— Bom, sei disso, e não esperava menos da sua imparcialidade. Isso se fosse somente do sequestro que se tratasse, caramba!, estaria tudo bem, mas houve...

— O quê?

— As circunstâncias do sequestro.

— Quais circunstâncias?

— O senhor sabe o que quero dizer, milorde.

— Que Deus me dane, não sei!

— Houve... é que na verdade é bem difícil dizer.

— Houve?

— Bom, houve aquela infeliz caixa.

Monck ficou visivelmente vermelho.

— Foi uma indignidade — continuou d'Artagnan —, a caixa de pinho, sabe?

— Sei! Tinha esquecido.

— De pinho — continuou ainda d'Artagnan — com buracos para o nariz e a boca. Na verdade, milorde, tudo o mais é aceitável, mas a caixa, a caixa... Foi realmente de mau gosto.

Monck se agitou, inquieto.

— No entanto, que um capitão de aventuras, como eu, tenha feito isso — retomou d'Artagnan — não é tão importante, pois a gravidade da situação podia desculpar a ousadia da ação e, no que me concerne, tenho circunspecção e reserva.

— Sim, acredite que o conheço bem, sr. d'Artagnan, e o aprecio.

D'Artagnan não perdia Monck de vista, analisando o que se passava no interior do general à medida que falava.

---

159. Quinto Fábio Máximo (275 a.C.-203 a.C), cônsul romano, com uma guerra tática defensiva, foi adiando o avanço do cartaginês Aníbal (247 a.C.-183 a.C.) contra Roma, na Segunda Guerra Púnica (218 a.C.-201 a.C.).

— Mas não é de mim que se trata — ele voltou.

— E de quem se trata, afinal? — quis saber Monck, que começava a perder a paciência.

— Do rei, que não vai controlar a língua.

— E daí, o que tem? — ele balbuciou.

— Milorde — retomou d'Artagnan —, não dissimule o que pensa diante de alguém que está sendo tão franco. Tem o direito de se mostrar suscetível, por maior que seja a sua boa vontade. Que diabo! Não era o lugar para um homem sério como o senhor, um homem que controla coroas e cetros como um malabarista controla argolas; não era correto um homem sério, eu dizia, estar fechado numa caixa como um objeto curioso de história natural. Afinal, o senhor há de convir, isso faria rir todos os seus inimigos; e o senhor é tão grande, tão nobre, tão generoso que deve ter muitos deles. É um segredo que pode matar de rir a metade do gênero humano, se o imaginarem naquela caixa. E não é decente que se possa rir assim do segundo personagem desse reino.

Monck perdeu todo o comedimento diante da ideia de o imaginarem na tal caixa.

O ridículo, como havia judiciosamente previsto d'Artagnan, causava o que nem os acasos da guerra, nem os desejos da ambição, nem o medo da morte haviam causado.

Pensou o gascão: "Bom, ele está com medo; posso me considerar salvo".

— No referente ao rei — disse Monck —, não se preocupe, meu caro sr. d'Artagnan. O rei não fará brincadeiras comigo, isso posso jurar!

O lampejo que brilhou em seus olhos foi interceptado por d'Artagnan. Monck imediatamente se acalmou e prosseguiu:

— O rei tem um temperamento nobre, um coração digno demais para querer mal a quem lhe fez o bem.

— Com certeza — exclamou d'Artagnan. — Concordo de cima a baixo quanto ao coração, mas não quanto à cabeça; o rei é bom, mas superficial.

— O rei não será superficial com Monck, fique tranquilo.

— O senhor, então, se sente tranquilo, milorde?

— Por esse lado, ao menos, sim, perfeitamente.

— Hum, entendo. O senhor se sente tranquilo pelo lado do rei.

— Foi o que eu disse.

— Mas não está igualmente tranquilo pelo meu lado?

— Acho já ter afirmado acreditar na sua lealdade e discrição.

— Certo, claro... mas pense numa coisa.

— Que coisa?

— Eu não estava sozinho, tinha companheiros. E que companheiros...

— Ah, sim! Eu os vi.

— Infelizmente, milorde. E eles o viram também.

— E daí?

— E daí que eles estão lá do outro lado, em Boulogne, me esperando.

— E teme...?

— Sim, temo que na minha ausência... Droga! Se estivesse lá, poderia responder pelo silêncio deles.

— Como eu disse, o perigo, se perigo houvesse, não viria de Sua Majestade, por mais disposta que seja às brincadeiras, mas dos seus companheiros, como os chama... Ser achincalhado por um rei pode até ser tolerável, mas por rebotalho do exército... *Goddam!*[160]

— Entendo, é insuportável. E foi exatamente por isso que vim perguntar a milorde: não acha melhor que eu parta o mais rápido possível para a França?

— Ótimo, se achar que a sua presença...

— Vai impor controle àqueles patifes? Ah! Disso não tenho dúvida, milorde.

— Sua presença não impedirá que a coisa se espalhe, se já houver transpirado.

— Garanto que não corremos esse perigo, milorde. Em todo caso, saiba que estou bem determinado a uma grande coisa.

— Qual?

— A rachar a cabeça do primeiro que tiver propagado o boato e do primeiro que tiver dado ouvidos. Depois disso, terei que voltar à Inglaterra, buscar asilo e talvez um emprego com o senhor.

— Ah, será bem-vindo, venha!

— Infelizmente, aqui só conheço milorde, e não o encontrarei mais, ou terá se esquecido de mim na sua grandiosidade.

— O senhor é um encantador fidalgo, com muito espírito e coragem. Merece todas as fortunas do mundo. Venha comigo para a Escócia e, prometo, terá no meu vice-reinado uma posição que todos invejarão.

— Ah, milorde! Neste momento é impossível. Neste momento tenho um dever sagrado a cumprir, preciso cuidar da sua glória, impedir que algum velhaco queira obscurecer aos olhos dos nossos contemporâneos ou, quem sabe, até aos olhos da posteridade, o brilho do nome de milorde.

— Da posteridade, sr. d'Artagnan?

— Com certeza! Para a posteridade, é preciso que os detalhes do ocorrido permaneçam um mistério. Imagine se essa infeliz história da caixa de pinho se espalhar, as pessoas não vão dizer que o senhor restabeleceu o rei lealmen-

---

160. Em inglês, literalmente, "Danação de Deus", ou "Que Deus me dane", interjeição de irritação. Ficou muito popular na França por causa de *As bodas de Fígaro* (1784), de Beaumarchais, que no ato III, cena V, ironiza ao dizer que basta saber essa palavra para se comunicar na Inglaterra.

te, guiado por seu livre-arbítrio, mas em consequência de um compromisso estabelecido pelos senhores em Scheveningen. Por mais que eu diga como as coisas se passaram, eu que estou bem situado para contar, não vão acreditar: dirão que recebi uma parte do bolo e que o estou saboreando.

Monck se preocupou.

— Glória, honradez, probidade — disse ele — são apenas palavras vazias!

— Névoa — replicou d'Artagnan —, névoa por trás da qual ninguém vê com clareza.

— Pois então vá à França, meu caro amigo — disse Monck. — Vá, e para lhe tornar a Inglaterra mais acessível e mais agradável, aceite uma lembrança minha.

"E mais essa!", pensou d'Artagnan.

— Tenho, às margens do Clyde —[161] continuou Monck —, uma casinha sob as árvores, um *cottage*, como chamamos aqui. A propriedade inclui ainda uns quatrocentos hectares de terra; aceite-a.

— Oh, milorde...

— Ora, assim estará na sua casa, que será o refúgio a que se referia ainda há pouco.

— Ficarei sendo seu devedor, milorde. Isso na verdade me constrange.

— De forma alguma — retomou Monck, com um fino sorriso. — O devedor serei eu.

E apertando a mão do mosqueteiro, acrescentou:

— Vou oficializar o ato de doação.

E saiu.

D'Artagnan o observou se afastar e ali permaneceu pensativo e até comovido.

— É sem dúvida um bom sujeito — afinal disse. — Chato ser mais por medo de mim, e não por afeto, que agiu dessa forma. Mas quero que seja também por afeto!

Depois de pensar um pouco mais profundamente, concluiu:

— Bah! Para quê? É um inglês!

E se foi, meio aturdido com tudo aquilo.

— Com isso, então, tenho uma propriedade no campo. Mas como vou dividir o *cottage* com Planchet? Posso dar a ele as terras e ficar com a casa, a menos que fique ele com a casa e eu... pfff! O sr. Monck não vai gostar nem um pouco que eu divida com um merceeiro uma casa em que morou! É orgulhoso demais para isso! Aliás, para que tocar nesse assunto? Não foi com dinheiro da sociedade que adquiri o imóvel, foi unicamente graças à minha inteligência. É então todo meu. Vamos procurar Athos.

E d'Artagnan se encaminhou para onde estava hospedado o conde de La Fère.

---

161. Rio que banha Glasgow, desembocando no mar da Irlanda.

37. Como d'Artagnan liquidou o passivo da sociedade antes de estabelecer o ativo

"Estou decididamente com sorte", disse para si mesmo d'Artagnan. "Essa estrela que luz uma vez na vida de todo mundo, que luziu para Jó e para Iro, o mais infeliz dos judeus e o mais miserável dos gregos,[162] acaba, finalmente, de luzir também para mim. Não vou fazer loucura nenhuma e aproveitar a sorte. Já é meio tarde para que eu tome juízo."

De ótimo humor, ele jantou naquela noite com o amigo Athos. Não falou da doação, mas não pôde deixar, enquanto comia, de fazer perguntas sobre sementeiras, estações do ano, plantações. Athos respondia com boa vontade, como sempre. Pareceu-lhe que o amigo queria se tornar proprietário rural, mas chegou até a lamentar o humor tão mordaz, as tiradas tão divertidas do alegre companheiro de antigamente. D'Artagnan, de fato, aproveitava até o resto de gordura que endurecia no prato para desenhar números e concluir somatórios de surpreendente rotundidade.

A ordem, ou melhor, a licença de embarque chegou e eles estavam ainda à mesa. Enquanto o conde a recebia, outro mensageiro entregou a d'Artagnan um pequeno maço de pergaminhos marcados com todos os selos com que se protege a propriedade fundiária na Inglaterra. Athos surpreendeu o amigo a folhear aqueles diferentes decretos que estabeleciam a transmissão da propriedade. O prudente Monck, outros diriam o generoso Monck, havia comutado a doação em venda e reconhecia ter recebido a soma de quinze mil libras pela propriedade.

O mensageiro já havia desaparecido, d'Artagnan continuava lendo e Athos o observava com um sorriso. O mosqueteiro percebeu um desses sorrisos por cima do ombro e fechou toda aquela documentação em seu envelope.

— Desculpe-me — pediu Athos.

— Imagine! Não estava sendo indiscreto, amigo — replicou o tenente. — Eu quis apenas...

---

162. No Antigo Testamento (Livro de Jó), Jó é um homem íntegro que permanece fiel a Deus, mesmo diante das piores provações. Iro é um mendigo de Ítaca, citado no canto 18 da *Odisseia*, com quem Ulisses, incógnito, é forçado a lutar.

— Não, por favor: ordens são coisas tão sagradas que nada se deve dizer a respeito, nem sequer ao irmão ou ao pai. Assim, eu que falo com você e o amo mais ternamente do que a um irmão, um pai ou qualquer outra coisa no mundo...

— Exceto Raoul...

— Amarei ainda mais Raoul quando ele for homem-feito e eu tiver acompanhado todas as fases da sua personalidade e das suas ações... como acompanhei as suas, meu amigo.

— Disse então que também recebeu uma ordem e não vai me comunicar?

— É verdade.

O gascão suspirou.

— Houve um tempo em que teria deixado essa ordem aberta sobre a mesa e diria: "D'Artagnan, leia esses garranchos para Porthos, Aramis e para mim".

— Também é verdade... Bem... foi na juventude, quando a confiança reina, no generoso período em que o sangue comanda, agitado pela paixão!

— Pois veja só, Athos, posso dizer uma coisa?

— Diga, meu amigo.

— Daquele adorável tempo, daquele generoso período, daquele domínio do sangue agitado, de tudo aquilo que, é claro, foi muito bonito, não tenho a menor saudade. É igualzinho à época dos estudos... Sempre encontrei algum tolo que falasse bem daquele tempo dos castigos, das palmatórias, dos pedaços de pão seco... É engraçado, mas nunca gostei de nada disso e, por mais ativo e sóbrio que fosse (e você sabe como eu era), por mais simples que parecesse nas minhas roupas, não deixava de preferir os bordados que Porthos exibia em vez do meu capote que deixava passar o vento no inverno e o sol no verão. Sabe, amigo, sempre desconfio de quem diz preferir o ruim ao bom. No passado, tudo foi ruim para mim, era um tempo em que a cada mês havia um buraco novo na minha pele e no meu capote, um escudo de ouro a menos na minha pobre bolsa. Daquele execrável tempo de reviravoltas e agitações não lamento absolutamente nada, nada além da nossa amizade. Pois aqui dentro há um coração, e por milagre esse coração não se ressecou com o vento da miséria que passava pelos buracos da minha capa, nem foi atravessado pelas espadas de todo tipo que abriam buracos na minha pobre carne.

— Não lamente nossa amizade, ela só morrerá conosco — disse Athos. — A amizade se compõe sobretudo de lembranças e hábitos, e se ainda há pouco você fez uma pequena sátira com relação à minha, por eu não ter mencionado minha missão na França...

— Eu?... Céus! Se soubesse, caro e bom amigo, como de agora em diante todas as missões do mundo serão indiferentes para mim!

E ele guardou os pergaminhos no seu amplo bolso.

Athos se levantou e chamou o hoteleiro para pagar o jantar.

— Desde que somos amigos — disse d'Artagnan —, nunca paguei a minha parte. Porthos muitas vezes, Aramis às vezes, mas foi você, quase sempre, o primeiro a abrir a bolsa quando estávamos na sobremesa. Agora que sou rico, deixe-me ver se é mesmo heroico pagar.

— Esteja à vontade — disse Athos, voltando a guardar a bolsa.

Os dois amigos se dirigiram em seguida ao porto, não sem que d'Artagnan olhasse para trás, vigiando o transporte dos seus queridos escudos. A noite acabava de estender seu espesso véu sobre o Tâmisa. Ouviam-se os barulhos de tonéis e de roldanas, precursores do aparelhamento, que tantas vezes haviam feito bater o coração dos mosqueteiros naqueles dias em que o perigo do mar era mínimo em comparação com o que os esperava em terra. Dessa vez, embarcariam num grande navio que os aguardava em Gravesend,[163] e Carlos II, sempre delicado nos mínimos detalhes, pusera à disposição do embaixador que enviava à França um iate, com doze homens da sua guarda escocesa. À meia-noite o iate já havia deixado os passageiros a bordo do navio e, às oito da manhã, o embaixador e seu amigo desembarcaram no cais de Boulogne.

Enquanto o conde e Grimaud cuidavam dos cavalos para ir direto a Paris, d'Artagnan correu ao hotel onde, seguindo suas ordens, seu pequeno exército devia esperá-lo. Os cavalheiros estavam à mesa, numa refeição com ostras, peixe e aguardente aromatizada, quando d'Artagnan apareceu. Pareciam alegres, mas todos ainda dentro dos limites da razão. Um hurra comemorativo recebeu o general.

— Cá estou — começou d'Artagnan. — A campanha está terminada. Trago para cada um o complemento que prometi.

Os olhos brilharam.

— Aposto que não restam nem cem libras no bolso do mais rico de vocês.

— É verdade — a resposta veio em coro.

— Senhores — disse então d'Artagnan —, uma última explicação. O tratado de comércio foi concluído graças ao golpe pelo qual nos apoderamos do mais hábil financista da Inglaterra, pois agora, devo confessar, o homem que sequestramos era o tesoureiro do general Monck.

A palavra "tesoureiro" causou certo efeito no seu exército. Pelo olhar, d'Artagnan notou que apenas Menneville não acreditava totalmente.

— Esse tesoureiro — ele continuou — foi levado a um território neutro, a Holanda, onde o forcei a assinar o tratado e o acompanhei de volta a Newcastle. E como pareceu ter ficado satisfeito por o termos tratado de maneira atenciosa, carregando a caixa de pinho sem sacudir demais e tendo-a acolchoado confortavelmente, pedi para os senhores uma gratificação, que aqui está.

Um saco bastante respeitável foi jogado em cima da mesa. Todos estenderam as mãos, num gesto involuntário.

---

163. Cidade portuária na foz do Tâmisa.

— Um momento, meus cordeirinhos — d'Artagnan os interrompeu. — Há lucro, mas também encargos.

— Oh! — preocupou-se a tropa.

— Nos encontramos, amigos, numa posição insustentável para quem tiver miolo mole. Serei claro: estamos entre a forca e a Bastilha.

— Oh! — repetiram todos.

— É fácil entender. Foi preciso explicar ao general Monck o desaparecimento do tesoureiro. Aguardei então o momento bem inesperado da restauração do rei Carlos II, que é amigo meu...

O olhar de satisfação dos homens se juntou ao olhar orgulhoso de d'Artagnan.

— Com o rei no trono, devolvi ao sr. Monck o seu homem de negócios. Um tanto abatido, é verdade, mas devolvi. Perdoando-me, pois ele me perdoou, o general Monck não pôde deixar de me dizer estas palavras que cada um de vocês deve gravar profundamente aqui, entre os olhos, dentro da abóbada craniana: "Senhor, a brincadeira foi boa, mas como pode imaginar, não gosto de brincadeiras. Se uma só menção ao que fizeram (ouça bem, Menneville) vier a público, tenho, no meu governo da Escócia e da Irlanda, setecentas e quarenta e uma forcas de carvalho, com cavilhas de ferro, besuntadas semanalmente. Vou presentear cada um dos senhores com uma delas, e observe bem (você também, Menneville) que me restarão ainda setecentas e trinta mais para a distração. Além disso...".

— Ah! — exclamaram os auxiliares. — Tem mais?

— Só mais uma miséria: "Sr. d'Artagnan, estou enviando ao rei da França o tratado em questão, com o pedido de provisoriamente pôr na Bastilha e posteriormente me enviar todos aqueles que tomaram parte na expedição, e é um pedido que o rei atenderá sem a menor hesitação".

Um grito de terror partiu de todos os cantos da mesa.

— Calma, calma! — pediu d'Artagnan. — Esse bom sr. Monck se esqueceu de uma coisa: ele não sabe o nome de nenhum de vocês. Só eu sei e não serei eu que os trairei, como podem imaginar. Por que faria isso? Quanto a vocês, não creio que sejam tolos o bastante para se denunciarem, pois nesse caso o rei, para evitar as despesas de casa e comida, os enviará logo à Escócia, onde se encontram as setecentas e quarenta e uma forcas. É isso aí, senhores. Nada mais tenho a acrescentar ao que acabo de ter a honra de lhes dizer. Tenho certeza de que compreenderam perfeitamente, não é, sr. Menneville?

— Perfeitamente — respondeu este último.

— Agora, aos escudos! — arrematou d'Artagnan. — Fechem as portas.

Dito isso, ele abriu o saco em cima da mesa, deixando vários escudos de ouro caírem no chão. Todos se agitaram para pegá-los.

— Fiquem onde estão! — exclamou d'Artagnan. — Que ninguém se mexa para eu fazer as contas.

De fato as fez, distribuiu cinquenta daqueles belos escudos para cada um, recebendo o mesmo número de bênçãos.

— Agora — ele continuou —, tratem de se acomodar um pouco, tornem-se bons e honestos burgueses…

— Isso vai ser mais difícil… — disse um deles.

— Mas por quê, capitão? — perguntou outro.

— Porque assim poderei encontrá-los e, quem sabe, arranjar de vez em quando um trabalhinho assim…

Ele fez um sinal a Menneville, que tudo ouvia compenetrado, e chamou:

— Menneville, venha comigo. Até mais, amigos. Não preciso lembrar que devem se manter discretos.

Os dois saíram, enquanto as despedidas dos que ficaram se misturavam ao agradável tinir do ouro nos seus bolsos.

— Menneville — falou d'Artagnan, quando já estavam na rua —, você não quis cair no que eu disse, mas tome cuidado para não cair em coisa pior. Pareceu não se intimidar com as forcas de Monck nem com a Bastilha de Sua Majestade, mas faça o favor a si mesmo de se intimidar comigo. Pois então ouça: à menor indiscrição da sua parte vou matá-lo como se fosse um frango. Já tenho no bolso inclusive a absolvição de Sua Santidade, o papa.

— Garanto que não sei de absolutamente coisa alguma e tudo que o senhor diz é a mais pura verdade.

— Eu contava com o seu bom tino — disse o mosqueteiro. — Há vinte e cinco anos percebi isso. Estes cinquenta escudos que lhe dou a mais mostram quanto caso faço de você. Pegue.

— Obrigado, sr. d'Artagnan.

— Com isso você pode mesmo se tornar alguém honesto — continuou d'Artagnan, com um tom dos mais sérios. — Seria vergonhoso se uma pessoa como você, e um sobrenome que não se atreve mais a usar, afundassem para sempre na lama de uma vida errada. Torne-se um homem de bem, Menneville, e viva um ano com esses cem escudos de ouro, é uma boa soma: duas vezes o soldo de um alto oficial. Venha me ver dentro de um ano e, diabos!, farei de você alguma coisa.

Menneville jurou, como tinham feito os colegas, que seria mudo como um túmulo. No entanto, alguém necessariamente falou, e como não foi, com certeza, nenhum dos nove companheiros nem Menneville, só pode ter sido mesmo d'Artagnan, que, como bom gascão, tinha a língua bem próxima dos dentes. Pois afinal, se não foi ele, quem terá sido? E como explicar que o segredo da caixa de pinho com buracos tenha chegado ao nosso conhecimento, e de maneira tão completa, a ponto de termos podido, como se viu, contar a história em seus mais ínfimos detalhes? Detalhes que, aliás, iluminam de forma tão nova quanto inesperada toda essa parte da história da Inglaterra, deixada à sombra por nossos colegas historiadores até os dias de hoje.

38. Onde se vê que o merceeiro francês já se reabilitara no século XVII

Uma vez acertadas as contas e feitas suas recomendações, d'Artagnan só pensava em voltar a Paris o mais rápido possível. Athos, por sua vez, queria muito ir para casa e descansar. Por mais inteiros que tenham se mantido o temperamento e a saúde, após as fadigas da viagem o viajante com prazer se dá conta, no final do dia, mesmo que o dia tenha sido agradável, de que a noite vai trazer um bom sono. De forma que, de Boulogne a Paris, cavalgando lado a lado, os dois amigos, absortos em seus próprios pensamentos, não falaram de coisas interessantes o suficiente para que as transmitamos ao leitor. Cada um, entregue a suas reflexões pessoais e construindo o futuro à sua maneira, se preocupou sobretudo em abreviar a distância pela velocidade. Athos e d'Artagnan chegaram no final do quarto dia, desde a partida de Boulogne, às barreiras de Paris.

— Para onde vai, caro amigo? — perguntou Athos. — Eu próprio sigo direto para o hotel.

— E eu direto para a casa do meu sócio.

— Planchet?

— Por Deus que sim, para o Pilon-d'Or.

— Ficamos acertados de nos vermos?

— Se você permanecer em Paris, com certeza. Pois eu daqui não saio tão cedo.

— Não digo o mesmo. Depois de abraçar Raoul, a quem avisei que estaria no hotel, partirei imediatamente para La Fère.

— Nesse caso, então, adeus, caro e perfeito amigo.

— Digamos até breve, pois, afinal, não vejo por que não viria morar comigo em Blois. Está livre e está rico. Posso comprar para você, se quiser, uma bela propriedade nos arredores de Cheverny ou nos de Bracieux. De um lado, teria os mais belos bosques do mundo, que se ligam aos de Chambord, e de outro, lagunas admiráveis. Você que gosta de caçar e, admitindo ou não, é poeta, caro amigo; encontrará faisões, perdizes e cercetas, sem falar dos pores do sol e de passeios de barco de darem inveja a Ninrode e Apolo.[164] Enquanto procuramos a propriedade, fique em La Fère e iremos caçar nas vinhas com falcões, como tanto gostava o rei Luís XIII. É uma atividade adequada para pessoas de certa idade, como nós.

D'Artagnan tomou as mãos de Athos e respondeu:

— Querido conde, por agora não digo sim nem não. Preciso de um tempo em Paris para pôr minhas coisas em dia e me acostumar pouco a pouco com a pesadíssima e reluzente ideia que chacoalha em meu cérebro e ofusca tudo em volta. Estou rico, sabe? E até que eu me habitue a isso, como me conheço, serei insuportável. Bom, não sou ainda idiota o bastante para mostrar esse meu lado a um amigo como você. O traje é belo, é ricamente dourado, mas é novo e incomoda nas costuras.

Athos sorriu.

— Entendo — ele disse. — Mas já que falou nesse traje, meu amigo, aceita um conselho?

— Ah, será muito bem-vindo.

— Não vai ficar chateado?

— Ora, de forma alguma.

— Quando a riqueza chega tarde e inesperadamente, a pessoa, para não mudar, deve se forçar a certo pão-durismo, quer dizer, não gastar muito mais do que gastava antes, ou se tornar pródigo, fazendo tanta dívida que acaba voltando à pobreza.

— Ah! O que acaba de dizer parece muito um sofisma, meu caro filósofo.

— Não acho. Quer se tornar um avarento?

— Claro que não! Eu já era, e sem nada ter. É hora de mudar.

— Então seja pródigo.

— Também não, caramba! Dívidas me apavoram. Desde sempre os credores me parecem esses diabos que giram os infelizes na grelha, e como a paciência não é a minha maior virtude, fico sempre tentado a distribuir bordoadas nos diabos.

— Você é a pessoa mais ajuizada que conheço e não tem conselhos a receber de ninguém. Louco seria quem achasse ter o que lhe ensinar! Mas não estamos na rua Saint-Honoré?

— Estamos.

— Veja, aquela casa comprida e branca é onde me hospedo. Observe que tem apenas dois andares. Ocupo o primeiro e o outro está alugado a um ofi-

---

164. Na Bíblia, Ninrode, bisneto de Noé, aparece como o primeiro rei mais poderoso na terra. Por ordem sua teve início a construção da torre de Babel. O deus grego Apolo é uma divindade solar, deus da juventude e da luz.

cial que fica fora da cidade oito ou nove meses por ano, a serviço, de forma que estou ali como na minha própria casa, sem pagar mais por isso.

— Ah! Como arranja bem as coisas, Athos! Quanta ordem e quanta liberalidade! São qualidades que eu gostaria muito de saber reunir. Mas fazer o quê? É de nascença, não se adquire.

— Hum... está sendo lisonjeiro demais! Bom, até então, amigo. Aliás, minhas recomendações ao caro Planchet. Continua perspicaz, não é?

— E de bom coração, Athos. Até!

Separaram-se. Durante toda essa conversa, d'Artagnan não perdia de vista certo cavalo de carga, em cujos cestos, escondidos no feno, estavam os sacos e demais equipamentos. Nove horas da noite soavam na igreja de Saint-Merri e os empregados de Planchet fechavam a loja. D'Artagnan parou o postilhão que levava o cavalo de carga na esquina da rua dos Lombardos, sob um alpendre, e, chamando um dos homens de Planchet, deu-lhe o encargo de tomar conta não só dos dois cavalos como também do postilhão. Depois subiu aos aposentos do merceeiro, que acabava de jantar e, no entrepiso, consultava com certa ansiedade o calendário, no qual toda noite riscava o dia terminado. Estava seguindo esse hábito cotidiano de liquidar mais um dia com aquele risco e um suspiro quando d'Artagnan tropeçou na soleira da porta, o que fez tilintar a espora metálica.

— Deus do céu! — gritou Planchet.

Nada mais conseguiu dizer o digno merceeiro ao ver seu sócio. D'Artagnan entrou curvado, cabisbaixo. O gascão tinha uma ideia sobre como se comportar.

"Puxa!", pensou o merceeiro ao vê-lo, "Não parece nada bem!"

O mosqueteiro se sentou.

— Caro sr. d'Artagnan — disse Planchet, com batidas fortes no coração. — Até que enfim! E a saúde?

— Bastante bem, Planchet, bastante bem — ele suspirou.

— Não foi ferido, espero?

— Pfff!

— Ah! Entendo — continuou Planchet, cada vez mais assustado. — A expedição foi rude?

— Foi — concordou d'Artagnan.

Um calafrio percorreu Planchet de cima a baixo.

— Eu bem que beberia um pouco — disse o mosqueteiro, erguendo tristemente a cabeça.

Planchet correu ao armário e serviu um bom copo de vinho a d'Artagnan, que perguntou:

— Que vinho é esse?

— Ah, o seu preferido. Aquele bom e velho Anjou que um dia quase nos custou a vida.[165]

— Será, meu pobre Planchet, será que devo ainda beber um bom vinho? — retorquiu d'Artagnan, com um sorriso melancólico.

— Como não, patrão? — disse Planchet, fazendo um esforço sobre-humano, enquanto toda a sua musculatura contraída, sua palidez e um claro tremor demonstravam a mais imperiosa aflição. — Como não? Lembre-se de que fui soldado e, consequentemente, tenho coragem. Não me faça esperar mais: nosso dinheiro está perdido, não é?

Antes de responder, d'Artagnan gastou um tempo que pareceu um século ao pobre merceeiro que, no entanto, nada mais fez do que se mexer na cadeira.

— Se for o caso — disse o viajante com lentidão e balançando a cabeça de cima para baixo —, o que dirá meu pobre amigo?

De pálido que estava, Planchet ficou amarelo. Dava a impressão de que ia engolir a língua, de tanto que a garganta inchava e os olhos se avermelhavam.

— Vinte mil libras! — ele murmurou. — Vinte mil libras...

Com o pescoço caído, as pernas estiradas, às mãos largadas, d'Artagnan parecia a estátua do desânimo, enquanto Planchet arrancava um doloroso suspiro das mais profundas cavidades do peito.

— Vamos — ele se recompôs afinal —, posso entender. Sejamos homens. Acabou, não é? O principal é que tenha podido salvar a vida.

— Com certeza, com certeza, é importante, a vida; só que estou arruinado.

— Diabos, chefe! Se for assim, não se desespere, seja merceeiro comigo. Fique como sócio no meu comércio, dividiremos os lucros. E se não houver mais lucros, fazer o quê? Dividiremos as amêndoas, as uvas-passas e as ameixas, comeremos juntos o último pedaço de queijo holandês.

D'Artagnan não pôde resistir por mais tempo e exclamou, emocionado:

— Caramba, você é realmente um sujeito dos bons, palavra, Planchet! Diga lá, não estava fazendo teatro? Diga, não viu parado lá na esquina, sob o alpendre, o cavalo com as sacolas?

— Que cavalo? Que sacolas? — assustou-se Planchet com o coração apertado, achando que d'Artagnan tivesse enlouquecido.

— Ora, as sacolas inglesas, caramba! — disse d'Artagnan radiante, transfigurado.

— Meu Deus! — conseguiu articular Planchet, recuando diante da cena com que se deparava.

— Idiota! — exclamou d'Artagnan. — Está achando que enlouqueci. Caramba! Na verdade, nunca tive a cabeça mais límpida nem o coração mais alegre. Às sacolas, Planchet, às sacolas!

— Mas quais sacolas, santo Deus?

---

165. Ver *Os três mosqueteiros*, capítulo 42: o vinho estava envenenado.

D'Artagnan empurrou o amigo até a janela.

— Debaixo do alpendre, ali, não vê um cavalo?

— Vejo.

— Não vê que tem no dorso uma carga?

— Vejo, vejo.

— Não vê um dos seus empregados conversando com o postilhão?

— Vejo, vejo, vejo.

— Pois então sabe o nome dele, já que é seu empregado. Chame-o.

— Abdon! Abdon! — berrou Planchet da janela.

— Traga o cavalo — cochichou d'Artagnan.

— Traga o cavalo — urrou Planchet.

— Agora, dez libras para o postilhão — começou d'Artagnan, como se comandasse uma manobra militar —, dois empregados para trazer aqui as duas primeiras sacolas, dois outros para as duas últimas e fogo, caramba! Ação!

Planchet correu degraus abaixo como se o diabo estivesse no seu encalço. Pouco depois os seus rapazes subiam a escada, dobrados sob o peso. D'Artagnan os dispensou para que voltassem às suas mansardas, fechou bem fechada a porta e disse a Planchet, que, por sua vez, parecia enlouquecido:

— Agora, nós dois!

Estendeu no chão um amplo cobertor e esvaziou sobre ele a primeira sacola. Planchet fez o mesmo com a segunda e d'Artagnan, agitado, estripou a terceira a facadas. Ao ouvir o barulho provocador da prata e do ouro, ao ver fervilharem fora do saco os escudos reluzentes, que tremelicavam como peixes no bico do gavião, ao se sentir mergulhado até as batatas da perna naquela maré crescente de moedas fulvas ou prateadas, Planchet foi tomado por uma vertigem, rodopiou como alguém atingido por um raio e desabou pesadamente sobre um monte que o impacto desmoronou com indescritível barulheira.

Sufocado pela alegria, ele perdera os sentidos. D'Artagnan jogou um copo de vinho branco no seu rosto, o que imediatamente o trouxe de volta à vida.

— Deus do céu! Santo Deus! Por Deus! — exclamava Planchet, enxugando o bigode e a barba.

Naquele tempo, como hoje ainda, os merceeiros usavam bigodes e barbas pontudos, mas os banhos de dinheiro, já raros naquele tempo, se tornaram praticamente inexistentes hoje em dia.

— Caramba! — disse d'Artagnan. — Tem cem mil libras aí para você. Pegue o que é seu, por favor, pois o resto é meu.

— Que bela soma, sr. d'Artagnan, que bela soma!

— Há meia hora eu até lamentava um pouco dar a sua parte — disse d'Artagnan. — Mas agora não lamento mais, você é um bom merceeiro, Planchet. É isso! Façamos as contas, pois as boas contas fazem bons amigos, é o que dizem.

— Mas conte antes toda a história — disse Planchet. — Deve ser ainda mais bonita que o dinheiro.

— Bom — respondeu d'Artagnan, alisando o bigode. — Não nego, e se um dia um historiador se lembrar de mim buscando se informar, vai ver que achou uma boa fonte. Ouça, Planchet, vou contar.

— E eu faço as pilhas — disse Planchet. — Comece, patrão.

— Foi assim — tomou fôlego d'Artagnan.

— E é assim — disse Planchet, empilhando seu primeiro punhado de escudos.

39. O jogo do sr. de Mazarino

Num grande quarto do Palais Royal, com paredes cobertas de veludo escuro, realçando as molduras douradas de uma quantidade de magníficos quadros, naquela mesma noite em que chegaram os nossos dois franceses, toda a corte se encontrava reunida junto à alcova do sr. cardeal Mazarino, que organizara um jogo de cartas para o rei e a rainha.

Um pequeno biombo separava três mesas dispostas no quarto. Numa delas, estavam sentados o rei e as duas rainhas. Luís XIV, em frente à esposa, sorria para ela com uma expressão verdadeira de felicidade. Ana da Áustria jogava contra o cardeal, com a ajuda da nora, mais interessada em sorrir para o marido. Já o cardeal, que estava deitado, com o rosto muito emagrecido, tinha o seu jogo levado adiante pela condessa de Soissons,[166] mas o acompanhava com interesse e cupidez.

O cardeal fizera Bernouin maquiá-lo, mas o ruge brilhava apenas nas maçãs do rosto e isso realçava ainda mais sua doentia palidez, além do brilho amarelado da testa. Só os olhos pareciam lampejar alguma vivacidade e neles frequentemente se fixavam, com inquietude, os do rei, das rainhas e dos cortesãos.

Fato é que os olhos do *signor* Mazarino eram as estrelas, mais ou menos brilhantes, em que a França do século XVII lia o seu destino a cada noite e a cada manhã.

Monsenhor, naquele momento, não ganhava nem perdia; ou seja, não estava alegre nem triste. Era uma indefinição em que Ana da Áustria não queria deixá-lo, mas para de alguma forma reanimar o doente seria preciso ganhar ou perder. Ganhar era perigoso, pois Mazarino trocaria a apatia por uma expressão de raiva. Perder também, pois seria preciso jogar errado e a infanta, acompanhando o jogo da sogra, perceberia o favorecimento do adversário.

Aproveitando a calma reinante, os cortesãos conversavam. O sr. de Mazarino, quando não estava de mau humor, era um príncipe condescendente

---

166. Era uma das sobrinhas de Mazarino, Olympe, que se casara com Eugène de Carignan-Savoie, conde de Soissons.

que, não impedindo que as pessoas cantassem, não seria tirânico a ponto de impedir que falassem.[167]

Elas então conversavam. Na primeira mesa, o irmão mais jovem do rei, Filipe,[168] duque de Anjou, admirava seu belo rosto no espelho de uma caixa. Seu favorito, o cavaleiro de Lorraine, apoiado na poltrona do príncipe, com secreta inveja ouvia o conde de Guiche,[169] outro favorito de Filipe, contar animado as diversas vicissitudes do rei aventureiro Carlos II. Descrevia lances fabulosos das suas peregrinações pela Escócia, com os inimigos no seu encalço, tendo passado por combates, fome e noites em árvores. Pouco a pouco o destino daquele rei infeliz tanto interessou aos ouvintes que o jogo declinou, inclusive na mesa real, e o jovem rei, pensativo, com o olhar perdido, seguia, fingindo não prestar atenção, os mínimos detalhes da odisseia muito pitorescamente narrada pelo conde de Guiche.

A condessa de Soissons interrompeu o narrador e observou:

— Confesse que está enfeitando um pouco.

— Senhora, repito como um papagaio o que ouvi diferentes ingleses contarem. Para vergonha minha, acrescento inclusive que estou sendo puramente textual.

— Carlos II estaria morto se tivesse passado por tudo isso.

Luís XIV ergueu sua cabeça inteligente e orgulhosa.

— Senhora — disse ele, com uma voz que lembrava ainda a de uma criança tímida —, o sr. cardeal poderá confirmar que, na minha minoridade, os negócios da França beiraram a aventura... se eu fosse maior e já empunhasse a espada, às vezes teria sido para garantir o jantar da noite.

— Valha-me Deus! — exclamou o cardeal, que pela primeira vez dizia alguma coisa. — Vossa Majestade exagera, pois sempre teve o seu jantar à mesa, assim como o dos seus servidores.

O rei enrubesceu.

— Ah! — meteu-se estouvadamente na conversa Filipe, sem parar de se admirar no espelho. — Em Melun, uma vez, não houve jantar nenhum. Só um pão, do qual o rei comeu dois terços e me deixou o resto.

Todos em volta riram, vendo que Mazarino não se irritara. Lisonjeiam-se os reis com a lembrança de um mau momento passado, tanto quanto com a esperança de uma fortuna futura.

---

167. Durante a Fronda (ver capítulo 2 de *Vinte anos depois*), Mazarino diz não se importar que cantem canções que o satirizam: são uma válvula de escape graças à qual o povo continua a pagar seus impostos.

168. Filipe (1640-1701) passa a ser também duque de Orléans e chamado Monsieur à morte do seu tio Gastão, em 1660. Assumidamente homossexual, teve vários amantes ao longo da vida, entre os quais, por trinta anos, Philippe de Lorraine (1643-1702).

169. Armand de Gramont (1637-73), conde de Guiche, filho de Antoine III, duque de Gramont, importante general francês. Em *Vinte anos depois*, era amigo de Bragelonne e apaixonado pela futura esposa de Filipe, Henriqueta da Inglaterra.

— De um jeito ou de outro, a coroa da França sempre se manteve na cabeça dos reis — apressou-se em dizer Ana da Áustria — e a da Inglaterra, não. E quando por acaso essa coroa oscilava um pouco, pois às vezes há tremores de trono como há tremores de terra, sempre que a rebelião ameaçou, uma boa vitória trouxe de volta a tranquilidade.

— Com alguns florões a mais na coroa — acrescentou Mazarino.

O conde de Guiche se calou, o rei recompôs seu rosto e o cardeal trocou um olhar com Ana da Áustria, como se lhe agradecesse pela intervenção.

— Pouco importa — voltou Filipe, alisando os cabelos —, meu primo Carlos não é bonito, mas é valente e lutou como um cruzado. Se continuar assim, não tenho dúvida de que acabará ganhando uma batalha!... Como Rocroy...[170]

— Ele não tem soldados — interrompeu o cavaleiro de Lorraine.

— O rei da Holanda é seu aliado e lhe dará. Eu próprio lhe daria, se fosse rei da França.

Luís flagrantemente enrubesceu.

Mazarino fingiu prestar mais atenção do que nunca no jogo.

— Neste momento — retomou o conde de Guiche —, o destino desse infeliz príncipe está traçado. Se Monck o tiver enganado, ele está perdido. A prisão e talvez a morte terminarão o que o exílio, as batalhas e as privações começaram.

Mazarino franziu a testa.

— Podemos mesmo estar certos de que Sua Majestade Carlos ii deixou Haia? — perguntou Luís xiv.

— Com certeza — respondeu o jovem. — Meu pai recebeu uma carta com todos os detalhes. Sabe-se inclusive que o rei desembarcou em Dover. Pescadores o viram entrar no porto. O resto é ainda um mistério.

— Eu bem que gostaria de saber desse resto — disse impetuosamente Filipe. — Sabe de alguma coisa, meu irmão?

Luís xiv voltou a enrubescer. Era a terceira vez na última hora.

— Pergunte ao sr. cardeal — ele respondeu, com um tom que fez Mazarino, Ana da Áustria e todo mundo erguer os olhos.

— Isso quer dizer, meu filho — interrompeu, rindo, a rainha-mãe —, que não agrada ao rei que se fale de assuntos de Estado fora do Conselho.

Filipe aceitou com boa vontade a repreensão e fez uma reverência, sorrindo primeiro para o irmão e, em seguida, para a mãe.

Mas Mazarino, de viés, viu que um pequeno grupo se formava num canto do quarto e que o duque de Anjou, o conde de Guiche e o cavaleiro de Lorraine, sem poderem dar prosseguimento à conversa em voz alta, poderiam em

---

170. Importante batalha contra os espanhóis, em 19 de maio de 1643, vencida pelos franceses, sob o comando de Luís de Bourbon-Condé, o sr. Príncipe.

voz baixa ir além do que deviam. Começou então a lançar na direção deles olhares preocupados, apelando também a Ana da Áustria para que interferisse, quando Bernouin, entrando por uma pequena porta encoberta por trás de um reposteiro, na passagem junto à cama, foi dizer ao ouvido do seu amo:

— Monsenhor, um enviado de Sua Majestade, o rei da Inglaterra.

Mazarino não conseguiu disfarçar uma leve emoção, que o rei percebeu. Não querendo parecer indiscreto, e para não demonstrar sua pouca importância, Luís xiv imediatamente se levantou e, se aproximando do cardeal, lhe desejou boa-noite.

Todos os presentes se puseram de pé, com um tumulto de cadeiras e de mesas sendo empurradas.

— Deixai que todos pouco a pouco saiam — disse Mazarino ao rei — e concedei-me alguns minutos. Vou tratar de algo que gostaria, ainda essa noite, de comentar com Vossa Majestade.

— Também as rainhas? — perguntou Luís xiv.

— E o duque de Anjou — disse Sua Eminência.

Ao mesmo tempo, ele se voltou à passagem ao lado da cama, cujas cortinas, caindo, ocultaram. Mas em momento algum perdia de vista os conspiradores.

— Sr. conde de Guiche! — ele chamou, com uma voz oscilante, enquanto vestia, atrás do cortinado, o robe que Bernouin lhe estendia.

— Estou aqui, monsenhor — disse o jovem, se aproximando.

— Fique com as minhas cartas, o senhor tem sorte... Ganhe para mim algum dinheiro desses cavalheiros.

— Pois não, monsenhor.

O jovem se sentou à mesa, da qual o rei se afastou para conversar com as rainhas.

Uma partida mais séria começou entre o conde e vários ricos cortesãos.

Enquanto isso, Filipe falava de ornamentos com o cavaleiro de Lorraine e não se ouvia mais, atrás das cortinas da alcova, o fru-fru do robe de seda do cardeal.

Sua Eminência havia seguido Bernouin até o gabinete adjacente ao quarto de dormir.

40. Negócio de Estado

Passando ao gabinete, Sua Eminência lá encontrou o conde de La Fère, que aguardava, muito interessado em admirar um belíssimo Rafael pendurado acima de uma estante guarnecida com ourivesaria.

O cardeal entrou lento, leve e silencioso como uma sombra para surpreender a expressão do conde — como era seu hábito — e adivinhar, pela simples inspeção do rosto, qual seria o resultado da conversa.

Ali, porém, frustrou-se a expectativa e ele nada conseguiu decifrar, nem sequer o respeito que era comum se ler em todas as fisionomias.

O conde estava vestido de preto, com um simples bordado de prata. Ostentava as comendas do Espírito Santo, da Jarreteira e do Tosão de Ouro, três ordens de tamanha importância que apenas um rei, ou um farsante, poderia reunir.

Por alguns segundos, Mazarino procurou em sua memória, já um pouco perturbada, qual nome atribuir àquela figura glacial, mas não teve sucesso.

— Soube ter chegado para mim uma mensagem da Inglaterra — ele disse, se sentando e, ao mesmo tempo, dispensando Bernouin e Brienne, seu secretário, a postos para escrever o que fosse necessário.

— Sim, da parte de Sua Majestade, o rei da Inglaterra.

— Para um inglês, o cavalheiro fala um puríssimo francês — disse com graça Mazarino, observando, disfarçadamente, o Espírito Santo, a Jarreteira, o Tosão de Ouro e, mais ainda, o rosto do mensageiro.

— Não sou inglês, sou francês, sr. cardeal — respondeu o conde.

— É algo bastante particular o rei da Inglaterra escolher franceses para suas embaixadas. Vejo como um excelente sinal... Como se chama, por favor?

— Conde de La Fère — respondeu Athos, com uma saudação menos manifesta do que a exigida pelo cerimonial e pelo orgulho do todo-poderoso ministro.

Mazarino encolheu os ombros como quem diz: "Desconheço".

Athos não esboçou qualquer gesto.

— E o senhor veio — continuou Mazarino — para me dizer...

— Vim da parte de Sua Majestade, o rei da Grã-Bretanha, anunciar ao rei da França...

Mazarino arqueou as sobrancelhas.

— Anunciar ao rei da França — continuou Athos, imperturbável — a feliz restauração de Sua Majestade Carlos II ao trono dos seus pais.

A nuance não passou despercebida ao experiente Mazarino, habituado demais a todo esse cerimonial para não ver, na fria e quase altiva polidez de Athos, um indício de hostilidade que não combinava com a temperatura ambiente daquela estufa chamada corte.

— O senhor tem suas credenciais, certamente? — perguntou Mazarino de maneira breve e ríspida.

— Sim… monsenhor.

Esse "monsenhor" só muito dificilmente atravessou os lábios de Athos, como se os arranhasse.

— Nesse caso, mostre-as.

Athos tirou de um pequeno saco de veludo bordado, que trazia sob o gibão, um documento. O cardeal estendeu a mão.

— Desculpe, monsenhor — ele disse —, mas isto é para o rei.

— Já que é francês, deve saber o quanto um primeiro-ministro vale na corte da França.

— Já houve um tempo — respondeu Athos — em que eu de fato considerava o quanto valem primeiros-ministros, mas há vários anos resolvi só tratar com o rei.

— Nesse caso — disse Mazarino, que começava a se irritar —, não verá o ministro nem o rei.

Ele se pôs de pé. Athos voltou a guardar o documento no saquinho, fez um cumprimento grave e deu alguns passos na direção da porta. Tamanho sangue-frio exasperou o cardeal.

— Estranhos procedimentos diplomáticos! — ele exclamou. — Estamos ainda no tempo em que o sr. Cromwell nos enviava fanfarrões como encarregados de negócios? Ao senhor só faltam o pote na cabeça e a Bíblia na cintura.[171]

— Nunca tive, como o senhor — respondeu Athos, de forma seca —, a vantajosa ocasião de tratar com o sr. Cromwell, e só de espada em punho vi seus encarregados de negócios; ignoro então como ele tratava com primeiros- -ministros. Quanto ao rei da Inglaterra, Carlos II, sei que quando escreve a Sua Majestade, o rei Luís XIV, não escreve a Sua Eminência, o cardeal Mazarino. Tal distinção nada tem a ver com diplomacia.

— Ah! — exclamou Mazarino, erguendo a cabeça emagrecida e batendo nela com a mão. — Agora me lembrei!

Athos olhou, surpreso.

---

171. Referência ao corte de cabelo dos puritanos, seguidores de Cromwell.

— É, é isso! — disse o cardeal, continuando a examinar seu interlocutor. — Isso mesmo... Estou reconhecendo o cavalheiro. Ah, *diavolo*![172] Nada mais me espanta.

— De fato, eu estranhava que, com a excelente memória que tem, Vossa Eminência não me houvesse ainda reconhecido — respondeu Athos, com um sorriso.

— Sempre recalcitrante e ranzinza... senhor... senhor... como o chamavam? Espere... era o nome de um rio... Potamos... não... de uma ilha... Naxos...[173] Não, *per Jove!*,[174] um nome de montanha... Athos![175] Achei! Encantado em revê-lo, sem estar mais em Rueil, onde me fez pagar resgate, com os seus cúmplices infernais...[176] Fronda! Sempre a Fronda! Maldita Fronda! Ah, que fermento para todo tipo de coisa! E por que suas antipatias duram mais do que as minhas? No entanto, se fosse para alguém se queixar, não seria o senhor, que saiu dali não só com as calças limpas, mas ainda com a fita do Espírito Santo no pescoço.

— Sr. cardeal — respondeu Athos —, queira não entrar em considerações dessa ordem. Tenho uma missão a cumprir... pode me facilitar os meios para o cumprimento dessa missão?

— Causa-me surpresa — disse Mazarino, contente por ter encontrado a memória e cheio de farpas —, realmente, sr... Athos... que um frondista como o senhor tenha aceitado uma missão junto ao Mazarino, como diziam naquele bom tempo.

E desandou a rir, apesar de uma tosse dolorosa que cortava cada frase sua, fazendo com que os trechos saíssem como soluços.

— Aceitei uma missão junto ao rei da França, sr. cardeal — devolveu o conde, mas de forma menos agressiva, achando ter vantagem suficiente para se mostrar moderado.

— No entanto será preciso, sr. frondista — disse Mazarino, todo alegre —, que, do rei, o negócio do qual se encarregou...

— Do qual fui encarregado, monsenhor; não busco negócios.

— Que seja! Será preciso, como eu dizia, que essa negociação passe um pouco pelas minhas mãos... Não percamos um tempo precioso... diga-me as condições.

— Tenho a honra de garantir a Vossa Eminência que somente na carta de Sua Majestade, o rei Carlos II, consta o que ele pretende.

---

172. Em italiano, "Diabo!".
173. *Potamos* é "rio" em grego, e Naxos uma ilha grega.
174. Em italiano, "Por Júpiter!".
175. O monte (e península) Atos (Athos em francês), na Grécia, patrimônio mundial da Unesco.
176. Ver *Vinte anos depois*, capítulo 83.

— Veja! Está sendo ridículo com essa sua intransigência, sr. Athos. Vê-se logo que andou convivendo com aqueles puritanos de lá... Esse seu segredo, eu conheço melhor do que o senhor, que talvez esteja cometendo um erro em não ter certa consideração por um homem muito velho e muito doente, que muito trabalhou a vida inteira e bravamente sustentou batalhas pelas ideias que tem, como o senhor fez pelas suas... Não quer me adiantar nada? Bom. Não quer me comunicar o que tem na carta?... Ótimo. Venha comigo ao meu quarto e falará com o rei... e diante do rei... Agora, uma última pergunta: quem lhe deu o Tosão? Pelo que me lembro, diziam que tinha a Jarreteira... mas o Tosão, eu não sabia...

— Recentemente, monsenhor, a Espanha, por ocasião do casamento de Sua Majestade Luís xiv, enviou ao rei Carlos ii um diploma do Tosão em branco. Carlos ii imediatamente o transferiu para mim, preenchendo o espaço em branco com meu nome.

Mazarino se levantou e, apoiado no braço de Bernouin, voltou à passagem junto à cama no momento em que, no quarto, se anunciava: "O sr. Príncipe!". O príncipe de Condé, o primeiro príncipe da linhagem, o vencedor de Rocroy, de Lens e de Nordlingen, de fato entrava nos aposentos de monsenhor de Mazarino, acompanhado dos seus fidalgos, e já cumprimentava o rei quando o primeiro-ministro ergueu a cortina.

Athos teve tempo de ver Raoul apertando a mão do conde de Guiche e sorriu para ele, respondendo a seu respeitoso cumprimento.

Teve tempo também de ver a expressão radiante do cardeal ao perceber diante dele, em cima da mesa, uma quantidade enorme de ouro que o conde de Guiche tinha ganhado, com cartadas felizes, desde que Sua Eminência lhe confiara seu jogo. Embaixador, embaixada e príncipe caíam para segundo plano, pois o que o interessava era o ouro.

— Como? — exclamou o velho. — Ganhou tudo isso?

— Algo como uns cinquenta mil escudos; sim, monsenhor — respondeu o rapaz, levantando-se. — Devolvo o lugar de Vossa Eminência ou continuo?

— Devolva, devolva! O senhor é louco. Acabaria perdendo tudo o que ganhou, miséria!

— Monsenhor — disse o príncipe de Condé, cumprimentando-o.

— Boa noite, sr. príncipe — respondeu o ministro, displicente. — Muito amável, da sua parte, visitar um amigo doente.

— Um amigo! — murmurou o conde de La Fère, horrorizado com aquela monstruosa junção de palavras. — Amigo! Em se tratando de Mazarino e Condé.

Mazarino adivinhou o pensamento do frondista, pois sorriu para ele, triunfante, e emendou:

— Sire — ele disse ao rei —, tenho a honra de apresentar a Vossa Majestade o sr. conde de La Fère, embaixador de Sua Majestade britânica... Negócio de Estado, senhores! — ele acrescentou, dispensando com um gesto quem estava no quarto.

Com o príncipe de Condé à frente, todos se foram num piscar de olhos.

Raoul, depois de uma última olhada na direção do conde de La Fère, seguiu o sr. de Condé.

Filipe de Anjou e a rainha se entreolharam, perguntando-se se deviam também se retirar.

— Negócio de família — acrescentou subitamente Mazarino, mantendo-os em suas cadeiras. — O cavalheiro aqui presente traz para o rei uma carta na qual Carlos II, completamente restaurado em seu trono, pede uma aliança entre Monsieur, irmão do rei, e a srta. Henriqueta, neta de Henrique IV... Queira entregar ao rei o seu documento, sr. conde.

Athos permaneceu paralisado por um momento. Como o ministro podia saber o conteúdo de uma carta da qual ele não se separara nem por um instante? Entretanto, controlando-se, estendeu o papel ao jovem rei Luís XIV, que o aceitou, ruborizado. Um solene silêncio reinava no quarto do cardeal, perturbado apenas pelo barulho do ouro que Mazarino, com sua mão amarelada e seca, passava para uma caixa enquanto o rei lia.

41. A narrativa

A malícia do cardeal não havia deixado maiores informações que o embaixador pudesse acrescentar, mas a palavra "restauração" causara efeito no rei, que se dirigindo ao conde, em quem tinha os olhos fixados desde que entrara, pediu:

— Por favor, dê-nos alguns detalhes sobre a situação dos negócios na Inglaterra. O senhor está chegando de lá, é francês, e as comendas que ostenta demonstram o seu mérito e, também, sua qualidade.

— O sr. conde de La Fère — aparteou o cardeal, voltando-se para a rainha-mãe — foi servidor de Vossa Majestade.

Ana da Áustria era esquecida, como toda rainha que passou por tempestades e bonanças ao longo da vida. Olhou para Mazarino e percebeu, em seu sorriso maldoso, alguma provocação. Então, com outro olhar, pediu esclarecimento.

— O cavalheiro — continuou o cardeal — era um mosqueteiro Tréville, a serviço do falecido rei... Conhece perfeitamente a Inglaterra, tendo feito várias viagens para lá, em diferentes épocas. É um súdito do mais alto mérito.

Tais palavras faziam alusão a lembranças que Ana da Áustria temia sempre evocar. A Inglaterra representava seu ódio por Richelieu e seu amor por Buckingham; um mosqueteiro Tréville representava toda a odisseia de vitórias que haviam feito bater forte o coração da jovem rainha, e perigos que quase a haviam derrubado do trono.

Eram palavras poderosas, pois emudeceram e deixaram atentas todas as pessoas ali presentes, que, com sentimentos bastante diversos, reconstituíam para si mesmas aqueles misteriosos anos que os jovens não haviam conhecido e os mais velhos achavam para sempre extintos.

— Por favor, fale, cavalheiro — disse Luís xiv, o primeiro a sair da letargia, das desconfianças e das lembranças.

— Sim, fale — acrescentou Mazarino, que havia recuperado totalmente a energia e a alegria graças à pequena maldade contra Ana da Áustria.

— Sire — começou o conde —, uma espécie de milagre mudou todo o destino do rei Carlos ii. O que os homens não puderam fazer até então, Deus se decidiu e fez.

Mazarino tossiu, se mexendo na cama.

— O rei Carlos II — continuou Athos — deixou Haia não mais como fugitivo ou como conquistador, mas como rei absoluto que, depois de uma viagem distante do seu reino, volta, trazido pelas bênçãos universais.

— Grande milagre, efetivamente — comentou Mazarino —, pois se forem verdadeiras as notícias, o rei Carlos II, que acaba de voltar trazido pelas bênçãos, tinha sido expulso a tiros de mosquete.

O rei se manteve impassível.

Filipe, o mais jovem e mais frívolo, não escondeu um sorriso, que alegrou Mazarino como um aplauso à irreverência.

— De fato — disse o rei —, houve milagre; mas Deus, que tanto faz pelos reis, sr. conde, emprega sempre a mão do homem para que triunfem os seus desígnios. A quais homens, sobretudo, Carlos II deve o seu restabelecimento?

Sem se preocupar minimamente com o amor-próprio do rei, o cardeal interferiu:

— Mas Vossa Majestade não sabe que foi graças ao sr. Monck?

— Devo saber — respondeu resoluto Luís XIV —, mas perguntei ao sr. embaixador o que fez a atitude desse sr. Monck mudar de tal maneira.

— E Vossa Majestade toca justo no ponto certo — respondeu Athos —, pois sem o milagre ao qual tive a honra de me referir, o sr. Monck seria provavelmente um inimigo invencível para o rei Carlos II. Quis Deus que uma ideia estranha, ousada e engenhosa se formasse na mente de determinado homem, enquanto uma ideia de corajosa dedicação se consolidasse na de outro. A combinação dessas duas ideias causou tal mudança na posição do sr. Monck que, de inimigo implacável, ele se tornou um apoio para o rei decaído.

— É esse precisamente o detalhe que eu pedia — alegrou-se o rei. — Quem são esses dois homens a que se referiu?

— Dois franceses, Sire.

— É mesmo? Fico feliz.

— E as duas ideias? — quis saber Mazarino. — Pessoalmente, me interesso mais pelas ideias do que pelos homens.

— Sim — murmurou o rei.

— A segunda delas, a de dedicação, assentada na razão... É a menos importante, Sire: consistia em ir desenterrar um milhão em ouro escondido pelo rei Carlos I em Newcastle e comprar, com esse ouro, a ajuda de Monck.

— Oh! — exclamou Mazarino, animado pela simples palavra "milhão". — Mas Newcastle não era onde, justamente, se encontrava Monck com seu exército?

— Sim, sr. cardeal, e por isso me referi à ideia dizendo-a corajosa, além de movida pela dedicação. Tratava-se então, se o sr. Monck recusasse a proposta do negociador, de reintegrar o rei Carlos II na posse desse milhão que seria, nesse caso, conseguido graças à lealdade e não mais ao lealismo[177] do sr. Monck... Conseguiu-se isso, apesar de algumas dificuldades. O general foi leal e permitiu a retirada do ouro.

— Creio — disse timidamente o rei, pensativo — que Carlos II não sabia da existência dessa fortuna quando esteve na França.

— Creio — acrescentou maliciosamente o cardeal — que Sua Majestade, o rei da Grã-Bretanha, sabia perfeitamente da existência do milhão, mas preferia ter dois milhões em vez de só um.

— Sire — respondeu Athos com firmeza —, Sua Majestade, o rei Carlos II, esteve na França tão pobre que não tinha como revezar sua montaria. Tão desprovido de esperanças que várias vezes pensou em morrer. Ele tanto ignorava a existência desse ouro em Newcastle que sem um fidalgo, súdito de Vossa Majestade, depositário moral desse milhão e que revelou o segredo a Carlos II, esse príncipe vegetaria ainda no mais cruel esquecimento.

— Passemos à ideia engenhosa, estranha e ousada — interrompeu Mazarino que, astuto, já pressentia o fracasso com relação à primeira. — Que ideia foi essa?

— A seguinte: o sr. Monck era o único obstáculo para o restabelecimento do rei decaído, e um francês pensou em suprimir o obstáculo.

— Oh! Trata-se de um celerado, esse francês — cortou Mazarino. — E a ideia não chega a ser engenhosa a ponto de não fazer seu autor ser enforcado ou açoitado na praça de Grève[178] por decisão do Parlamento.

— O sr. cardeal se engana — disse rispidamente Athos. — O francês em questão não pensou em nenhum momento em assassinar Monck, mas suprimi-lo. As palavras da língua francesa têm um valor que os fidalgos da França conhecem à perfeição. Aliás, é uma situação de guerra, e quando servimos a um rei contra seus inimigos não temos como juiz o Parlamento, e sim Deus. Esse fidalgo francês, então, imaginou se apropriar da pessoa de Monck e executou seu plano.

O rei gostava de ouvir a narrativa de belas ações.

O irmão caçula de Sua Majestade bateu com a mão na mesa e gritou:

— Ah! Que bonito!

— Ele raptou Monck? — perguntou o rei. — Mas Monck estava em seu acampamento...

— E o fidalgo estava sozinho, Sire.

— É maravilhoso! — disse Filipe.

— Exatamente, maravilhoso! — concordou o rei.

---

177. Em francês, *loyalisme*, que é a fidelidade às instituições estabelecidas, no caso, a monarquia.
178. Atual praça do Hôtel de Ville, em Paris, onde se davam as execuções capitais e os castigos públicos.

— Pronto! Temos os dois pequenos leões em fúria — murmurou o cardeal.

E com um ar de fastio que não procurava disfarçar, perguntou:

— Ignorava esses detalhes; pode nos garantir a autenticidade, conde?

— Com certeza, sr. cardeal, pois assisti aos acontecimentos.

— Em pessoa?

— Sim, monsenhor.

O rei involuntariamente se aproximou de Athos, que o duque de Anjou, dando a volta, pressionava pelo outro lado.

— E depois, cavalheiro, e depois? — perguntaram os dois, ao mesmo tempo.

— Sequestrado pelo francês, o sr. Monck foi levado até Carlos ii, na Holanda. O rei o libertou e ele, agradecido, apoiou sua volta ao trono da Grã-Bretanha, pelo qual tantas pessoas valorosas combateram sem resultado.

Filipe bateu as mãos, entusiasmado. Luís xiv, mais ponderado, voltou-se para o conde de La Fère:

— Isso é mesmo verdade, em todos os detalhes?

— É a mais absoluta verdade, Sire.

— Um dos meus fidalgos sabia do segredo do tesouro escondido e o guardou?

— Sim, Sire.

— Quem é ele?

— Este vosso servidor, Sire — respondeu simplesmente Athos.

Um murmúrio de admiração dos ouvintes inflou o coração do antigo mosqueteiro. Havia do que se sentir orgulhoso. Até Mazarino ergueu os braços ao céu.

— Sr. conde — disse o rei —, vou procurar, vou tentar encontrar como recompensá-lo.

Athos fez um gesto de recusa.

— Ah, nada que afete sua probidade! Ser pago por isso o humilharia, mas devo-lhe uma recompensa por ter participado da restauração de meu irmão Carlos ii.

— Certamente — concordou Mazarino.

— É o triunfo de uma boa causa que enche de alegria toda a casa da França — acrescentou Ana da Áustria.

— Continue — pediu Luís xiv. — É também verdade que um homem se infiltrou no acampamento de Monck e o sequestrou?

— Tinha dez auxiliares de condição inferior.

— Só isso?

— Só isso.

— E como ele se chama?

— Sr. d'Artagnan, outrora tenente dos mosqueteiros de Vossa Majestade.

Ana da Áustria ficou vermelha; já Mazarino, envergonhado, ficou amarelo. A expressão de Luís xiv se ensombreceu e uma gota de suor caiu de sua pálida testa.

— Que homens! — ele murmurou.

Involuntariamente, ele olhou para o ministro de um jeito que o teria assustado se este último não estivesse com a cabeça escondida sob o travesseiro.

— Cavalheiro — exclamou o jovem duque de Anjou, repousando sua mão branca e fina como a de uma mulher no braço de Athos —, diga a esse bravo tenente, por favor, que Monsieur, irmão do rei, beberá amanhã à sua saúde diante de cem dos melhores fidalgos da França.

Terminando essas palavras, e percebendo que o entusiasmo havia tirado do lugar um dos punhos da sua camisa, tratou de se recompor com todo o cuidado.

— Falemos de negócios, Sire — interrompeu Mazarino, que não se entusiasmava e não tinha punhos de camisa com que se preocupar.

— É verdade — respondeu Luís xiv. — Comece o seu comunicado, sr. conde — ele acrescentou, virando-se para o enviado de Carlos ii.

Athos então começou e, solenemente, propôs a mão de lady Henriqueta Stuart ao jovem príncipe, irmão do rei.

A conferência durou uma hora. Depois disso, as portas do quarto foram abertas aos cortesãos, que retomaram seus lugares, como se nada tivessem perdido do que pretendiam fazer naquela noite.

Athos pôde então se aproximar de Raoul e, enfim, apertar sua mão.

42. O sr. de Mazarino se mostra pródigo

Enquanto Mazarino procurava se recuperar das recentes emoções, Athos e Raoul trocavam algumas palavras num canto do quarto.

— Que surpresa vê-lo em Paris, Raoul — disse o conde.

— Pois estou aqui, desde que o sr. Príncipe voltou.

— Não podemos conversar muito neste lugar, com tantas pessoas, mas logo estou indo para casa e o esperarei. Venha assim que puder.

Raoul se inclinou.

O sr. Príncipe vinha direto na direção deles. Tinha esse olhar claro e profundo que distingue os predadores alados de nobre espécie. Sua fisionomia inclusive oferecia vários traços nesse sentido, com o nariz aquilino, agudo e incisivo, partindo de uma testa inclinada para trás e mais estreita do que larga. Para as línguas ferinas da corte, impiedosas mesmo ao satirizar um gênio, o que o principal herdeiro dos ilustres príncipes da casa de Condé tinha no rosto era mais um bico de águia do que um nariz propriamente humano.

O olhar penetrante e a expressão imperiosa de toda a sua fisionomia, mais do que o ar majestoso ou a beleza simétrica do rosto, perturbavam aqueles a quem o vencedor de Rocroy dirigia a palavra. Aliás, o fulgor faiscava tão repentinamente em seus olhos salientes que qualquer animação parecia, nele, uma explosão de raiva. Por sua alta linhagem, todo mundo na corte respeitava o sr. Príncipe, e muitos, inclusive, considerando sobretudo a sua pessoa, levavam esse respeito às raias do terror.

Então, como dizíamos, Luís de Condé vinha na direção do conde de La Fère e Raoul, com a clara intenção de ser cumprimentado por um e dizer alguma coisa ao outro.

Ninguém saudava com mais reservada graça que o conde de La Fère. Ele não punha na reverência todas as nuances que o cortesão costuma concentrar numa só intenção: o desejo de agradar. Athos tinha consciência do próprio valor e cumprimentava um príncipe vendo nele sobretudo o homem, e corrigia com um indefinível toque pessoal o que, em sua atitude inflexível, pudesse ferir o orgulho de alguém de condição superior.

O príncipe vinha falar com Raoul. Athos o preveniu e tomou a dianteira:

— Se o sr. visconde de Bragelonne não fosse um dos muito humildes servidores de Vossa Alteza, eu pediria que me apresentasse... Príncipe.

— Tenho a honra de falar com o sr. conde de La Fère — disse imediatamente Condé.

— Meu protetor — acrescentou Raoul, corando.

— Um dos mais corretos homens do reino — continuou o príncipe. — Um dos primeiros fidalgos da França, e de quem tanto ouvi falarem bem que muitas vezes quis tê-lo como amigo.

— Honra da qual eu não seria digno, monsenhor — replicou Athos —, senão pelo respeito e pela admiração que tenho por Vossa Alteza.

— O sr. de Bragelonne — disse o príncipe — é um bom oficial, que claramente teve boa escola. Ah, sr. conde! No seu tempo, os generais tinham soldados...

— É verdade, monsenhor; mas hoje, os soldados têm generais.

Esse cumprimento, muito longe de parecer uma adulação, fez estremecer de alegria um homem que a Europa inteira via como um herói e que poderia fazer pouco-caso do elogio.

— É lamentável para mim — retomou o príncipe — que o sr. conde se tenha retirado do serviço ativo. É sempre possível que o rei precise se preocupar com uma guerra contra a Holanda ou a Inglaterra, e não faltariam ocasiões para um homem como o senhor, que conhece a Grã-Bretanha como a França.

— Creio poder dizer a monsenhor que fiz bem em me retirar do serviço — replicou Athos, com um sorriso. — A França e a Grã-Bretanha viverão agora como duas irmãs, se estiverem certos meus pressentimentos.

— Seus pressentimentos?

— Que monsenhor ouça o que se diz ali na mesa do sr. cardeal.

— No jogo?

— No jogo... Sim, monsenhor.

O cardeal, justamente, acabava de se apoiar num cotovelo para fazer um sinal ao jovem irmão do rei, que se aproximou.

— Monsenhor — pediu o cardeal —, por favor mande recolher esses escudos de ouro.

E mostrou com o dedo a enorme quantidade de moedas fulvas e reluzentes que o conde de Guiche havia pouco a pouco juntado à sua frente, graças a jogadas cada vez mais felizes.

— Para mim? — estranhou o duque.

— Estes cinquenta mil escudos, sim, monsenhor; são seus.

— Está me dando isso?

— Foi à sua intenção, monsenhor — respondeu o cardeal, fraquejando um pouco, como se o esforço para abrir mão daquele dinheiro esgotasse todas as suas forças físicas e morais.

— Santo Deus! — murmurou Filipe, quase tonto de alegria. — Que belo dia!

E foi ele próprio, usando os dedos da mão como um ancinho, que puxou parte da soma para seus bolsos, que ficaram cheios.

Mais de um terço das moedas continuava na mesa.

— Cavaleiro de Lorraine — chamou Filipe.

Seu favorito acorreu.

— Embolse o restante — disse o jovem príncipe.

Toda essa cena, bastante singular, foi considerada por aqueles que a assistiam como apenas uma tocante festa de família. O cardeal assumia ares paternais com os filhos da França, e os dois jovens príncipes haviam crescido sob sua asa. Ninguém então considerou orgulhosa, e nem mesmo impertinente, como aconteceria nos dias de hoje, a liberalidade do primeiro-ministro.

Os cortesãos se limitaram a invejar... e o rei desviou os olhos.

— Nunca tive tanto dinheiro — disse com alegria o jovem príncipe, atravessando o quarto com seu favorito para ir chamar a carruagem. — Nunca... Como pesam cento e cinquenta mil libras!

— E por que o sr. cardeal dá todo esse dinheiro, assim de repente? — perguntou baixinho o sr. Príncipe ao conde de La Fère. — Está tão doente, o querido cardeal?

— Bem doente, sem dúvida. Está, aliás, com má aparência, como se pode constatar.

— É possível... Mas isso vai apressar a sua morte! Cento e cinquenta mil libras! É realmente incrível. Diga, conde, por quê? Tem que haver um motivo.

— Paciência, monsenhor, por favor. O duque de Anjou vem se encaminhando nessa direção com o cavaleiro de Lorraine. É bem provável que me poupem a indiscrição. Vamos ouvi-los.

De fato, o cavaleiro dizia ao príncipe, a meia-voz:

— Não é normal que o sr. Mazarino dê tanto dinheiro... Cuidado para que não caiam moedas... O que está querendo o cardeal, para se mostrar tão generoso?

— Como eu disse — murmurou Athos ao ouvido do sr. Príncipe —, talvez esteja aí a resposta para a pergunta de Vossa Alteza.

— O quê, monsenhor? — reiterou ansioso o cavaleiro, que calculava, pelo peso no bolso, a soma que por tabela lhe coubera.

— Meu caro cavaleiro, é um presente de núpcias.

— Como assim, presente de núpcias?

— Pois, vou me casar! — replicou o duque de Anjou, sem se dar conta de estar passando diante do sr. Príncipe e Athos, que o saudaram profundamente.

O cavaleiro olhou para o jovem duque de forma tão estranha, tão cheia de raiva, que o conde de La Fère se assustou.

— Como? Vai se casar? Vai cometer essa loucura?

— Bom, não sou eu que a cometo, fazem isso por mim — respondeu o duque. — Mas vamos sair daqui, vamos gastar esse dinheiro.

Com isso, ele e o companheiro desapareceram, rindo e conversando, enquanto todos se curvavam à sua passagem.

O sr. Príncipe perguntou baixinho a Athos:

— Era esse o segredo?

— Não fui eu quem o revelou, monsenhor.

— Com a irmã de Carlos II?

— Creio que sim.

O príncipe pensou por um momento e seu olho brilhou.

— Bom — ele disse devagar, como se falasse a si mesmo —, mais uma vez a espada pendurada no gancho... por muito tempo!

E deu um suspiro.

Um suspiro que representava ambições surdamente abafadas, ilusões desfeitas, esperanças abortadas e que apenas Athos, único a ter ouvido, podia imaginar.

Assim que o sr. Príncipe se despediu, o rei já se retirava.

Com um sinal a Bragelonne, Athos insistiu no convite feito no início dessa cena.

Pouco a pouco o quarto se esvaziou e Mazarino ficou só, sem procurar mais disfarçar o sofrimento.

— Bernouin! Bernouin! — ele chamou, com uma voz alquebrada.

— O que deseja, monsenhor?

— Guénaud... mande chamar Guénaud — disse o cardeal. — Acho que vou morrer.

Assustado, Bernouin correu até o gabinete para transmitir a ordem, e o carro, indo buscar o médico, ainda passou pela carruagem do rei na rua Saint-Honoré.

43. Guénaud

A ordem do cardeal era premente e Guénaud não se fez esperar.
Encontrou o paciente estirado na cama, com as pernas inchadas, o estômago comprimido. Mazarino acabava de sofrer uma crise aguda de gota. A dor era grande e agravada por acometer alguém que não estava habituado a encontrar resistências à sua frente. Ao ver o médico, ele exclamou:

— Ah! Estou salvo!

Guénaud era um homem de grande conhecimento e muito circunspecto, que não precisava das críticas de Boileau para ser famoso.[179] Diante da doença, estivesse ela personificada num rei, ele a tratava simplesmente como tal. Não respondeu ao ministro como este esperava: "O médico chegou, adeus doença!". Pelo contrário, examinando-o, exclamou, de forma grave:

— Oh!

— O quê, Guénaud?... Está com uma cara!

— A cara que devo ter diante do seu mal, monsenhor; algo bem perigoso.

— A gota... Eu sei, a gota.

— Com algumas complicações, monsenhor.

Mazarino se apoiou num cotovelo, ansioso.

— O que está dizendo? Estou ainda mais doente do que eu mesmo suponho?

— Vossa Eminência trabalhou muito ao longo da vida, sofreu muito — disse Guénaud, sentando-se na beira da cama.

— Mas não sou tão velho... O falecido sr. de Richelieu tinha apenas dezessete meses a menos do que tenho quando morreu de doença fatal. Sou moço, Guénaud, pense nisso, tenho só cinquenta e dois anos.[180]

— Ah, monsenhor tem bem mais... Quanto tempo durou a Fronda?

— O que tem isso? Por que a pergunta?

— Para um cálculo médico.

---

179. Nicolas Boileau (1636-1711), *Les satires*, VI: "Les embarras de Paris". A crítica não é ao médico especificamente, que apenas é citado.

180. Teria na verdade um pouco mais, 58 anos, tendo nascido em 1602 e a cena se passando em 1661.

— Algo em torno de dez anos... pouco mais, pouco menos.

— Muito bem; devemos multiplicar cada ano da Fronda por três... temos trinta. Com isso, chegamos a setenta e dois, monsenhor... é uma idade já respeitável.

Dizendo isso, averiguava o pulso do doente, e o exame gerava prognósticos tão negativos que ele continuou, apesar das interrupções do paciente:

— Consideremos os anos da Fronda com valor de quatro para um, são oitenta e dois anos que monsenhor viveu.

Mazarino ficou muito pálido e, com uma voz apagada, perguntou:

— Está falando sério, Guénaud?

— Infelizmente sim, monsenhor.

— Isso é um subterfúgio para dizer que estou muito doente?

— É verdade, monsenhor, e com alguém com a capacidade e a coragem de Vossa Eminência eu não deveria empregar subterfúgios.

O cardeal respirava com tanta dificuldade que causou pena até mesmo ao implacável médico.

— Há doença e doença — voltou Mazarino. — De algumas a gente escapa.

— É verdade, monsenhor.

— Não concorda? — animou-se Mazarino, quase alegre. — Pois, afinal, de que serviria a força de vontade? De que serviria o talento, e o seu próprio talento, Guénaud? De que serviriam, enfim, a ciência e a arte, se o doente que dispõe de tudo isso não puder se salvar do perigo?

Guénaud ia dizer alguma coisa, mas Mazarino continuou:

— Veja bem. Sou o mais confiante dos seus pacientes, sigo cegamente o que prescreve; portanto...

— Sei de tudo isso — disse Guénaud.

— Então vou me curar?

— Monsenhor, não há força de vontade, nem talento, nem ciência que resistam ao mal que Deus sem dúvida envia, ou lançou na Terra no momento da Criação, com plenos poderes para destruir e matar os homens. Quando o mal é fatal, ele mata, e nada pode ir contra...

— E o meu mal... é... fatal? — perguntou Mazarino.

— É, monsenhor.[181]

Sua Eminência desabou por um momento, como o infeliz a quem a queda de uma pilastra acaba de esmagar... Mas era uma alma bem forjada, ou melhor, uma mente bem firme a do sr. de Mazarino.

— Guénaud — ele disse, se erguendo —, permita-me pesquisar mais a fundo. Quero juntar os homens mais sábios da Europa, quero consultá-los... Quero, enfim, viver, qualquer que seja o remédio.

---

181. Mazarino já sofria dos rins havia algum tempo e certamente morreu de uma crise renal aguda.

— Monsenhor não pode achar que eu tenha a pretensão de me pronunciar sozinho com relação a uma existência tão preciosa quanto a sua. Já procurei todos os bons médicos da França e da Europa... ao todo doze.

— E eles disseram...?

— Disseram que Vossa Eminência sofre de uma doença fatal. Tenho a consulta assinada em minha pasta. Se Vossa Eminência quiser tomar conhecimento, verá o nome de todas as doenças incuráveis que descobrimos. Há, antes de tudo...

— Não! Não! — exclamou Mazarino, afastando o papel. — Não, Guénaud, eu me rendo, me rendo!

Um profundo silêncio, durante o qual ele procurou retomar o autocontrole e reparar suas forças, seguiu-se às agitações dessa cena.

— Há outra coisa — murmurou Mazarino —, temos os empíricos, os charlatães. No meu país, os pacientes desenganados pelos médicos tentam a sorte com algum vendedor de orvietano,[182] que muitas vezes os mata, mas que dez vezes mais os salva.

— Vossa Eminência não reparou que no último mês troquei diversas vezes os seus remédios?

— Sim... E o que tem isso?

— Bem! Gastei cinquenta mil libras comprando segredos de todos esses aventureiros: esgotei a lista e também a minha bolsa. Nada o curou, e sem a minha arte já estaria morto.

— É o fim — murmurou o cardeal. — Cheguei ao fim.

Lançou um olhar sombrio à sua volta, às suas riquezas.

— Ter que deixar tudo isso! — ele suspirou. — Vou morrer, Guénaud! Vou morrer!

— Bom, ainda não, monsenhor.

Mazarino pegou a sua mão.

— Dentro de quanto tempo? — ele perguntou, fixando seus olhos arregalados no rosto do médico.

— Monsenhor, nunca podemos dizer isso.

— Para as pessoas comuns, concordo, mas para mim... cada minuto meu vale um tesouro. Diga para mim, Guénaud, diga!

— Não, monsenhor. Isso não é possível.

— Eu quero. Dê-me um mês, e por cada um desses trinta dias pagarei cem mil libras.

— Monsenhor — replicou Guénaud, com voz firme —, Deus é quem pode dar os dias, e de graça. E Deus não lhe dará mais do que quinze dias!

---

182. Droga inventada por um charlatão de Orvieto, na Itália, e que esteve muito em voga no século XVII, passando às vezes a designar qualquer remédio milagroso.

O cardeal soltou um doloroso suspiro e tombou no travesseiro, murmurando:

— Obrigado, Guénaud, obrigado!

O médico já ia se afastar quando o moribundo se ergueu e pediu, com os olhos em chamas:

— Silêncio, silêncio!

— Há dois meses sei desse segredo, e monsenhor pode constatar que ficou bem guardado.

— Pode ir, Guénaud, cuidarei da sua fortuna. Pode ir e diga a Brienne que me envie um mensageiro, que chamem o sr. Colbert. Obrigado, pode ir.

44. Colbert

Colbert não estava longe.

Durante toda aquela noite, estivera num corredor, conversando com Bernouin ou Brienne e comentando, com a habilidade comum das pessoas da corte, as notícias que se esboçavam como bolhas de ar na superfície de cada acontecimento. É o momento, sem dúvida, de traçar, em poucas palavras, um dos retratos mais interessantes daquele século, traçando-o tão fielmente quanto os pintores de então puderam fazer. Colbert é um personagem sobre o qual o historiador e o moralista têm direitos iguais.

Tinha treze anos a mais que Luís XIV, seu futuro patrão.

Estatura bastante medíocre, mais magro do que gordo, tinha o olho fundo em sua cavidade, aparência triste, cabelos grossos, pretos e ralos, num conjunto que, disseram seus biógrafos, o fez pensar em abraçar a batina. Olhar cheio de severidade ou até dureza, uma rigidez que, para os inferiores, era sinal de orgulho, para os superiores, uma afetação de digna virtude. Estampava, enfim, arrogância em tudo que fazia, mesmo quando estava só, a se olhar no espelho. É esse o aspecto externo do personagem.

Por outro lado, salientava-se o profundo talento que tinha para fazer contas e sua engenhosidade para tornar até a esterilidade produtiva.

Colbert propusera fazer com que os comandantes das praças-fortes de fronteira alimentassem suas guarnições sem soldo a partir do que conseguissem com as taxações. Um tão precioso talento fez o cardeal Mazarino pensar em substituir seu intendente, Joubert, recentemente morto, por Colbert, que sabia abrir o próprio caminho.

Ele pouco a pouco havia penetrado na corte, apesar da mediocridade de seu berço, pois era neto de um comerciante de vinho cujo filho, depois de começar a vida no mesmo ramo, passara a vender tecidos ordinários, chegando em seguida às sedas.

Inicialmente destinado ao comércio, Colbert começou a vida profissional com um comerciante de Lyon, que ele deixou para ir trabalhar no escritório de um procurador do Châtelet,[183] em Paris, chamado Biterne. Foi

---

183. A fortaleza do Châtelet, construída no século XI, passou a ser a sede da polícia, para onde os presos eram levados de imediato e depois julgados, sendo eventualmente encami-

como se aperfeiçoou na arte de fazer contas e na ainda mais preciosa arte de confundi-las.

Essa rigidez fez muito bem a Colbert, na medida em que a fortuna, em seus caprichos, se assemelha àquelas mulheres da Antiguidade nas quais nem o físico nem a moralidade dos homens e das coisas impedia a fantasia.[184] Um primo seu, sr. de Saint-Pouange,[185] o levou para trabalhar com Michel Letellier,[186] secretário de Estado em 1648 que, certo dia, incumbiu Colbert de uma tarefa a tratar com o cardeal Mazarino.

Sua Eminência gozava então de uma saúde exuberante, sem que os anos nefastos da Fronda lhe tivessem pesado três ou quatro vezes mais. Estava na cidade de Sedan, bastante enredado numa intriga de corte, na qual Ana da Áustria parecia não apoiá-lo.

E Letellier estava no centro dessa intriga: acabava de receber uma carta da rainha-mãe, carta preciosa para ele e comprometedora para Mazarino. Já acostumado a representar um duplo papel, colocando-se entre dois inimigos para tirar partido de ambos, fosse piorando as coisas, fosse articulando a reconciliação, Letellier quis mostrar a carta ao cardeal para que tomasse conhecimento e, como consequência, ficasse agradecido por um serviço tão elegantemente prestado.

Enviar a carta era fácil, obtê-la de volta seria mais difícil.

Letellier olhou ao redor e, vendo o escriturário sombrio e magro que sisudamente cumpria sua rotina, achou-o mais conveniente, para a execução do projeto, que o melhor policial.

Colbert iria a Sedan mostrar a carta a Mazarino e trazê-la de volta.

Ele prestou toda a atenção ao ouvir a tarefa, pediu que as instruções fossem repetidas e insistiu em perguntar se trazer a carta de volta era tão necessário quanto comunicá-la. Letellier respondeu:

— É até mais necessário.

O escriturário então se foi, viajou como um correio, sem se preocupar com o cansaço, e entregou a Mazarino, primeiro, uma carta de Letellier, anunciando ao cardeal o envio da preciosa carta, e depois o documento propriamente.

---

nhados a presídios mais definitivos. Foi demolida no início do século XIX, abrindo lugar para a atual praça do Châtelet.

184. Referência, talvez, a peças de Aristófanes como *A revolução das mulheres* e, sobretudo, *Lisístrata*, em que as mulheres se revoltam contra o domínio do homem.

185. Gilbert Colbert de Saint-Pouange (1642-1706), cunhado do ministro da Guerra, inclusive o substituindo em muitas ocasiões.

186. Michel Le Tellier (1603-85), secretário de Estado da Guerra, modesto e prudente, teve até o fim da vida a confiança de Luís XIV. Coube a ele a reformulação do Exército e sua profissionalização, pois os cargos de comando eram em geral comprados (uma Escola Militar nacional só seria criada no século seguinte).

Mazarino ficou muito vermelho ao lê-la, deu um gracioso sorriso a Colbert e o dispensou.

— E quanto à resposta, monsenhor? — perguntou humildemente o correio.

— Amanhã.

— Pela manhã?

— Sim, pela manhã.

O enviado girou nos calcanhares e ensaiou sua mais nobre reverência.

No dia seguinte, desde as sete horas Colbert estava a postos. Mazarino o fez esperar até as dez. Ele aguardou na antecâmara, impassível. Chegada a sua vez, entrou.

Mazarino lhe entregou um pacote lacrado. Nele estava escrito: "Para o sr. Letellier etc.".

Colbert olhou o pacote com todo o cuidado. Com maneiras encantadoras, o cardeal o empurrou na direção da porta.

— E a carta da rainha-mãe, monsenhor? — ele perguntou.

— Está com o restante, dentro do pacote — respondeu Mazarino.

— Ah, ótimo! — replicou Colbert, prendendo o chapéu entre as pernas e pondo-se a abrir o pacote.

Mazarino deu um grito e brutalmente perguntou:

— O que está fazendo?

— Abrindo o pacote, monsenhor.

— Está duvidando de mim, infeliz? Onde já se viu tamanha impertinência?

— Ah, monsenhor, não é a palavra de Vossa Eminência que ponho em dúvida, pelo amor de Deus!

— E como se explica, então?

— Temo algum erro de vossa chancelaria. O que é uma carta? Um simples pedaço de papel, que pode perfeitamente ser esquecido... E tive razão em me preocupar! Esqueceram desse pedaço de papel: a carta não está no pacote.

— O senhor é um insolente e não olhou direito! — exclamou Mazarino, irritado. — Retire-se e aguarde que eu me disponha a recebê-lo.

Dizendo isso, com uma sutileza bem italiana, ele arrancou o pacote das mãos de Colbert e voltou a seus aposentos. Mas não era uma irritação que fosse durar para sempre, podendo ser abrandada pelo raciocínio.

Todos os dias, ao abrir a porta do gabinete, Mazarino encontrava Colbert de sentinela no banco, à espera. E essa presença desagradável, humilde mas insistentemente, pedia a carta da rainha-mãe.

Para acabar com aquilo, um dia Mazarino a entregou, mas com uma reprimenda das mais brutais, enquanto Colbert se limitava a examinar, pegar e até cheirar o papel, as letras e a assinatura, como se lidasse com o pior falsário do reino. Mazarino o tratou mais brutalmente ainda e Colbert, impassível, já certo de ter nas mãos a carta verdadeira, retirou-se como se surdo fosse.

Tal comportamento lhe valeu mais tarde o cargo de Joubert, pois Mazarino, em vez de guardar rancor, ficou bem impressionado e quis ligar à sua pessoa alguém capaz de tamanha fidelidade.

Essa história já bastaria para que se tenha ideia da personalidade de Colbert. O gradual desenrolar dos acontecimentos fez com que livremente se revelassem suas muitas outras qualidades.

Em pouco tempo ele caiu nas boas graças do cardeal, tornando-se inclusive indispensável. Conhecia todas as contas de Sua Eminência sem que fosse preciso ter falado delas. Esse segredo entre os dois criava um poderoso laço e foi por isso que, prestes a comparecer diante de um poder do outro mundo, para tomar decisões Mazarino quis um conselheiro que o ajudasse a dispor de tudo o que se via forçado a abandonar neste nosso mundo.

Depois da visita de Guénaud, ele então mandou chamar Colbert, indicou-lhe uma cadeira e disse:

— Conversemos, sr. Colbert, e seriamente, pois estou doente e é possível que eu morra.

— O homem é mortal — obtemperou Colbert.

— Sempre procurei me lembrar disso, sr. Colbert, e trabalhei dentro dessa previsão... O senhor sabe que juntei algum patrimônio...

— Sei, monsenhor.

— Em quanto o senhor mais ou menos estima esse patrimônio?

— Em quarenta milhões, quinhentas e sessenta mil e duzentas libras, nove soldos e oito cêntimos — respondeu Colbert.

O cardeal suspirou profundamente e olhou para ele com admiração, dando-se o direito de sorrir.

— Dinheiro conhecido — acrescentou Colbert, em resposta a esse sorriso.

O cardeal teve um sobressalto na cama.

— O que quer dizer com isso?

— Quero dizer — respondeu Colbert — que além desses quarenta milhões, quinhentas e sessenta mil e duzentas libras, nove soldos e oito cêntimos há outros treze milhões que não são conhecidos.

— Irra! — suspirou Mazarino. — Que homem!

Nesse momento, a cabeça de Bernouin apareceu à porta, que estava entreaberta.

— O que há, por que estou sendo incomodado? — perguntou Mazarino.

— O padre teatino,[187] diretor de Sua Eminência, tinha sido convocado para hoje e só poderá voltar depois de amanhã se não puder ser recebido.

---

187. Da ordem fundada em 1524 por Gian Pietro Caraffa (futuro papa Paulo IV), arcebispo de Teate (atual Chiete).

Mazarino olhou para Colbert, que imediatamente pegou seu chapéu e disse:

— Voltarei depois, monsenhor.

O ministro hesitou e decidiu:

— Não, não. Tenho tanto a falar com o senhor quanto com ele. Aliás, considero-o também meu confessor... o que digo a um, o outro pode ouvir. Fique.

— Mas monsenhor, sem segredo de penitência, o diretor consentirá?

— Não se preocupe. Fique ali na passagem junto à cama, atrás da cortina.

— Posso esperar lá fora, monsenhor.

— Não precisa. Mais vale que ouça a confissão de um homem de bem.

Colbert se inclinou e foi até o local que lhe fora indicado.

— Mande entrar o padre teatino — ordenou Mazarino.

45. Confissão de um homem de bem

O teatino entrou circunspecto, sem se impressionar muito com os boatos e a agitação que as notícias sobre a saúde do cardeal haviam gerado na casa.

— Aproxime-se, meu reverendo — chamou Mazarino, depois de uma última olhada para onde se encontrava Colbert. — Aproxime-se e me asserene.

— É o meu dever, monsenhor — respondeu o religioso.

— Sente-se confortavelmente, pois vou começar por uma confissão geral. Com uma boa absolvição, me sentirei mais tranquilo.

— Monsenhor não está tão doente para que uma confissão geral seja urgente… E seria demasiado fatigante, pense melhor.

— Acha que seria assim tão longa, meu reverendo?

— E como não seria, tratando-se de alguém que viveu tão intensamente quanto Vossa Eminência?

— Ah, é verdade!… De fato, pode ser demorada.

— Grande é a misericórdia de Deus — salmodiou o teatino.

— Droga, começo eu mesmo a me assustar por ter deixado passarem coisas que o Senhor pode desaprovar.

— Não é? — respondeu ingenuamente o padre, afastando da lâmpada o seu rosto fino e pontudo como o de uma toupeira. — Assim são os pecadores, esquecidos antes e escrupulosos tarde demais.

— Pecadores? — replicou Mazarino. — Diz isso ironicamente e para me censurar todas as genealogias que deixei serem fabricadas a meu respeito… sendo filho, de fato, de pescador?[188]

— Hum…! — apenas murmurou o teatino.

— Temos aí um primeiro pecado, meu reverendo; pois, afinal, permiti que me fizessem descender de antigos cônsules de Roma, T. Geganius Macerinus I, Macerinus II e Proculus Macerinus III, a quem se refere a crônica de Haolander…[189] De Macerinus a Mazarino, a proximidade era tentadora. Macerinus é

---

188. Trocadilho entre *pécheur* e *pêcheur*, palavras homófonas em francês, "pecador" e "pescador".
189. Grégoire Haolander, autor do século XVI que escreveu sobre jurisconsultos romanos. Os cônsules citados são todos de períodos anteriores a Cristo.

um diminutivo e quer dizer "magrelo". E veja, meu reverendo, Mazarini pode significar hoje, no aumentativo, magro como Lázaro, veja só!

E ele mostrou os braços descarnados e as pernas devoradas pela febre.

— Que monsenhor tenha nascido numa família de pescadores — retomou o teatino —, não há por que se envergonhar... São Pedro, afinal, era pescador. Monsenhor é príncipe da Igreja e ele foi o chefe supremo. Passemos, por favor.

— Ainda mais porque ameacei jogar na Bastilha um certo Bonnet,[190] padre de Avignon, que queria publicar uma genealogia da Casa Mazarini exageradamente maravilhosa.

— Para ser verossímil? — perguntou o confessor.

— Bem, se eu tivesse seguido essa ideia, meu reverendo, seria pelo vício de orgulho... outro pecado.

— Seria por excessiva agudeza de espírito, e não se pode criticar uma pessoa por esse tipo de abuso. Passemos, passemos.

— Estava no orgulho... Veja, meu reverendo, vou tentar distribuir tudo nos pecados capitais.

— Aprecio as distribuições bem feitas.

— Ótimo. É preciso que saiba que, em 1630... Miséria! Há trinta anos!

— Monsenhor tinha vinte e nove anos.

— Idade efervescente. Em Casal[191] eu me lançava afoito em arcabuzadas, querendo mostrar que montava a cavalo tão bem quanto um oficial. É verdade que intermediava a paz entre os espanhóis e os franceses... isso compensa um pouco o pecado.

— Não vejo sombra de pecado em querer mostrar que monta bem a cavalo. É de muito bom gosto e só honra a nossa batina. Enquanto cristão, aprovo que tenha evitado maior efusão de sangue; enquanto religioso, me sinto orgulhoso da bravura demonstrada por um colega.

Mazarino fez uma humilde saudação com a cabeça e acrescentou:

— Obrigado, mas na continuidade disso...

— Qual continuidade?

— É que o danado do pecado do orgulho tem raízes sem fim... Depois de me lançar daquele jeito entre dois exércitos, de sentir o cheiro da pólvora e percorrer as linhas de soldados, me senti um pouco acima dos generais.

— Ah!

— É esse o mal... De forma que nunca mais achei nenhum deles suportável, desde então.

---

190. O padre em questão se chamava Thomas Bonnet e o fato é narrado no *Dictionnaire historique et critique* de Pierre Bayle, de 1820.

191. Cidade do norte da Itália, sitiada em 1630, durante a Guerra dos Trinta Anos. Mazarino participou do conflito e foi o mediador diplomático, a serviço do papa.

— Fato é que os generais que tivemos — contemporizou o teatino — não eram ótimos.

— Ah! — exclamou Mazarino. — Houve o sr. Príncipe... infernizei um bocado a sua vida!

— Ele não tem do que se queixar; obteve bastante glória e bom patrimônio.

— Com relação a ele, pode ser, mas e o sr. de Beaufort, por exemplo... a quem tanto fiz sofrer na torre de Vincennes?[192]

— Bem, era um rebelde, e a segurança do Estado exigiu que fizesse o sacrifício... Passemos.

— Acho que esgotei o orgulho. Há outro pecado que tenho até medo de qualificar...

— Qualificá-lo-ei eu... Em frente!

— Um pecado importante, meu reverendo.

— Isso veremos, monsenhor.

— Não pode ter deixado de ouvir falar de certas relações minhas... com Sua Majestade, a rainha-mãe... As más línguas...

— As más línguas, monsenhor, são tolas... Não foi preciso, para o bem do Estado e no interesse do jovem rei, que monsenhor estivesse em bom acordo com a rainha? Passemos, passemos.

— Juro que o senhor tira um peso terrível do meu peito — disse Mazarino.

— Ninharias, tudo isso!... Procurai nas coisas sérias.

— Houve muita ambição, meu reverendo...

— É o degrau para os grandes feitos, monsenhor.

— Inclusive a veleidade da tiara?

— Ser papa significa ser o primeiro dos cristãos... Por que não teria ambicionado isso?

— Imprimiram-se panfletos dizendo que, para chegar a isso, vendi Cambrai aos espanhóis.[193]

— Pode-se por acaso aceitar que panfletos sejam impressos sem que se persigam os panfletários?

— Sendo assim, meu reverendo, sinto o coração leve. Restam apenas vagos pecadilhos.

— Estou ouvindo.

— O jogo.

— É, de fato, um tanto mundano, mas quase uma obrigação da grandeza, pelo dever de manter a casa.

— Eu gostava de ganhar...

— Não há jogador que jogue para perder.

---

192. Ver *Vinte anos depois*, capítulos 18-21.

193. A cidade no norte da França, então sob o domínio espanhol, em 1649 teve seu cerco pelas forças francesas milagrosamente retirado "por intercessão de Nossa Senhora da Graça".

— Trapaceava um pouco…

— Tomava a dianteira. Passemos.

— Pois veja, meu reverendo, nada mais sinto em minha consciência. Dê-me a absolvição e minha alma poderá, quando Deus a chamar, subir sem obstáculos até o seu trono.

O teatino não moveu braços nem lábios.

— O que está esperando, meu reverendo? — estranhou Mazarino.

— Que termine.

— Termine o quê?

— A confissão, monsenhor.

— Já terminei.

— Não creio. Vossa Eminência se engana.

— Não que eu saiba.

— Procurai bem.

— Procurei o quanto pude.

— Então vou tentar ajudar.

— Por favor.

O teatino tossiu várias vezes e disse:

— Não foi mencionada a avareza, outro pecado capital, e esses milhões…

— Quais milhões, meu reverendo?

— Ora, esses que monsenhor possui.

— Meu padre, é dinheiro meu, por que falaria disso?

— Porque nesse ponto nossas opiniões diferem. Monsenhor diz que esse dinheiro é seu, e creio eu ser também de outros.

Mazarino levou a mão gelada à testa, na qual gotejava suor.

— Como assim? — ele balbuciou.

— Vou dizer. Vossa Eminência ganhou muitos bens a serviço do rei…

— Hum… muitos… Nem tantos.

— Seja como for, de onde vinham esses bens?

— Do Estado.

— E o Estado é o rei.

— Aonde quer chegar, meu reverendo? — perguntou Mazarino, que começava a tremer.

— Não posso concluir sem uma lista dos bens que Vossa Eminência possui. Contemos alguns, por favor: o bispado de Metz.

— Sim.

— As abadias de Saint-Clément, de Saint-Arnoud e de Saint-Vincent, ainda em Metz.

— Sim.

— A abadia de Saint-Denis, ao lado de Paris, um belíssimo patrimônio.

— Sim, meu reverendo.

— A abadia de Cluny, que é tão rica.

— É minha.

— E a de Saint-Médard, em Soissons, com cem mil libras de renda.

— Não nego.

— A de Saint-Victor, em Marselha, uma das melhores do sul.

— Sim, padre.

— Isso rende um bom milhão por ano. Com os emolumentos do cardinalato e do ministério, talvez cheguemos a uns dois milhões por ano.

— E?

— Em dez anos, são vinte milhões... e vinte milhões aplicados a cinquenta por cento dão, por progressão, vinte outros milhões em dez anos.

— Para um teatino, tem muita facilidade em contar!

— Desde que Vossa Eminência assentou nossa ordem no convento que ocupamos perto de Saint-Germain-des-Prés, em 1644, sou o responsável pelas contas da sociedade.

— E pelas minhas, ao que parece, meu reverendo.

— Deve-se saber um pouco de tudo, monsenhor.

— Pois bem, conclua!

— Concluo que se trata de uma bagagem pesada demais para quem quer atravessar a porta do Paraíso.

— Serei condenado?

— Se não restituir, sim.

Mazarino deixou escapar um grito de infelicidade.

— Restituir? Para quem, meu Deus?

— Para o dono desse dinheiro, o rei.

— Mas foi o rei quem me deu tudo isso!

— Um momento! O rei não assina as ordenanças!

Mazarino passou dos suspiros aos gemidos.

— A absolvição — ele disse.

— É impossível, monsenhor... Restituí, restituí — replicou o teatino.

— Mas o senhor, afinal, me absolve de todos os pecados; por que não deste?

— Porque vos absolver deste — respondeu o reverendo — seria um pecado do qual o rei jamais me absolveria, monsenhor.

E com isso o confessor, expressando em toda a sua aparência bastante compunção, deixou seu penitente e saiu da forma como tinha entrado.

— Ai de mim, meu Deus! — gemeu o cardeal. — Venha, Colbert, estou mal, meu amigo!

46. A doação

Colbert ressurgiu das cortinas.

— Ouviu? — perguntou Mazarino.

— Infelizmente sim, monsenhor.

— Será que ele está certo? Será que todo esse dinheiro foi conseguido de forma errada?

— Um teatino não é o melhor juiz em matéria de finanças — respondeu friamente Colbert. — Pode no entanto ser que, pela perspectiva das ideias teológicas, Vossa Eminência tenha cometido certos erros. As pessoas sempre descobrem tê-los cometido... quando morrem.

— O primeiro deles é morrer, Colbert.

— Isso é verdade, monsenhor. Mas com relação a quem o teatino achou que Vossa Eminência cometeu erros? Com relação ao rei.

Mazarino balançou os ombros.

— Como se eu não tivesse salvado o seu Estado e as suas finanças!

— Isso não se discute, monsenhor.

— Não é mesmo? Ou seja, ganhei muito legitimamente um salário, apesar do que acha o meu confessor.

— Sem dúvida.

— E posso guardar para a minha família, tão esforçada, uma boa parte... e até tudo o que ganhei!

— Nada impediria, monsenhor.

— Tinha certeza de conseguir uma opinião ponderada ao consultá-lo, Colbert — replicou Mazarino, contente.

Colbert assumiu seu ar pedantesco e observou:

— É preciso analisar bem se o que disse o teatino não foi uma armadilha.

— Não... Uma armadilha? Por quê? O teatino é um bom homem.

— Ele imaginou Vossa Eminência com um pé na cova, uma vez que o consultava... Não o ouvi dizer: "Distingui o que o rei vos deu daquilo que vós vos destes a vós mesmo..."? Lembrai-vos se ele não disse mais ou menos isso, é o tipo de coisa que diz um teatino.

— É bem possível.

— Nesse caso, eu diria que Vossa Eminência foi intimada pelo religioso...

— A restituir? — assustou-se Mazarino.

— Bem... não digo que não.

— Restituir tudo? Não pode achar... Está falando como o confessor.

— Restituir uma parte, quer dizer, reconhecer essa parte como sendo de Sua Majestade, pode representar algum perigo, monsenhor. Vossa Eminência é um político hábil demais para não saber que o rei, neste momento, sequer tem cento e cinquenta mil libras disponíveis em seus cofres.

— Não é problema meu — disse Mazarino, triunfante —, é problema do superintendente Fouquet, de quem lhe dei, nos últimos meses, todas as contas a verificar.

Ao simples nome de Fouquet, Colbert se contraiu.

— Sua Majestade não tem dinheiro além daquele que o sr. Fouquet recolhe — ele disse, sem praticamente abrir a boca. — O dinheiro de monsenhor seria uma dádiva para ele.

— Bom, não sou eu o superintendente de finanças do rei, tenho minha bolsa... Claro, ficaria contente de fazer, pela felicidade de Sua Majestade... alguma doação... mas também não posso frustrar minha família...

— Uma doação parcial seria um deslustre para monsenhor e uma ofensa para o rei. Uma parte legada a Sua Majestade significa confessar que essa parte inspirou dúvida quanto à legitimidade da sua aquisição.

— Sr. Colbert!

— Acreditei que Vossa Eminência me dava a honra de pedir conselho.

— Sim, mas o senhor não conhece os principais detalhes da questão.

— Conheço todos, monsenhor. Há dez anos reviso todas as colunas de números gerados na França. Foram laboriosamente pregadas na minha cabeça, mas estão tão fixadas agora que, desde o escritório do sr. Letellier, que é parcimonioso, até as pequenas liberalidades secretas do sr. Fouquet, que é pródigo, posso recitar, número por número, todo o dinheiro que se gasta de um extremo a outro do país.

— E quer que eu jogue todo o meu dinheiro nos cofres do rei? — exclamou ironicamente Mazarino, de quem, ao mesmo tempo, a doença arrancava vários suspiros de dor. — É claro, o rei não acharia ruim, mas riria de mim, devorando meus milhões, e estaria coberto de razão.

— Vossa Eminência não me compreendeu. De forma alguma insinuei que o rei devesse gastar vosso dinheiro.

— Disse claramente, acredito, aconselhando que o doasse.

— Ah! — contrapôs Colbert. — Absorta que está por seu mal, Vossa Eminência perde completamente de vista o temperamento de Sua Majestade Luís XIV.

— O que quer dizer?

— Acredito ser um temperamento semelhante, se posso assim me exprimir, ao que monsenhor confessava ainda há pouco ao teatino.

— Vá em frente, exprima-se.

— É a soberba, quero dizer, o orgulho. Os reis não têm soberba, que é uma paixão humana.

— A soberba, sei, tem razão. E daí?

— E daí, bem... Se calculei corretamente, é só Vossa Eminência dar todo o seu dinheiro ao rei, e desde já.

— E por quê? — perguntou Mazarino, bastante intrigado.

— Porque o rei não o aceitará.

— Vejamos... um jovem que não tem dinheiro e é devorado pela ambição.

— De fato.

— Um jovem que deseja minha morte.

— Monsenhor...

— Para herdar, Colbert. Sim, deseja minha morte para herdar. Triplo idiota que sou! Devo me preparar!

— Exato. Se a doação for feita de determinada maneira, ele a recusará.

— O que está dizendo?

— É certo. Um jovem que nada realizou, que arde de vontade de se ilustrar, de reinar sozinho, não vai querer coisa alguma já construída: ele próprio vai construir. Esse príncipe, monsenhor, não vai se contentar com o Palais Royal que o sr. de Richelieu lhe legou, nem com o palácio Mazarino, que Vossa Eminência tão maravilhosamente construiu, nem com o Louvre, onde seus ancestrais moraram, nem com Saint-Germain, onde nasceu. Tudo o que não vier dele próprio será desprezado, é uma previsão que faço.

— E garante que se eu der meus quarenta milhões ao rei...

— Dizendo a ele certas coisas, garanto que recusará.

— E essas coisas são...?

— Vou escrevê-las, se monsenhor as ditar.

— Mas afinal, que vantagem terei nisso?

— Enorme. Ninguém mais poderá acusar Vossa Eminência dessa injusta avareza de que panfletários acusaram o mais brilhante espírito deste século.

— Tem razão, Colbert, tem toda a razão. Procure o rei, da minha parte, e leve a ele meu testamento.

— Uma doação, monsenhor.

— E se ele aceitar?

— Nesse caso restariam os treze milhões para a família. É uma bela soma.

— E nesse caso você seria um traidor ou um tolo.

— E não sou uma coisa nem outra, monsenhor... que parece temer muito que o rei aceite... Temei, antes, que ele não aceite...

— Se não aceitar, saiba que quero garantir à Coroa meus treze milhões de reserva... Sim, farei isso... Mas as dores estão voltando, vou ficar completamente sem forças... Estou mal, Colbert, perto do fim.

Colbert estremeceu.

O cardeal não estava, de fato, nada bem: suava abundantemente em seu leito de doente. A assustadora palidez do rosto banhado em suor era um espetáculo que nem o mais experiente acompanhante médico suportaria sem se afligir. Colbert ficou certamente abalado, pois deixou o quarto chamando Bernouin para que cuidasse do moribundo e passou ao corredor.

Ali, andando de um lado para outro com uma expressão meditativa que quase emprestava alguma nobreza a suas feições vulgares, com os ombros caídos para a frente, o pescoço tenso e os lábios entreabertos, deixando que escapassem farrapos disparatados de pensamentos incoerentes, ele se tornava mais convicto da iniciativa que queria empreender, enquanto a dez passos dele, separado apenas por uma parede, seu chefe sufocava em martírios que lhe arrancavam gritos terríveis, sem pensar mais nos tesouros da terra nem nas alegrias do paraíso, e sim em todos os horrores do inferno.

Enquanto as toalhas quentes, os tópicos, os revulsivos e Guénaud, chamado mais uma vez, agiam em crescente atividade, Colbert, segurando com as duas mãos sua cabeça pesada, como se quisesse comprimir a febre dos projetos gerados por seu cérebro, pensava na doação que faria Mazarino assinar no primeiro instante de sossego que a doença permitisse. Era como se todos os gritos do cardeal e todas as investidas da morte, num representante do passado, estimulassem o gênio desse pensador de grossas sobrancelhas que se voltava já para o despontar do novo sol de uma sociedade regenerada.

Colbert voltou ao leito do enfermo assim que ele se mostrou em condições de raciocinar e o convenceu a lhe ditar um termo de doação assim concebido:

> Próximo a comparecer diante de Deus, senhor dos homens, peço ao rei, que foi meu senhor na terra, que retome os bens que a sua bondade me proporcionou e que a minha família ficará feliz de ver passar a tão ilustres mãos. A relação dos meus bens já foi estabelecida e estará disponível assim que Sua Majestade requisitá-la, ou no momento em que o seu mais dedicado servidor der seu último suspiro.
>
> JÚLIO, cardeal de Mazarino

Foi com um suspiro que o cardeal assinou. Colbert lacrou o documento e o levou ao Louvre, para onde o rei acabava de voltar. Em seguida, regressou ao seu alojamento esfregando as mãos, com a satisfação de um operário que cumpriu bem o seu dia.

47. Como Ana da Áustria deu ao rei um conselho e o sr. Fouquet deu outro

A notícia do estado extremo em que se encontrava o cardeal se espalhara e atraía pelo menos tanta gente ao Louvre quanto a notícia do casamento de Monsieur, irmão do rei, que já tinha sido oficialmente anunciado.

Assim que Luís XIV entrou em seus aposentos, ainda sonhando com tudo o que havia visto e ouvido naquela noite, seu camareiro anunciou que a mesma multidão de cortesãos que pela manhã se juntara para o seu despertar agora voltava a se apresentar para o seu deitar, favor insigne que, durante o reinado do cardeal, a corte, pouco discreta em suas preferências, dispensava ao ministro, sem se preocupar muito em eventualmente desagradar ao rei.

Mas o ministro havia tido, como dissemos, uma grave crise de gota, e a maré de bajulação se transferira para o trono.

Os cortesãos têm um maravilhoso instinto que antecipadamente fareja os acontecimentos e dominam com maestria uma ciência suprema: são diplomatas para elucidar os grandes desfechos das circunstâncias difíceis, são capitães para adivinhar o resultado das batalhas e são médicos para curar enfermos.

Luís XIV, a quem Ana da Áustria havia ensinado esse axioma, entre muitos outros, entendeu então que Sua Eminência, monsenhor cardeal Mazarino, estava bem doente.

Depois de acompanhar a jovem rainha a seus aposentos e ter liberado a própria cabeça do peso da peruca de cerimônia, ela foi encontrar o filho no gabinete onde sozinho, sombrio e com o coração ferido ele dirigia a si mesmo, como querendo assim exercitar a vontade própria, uma das suas raivas surdas e terríveis, raivas de rei, que criam acontecimentos quando estouram, mas que, em Luís XIV, graças a um maravilhoso autocontrole, se tornavam tão calmas que a mais impetuosa, a única, e assinalada por Saint-Simon,[194] justa-

---

194. Louis de Rouvroy de Saint-Simon (1675-1755), duque e cortesão; suas *Memórias* são consideradas um monumento da literatura francesa e descrevem o dia a dia da vida na corte de Luís XIV. O duque do Maine, Luís Augusto de Bourbon (1670-1736), filho adul-

mente por estranhá-la, foi o famoso furor que explodiu cinquenta anos mais tarde, em consequência de alguma falseta do sr. duque do Maine, e que teve como resultado uma saraivada de bengaladas nas costas de um pobre criado que havia roubado um biscoito.

O jovem rei estava em crise, como vimos, numa dolorosa agitação e dizia, olhando-se num espelho:

— Rei!... Rei em título, mas não de fato... Um fantasma, um tolo fantasma é o que és! Estátua inerte, sem outro poder além desse de forçar os cortesãos à reverência; quando poderás erguer esse braço coberto de veludo, fechar esse punho enfeitado com rendas? Quando poderás abrir, sem ser para suspiros ou sorrisos, tua boca, condenada à mesma estúpida imobilidade dos mármores da tua galeria?

Então, passando a mão na testa e buscando ar, ele se aproximou da janela e viu, lá embaixo, alguns cavaleiros que conversavam e um pequeno grupo de tímidos curiosos. Os cavaleiros faziam parte da guarda; os curiosos eram gente do povo para quem o rei é sempre um objeto extravagante, como um rinoceronte, um crocodilo, uma serpente.

Ele bateu na testa com a palma da mão, exclamando:

— Rei da França, que título! Povo da França, que massa de criaturas! Chego ao Louvre, meu palácio, meus cavalos mal foram desatrelados, fumegam ainda, e desperto interesse em no máximo vinte pessoas que me veem passar... Vinte... nem mesmo isso. Nem vinte curiosos para o rei da França, nem dez arqueiros para a segurança da minha casa: arqueiros, povo, guardas, tudo está no Palais Royal. Por quê, meu Deus? Não tenho o direito de perguntar, eu que sou rei?

— Porque — disse uma voz que respondeu à sua e veio do outro lado do gabinete — é no Palais Royal que está o ouro, isto é, a força para reinar.

Luís se voltou bruscamente. Era de Ana da Áustria a voz que acabava de dizer essas palavras. Ele estremeceu e foi até ela.

— Espero que minha mãe não tenha dado importância às vãs declamações a que a solidão e os desgostos, tão comuns na vida de um rei, induzem as mais felizes índoles.

— Dei importância apenas a uma coisa, meu filho: Vossa Majestade se lamentava.

— Eu? De forma alguma. Não, a senhora minha mãe na verdade se engana.

— E o que então fazia o rei?

— Sentia estar diante da palmatória do meu professor e ter que desenvolver um tema, ampliando-o.

Ana da Áustria balançou a cabeça e disse:

---

terino, legitimado pelo rei, é sempre descrito pelo memorialista como alguém execrável e dissimulado.

— Meu filho, é um erro não se fiar no que digo, não ter plena confiança em mim. Virá o dia, talvez bem próximo, em que devereis vos lembrar deste axioma: "O ouro é o pleno poder, e só são verdadeiramente reis os que têm pleno poder".

— Não quereis, no entanto — prosseguiu o rei —, criticar os ricos deste século.

— Não, Sire — ela de pronto respondeu. — Os que são ricos neste século, em vosso reino, são ricos por vossa vontade, e deles não tenho raiva nem inveja. Certamente prestaram suficientes serviços a Vossa Majestade para que lhes tenha sido permitida a recompensa. Foi o que quis dizer com a frase que vos pareceu censurável.

— Que Deus me guarde de algum dia censurar minha mãe no que for!

— O Senhor, aliás — continuou Ana da Áustria —, concede por tempo limitado os bens da terra. Às honrarias e à riqueza o Senhor contrapõe o sofrimento, a doença e a morte. Ninguém — ela acrescentou, com um doloroso sorriso que não escondia ser também para si mesma o fúnebre preceito — carrega ao túmulo seu bem ou sua grandeza. Daí resulta que os jovens colhem os frutos da fecunda semeadura preparada pelos velhos.

Luís ouviu com muita atenção essas palavras sublinhadas por Ana da Áustria, que tinham evidente intenção consoladora.

Fixando-a bem, ele disse:

— Na verdade, tenho a impressão de que a senhora quer me anunciar alguma coisa.

— Nada exatamente a anunciar, meu filho, mas não notou, esta noite, que o cardeal está bem doente?

Luís olhou para ela, procurando alguma emoção na voz, algum traço de dor na fisionomia. O rosto de Ana da Áustria parecia ligeiramente alterado, mas por um sofrimento com característica bastante pessoal. Talvez isso já se devesse ao câncer que começava a devorar o seu seio.

— Certamente — disse o rei. — Certamente o sr. de Mazarino está bem doente.

— E será uma grande perda para o reino se Sua Eminência for chamada por Deus. Não é também a opinião do rei?

— Sem dúvida, senhora. Com certeza seria uma grande perda para o reino — falou Luís, ruborizando. — Mas o perigo não é tão imediato, creio. E, aliás, o cardeal é moço.

Mal disse essas palavras, um camareiro ergueu a tapeçaria e se manteve de pé, com um papel na mão, esperando ser chamado.

— O que é? — perguntou o rei.

— Mensagem do sr. de Mazarino — respondeu o homem.

— Traga-a.

Ele pegou o papel. No momento em que ia abrir, ouviu-se um grande barulho, vindo da galeria, das antecâmaras e do pátio.

— Ah, veja só! — disse Luís XIV, sem dúvida reconhecendo aquele triplo tumulto. — Como fui achar só haver um rei na França? Engano meu, são dois.

Nesse momento a porta foi aberta e o superintendente das finanças, Fouquet, cumprimentou Luís XIV. Era quem causava todo aquele barulho na galeria, enquanto os seus lacaios o causavam nas antecâmaras e os seus cavalos o causavam no pátio. Além disso, ouvia-se um longo murmúrio à sua passagem, que só desaparecia muito depois de já se tê-lo perdido de vista. Era esse murmúrio e o seu prolongamento que Luís XIV lamentava não ouvir quando passava.

— Este não é exatamente um rei — disse Ana da Áustria ao filho. — É apenas um homem rico, nada mais.

A amargura com que foram ditas essas palavras deu a elas todo o peso da raiva, enquanto o semblante de Luís — que, pelo contrário, permanecera calmo e controlado — mostrava-se sem a menor ruga de preocupação.

Ele então respondeu com um movimento de cabeça o cumprimento de Fouquet e continuou a desdobrar a mensagem que o criado havia entregado. Percebendo isso, e com uma polidez ao mesmo tempo natural e respeitosa, o superintendente se aproximou de Ana da Áustria para deixar à vontade o rei.

Luís havia aberto o papel e, no entanto, não o lia.

Ouvia Fouquet fazer à sua mãe elogios adoravelmente delicados sobre as suas mãos e os seus braços.

A expressão de Ana da Áustria se abrandou e quase chegou a um sorriso.

Vendo que o rei, em vez de ler, o olhava e ouvia, Fouquet deu meia-volta e, continuando, por assim dizer, a estar com Ana da Áustria, virou-se de frente para o monarca.

— O senhor sabe — perguntou Luís XIV ao superintendente das finanças — que Sua Eminência está bem doente?

— Soube disso, Sire. De fato, está muito mal. Vim de Vaux assim que recebi a notícia, de tão preocupante me pareceu.

— Deixou Vaux esta noite?

— Sim, há exatamente uma hora e meia — ele respondeu, consultando um relógio incrustado de diamantes.

— Uma hora e meia!? — disse o rei, que conseguia controlar as demonstrações de raiva, mas não as de espanto.

— Compreendo que Vossa Majestade duvide da minha palavra, pois parece impossível. E, de fato, é um prodígio. Recebi da Inglaterra três pares de cavalos muito vigorosos, segundo me disseram. Foram atrelados de maneira a se revezarem de quatro em quatro léguas, e fiz a experiência ainda há pouco.

308   O VISCONDE DE BRAGELONNE

Eles realmente me trouxeram de Vaux ao Louvre em uma hora e meia. Como pode constatar Vossa Majestade, o vendedor não me enganou.

A rainha-mãe sorriu, com secreta inveja.

Fouquet tomou a dianteira, preocupado, e se apressou a dizer:

— Mas acho, senhora, que cavalos assim não são para súditos e sim para os reis, pois os reis nunca devem estar atrás no que quer que seja.

Luís ergueu a cabeça.

— No entanto — interrompeu Ana da Áustria —, que eu saiba, o senhor não é rei, visconde Fouquet.

— Por isso mesmo, senhora, os cavalos esperam apenas um sinal de Sua Majestade para se transferirem aos estábulos do Louvre. E se me permiti experimentá-los foi apenas por temer oferecer algo que não fosse uma indubitável maravilha.

O rei ficara muito vermelho.

— O sr. Fouquet sabe — disse a rainha — não ser de uso, na corte da França, um súdito oferecer alguma coisa ao rei?

Luís esboçou um movimento. Fouquet pareceu ficar confuso e declarou:

— Eu esperava, senhora, que meu amor por Sua Majestade, e meu incessante desejo de agradá-la, compensassem esse detalhe da etiqueta. Não seria, aliás, um presente, mas um tributo.

— Obrigado, sr. Fouquet — disse polidamente o rei. — E agradeço a sua intenção, pois de fato aprecio os bons cavalos, mas o senhor sabe que não sou rico. Sabe melhor do que ninguém, sendo meu superintendente de finanças. Não posso então, mesmo que quisesse, comprar uma parelha tão cara.

Fouquet lançou um olhar cheio de orgulho à rainha-mãe, que parecia triunfar vendo o passo em falso do ministro, e respondeu:

— O luxo é a virtude dos reis, Sire. O luxo é o que os torna semelhantes a Deus. Pelo luxo é que os reis são mais do que um homem. Com o luxo um rei alimenta seus súditos e os dignifica. Sob o doce calor desse luxo é que nasce o luxo dos particulares, fonte de riqueza para o povo. Aceitando o dom de seis cavalos incomparáveis, Sua Majestade estaria provocando o amor-próprio dos criadores de equinos das diferentes regiões do nosso país. Tal emulação seria proveitosa para todo mundo… Mas o rei se cala e, assim, me condena.

Enquanto isso, distraidamente Luís xiv dobrava e desdobrava a mensagem de Mazarino sem tê-la lido ainda. Seus olhos afinal se fixaram e ele não conteve um pequeno grito logo à primeira linha.

— O que foi, meu filho? — perguntou Ana da Áustria, se aproximando.

— Da parte do cardeal? — perguntou-se o rei, continuando a leitura. — Sim, é mesmo dele.

— Seu estado piorou?

— Vede — disse Luís, passando o pergaminho à sua mãe, como se achasse ser preciso que ela lesse para se convencer de algo tão surpreendente.

COMO ANA DA ÁUSTRIA DEU AO REI UM CONSELHO E O SR. FOUQUET DEU OUTRO 309

À medida que lia, nos olhos de Ana da Áustria brilhou uma alegria que ela em vão tentava disfarçar, e isso chamou a atenção de Fouquet.

— Ah! Uma doação em regra — ela afinal disse.

— Uma doação? — repetiu Fouquet.

— Sim — confirmou o rei, respondendo diretamente ao superintendente das finanças. — Sentindo-se prestes a morrer, o sr. cardeal me doa todos os seus bens.

— Quarenta milhões! — exclamou a rainha. — Ah, meu filho! Que belo gesto da parte do sr. cardeal e que vai contradizer muitos rumores maldosos. Quarenta milhões juntados lentamente e que vêm de uma só vez ao tesouro real. Trata-se de um súdito fiel, um verdadeiro cristão.

Depois de outra vez passar os olhos pelo documento, ela o devolveu a Luís XIV, a quem o montante da soma deixara aturdido.

Fouquet recuara alguns passos e se mantinha calado.

O rei então passou também a ele o papel.

Com olhar altivo, o superintendente rapidamente o percorreu e, inclinando-se, concluiu:

— Exato, Sire, uma doação. De fato.

— É preciso responder, meu filho — exclamou Ana da Áustria. — Responder agora mesmo.

— E como, senhora?

— Com uma visita ao cardeal.

— Mas deixei Sua Eminência há apenas uma hora — disse o rei.

— Então uma carta.

— Uma carta!? — exclamou o rei, mostrando não gostar da ideia.

— Afinal, alguém que concede tamanho presente está no direito de esperar um agradecimento imediato.

Buscando apoio, ela se voltou para o superintendente:

— Não é também a sua opinião, sr. Fouquet?

— O presente vale isso, senhora, certamente — replicou o superintendente, com um distanciamento que não passou despercebido ao rei.

— É preciso então aceitar e agradecer — insistiu Ana da Áustria.

— O que diz, sr. Fouquet?

— Sua Majestade quer saber o que acho?

— Sim.

— Agradecei, Sire…

— Ah! — alegrou-se Ana da Áustria.

— Mas não aceiteis — continuou Fouquet.

— E por quê? — estranhou Ana da Áustria.

— Como disse a senhora — explicou Fouquet —, porque os reis não devem e não podem receber presentes de seus súditos.

O rei permaneceu mudo entre as duas opiniões opostas.

— Mas são quarenta milhões! — exclamou Ana da Áustria, no mesmo tom com que a pobre Maria Antonieta diria mais tarde: "Faça melhor!".[195]

— Eu sei — concordou Fouquet, rindo. — Quarenta milhões são uma bela soma, e semelhante soma poderia tentar até mesmo uma consciência de rei.

— Mas em vez de afastar Sua Majestade do recebimento de tal presente, faça-a observar, pois é esse o seu cargo, que os quarenta milhões constituem uma fortuna — insistiu Ana da Áustria.

— É precisamente por se tratar de uma fortuna que eu diria ao rei: "Sire, não sendo decente que um rei aceite de um súdito seis cavalos de vinte mil libras, é ultrajante que ele deva sua fortuna a outro súdito, mais ou menos escrupuloso na maneira como construiu essa fortuna".

— Não lhe cabe, senhor — cortou-o Ana da Áustria —, dar lições ao rei. Consiga então quarenta milhões que substituam os que quer fazê-lo perder.

— O rei os terá quando quiser — disse, inclinando-se, o superintendente das finanças.

— Sim, espremendo o povo — respondeu Ana da Áustria.

— Ora, e ele já não foi, senhora, quando o fizeram suar esses quarenta milhões legados? Sua Majestade pediu minha opinião, que é essa. Para qualquer outra coisa que me peça, minha reação será a mesma.

— Vamos, meu filho, aceitai — disse Ana da Áustria. — O rei está acima dos comentários e das interpretações.

— Recusai, Sire — aconselhou Fouquet. — Para um rei, enquanto vivo, o único referencial é a própria consciência e o único juiz é o seu desejo, mas depois de morto ele tem a posteridade que o aplaude ou acusa.

— Obrigado, minha mãe — replicou Luís, cumprimentando respeitosamente a rainha. — Obrigado, sr. Fouquet — ele acrescentou, dispensando educadamente o superintendente.

— Aceitareis? — perguntou ainda Ana da Áustria.

— Preciso pensar — respondeu o rei, olhando para Fouquet.

---

195. Em francês, *"Vous m'en direz tant!"*, uma das frases de soberba atribuídas à rainha, e que se tornou proverbial.

48. Agonia

No mesmo dia em que a doação foi enviada ao rei, o cardeal foi transportado para Vincennes.[196] O rei e a corte o seguiram. Os últimos lampejos daquela chama lançavam ainda luz suficiente para absorver todos os demais fulgores. No mais, como se vê, fiel satélite do seu ministro, o jovem Luís XIV até o último momento se movia no sentido da sua gravitação. O mal, segundo os prognósticos de Guénaud, tinha se agravado e não era mais um ataque de gota, era um ataque da morte. Além disso, havia algo que tornava aquele agonizante ainda mais agonizante: a ansiedade que lançava em seu espírito o termo de doação enviado ao rei e que, segundo Colbert, o beneficiário devolveria sem aceitar. O cardeal costumava acreditar nas predições do secretário, mas a soma era vultosa e, qualquer que fosse a sua genialidade, de vez em quando o moribundo pensava que também o teatino podia ter se enganado e que, afinal, suas chances de não cair em danação eram iguais às de Luís XIV lhe devolver seus milhões.

Aliás, quanto mais demorava a resposta, mais Mazarino achava que quarenta milhões até valem que se arrisque alguma coisa, e sobretudo uma coisa tão hipotética quanto a alma.

Enquanto cardeal e primeiro-ministro, Mazarino era mais ou menos ateu e totalmente materialista.

Toda vez que a porta se abria, ele a olhava, ansioso, achando que seria sua infeliz doação que voltava. Em seguida, decepcionado, caía de novo na cama, com um suspiro, e a dor voltava, ainda mais forte, por ter sido momentaneamente esquecida.

Também Ana da Áustria seguiu para Vincennes. Seu coração, mesmo que a idade a tivesse tornado egoísta, não podia deixar de testemunhar pelo moribundo uma tristeza de mulher, segundo uns, e de soberana, segundo outros.

De certa forma, sua fisionomia já havia assumido o luto e a corte inteira se comportava da mesma maneira.

---

196. Castelo-forte no subúrbio leste de Paris. Começou a ser construído no século XIV e foi residência real, como também prisão para pessoas de alta linhagem. Com a construção de Versalhes, Vincennes começou a cair em decadência.

Luís, para não transparecer no rosto o que se passava em sua alma, se obstinava a permanecer confinado em seus aposentos, na companhia apenas da sua *nourrice*.[197] Quanto mais via chegar ao fim toda a imposição que pesava sobre os seus atos, mais ele se mostrava humilde e paciente, fechando-se como fazem os homens fortes que têm uma intenção na cabeça, e guardando forças para o momento decisivo.

A extrema-unção foi ministrada em segredo ao cardeal, que, mantendo seus hábitos de dissimulação, lutava contra as aparências e, inclusive, contra a realidade, recebendo as pessoas como se sofresse de um mal passageiro.

Guénaud, por sua vez, guardava o mais absoluto segredo. Cansado do assédio e das incessantes perguntas, respondia sempre: "Sua Eminência é ainda jovem e forte, mas quando Deus decide, se o que decidiu for o término de uma existência, essa existência terminará".

Tais palavras, que ele repetia com uma espécie de discrição, de reserva e apenas para aqueles por quem tinha consideração, eram ouvidas com grande interesse por duas pessoas: o rei e o próprio cardeal.

Mazarino, apesar da profecia de Guénaud, se iludia ainda, ou melhor, representava tão bem o seu papel que os mais perspicazes, dizendo que ele apenas se iludia, mostravam que eles sim se iludiam.

Depois de dois dias sem ver o cardeal e sem despregar os olhos daquela doação que tanto preocupava o doador, Luís não sabia ao certo qual a real situação do doente. Como filho de Luís XIII, e seguindo a tradição paterna, ele tinha sido tão pouco rei até então que, mesmo desejando ardentemente a realeza, a desejava com o terror que sempre acompanha o desconhecido. Assim sendo, sem comunicar a qualquer pessoa a decisão tomada, ele marcou uma visita a Mazarino. O tempo todo fazendo companhia ao cardeal, Ana da Áustria foi a primeira a ouvir o pedido do rei e o transmitiu ao moribundo, que estremeceu.

Com que finalidade Luís XIV queria vê-lo? Seria para devolver a doação, como dissera Colbert? Seria para agradecer e guardá-la, como ele próprio pensava? De qualquer forma, sentindo que a incerteza só piorava o seu mal, ele não hesitou e disse, fazendo um sinal a Colbert, que estava sentado ao pé da cama e perfeitamente o entendeu:

— Sua Majestade será bem-vinda, sim, muito bem-vinda. Senhora — ele continuou —, Vossa Majestade faria o favor de em pessoa confirmar ao rei o que acabo de dizer?

Ana da Áustria se levantou. Estava igualmente ansiosa para saber o destino dos quarenta milhões que se tinham tornado o assunto de todos.

Depois da sua saída, com enorme esforço Mazarino se ergueu um pouco e disse a Colbert:

---

197. Provavelmente Perrette Dufour, sra. Ancelin, última ama de leite do rei, que se tornou criada de quarto de Ana da Áustria e, em seguida, da rainha Maria Teresa.

— Está vendo? Lá se foram dois infelizes dias! Dois mortais dias e, viu só?, nada voltou de lá.

— Paciência, monsenhor — disse Colbert.

— Está louco, infeliz? Aconselhar paciência! Só pode estar zombando de mim: estou morrendo e quer que eu seja paciente!

— Monsenhor — respondeu Colbert, com seu sangue-frio de sempre —, é impossível que as coisas não se passem conforme eu disse. Sua Majestade vem para devolver pessoalmente a doação.

— Acha mesmo? Pois saiba que, pelo contrário, tenho certeza de que Sua Majestade vem me agradecer.

Ana da Áustria entrou nesse momento, pois indo procurar o filho, no caminho encontrou um novo empírico.

Tratava-se de um pó que podia salvar o cardeal, e ela trazia uma amostra do medicamento.[198]

Não era, no entanto, o que esperava Mazarino, que nem sequer olhou o pó mágico, dizendo não valer a pena tanto trabalho para conservar a vida.

Porém, enquanto proferia esse axioma filosófico, deixou escapar o segredo por tanto tempo retido:

— Não está aí o que interessa no momento, senhora. Eu há quase dois dias fiz uma pequena doação ao rei. Provavelmente por delicadeza Sua Majestade até agora preferiu ignorá-la. Mas urge que falemos disso e imploro que Vossa Majestade me diga se o rei pensa alguma coisa a respeito.

Ana da Áustria fez menção de responder; Mazarino a interrompeu:

— A verdade, senhora. Em nome de Deus, a verdade! Não se deve dar a um moribundo uma vã esperança.

Um olhar de Colbert, mostrando que ele tomava um caminho errado, o fez parar.

— Eu sei — disse Ana da Áustria, pegando a mão do cardeal —, sei que o intuito foi generoso e que não se trata de uma pequena doação, como modestamente foi dito, e sim de um magnífico dom. Sei como seria frustrante que o rei...

— Que o rei? — ele insistiu.

— Que o rei não aceitasse facilmente o que de forma tão nobre foi oferecido.

Mazarino despencou no travesseiro como Pantalão,[199] quer dizer, com todo o desespero de quem se entrega ao naufrágio, mas conservou ainda força

---

198. No v. 10 de *Nouvelle collection des mémoires pour servir à l'histoire de France*, de Michaud e Poujoulat (Paris, 1838), diz-se que um emético foi ministrado ao cardeal no dia 11 de fevereiro, com bom resultado, o que levou o médico a repetir a dose no dia 13, mas após dois dias de alívio ele voltou a piorar.

199. Personagem da commedia dell'arte.

suficiente, e presença de espírito, para lançar a Colbert um desses olhares que valem bem dez sonetos, isto é, dez longos poemas.[200]

— Não consideraria — continuou a rainha — a recusa do rei uma ofensa?

Mazarino afundou a cabeça no travesseiro, sem articular uma única sílaba.

A rainha se enganou, ou fingiu se enganar, com relação a essa demonstração e continuou:

— Bem, tive que improvisar bons conselhos, e como alguns prováveis invejosos da glória que Sua Eminência conquistaria com tal generosidade procuraram convencer o rei a recusar a doação, lutei em sentido contrário. Lutei com tanto afinco que o cardeal, assim espero, não terá que passar ainda por essa contrariedade.

— Ah! — murmurou Mazarino, com os olhos caídos. — É algo que não esquecerei por um minuto nas poucas horas que me restam de vida!

— Aliás — continuou Ana da Áustria —, não foi sem dificuldade que consegui.

— Ah, diabos! Imagino, *ahimè!*[201]

— O que tem, por Deus?

— O que tem é que estou pegando fogo.

— Está sofrendo muito?

— Como um condenado!

Colbert quis cavar um buraco e desaparecer no chão.

— Como então, Vossa Majestade acha que o rei... — Mazarino tomou fôlego por alguns segundos. — Que o rei virá somente para um singelo agradecimento?

— Acredito que sim — respondeu a rainha.

Mazarino fulminou Colbert com o olhar.

Nesse momento, os funcionários das antecâmaras, que estavam cheias, anunciaram o rei. Isso provocou toda uma agitação, da qual Colbert se aproveitou para escapar pela porta da passagem junto à cama.

Ana da Áustria se pôs de pé, aguardando o filho.

Luís XIV apareceu à entrada do quarto, olhando fixo o doente, que nem sequer tentava mais qualquer movimento diante daquela Majestade da qual ele achava nada mais poder esperar.

Um camarista empurrou uma poltrona para junto da cama.

Luís cumprimentou sua mãe, depois o cardeal, e se sentou.

A rainha, por sua vez, também se sentou.

Em seguida, tendo o rei olhado para trás, o criado entendeu, fez um sinal e levou com ele os cortesãos que se encontravam ainda junto à entrada.

---

200. Segundo Boileau, em *Arte poética*, canto II, "Um soneto perfeito vale, sozinho, um longo poema".
201. Em italiano, "Ai!", "Infelizmente!".

O silêncio voltou ao quarto, com suas cortinas de veludo.

O rei, ainda muito jovem e tímido diante daquele que, desde sempre, tinha sido seu mestre, o respeitava ainda mais na suprema majestade da morte. Não ousava então começar a conversa, sentindo que cada palavra devia ter um alcance, não só em relação às coisas deste mundo, mas também às do outro.

Já o cardeal pensava numa única coisa: sua doação. Não era a dor que lhe dava aquele ar abatido e olhar apagado; era a expectativa diante do agradecimento que sairia da boca do rei e liquidaria toda esperança de restituição.

Foi ele quem rompeu o silêncio:

— Vossa Majestade também se mudou para Vincennes?

Luís respondeu com um movimento da cabeça.

— É uma graciosa delicadeza que concede a um moribundo, tornando-lhe a morte mais suave.

— Espero — respondeu o rei — ter vindo visitar não um moribundo e sim um doente que em breve estará bem.

Mazarino fez um gesto com a cabeça que queria dizer: Vossa Majestade demonstra carinho, mas estou mais bem informado sobre o assunto.

— É vossa última visita, Sire, a última.

— Se assim fosse, senhor cardeal, eu viria uma última vez pedir conselho ao guia a quem tanto devo.

Ana da Áustria, sendo mulher, não pôde conter as lágrimas. Luís estava muito emocionado e Mazarino ainda mais, só que por outros motivos.

Voltou o silêncio. A rainha enxugou as faces e Luís recuperou a firmeza.

— Eu dizia — voltou o rei — dever muito a Vossa Eminência.

Os olhos do cardeal devoravam Luís XIV, sentindo se aproximar o momento supremo.

— E — continuou o rei — o principal motivo da minha visita é agradecer muito sinceramente a última prova de amizade que tive a honra de receber.

As faces do cardeal se encovaram, os lábios se entreabriram e o mais lamentoso suspiro que ele jamais emitira na vida se preparava para sair do seu peito.

— Sire — ele disse —, eu teria desprovido minha pobre família, teria arruinado todos os meus, gesto de que posso ser acusado, mas ao menos não dirão que me neguei a tudo sacrificar por meu rei.

Ana da Áustria voltou a chorar.

— Caro sr. Mazarino — disse o rei, com um tom surpreendentemente grave para a sua juventude —, pelo que vejo, creio que me expliquei mal.

Mazarino se ergueu, apoiado no cotovelo.

— Não se trata de arruinar sua querida família nem de desprover seus auxiliares, de forma alguma.

"Ele vai querer me devolver algumas migalhas", pensou Mazarino. "Que eu tente então recuperar o maior quinhão possível."

"O rei vai amolecer e ser generoso", pensou a rainha. "Não deixemos que perca isso, semelhante oportunidade nunca mais se apresentará."

— Sire — disse alto o cardeal —, minha família é numerosa e minhas sobrinhas vão estar em dificuldade quando eu não estiver mais aqui.

— Oh! — interrompeu-o depressa a rainha. — Não é preciso se preocupar com a família, caro sr. Mazarino. Não teremos amigos mais preciosos que os seus amigos. Suas sobrinhas serão minhas filhas, irmãs de Sua Majestade, e qualquer favor que se conceda na França será sempre em prol dos seus entes queridos.

"Conversa!", pensou Mazarino, que melhor do que ninguém sabia o quanto se pode contar com as promessas dos reis.

Luís pareceu ler o pensamento do agonizante e falou, com um meio-sorriso triste, por trás da ironia:

— Tranquilize-se, monsenhor, as srtas. de Mazarino, ao perdê-lo, perderão o que de mais valioso têm, mas nem por isso deixarão de ser as mais ricas herdeiras da França, e como o senhor quis dar a mim o que seria o dote delas...

O cardeal estava ofegante.

— Elas o têm de volta — continuou Luís, estendendo na direção da cama, depois de tirá-lo da veste, o pergaminho que há dois dias tanto tumultuava os pensamentos de Mazarino.

— O que eu disse, monsenhor? — murmurou atrás da cortina uma voz, que passou por um suspiro.

— Vossa Majestade me devolve a doação?! — exclamou o cardeal, tão perturbado pela alegria que esqueceu seu papel de benfeitor.

— Vossa Majestade devolve os quarenta milhões?! — exclamou Ana da Áustria, tão estupefata que esqueceu seu papel de aflita.

— Sim, sr. cardeal; sim, senhora — respondeu Luís XIV, rasgando o pergaminho que Mazarino não ousara ainda pegar. — Destruo este documento que espoliava toda uma família. O patrimônio adquirido por Sua Eminência a serviço do rei é dela, e não meu.

— Mas Sire — exclamou Ana da Áustria. — Não há dez mil escudos nos cofres de Vossa Majestade!

— Senhora, acabo de realizar minha primeira ação real, que, espero, inaugura dignamente meu reino.

— Tem toda a razão, Sire! — foi a vez de Mazarino exclamar. — É verdadeiramente grande, verdadeiramente generoso o vosso gesto!

E ele olhou um por um os pedaços do termo de doação espalhados em cima da cama para se certificar de que era de fato o original ali rasgado, e não uma cópia.

Encontrou por fim aquele em que estava sua assinatura e, reconhecendo-a, desabou, atônito, no travesseiro.

Sem forças para esconder a decepção, Ana da Áustria levava as mãos e os olhos ao céu.

— Ah, Sire, Sire! Que Deus vos abençoe! Sereis adorado por toda a minha família! *Per bacco!*[202] Se algum desagrado vos vier um dia da parte dos meus, Sire, franzi o cenho que saio do túmulo.

Tal pantalonada ficou longe de produzir o efeito esperado por Mazarino. Luís já passava a considerações de ordem mais elevada. Ana da Áustria, por sua vez, sem se entregar à raiva que sentia crescer em seu interior, e não podendo suportar nem a magnanimidade do filho nem a hipocrisia do cardeal, levantou-se para deixar o quarto, pouco se importando de, com isso, demonstrar sua frustração.

Mazarino pressentiu tudo e, temendo que Luís xiv voltasse atrás na decisão tomada, começou, querendo levar as atenções para outro terreno, a gritar como mais tarde faria Scapin naquela sublime brincadeira que o mal-humorado Boileau ousou criticar em Molière.[203]

Mas os gritos pouco a pouco se acalmaram e, quando Ana da Áustria saiu do quarto, desapareceram por completo.

— O sr. cardeal — perguntou então o rei — tem alguma recomendação a me dar?

— Sire — respondeu Mazarino —, sois a própria sabedoria, a personificação da prudência. Quanto à generosidade, nem posso falar: o que Vossa Majestade acaba de fazer ultrapassa tudo o que os mais abnegados homens dos tempos antigos e modernos jamais fizeram.

O rei se manteve frio diante do elogio e disse:

— O senhor então se limita ao agradecimento, e toda a sua experiência, com bem maior reputação que as minhas sabedoria, prudência e generosidade, não lhe inspira um conselho amigável que me sirva no futuro?

Mazarino pensou um pouco.

— Vossa Majestade acaba de fazer muito por mim, quer dizer, pelos meus.

— Não falemos mais disso — pediu o rei.

— Pois bem — continuou o ministro. — Quero dar algo em troca desses quarenta milhões tão dignamente abandonados.

Com um gesto, Luís xiv deixou claro que aquelas lisonjas o incomodavam.

— Quero — continuou Mazarino — dar um conselho; sim, um conselho mais precioso do que esses quarenta milhões.

— Sr. cardeal… — interrompeu Luís xiv.

— Sire, ouvi este conselho.

— Estou ouvindo.

— Aproximai-vos, Sire, pois estou fraco… Mais perto, Sire, mais perto.

---

202. Em italiano, "Por Baco!", deus romano do vinho, da fertilidade e dos folguedos.
203. No canto 3 de *A arte poética*, de Boileau.

O rei se curvou sobre o leito.

— Sire... — disse Mazarino, tão baixo que o sopro da sua palavra chegou como uma recomendação do túmulo aos ouvidos atentos do jovem rei. — Sire, nunca aceiteis ter um primeiro-ministro.

O rei se endireitou, surpreso.

O conselho era uma confissão.

A sincera confissão de Mazarino era de fato um tesouro. O legado do cardeal ao jovem rei se resumia àquelas poucas palavras, mas que valiam, como ele prometera, quarenta milhões.

Luís permaneceu atordoado por um instante.

Já Mazarino parecia ter declarado algo bem natural.

— Além da família — perguntou o jovem rei —, tem alguém a me recomendar, sr. Mazarino?

Um pequeno roçar de unha se ouviu, do outro lado das cortinas.

Mazarino entendeu.

— Sim, com certeza! — ele exclamou com vivacidade. — Recomendo, Sire, um homem ponderado, honesto e apto.

— Diga o seu nome, sr. cardeal.

— Certamente não vos é ainda familiar o seu nome, Sire, trata-se do sr. Colbert, meu intendente. Experimentai-o — acrescentou Mazarino com veemência —; tudo o que ele previu aconteceu. Tem boa percepção e nunca se engana, nem sobre as coisas nem sobre as pessoas, o que é ainda mais surpreendente. Devo muito a Vossa Majestade, mas creio ficar quite ao lhe dar o sr. Colbert.

— Entendo — falou, nem tão animado, Luís XIV, pois como dissera Mazarino aquele nome lhe pareceu desconhecido e ele tomou o repentino entusiasmo do cardeal por um delírio de moribundo, que voltara a distender todo o corpo na cama.

— Por enquanto... adeus, Sire — ele murmurou. — Estou sem forças e tenho ainda um bom caminho pela frente até me apresentar diante do meu novo amo. Adeus, Sire.

O jovem rei sentiu lágrimas virem a seus olhos. Inclinou-se ainda sobre o cardeal, já quase um cadáver... e então se afastou ligeiro.

49. A primeira aparição de Colbert

A noite inteira se passou numa sucessão de aflições, tanto para o moribundo cardeal quanto para o rei.

Um esperava a libertação.

O outro, a liberdade.

Luís nem se deitou. Uma hora depois de deixar o quarto do cardeal, soube que o doente, recuperando alguma força, havia pedido que o vestissem, maquiassem e penteassem, para receber embaixadores.

Como o imperador Augusto, Mazarino provavelmente via o mundo como um imenso teatro e queria, em grande estilo, representar o último ato da sua comédia.

A pretexto do bom decoro, mas na verdade por achar não ter mais o que fazer ali, Ana da Áustria não voltou a visitá-lo.

O cardeal, aliás, não perguntou por ela, tomado de rancor pelo conselho que dera ao filho.

Por volta da meia-noite, ainda maquiado, Mazarino entrou em agonia. Havia corrigido seu testamento, como expressão exata da sua vontade, mas temia que outros interesses se aproveitassem do seu estado para alterar o documento e passara instruções a Colbert, que, como a mais vigilante das sentinelas, andava de um lado para o outro no corredor em frente do quarto.

Dos seus aposentos, de hora em hora o rei enviava a ama de leite a fim de buscar notícias do cardeal.

Depois então de saber que Sua Eminência se fizera vestir, maquiar e pentear para receber embaixadores, soube também do início das orações para os agonizantes.

À uma da manhã, Guénaud ministrara o que chamavam "remédio heroico", a derradeira tentativa. Acreditar ser possível haver algum bom truque secreto contra a morte era um resquício dos velhos tempos da capa e espada, mas tudo aquilo desaparecia, cedendo lugar a novos tempos.

Depois de tomar o remédio, Mazarino respirou por quase dez minutos.

Deu ordem para que imediatamente espalhassem por todo lugar o boato da sua melhora.

Ao receber a notícia, uma espécie de suor frio escorreu pela testa do rei, que já entrevia o dia da liberdade; voltar à servidão pareceu mais sombrio e menos aceitável do que nunca.

O boletim seguinte, porém, mudou por completo as coisas.

Mazarino simplesmente quase não respirava e mal conseguia acompanhar as rezas do cura de Saint-Nicolas-des-Champs[204] a seu lado.

Agitado, o rei passou a andar pelo quarto e, sem parar de andar, consultava papéis que havia tirado de uma caixinha, da qual era o único a ter a chave.

A ama de leite, pela terceira vez, voltou.

O sr. de Mazarino acabava de fazer um trocadilho e mandara que reenvernizassem o seu *Flora*, de Ticiano.[205]

Por volta das duas e meia da madrugada o rei não pôde mais resistir à exaustão: fazia vinte e quatro horas que não dormia.

O sono, tão imprescindível naquela idade, tomou então conta dele, que dormiu pesado por cerca de uma hora, mas numa poltrona, sem se deitar.

Às quatro da manhã, a ama de leite, entrando no quarto, o acordou.

— E então? — foi a pergunta imediata.

— E então, meu querido Sire — ela respondeu, juntando as mãos com ares compungidos —, o ministro morreu.

O rei se levantou como se uma mola de aço o impulsionasse.

— Morreu?

— Lamento dizer!

— Tem certeza?

— Absoluta.

— É oficial?

— Sim.

— A notícia já foi dada?

— Ainda não.

— Mas quem disse que o cardeal morreu?

— O sr. Colbert.

— Colbert?

— Sim.

— E ele tinha certeza?

— Acabava de deixar o quarto e havia, por alguns minutos, posto um espelho junto aos lábios do cardeal.

— Ah! E o que está fazendo agora o sr. Colbert?

— Deixou o quarto de Sua Eminência.

— Para onde foi?

— Veio comigo.

---

204. Igreja na rua Saint-Martin, construída entre 1420 e 1620.
205. O quadro, de 1515, se encontra hoje em dia em Florença, na Galleria degli Uffizi.

— Ele então está...?

— Aqui fora, Sire, esperando.

Luís correu até lá, abriu a porta e viu Colbert no corredor, de fato esperando.

Estremeceu ao ver aquela estátua toda vestida de preto.

Fazendo um cumprimento com profundo respeito, Colbert deu dois passos na direção de Sua Majestade.

Luís voltou a entrar, fazendo sinal para que ele o seguisse.

A ama de leite então se retirou, fechando a porta, junto à qual Colbert modestamente se mantinha.

— O que veio anunciar, por favor? — perguntou Luís, perturbado por não conseguir completamente ocultar seu pensamento íntimo.

— Que o sr. cardeal acaba de morrer, Sire, e vos transmito o seu último adeus.

O rei permaneceu pensativo por um instante, sem deixar de observar o visitante. Era evidente que vinha à sua lembrança a derradeira sugestão do cardeal.

— É então o sr. Colbert? — ele perguntou.

— Sim, Majestade.

— Fiel servidor de Sua Eminência, pelo que ela própria me disse?

— Sim, Majestade.

— Depositário de parte dos seus segredos?

— De todos.

— Os amigos e os servidores de Sua falecida Eminência me serão caros. Cuidarei para que seja aproveitado em minhas secretarias.

Colbert se inclinou.

— O senhor é financista, pelo que sei.

— Sim, Majestade.

— E o sr. cardeal o empregava em sua intendência.

— Tive essa honra, Sire.

— Nunca trabalhou diretamente para a minha casa, creio.

— Perdão, Majestade; tive a felicidade de sugerir ao sr. cardeal uma ideia que economiza trezentas mil libras por ano a vossos cofres.

— Ah, sim? Qual ideia?

— Vossa Majestade sabe que os *cent-suisses*[206] usam rendados de prata de cada lado das fitas do uniforme?

— Certamente.

— Propus que se apliquem, nessas fitas, rendados de prata falsa. Não se vê a diferença e cem mil escudos de economia garantem a alimentação semestral

---

206. Companhia de infantaria de elite composta de mercenários suíços a serviço do rei da França, entre 1471 e 1830, também chamada, simplesmente, de suíços.

de um regimento, ou o custo de dez mil bons mosquetes, ou ainda o valor de um navio cargueiro de dez canhões pronto para ser lançado ao mar.

— É verdade — considerou Luís xiv, mais interessado no personagem. — Uma economia pertinente. E, aliás, é ridículo que soldados usem o mesmo rendado que usam senhores.

— Fico feliz com a aprovação de Sua Majestade.

— Eram serviços assim que prestava ao cardeal? — perguntou o rei.

— Foi a mim que Sua Eminência encarregou de examinar as contas da superintendência, Sire.

— Ah! — interessou-se Luís xiv, que estava prestes a dispensar Colbert. — Sua Eminência o encarregou de controlar o sr. Fouquet... E qual foi o resultado?

— Ficou claro o déficit, Sire; mas se Vossa Majestade permitir...

— Fale, sr. Colbert.

— Preciso, antes, dar algumas explicações.

— Não precisa. O senhor fez o controle, dê apenas o resultado.

— Isso é fácil, Sire. Temos um negativo por todo lugar e dinheiro em lugar nenhum.

— Tome cuidado, pois critica duramente a gestão do sr. Fouquet, que dizem ser bastante competente.

Colbert ficou vermelho, depois branco, sentindo que entrava em rota de colisão com alguém cujo poder quase ameaçava o do ministro que acabava de morrer.

— Com certeza, Sire, muito competente — repetiu Colbert, inclinando-se.

— Mas sendo o sr. Fouquet tão competente e, mesmo assim, faltar dinheiro, de quem é a culpa?

— Não acuso, Sire, apenas constato.

— Entendo. Quero ver esse seu controle. Há déficit, pelo que disse? Um déficit pode ser passageiro, o crédito volta, os fundos se consolidam.

Colbert balançou a cabeça.

— O quê? — estranhou o rei. — Os recursos do Estado estão comprometidos a ponto de não produzirem rendimentos?

— Estão, Sire.

O rei se agitou.

— Explique-se, sr. Colbert.

— Que Vossa Majestade formule com clareza o que devo explicar.

— Tem razão. Com clareza, não é?

— Exato, Sire, clareza. Deus é Deus sobretudo por ter criado a luz.

— Pois bem, se eu quiser dispor de dinheiro hoje, já que o cardeal morreu e me torno de fato rei?

— Vossa Majestade não conseguirá.

— É estranho... Meu superintendente não encontraria dinheiro para mim?

— Não, Sire.

— Para o ano em curso, é compreensível. E para o ano que vem?

— O ano que vem está tão comprometido quanto o ano em curso.

— E o seguinte?

— Também; como o que virá depois.

— O que está dizendo, sr. Colbert?

— Digo que temos quatro anos já empenhados.

— Pediremos um empréstimo, nesse caso.

— Já temos três, Sire.

— Criarei funções[207] para realocá-los e teremos o dinheiro da venda desses encargos.

— É impossível, Sire. Já foram criadas em quantidade e de uma forma pela qual os compradores têm as benesses, sem as obrigações. Por isso Vossa Majestade não pode realocar. Além do que, para cada tratado o sr. superintendente deu um terço de abatimento, de forma que a população paga o custo, sem que a Coroa tire qualquer proveito.

O rei franziu a testa.

— Então juntarei as ordenanças para conseguir dos beneficiários uma supressão, uma liquidação menos pesada.

— É impossível, pois as ordenanças foram convertidas em letras de câmbio que, por comodidade de transação, foram subdivididas em tantas partes que não se tem mais como chegar ao original.

Agitado, Luís andava de um lado para outro, com a testa ainda franzida.

— Sendo assim, sr. Colbert — ele parou, bruscamente —, estou arruinado antes mesmo de reinar?

— De fato, Sire — respondeu o impassível alinhador de números.

— No entanto, o dinheiro tem que estar em algum lugar.

— Com certeza, Sire. Inclusive, para começar, trago a Vossa Majestade uma anotação de capitais que o sr. cardeal Mazarino não quis incluir em seu testamento nem em qualquer outra declaração, mas confiou a mim.

— Ao senhor?

— Exato, Sire, com a injunção de transferi-los a Vossa Majestade.

— Como? Além dos quarenta milhões do testamento?

— Sim, Majestade.

— O sr. de Mazarino tinha outros capitais?

Colbert se inclinou.

— Era um poço sem fundo, aquele homem! — murmurou o rei. — Com ele de um lado e o sr. Fouquet de outro, são já uns cem milhões que vêm à luz! Não à toa os meus cofres estão vazios.

---

207. No original, *offices*, como eram chamados os encargos que eram vendidos pelo Estado, muitas vezes hereditariamente.

Colbert aguardava, sem se mover.

— E a soma que anuncia é interessante? — perguntou o rei.

— Bastante, Sire.

— E ela é de...?

— Treze milhões de libras.

— Treze milhões! Está falando de treze milhões, sr. Colbert?

— Treze milhões, Majestade.

— Dos quais ninguém sabe?

— Dos quais ninguém sabe.

— Estão com o senhor?

— Comigo, Sire.

— E posso vê-los?

— Em duas horas.

— Por quê? Onde estão?

— No subsolo de uma casa que o sr. cardeal possuía na cidade e quis deixar para mim, por meio de uma cláusula particular do testamento.

— Tem então conhecimento do testamento do cardeal?

— Tenho uma cópia assinada por ele.

— Uma cópia?

— Uma cópia, Sire, que aqui está.

Com toda a simplicidade, Colbert tirou do bolso o documento e o entregou ao rei, que leu o artigo relativo à doação da casa.

— Fala-se aqui apenas da casa. Em lugar nenhum se menciona o dinheiro.

— De fato, Sire, ele consta apenas em minha consciência.

— E o sr. de Mazarino fez isso?

— Por que não faria, Sire?

— Ele? A pessoa desconfiada por excelência?

— Não comigo, como Vossa Majestade pode ver.

Luís observou, admirado, aquelas feições vulgares mas expressivas.

— É um homem honesto, sr. Colbert — disse o rei.

— Não é uma virtude, Sire, é um dever — respondeu friamente o intendente.

— Mas esse dinheiro não é da família? — perguntou ainda Luís XIV.

— Se fosse, estaria relacionado no testamento do cardeal, como o restante da sua fortuna. Se fosse, quando redigi o termo de doação favorecendo Vossa Majestade, teria acrescentado esses treze milhões aos quarenta milhões oferecidos.

— Como? O senhor redigiu a doação? — espantou-se Luís XIV.

— Sim, Majestade.

— E o cardeal gostava do senhor? — ingenuamente perguntou o rei.

— Eu disse a Sua Eminência que Vossa Majestade não a aceitaria — explicou Colbert, com aquele tom tranquilo já mencionado e que, mesmo nas situações do cotidiano, mantinha certa solenidade.

Luís passou a mão pela testa e pensou: "Como ainda sou inexperiente para comandar pessoas!".

Colbert esperava o fim desse monólogo interior. Vendo, afinal, Luís erguer a cabeça, perguntou:

— A que horas devo levar o dinheiro a Vossa Majestade?

— Hoje, às onze da noite. Ninguém deve saber que tenho esse dinheiro.

O intendente não respondeu, como se essa última frase fosse desnecessária.

— A soma está em lingotes ou moedas de ouro?

— Moedas de ouro, Sire.

— Ótimo.

— Para onde envio?

— Para o Louvre. Obrigado, sr. Colbert.

Colbert se inclinou e saiu.

— Treze milhões! — exclamou Luís XIV ao se ver sozinho. — É como um sonho!

Depois deixou cair a cabeça nas mãos, como se dormisse.

Mas após alguns instantes a ergueu, sacudiu sua bela cabeleira, pôs-se de pé e, abrindo impetuosamente a janela, mergulhou o rosto ardente no ar vivo da manhã, que trouxe o áspero odor das árvores e o suave perfume das flores.

Uma resplandecente aurora surgia no horizonte e os primeiros raios de sol inundaram de fogo o rosto do jovem rei.

— Essa aurora é a do meu reino — murmurou Luís XIV. — Será um presságio que me envia Deus Todo-Poderoso?

50. O primeiro dia da realeza de Luís XIV

Pela manhã, a notícia da morte do cardeal se espalhou pelo castelo, e do castelo à cidade.

Os ministros Fouquet, Lyonne e Letellier[208] se reuniram na sala do Conselho, mas o rei os chamou a Vincennes e disse:

— Senhores, enquanto o cardeal viveu, eu o deixei à frente do governo, mas agora pretendo me encarregar pessoalmente de tudo. Os ministros me darão suas opiniões quando eu as solicitar. Podem ir!

Eles se entreolharam, surpresos. Foi difícil disfarçar o sorriso, pois sabiam que o rei, criado na mais absoluta ignorância dos assuntos de Estado, pretendia assumir um fardo pesado demais para as suas forças.

Já na escada, mostrando-se tranquilo, Fouquet despediu-se dos colegas dizendo:

— Será um trabalho a menos para nós, meus amigos.

E tomou sua carruagem, feliz da vida.

Os dois outros, menos tranquilos com o rumo dos acontecimentos, voltaram juntos a Paris.

Por volta das dez horas, o rei procurou sua mãe e tiveram uma conversa a sós. Em seguida, depois do jantar, ele tomou um carro fechado e se dirigiu ao Louvre, onde recebeu muitas pessoas, aproveitando a oportunidade para observar a hesitação geral e a curiosidade de cada uma.

No início da noite, ordenou que as portas do palácio fossem fechadas, à exceção de uma, que dava para o cais. Foram postos ali, de sentinela, dois guardas suíços que não falavam francês, com ordem de deixar entrar qualquer carga e nada mais, sem que coisa alguma saísse.

Às onze em ponto se ouviu o rolar de uma pesada carroça sob a arcada, seguida de perto por duas outras. Depois disso, o portão surdamente rangeu em seus gonzos e foi fechado.

Passados alguns minutos, alguém bateu de leve na porta do gabinete. O rei foi abri-la e viu Colbert, que apenas disse:

— O dinheiro está no subsolo de Vossa Majestade.

---

208. Hugues de Lionne (1611-71) foi ministro do Exterior sob Mazarino e continuou sob Luís XIV.

Luís então desceu e foi visitar os barris com moedas de ouro e de prata que quatro homens, chamados por Colbert, haviam rolado para o local designado, do qual o rei lhe dera a chave naquela manhã. Feita a revista, Luís e Colbert — cuja rígida frieza não fora quebrada por qualquer sinal de satisfação pessoal — voltaram ao gabinete.

— O que espera do rei por tanta dedicação e probidade? — perguntou Luís.

— Absolutamente nada, Sire.

— Como assim, nada? Nem mesmo a possibilidade de me servir?

— Mesmo que Vossa Majestade não a oferecesse, eu não deixaria de servi-la. Para mim, é impossível não ser o melhor servidor do rei.

— Será intendente das finanças, sr. Colbert.

— Há um superintendente, Sire.

— Justamente.

— O superintendente é o homem mais poderoso do reino.

— Ah! — exclamou Luís, ruborizando. — Acha isso?

— Ele me triturará em oito dias. Vossa Majestade me dá um controle para o qual é indispensável ter força. Intendente, onde há um superintendente, significa inferioridade.

— Precisa de apoio… não confia no meu?

— Como tive a honra de dizer a Vossa Majestade, o ministro Fouquet era o segundo personagem do reino, e agora que o ministro Mazarino morreu, ele é o primeiro.

— Ainda permito que o senhor diga esse tipo de coisa hoje, mas amanhã não mais tolerarei, lembre-se disso.

— Serei então inútil a Vossa Majestade?

— Já é, pois teme se comprometer me servindo.

— Temo apenas ser posto numa posição em que não possa mais vos servir.

— E de que precisa?

— Preciso que Vossa Majestade me forneça auxiliares para o trabalho.

— Estará dispersando sua importância.

— Mas ganhando segurança.

— Escolha seus colegas.

— Os srs. Breteuil, Marin e Hervard.

— Terá amanhã a nomeação.

— Obrigado, Sire!

— É só o que quer?

— Não, Sire, ainda uma coisa…

— O quê?

— Que Vossa Majestade me permita formar uma Câmara de Justiça.[209]

---

209. A Câmara de Justiça era um tribunal extraordinário, criado na Idade Média e formado exclusivamente por magistrados da corte. Tinha sido até então raramente convocada e em seguida será ainda apenas uma vez, à morte de Luís XIV.

— Para quê?

— Para julgar financistas que servem ao Estado e há dez anos fraudam pagamentos.

— Mas... o que fará com eles?

— Pretendo mandar enforcar três deles, o que fará os outros recuarem.

— Não posso começar meu reinado mandando enforcar pessoas, sr. Colbert.

— Com isso piores suplícios serão evitados.

O rei não respondeu.

— Vossa Majestade consente? — insistiu Colbert.

— Preciso pensar.

— Será tarde demais.

— Por quê?

— Se estiverem prevenidos, serão mais fortes do que nós.

— Componha então essa Câmara de Justiça.

— Farei isso.

— Terminamos?

— Não, Sire, há ainda um detalhe importante... Quais direitos Vossa Majestade concede a essa intendência?

— Bom... não sei... o de hábito...

— Preciso, Sire, que a essa intendência seja dado o direito de ler a correspondência que vem da Inglaterra.

— É impossível, essa correspondência é examinada no Conselho. O próprio cardeal fazia isso.

— Achei ter Vossa Majestade declarado, esta manhã, que não haverá mais Conselho.

— Foi o que declarei.

— Que Vossa Majestade queira então pessoalmente ler essas cartas, sobretudo as da Inglaterra. Insisto muito nesse ponto.

— O senhor terá essa correspondência e me manterá informado.

— Para terminar, Sire, o que devo fazer com as finanças?

— Tudo que o sr. Fouquet não fizer.

— É o que eu esperava de Vossa Majestade. Obrigado, parto tranquilo.

Colbert se retirou. Luís o acompanhou com os olhos. Provavelmente não se afastara cem passos do Louvre e o rei recebeu a correspondência da Inglaterra. Olhou o feixe de cartas, abriu e de imediato viu uma do rei Carlos II:

Vossa Majestade deve estar muito apreensiva com a doença do sr. cardeal Mazarino; mas a dimensão dessa fatalidade pode vos ser útil. O cardeal está condenado por seu médico. Agradeço a graciosa resposta dada à proposta envolvendo lady Henriqueta Stuart, minha irmã. Dentro de oito dias ela estará a caminho de Paris com a sua corte.

Fico muito feliz com a amizade demonstrada por Vossa Majestade e por constatar que posso, ainda mais justamente, nos considerar irmãos. Como prova disso, e acompanhando as pesadas obras de fortificação que estão sendo feitas em Belle-Île-en-Mer,[210] quero afirmar que são desnecessárias. Nunca teremos guerra entre nós. O empreendimento não me preocupa, apenas entristece... São milhões inutilmente gastos, alertai vossos ministros. Minhas informações são boas. Espero, meu irmão, que façais o mesmo por mim, se necessário.

O rei acionou a campainha e o criado de quarto se apresentou.

— O sr. Colbert saiu há pouco — ele disse. — Não pode estar longe... Tragam-no de volta!

O criado já estava de saída, mas o rei o chamou e cancelou a ordem, dizendo a si mesmo:

— Entendi por que Colbert queria tanto ter acesso à correspondência da Inglaterra. Belle-Île pertence ao sr. Fouquet, que a fortifica. Trata-se de uma conspiração... Tal descoberta significaria a ruína do superintendente. Mas não posso depender apenas do intendente. Ele é a cabeça, preciso de um braço.

Luís mal conteve a alegria e disse ao camarista:

— Eu não tinha um tenente dos mosqueteiros?

— O sr. d'Artagnan, Sire.

— Que no momento não está mais a meu serviço?

— Exato, Sire.

— Achem-no, e que ele esteja aqui amanhã, no meu despertar.

O criado se inclinou e saiu.

— Treze milhões no meu porão, Colbert controlando a bolsa e d'Artagnan empunhando a espada: sou rei! — festejou Luís XIV.

---

210. Ilha no oceano Atlântico a doze quilômetros do litoral oeste francês, na região da Bretanha, comprada pelo superintendente Fouquet em 1658. Tratava-se de um ponto estratégico numa eventual guerra francesa contra a Inglaterra ou a Holanda, que eram potências navais.

51. Uma paixão

No próprio dia em que havia chegado da Inglaterra, como vimos, ao deixar o Palais Royal Athos se dirigiu à casa em que se hospedava, na rua Saint-Honoré.

Lá encontrou o visconde de Bragelonne, que o esperava, na companhia de Grimaud.

Não era coisa fácil manter uma conversa com o antigo criado. Apenas duas pessoas conseguiam isso: Athos e d'Artagnan. O primeiro porque o próprio Grimaud tinha que se esforçar para fazê-lo dizer alguma coisa, e o segundo simplesmente porque sabia fazer Grimaud falar.

Raoul tentava saber como se passara a viagem à Inglaterra e Grimaud contara em detalhes com alguns gestos e oito palavras. Nem mais nem menos.

Para começar, com um movimento ondulante da mão, indicou que haviam atravessado o mar.

— Para alguma expedição? — perguntou o rapaz.

Abaixando a cabeça, Grimaud confirmou.

— Na qual o conde correu algum perigo?

Grimaud ergueu um pouco os ombros, como quem diz: "Nem muito nem pouco".

Grimaud mostrou a espada, o fogo e um mosquete pendurado na parede.

— O conde tinha algum inimigo na Inglaterra?

— Monck — disse Grimaud.

— É estranho que o conde continue a me considerar um menino, sem compartilhar comigo a honra ou os perigos dessas expedições — lamentou Raoul.

Grimaud sorriu.

Foi quando Athos chegou.

O dono da casa iluminava a escada e Grimaud, ao reconhecer os passos, interrompeu a conversa para ir receber o amo.

Mas Raoul se lançara no assunto e, com impetuoso carinho, sem contudo perder o tom respeitoso, pegando as duas mãos do conde, o interpelou:

— Então partiu para uma viagem perigosa sem se despedir de mim, com quem deveria contar? Não fui educado de maneira a saber usar a espada? Por que me expõe à provação de não mais vê-lo?

— E quem disse, Raoul, que minha viagem foi perigosa? — respondeu o conde, entregando a capa e o chapéu a Grimaud, que acabava de lhe desprender do boldrié a espada.

— Eu — adiantou-se Grimaud.

— E por quê? — perguntou severamente Athos.

Ele ficou constrangido e Raoul respondeu em seu lugar:

— É natural que Grimaud diga a verdade a quem, antes de qualquer outra pessoa, o ama e apoia.

Athos ficou calado. Fez um gesto amigável a Grimaud, que se retirou. Em seguida se sentou numa poltrona, enquanto Raoul continuava de pé, à sua frente.

— De qualquer forma — prosseguiu o jovem —, a viagem foi uma expedição... em que o ferro e o fogo o ameaçaram.

— Mudemos de assunto, visconde — respondeu Athos, afetuoso. — Parti de forma brusca, é verdade, para servir ao rei Carlos ii. Quanto à sua preocupação, agradeço, sei que posso contar com você... Não lhe faltou nada, enquanto estive fora?

— Nada, obrigado.

— Deixei ordem a Blaisois para que lhe enviasse cem pistolas assim que precisasse de dinheiro.

— Não estive com Blaisois, senhor.

— Não precisou de dinheiro, então?

— Restavam-me trinta pistolas da venda dos cavalos que apreendi em minha última campanha, e o sr. Príncipe teve a bondade de me fazer ganhar duzentas pistolas na sua mesa de jogo há três meses.

— Anda jogando?... Não gosto disso, Raoul.

— Nunca jogo, senhor, foi o sr. Príncipe quem me ordenou sustentar as suas cartas, em Chantilly... uma noite em que chegou um mensageiro do rei. Obedeci e o sr. Príncipe me fez ficar com o lucro da partida.

— É um hábito da casa, Raoul? — perguntou Athos, preocupado.

— Sim. A cada semana o sr. Príncipe, por um pretexto qualquer, cria uma vantagem desse tipo para um dos fidalgos que o servem. Somos cinquenta e, naquela ocasião, foi a minha vez.

— Bom! Você então foi à Espanha?[211]

— Sim. Uma viagem muito bonita e interessante.

— E há um mês voltou?

— Exato.

— E nesse mês?

— Nesse mês...

— O que fez?

---

211. Acompanhando o casamento de Luís xiv, como se viu nos primeiros capítulos.

— Meu serviço.

— Não foi a La Fère?

Raoul ficou ruborizado.

Athos o olhou, de maneira firme e tranquila.

— É um erro não acreditar na minha palavra — disse Raoul. — Sei que corei involuntariamente. A pergunta levanta em mim muitas emoções. Fiquei vermelho por isso, e não por estar mentindo.

— Bem sei que nunca mente, Raoul.

— Nunca, senhor.

— Mas está enganado quanto à pergunta. O que me interessava...

— Era saber se fui a Blois.

— Isso mesmo.

— Não fui. Nem de longe vi a pessoa de quem quer falar.

A voz do rapaz tremia ao dizer essas palavras.

Athos, que jamais perdia a delicadeza, logo acrescentou:

— Raoul, vejo que sofre muito para falar desse assunto.

— Muito. O senhor me proibiu de ir a Blois e rever a srta. de La Vallière.

Dizendo isso, o jovem parou. Aquele doce nome, tão agradável de pronunciar, adoçando os lábios dilacerava o coração.

— E fiz bem, Raoul — se apressou Athos a dizer. — Não sou um pai desumano ou injusto. Respeito o verdadeiro amor, mas penso num futuro para você... um futuro imenso. Um novo reinado vai se abrir como uma aurora, a guerra fascina o jovem rei, cheio de espírito cavaleiresco. E esse ardor heroico precisará de um batalhão de tenentes jovens e livres que corram com entusiasmo e caiam gritando "Viva o rei!", e não "Adeus, esposa querida!". Entenda isso, Raoul. Por mais brutal que pareça o raciocínio, peço que acredite e deixe para trás os primeiros dias de juventude em que você se habituou ao amor, dias de frouxa indolência que amolecem o coração e o incapacitariam para os fortes e rascantes licores chamados glória e adversidade. Então, Raoul, veja no meu conselho apenas a vontade de ser útil, de vê-lo prosperar. Creio-o capaz de se tornar alguém notável. Avançará melhor e mais rápido se estiver só.

— O senhor comanda, eu obedeço.

— Comanda? — indignou-se Athos. — É como me responde? Eu comando? Deturpa o que digo. Não percebe minhas intenções? Não comandei, pedi.

— Não, o senhor comandou — respondeu Raoul, firme. — Mas tivesse sido um pedido, seria tão eficaz quanto uma ordem. Não voltei a ver a srta. de La Vallière.

— Mas sofre por isso — insistiu Athos.

Raoul não respondeu.

— Acho-o pálido, triste... O sentimento deve ser forte!

— Uma paixão — disse Raoul.

— Não... um hábito.

— O senhor sabe que viajei muito, passei dois anos sem vê-la... Hábitos se desfazem em dois anos... No entanto, ao voltar, amava-a não mais, pois seria impossível, mas com a mesma intensidade. A srta. de La Vallière é para mim a companheira por excelência, mas o senhor é Deus na terra... Pelo senhor sacrifico qualquer coisa.

— Estaria cometendo um erro — disse Athos. — Não tenho mais qualquer direito sobre você. A idade o emancipou. Sequer precisa do meu consentimento. Consentimento, aliás, que eu não recusaria, depois de tudo o que disse. Case-se com a srta. de La Vallière, se for o que quer.

Raoul esboçou uma reação, mas parou e disse:

— Obrigado. Tal consentimento me toca e fico muito grato, mas não o aceitarei.

— Então agora prefere recusar?

— Sim.

— Não serei absolutamente contrário, Raoul.

— Mas tem no fundo do coração algo contra esse casamento. Não o escolheu para mim.

— É verdade.

— E isso já basta para que eu não persista: esperarei.

— Preste atenção, Raoul! O que está dizendo é sério.

— Sei disso, senhor. Esperarei, volto a dizer.

— O quê, a minha morte? — perguntou Athos, abalado.

— Oh! — assustou-se Raoul, com a voz embargada. — Como é possível que diga isso, se nunca lhe dei motivo?

— É verdade — murmurou Athos, apertando com força os lábios, para impedir uma emoção que viria incontrolável. — Não, de forma alguma quero afligi-lo. Só não entendo o que esperaria... Não mais amar?

— Não, quanto a isso, não. Esperarei que mude de ideia.

— Vamos ver, Raoul, se a srta. de La Vallière também esperará.

— Acredito que sim.

— Mas esteja preparado, Raoul! Você é muito moço, confiante, leal... as mulheres mudam.

— Nunca o vi falar mal das mulheres nem se queixar. Por que dizer isso da srta. de La Vallière?

— É verdade — reconheceu Athos, baixando o olhar. — Nunca falei mal das mulheres, nunca tive por que me queixar, nunca a srta. de La Vallière deu motivo para tal, mas, para ser previdente, é preciso ir às exceções, às improbabilidades! E se ela porventura não o esperar?

— Como assim?

— Se voltar o olhar para outro lado?

— Para outro homem? É o que quer dizer? — perguntou Raoul, tenso de aflição.

— Isso.

— Eu o mataria. E todos a quem ela escolhesse, até que um deles me matasse ou que eu recuperasse o seu coração.

Athos estremeceu e afinal perguntou, com uma voz grave:

— Não disse que sou o seu deus, a sua lei no mundo?

— Ah, me proibiria o duelo? — perguntou, trêmulo, o rapaz.

— Como não, Raoul?

— Proibia-me a esperança, não a morte.

Athos ergueu os olhos para o visconde, que havia pronunciado essas palavras com uma sombria entonação, acompanhando o mais sombrio olhar.

— Basta, basta desse assunto triste, em que estamos ambos exagerando as coisas — disse Athos, após um prolongado silêncio. — Viva cada dia, Raoul; cumpra o seu serviço, ame a srta. de La Vallière, ou seja, aja como um adulto, pois é um adulto. Mas nunca se esqueça de que o amo com carinho; e você, por sua vez, diz me amar.

— Ah, sr. conde! — exclamou Raoul, apertando a mão de Athos contra o peito.

— Meu caro menino! Agora me deixe, preciso descansar. Aliás, d'Artagnan voltou da Inglaterra comigo e você deve uma visita a ele.

— Irei com todo o prazer. Gosto tanto do sr. d'Artagnan!

— Faz bem. É um homem correto e um bravo cavaleiro.

— E que gosta muito do senhor!

— Tenho certeza de que sim… Sabe o endereço?

— Imagino que no Louvre, no Palais Royal, onde estiver o rei. Não é quem comanda os mosqueteiros?

— Não por agora. O sr. d'Artagnan pediu para se afastar, está descansando… Não o procure então nos locais de serviço. Terá notícia dele na casa de um certo sr. Planchet.

— Seu antigo criado?

— Exato. É agora merceeiro.

— Eu sei. Na rua dos Lombardos.

— Algo assim… Ou na rua de Arcis.[212]

— Encontrarei sem problema.

— Diga que mando um abraço e traga-o para jantar, antes que eu parta para La Fère.

— Farei isso.

— Boa noite, Raoul.

— Vejo uma comenda que antes o senhor não ostentava; aceite meus cumprimentos.

— O Tosão? É verdade… Um brinquedinho, filho… que nem diverte mais essa criança grande que sou… Boa noite, Raoul!

---

212. Era bem próxima da rua dos Lombardos e não existe mais, sendo incorporada, à época de Dumas, à rua Saint-Martin.

52. A aula do sr. d'Artagnan

No dia seguinte, Raoul não encontrou d'Artagnan quando foi procurá-lo, mas falou com Planchet, que ficou muito feliz em rever o rapaz e fez dois ou três cumprimentos que pareciam vir mais de um soldado do que de um merceeiro. No dia posterior, porém, trazendo de Vincennes cinquenta dragões das tropas do sr. Príncipe, ao passar pela praça Baudoyer[213] ele viu um homem que, com o nariz para o alto, observava uma casa como se observa um cavalo que se pretende comprar.

Esse homem, num traje de burguês, mas abotoado como um gibão militar, tendo na cabeça um chapéu pequeno e de lado uma espada que parecia deslocada, virou a cabeça assim que ouviu os cavalos e se esqueceu da casa para acompanhar com os olhos os dragões.

Era ninguém menos que o sr. d'Artagnan, a pé, com as mãos nas costas, que passava em revista os dragões como antes passava em revista aquela casa. Soldado nenhum, cadarço de gibão nenhum, casco nenhum de cavalo escapava da sua inspeção.

Raoul cavalgava no flanco da tropa e só no final d'Artagnan o notou.

— Ei, caramba, ei! — ele chamou.

— Então não me enganei? — perguntou o rapaz, dirigindo para lá o seu cavalo.

— Não, não se enganou. Bom dia! — respondeu o ex-mosqueteiro.

E Raoul foi efusivamente apertar a mão do velho amigo.

— Cuidado, Raoul — ele disse. — O segundo cavalo da quinta fila vai perder a ferradura antes de chegar à ponte Marie. Restam apenas dois cravos no casco dianteiro direito.

— Espere um pouco, volto já — pediu Raoul.

— Vai deixar seu destacamento?

— Tenho um oficial que me substitui.

— Vem jantar comigo?

— Com todo o prazer.

---

213. Praça para a qual dão os fundos do edifício da Prefeitura de Paris, o Hôtel de Ville.

— Então deixe o seu cavalo ou peça que me emprestem um.

— Prefiro acompanhá-lo a pé.

Raoul foi avisar o substituto, que tomou o seu lugar na unidade. Em seguida desmontou, entregou o cavalo a um dos dragões e, todo contente, foi pegar o braço de d'Artagnan, que o considerou, tendo acompanhado todas essas ações, com a satisfação de quem conhece o assunto.

— Está vindo de Vincennes? — perguntou.

— Sim, de lá mesmo.

— E o cardeal?

— Está muito mal, talvez inclusive já tenha morrido.

— Tem boa relação com o sr. Fouquet? — perguntou d'Artagnan, mostrando, com um dar de ombros, que a provável morte de Mazarino pouco lhe importava.

— O sr. Fouquet? Nem o conheço.

— É pena, pois um novo rei procura sempre estabelecer novos apoios.

— Ah, o rei não me quer mal — respondeu o rapaz.

— Não me refiro a quem tem a coroa... mas ao rei. E o rei, agora que o sr. Mazarino morreu, é o sr. Fouquet. Trata-se então de estar em boas relações com o sr. Fouquet, se não quiser mofar a vida inteira como mofei... Mas é verdade que tem outras proteções, ainda bem.

— O sr. Príncipe, para começar.

— Está gasto, em fim de linha.

— O sr. conde de La Fère.

— Athos? Ah, Athos é outra coisa... se quiser abrir caminho na Inglaterra, é o melhor apoio que pode querer. Diria inclusive, sem querer me gabar, que eu próprio tenho certo crédito na corte de Carlos II. Ele sim, aliás, é um rei!

— Ah! — admirou-se Raoul, com a curiosidade ingênua dos jovens bem-nascidos, ouvindo falar de experiência e valor.

— Um rei que se diverte, é verdade, mas soube empunhar a espada e apreciar as pessoas úteis. Athos está muito bem com Carlos II. Vá servir por lá e deixe de lado os oportunistas que tanto roubam, seja com mãos francesas, seja com mãos italianas. Deixe esse rei choramingão que vai nos dar um reino como o de Francisco II. Conhece história, Raoul?

— Conheço, cavaleiro.

— Sabe então que Francisco II tinha sempre dor de ouvido?

— Não, não sabia.

— Que Carlos IX tinha sempre dor de cabeça?

— Ah!

— Henrique III dor de barriga?

Raoul começou a rir.

— Pois Luís xiv tem sempre dor de cotovelo. É deplorável ver um rei que suspira do amanhecer ao anoitecer sem nunca praguejar: "*Ventre-saint-gris!*" ou "Chifre de boi!",[214] enfim, algo que o desperte.

— E foi por isso que o senhor deixou o serviço de Sua Majestade? — perguntou Raoul.

— Foi.

— Mas acabou largando a enxada antes da colheita... não terá coisa alguma no celeiro.

— Ah! — replicou d'Artagnan, como quem dá pouca importância a isso. — Estou tranquilo, tinha alguns bens de família.

Raoul o olhou nos olhos. A pobreza de d'Artagnan era proverbial. O gascão, em termos de gasconadas, estava além de qualquer um, na França ou em Navarra. Mil vezes Raoul ouvira dizerem "Jó e d'Artagnan" como dizem "Rômulo e Remo".[215]

D'Artagnan notou o olhar de surpresa e perguntou:

— Então seu pai disse que estive na Inglaterra?

— Sim.

— E mencionou o que fiz de vantajoso para mim?

— Não, disso não falou.

— Pois, fiz um amigo, um grande senhor, vice-rei da Escócia e da Irlanda, que me pôs a caminho de uma herança.

— Uma herança?

— Bastante boa.

— Então está rico?

— Pfff!...

— Meus mais sinceros parabéns.

— Obrigado... Ah, aqui está a minha casa.

— Na praça de Grève?

— É. Não gosta da região?

— Pelo contrário: a água do Sena é bonita de se ver daqui... Que bela casa antiga!

— É o Imagem de Nossa Senhora,[216] um velho cabaré que transformei em casa há dois dias.

— Mas o cabaré continua aberto?

---

214. A primeira exclamação era muito usada por Henrique iv; a segunda, *corne de bœuf!*, na verdade só se tornou popular à época de Dumas e viria de uma expressão para "vento muito forte, capaz de arrancar os chifres de um boi".

215. Rômulo e Remo são, na mitologia latina, os dois gêmeos fundadores de Roma e que, abandonados ao nascer, foram amamentados e criados por uma loba.

216. O cabaré Image-de-Notre-Dame de fato existia, na esquina da rua da Mortellerie (atual Hôtel-de-Ville) com a praça. Uma pintura de 1751 de Nicolas Raguenet (1715-93), hoje no museu Carnavalet, em Paris, o retrata bem.

— Claro que sim!

— E o senhor mora onde?

— Com Planchet.

— Mas agora mesmo disse: "Aqui está a minha casa".

— Disse porque de fato é minha... comprei-a.

— Ah!

— Rende dez por cento, meu caro Raoul. Um ótimo negócio! Comprei-a por trinta mil libras. Tem um terreno jardinado que dá para a rua da Mortellerie. O cabaré paga mil libras de aluguel pelo primeiro andar; pelo segundo andar, que é o sótão, paga quinhentas libras.

— Não brinca!

— Garanto.

— Um sótão, quinhentas libras? Nem é habitável.

— E ninguém o habita. Mas repare que tem duas janelas que dão para a praça.

— Estou vendo.

— Pois bem: toda vez que se suplicia, que se enforca, que se esquarteja ou que se queima alguém na fogueira, as duas janelas são alugadas por até vinte pistolas.

— Que horror!

— Nojento, não?

— Que horror — repetiu Raoul.

— Nojento, mas é como são as coisas... Esses infelizes parisienses são às vezes verdadeiros antropófagos. Não posso imaginar cristãos fazendo semelhantes especulações.

— É verdade.

— Fosse eu que morasse ali — continuou d'Artagnan —, nos dias de execução fecharia até os buracos das fechaduras; mas não moro.

— E aluga por quinhentas libras esse sótão?

— Ao feroz dono do cabaré, que o subloca... Estávamos então em mil e quinhentas libras.

— O rendimento direto — disse Raoul —, ainda em cinco por cento.

— Exato. Resta a parte principal do imóvel: depósitos, alojamentos e cavas que são inundadas todo inverno: duzentas libras; e o jardim, que é muito bonito, bem plantado, bem protegido pelos muros e pelo pórtico da Saint-Gervais-Saint-Protais:[217] mil e trezentas libras.

— Mil e trezentas libras? Mas é incrível!

---

217. A igreja, que começou a ser construída em 1494, é mais conhecida apenas como Saint-Gervais.

— Talvez eu possa explicar: acho que algum cônego da paróquia (esses cônegos são uns Cresos)[218] alugou esse jardim para as suas farras. Oficialmente, o locatário se chama Godard... Pode ser um nome falso ou verdadeiro. Se verdadeiro, trata-se de um cônego. Se falso, trata-se de alguém que quer se manter incógnito... e para que então averiguar? Paga sempre adiantado. Era no que eu estava pensando ainda há pouco, quando nos encontramos. Em comprar aquela casa, na praça Baudoyer, com fundos dando para o meu jardim. Juntando tudo, seria uma magnífica propriedade. Os seus dragões me distraíram. Pronto, vamos pegar a rua da Vannerie, que nos leva direto à casa de mestre Planchet.

D'Artagnan apertou o passo. Chegando, subiram a um quarto que Planchet havia cedido ao antigo patrão. Ele próprio não se encontrava, mas o jantar estava pronto. O merceeiro guardara algo da disciplina e da pontualidade militares.

D'Artagnan voltou ao futuro de Raoul.

— Seu pai é duro? — ele perguntou.

— Bastante.

— Bem, sei que Athos é firme; às vezes exagera?

— Mão de soberano, sr. d'Artagnan.

— Pois não se sinta constrangido. Se precisar de algum dinheiro, esse velho mosqueteiro está aqui.

— Meu caro sr. d'Artagnan...

— Você joga, às vezes?

— Nunca.

— Mulheres, então? Hum... ficou vermelho... É um Aramis, estou vendo! Meu amigo, isso sai ainda mais caro que o jogo. É verdade que rende duelos, já é uma compensação. Bom, nosso rei choramingas proíbe e multa os duelos. Que reino, meu pobre Raoul, que reino! Quando lembro que, no meu tempo, mosqueteiros ficavam sitiados como Heitor e Príamo na cidade de Troia...[219] As mulheres choravam, as muralhas riam, e quinhentos cretinos batiam palmas gritando "Mata! Mata!" quando não se tratava de um mosqueteiro. Caramba! Vocês não verão mais coisa assim.

— Tem sido duro com o rei, sr. d'Artagnan, e mal teve tempo de conhecê-lo.

— Eu? Ouça, Raoul, posso dizer tudo o que ele fará a cada dia, a cada hora. Morre o cardeal, ele chora. E é o que faz de menos idiota, até por não serem lágrimas verdadeiras.

— E depois?

---

218. Creso (596 a.C.-546 a.C.), último rei da Lídia, famoso pela riqueza.
219. Príncipe e rei troianos sitiados na cidade pelos gregos na *Ilíada*.

— Depois deixará tudo nas mãos do sr. Fouquet e ficará compondo versos em Fontainebleau para uma Mancini qualquer, de quem a rainha arrancará os olhos. É espanhola, entende? E tem Ana da Áustria como sogra. Sei como são as espanholas da casa da Áustria.

— E depois?

— Depois, tendo tirado os galões de prata dos seus suíços por custarem caro, vai deixar os mosqueteiros a pé porque a aveia e o feno do cavalo custam cinco soldos ao dia.

— Não, não diga isso.

— Que importância? Não sou mais mosqueteiro. Que estejam a cavalo ou a pé, se enfeitem com isso ou aquilo, tenham espada ou não, não é da minha conta.

— Meu caro sr. d'Artagnan, por favor, não fale mal do rei... Estou indiretamente a serviço dele. Meu pai não vai admitir que eu tenha ouvido palavras ofensivas a Sua Majestade, mesmo vindas do senhor.

— O seu pai? É o paladino de todas as causas perdidas. Diabos! É verdade, o seu pai é um bravo, um César; mas não tem olhar clínico.

— Bom, entendi! — disse, rindo, Raoul. — Agora vai falar mal do meu pai, o mesmo a quem chamava o grande Athos. Está com esse tipo de humor hoje. A riqueza o tornou amargo, como a outros a pobreza.

— Tem toda a razão. Que idiota, estou ficando senil; um pobre de um velho, um cordão desfiado de uniforme, uma couraça furada, uma bota sem sola, uma espora sem roseta, mas, por favor, diga apenas uma coisa.

— O quê, caro sr. d'Artagnan?

— Diga: "Mazarino era um pilantra".

— Ele talvez tenha morrido.

— É um motivo a mais, e eu disse "era". Não fosse assim, pediria que dissesse: "Mazarino é um pilantra". Diga, se gosta de mim, diga.

— Bom, posso fazer isso.

— Diga!

— Mazarino era um pilantra — recitou Raoul, sorrindo para o mosqueteiro, satisfeito como nos seus belos dias.

— Ótimo. Essa foi a primeira parte da frase; agora o final. Repita, Raoul: "Mas vou lamentá-lo".

— Cavaleiro!

— Não quer dizer, então vou dizer no seu lugar: Você o lamentará.

Os dois riam e discutiam essa declaração de princípios quando um dos empregados da casa entrou e disse:

— Uma carta para o sr. d'Artagnan.

— Obrigado... Veja! — exclamou o mosqueteiro.

— É a letra do sr. conde — disse Raoul.

— Sim — ele concordou, deslacrando a carta.

Caro amigo, acabam de me pedir, da parte do rei, que o encontre...

— A mim? — surpreendeu-se d'Artagnan, deixando cair o papel. Raoul o pegou e continuou, em voz alta:

Apresse-se... Sua Majestade precisa muito vê-lo e o espera no Louvre.

— A mim? — repetiu ainda o mosqueteiro.
— Hehe! — zombou Raoul.
— Oh! — respondeu d'Artagnan. — O que isso quer dizer?

53. O rei

Passada a primeira reação de surpresa, d'Artagnan releu o bilhete de Athos.
— É estranho que o rei me procure — ele comentou.

— Por quê? Deve lamentar a perda de um servidor como o senhor — disse Raoul.

— Hum... Está querendo melhorar as coisas, mestre Raoul — sorriu desconfiado o oficial. — Se lamentasse tanto, não teria me deixado ir. Não, não, vejo nisso coisa melhor... ou pior.

— Pior? Como assim, sr. cavaleiro?

— Você é moço, acredita nas pessoas, é formidável... Como gostaria de ainda ser assim! Ter vinte e quatro anos, ruga nenhuma na testa e a cabeça vazia, voltada apenas para as mulheres, o amor, as boas intenções... Ah, Raoul, enquanto não receber sorrisos de reis e confidências de rainhas, enquanto não tiver dois cardeais mortos ao longo da sua vida, um que era um tigre, outro uma raposa, enquanto não... Mas para que toda essa lenga-lenga? Precisamos nos despedir!

— Que maneira de dizer isso! Quanta gravidade!

— Ah! É o que exige o momento... Ouça, tenho algo a pedir.

— Estou ouvindo, sr. d'Artagnan.

— Avise o seu pai que estou de partida.

— De partida?

— Como não? Diga que fui para a Inglaterra e moro na minha casinha de campo.

— Inglaterra, o senhor? E as ordens do rei?

— Está sendo cada vez mais ingênuo. Acha mesmo que vou ao Louvre e me pôr à mercê desse aprendiz de lobo com coroa na cabeça?

— Aprendiz de lobo? O rei? Mas o senhor está é louco!

— Pelo contrário, nunca fui tão sensato. Não vê o que quer comigo o digno filho de Luís, o Justo? Ora, carambolas! É isso a política... Quer me mandar para a Bastilha, pura e simplesmente.

— Mas a troco de quê? — assustou-se Raoul, pasmo com o que ouvia.

— A troco do que eu disse, certo dia, em Blois... Fui um tanto veemente, e ele se lembra.

— Mas o que disse?

— Que era um mão de porco, um moleque, um medroso.

— Santo Deus! Como pode ter deixado que palavras assim escapassem da sua boca?

— Talvez não fossem exatamente essas, mas o sentido sim.

— O rei o teria mandado prender na mesma hora!

— E quem faria isso? Era eu quem comandava os mosqueteiros! Daria eu mesmo ordem para que me prendessem? Um eu não teria aceitado, a outro teria resistido... Depois disso fui para a Inglaterra... Não se viu mais d'Artagnan. Agora, morto o cardeal, ou quase, sabem que estou em Paris e querem pôr a mão em mim.

— O cardeal o protegia?

— O cardeal me conhecia. Sabia certas coisas de mim e eu outras dele: então mutuamente nos apreciávamos... Na hora de entregar a alma ao diabo, ele deve ter dito a Ana da Áustria que me hospedem em algum lugar seguro. Vá então ver o seu pai, conte a ele a coisa, pois preciso ir!

— Meu caro sr. d'Artagnan — disse Raoul, nervoso, depois de olhar pela janela —, não pode nem mesmo fugir.

— Por que não?

— O oficial dos suíços está lá embaixo, à sua espera.

— Qual o problema?

— O problema é que será preso.

D'Artagnan soltou uma risada homérica.

— Claro, vai resistir, vai lutar e sei que vencerá. Mas será um ato de rebelião, e como o senhor é um oficial, conhece a disciplina.

— Que diabo de menino! Que diabo de educação, é tudo tão lógico! — resmungou d'Artagnan.

— Concorda comigo?

— Concordo. Em vez de sair pela rua, onde esse idiota me espera, vou escapar pelos fundos. Tenho um cavalo no estábulo. É um bom cavalo, mas posso matá-lo de exaustão, pois tenho dinheiro para isso. Matando alguns cavalos, chego a Boulogne em onze horas: conheço bem o caminho. Diga então apenas uma coisa a seu pai.

— O quê?

— Que... aquilo que ele sabe está na casa de Planchet, exceto um quinto, e que...

— Meu caro sr. d'Artagnan, tome cuidado. Se fugir, vão dizer duas coisas.

— Quais, meu amigo?

— Primeiro, que teve medo.

— E quem vai dizer isso?

— Para começar, o rei.

— Pois bem... estará dizendo a verdade. Estou com medo.

344   O VISCONDE DE BRAGELONNE

— E a segunda coisa é que se sente culpado.

— Culpado de quê?

— Ora, dos crimes de que será acusado.

— É verdade, mais uma vez... E aconselha o quê? Ir para a Bastilha?

— O sr. conde de La Fère daria esse conselho.

— Disso sei eu, diabos! — praguejou d'Artagnan, pensativo. — Tem razão, não fugirei. E se me jogarem na Bastilha?

— Nós o tiraremos de lá — respondeu Raoul, da forma mais tranquila e calma.

— Caramba! — exclamou d'Artagnan, pegando a mão do rapaz. — Disse isso de uma forma que não deixa dúvida, Raoul; como Athos, sem tirar nem pôr. Então combinado! Vou lá. Não se esqueça do meu último recado.

— Exceto um quinto.

— Isso mesmo. Você é um belo menino. Quero que acrescente ainda uma coisa a esta última.

— Pode dizer!

— É que se vocês não me tirarem da Bastilha e eu morrer por lá... Bem, isso acontece... e serei um prisioneiro detestável, eu que, em liberdade, sou no máximo tolerável... Nesse caso, ficam três quintos para você e a quarta parte para o seu pai.

— Cavaleiro!

— Caramba, se puderem, mandem rezar algumas missas por mim.

Dito isso, d'Artagnan tirou do gancho o boldrié, prendeu a espada, escolheu um chapéu que tivesse a pena menos amassada, estendeu a mão a Raoul e os dois se abraçaram.

Chegando à loja, deu uma olhada nos rapazes, que assistiam a tudo aquilo com um misto de orgulho e apreensão. Mergulhou a mão numa caixa de uvas-passas de Corinto e se dirigiu ao oficial, que filosoficamente esperava diante da porta.

— Conheço esse rosto... Olá, sr. de Friedisch! — alegrou-se o mosqueteiro. — Mas o que é isso? Aceitou vir prender um amigo?

— Prender! — repetiram os rapazes da mercearia.

— Eu mexmo —[220] disse o suíço. — Pomtia, xior d'Artagnan.

— Devo entregar minha espada? É comprida e pesada. Deixe-a comigo até o Louvre, fico muito sem graça andando sem espada nas ruas. E o senhor vai estar ainda mais esquisito carregando duas.

— O rei não pitiu — respondeu o suíço. — Fique coela.

— Veja só! É muito gentil da parte do rei. Então vamos.

O sr. de Friedisch não era de falar muito e também d'Artagnan tinha coisa demais a pensar. Da loja de Planchet ao Louvre a distância não era grande e em dez minutos eles chegaram. Já havia escurecido.

---

220. No original, Dumas procura zombar do sotaque suíço.

O REI 345

O sr. de Friedisch quis tomar o caminho da passagem arqueada e d'Artagnan sugeriu:

— Vai perder tempo, vamos pela escada menor.

O suíço aceitou a sugestão e eles chegaram ao vestíbulo do gabinete de Luís XIV. Então o sr. de Friedisch ali se despediu e, sem nada dizer, voltou a seu posto.

O visitante nem teve tempo de se perguntar por que não haviam tomado sua espada e a porta do gabinete foi aberta. Chamaram:

— Sr. d'Artagnan!

Ele assumiu ares solenes e entrou, de olhos bem abertos, feições calmas, bigode esticado.

O rei estava sentado à mesa e escrevia.

Não deu atenção ao barulho dos passos e nem sequer moveu a cabeça. D'Artagnan foi até o centro da sala e, compreendendo que aquela atitude era pura encenação, uma espécie de preâmbulo desagradável à explicação que se preparava, virou para o outro lado e começou a olhar os afrescos da cornija e as rachaduras do teto. Enquanto isso, interiormente, prosseguia um monólogo tácito: "Ah, quer me humilhar, você a quem vi criança, a quem salvei como se fosse meu filho, a quem servi como a Deus, ou seja, de graça... Não perde por esperar, vai ver o que pode um sujeito que assobiou a cançoneta de festa dos huguenotes no nariz do cardeal, aquele de verdade!".

Nesse momento, Luís XIV se virou e disse:

— Ah, está aí, sr. d'Artagnan?

O mosqueteiro, achando tudo aquilo muito teatral, o imitou:

— Eu mesmo, Sire.

— Espere só até que eu feche uma conta.

D'Artagnan apenas se inclinou, sem responder, e pensou: "Foi bastante polido, não posso reclamar".

Luís riscou o que escrevia e largou a pena com raiva.

"Isso, irrite-se, vá se aquecendo", pensou o mosqueteiro. "Fico até mais à vontade, não disse tudo o que tinha a dizer em Blois."

O rei se levantou, passou a mão na testa. Depois, parando em frente de d'Artagnan, olhou-o de forma ao mesmo tempo imperiosa e simpática.

"O que está querendo, afinal? Esperemos que chegue a algum lugar", pensou o visitante.

— O senhor provavelmente sabe que o cardeal morreu — disse o rei.

— Imaginava, Sire.

— E que, consequentemente, estou livre.

— Não é coisa que dependesse da morte do cardeal, Sire. Sempre podemos estar livres, quando queremos.

— Lembra-se do que disse em Blois?

"Lá vamos nós", pensou d'Artagnan. "Não me enganei. Bom, melhor assim! Isso quer dizer que ainda tenho bom faro."

— Não responde?

— Creio me lembrar, Sire...

— Crê?

— Faz muito tempo.

— Caso não se lembre, eu me lembro e vou dizer, ouça com atenção.

— Sou todo ouvidos, Sire; pois certamente a conversa se estenderá de maneira interessante.

Luís olhou uma vez mais o mosqueteiro, que alisava a pena do chapéu, o bigode, e intrepidamente esperava.

Continuou:

— O senhor deixou o serviço tendo dito tudo o que queria?

— Sim, Sire.

— Ou seja, depois de declarar o que achava ser verdade com relação à minha maneira de pensar e agir. Obrigado. Começou dizendo que serve à minha família há trinta e quatro anos e estava cansado.

— Foi o que eu disse, Sire.

— Mas acrescentou que o cansaço era um pretexto, sendo a insatisfação o motivo real.

— Estava insatisfeito, de fato. Mas essa insatisfação não transpareceu, que eu saiba, em nada do que fazia. Se falei disso a Vossa Majestade em voz alta e com toda a sinceridade, nunca sequer o pensei diante de outras pessoas.

— Não se desculpe e apenas ouça. Ao me criticar dizendo estar descontente, recebeu como resposta uma promessa: "Espere". Não é verdade?

— É verdade, Sire.

— E o senhor respondeu: "Esperar? Chega, quero agora!". Não se desculpe, insisto... É normal, mas não foi tolerante com o seu príncipe, sr. d'Artagnan.

— Sire... tolerante?... Com relação a um rei, da parte de um pobre soldado?

— Compreende perfeitamente o que quero dizer. Sabe que eu precisava, sabe que eu não estava livre, sabe que eu punha minhas esperanças no futuro. E respondeu, quando falei desse futuro: "Minha demissão... agora!".

D'Artagnan mordeu o bigode e murmurou:

— É verdade.

— Não foi solidário, e eu estava mal — acrescentou Luís XIV.

— Não fui solidário — retrucou d'Artagnan, erguendo a cabeça com nobreza —, mas nunca traí Vossa Majestade. Derramei meu sangue por nada, estive de guarda como um cão, mesmo sabendo que não ganharia um osso. Também eu estava mal quando pedi a demissão à qual Vossa Majestade se refere.

— Sei que é um bravo soldado, mas eu era um jovem, deveria ter considerado... Que crítica tinha ao rei? Deixar Carlos II sem socorro? Ou pior: não se casar com a srta. de Mancini?

Dizendo isso, o rei fixou nele um olhar significativo.

"Com mil demônios, ele faz mais do que se lembrar, ele adivinha...", pensou o mosqueteiro.

— O senhor se dava ao direito de julgar — continuou Luís xiv —, julgava o rei e também o homem. Mas essa fraqueza; pois via isso como fraqueza...

D'Artagnan não respondeu.

— ... o senhor também a criticava em minha relação com o falecido sr. cardeal. Mas não fui criado e educado por ele? Que não deixava de lucrar com isso, bem sei, mas nada invalida o que fez por mim. Fosse eu ingrato e egoísta o senhor me admiraria mais? Não teria ficado tão insatisfeito?

— Sire...

— Não falemos mais disso; causa remorsos ao senhor e reaviva mortificações minhas.

D'Artagnan não se sentia tão convencido. O jovem rei, tomando esse caminho, não fazia as coisas avançarem melhor.

— Refletiu a respeito de tudo isso, desde então? — retomou Luís xiv.

— Tudo isso o quê, Majestade? — perguntou polidamente d'Artagnan.

— Ora, tudo o que eu disse.

— Com certeza, Sire.

— E esperava uma oportunidade para voltar atrás?

— Sire...

— Parece hesitante...

— Não entendo bem o que Vossa Majestade quer dizer.

Luís franziu a testa.

— Desculpai-me, Sire — ele continuou. — Tenho o entendimento um tanto obtuso... as coisas penetram com dificuldade. É verdade que, tendo penetrado, permanecem.

— De fato, parece ter boa memória.

— Quase tanto quanto Vossa Majestade.

— Então chegue rápido a uma solução... Meu tempo é precioso. O que fez desde a sua demissão?

— Minha fortuna, Sire.

— A resposta me parece indelicada, sr. d'Artagnan.

— Vossa Majestade toma-a pelo lado negativo. Tenho pelo rei um profundo respeito. Se porventura fui descortês, o que é compreensível, uma vez que passei a vida em acampamentos e quartéis, Sua Majestade está acima demais de mim para se ofender com algo que inocentemente escapou de um soldado.

— De fato, soube da sua espantosa ação na Inglaterra. Lamento apenas que tenha descumprido sua promessa.

— Eu? — estranhou d'Artagnan.

— Certamente... Havia prometido não servir a outro príncipe ao deixar o meu serviço... E foi para o rei Carlos ii que trabalhou, com o maravilhoso sequestro do sr. Monck.

— Desculpai-me, Sire, mas foi para mim.

— E de forma vantajosa?

— Como os assaltos e as aventuras dos capitães do século xv.

— O que considera vantajoso? A fortuna?

— Cem mil escudos, Sire: significam, em uma semana, o triplo de tudo que ganhei ao longo de cinquenta anos.

— É uma bela soma... Então é ambicioso?

— Eu? A quarta parte disso já me pareceria um tesouro, e juro que não penso em aumentá-lo.

— Ah! Pretende ficar ocioso?

— Exatamente, Sire.

— Deixar a espada?

— Já deixei.

— Não será possível, sr. d'Artagnan — declarou Luís, resoluto.

— Mas Sire...

— Qual o problema?

— Por quê?

— Porque não quero! — disse o jovem príncipe, com voz tão grave e imperiosa que d'Artagnan se surpreendeu, ficando inclusive preocupado.

— Vossa Majestade me permitiria responder a isso?

— Vá em frente.

— Minha decisão já estava tomada, mesmo sendo pobre e sem dispor de maiores recursos.

— Entendo. E daí?

— Bom, agora que consegui assegurar meu bem-estar, Vossa Majestade quer me privar da liberdade, mesmo vendo que livre ganho mais?

— Quem lhe permitiu sondar minhas intenções e prevê-las? — retomou Luís, quase irritado. — Quem lhe disse o que farei e o que o senhor mesmo fará?

— Sire, pelo que vejo a franqueza não é mais a tônica da conversa, como no dia em que nos explicamos em Blois — disse tranquilamente o mosqueteiro.

— De fato, tudo mudou.

— Faço a Vossa Majestade os meus mais sinceros cumprimentos, mas...

— Mas não acredita?

— Não sou um grande homem de Estado, mas à minha percepção para os negócios não falta segurança e, bem, não vejo as coisas como Vossa Majestade. O reinado de Mazarino terminou, mas o dos financistas começa. Eles têm dinheiro, o que Vossa Majestade não deve ver com frequência. Viver sob a pata desses lobos esfomeados será duro para alguém que contava com a independência.

Nesse momento alguém arranhou a porta do gabinete. O rei ergueu a cabeça, tomado de amor-próprio.

— Perdão, sr. d'Artagnan. É o sr. Colbert que vem me apresentar um relatório. Entre, sr. Colbert.

D'Artagnan se afastou um pouco. Colbert entrou, com papéis na mão, e foi direto ao rei.

Nem é preciso dizer que o gascão não perdeu a oportunidade de aplicar seu olhar fino e vivo no novo personagem.

— Ficou pronta a instrução? — perguntou o rei a Colbert.

— Sim, Majestade.

— E o que dizem os pareceres?

— Que os acusados fizeram por merecer o confisco e a morte.

— Ah! — exclamou o rei sem hesitar, e lançando um olhar oblíquo a d'Artagnan. — E o seu parecer pessoal, sr. Colbert?

Colbert, por sua vez, olhou para d'Artagnan, cuja presença o incomodava. Luís XIV percebeu e disse:

— Não se preocupe, é o sr. d'Artagnan. Não conhece o sr. d'Artagnan?

Os dois homens se olharam. O olho de d'Artagnan bem aberto e vivo, o de Colbert semiencoberto e brumoso. A franca intrepidez de um desagradou ao outro, e a cautelosa circunspecção do financista desagradou ao soldado.

— Ah, sim! O cavalheiro que deu aquele belo golpe em terras inglesas — disse Colbert, saudando rapidamente d'Artagnan.

— Ah, sim! O cavalheiro que roeu o dinheiro dos galões dos suíços... Bela economia! — disse o gascão, com uma profunda saudação.

O financista pensava deixar sem graça o mosqueteiro, e o mosqueteiro expunha à luz o financista.

— Sr. d'Artagnan — retomou o rei, que não havia notado todas aquelas nuances, das quais Mazarino não teria perdido nenhuma —, estamos falando de prestadores de serviços que me roubaram, que mandei prender e cuja condenação à morte vou assinar.

D'Artagnan estremeceu.

— Oh! — ele deixou escapar.

— O que disse?

— Nada, Sire. São negócios que escapam à minha alçada.

O rei tinha a pena na mão e a aproximou do papel.

— Sire — disse a meia-voz Colbert —, gostaria de lembrar que, mesmo sendo necessário o exemplo, a execução pode apresentar certas dificuldades.

— Como? — estranhou Luís XIV.

— Não podeis esquecer — continuou tranquilamente Colbert — que tocar nesses prestadores de serviço significa tocar na superintendência. Os dois infelizes, os dois culpados em questão, são amigos particulares de um poderoso personagem, e no dia do suplício, que podemos abafar enquanto estiver no Châtelet, acontecerão tumultos, com certeza.

O rei ficou desconcertado e se virou para d'Artagnan, que calmamente roía o bigode, não sem um sorriso de comiseração pelo financista, como também pelo rei, que por tanto tempo o ouvia.

Luís XIV pegou a pena e, com um gesto tão rápido que sua mão chegou a tremer, assinou os dois papéis apresentados pelo intendente. Em seguida, olhando-o de frente, disse:

— Sr. Colbert, quando tratar comigo de negócios, terá que apagar a palavra "dificuldade" dos seus raciocínios e das suas opiniões. Já a palavra "impossibilidade" nunca deve ser pronunciada.

Colbert se inclinou, humilhado por ter sido advertido diante do mosqueteiro. Já ia sair, mas querendo reparar a situação, acrescentou:

— Esqueci de dizer que os confiscos se elevam ao montante de cinco milhões de libras.

"Que graça!", pensou d'Artagnan.

— E com isso meus cofres chegam à soma de...? — quis o rei que fosse dito.

— Dezoito milhões de libras, Sire — replicou Colbert, inclinando-se.

— Caramba! — resmungou d'Artagnan. — Isso sim é bonito!

— Sr. Colbert — pediu o rei —, o sr. de Lyonne aguarda ser chamado. Passando por ele na galeria, por favor diga que traga o que redigiu, por ordem minha...

— Agora mesmo. Vossa Majestade ainda precisará de mim hoje?

— Não. Pode ir!

E como se nada tivesse acontecido, o rei se voltou para d'Artagnan:

— Como vê, temos já uma mudança notável com relação ao dinheiro.

— De zero a dezoito — replicou jovialmente o mosqueteiro. — Ah, teria sido bom dispor disso no dia em que Sua Majestade Carlos II foi a Blois. Os dois Estados teriam agora melhores relações, pois creio haver algumas dificuldades.

— Está sendo injusto. Se a Providência tivesse permitido que eu o ajudasse com um milhão, o senhor não teria deixado meu serviço e, consequentemente, não teria feito fortuna... como dizia ainda há pouco... Mas além dessa felicidade, tenho outra, e as dificuldades com a Grã-Bretanha não devem preocupá-lo.

Um camareiro interrompeu e anunciou o sr. de Lyonne.

— Entre, por favor — disse o rei. — Foi pontual, isso é bom. Vejamos sua carta para o meu irmão Carlos II.

D'Artagnan ficou de orelha em pé.

— Só um instante, tenente — disse Luís familiarmente ao gascão. — Preciso dar o consentimento para o casamento do meu irmão, o duque de Orléans, com lady Henriqueta Stuart.

"Pelo visto está querendo me dar uma lição", pensou d'Artagnan enquanto o rei assinava a carta e dispensava o sr. de Lyonne, "mas confesso que lições assim, quanto mais vierem, melhor será."

Luís acompanhou com o olhar o sr. de Lyonne até que a porta estivesse bem fechada. Chegou inclusive a avançar, como se fosse atrás do ministro. Mas no terceiro passo parou e, voltando-se para o mosqueteiro, disse:

— Vamos então terminar nossa conversa. O senhor me dizia, em Blois, que não era rico.

— Agora sou.

— Ótimo, mas isso não me interessa. Não é dinheiro meu, não está nas minhas contas.

— Não entendo bem o que diz Vossa Majestade.

— Então, em vez de esperar que eu extraia palavras do senhor, fale. Acha que vinte mil libras por ano, em dinheiro líquido, seriam suficientes?

— Mas Sire... — falou d'Artagnan, arregalando os olhos.

— Seriam suficientes quatro cavalos mantidos e fornecidos, além de um suplemento de fundos que o senhor poderia solicitar, por necessidades do serviço, ou prefere um fixo que seria, por exemplo, de quarenta mil libras?

— Sire, Vossa Majestade...

— Eu sei, está surpreso. É normal, mas responda. Ou vou achar que não tem mais a rapidez de avaliação que sempre apreciei no senhor.

— Com certeza, Sire, vinte mil libras por ano são uma soma e tanto, mas...

— Não me venha com mas. Sim ou não? Considera um pagamento digno?

— Sim, certamente...

— Então aceita! Ótimo. É melhor, aliás, colocá-lo na folha fora das despesas acidentais. Combine com Colbert a melhor forma. Passemos ao que interessa.

— Mas Sire, eu falei...

— Que pretendia descansar, sei. E eu disse não ser essa a minha vontade... E sou eu quem decide as coisas, não?

— Claro, Sire.

— Felizmente! Não pretendia ser capitão dos mosqueteiros?

— Esperei por isso, Sire.

— Pois aqui está a sua promoção assinada. Vou deixá-la nessa gaveta. Assim que voltar de certa expedição que lhe será confiada, o senhor tem, desde já, minha permissão para vir pegá-la.

D'Artagnan hesitava ainda, de cabeça baixa.

— Que atitude é essa? — perguntou o rei. — É como se não soubesse que, na corte do mui cristão rei da França, o capitão-comandante dos mosqueteiros está acima dos marechais.

— Foi o que eu disse a Vossa Majestade.

— Isso quer dizer então que não confia na minha palavra.

— Oh, Sire! Nunca… Seria impossível.

— Quis provar que o senhor, tão perfeito servidor, perdia também um bom amo. Não concorda?

— Começo a ver que sim.

— Então assuma o serviço. Sua companhia está desorganizada desde que saiu. Os soldados andam por cabarés onde duelam, apesar dos meus éditos e dos do meu pai. Trate de pôr em ordem o serviço, o mais depressa.

— Entendi, Sire.

— Estará sempre a meu lado.

— Entendi.

— Nas campanhas militares, sua tenda será armada junto da minha.

— Para um serviço assim, não tem por que Vossa Majestade me pagar vinte mil libras.

— Quero que tenha um status, que esteja à minha mesa. Quero que o meu capitão dos mosqueteiros seja um personagem.

— E eu — disse bruscamente d'Artagnan — não aceito dinheiro fácil, quero dinheiro suado! Vossa Majestade está me propondo uma sinecura de preguiçoso, que qualquer um pode ocupar por quatro mil libras.

— O senhor é um fino gascão; está arrancando de mim um segredo.

— Bah! Vossa Majestade tem um segredo?

— Tenho sim.

— Pois então aceito as vinte mil libras, já que guardarei um segredo, e a discrição é algo que não tem preço nos tempos atuais. Vossa Majestade quer falar disso?

— O senhor vai calçar suas botas e montar a cavalo.

— Já?

— Dentro de dois dias.

— Felizmente, Sire. Tenho coisas a acertar antes de partir, sobretudo se houver riscos à minha saúde.

— Pode acontecer.

— Que venham. Mas, Sire, minha avareza e minha ambição estão satisfeitas, ou seja, o meu coração. Mas haveis esquecido algo.

— O quê?

— A minha vaidade: quando ostentarei uma comenda de Vossa Majestade?

— Isso lhe interessa?

— Mas é claro. Meu amigo Athos anda todo enfeitado e me ofusca.

— Será cavaleiro das minhas ordens um mês depois de promovido a capitão.

— Hum! — disse o oficial, pensativo. — Depois da expedição?

— Exato.

— Aonde me enviará Vossa Majestade?

— Conhece a Bretanha?

— Não, Sire.

— Tem amigos por lá?

— Na Bretanha? Nenhum!

— Melhor assim. Conhece fortificações?

D'Artagnan sorriu.

— Bastante bem, Sire.

— Ou seja, sabe distinguir uma fortaleza de uma simples fortificação como as que são permitidas aos castelãos, nossos vassalos?

— Distingo um forte de uma muralha como as pessoas distinguem uma couraça de uma casca de patê, Sire. Será suficiente?

— Sem dúvida. O senhor então vai partir.

— Para a Bretanha?

— Sim.

— Sozinho?

— Totalmente. Isso quer dizer que nem sequer poderá levar um criado.

— Posso perguntar a Vossa Majestade por quê?

— Porque algumas vezes terá que, o senhor mesmo, se disfarçar de lacaio. O seu rosto é muito conhecido na França, sr. d'Artagnan.

— E o que mais, Sire?

— Vai perambular pela Bretanha e atentamente observar as fortificações dessa região.

— A costa?

— Também as ilhas.

— Ah!

— Começará por Belle-Île-en-Mer.

— Que pertence ao sr. Fouquet? — perguntou d'Artagnan, com um tom sério, erguendo seu olhar inteligente.

— Creio que sim, que de fato Belle-Île pertence ao sr. Fouquet.

— Vossa Majestade quer então que eu averigue se Belle-Île é uma praça de guerra?

— Sim.

— Se as fortificações são recentes ou antigas.

— Precisamente.

— Se por acaso os vassalos do sr. superintendente são em número suficiente para formar guarnição.

— É o que peço. Pôs o dedo na questão.

— E se não estiver sendo fortificada, Sire?

— O senhor perambulará pela Bretanha, ouvindo e julgando.

D'Artagnan coçou o bigode.

— Sou espião do rei — ele disse, com todas as letras.

— Não, não.

— Perdão, Sire, mas estarei espionando por conta de Vossa Majestade.

— Estará indo à descoberta. Se avançasse à frente dos meus mosqueteiros, de espada em punho, para uma batida num lugar qualquer, ou numa posição do inimigo...

Ouvindo isso, d'Artagnan estremeceu por dentro.

— ... Ainda acharia ser um espião?

— Não — ele respondeu, pensativo. — A coisa muda de figura quando se faz uma batida contra o inimigo, somos apenas um soldado... E se estiverem fortificando Belle-Île? — ele acrescentou, de imediato.

— O senhor levantará um mapa exato da fortificação.

— E vão me deixar entrar?

— Não é problema meu, é seu. Não ouviu que eu reservaria um suplemento de vinte mil libras anuais em caso de necessidade?

— Ouvi. E se não estiverem fortificando?

— O senhor voltará tranquilamente, sem cansar o seu cavalo.

— Sire, estou pronto.

— Comece amanhã, indo ver o sr. superintendente para receber a primeira quarta parte do seu pagamento. Conhece o sr. Fouquet?

— Muito pouco, Sire. Mas não é tão urgente conhecê-lo.

— É sim, pois ele recusará o dinheiro que terei dado ordem de pagar, e espero essa recusa.

— Ah! E depois, Sire?

— Recusado o dinheiro, procure o sr. Colbert. Aliás, tem um bom cavalo?

— Um excelente cavalo, Sire.

— Quanto pagou por ele?

— Cento e cinquenta pistolas.

— Compro-o. Aqui está um vale de duzentas pistolas.

— Mas preciso dele para viajar.

— E daí?

— Não o tenho mais.

— Pelo contrário, eu o dou ao senhor. Só que como ele agora é meu, o senhor não precisa poupá-lo.

— Isso quer dizer que Vossa Majestade tem pressa?

— Muita.

— No entanto, me faz esperar dois dias.

— Tenho duas razões particulares para isso.

— Entendo. O cavalo pode recuperar esses dois dias nos oito que terá que fazer. Além disso, há a posta.

— Não, a posta é comprometedora. Agora vá, sem esquecer que serve a mim.

— Sire, jamais esqueci isso! A que horas devo me despedir de Vossa Majestade depois de amanhã?

— Onde está morando?

— Passo a morar no Louvre.

— Não. Mantenha sua moradia na cidade, pagarei por ela. Parta à noite, para que ninguém o veja e que não se saiba que está a meu serviço... Boca fechada, senhor.

— Vossa Majestade anula tudo o que disse com essa frase.

— Perguntei onde está morando, pois não posso sempre mandar procurá-lo através do conde de La Fère.

— Moro na casa do sr. Planchet, merceeiro na rua dos Lombardos, tabuleta do Pilon-d'Or.

— Saia pouco, não se exponha e espere minhas ordens.

— Terei, no entanto, que ir pegar o dinheiro...

— É verdade. Mas indo à superintendência, aonde tantas pessoas vão, misture-se a elas.

— Preciso das ordens de pagamento, Sire.

— Aqui estão. — E ele as assinou.

D'Artagnan olhou para conferir e observou:

— É dinheiro. E dinheiro que se lê e se conta.

— Adeus, sr. d'Artagnan. Compreendeu tudo?

— Compreendi que estou sendo enviado a Belle-Île-en-Mer, só isso.

— Para?...

— Para saber como vão as obras do sr. Fouquet, só isso.

— Bom; admitindo que seja pego?

— Não admito a hipótese — replicou, cheio de si, o gascão.

— Admitindo que seja morto?

— É pouco provável, Sire.

— No primeiro caso, o senhor não fala. No segundo, não tenha nenhum papel que fale pelo senhor.

D'Artagnan, sem cerimônia, deu de ombros e se despediu do rei pensando: "A chuva da Inglaterra continua! Vamos nos manter sob o alpendre".

54. As casas do sr. Fouquet

Enquanto d'Artagnan voltava para a mercearia de Planchet, com a cabeça confusa e pesada por tudo o que acabava de se desenrolar, uma cena bem diferente — mas que não deixa de ter a ver com a que narramos entre o nosso mosqueteiro e o rei — acontecia. Só que essa se passava nos arredores de Paris, numa casa do superintendente Fouquet em Saint-Mandé.

O ministro estava chegando, na companhia de um auxiliar que carregava uma enorme pasta de papéis e contratos a serem analisados e assinados.

Como era por volta das cinco da tarde, o jantar já tinha sido servido e se preparava a ceia para vinte frequentadores habituais da casa.

O superintendente desceu do carro, entrou pela porta principal, atravessou seus apartamentos e foi direto ao gabinete, declarando querer trabalhar e proibindo que o incomodassem, a não ser por alguma mensagem do rei.

De fato, assim que deu essa ordem e dois criados foram postados à porta, Fouquet passou um ferrolho que, ao mesmo tempo, deslocava um painel tapando a entrada e impedindo que se visse ou ouvisse o que se passava no interior. Mas era apenas para se isolar que Fouquet se trancava assim, pois foi direto à sua mesa, se sentou, abriu a pasta e começou a organizar a imensa quantidade de papéis que havia nela.

Nem dez minutos se passaram, com todas essas precauções descritas, quando um barulhinho repetido chegou aos ouvidos do ministro e pareceu atrair toda a sua atenção.

Ele ergueu a cabeça, atento.

As pequenas batidas continuaram. Fouquet se levantou com um brusco gesto de impaciência e foi direto a um espelho, de onde vinham os ruídos, provocados por alguém ou algum mecanismo invisível.

Era um espelho grande e emoldurado, igual a dois outros, que se dispunham simetricamente no cômodo.

Nada os distinguia entre si.

Com certeza as pancadas eram um sinal, pois no momento em que Fouquet se aproximava o mesmo barulho se repetiu, na mesma cadência.

— Oh! — ele se surpreendeu. — Quem pode estar lá? Não estou esperando ninguém.

E como resposta, o superintendente puxou um prego dourado de fixação do espelho por três vezes.

Em seguida voltou à mesa, dizendo:

— Que esperem!

Mergulhando de novo no oceano de papéis à sua frente, ele voltou a se concentrar por inteiro no trabalho. Com rapidez incrível e maravilhosa lucidez, os mais longos documentos e as mais complicadas caligrafias eram decifrados, com correções e anotações acrescentadas num ritmo febril. O trabalho progredia, multiplicando-se as assinaturas, os números e os encaminhamentos, como se dez secretários, ou seja, cem dedos e dez cérebros, funcionassem, e não cinco dedos e uma só cabeça.

Mesmo tão entregue à labuta, de vez em quando Fouquet erguia os olhos para brevemente consultar o relógio à sua frente.

Isso por ele estabelecer metas a cumprir por hora, metas das quais outra pessoa não daria conta num dia inteiro. Se não fosse interrompido, tinha sempre certeza de preencher o que impusera à sua voraz capacidade. Mas no meio de toda aquela vibrante faina, as pancadinhas atrás do espelho voltaram a soar, mais apressadas, ou seja, mais prementes.

— Bom, parece que a amiga se impacienta — disse Fouquet. — Calma, deve ser a condessa. Não, a condessa foi para Rambouillet por três dias. A presidenta,[221] então. Hum, a presidenta não se atreveria a tanta impaciência, chamaria mais humildemente e esperaria. O óbvio é que consigo saber apenas quem não é. E como não pode ser a marquesa, que se danem as demais!

Então voltou ao trabalho, apesar da insistência das chamadas. Quinze minutos depois, porém, também Fouquet se impacientou e liquidou, mais do que terminou, o restante do que se propusera fazer. Guardou de volta os papéis na pasta e, olhando o espelho, atrás do qual as pancadas continuavam, mais insistentes do que nunca, disse:

— Por Deus, de onde vem tanta urgência? O que aconteceu e quem será a Ariadne[222] que me chama tão impetuosamente? Vamos lá.

Ele então apoiou a ponta do dedo num prego paralelo àquele que havia antes puxado e, de imediato, o espelho se abriu como uma porta, deixando que se visse um armário bastante profundo, onde o superintendente entrou como se fosse uma grande caixa. Lá dentro, outro dispositivo foi acionado, abrindo não uma prateleira, mas um bloco da parede, pelo qual ele passou, deixando a porta se fechar sozinha.

Fouquet então desceu uns vinte degraus de uma escada em caracol e chegou a um comprido subterrâneo pavimentado e iluminado por imperceptíveis

---

221. Ou seja, no caso, esposa de algum presidente de tribunal.

222. Na mitologia grega, princesa de Creta que ajudou o herói Teseu a percorrer o labirinto sem se perder, dando a ele um novelo de lã (o fio de Ariadne).

seteiras. As paredes desse corredor eram cobertas de esteiras, e o piso, de tapetes. Ele literalmente atravessava a rua entre a sua casa e o parque de Vincennes. Chegando à outra extremidade, subiu por uma escada igual à anterior, entrou num armário semelhante ao do seu gabinete, por meio de um dispositivo também igual, e passou para um quarto elegantemente mobiliado.

Com todo o cuidado, confirmou que o espelho voltara a seu lugar sem despertar suspeita e abriu, com uma pequena chave de prata dourada, a tríplice tranca de uma porta à sua frente.

Essa porta, sim, dava para um belo gabinete suntuosamente mobiliado, no qual uma linda mulher estava sentada em almofadas. Ao ouvir o barulho, ela se precipitou na direção de Fouquet.

— Meu Deus! Sra. marquesa de Bellière? —[223] ele se surpreendeu.

— Sim, eu mesma.

— Marquesa, querida marquesa! Meu Deus! Como chegou aqui? E eu que ainda a fiz esperar!

— Bastante tempo, devo dizer.

— Fico contente que a espera tenha parecido longa à marquesa.

— Uma eternidade. Ah, devo ter tocado mais de vinte vezes! Não ouvia?

— A marquesa está pálida, trêmula.

— Não ouvia as chamadas?

— Sim, mas não podia vir. E como imaginar que seria a senhora, que sempre tão claramente me afastou? Se adivinhasse tal felicidade, acredite, marquesa, teria tudo deixado de lado para vir a seus joelhos, como faço agora.

A marquesa olhou em volta e perguntou:

— Estamos mesmo sozinhos aqui?

— Ah, sim! Posso garantir.

— De fato, estou vendo — ela disse, com tristeza.

— Lamenta?

— Quanto mistério, quanta precaução — suspirou a marquesa, com certa amargura. — Como receia que saibam dos seus amores!

— Preferiria que os expusesse?

— Não, é verdade, faz parte da delicadeza masculina — ela sorriu.

— Vamos, marquesa, por favor, nada de recriminações.

— E teria eu esse direito?

— Não, infelizmente não. Mas o que aconteceu? Há um ano a procuro sem esperanças e sem retorno.

---

223. Suzanne de Bruc de Montplaisir (1605-1705), conhecida como marquesa de Plessis-Bellière, foi ligada a grandes artistas da época, sendo uma das iniciadoras dos salões literários. Tentou salvar o superintendente Fouquet quando ele caiu em desgraça e passou o restante da vida — extraordinariamente longa — em prisão domiciliar no seu castelo de Charenton, perto de Paris, cercada de artistas e poetas.

— Sem esperanças sim, mas não sem retorno.

— No meu entender, do amor há uma única prova, que ainda aguardo.

— Pois vim trazê-la.

Fouquet quis então abraçá-la, mas a marquesa o afastou:

— Continuará ainda a se iludir sem aceitar a única prova que posso dar, que é minha fiel amizade?

— Então não me ama. A fiel amizade é uma virtude, e o amor uma paixão.

— Por favor, ouça. Eu não teria vindo sem um motivo grave, compreenda.

— Pouco importa o motivo, o principal é que esteja aqui, que possamos nos falar, nos ver.

— Sim, tem razão. O principal é que eu esteja aqui, sem que ninguém me tenha visto e que possamos falar.

De joelhos, Fouquet pediu:

— Fale, fale, estou ouvindo.

Com uma estranha mistura de amor e melancolia, vendo-o a seus joelhos, a marquesa murmurou:

— Ah, como eu gostaria de ser aquela que pode vê-lo a cada minuto e lhe falar a cada instante! Como gostaria de simplesmente cuidar, sem tão misteriosos artifícios para chamar e fazê-lo surgir como uma aparição, guardá-lo por uma hora e depois vê-lo desaparecer nas trevas de um mistério ainda mais estranho quando termina. Ah, deve ser bem feliz essa pessoa.

— Por acaso está se referindo à minha esposa? — perguntou Fouquet, sorrindo.

— Certamente.

— Pois não a inveje, marquesa. De todas com quem me relaciono, é a mulher que menos me vê, menos fala comigo e com a qual menos troco confidências.

— Mas ao menos não é obrigada a apertar o botão de um espelho, como acabo de fazer, e não recebe como resposta esse ruído misterioso, assustador, de uma campainha acionada não se sabe de onde. Pelo menos não foi proibida de tentar desvendar o segredo dessas comunicações, sob pena de definitivo rompimento da relação, como acontece com quem já esteve aqui antes e virá depois.

— Ah, marquesa, quanta injustiça e quanta inconsequência em criticar esse mistério! É graças a ele que é possível amar sem ser perturbado, e é amando sem ser perturbado que se pode ser feliz. Mas voltemos à senhora, a essa fiel amizade de que falava. Ou melhor, iluda-me, marquesa, e deixe-me acreditar ser amor tal sentimento.

Passando pelos olhos a mão, moldada dentro dos mais suaves parâmetros da Antiguidade, disse a marquesa:

— Ainda há pouco eu me sentia preparada, minhas ideias se organizavam com clareza; agora estou confusa e trêmula, pois creio trazer má notícia.

— Se for a uma má notícia que devo a presença da marquesa, ela será bem-vinda. Ou melhor, uma vez que está aqui e confessa algum interesse por mim, deixemos de lado essa má notícia e falemos apenas da senhora.

— Não, pelo contrário, exija-a agora mesmo para que eu não me deixe levar pelo sentimento. Fouquet, meu amigo, trata-se de algo extremamente grave.

— A marquesa me surpreende. E digo mais, me assusta, pois é sempre tão séria, tão ponderada e conhece tão bem a sociedade em que vivemos. Então, sem dúvida, o que tem a dizer é grave.

— Sim, muito grave. Ouça!

— Antes de qualquer coisa, como chegou aqui?

— Saberá logo a seguir; comecemos pelo mais urgente.

— Conte, marquesa, conte! Mas por favor, piedade por minha impaciência.

— Soube que o sr. Colbert foi nomeado intendente das finanças?

— Bah! Colbert, o pequeno Colbert?

— Sim, Colbert, o pequeno Colbert.

— O faz-tudo do sr. de Mazarino?

— Ele mesmo.

— E o que tem isso de assustador, querida marquesa? Não passa de um contador; concordo que me surpreende, mas não me afeta muito.

— Não acha estranho que o rei tenha tão depressa nomeado a semelhante posto esse contador, como chamou?

— Para começar, tem certeza de que foi nomeado?

— É o que dizem.

— Quem?

— Todo mundo.

— Todo mundo é o mesmo que ninguém. Cite alguém que possa estar bem informado.

— A sra. Vanel.

— Ah, de fato começa a me assustar — riu Fouquet. — Ela é mesmo bem informada, ou deveria ser.

— Não fale mal da pobre Marguerite, sr. Fouquet, pois ela ainda o ama.

— Não diga! Custo a acreditar. Achei que o pequeno Colbert, como o chamou ainda há pouco, a havia feito esquecer esse amor, impregnando-o com uma mancha de tinta, ou camada de sujeira.

— Fouquet, Fouquet, é assim que trata a quem abandonou?

— A marquesa pretende assumir a defesa da sra. Vanel?

— Farei isso e, repito, ela ainda o ama. E a prova é que quer salvá-lo.

— Por intermédio da senhora; foi bastante hábil. Anjo nenhum poderia ser mais agradável e me levar de forma mais segura à salvação. Mas, aliás, como conhece Marguerite?

— Estivemos no mesmo pensionato.

— E ela disse à senhora que Colbert foi nomeado intendente.

— Sim.

— Pois então me esclareça, marquesa. Atentando a esse fato, por que um intendente, ou seja, um subordinado meu, um auxiliar, me faria sombra ou prejudicaria, mesmo se tratando do sr. Colbert?

— Não está considerando um detalhe — ela respondeu.

— Qual?

— O sr. Colbert o odeia.

— A mim? — exclamou Fouquet. — Ora, marquesa, de que mundo vem a senhora? Todos me odeiam, ele e todos mais.

— Ele mais do que os outros.

— Pode ser.

— É ambicioso.

— Quem não é?

— Mas no caso dele, a ambição é sem limites.

— Imagino, pois procurou me suceder junto à sra. Vanel.

— E conseguiu. Preocupe-se.

— Acha então que pretende passar de intendente a superintendente?

— Já não pensou nisso?

— Ah! Junto à sra. Vanel pode ser, mas junto ao rei é outra coisa. Não se compra a França tão facilmente quanto se compra a mulher de um chefe de tesouraria.

— Ora, tudo se compra. Quando não com ouro, pela intriga.

— A senhora sabe que não é assim, pois já lhe ofereci milhões.

— Seria preciso, Fouquet, em vez desses milhões, ter oferecido amor verdadeiro, único, absoluto. Eu teria aceitado. Como vê, tudo se compra, de uma maneira ou de outra.

— Então o sr. Colbert, na sua opinião, está negociando o meu posto de superintendente? Vamos, marquesa, fique tranquila, ele ainda não é rico o bastante para comprá-lo.

— E se o roubar?

— De fato, seria outra coisa. Só que, para chegar a mim, ou seja, ao núcleo duro, é preciso destruir e desmontar as fortificações avançadas. E estou terrivelmente bem fortificado, marquesa.

— E o que chama de fortificações avançadas são seus aliados, não é? Os seus amigos.

— Exato.

— E o sr. d'Emerys é um deles?

— Com certeza.

— Assim como o sr. Lyodot?

— Também.

— E o sr. de Varins?

— Ah, com ele podem fazer o que quiserem, mas…

— Mas?…

— Mas sem chegar aos outros.

— Pois se quiser que não cheguem aos srs. d'Emerys e Lyodot, precisará agir.

— Quem os ameaça?

— Vai me ouvir agora?

— Sempre, marquesa.

— Sem me interromper?

— Fale.

— Bom, esta manhã, Marguerite veio me ver.

— Ah!

— Isso mesmo.

— E o que queria?

— "Não me atrevo a procurar o sr. Fouquet", ela disse.

— E por quê? Tenho motivos para criticá-la? Pobrezinha, está bem enganada, juro!

— "Procure-o e diga que ele tome cuidado com o sr. Colbert."

— Como? Pede que eu me preocupe com o amante dela?

— Eu disse que ela ainda o ama.

— E o que mais, marquesa?

— Ela acrescentou: "O sr. Colbert foi nomeado intendente, ele próprio me contou, há duas horas".

— Como disse, marquesa, o sr. Colbert vai assim estar ainda mais sob o meu controle.

— Concordo, mas isso não é tudo. Marguerite, como o senhor sabe, se dá com as sras. d'Emerys e Lyodot.

— Sei.

— O sr. Colbert fez muitas perguntas a ela sobre a fortuna desses dois cavalheiros e sobre a ligação deles com o superintendente.

— Ah, por eles ponho a mão no fogo. Seria preciso matá-los para que me traíssem.

— Mas a sra. Vanel foi obrigada, para receber uma visita, a deixar por um momento o sr. Colbert, que é um trabalhador compulsivo e, assim que ficou sozinho, tirou um lápis do bolso e começou a fazer anotações num papel que estava em cima de uma mesa.

— Anotações sobre Emerys e Lyodot?

— Exato.

— Gostaria muito de vê-las.

— Foi justamente o que me trouxe aqui.

— A sra. Vanel ficou com as anotações de Colbert e as enviou?

— Não exatamente, mas conseguiu uma cópia, por um acaso que mais parece um milagre.

— Como assim?

— Veja só. Eu não disse que Colbert havia encontrado um papel em cima da mesa?

— Disse.

— E que usou um lápis que tinha no bolso?

— Sim.

— E escreveu nesse papel?

— Continue.

— Pois bem, esse lápis tinha mina de chumbo,[224] ou seja, dura. Com isso, ele escreveu na primeira página, mas a segunda ficou marcada.

— E o que mais?

— Ao arrancar a primeira página, Colbert não se preocupou com a segunda.

— E?...

— Na segunda se podia ler o que foi escrito na primeira. Vendo isso, a sra. Vatel mandou me chamar.

— Ah!

— Depois de confirmar minha fiel amizade, me entregou o papel e contou o segredo dessa casa.

— E esse papel? — perguntou Fouquet, já visivelmente inquieto.

— Aqui está.

Fouquet leu:

Nomes dos prestadores de serviço a serem condenados pela Câmara de Justiça: d'Emerys, amigo do sr. F.; Lyodot, amigo do sr. F.; de Varins, indif.

— D'Emerys! Lyodot! — exclamou Fouquet, relendo.

— Amigos do sr. F. — apontou com o dedo a marquesa.

— "A serem condenados pela Câmara de Justiça." O que isso quer dizer?

— Que pergunta! — exclamou a marquesa. — Parece bem claro. Aliás, isso não é tudo. Leia, leia.

Fouquet continuou:

Os dois primeiros à morte, o terceiro a ser liberado, com os srs. d'Hautemont e de La Valette, tendo apenas os bens confiscados.

— Santo Deus! — assustou-se Fouquet. — Lyodot e d'Emerys! Mas o rei não ratificará a sentença, mesmo havendo condenação pela Câmara de Justiça. E não há execução sem assinatura do rei.

---

224. O grafite para lápis começou a ser usado no século XVI, mas até o final do século XVIII era confundido com o chumbo.

— O rei já nomeou Colbert intendente.

— É impossível! — exclamou Fouquet, como se entrevisse, diante dos seus pés, um abismo até então não percebido. — Mas quem passou um lápis por cima da marca deixada por Colbert?

— Eu, com medo de que o traçado se apagasse.

— Ah, eu vou esclarecer tudo isso!

— Não vai, pois despreza demais o inimigo.

— Mil desculpas, marquesa. Tem razão, Colbert é meu inimigo; e tem razão, é alguém perigoso. Porém... temos tempo. E já que está aqui, já que demonstrou tanta dedicação, já que me deixou perceber seu amor, já que estamos sozinhos...

— Vim para salvá-lo, Fouquet, e não para me perder — disse a marquesa, pondo-se de pé. — Assim sendo, previna-se...

— A marquesa está superestimando o perigo, a menos que tenha sido um pretexto...

— O sr. Colbert tem um coração obstinado! Previna-se...

Fouquet também se pôs de pé.

— E eu? — ele perguntou.

— Oh! O senhor tem apenas um nobre coração. Previna-se! Previna-se!

— Só isso?

— Fiz o que devia fazer, meu amigo, correndo o risco de perder minha reputação. Adeus!

— Adeus não, até breve!

— Talvez — disse a marquesa, oferecendo a mão para ser beijada e dirigindo-se de forma tão decidida à porta que Fouquet não mais insistiu.

De cabeça baixa e feições sombrias, o superintendente retomou o caminho daquele subterrâneo ao longo do qual corriam os fios metálicos responsáveis pela comunicação entre as duas casas, transmitindo, por intermédio dos dois espelhos, os desejos e os chamados de ambos os lados da rua.

55. O abade Fouquet[225]

Acionando o dispositivo do espelho, Fouquet voltou depressa a seu gabinete. Assim que entrou, ouviu que batiam à porta e uma voz que lhe era bem familiar pedia:

— Abra, ministro, por favor. Abra.

O superintendente procurou pôr tudo em ordem, para que nada traísse sua agitação e ausência. Espalhou alguns papéis em cima da mesa, pegou uma caneta e gritou, para ganhar tempo:

— Quem é?

— Como, não reconhece minha voz?

"Sei perfeitamente quem é!", ele pensou e, em voz alta, perguntou:

— Gourville?[226]

— Eu mesmo, monsenhor.

Fouquet se levantou, deu uma última averiguada no espelho, foi à porta, destravou o ferrolho e Gourville entrou.

— Ah, ministro, por que faz isso?

— O quê?

— Há quinze minutos peço que abra e nem sequer me respondia.

— De uma vez por todas, sabe muito bem que não quero ser incomodado quando trabalho. Você é exceção, Gourville, mas deve dar o exemplo.

— Monsenhor, eu estava prestes a derrubar e pôr abaixo ordens, portas, ferrolhos, paredes ou qualquer outra coisa.

— Trata-se então de algo grande? — perguntou Fouquet.

— Garanto que sim!

---

225. Basile Fouquet (1622-80) foi informante a serviço de Mazarino e usufruía das benesses de uma rica abadia beneditina, sendo religioso apenas por isso. Ovelha negra da família, era sete anos mais moço que o superintendente.

226. Jean Hérault de Gourville (1625-1703), de origem modesta, foi camarista, mordomo e depois secretário de La Rochefoucauld, príncipe de Marcillac, participando ativamente da Fronda. Com Fouquet, ficou muito rico e comprou a propriedade de Gourville, passando a usar esse nome. Foi condenado à forca mas fugiu, conseguindo mais tarde o perdão, inclusive financeiro. Escreveu um livro de memórias, publicado em 1724.

— E o que é? — retomou Fouquet, impressionado com a perturbação do seu mais íntimo confidente.

— Uma Câmara de Justiça secreta foi formada, monsenhor.

— Eu sei. Mas ela já se reuniu?

— Não só se reuniu, mas emitiu sentença...

— Emitiu sentença? — repetiu o superintendente, com ansiedade e palidez impossíveis de disfarçar. — Sentença contra quem?

— Contra dois amigos.

— Lyodot e d'Emerys, não é?

— Exato, monsenhor.

— Qual sentença?

— De morte.

— Já emitida? Não pode ser, Gourville, não pode ser.

— Tenho aqui uma cópia da sentença e o rei deve assiná-la ainda hoje, se é que já não assinou.

Fouquet pegou o papel, nervosamente leu e disse:

— O rei não assinará.

— Monsenhor, o novo intendente Colbert é um conselheiro obstinado e pode convencer Sua Majestade.

— Outra vez Colbert! — gritou Fouquet. — Por que repetem há dois ou três dias esse nome nos meus ouvidos? É dar importância demais a alguém tão insignificante, Gourville. Que ele apareça e o fuzilarei com os olhos, que erga a cabeça e será pisoteado. Mas até para isso seria preciso que tivesse alguma consistência.

— Monsenhor não o conhece bem... Que se dê ao trabalho de avaliá-lo. Esse sombrio personagem é como certos meteoros que o olho não percebe até que causem o desastre. Quando são vistos, já têm poder de destruição.

— Que comparação, Gourville! Vamos ver de perto esse seu meteoro... Em atos, e não em palavras... De fato, o que foi feito?

— Duas forcas foram encomendadas para a execução — respondeu Gourville.

Fouquet ergueu a cabeça. Um relâmpago passou por seus olhos.

— Tem certeza?

— Tenho a prova.

E Gourville mostrou uma nota, comunicada por um dos secretários da Prefeitura ligado a Fouquet.

— É verdade, monta-se o patíbulo... mas o rei não assinou. O rei não assinará, Gourville.

— Logo saberei.

— Como?

— Se o rei assinar, as forcas chegarão ainda hoje à Prefeitura, para estarem de pé amanhã cedo.

— Não! Estão todos enganados e acabam me enganando. Lyodot esteve comigo anteontem de manhã, e há três dias recebi de d'Emerys uma remessa de vinho de Siracusa.

— E o que isso prova? — replicou Gourville. — Apenas que a Câmara de Justiça se reuniu em segredo, deliberou sem convocar os acusados e tudo já estava resolvido quando foram presos.

— E estão presos?

— Disso não resta dúvida.

— E onde, quando, como foram presos?

— Lyodot ontem, ao amanhecer; d'Emerys anteontem, no fim do dia, saindo da casa da amante. O duplo desaparecimento nem chamou atenção, mas Colbert publicou a notícia, que está sendo gritada pelas ruas de Paris. Na verdade, apenas monsenhor não tinha ainda conhecimento.

Fouquet se pôs a andar pelo gabinete com uma inquietação cada vez mais dolorosa.

— O que decide fazer, monsenhor?

— Vou procurar o rei. Mas a caminho do Louvre passarei pela Prefeitura. Se a sentença tiver sido assinada, aí então veremos!

Gourville balançou os ombros e concluiu:

— A incredulidade é a perdição das grandes inteligências!

— Gourville!

— Mas é verdade. Perdem-se num instante, como as mais robustas saúdes, pelo contágio.

— Mande preparar o carro e vamos.

— Ah, ia esquecendo, o abade Fouquet está aqui — acrescentou Gourville.

— Meu irmão? Sempre que ouve alguma má notícia fica contente em vir contá-la. Droga! O quadro então é mesmo ruim. Se tivesse falado dele antes, teria sido mais fácil me convencer.

— Monsenhor exagera — riu Gourville. — Não é com más intenções que ele vem.

— Bom, resolveu agora desculpá-lo. Alguém sem coração, sem propósito; um parasita.

— Sabe que monsenhor é rico…

— E quer minha ruína.

— Não, só a sua bolsa.

— Basta! Basta! Cem mil escudos por mês, durante dois anos! Diacho! Sou eu que pago, Gourville, sei meus custos.

Gourville riu discretamente.

— Sei; está querendo dizer que é o rei quem paga. Não tem graça, Gourville, e não é o momento.

— Não se zangue.

— Diga que o dispensem, não tenho um tostão.

Gourville deu um passo na direção da porta.

— Passou um mês sem me procurar — continuava resmungando o superintendente. — Por que não fica dois?

— Talvez esteja arrependido por viver em más companhias e prefira a de monsenhor.

— Agradeço a preferência. Está sendo um advogado bem estranho hoje, Gourville... defendendo o abade Fouquet!

— Ora, toda coisa e toda pessoa tem um lado bom, um lado útil.

— Os bandidos que o abade paga e embebeda têm um lado útil? Prove.

— Se houver necessidade, monsenhor estará feliz de poder dispor deles.

— Seu conselho é então que eu me reconcilie com o abade? — perguntou ironicamente Fouquet.

— Meu conselho é que monsenhor não se desfaça de cem ou cento e vinte indivíduos dos quais, se enfileirarmos umas nas outras as espadas, podemos ter um cordão de isolamento capaz de controlar três mil homens.

Fouquet lançou um olhar profundo a Gourville.

— Está bem, mandem vir o abade Fouquet — disse ele aos camareiros e, voltando-se para Gourville: — Você tem razão.

Dois minutos depois, o abade fazia grandes reverências à porta do gabinete.

Era um sujeito de quarenta ou quarenta e cinco anos, meio homem de igreja, meio homem de guerra, um ferrabrás enxertado num padre. Podia-se ver que não tinha a espada de lado, mas pressentiam-se pistolas escondidas. Fouquet o cumprimentou mais como irmão mais velho do que como ministro.

— O que posso fazer pelo sr. abade? — ele perguntou.

— Hum, está sendo bem direto, meu irmão!

— Como alguém que tem pressa.

O abade olhou matreiramente para Gourville, ansiosamente para Fouquet e disse:

— Preciso pagar trezentas pistolas ao sr. de Bregi até essa noite... Dívida de jogo, dívida sagrada.

— E mais o quê? — perguntou Fouquet, sabendo que o abade não teria vindo por quantia tão miserável.

— Mil ao açougueiro, que cortou meu crédito.

— E mais o quê?

— Mil e duzentas ao alfaiate... O fulano confiscou sete trajes do meu pessoal, o que me deixou sem as librés. Minha amante inclusive diz que vai me substituir por um financista, o que seria humilhante para a Igreja.

— Acabou? — perguntou Fouquet.

— Observe que nada pedi para mim — disse com humildade o religioso.

— Muito delicado da sua parte. Como vê, ainda espero.

— E nada peço. No entanto... tenho estado bem à toa... posso garantir.

O ministro pensou por um momento, então perguntou:

— Mil e duzentas pistolas para o alfaiate. São trajes de trabalho, pelo que entendi?

— Mantenho cem homens! — afirmou com orgulho o abade. — É um fardo.

— E por quê? Acha-se um Richelieu, um Mazarino para ter cem homens de guarda? Para que servem esses cem homens? Diga!

— É você quem pergunta? Como pode fazer uma pergunta assim?

— Pois é exatamente a pergunta que faço. O que, diabos, faz com cem homens?

— Ingrato! — O abade parecia cada vez mais ofendido.

— Explique-se.

— Ora, eu próprio preciso de um criado apenas, ou nem mesmo, pois posso me servir sozinho. Já o sr. superintendente, com tantos inimigos... nem cem homens bastam para protegê-lo. Cem homens... precisaria de dez mil. Mantenho-os para que nos locais públicos e nas assembleias ninguém levante a voz para xingá-lo, pois sem isso seria o tempo todo insultado, dilacerado, não duraria oito dias, está ouvindo? Oito dias!

— Ah, não imaginava ter um tal defensor no sr. abade.

— Não acredita? Pois ontem mesmo, na rua de la Huchette, um homem vendia um frango.

— E o que isso teria a ver comigo?

— Já verá. O frango era bem magrinho. O cliente não quis pagar dezoito soldos, alegando que não ia dar dezoito soldos pela pele de um frango do qual o sr. Fouquet tinha tirado toda a gordura.

— E daí?

— O argumento causou risadas — continuou o abade —, e era de você que riam, com mil demônios! Uma multidão de desocupados se juntou. O tal cliente então disse: "Quero um frango alimentado pelo sr. Colbert. Aí sim, pago o preço que pedir". Todo mundo aplaudiu. Um escândalo! Um escândalo que obriga um irmão a esconder a face.

Fouquet ficou constrangido e perguntou:

— E foi o que fez?

— Não, pois justamente tinha por perto um dos meus homens, Menne-ville, recém-chegado do interior e a quem aprecio. Ele abriu caminho entre as pessoas e disse ao piadista: "Com os diabos, sr. brincalhão, por que não saca a espada pelo Colbert?". "Pois não, se sacar a sua pelo Fouquet", foi a resposta. Os dois duelaram ali mesmo, na frente da loja, com uma parede de curiosos em volta e quinhentos outros nas janelas.

— E o que aconteceu? — perguntou Fouquet.

— Meu bravo Menneville espetou o engraçadinho, para grande admira-ção do público, e disse ao comerciante: "É só assar que ele já está no espeto, meu amigo, e mais gordinho que o seu frango". Está vendo, meu irmão — concluiu em triunfo o abade —, em que eu gasto meus recursos? Mantendo o bom nome da família.

Fouquet baixou a cabeça.

— E tenho cem outros como ele — continuou o abade.

— Bom, passe a quantia a Gourville e fique para a noite.

— Temos ceia?

— Temos.

— Mas o caixa já não está fechado?

— Gourville abrirá. Pronto, sr. abade, preciso ir.

O abade fez uma reverência e disse:

— Estamos então de bem?

— É, de bem. Vamos, Gourville.

— Vai sair? Não vai cear?

— Estarei de volta em uma hora, não se preocupe.

E acrescentou baixinho a Gourville:

— Mande que atrelem meus cavalos ingleses e vamos à Prefeitura de Paris.

56. O vinho do sr. de La Fontaine[227]

Carruagens já traziam os convivas a Saint-Mandé e a casa se agitava nos preparativos para a ceia quando o superintendente tomou o rumo de Paris com seus cavalos velozes, seguindo pela margem do Sena para ter o caminho mais livre até a Prefeitura. Às quinze para as oito desceu na esquina da rua do Long-Pont[228] e se dirigiu à praça de Grève a pé, com Gourville.

No trajeto, viram um homem vestido de preto e roxo[229] que se preparava para tomar um carro de aluguel, indicando ao cocheiro a direção de Vincennes. Tinha consigo um grande cesto cheio de garrafas que acabavam de ser compradas no cabaré Imagem de Nossa Senhora.

— Veja, é o Vatel, meu almoxarife! — disse Fouquet a Gourville.

— É ele mesmo.

— Que diabos veio fazer no Imagem de Nossa Senhora?

— Comprar vinho, provavelmente.

— Compram vinho para mim no cabaré? — espantou-se Fouquet. — Minha adega deve ser bem miserável!

E com isso ele foi até o empregado, que arrumava as garrafas no carro com todo o cuidado.

— Ei, Vatel! — ele gritou.

— Cuidado para não chamar atenção, monsenhor — disse Gourville.

— Por quê? O que tem isso? Vatel!

O homem vestido de preto e roxo se virou.

Era alguém com boa e simpática aparência, sem maiores expressões; mais ou menos como um matemático, sem a arrogância. Um fulgor brilhava em seu olhar, um sutil sorriso estava sempre em seus lábios, mas um observador mais atento logo notaria que tais fulgor e sorriso não se aplicavam nem iluminavam coisa alguma.

---

227. Jean de La Fontaine (1621-95), poeta, conhecido sobretudo pelas *Fábulas*, com primeira edição em 1668. De fato foi um auxiliar próximo ao ministro Fouquet.
228. Atual rua de Brosse.
229. Provavelmente as cores das librés da criadagem de Fouquet.

Vatel ria como riem as pessoas distraídas e agia com a espontaneidade das crianças.

Ouvindo que o chamavam, ele se virou:

— Ah, monsenhor!

— Eu mesmo. Que diabo está fazendo aqui, Vatel? Comprando vinho num cabaré da praça de Grève! Se ao menos fosse o Pomme-de-Pin ou o Barreaux-Verts.[230]

— Mas por acaso monsenhor recebe queixas quanto ao que é servido? — respondeu Vatel com toda a calma, mas lançando um olhar hostil a Gourville e se perguntando em que eles estavam se metendo.

— É certo que não, Vatel, mas...

— Como assim, mas...?

Com uma leve cotovelada, Gourville procurou chamar a atenção do superintendente.

— Não se chateie, Vatel; é que acho minha, digo, sua adega boa o bastante para não ser preciso recorrer ao Imagem de Nossa Senhora.

— Ora, a adega do senhor é tão boa que quando alguns dos seus convidados vêm jantar não bebem! — respondeu Vatel, rebaixando o tratamento de monsenhor para senhor com certo desdém.

Surpreso, Fouquet olhou para Gourville e se voltou a Vatel:

— O que está dizendo?

— Que o seu fornecedor não tem vinhos para todos os gostos e que os srs. La Fontaine, Pellisson e Conrart[231] não bebem quando visitam. Não gostam do vinho mais requintado, fazer o quê?

— Justamente, o quê?

— Por isso vim buscar um vinho de Joigny[232] que eles apreciam. Sei disso porque vêm uma vez por semana ao Imagem de Nossa Senhora só por isso. Daí eu ter vindo também fazer minha provisão.

Fouquet não tinha mais o que dizer... estava quase comovido.

Já Vatel tinha muito a dizer, pois visivelmente se agitava.

— É como se me criticasse por ir à rua Planche-Mibray[233] buscar a sidra que o sr. Loret[234] bebe.

— Loret bebe sidra? — exclamou, rindo, Fouquet.

— Exato. E por isso vem todo contente jantar na sua casa.

---

230. O primeiro, frequentado pelos heróis em *Os três mosqueteiros* e citado por Rabelais (?-1553) e François Villon (1431-63). O segundo ficava na rua des Fossés Saint-Martin.

231. Paul Pellisson (1624-93), escritor, membro da Academia Francesa, e Valentin Conrart (1603-75), escritor e um dos criadores da Academia Francesa.

232. É na verdade um vinho com tradição milenar, da Borgonha.

233. A rua desapareceu no século XIX, incorporada à rua Saint-Martin.

234. Jean Loret (1595-1665), poeta, pobre e boêmio, publicava crônicas semanais em versos, com notícias da sociedade parisiense. É considerado um dos pais do jornalismo.

— Que homem é você, Vatel! — cumprimentou Fouquet, apertando a sua mão. — Pessoas como La Fontaine, Conrart e Loret têm a importância de duques e de pares na minha casa. São príncipes, são mais do que eu, e fico infinitamente grato que tenha compreendido isso. É um ótimo almoxarife, vou dobrar a sua remuneração.

Vatel nem mesmo agradeceu. Quase deu de ombros e murmurou baixinho esta frase maravilhosa:

— Ser elogiado por cumprir direito seu trabalho chega a ser humilhante.

— Ele tem razão — disse Gourville, chamando, com um só gesto, a atenção de Fouquet para outro ponto.

Na verdade, queria mostrar uma carroça baixa, puxada por dois cavalos, em cima da qual balançavam duas forcas já montadas, amarradas de costas uma na outra. Um arqueiro, sentado na trave de uma delas, enfrentava como podia, nada animado, os comentários de uma centena de desocupados que previam o uso daquelas forcas e as escoltavam até a Prefeitura.

Fouquet estremeceu.

— Já foi resolvido, pelo visto — lamentou Gourville.

— Mas não executado — replicou Fouquet.

— Não devemos nos iludir. Se as coisas chegaram a esse ponto, sem levar em consideração a ligação de amizade e os cuidados de monsenhor, elas não serão desfeitas.

— Mas eu nada confirmei.

— O sr. de Lyonne pode ter confirmado no seu lugar.

— Vou ao Louvre.

— Não faça isso.

— Está me aconselhando essa covardia? Abandonar meus amigos? Entregar as armas sem combater?

— Não é o que estou dizendo. Pode se dar ao luxo de perder a superintendência neste momento?

— Não.

— E se o rei o quiser substituir mesmo assim?

— Ele o fará, direta ou indiretamente.

— Sim, mas sem que monsenhor o tenha atacado.

— Mas sendo covarde. Não quero que meus amigos morram e não deixarei que morram.

— E precisa ir ao Louvre para isso?

— Gourville!

— Pensemos… Uma vez lá, será necessário defendê-los em voz alta, ou seja, fazer uma profissão de fé ou abandoná-los sem retorno possível.

— Isso nunca!

— Sinto… mas o rei forçosamente apresentará essa alternativa, ou ela virá por si só.

— É verdade.

— Por isso devemos evitar o confronto... Voltemos a Saint-Mandé.

— Gourville, não arredarei o pé desta praça em que se deve perpetrar o crime, em que se deve tornar pública minha vergonha. Não sairei daqui enquanto não descobrir como combater meus inimigos.

— Monsenhor me causaria pena se eu não o considerasse uma das boas inteligências do nosso mundo. Dispõe de cento e cinquenta milhões, está no mesmo plano que o rei pela posição e cento e cinquenta vezes acima pelo dinheiro. Colbert sequer foi capaz de fazê-lo aceitar o testamento de Mazarino. Ora, se a pessoa mais rica do reino, dispondo-se a gastar, não conseguir o que quer, estará mostrando não passar de um pobre coitado. Mais uma vez, voltemos a Saint-Mandé.

— Para consultar Pellisson? Está bem.

— Não, monsenhor, para separar algum dinheiro.

— Vamos! — concordou Fouquet, com olhos chamejantes. — Isso, vamos para casa!

Voltaram os dois a tomar a carruagem. No caminho, chegando ao final do faubourg Saint-Antoine, passaram pelo cupê em que Vatel tranquilamente transportava o seu vinho de Joigny.

Os corcéis negros, correndo a toda brida, assustaram o dócil animal atrelado ao carro de aluguel, e o almoxarife, pondo a cabeça fora da janela, gritou, irritado:

— Ei, cuidado com as minhas garrafas!

57. A galeria envidraçada de Saint-Mandé

Cinquenta pessoas aguardavam o superintendente. Ele nem sequer deixou que o camarista o ajudasse e da entrada passou à primeira sala, onde conversavam os convidados. O mordomo já se dispunha a mandar servir a ceia, com o abade Fouquet se ensaiando nas honras da casa à ausência do irmão.

Sua entrada causou um murmúrio de carinhosa alegria. Afável e bem-humorado, o superintendente era muito querido por poetas, artistas e homens de negócios. Em seu rosto, como no de um deus, aquela pequena corte lia o que se passava em sua alma para saber como se comportar. E esse rosto, jamais alterado pelo fluxo e refluxo das finanças, estava naquela noite mais pálido, como alguns perceberam. Fouquet se pôs à mesa e presidiu a ceia com animação.

Contou a La Fontaine a expedição de Vatel e a Pellisson a história de Menneville e do frango anêmico, mas de maneira a que todos ouvissem.

Foi uma tempestade de risos e de zombarias, que só parou por um gesto grave e triste de Pellisson.

Sem entender bem por que o irmão contava aquilo, o abade Fouquet ouvia com atenção, procurando perceber, nas feições dele e de Gourville, alguma explicação.

Pellisson tomou a palavra:

— Devemos então falar de Colbert?

— Por que não? — replicou Fouquet. — Não dizem que o rei o nomeou seu intendente?

A permissão fora dada com evidente intenção e desencadeou uma explosão de reações:

— É um sovina!

— Um arrivista!

— Um hipócrita!

Pellisson trocou um olhar significativo com o superintendente e continuou:

— Na verdade, criticamos alguém que não conhecemos, e isso não é correto nem razoável. Creio ser essa também a opinião do nosso anfitrião.

— Totalmente — ele confirmou. — Deixemos os frangos gordos do sr. Colbert e pensemos hoje nos faisões trufados do sr. Vatel.

Essas palavras afastaram as nuvens escuras que pairavam sobre a mesa.

Gourville animou os poetas com o vinho de Joigny. O abade, inteligente como alguém que precisa do dinheiro alheio, animou os homens de negócios e os de espada. E ambos fizeram isso tão bem que, nas brumas dessa alegria, as ansiedades causadas pela conversa anterior, fonte de preocupações, se dissiparam completamente.

O testamento do cardeal Mazarino foi assunto durante o prato principal e a sobremesa. Depois Fouquet pediu que as compoteiras e os licores fossem levados a uma sala próxima da galeria, tomando a iniciativa de para lá se dirigir acompanhado da sua eleita daquela noite.

Os violinos entraram em cena e começaram deambulações pela galeria ou pelo jardim, sob um suave e perfumado céu de primavera.

Pellisson se aproximou do superintendente e perguntou:

— Algum problema, monsenhor?

— Um grande — ele respondeu. — Peça a Gourville que lhe conte.

Mas, ao se virar, Pellisson não teve como se desviar de La Fontaine, que estava no seu encalço, querendo recitar um verso latino que acabava de compor sobre Vatel.

Há uma hora o elaborava em todos os cantos e agora queria testá-lo.

Achou que Pellisson seria boa escuta, mas não conseguiu retê-lo.

Virou-se então para Loret, que acabava de compor uma quadra em homenagem àquela noitada e ao anfitrião.

Em vão La Fontaine quis dizer seu verso, pois Loret queria recitar sua quadra.

Foi obrigado então a recuar até o conde Charost,[235] mas o superintendente acabava de pegá-lo pelo braço.

Sentindo que o poeta, sempre muito distraído, ia seguir os dois, o abade puxou conversa com ele, sendo então forçado a ouvir o verso.

Não sabendo latim, ele apenas balançava a cabeça em cadência, acompanhando a oscilação que La Fontaine imprimia ao corpo, seguindo as ondulações dos dátilos ou dos espondeus.

Enquanto isso, atrás das compoteiras, Fouquet contava o ocorrido a Charost, que era seu genro.

— É melhor encaminhar aos fogos de artifício os que não serão úteis à conversa, e fiquemos nós aqui — sugeriu Pellisson.

— Boa ideia — concordou Gourville, que foi então falar com Vatel, a quem encarregou de levar ao jardim a maior parte dos jovens elegantes, das mulheres e dos falastrões, enquanto alguns homens caminhavam pela galeria,

---

235. Louis de Béthune (1605-81), conde e depois duque de Charost, foi capitão da guarda pessoal do rei.

iluminada por trezentas velas de cera, às vistas de todos os admiradores de fogos de artifício espalhados pelo jardim.

Gourville se aproximou de Fouquet e avisou:

— Estamos todos aqui.

— Todos?

— Sim, monsenhor pode contar.

O superintendente se virou e contou oito pessoas.

Pellisson e Gourville caminhavam segurando um ao outro pelo braço, como se falassem de coisas vagas e triviais.

Loret e dois oficiais faziam o mesmo, no sentido contrário.

O abade Fouquet ia e vinha sozinho.

Genro e sogro também conversavam, como se tratassem de assuntos de família.

— Cavalheiros — disse então o dono da casa —, que ninguém erga a cabeça ou pareça me ouvir, e continuem a caminhar. Estamos aqui somente nós, prestem atenção.

Fez-se um profundo silêncio, perturbado apenas pelas exclamações distantes da alegre plateia que, do jardim, assistia ao foguetório.

Era um estranho espetáculo aquele de alguns homens caminhando em pequenos grupos, como se conversassem, e no entanto atentos ao que um só dizia, sendo que mesmo este parecia falar apenas a quem estava a seu lado.

— Os senhores — disse Fouquet — devem ter provavelmente notado a ausência de dois amigos, que não vieram esta noite à nossa reunião das quartas-feiras... Com os diabos, abade, não é preciso parar para ouvir! E trate de andar de maneira mais natural. Ou melhor, com os bons olhos que tem, ponha-se ali na janela aberta e tussa se vir alguém se aproximar.

O abade fez isso.

— Não notei as ausências — disse Pellisson, que naquele momento estava de costas para Fouquet e caminhava no sentido inverso.

— Não vejo Lyodot, de quem vem a minha pensão — observou Loret.

— E não vejo meu querido d'Emerys, que me deve mil e cem libras do nosso último joguinho — completou o abade.

— Loret não receberá mais a pensão e o abade pode dizer adeus às mil e cem libras, pois Lyodot e d'Emerys vão morrer — continuou Fouquet, caminhando sombrio e inclinado para a frente.

— Morrer? — Os ouvintes se assustaram ao ouvir a palavra terrível, interrompendo de forma automática a encenação.

— Recomponham-se, por favor — pediu Fouquet. — Talvez estejam nos observando... Foi o que eu disse: morrer.

— Morrer? — estranhou Pellisson. — Eu os vi não faz nem seis dias, saudáveis, alegres e cheios de projetos! Meu Deus, que coisa frágil é o homem diante da doença que o abate assim tão de repente.

— Não se trata de doença — disse Fouquet.

— Então tem remédio — observou Loret.

— Não tem. Lyodot e d'Emerys estão na véspera do seu último dia.

— E de que então eles morrem? — perguntou um oficial.

— Pergunte a quem os mata.

— Quem os mata! Vão ser mortos? — exclamou-se em coro, com pavor.

— Mais até... quem os enforca! — continuou Fouquet, com uma voz sinistra que soou como um toque fúnebre de sino naquela rica galeria enfeitada com quadros, flores, veludos e douraduras.

Todos mais uma vez pararam. O abade deixou a janela. Os primeiros rojões pirotécnicos começavam a aparecer por sobre as árvores.

Uma prolongada exclamação, vinda do jardim, levou o superintendente ao espetáculo. Ele se aproximou de uma janela e todos se puseram em volta, atentos ao que ele diria.

— O sr. Colbert conseguiu que meus dois amigos fossem presos, julgados e condenados à morte. O que devo fazer?

— Caramba! É preciso mandar estripar o fulano — imediatamente reagiu o abade.

— Monsenhor deve ir falar com Sua Majestade — disse, em seguida, Pellisson.

— O rei assinou a ordem de execução.

— Bom, é preciso então que a execução não aconteça — disse o conde de Charost.

— Não há como, a menos que se corrompam os carcereiros.

— Ou o diretor da prisão — acrescentou Fouquet.

— Os prisioneiros teriam que fugir esta noite.

— Quem de vocês se encarrega da negociação?

— Posso levar o dinheiro — ofereceu-se o abade.

— Posso levar a palavra — foi a vez de Pellisson.

— Temos então a palavra e o dinheiro — disse Fouquet. — Quinhentas mil libras para o diretor da Conciergerie[236] devem bastar. Mas pago um milhão, se necessário.

— Um milhão! — espantou-se o abade. — Por menos da metade saqueio meia Paris.

— Nada de tumulto — pediu Pellisson. — Se conseguirmos comprar o diretor, os dois prisioneiros escaparão e isso animará os inimigos de Colbert, mostrando ao rei que a sua jovem justiça não é infalível, como nunca são os exageros.

---

236. Situada ao lado do Palácio da Justiça, a Conciergerie se tornou prisão no século XIV e ainda hoje é usada como depósito (como é chamada), para onde são levados os suspeitos apanhados em flagrante antes de serem encaminhados a outras prisões.

— Vá então a Paris, Pellisson — disse Fouquet —, e traga as duas vítimas. Amanhã veremos o que mais fazer. Gourville, dê as quinhentas mil libras a Pellisson.

— Tome cuidado para que o vento não o carregue — disse o abade. — Que responsabilidade dos diabos! Deixe-me ajudar.

— Silêncio! — disse Fouquet. — Tem gente vindo. Ah, têm um efeito mágico, os fogos de artifício!

Naquele momento, uma chuva de faíscas desceu em cascata sobre as árvores de um bosque vizinho.

Pellisson e Gourville saíram juntos da galeria e Fouquet desceu ao jardim com os cinco conjurados restantes.

58. Os epicuristas

Fouquet estava, ou parecia estar, interessado nas brilhantes iluminações, na lânguida música dos violinos e dos oboés, nos buquês cintilantes dos fogos que, fazendo arder o céu com seus dourados reflexos, acentuavam, por trás das árvores, a sombria silhueta da torre de Vincennes.[237] O superintendente, como dissemos, sorria às damas e aos poetas, a festa se mantinha alegre como sempre, e Vatel, cujo olhar preocupado insistentemente interrogava o patrão, acabou achando que se considerava boa a organização da noitada.

Terminado o espetáculo, os convidados se dispersaram pelo jardim e sob os pórticos de mármore, nessa doce sensação de liberdade que só pode proporcionar o anfitrião que, com cortês hospitalidade e generosa descontração, esquece sua grandeza.

Poetas se dispersaram de braços dados pelos bosquetes. Alguns chegaram a se deitar na relva, causando desastres em trajes de veludo e no cacheado dos cabelos, que se enchiam de folhinhas secas e gravetos.

As mulheres, em menor número, ouviam as canções dos cantores e as estrofes dos versejadores; mas havia quem escolhesse a prosa declamada, com muita arte, por homens que não eram artistas nem poetas, mas aos quais a juventude e a solidão emprestavam uma eloquência original que parecia preferível.

— Por que nosso anfitrião Epicuro não veio ao jardim? — perguntava La Fontaine. — Comete um erro, pois o mestre nunca abandonava seus discípulos.

— Comete um erro você, insistindo em falar de Epicuro — contrapôs Conrart. — Na verdade, nada aqui se remete à doutrina do filósofo de Gargete.[238]

— E daí? — replicou La Fontaine. — Não se diz que Epicuro comprou um grande jardim e nele viveu tranquilamente com os amigos?

— É verdade.

— E o sr. Fouquet não comprou este grande jardim em Saint-Mandé, onde bem tranquilos vivemos com ele e os demais amigos?

---

237. Era também uma prisão para detentos de alta linhagem.

238. Localidade nas proximidades de Atenas onde, para alguns autores, teria nascido Epicuro (342 a.C.-270 a.C.).

— Que seja, mas, infelizmente, o jardim e os amigos não garantem a semelhança. E onde estaria a semelhança entre a doutrina do sr. Fouquet e a de Epicuro?

— É simples: "O prazer traz felicidade".

— E daí?

— E daí que não nos acho infelizes; pelo menos não é como me sinto. Uma boa refeição, o vinho de Joigny que têm a delicadeza de ir buscar no meu cabaré favorito e nenhuma inépcia em uma hora à mesa, apesar da presença de dez milionários e vinte poetas.

— Vejamos de perto. Mencionou o vinho de Joigny e uma boa refeição. Insiste nisso?

— Insisto *antiquo*,[239] como dizem em Port-Royal.[240]

— Lembro então que o grande Epicuro vivia de pão, legumes e água da fonte, sendo também o que oferecia a seus discípulos.

— Nada garante — respondeu La Fontaine —, e você talvez esteja confundindo Epicuro com Pitágoras, meu querido Conrart.

— Não se esqueça também de que o filósofo em questão era pouco amigo dos deuses e dos magistrados.

— É algo que não posso aceitar, tanto com relação a Epicuro quanto ao sr. Fouquet — rebateu La Fontaine.

— Não os compare — aconselhou Conrart, com toda a sinceridade —, ou estará alimentando boatos que já correm sobre todos nós.

— Quais boatos?

— De que somos maus franceses, pouco ligados ao rei e à lei.

— Volto então à minha tese. Veja, Conrart, era a seguinte a moral de Epicuro... que aliás considero mítico. Tudo aquilo que surge de forma mais ou menos inesperada na Antiguidade é mito. Júpiter, se olharmos mais de perto, é a vida. Alcides[241] é a força. As palavras comprovam isso: Zeus é *zèn*, viver; Alcides é *alcé*, vigor. Assim sendo, Epicuro é a suave vigilância, a proteção. E quem melhor vigia o Estado e melhor protege os indivíduos que o sr. Fouquet?

— Está falando de etimologia e não de moral. O que digo é que nós, epicuristas modernos, somos maus cidadãos.

---

239. Expressão italiana, a partir do latim *antiquu*, usada em linguagem jurídica no sentido de "rejeito".

240. Na abadia cisterciense de Port-Royal-des-Champs, a menos de trinta quilômetros de Paris, entre 1638 e 1660 funcionaram as chamadas Petites Écoles, que revolucionaram os métodos de ensino para crianças, dando prioridade ao francês e não mais ao latim. Acabou se tornando o centro do jansenismo, doutrina teológica que deu origem a todo um movimento político e filosófico contrário ao absolutismo que se estabelecia. A abadia sofreu perseguições tanto por parte do rei quanto do Vaticano, e afinal foi destruída em 1710. A *Gramática de Port-Royal*, de Claude Lancelot (1615-95), é até hoje uma referência no estabelecimento racional da língua.

241. Nome original do semideus Hércules.

— Se nos tornarmos maus cidadãos, será por não termos seguido as máximas do mestre. Cito um dos seus principais aforismos.

— Estou ouvindo.

— "Desejemos bons chefes."

— E...?

— E o que nos diz o sr. Fouquet todo dia? "Quando seremos, enfim, governados?" Não é o que ele diz? Seja franco, Conrart!

— É, ele diz isso.

— É puro Epicuro!

— Pode ser, mas um tanto sedicioso.

— Como? Seria sedicioso querer ser governado por bons chefes?

— Com certeza, quando não se tem bons chefes.

— Então espere, tenho resposta para tudo.

— Mesmo ao que acabo de dizer?

— Ouça: "Submetam-se a quem governa mal...". Está escrito: *Cacos politeuousi*...[242] Aceita o texto?

— Quem sou eu? Imagino que esteja certo. Sabe que meu amigo La Fontaine fala grego como Esopo?[243]

— Devo ver nisso uma provocação, amigo Conrart?

— Deus me livre!

— Então voltemos ao sr. Fouquet. O que ele repetia o tempo todo? Não era: "Que maluco, esse Mazarino! Que asno! Que sanguessuga! No entanto, temos que seguir esse aventureiro!"... É ou não é o que ele dizia?

— Confesso que sim, talvez até de forma exagerada.

— Como Epicuro, meu amigo, sempre Epicuro. Volto a dizer que somos epicuristas, e isso é muito engraçado.

— Nesse caso, talvez esteja se criando em nossa vizinhança uma seita como a de Epiteto. Sabe, aquele filósofo de Hierápolis que considerava o pão um luxo, os legumes um abuso e a água da fonte um esbanjamento. O mesmo que, espancado por seu amo, dizia, é verdade que resmungando, mas sem se queixar: "Acho que o senhor quebrou a minha perna...". E estava certo.[244]

— Era um bobalhão, esse Epiteto.

— Pode ser, mas talvez volte a estar na moda, mudando seu nome pelo de Colbert.

— Bah! — desdenhou La Fontaine. — Você nunca vai encaixar Colbert em Epiteto.

---

242. Em grego, mau governante.

243. Trata-se de um anacronismo voluntário e cômico de Dumas, pois as *Fábulas* de La Fontaine só seriam publicadas anos depois, no estilo das do grego Esopo (629 a.C-564 a.C.).

244. Epiteto (55-135), filósofo estoico nascido em Hierápolis, na Grécia, mas que viveu em Roma como escravo. Sua doutrina reza que a felicidade se concentra na própria pessoa e independe de qualquer ocorrência do destino.

— Tem razão, conseguirei no máximo *coluber*.[245]

— Ah, isso mostra a sua derrota, Conrart! Começa a apelar para trocadilhos. O Arnault diz que me falta lógica... Tenho mais do que o Nicolle.[246]

— É verdade, você tem, mas é lógica jansenista — retrucou Conrart.

A peroração foi recebida com uma explosão de risos. Pouco a pouco, os que passeavam no jardim tinham se juntado em torno dos dois sofistas. Ouvira-se a discussão com todo o respeito e até mesmo Fouquet, mal se controlando, dera exemplo de moderação.

Mas o desfecho o fez soltar uma grande gargalhada, que todos acompanharam. Os dois filósofos foram unanimemente parabenizados, mas declarou-se La Fontaine vencedor, pela erudição profunda da sua irrefragável argumentação.

Conrart recebeu as homenagens que se prestam a um combatente sobrepujado, realçando a honestidade das suas intenções e pureza de consciência.

No momento em que toda essa alegria se manifestava pelas mais vivas demonstrações, e que as senhoras presentes reclamavam por nenhum dos dois contendores ter mencionado mulheres no sistema de felicidade epicurista, viu-se Gourville se aproximar pela outra ponta do jardim.

Fouquet o acompanhava com os olhos e foi aos poucos se afastando do grupo, mas mantendo o riso e as aparências da descontração. Assim que pôde, porém, abandonou a máscara.

— E então? — ele logo perguntou. — Onde está Pellisson?

— Acaba de chegar.

— Trouxe os prisioneiros?

— Nem conseguiu falar com o diretor da prisão.

— Como? Não disse que vinha da minha parte?

— Disse, e ele mandou dizer: "Se vem da parte do sr. Fouquet, que apresente um pedido do sr. Fouquet".

— Bom! Basta então que eu faça isso...

— De forma alguma — disse Pellisson, que vinha se aproximando. — É melhor que vá pessoalmente.

— Tem razão. Irei para casa como se fosse trabalhar. Deixe os cavalos atrelados, Pellisson. Mantenha os convidados distraídos, Gourville.

— Uma última sugestão, monsenhor — disse este.

— Diga.

— Acho que só deve falar com o diretor em último caso. A ideia é boa, mas arriscada. Que Pellisson me desculpe por ter outra opinião. Concordo

---

245. Em latim, cobra.

246. Antoine Arnauld (1612-94), padre jansenista, filósofo e matemático; sua principal obra é *Logique de Port-Royal*. Pierre Nicole (1625-95), teólogo, moralista, um dos principais autores jansenistas.

que se deva falar com ele, é alguém que não será difícil agradar. Mas sem se apresentar em pessoa.

— Levarei isso em consideração. De qualquer forma, ainda temos a noite inteira.

— Não é bom contar com o tempo, mesmo que fosse o dobro do que temos. Ter uma boa margem é sempre mais seguro.

— Venha comigo, Pellisson. Gourville, deixo os amigos por sua conta — despediu-se o dono da casa.

Os epicuristas não notaram que o chefe da escola havia desaparecido. Os violinos continuaram noite adentro.

59. Quinze minutos de atraso

Fora de casa pela segunda vez naquele dia, Fouquet se sentia menos tenso e menos agitado do que era de esperar.

Num canto da carruagem, Pellisson meditava, com ar grave, sobre como reagir aos ataques de Colbert quando o superintendente de repente disse:

— É pena que você não seja mulher, meu amigo.

— Pelo contrário, pois sou bem feio.

— Você sempre repete isso para que não pensem que se incomoda, Pellisson!

— Incomoda, é verdade, e muito. Eu era até bonito, mas a varíola deixou marcas e não tenho lá muito charme. De fato, como seu primeiro auxiliar, ou quase, e me ocupando dos seus interesses, se fosse uma bonita mulher poderia prestar um importante serviço.

— Qual?

— Ir ver o diretor da Conciergerie e seduzi-lo, pois tem um fraco pelos encantos femininos. Depois levaria comigo nossos dois prisioneiros.

— É o que espero fazer, mesmo sem ser uma bela mulher — respondeu Fouquet.

— Acredito, mas isso vai comprometê-lo muito.

— Já sei! — exclamou Fouquet, num desses acometimentos impulsivos da juventude ou de alguma boa ideia súbita. — Sei de alguém que faria isso por nós.

— Posso citar cinquenta nomes, mas serão cinquenta trombetas que vão alardear pelo universo a generosidade e dedicação de monsenhor pelos amigos e, mais cedo ou mais tarde, mesmo se perdendo o levarão à perdição.

— Não estou falando de mulheres assim, Pellisson. Mas de uma nobre e bela criatura que junta, à inteligência do seu sexo, o valor e o sangue-frio do nosso. Uma mulher bela o bastante para que as paredes da prisão se inclinem em reverência, e discreta o bastante para que ninguém imagine quem a enviou.

— Um verdadeiro tesouro — disse Pellisson. — Seria um imenso presente para o diretor da Conciergerie. É verdade que ele talvez perca literalmente a cabeça, há esse risco, mas depois de ter estado no paraíso…

— E posso acrescentar que não correrá o risco, pois terá meus cavalos para fugir e quinhentas mil libras para dignamente viver na Inglaterra. Acrescento também que minha amiga só terá que oferecer os cavalos e o dinheiro. Vamos até ela, Pellisson.

O superintendente estendeu a mão para puxar a fita de seda com fios dourados e avisar o cocheiro, mas Pellisson disse:

— Estaremos perdendo o tempo que Colombo levou para descobrir o Novo Mundo. Temos só duas horas. Se o diretor se retirar para dormir, como chegar a ele sem chamar atenção? Será mais difícil disfarçar a fuga. É melhor que monsenhor vá direto, sem apelar para anjos ou mulheres.

— Mas já estamos diante da porta.

— Da porta do anjo.

— Pois é!

— Mas é a residência da sra. de Bellière!

— Psss!

— Deus do céu! — exclamou Pellisson.

— O que tem contra ela?

— Nada, infelizmente! É o que me desespera. Nada, absolutamente nada... Gostaria eu de poder dizer algo negativo para impedir monsenhor!

Fouquet já dera ordem e a carruagem estava parada.

— Impedir-me? Não há poder que me impeça de ir cumprimentar a sra. du Plessis-Bellière. Aliás, talvez até precisemos dela. Entra comigo?

— Não, monsenhor, obrigado.

— Não quero que fique aqui esperando, Pellisson — disse Fouquet, sinceramente condoído.

— É uma razão a mais. Sabendo que espero, monsenhor ficará menos tempo... Veja, há uma carruagem no pátio, uma visita.

Fouquet já descia do carro.

— Por favor — insistiu ainda Pellisson. — Deixe isso para depois da Conciergerie.

— Serão só cinco minutos, amigo — replicou o superintendente, passando do carro à escadaria do palacete.

Pellisson se afundou na poltrona, preocupado.

Fouquet entrou e deu seu nome ao criado, desencadeando grandes e respeitosas atenções por visivelmente gozar de toda a consideração junto à marquesa.

— Sr. superintendente! — exclamou a dona da casa, indo, muito pálida, ao encontro de Fouquet. — Quanta honra! Que surpresa!

E, em voz baixa, ela acrescentou:

— Marguerite Vanel está aqui!

— Senhora, passei por causa de um assunto urgente... Apenas uma palavra — respondeu Fouquet, confuso, entrando na sala.

A sra. Vanel se levantou, lívida como a personificação da própria Inveja. Foi em vão que Fouquet a cumprimentou da forma mais encantadora e amigável. A resposta foi um olhar terrível, lançado à marquesa e a ele. O olhar acerado da mulher ciumenta é um estilete que localiza a falha de qualquer couraça, e Marguerite Vanel o mergulhou no coração dos dois confidentes. Fez apressadamente uma reverência à amiga, outra ainda mais profunda a Fouquet e se despediu, a pretexto de outras visitas que tinha a fazer, antes que a marquesa, sem ação, e Fouquet, temeroso, fossem capazes de reagir.

Assim que ela partiu, a sós com a marquesa, Fouquet se pôs a seus joelhos sem uma palavra.

— Eu o esperava — disse a marquesa, com um doce sorriso.

— Não acredito, ou já teria mandado embora aquela mulher.

— Ela veio de forma inesperada, e há apenas quinze minutos.

— Então me ama, marquesa, pelo menos um pouco?

— Não é disso que se trata aqui, e sim do perigo que corre. Como estão as coisas?

— Vou ainda esta noite tirar meus amigos da prisão.

— Como fará isso?

— Comprando, seduzindo o diretor.

— Eu o conheço, posso ajudar?

— Ah, marquesa, seria um imenso favor. Mas como fazer isso sem comprometê-la? Nem minha vida, nem meu poder e nem mesmo minha liberdade compensariam uma lágrima que escorresse dos seus olhos ou uma sombra que nublasse o seu rosto.

— Por favor, não me inebrie com palavras. Já sou culpada por querer ajudar sem calcular as consequências. Eu de fato o amo, mas como extremosa amiga. Fico grata por sua delicadeza, mas infelizmente... Infelizmente nunca serei sua amante.

— Marquesa! — exclamou Fouquet, num tom desesperado. — Por quê?

— Porque já é amado demais — disse em voz baixa a jovem senhora. — Por pessoas demais... O esplendor da glória e da fortuna fere meus olhos, enquanto a sombria dor os atrai. Eu que mal o olhei quando resplendia, como uma perdida me joguei em seus braços, por assim dizer, quando vi o perigo rondar à sua volta... Como entender? Volte a ser feliz para que eu volte à castidade do coração e do pensamento: a sua desgraça me perderia.

— Ah, senhora! — disse Fouquet, com emoção nunca antes sentida. — Mesmo que estivesse no último patamar da miséria humana, ouvindo-a dizer essa palavra até então recusada, o seu nobre egoísmo se equivocaria, pois nesse dia, acreditando consolar o mais infeliz dos homens, estaria dizendo "Eu te amo!" ao mais ilustre, ao mais sorridente, ao mais triunfante dos vitoriosos deste mundo!

Ele ainda estava aos pés da marquesa, beijando suas mãos, quando Pellisson entrou às pressas, nervoso.

— Monsenhor! Peço que me desculpe, senhora! Monsenhor, há meia hora o espero... E parecem me fuzilar com os olhos... Por favor, marquesa, quem foi a pessoa que saiu assim que monsenhor chegou?

— A sra. Vanel — respondeu Fouquet.

— Isso! Eu tinha certeza! — exclamou Pellisson.

— E o que tem?

— Estava um bocado transtornada ao tomar a carruagem.

— Problema dela! — ripostou Fouquet.

— Não, o problema está no que ela disse ao cocheiro.

— Por Deus, o que foi? — preocupou-se a marquesa.

— "Para a casa do sr. Colbert!" — respondeu Pellisson, com uma voz rouca.

— Pelo amor de Deus, partam! — agitou-se a marquesa, empurrando Fouquet para fora da sala enquanto o amigo o puxava pela mão.

— Mas afinal — revoltou-se o superintendente — sou alguma criança que se assusta com uma sombra?

— É um gigante, a quem uma víbora quer morder o calcanhar — respondeu a marquesa.

Pellisson continuou a puxar Fouquet até a carruagem e gritou ao cocheiro:

— Para a Conciergerie, rápido!

Os cavalos partiram como um raio, sem que obstáculo algum lhes impedisse a corrida. Mas ao chegarem à arcada Saint-Jean[247] para desembocar na praça de Grève, uma longa fila de cavaleiros, fechando a estreita passagem, fez parar a carruagem. Não houve como forçar essa barreira e foi preciso esperar que os arqueiros montados, pois eram eles, acabassem de passar, escoltando uma maciça carroça que rapidamente tomou o rumo da praça Baudoyer.

Fouquet e Pellisson viram nessa ocorrência apenas mais um atraso, e chegaram à Conciergerie cinco minutos depois.

O diretor ainda se encontrava no primeiro pátio.

Quando lhe cochicharam ao ouvido o nome de Fouquet, ele foi correndo até a carruagem, com o chapéu na mão e multiplicando reverências.

— Quanta honra, monsenhor! — ele disse.

— Só uma palavra, sr. diretor. Poderia entrar no carro?

O oficial se sentou em frente do superintendente dentro do pesado veículo.

— Preciso pedir um favor — disse Fouquet.

— Pois não, monsenhor.

— Algo bastante comprometedor, mas que lhe garantirá para sempre minha proteção e amizade.

— Fosse preciso me lançar ao fogo por monsenhor, eu o faria.

— Bom, o que tenho a pedir é mais simples.

---

247. A arcada e a rua do Martroi-Saint-Jean, onde ela se situava, foram demolidas em 1837 para a ampliação do prédio da Prefeitura (o Hôtel de Ville).

— Então será mais fácil ainda, monsenhor. De que se trata?

— De me levar às celas dos srs. Lyodot e d'Emerys.

— Monsenhor pode me explicar por quê?

— Explicarei já na presença deles, ao mesmo tempo que lhe darei todos os meios com que se proteger dessa fuga.

— Fuga? Então monsenhor não sabe?

— O quê?

— Os srs. Lyodot e d'Emerys não estão mais aqui.

— Desde quando? — agitou-se, trêmulo, Fouquet.

— Foram levados há quinze minutos.

— Para onde?

— Para a torre de Vincennes.

— Quem os tirou daqui?

— Uma ordem do rei.

— Miséria! — exclamou Fouquet, batendo na testa. — Miséria!

Sem nada mais dizer, ele voltou à carruagem com desespero na alma e expressão fúnebre no rosto.

— O que foi? — perguntou Pellisson, ansioso.

— Nossos amigos estão perdidos! Colbert os mandou para a torre. Passamos por eles na arcada Saint-Jean.

Como se um raio o tivesse atingido, Pellisson se calou. Estaria matando o amigo se o culpasse pelo atraso.

— Para onde vai monsenhor? — perguntou o ajudante da carruagem.

— Para minha casa de Paris. Você, Pellisson, volte a Saint-Mandé e traga, dentro de uma hora, o abade Fouquet.

60. Plano de batalha

A noite já seguia bem adiantada quando o abade Fouquet chegou à casa do irmão.

Gourville o acompanhava. Tensos com o que tinham pela frente, mais pareciam conspiradores, unidos por uma mesma intenção de violência, do que três personagens poderosos daquela época.

O superintendente andou de cima para baixo por um bom tempo, retorcendo as mãos e com os olhos fixos no chão.

— Meu irmão — ele afinal começou —, você hoje mesmo falou de certos indivíduos dos quais pode dispor.

— Falei sim.

— Quem são eles, na verdade?

O abade hesitou.

— Vamos, não se preocupe, não estou ameaçando. Sem fanfarronadas, falo sério.

— Já que é assim, disponho de cento e vinte amigos ou companheiros de farra; dependem de mim como bandidos que temem a forca.

— E pode contar com eles?

— Para qualquer tipo de coisa.

— E não estará se comprometendo?

— Nem aparecerei.

— São pessoas decididas?

— Podem queimar Paris se eu garantir que não serão queimados.

— O que pretendo, abade — explicou Fouquet, enxugando o suor que banhava o seu rosto —, é que lance os seus cento e vinte homens contra pessoas que indicarei, em determinado momento... É possível?

— Não será a primeira vez que farão isso.

— Ótimo. Mas esses bandidos atacariam... as forças armadas?

— Estão acostumados.

— Então junte os seus cento e vinte homens, abade.

— Onde?

— No caminho de Vincennes, amanhã, às duas em ponto.

— Para sequestrar Lyodot e d'Emerys? Não haverá consequências?

— Muitas. Está com medo?

— Não por mim, mas por você.

— Os seus homens vão ter conhecimento do que estarão fazendo?

— São inteligentes demais para não perceber. Bem, um ministro que provoca uma rebelião contra o seu rei... se expõe.

— Que importa isso para vocês, uma vez que serão pagos? Aliás, se eu cair, você cai comigo.

— Seria então mais prudente, irmão, ficar quieto. Dê ao rei essa pequena satisfação.

— Lyodot e d'Emerys em Vincennes são o prelúdio da minha ruína. E se me detiverem, você será preso. Se me prenderem, você será exilado.

— Nesse caso, estou às suas ordens. Quais são elas?

— Que amanhã os dois financistas que querem executar, mesmo havendo tantos criminosos impunes, escapem do furor dos meus inimigos. Tome as medidas necessárias. É possível?

— É possível.

— Qual é o seu plano?

— É extremamente simples. A guarda normal para as execuções é de doze arqueiros.

— Amanhã será de cem.

— Imagino; penso inclusive em duzentos.

— Nesse caso, seus cento e vinte homens não bastam.

— Bastam com folga. Em qualquer multidão de cem mil pessoas, há dez mil bandidos ou ladrões. Só que não se atrevem a tomar a iniciativa.

— E então?

— Haverá amanhã, na praça de Grève, que escolho como campo de batalha, dez mil auxiliares para os meus cento e vinte homens, que começarão o ataque; os outros o continuarão.

— Entendo. E os prisioneiros?

— Vamos levá-los para uma casa qualquer da praça de Grève, que as forças do rei precisarão sitiar para tê-los de volta... Ah, lembrei agora de um detalhe sublime: algumas casas têm duas saídas, uma na praça e outra na rua da Mortellerie, da Vannerie ou da Tixeranderie. Os prisioneiros podem entrar por uma e sair pela outra.

— Diga alguma coisa mais concreta.

— Estou procurando.

— E eu encontrando — rejubilou-se Fouquet. — Ouça o que acabo de pensar.

— Estou ouvindo.

O superintendente fez um sinal para Gourville, que pareceu entender.

— Um amigo me empresta às vezes as chaves de uma casa que ele aluga na praça Baudoyer, com amplos jardins que vão até os fundos de certa casa da praça de Grève.

— Isso pode nos servir — disse o abade. — Que casa é?

— Um cabaré bem conhecido, cuja placa mostra a imagem de Nossa Senhora.

— Conheço — disse o abade.

— Tem janelas que dão para a praça, saída para um pátio, que deve dar acesso ao jardim do meu amigo por alguma porta de comunicação.

— Formidável!

— Entrem pelo cabaré com os prisioneiros e defendam a porta, enquanto eles fogem pelo jardim da praça Baudoyer.

— Meu irmão daria um grande general, como o sr. Príncipe.

— Compreendeu?

— Perfeitamente.

— De quanto precisa para embebedar seus bandidos com vinho e satisfazê-los com dinheiro?

— Mas que maneira de falar! Se eles o ouvissem! Alguns se ofendem por um nada.

— O que quero dizer é que eles não devem mais diferenciar o que é céu e o que é terra, pois vou estar lutando amanhã contra o rei. E quando entro numa luta, quero ganhar... fui claro?

— Tudo se passará bem... Dê outras ideias.

— O resto é com você.

— Então dê o dinheiro.

— Gourville, separe cem mil libras para o abade.

— Bom... e podemos ir com tudo, não é?

— Com tudo.

— Ainda bem!

— Monsenhor — interferiu Gourville —, se isso vier a público, nossas cabeças caem.

— Ah, Gourville! — respondeu Fouquet, furioso. — A sua, pode ser, a minha não sai assim tão fácil dos meus ombros. Então, abade, estamos combinados?

— Estamos.

— Amanhã, às duas horas?

— Ao meio-dia, pois é preciso preparar nossos auxiliares sem chamar atenção.

— É verdade. Não poupe o vinho do cabaré.

— Nem o vinho nem a casa — devolveu o abade, rindo debochado. — Tenho já meu plano, deixe-me pôr isso em andamento e você verá.

— Onde vai estar?

— Por todo lugar e em lugar nenhum.

— E como serei informado?

— Por um mensageiro cujo cavalo estará no jardim do seu amigo. Aliás, como ele se chama?

Fouquet olhou mais uma vez para Gourville, que o socorreu, dizendo:

— Só o local deve ser conhecido: a imagem de Nossa Senhora na frente e, atrás, um jardim que é o único do bairro.

— Entendo. Vou avisar os meus soldados.

— Acompanhe-o para o dinheiro, Gourville. Esperem um pouco... Como será visto esse sequestro?

— Como algo normal... um motim.

— Um motim? Com qual finalidade? Pois, afinal, nada deixa o povo de Paris mais contente com o rei do que um enforcamento de financistas.

— Darei um jeito... — disse o abade.

— Dará um jeito, mas vão perceber.

— Não, não vão... tive outra ideia.

— Diga.

— Meus homens gritarão: "Colbert! Viva Colbert!" e se lançarão contra os prisioneiros para despedaçá-los, achando a forca um suplício suave demais.

— Ah, é de fato boa ideia! — aplaudiu Gourville. — Caramba, abade, que imaginação!

— Somos assim na família, cavalheiro — respondeu, cheio de orgulho, o Fouquet caçula.

— Muito engraçado! — murmurou o mais velho, mas acrescentando: — A ideia é mesmo boa! Só faça tudo sem derramamento de sangue.

Gourville e o abade se retiraram juntos para suas tarefas.

O superintendente se deitou sobre almofadas, pensando nos sinistros projetos do dia seguinte e sonhando com o amor.

61. O cabaré Imagem de Nossa Senhora

No dia seguinte, cinquenta mil espectadores estavam às duas horas na praça, em volta das duas forcas que tinham sido erguidas entre os cais de Grève e Pelletier,[248] uma ao lado da outra, contra o parapeito do rio.

Pela manhã, é verdade, todos os apregoadores juramentados da boa cidade de Paris haviam percorrido as ruas, os grandes mercados abertos e os subúrbios, gritando com suas vozes roucas e incansáveis a grande justiça aplicada pelo rei a dois prevaricadores, dois patifes que levavam o povo à fome. E esse povo, vendo seus interesses serem tão corajosamente defendidos, e não querendo desmerecer o soberano, deixava suas lojas, seus tornos e ateliês como prova de consideração por Luís XIV como fariam convidados temendo parecer descorteses não indo à casa de quem os convida.

Segundo o decreto, lido em voz alta e com dificuldade pelo pregão, dois financistas prestadores de serviços, monopolistas de fundos, dilapidadores do tesouro real, concussionários e falsários sofreriam a pena capital na praça de Grève, "com seus nomes inscritos acima das suas cabeças", dizia o texto.

Aos nomes, propriamente, não se fazia menção.

A curiosidade dos parisienses efervescia e, como foi dito, uma multidão imensa aguardava com febril impaciência a hora fixada para a execução. Já se espalhara a notícia de que os prisioneiros, transferidos para o castelo de Vincennes, dali seriam levados à praça de Grève. Por isso, tanto o faubourg quanto a rua Saint-Antoine estavam repletos de gente, pois a população de Paris, nesses dias de grande execução, se divide em duas categorias: os que querem ver os condenados a caminho — são os tímidos e os ternos, mas filosoficamente curiosos — e os que querem assistir à execução — aqueles que privilegiam as emoções fortes.

Nesse mesmo dia, depois de receber as últimas instruções do rei e se despedir dos amigos — o que se limitara até então a Planchet —, d'Artagnan traçou um plano para as horas de que ainda dispunha, como deve fazer alguém ocupado e que aprecia a importância delas:

---

248. As duas vias deixaram de existir com esse nome em 1867-8: o cais de Grève passou a se chamar cais do Hôtel-de-Ville, e o Pelletier foi incorporado ao de Gesvres.

— Minha partida está prevista para o início do dia; começo os preparativos às três da manhã. Tenho então quinze horas pela frente. Tiro seis para o sono, que é indispensável, e uma para a refeição, já são sete. Mais uma para visitar Athos: oito, e duas para o imprevisto. Total: dez horas.

"Sobram cinco horas.

"Uma hora para ir receber, ou melhor, ter meu dinheiro recusado pelo sr. Fouquet. Outra hora para receber esse mesmo dinheiro do sr. Colbert e aturar suas perguntas e suas maneiras. Uma hora para inspecionar minhas armas, minhas roupas e mandar engraxar as botas. Sobram ainda duas horas. Caramba! Que fortuna!"

Dizendo isso, d'Artagnan sentiu crescer dentro de si uma estranha alegria, uma alegria juvenil, um perfume dos belos e felizes anos de outrora.

— Nessas duas horas — ele continuou seus cálculos —, irei receber o trimestre de aluguel do Imagem de Nossa Senhora. Será ótimo. Trezentas e setenta e cinco libras! Caramba! É incrível! Se o pobre que tem uma libra no bolso tivesse uma libra e doze soldos, seria justo, seria excelente, mas nunca semelhante sorte acontece ao pobre. O rico, pelo contrário, consegue rendas com seu dinheiro, no qual nem toca… São trezentas e setenta e cinco libras que me caem do céu.

"Irei então ao Imagem de Nossa Senhora e tomarei com meu inquilino um copo de vinho da Espanha que ele não deixará de me oferecer.

"Mas é preciso organizar as coisas, sr. d'Artagnan, organizar as coisas.

"Organizemos então nosso tempo e distribuamos os horários.

"Artigo primeiro: Athos.

"Art. 2: Imagem de Nossa Senhora.

"Art. 3: sr. Fouquet.

"Art. 4: sr. Colbert.

"Art. 5: Ceia.

"Art. 6: Roupas, botas, cavalos, equipamento.

"Art. 7 e último: dormir."

Com essa disposição, d'Artagnan se dirigiu direto à casa do conde de La Fère, a quem modesta e ingenuamente contou parte das suas peripécias.

Desde o dia anterior, Athos não deixava de estar preocupado com a visita de d'Artagnan ao rei, mas quatro palavras bastaram para tranquilizá-lo. Logo adivinhou que Luís havia encarregado o amigo de algo importante e nem tentou desvendar o segredo. Aconselhou cuidado e, discretamente, se ofereceu para acompanhá-lo, se fosse possível.

— Ora, meu amigo, não estou partindo — disse d'Artagnan.

— Como assim? Não acaba de se despedir?

— Ah, sim, é verdade — respondeu o mosqueteiro, ficando um pouco desconcertado —, parto para uma compra.

— Isso muda tudo. Em vez então de dizer: "Tente não ser morto", digo: "Tente não ser ludibriado".

— Avisarei se me decidir por alguma propriedade, para que me ajude com seus conselhos.

— Claro, claro — disse Athos, delicado demais para sequer esboçar um sorriso.

Raoul imitava a reserva paterna. D'Artagnan viu que estava sendo misterioso demais, nem ao menos contando qual direção tomaria, e falou:

— Escolhi a região de Le Mans. Acha um bom lugar?

— Excelente, meu amigo — respondeu o conde, sem insistir no fato de Le Mans ser na mesma direção da Touraine e de que, se esperasse dois dias, poderiam fazer juntos o caminho.

Menos à vontade, a cada nova explicação que dava d'Artagnan sentia estar pouco a pouco se atolando num lamaçal.

— Partirei ao amanhecer — ele afinal conseguiu terminar. — Não quer me fazer companhia até o fim do dia, Raoul?

— Gostaria muito, se o conde não precisar de mim — respondeu o rapaz.

— Não, Raoul. Tenho audiência hoje com Monsieur, irmão do rei, nada mais.

Raoul pediu sua espada a Grimaud, que imediatamente a entregou.

— Nesse caso — disse d'Artagnan, abrindo os braços para Athos —, adeus, amigo!

Athos o abraçou por um bom momento e o mosqueteiro, que havia percebido sua discrição, disse baixinho a seu ouvido:

— Negócios de Estado!

Ao que Athos respondeu com um aperto de mão ainda mais significativo.

Eles então se separaram. Raoul tomou o braço do velho amigo, que o conduziu pela rua Saint-Honoré.

— Vou levá-lo ao deus Plutão —[249] disse d'Artagnan ao rapaz. — Prepare-se, pois verá pilhas e pilhas de escudos se formando... Como estou mudado, Deus meu!

— Que estranho, tem tanta gente na rua! — observou Raoul.

— É dia de procissão? — perguntou d'Artagnan a alguém que passava.

— Dia de enforcamento — respondeu o homem.

— É mesmo? Enforcamento? Na Grève? — surpreendeu-se o mosqueteiro.

— Exato.

— Diabo do infeliz que inventa de ser enforcado logo no dia em que preciso ir receber meu aluguel! — reclamou d'Artagnan. — Já viu um enforcamento, Raoul?

— Graças a Deus, nunca!

---

249. Na mitologia romana, o deus dos mortos e das riquezas.

— Assim são os jovens... Se estivesse de guarda na trincheira, como estive, e um espião... Ah, me desculpe, Raoul, coisas de velho... Tem toda a razão, é infame assistir a enforcamentos... A que horas será isso, cavalheiro?

— Lá pelas três horas — respondeu o desconhecido com deferência, contente por falar com dois homens de espada.

— Bom, é só uma e meia, vamos apertar o passo: chegaremos a tempo de receber minhas trezentas e setenta e cinco libras e ir embora antes da chegada do paciente.

— Dos pacientes — continuou o burguês —, pois serão dois.

— Mil vezes obrigado, cavalheiro — respondeu d'Artagnan, que, com a idade, passara a uma sofisticada polidez.

Puxando Raoul, ele rapidamente tomou a direção da Grève.

Sem o grande hábito que o mosqueteiro tinha para lidar com multidões, além do irresistível punho e um peculiar uso dos ombros, nenhum dos dois teria chegado ao destino.

Seguiram pelo cais, que haviam alcançado ao deixarem a rua Saint-Honoré, depois de se despedirem de Athos.

D'Artagnan ia na frente. O cotovelo, o punho e o ombro eram três instrumentos de abrir caminho que ele, com maestria, sabia aplicar nos grupos para dispersá-los como se fossem braçadas de lenha.

Como reforço, ele às vezes se servia da empunhadura de ferro da espada, enfiando-a entre costelas mais rebeldes. Era utilizada como alavanca ou pinça, podendo separar o marido da mulher, o tio do sobrinho, o irmão do irmão. Tudo de forma tão natural e com tão graciosos sorrisos que era preciso ter costelas de bronze para não pedir desculpas quando a empunhadura entrava em ação, ou um coração de diamante para não se mostrar encantado quando o sorriso se abria nos lábios do mosqueteiro.

Raoul seguia o amigo, desculpando-se com as mulheres, que admiravam a sua beleza, contendo os homens, que reparavam na rigidez da sua musculatura, e, graças a tudo isso, os dois atravessaram a maré às vezes mais compacta, às vezes um tanto lodosa do povaréu.

Já se viam as duas forcas e Raoul desviou o olhar com repulsa. D'Artagnan não se interessou por elas: sua casa com frontão recortado e janelas repletas de curiosos atraía e até absorvia toda a atenção de que era capaz.

Identificou na praça e em volta das casas um bom número de mosqueteiros de folga que, alguns com mulheres e outros com amigos, esperavam o instante do espetáculo.

Mas o que sobretudo o animou foi ver que o dono do cabaré, seu inquilino, não sabia mais a quem atender.

Seus três garçons não davam conta de tanto cliente bebendo. Havia gente no salão, nos quartos e até no pátio.

D'Artagnan chamou a atenção de Raoul para isso e acrescentou:

— O sujeito não vai ter desculpa para não pagar. Veja todo esse povo, parece gente boa, mas, caramba, nem temos lugar aqui.

Mesmo assim, ele conseguiu puxar o dono pelo avental e ser reconhecido.

— Ah, sr. cavaleiro! — disse o homem, atarantado. — Só um minuto, por favor! Tenho cem alucinados que estão botando minha adega de cabeça para baixo.

— Espero que só a adega, e não o cofre.

— Ah, fique tranquilo! Suas trinta e sete pistolas[250] estão lá em cima, já contadas, no meu quarto. Mas nesse mesmo quarto trinta amigos liquidam um barril de vinho do Porto que abri de manhã para eles... Só preciso de um minuto.

— Está bem, eu espero.

— Já vou indo — disse Raoul baixinho a d'Artagnan. — Este ambiente é horrível.

— Trate de ficar — respondeu com severidade o tenente. — O soldado deve se familiarizar com todo tipo de espetáculo. No olho do jovem há fibras que precisam ser endurecidas e ele só se tornará realmente generoso e bom quando o olho for duro, mantido afável o coração. E aliás, meu amigo, vai querer me deixar sozinho aqui? Seria bem deselegante. Veja, ali no pátio dos fundos tem uma árvore. Podemos ficar à sombra e respirar melhor do que nesta atmosfera saturada de vinho.

De onde os dois se acomodaram, podiam ouvir o crescente murmúrio do fluxo de gente sem perder nenhum grito ou gesto dos clientes nas mesas do cabaré ou espalhados pelos quartos.

Fosse uma expedição e quisesse d'Artagnan se posicionar de tocaia, não encontraria posto melhor.

A árvore sob a qual ele e Raoul estavam os encobria com uma folhagem já espessa. Era um castanheiro atarracado, de galhos caídos, que espalhava sombra sobre uma mesa tão arrebentada que os clientes já não a usavam mais.

Dissemos que d'Artagnan, desse lugar, via tudo. De fato, observava as idas e vindas dos garçons, a chegada de novos fregueses e a recepção, às vezes amistosa, às vezes hostil, que era dada a alguns deles pelos que já estavam no cabaré. Observava para passar o tempo, pois as trinta e sete pistolas demoravam a vir.

Raoul não deixou de lembrar:

— Não está pressionando o inquilino e logo a execução vai começar. No corre-corre, não poderemos mais sair.

---

250. O equivalente a 375 libras.

— Tem razão — concordou o mosqueteiro. — Ei! Ô! Alguém aí, caramba!

Por mais que gritasse ou batesse nos destroços da mesa, que mais se despedaçava, ninguém veio.

Ele se preparava então para ir atrás do inquilino e insistir quando dolorosamente rangeram os gonzos enferrujados da porta de comunicação entre o jardim da outra propriedade e o pátio em que ele e Raoul se encontravam. Um homem, com traje de montaria e espada na bainha, cruzou o pátio sem fechar a porta. Lançou um olhar de viés aos dois que ali estavam e se dirigiu ao cabaré, lançando em volta olhares que pareciam atravessar as paredes e as consciências.

"Engraçado", pensou d'Artagnan. "Meus inquilinos passam de um lado para o outro… É provavelmente mais um interessado em enforcamentos."

Ao mesmo tempo, a gritaria e o tumulto dos fregueses nos quartos de cima se acalmaram. Em semelhantes situações, o silêncio surpreende como uma duplicação do barulho. D'Artagnan quis saber qual seria a causa do fenômeno.

Viu então que o tal homem em traje de montaria acabava de entrar e falava com os que bebiam no salão de baixo, e eles, estranhamente, escutavam com atenção. Seria possível até ouvir o que era dito, não crescesse, do lado de fora, um formidável clamor popular que encobriu a arenga do orador. Tudo foi rápido e as pessoas que enchiam o cabaré foram se retirando aos poucos, em pequenos grupos. Pouco depois restavam apenas seis pessoas, e uma delas, o homem de espada, chamou num canto o dono do cabaré, travando com ele uma conversa que parecia séria, enquanto os outros acendiam a lareira, coisa bastante inesperada, tendo em vista o bom tempo e o calor.

— É estranho — disse d'Artagnan a Raoul —, mas conheço essas pessoas.

— Não acha que está um cheiro forte de fumaça?

— Acho que cheira mais a conspiração.

Assim que disse isso, quatro homens vieram ao pátio e, sem parecer que tivessem más intenções, ficaram de guarda nas proximidades da porta de comunicação, lançando de vez em quando a d'Artagnan olhares que podiam significar muita coisa.

— Caramba! — ele disse baixinho a Raoul. — Tem algo acontecendo por aqui. Você é curioso?

— Depende.

— E eu, como uma velha bisbilhoteira. Vamos até a frente, para ver a praça. Aposto que descobriremos algo.

— Não quero estupidamente assistir à morte de dois pobres-diabos, está lembrado?

— E eu? Acha que tenho essa curiosidade doentia? Sairemos a tempo. Vamos!

Encaminharam-se então para a parte principal do imóvel e se puseram junto à janela, que, ainda mais estranhamente, estava desocupada.

Os dois últimos fregueses, sem se interessarem pela janela, alimentavam o fogo.

Vendo os dois desconhecidos entrarem, eles murmuraram:

— Ah, mandaram reforços!

D'Artagnan bateu com o cotovelo em Raoul e disse:

— Pois é, amigos, reforços. Parabéns, isso sim é um fogo! O que pretendem assar?

Os dois riram e, em vez de responder, juntaram mais lenha ao fogo.

D'Artagnan não se cansava de admirá-los.

— Foram mandados para avisar o momento certo, não é? — perguntou um dos homens.

— Isso — respondeu d'Artagnan, esperando saber mais. — Por qual outro motivo seria?

Com um sorriso, fez sinal a Raoul e tranquilamente se postou à janela.

62. Viva Colbert!

Era um espetáculo medonho o que se apresentava na Grève naquele momento. As cabeças, niveladas pela perspectiva, se estendiam ao longe, cerradas e movediças como espigas num grande campo cultivado. De vez em quando, um barulho qualquer e distante fazia com que oscilassem e milhares de olhos buscassem ver alguma coisa.

De repente grandes movimentações ocorriam. Todas aquelas espigas se curvavam e formavam vagas, mais moventes do que as do oceano, indo das extremidades ao centro para se chocar, como uma maré, contra a barreira de arqueiros que protegia as forcas.

Quando isso acontecia, os cabos das alabardas desciam sobre as cabeças ou os ombros dos temerários. Às vezes era o ferro em vez da madeira e, nesse momento, um amplo vazio se abria ao redor da guarda: espaço conquistado às custas das extremidades que sofriam, por sua vez, a pressão consequente e eram empurradas contra os parapeitos do Sena.

Do alto da sua janela, dominando toda a praça, d'Artagnan viu, satisfeito, que os mosqueteiros e os guardas perdidos na multidão sabiam, usando os punhos e os pomos das espadas, abrir espaço. Notou inclusive que haviam conseguido, por esse espírito corporativo que dobra as forças do soldado, se reunir num grupo de mais ou menos cinquenta homens e, à exceção de uma dúzia deles que pareciam isolados num ponto ou noutro, esse núcleo estava ao alcance da voz. Mas não eram apenas os mosqueteiros e os guardas que chamavam a sua atenção. Em volta das forcas, e sobretudo para os lados da arcada Saint-Jean, se agitava uma massa barulhenta, confusa e movente, formada por homens rudes, rostos decididos que se realçavam entre os demais, simplórios ou indiferentes. Sinais eram trocados, mãos se encontravam. D'Artagnan notou, nos grupos mais animados, o homem que havia visto entrar pela porta de comunicação do jardim e depois subir ao primeiro andar do cabaré para falar com os que bebiam. Ele visivelmente organizava esquadras e dava ordens.

— Caramba! Não me enganei — exclamou d'Artagnan. — Conheço o sujeito, é Menneville. Que diabo está fazendo aqui?

Um murmúrio surdo que gradativamente se acentuava interrompeu sua reflexão e levou seu olhar a outro ponto. O murmurinho fora motivado pela entrada em cena dos pacientes. Um poderoso grupo de arqueiros os precedia e surgiu no ângulo da arcada. A multidão inteira se pôs a gritar; todos esses gritos formavam um imenso urro.

D'Artagnan viu Raoul empalidecer e deu uma pancada mais dura no seu ombro.

Os homens que atiçavam o fogo, ouvindo o clamor, se voltaram e perguntaram o que era.

— Os condenados estão chegando — informou o mosqueteiro.

— Até que enfim — eles responderam, avivando ainda mais as chamas.

D'Artagnan se preocupou. Era evidente que aqueles homens, que alimentavam um fogaréu sem a menor necessidade, tinham intenções estranhas.

Os condenados apareceram na praça. Vinham a pé, com o carrasco à frente. Cinquenta arqueiros se mantinham em coluna, dos dois lados. Estavam ambos vestidos de preto, pálidos, mas decididos.

Olhavam com impaciência por cima das cabeças, esticando-se a cada passo.

D'Artagnan notou esse detalhe.

— Estranho. Estão bem apressados para ver as forcas.

Raoul recuara um pouco, mas sem conseguir se afastar totalmente da janela. Também o terror tem sua força de atração.

— Vai morrer! Vai morrer! — gritavam cinquenta mil vozes.

— À morte! — berrou uma centena de furiosos, como se a grande massa desse o direito de réplica.

— Na corda! Na corda! — gritaram todos. — Viva o rei!

— Hum… engraçado — murmurou d'Artagnan. — Achei ser graças a Colbert o enforcamento.

Nesse momento, uma movimentação parou por um instante o avanço dos prisioneiros.

Os personagens de aparência rude e diligente que d'Artagnan notara, de tanto se esforçarem, aos empurrões, estavam bem próximos da barreira de arqueiros.

O cortejo voltou a caminhar.

De repente, aos gritos de "Viva Colbert!", aqueles mesmos homens, que d'Artagnan não perdia mais de vista, se lançaram sobre a escolta, que inutilmente tentou enfrentá-los. Atrás deles, vinha o povaréu.

Começou então, no meio de um tremendo alvoroço, uma terrível confusão.

Não eram mais gritos de expectativa ou de alegria que se ouviam; eram gritos de dor.

De fato, alabardas batiam, espadas furavam e mosquetes começavam a ser disparados.

Houve um turbilhão estranho, dentro do qual d'Artagnan não discernia mais nada.

Depois desse caos ficou claro haver uma intenção, uma vontade que dirigia tudo aquilo.

Os condenados tinham sido arrancados das mãos dos guardas e estavam sendo levados na direção do Imagem de Nossa Senhora.

Os que os carregavam gritavam "Viva Colbert!".

O povo hesitava, sem saber se atacava os arqueiros ou os agressores.

O que seduzia a maioria era que esses últimos, junto do "Viva Colbert!", tinham passado a também gritar: "Nada de corda! Nada de forca! À fogueira! À fogueira! Vamos queimar no fogo os ladrões que nos matam de fome!".

O bordão conquistou um entusiasmado sucesso.

A multidão tinha vindo para ver um suplício e, de repente, lhe ofereciam a oportunidade de participar ativamente dele.

Isso agradava muito. Todos então se puseram do lado dos agressores contra os arqueiros, gritando em apoio à minoria que, com isso, se tornou maioria, e das mais sólidas:

— Isso, à fogueira os ladrões! Viva Colbert!

— Caramba! — exclamou d'Artagnan. — Acho que a coisa está ficando feia.

Um dos homens que alimentava a lareira se aproximou da janela, com uma tocha na mão.

— Ah, vai ficar quente! — ele disse.

Em seguida, dirigindo-se ao colega, acrescentou:

— É o sinal!

Dizendo isso, ele aproximou bem o tição aceso dos madeiramentos.

Não era uma casa das mais novas, o cabaré Imagem de Nossa Senhora. Não seria preciso rezar muito para que tudo ardesse.

Num instante, uma tábua de prateleira começou a estalar e a chama subiu alegremente. Um urro vindo de fora respondeu aos gritos dos incendiários.

D'Artagnan nada havia visto, pois estava olhando para a praça, mas sentiu a fumaça que o sufocava e a labareda que o assava.

— Epa! — ele exclamou, se virando. — A fogueira vai ser aqui? Enlouqueceram ou o quê, meninos?

Os dois homens o olharam, espantados.

— Como? Não foi o combinado? — eles perguntaram.

— Combinado, queimar a minha casa? — vociferou o proprietário, arrancando o tição das mãos do incendiário e esfregando-o na sua cara.

O outro quis ajudar o companheiro, mas Raoul o agarrou, ergueu e jogou pela janela, enquanto d'Artagnan lançava sua vítima escada abaixo. Como o primeiro a ficar livre foi Raoul, ele arrancou os lambris, que fumegavam, e os espalhou pelo quarto.

Vendo não ser mais preciso se preocupar com o incêndio, d'Artagnan correu à janela.

A confusão estava no auge. Gritava-se ao mesmo tempo:

— À fogueira! Vai morrer! Na corda! No fogo! Viva Colbert! Viva o rei!

O grupo que arrancara os pacientes das mãos dos arqueiros se aproximou da casa, que parecia ser seu alvo.

À frente, Menneville era quem mais alto gritava:

— À fogueira, à fogueira! Viva Colbert!

D'Artagnan começava a compreender: queriam queimar vivos os condenados, e sua casa seria a fogueira.

— Pare aí! — ele gritou, de espada em punho e um pé na janela. — O que está querendo, Menneville?

— Sr. d'Artagnan! — ele exclamou. — Abram passagem, passagem!

— À fogueira! Fogueira para os ladrões! Viva Colbert! — gritava a multidão.

A gritaria irritou o mosqueteiro.

— Caramba! Querem queimar vivos uns pobres-diabos que foram só condenados à forca? É infame!

Diante da porta, no entanto, a massa de curiosos, imprensada contra as paredes, era mais cerrada e fechava o caminho.

Menneville e seus homens, com os presos, estavam a apenas dez passos da porta. Ele fez uma última tentativa, gritando, com uma pistola em punho:

— Abram passagem! Passagem!

— Vamos queimar! Vamos queimar! — repetia a multidão. — O fogo está no Imagem de Nossa Senhora. Vamos queimar os ladrões! Vamos queimar os dois no Imagem de Nossa Senhora.

O mosqueteiro não teve mais dúvida: era mesmo a casa dele que queriam. Lembrou-se então do seu antigo brado, que sempre havia funcionado:

— Comigo os mosqueteiros! — ele gritou com voz de gigante, uma dessas vozes que encobrem o canhão, o mar, a tempestade. — Comigo os mosqueteiros!

Pendurando-se no balcão da janela, ele se jogou no meio da multidão, que começava a se afastar daquela casa da qual choviam homens.

Raoul pulou quase ao mesmo tempo, os dois de espada em punho. Todos os mosqueteiros que estavam na praça ouviram o chamado, todos se voltaram e reconheceram d'Artagnan:

— O capitão! O capitão!

A multidão se abria como a água diante da proa de um navio. D'Artagnan e Menneville estavam frente a frente.

— Passagem! Passagem! — exclamou Menneville, vendo que bastava esticar o braço para alcançar a porta.

— Não vai passar! — avisou o defensor do cabaré.

— Então toma! — disse o bandido, dando um tiro de pistola quase à queima-roupa.

Antes que a chave de roda girasse, d'Artagnan, com o punho da espada, ergueu o braço de Menneville e enfiou-lhe a lâmina no corpo.

— Não disse para se manter tranquilo? — lembrou-se o mosqueteiro, enquanto o adversário caía a seus pés.

— Passagem! Passagem! — gritaram os companheiros de Menneville, primeiro assustados, mas recuperando o sangue-frio ao verem que tinham apenas dois homens pela frente.

Mas aqueles dois eram gigantes de cem braços, e a espada girava na mão deles como o gládio chamejante do arcanjo.[251] Furava com a ponta, batia com o lado e com o gume, sem nunca deixar de derrubar o alvo.

— Pelo rei! — gritava d'Artagnan toda vez que acertava um adversário, que tombava.

Esse grito se tornou a palavra de ordem que guiou os mosqueteiros a virem se juntar em torno dele.

Enquanto isso, os arqueiros se recuperavam do pânico que os desorganizara, atacavam os agressores mais recuados e, constantes como moinhos, derrubavam e abatiam tudo o que houvesse pela frente.

A multidão, vendo brilharem as lâminas e voarem pelo ar gotas de sangue, fugiu aos atropelos.

Gritos de desespero e pedidos de clemência afinal se ouviram: era o adeus dos vencidos. Os dois condenados voltaram às mãos dos arqueiros. D'Artagnan se aproximou deles e, vendo-os pálidos e trêmulos, disse:

— Consolem-se, amigos, escaparam do suplício terrível com que esses miseráveis os ameaçavam. O rei os condenou à forca e serão então apenas enforcados. Pronto! Que os enforquem e estamos conversados.

Nada mais restava do motim no Imagem de Nossa Senhora. O fogo fora totalmente apagado com dois tonéis de vinho, à falta de água. Os conjurados fugiram pelo jardim. Os arqueiros levaram os pacientes às forcas.

A coisa não sofreu mais atrasos a partir daí. O executor, pouco se preocupando em seguir os preceitos da arte, se apressou e executou num minuto os dois infelizes.

Muitos, no entanto, se juntavam em volta de d'Artagnan, que era parabenizado e aplaudido. Ele enxugou a testa banhada de suor e a espada gotejando sangue e deu de ombros, vendo Menneville se contorcendo no chão, em seus últimos espasmos de agonia. Depois, enquanto Raoul compassivamente desviava o olhar, ele apontou para as forcas, carregadas com seus tristes frutos, e disse aos mosqueteiros:

— Pobres-diabos! Devem ter morrido me abençoando, pois os salvei do pior.

Tais palavras chegaram a Menneville antes do seu último suspiro. Um sorriso sombrio e irônico procurou ainda se esboçar em seus lábios. Ele tentou dizer algo, mas o esforço gastou o que lhe restava de energia e ele expirou.

---

251. O arcanjo Miguel, citado várias vezes na Bíblia (Daniel 12,1, Josué 5,13-5, Apocalipse 12,7-9, e Judas 1,9).

— Tudo isso é horrível! — murmurou Raoul. — Vamos sair daqui, cavaleiro.

— Não está ferido? — perguntou d'Artagnan.

— Não, ainda bem.

— Pois você é um bravo, caramba! A cabeça do pai e o braço de Porthos. Ah, se Porthos estivesse aqui... teria feito uma festa.

Depois, parecendo se lembrar:

— Mas por onde, diabos, pode andar nosso bom Porthos?

— Vamos, cavaleiro, vamos embora — insistiu Raoul.

— Só um minuto, amigo, que eu pegue minhas trinta e sete pistolas e meia, e sou todo seu. Esta casa dá um bom rendimento — acrescentou o mosqueteiro, entrando no Imagem de Nossa Senhora —, mas realmente, mesmo rendendo menos, preferiria que fosse num outro ponto da cidade.

63. Como o diamante do sr. d'Emerys passou para as mãos de d'Artagnan

Enquanto essa ruidosa e sangrenta cena se passava na Grève, vários homens, em barricada atrás da porta de comunicação do jardim, devolviam suas espadas à bainha, ajudavam um deles a montar num cavalo já selado que ali aguardava e, como uma revoada de pássaros agitados, se dispersavam em todas as direções, uns escalando os muros, outros correndo para as portas, com visíveis sinais de pânico.

Aquele que montou a cavalo cravou as esporas com tamanha brutalidade que o animal quase atravessou o muro; esse homem, como dissemos, cruzou a praça Baudoyer, passou como um raio pelas pessoas que enchiam as ruas, atropelando, derrubando tudo, e, dez minutos depois, chegou às portas da superintendência, mais resfolegante que o cavalo.

Ouvindo as ferraduras no pavimento, o abade Fouquet apareceu a uma janela do pátio e, antes mesmo que o cavaleiro apeasse, gritou, debruçando-se:

— E então, Danicamp?

— Tudo acabado! — respondeu o homem.

— Acabado? Estão a salvo?

— Não. Foram enforcados.

— Enforcados? — repetiu o abade, perdendo a cor.

Uma porta lateral foi bruscamente aberta e o superintendente apareceu, também exangue, perdido, com os lábios entreabertos num grito de dor e de raiva.

Parou à entrada do cômodo, ouvindo o que se dizia do pátio à janela.

— Miseráveis! — vociferava o abade. — Então não lutaram?

— Como leões.

— Como covardes.

— Abade!

— Cem homens de guerra, de espada em punho, valem dez mil arqueiros pegos de surpresa. Onde está o fanfarrão do Menneville, que garantiu só voltar morto ou vitorioso?

— Justamente, manteve a palavra: está morto.

— Morto? Quem o matou?

— Um demônio disfarçado de gente, um gigante armado com dez espadas chamejantes, um enfurecido que, de uma só vez, apagou o fogo, apagou o motim e fez surgir, do chão da praça de Grève, cem mosqueteiros.

Fouquet ergueu a testa inundada de suor.

— Meu Deus, Lyodot e d'Emerys! — ele murmurou. — Mortos! Mortos, e eu desonrado.

O abade se virou e, vendo o irmão arrasado e lívido, disse:

— Vamos, foi uma falta de sorte, não podemos nos lamentar. Se não aconteceu, foi porque Deus...

— Cale-se, cale-se — gritou Fouquet. — Suas desculpas são blasfêmias. Chame esse homem aqui, para que conte em detalhe esse terrível acontecimento.

— Mas irmão...

— Faça o que estou mandando!

A um sinal do abade, meio minuto depois já se ouviam os passos do homem na escada.

Como anjo guardião, naquele mesmo momento Gourville apareceu atrás do superintendente, com um dedo nos lábios, pedindo que se mantivesse discrição mesmo num momento como aquele.

O ministro recuperou toda a serenidade que as forças humanas deixam a um coração semidestroçado pela dor. Danicamp entrou.

— Faça seu relatório — pediu Gourville.

— Tínhamos recebido ordem de sequestrar os prisioneiros e gritar "Viva Colbert!" durante a ação.

— Para queimá-los vivos, não é, abade? — interrompeu Gourville.

— Sim, sim! Essa ordem foi dada a Menneville. Era quem sabia o que fazer e foi morto.

A notícia pareceu tranquilizar o assessor, em vez de afligi-lo.

— Para queimá-los vivos? — repetiu o mensageiro, como se pusesse em dúvida que a ordem, aliás a única que lhe tinha sido dada, fosse séria.

— Claro, para queimá-los vivos — reforçou brutalmente o abade.

— Entendo, entendo — retomou o homem, procurando no rosto dos seus dois interlocutores o que haveria de bom ou de ruim naquilo tudo para então adaptar a verdade.

— Agora conte — disse Gourville.

— Os prisioneiros estavam sendo levados para a Grève e o povo, enfurecido, quis que fossem queimados, em vez de enforcados — explicou Danicamp.

— O povo tem suas razões — pontificou o abade. — Continue.

— No momento, porém, em que a linha dos arqueiros foi partida, no momento em que o fogo tinha início numa das casas da praça, que serviria de fogueira para os culpados, um louco, o tal demônio, o gigante de quem falei e que nos disseram ser o proprietário da casa escolhida, ajudado por um rapazote que estava com ele, jogou pela janela os homens que ateavam fogo, pediu ajuda aos mosqueteiros que estavam na multidão, pulou do primeiro andar da casa, em plena praça, e se utilizou tão alucinadamente da espada que a vitória voltou a sorrir para os arqueiros. Perdemos os prisioneiros e Menneville foi morto. Depois disso, em três minutos os condenados foram executados.

Fouquet, apesar de todo o autocontrole, não conseguiu conter um surdo gemido.

— E esse homem, o proprietário da casa, como se chama? — quis saber o abade.

— Não sei dizer nem o vi, pois meu posto era no jardim e lá permaneci até me contarem o ocorrido. Eu tinha ordem, uma vez terminada a coisa, de vir o mais rápido possível dar a notícia. Assim sendo, parti a galope e aqui estou.

— Muito bem, nada mais temos a perguntar — disse o abade, cada vez mais apavorado, vendo chegar a hora em que teria que conversar a sós com o irmão.

— Foi pago? — perguntou Gourville.

— Recebi uma parte — respondeu Danicamp.

— Fique com essas vinte pistolas. Pode ir, meu amigo, e nunca deixe de defender, como dessa vez, os verdadeiros interesses do rei.

— Certamente — disse o homem, fazendo uma reverência e se retirando, apertando bem o bolso com o dinheiro.

Fouquet, até então imóvel, mal o mensageiro saiu se adiantou e ficou entre o abade e Gourville. Os dois abriam ao mesmo tempo a boca para falar.

— Não quero desculpas! — ele os impediu. — Nem recriminações contra quem quer que seja. Não fosse eu um falso amigo, não teria confiado a ninguém a libertação de Lyodot e d'Emerys. Sou o único culpado. São meus os remorsos e a mim se deve criticar. Por favor, vá embora, abade.

— Mas não me impeça de descobrir o miserável que, a serviço do sr. Colbert, se meteu nisso que estava tão bem-arranjado — disse o organizador do motim. — É boa política afeiçoar os amigos, mas não é má essa outra que consiste em perseguir os inimigos sem lhes dar trégua.

— Chega disso, abade. Por favor, saia, e que eu não ouça falar do senhor até segunda ordem. Acho que agora precisamos de silêncio e circunspecção. Tem à sua frente um terrível exemplo. Senhores, nada de represálias, estão proibidos.

— Não há ordem que me faça não procurar o culpado e me vingar de uma afronta à minha família — resmungou o abade.

— Se o senhor tiver um único pensamento em desacordo com a expressão da minha vontade, eu o mandarei à Bastilha duas horas depois de manifestado esse pensamento. Acredite nisso, abade — exclamou Fouquet, com esse tom imperioso que não admite resposta.

O abade se inclinou, envergonhado.

Fouquet fez sinal a Gourville para que o seguisse, e já se dirigia a seu gabinete quando o camareiro anunciou em voz alta:

— O sr. cavaleiro d'Artagnan.

— Quem é? — perguntou Fouquet a Gourville, com descaso.

— Um ex-tenente dos mosqueteiros de Sua Majestade.

Fouquet não perdeu mais tempo com isso e retomou o caminho do gabinete.

— Pensando bem — lembrou Gourville —, é um bravo oficial que deixou o serviço e provavelmente vem receber o seu trimestre de pensão.

— Que se dane! — praguejou o superintendente. — Quem mandou escolher hora tão ruim?

— É melhor que eu vá falar com ele. Pelo que sei, mais vale tê-lo como amigo, ainda mais nas atuais circunstâncias.

— Faça o que quiser — concluiu Fouquet.

— Ora! Diga não haver dinheiro, sobretudo para um mosqueteiro — sugeriu o abade, cheio de rancor.

Mas ele nem terminara de dizer isso e a porta, que estava entreaberta, foi empurrada. D'Artagnan entrou e disse:

— Eu bem imaginei, sr. Fouquet, que não haveria dinheiro para um mosqueteiro. Não vim esperando receber, mas apenas confirmar a recusa. Feito isso, passar bem, e vou atrás do sr. Colbert.

Fazendo uma saudação bastante displicente, ele se retirou.

— Gourville — disse Fouquet —, corra atrás desse homem e chame-o de volta.

D'Artagnan já estava na escada. Ouvindo os passos apressados, e vendo Gourville, não se conteve:

— Caramba, meu caro senhor! São bem tristes modos esses da nossa gente de finanças. Procuro o sr. Fouquet com uma ordem de pagamento de Sua Majestade e sou tratado como um pedinte de esmola, ou como um larápio capaz de surrupiar a prataria.

— O meu caro sr. d'Artagnan mencionou o nome do intendente Colbert. Pretende procurá-lo?

— Esteja certo disso. Nem que seja para perguntar sobre pessoas que querem queimar casas gritando "Viva Colbert!".

Gourville ficou de orelha em pé.

— Hum, refere-se ao que acaba de acontecer na Grève?

— Exato.

— E em que isso lhe diz respeito?

— Em quê? Quer mesmo saber se me diz ou não respeito que o sr. Colbert faça da minha casa fogueira?

— Então, sua casa... É sua a casa que queriam incendiar?

— Ora se não!

— O cabaré Imagem de Nossa Senhora é do senhor?

— Há oito dias.

— Foi o senhor o bravo capitão, a valorosa espada que dispersou os que queriam queimar vivos os condenados?

— Sr. Gourville, ponha-se no meu lugar: sou agente da força pública e proprietário. Enquanto capitão, meu dever é fazer com que sejam cumpridas as ordens do rei. Enquanto proprietário, é do meu interesse que não incendeiem minha casa. Simultaneamente, segui as regras do interesse pessoal e do dever, devolvendo os srs. Lyodot e d'Emerys aos arqueiros.

— Foi então o senhor que jogou um homem pela janela?

— Eu mesmo — replicou modestamente d'Artagnan.

— E matou Menneville?

— Tive essa infelicidade — ele disse, cumprimentando como alguém a quem se parabeniza.

— Foi o senhor, enfim, que fez os dois condenados serem enforcados?

— E não queimados. Orgulho-me disso. Evitei aos pobres-diabos terríveis torturas. Consegue imaginar, meu caro sr. Gourville, que queriam queimá-los vivos? Isso vai além do tolerável.

— Pode ir, meu caro sr. d'Artagnan, pode ir — disse Gourville, querendo poupar o superintendente da presença de quem acabava de lhe causar tão profunda dor.

— Não, por favor — interrompeu Fouquet, que havia ouvido da porta da antecâmara. — Por favor, sr. d'Artagnan, volte por um momento.

O mosqueteiro limpou no pomo da espada uma última mancha de sangue que havia escapado da sua vistoria e entrou.

Viu-se então diante de três homens com expressões bem diferentes: no abade a raiva, em Gourville o assombro, em Fouquet o abatimento.

— Peço desculpas, sr. ministro — disse d'Artagnan —, mas meu tempo está contado. Preciso ainda passar na intendência para me explicar ao sr. Colbert e receber meu trimestre.

— Não será preciso, podemos pagá-lo aqui.

Vendo a surpresa de d'Artagnan, ele continuou:

— Bem sei que lhe foi dada uma resposta inconsiderada. Devíamos ter logo reconhecido um homem do seu mérito.

O mosqueteiro se inclinou.

— Está com a ordem de pagamento? — acrescentou Fouquet.

— Sim.

— Por favor, me acompanhe, vou eu mesmo quitá-la.

Com um sinal ele pediu a Gourville e ao abade que ficassem e levou d'Artagnan a seu gabinete. Assim que entraram, perguntou:

— Quanto lhe devo?

— Algo em torno de cinco mil libras.

— Por fundos de soldos atrasados?

— Por um trimestre.

— Um trimestre de cinco mil libras? — espantou-se o ministro, pregando no mosqueteiro um olhar profundo. — São então vinte mil libras por ano que o rei lhe paga?

— Exato, monsenhor, vinte mil libras. Parece muito?

— A mim? — exclamou Fouquet, com um sorriso amargo. — Se eu discernisse melhor as qualidades, se em vez de leviano, inconsequente e fátuo fosse prudente e ponderado; se, resumindo, eu tivesse melhor organizado minha vida, não seriam vinte mil libras, mas cem mil que o senhor receberia. Servindo não ao rei, mas a mim!

D'Artagnan ficou levemente ruborizado.

Na maneira de fazer um elogio, no timbre de voz de quem o faz e no seu grau de afeto há um doce veneno, com o qual mesmo o caráter mais forte às vezes se embriaga.

O superintendente terminou essa alocução abrindo uma gaveta, da qual tirou quatro rolinhos de moedas e os dispôs diante de d'Artagnan, que rompeu um deles.

— São de ouro! — ele se surpreendeu.

— Farão menos peso.

— Mas, nesse caso, somam vinte mil libras.

— Correto.

— Meu recibo é para apenas cinco.

— Quero poupá-lo do trabalho de vir quatro vezes à superintendência.

— É muita gentileza.

— Apenas o meu dever, sr. cavaleiro, e espero que não guarde má impressão de mim pelo que disse meu irmão. É alguém cheio de amarguras e manias.

— Nada me incomodaria mais do que uma desculpa de monsenhor — respondeu o mosqueteiro.

— Então não me desculparei mais, limitando-me apenas a pedir um favor.

Fouquet tirou do dedo um diamante valendo cerca de mil pistolas e continuou, com a voz sensivelmente alterada:

— Um amigo de infância me deu esta pedra, alguém a quem o senhor prestou um grande serviço.

— Eu? Prestei um grande serviço a algum amigo de monsenhor?

— Não pode ter esquecido, pois foi hoje mesmo.

— E esse amigo se chamava?...

— Sr. d'Emerys.

— Um dos condenados?

— Sim, uma das vítimas… E por isso, sr. d'Artagnan, em nome desse serviço prestado, peço que aceite este diamante. Faça isso por mim.

— Senhor…

— Aceite, por favor. Estou num dia de luto, o senhor talvez venha a saber. Perdi um amigo. E tento encontrar outro.

— Mas sr. Fouquet…

— Adeus, sr. d'Artagnan — exclamou Fouquet, com o coração pesado. — Ou melhor, até breve!

O ministro se retirou do gabinete, deixando nas mãos do mosqueteiro o anel e as vinte mil libras.

— Oh! Como entender tudo isso? — d'Artagnan se perguntou, sombriamente. — Caramba! Mas se entendo bem, trata-se de um homem bem elegante!… Vou às explicações com o sr. Colbert.

E ele se foi.

64. A diferença mais notável que d'Artagnan encontrou entre o sr. intendente e monsenhor superintendente

O sr. Colbert já morava na rua Neuve-des-Petits-Champs, numa casa que havia pertencido a Beautru.[252] As pernas de d'Artagnan fizeram o trajeto em quinze minutos.

Ao chegar à moradia do novo favorito, o pátio estava repleto de arqueiros e gente da polícia que vinham felicitá-lo ou se desculpar, assim que percebessem se seriam elogiados ou recriminados. A capacidade bajulatória é instintiva em pessoas de condição abjeta; elas têm esse sentido como o animal selvagem tem o da audição ou do olfato. Aquelas pessoas, ou quem as chefiava, tinham compreendido que podiam agradar, prestando contas sobre como o nome do sr. Colbert fora usado durante o tumulto.

D'Artagnan chegou exatamente quando o chefe da patrulha de vigilância fazia seu relatório. O mosqueteiro ficou perto da porta, atrás dos arqueiros.

O depoente dizia, apesar da resistência do intendente, que franzia suas grossas sobrancelhas:

— Se o senhor de fato contasse com o justiçamento dos dois traidores pelo povo, devia ter avisado, pois afinal, apesar de não querer desagradá-lo nem contrariar as expectativas, tínhamos que seguir a ordem.

— Triplo idiota! — reagiu Colbert, furioso, sacudindo seus cabelos grossos e negros como uma crina. — O que está dizendo? Acha mesmo que eu teria planejado um motim? É louco ou está bêbado?

— Mas as pessoas gritavam "Viva Colbert!" — defendeu-se, convicto, o chefe da patrulha.

— Um punhado de conspiradores...

— De forma alguma, era toda uma multidão!

---

252. Guillaume de Bautru II, conde de Serrant (1588-1665), poeta, membro fundador da Academia de Letras e conselheiro de Estado. O imóvel passou a se chamar Hôtel Colbert e hoje nele funciona o Museu Nacional do Patrimônio. A rua se chama atualmente apenas des Petits-Champs.

— Ah, realmente? Toda uma multidão gritando "Viva Colbert!". Tem mesmo certeza de estar dizendo isso?...

— Era só abrir os ouvidos, ou melhor, fechá-los, pois os gritos eram ensurdecedores.

— E era gente do povo, do povo de verdade?

— Isso mesmo. E foi esse povo de verdade que se rebelou.

— Muito bem, então o senhor acha que o povo, por conta própria, queria lançar na fogueira os condenados? — manteve seu raciocínio Colbert.

— Com certeza.

— Já é outra coisa... E o senhor resistiu?

— Tivemos três homens pisoteados.

— Mas não mataram ninguém?

— Alguns amotinados ficaram no chão, Excelência. E um deles não era um desconhecido qualquer.

— Quem?

— Um certo Menneville. A polícia já estava de olho nele havia algum tempo.

— Menneville! — exclamou Colbert. — Que matou, na rua de la Huchette, um bom sujeito que pedia um frango gordo?

— O próprio, Excelência.

— E ele agora gritava "Viva Colbert!"?

— Era quem gritava mais alto, como louco.

A testa inteira do financista brumosamente se franziu. A espécie de auréola com que a ambição iluminava o seu rosto se apagou como a luz de vaga-lumes que se esmagam.

— E o senhor acha que a inciativa vinha do povo? — retomou o intendente, decepcionado. — Menneville era meu inimigo; eu o teria mandado enforcar, e ele sabia. Era ligado ao abade Fouquet... Tudo isso vem de Fouquet. Não sabe que os condenados eram seus amigos de infância?

"É verdade, isso esclarece certas coisas", pensou d'Artagnan. "Mas seja como for, é um homem elegante."

Colbert, entretanto, continuava:

— E o tal Menneville está mesmo morto, tem certeza?

D'Artagnan achou ser um bom momento para a sua entrada e afirmou, se adiantando:

— Está sim.

— Ah, é o senhor! — surpreendeu-se Colbert.

— Em carne e osso — ele respondeu, num tom deliberado. — E pelo visto, para o senhor, o tal Menneville era uma pedra no sapato?

— Não para mim, cavalheiro, para o rei.

"Ah, o cretino vem com insolência e hipocrisia...", pensou d'Artagnan, que então disse:

— Ótimo! Fico feliz por ter prestado esse bom serviço ao rei. Poderia contar isso a Sua Majestade, sr. intendente?

— Isso o quê? De qual recado pretende me encarregar? — perguntou rispidamente Colbert, com voz cheia de hostilidade.

— Não o encarrego de recado nenhum — retrucou d'Artagnan, com a calma que nunca abandona os sarcásticos. — Achei que seria fácil para o senhor dizer a Sua Majestade que fui eu quem, passando por acaso, fiz justiça ao sr. Menneville e pus as coisas em ordem.

Colbert arregalou os olhos e os dirigiu ao chefe da patrulha.

— É verdade. Foi o cavalheiro quem nos salvou — ele confirmou.

— Por que não disse logo ter sido para contar isso que veio? — voltou-se Colbert para d'Artagnan. — Tudo estaria explicado e da melhor forma para o senhor.

— Porque se equivoca o sr. intendente. Não foi absolutamente por isso que vim.

— No entanto, foi uma façanha e tanto.

— Imagina! — fez pouco-caso o mosqueteiro, como quem está acostumado a coisas assim.

— Pois, a que devo a sua visita?

— É simples; o rei me disse que viesse vê-lo.

— Ah! — recuperou seu sangue-frio Colbert, vendo d'Artagnan tirar do bolso um papel. — É para pedir dinheiro?

— Exato.

— Então por favor aguarde que eu termine de ouvir o relatório da vigilância.

D'Artagnan deu uma volta completa nos calcanhares de forma bastante desdenhosa e, voltando a estar de frente para Colbert, cumprimentou-o como faria Arlequim.[253] Depois, com outra pirueta, se dirigiu rapidamente à porta.

Colbert não estava acostumado a tão ostensiva insolência. Em geral, quando homens de espada vinham procurá-lo, precisavam tanto de dinheiro que seus pés poderiam criar raízes no mármore sem que eles perdessem a paciência.

Iria o mosqueteiro diretamente ao rei para se queixar e contar sua façanha? Era algo a ser levado em consideração.

Em todo caso, não era o momento para fechar a porta a d'Artagnan, viesse ele da parte do rei ou por conta própria. Afinal, acabava de prestar um grande serviço.

Ou seja, era melhor deixar a arrogância de lado e chamá-lo:

— Ei, sr. d'Artagnan! Vai embora assim?

---

253. Personagem padrão da commedia dell'arte, surgido no século XVI, com máscara preta e traje cheio de losangos multicoloridos, como representação das suas múltiplas facetas.

O mosqueteiro se voltou e tranquilamente perguntou:

— Por que não iria? Não temos mais o que nos dizer, não é?

— Mas e o seu dinheiro? Deve recebê-lo, já que tem uma ordem de pagamento.

— Eu? De forma alguma, meu caro sr. Colbert.

— Mas tem uma requisição! E assim como o senhor saca a espada pelo rei quando solicitado, eu pago quando me apresentam o pedido.

— Não será preciso, meu caro sr. Colbert — explicou d'Artagnan, adorando confundir as ideias do intendente. — A ordem já foi paga.

— Paga? Por quem?

— Ora, pelo superintendente.

Colbert ficou branco.

— Explique-se, por favor — ele disse, com uma voz que mal passava pela garganta. — Se foi pago, por que mostrou o papel?

— Para dar prosseguimento ao que o senhor tão engenhosamente explanou ainda há pouco. O rei me disse para receber um trimestre da pensão que ele decidiu me conceder...

— Receber comigo?

— Não exatamente. Suas palavras foram: "Procure o sr. Fouquet, ele talvez não tenha dinheiro, e então vá ao sr. Colbert".

O semblante do intendente se desanuviou por um momento, mas sua pobre fisionomia era como um céu de tempestade, ora radioso, ora sombrio como a noite, de acordo com o brilho do relâmpago ou com uma nuvem que passa.

— E... ele tinha o dinheiro?

— Isso mesmo. Um bocado de dinheiro. Tudo indica, pois em vez de me pagar as cinco mil libras do trimestre...

— Um trimestre de cinco mil libras! — surpreendeu-se Colbert, tanto quanto Fouquet, com o montante a se pagar pelo serviço de um soldado. — Uma pensão de vinte mil libras?

— Acertou! Diabos, o senhor faz contas como o falecido Pitágoras![254] Isso mesmo, vinte mil libras.

— Dez vezes o que ganha um intendente das finanças. Aceite meus cumprimentos — acrescentou Colbert, com um venenoso sorriso.

— Ah! — disse ainda d'Artagnan. — O rei se desculpou por me pagar tão pouco, mas prometeu reparar isso quando estiver mais rico... Bem, preciso ir, estou com pressa...

— E, apesar do que imaginou o rei, o superintendente pagou?

---

254. Filósofo e matemático pré-socrático (580 a.C.-495 a.C.), para quem o princípio de tudo é o número.

— Assim como, apesar do que imaginou o rei, o senhor se recusou a me pagar.

— Eu não recusei, cavalheiro. Apenas pedi que aguardasse. Mas então o sr. Fouquet lhe pagou as cinco mil libras?

— Sim. Como teria feito o senhor, não muito animado... Mas ele fez mais.

— Fez o quê?

— Muito gentilmente pagou a totalidade da soma, dizendo que, para o rei, seus caixas estão sempre cheios.

— A totalidade! O sr. Fouquet pagou vinte mil libras, em vez de cinco mil.

— Como eu disse.

— E por quê?

— Para me evitar o incômodo de ir três outras vezes ao caixa. Assim sendo, tenho as vinte mil libras aqui no bolso, em belíssimo ouro, tinindo de novo. Como vê, posso ir embora, já que não preciso do senhor e passei apenas para seguir o protocolo.

Dizendo isso, d'Artagnan bateu nos bolsos e riu, o que mostrou a Colbert trinta e dois magníficos dentes, tão brancos quanto eram aos vinte e cinco anos, e que pareciam dizer, em sua linguagem específica: "Sirvam-nos trinta e dois Colbertzinhos e nós os comeremos de bom grado".

A serpente é tão corajosa quanto o leão, e o falcão tanto quanto a águia, ninguém nega isso. Não há animal, mesmo entre os que dizemos covardes, que não seja corajoso quando precisa se defender. Colbert não se atemorizou diante dos trinta e dois dentes de d'Artagnan. Estufou-se e declarou:

— O superintendente fez algo que não tinha o direito de fazer.

— Como?

— Esse seu documento... Pode mostrá-lo, por favor?

— Pois não. Aqui está.

Colbert pegou o papel com uma avidez que não deixou de preocupar o mosqueteiro e o fez se arrepender de tê-lo entregado.

— Veja! A ordem de pagamento diz:

A quem de direito, quero que seja paga ao sr. d'Artagnan a soma de cinco mil libras, referente à quarta parte da pensão que lhe concedi.

— É o que está escrito — concordou o interessado, procurando se mostrar calmo.

— Ou seja, o rei só devia cinco mil libras e o senhor recebeu mais; por quê?

— Porque tinham mais e quiseram me pagar mais; isso não é da conta de ninguém.

— É normal — disse Colbert, lastimando o pobre coitado à sua frente — que ignore os preceitos da contabilidade, mas, por exemplo, quando tem que pagar mil libras, o que faz?

— Nunca tenho que pagar mil libras — cortou d'Artagnan.

— Que seja — o intendente não conseguiu controlar a irritação. — Que seja. Se tivesse um pagamento a fazer, não pagaria somente o que deve?

— Isso prova apenas uma coisa: o senhor tem seus hábitos contábeis e o sr. Fouquet tem outros.

— Mas os meus, cavalheiro, são bons.

— Não disse que não.

— O senhor recebeu o que não lhe deviam.

O olho de d'Artagnan relampejou.

— O que não me deviam *ainda*, o senhor quer dizer. Pois se tivesse recebido o que de forma alguma me deviam, estaria cometendo roubo.

Colbert não considerou a sutileza e concluiu com veemência:

— O senhor deve quinze mil libras ao caixa.

— Então registre o crédito — replicou o gascão, com sua fina ironia.

— Nada disse, cavalheiro.

— Como assim? Quer pegar, o senhor, meus três rolinhos?

— Serão restituídos ao meu caixa.

— Meus rolinhos? Ah, sr. Colbert, não conte com isso...

— O rei precisa do seu dinheiro...

— E eu preciso do dinheiro do rei.

— Entendo, mas restitua.

— Por nada neste mundo. Sempre ouvi dizer que, em matéria de contabilidade, como o senhor diz, um bom caixa nunca devolve e nunca toma duas vezes.

— Veremos então o que dirá o rei quando vir essa ordem de pagamento, comprovando não só que o sr. Fouquet paga o que não deve como sequer guarda recibo do que pagou.

— Ah, entendo agora porque pegou esse papel, sr. Colbert.

O intendente não percebeu o que havia de ameaçador no tom com que seu nome foi pronunciado.

— Verá mais tarde a utilidade disso — ele explicou, mostrando o documento.

— Hum, vejo perfeitamente e nem preciso esperar! — exclamou d'Artagnan, pegando o papel com um gesto rápido e guardando-o no bolso.

— Cavaleiro, por favor, que violência...

— Não dê atenção aos modos de um soldado! Receba meus beija-mãos, sr. Colbert!

E ele se foi, rindo do futuro ministro.

— Esse sujeito vai me adorar; é pena não estarmos mais tempo juntos — ele murmurou.

65. A filosofia do coração e da mente

Para alguém que havia passado por situações mais perigosas, o confronto com Colbert era sobretudo cômico.

D'Artagnan então se deu à alegria de rir, da rua Neuve-des-Petits-Champs à rua dos Lombardos, pensando no sr. intendente.

É um longo caminho e d'Artagnan riu por um bom tempo.

Ria ainda quando viu Planchet, também rindo, à porta de casa.

O merceeiro, desde a volta do antigo patrão, desde a entrada dos guinéus ingleses, passava a maior parte do tempo fazendo aquilo que d'Artagnan acabava de fazer, mas apenas entre as ruas Neuve-des-Petits-Champs e dos Lombardos.

— Então está de volta, querido amo? — perguntou Planchet.

— Não, meu amigo. Daqui a pouco irei embora. Quer dizer, pretendo cear, me deitar, dormir cinco horas e, antes do dia raiar, montar em sela... Meu cavalo está bem alimentado?

— Como não, querido amo? Bem sabe que é a pérola da casa e os rapazes o mimam o dia inteiro, dando do meu açúcar, das minhas amêndoas, dos meus biscoitos. E com relação à ração de aveia é melhor perguntar se ele não está é comendo dez vezes mais.

— Ótimo, Planchet, ótimo. Passo então ao que concerne a mim pessoalmente. A ceia?

— Pronta: um assado fumegante, vinho branco, caranguejos, cerejas frescas. Só novidade, meu amo.

— Você é boa pessoa, Planchet. Ceemos então e depois, para mim, cama.

À mesa, d'Artagnan notou que o amigo com frequência coçava a testa, como se quisesse facilitar a saída de uma ideia que já se sentia sem espaço no seu cérebro. Olhou com carinho para aquele digno companheiro das travessias de antigamente e, batendo copo no copo, perguntou:

— E então, Planchet, diga o que tanto o incomoda. Caramba, fale com franqueza, que será mais rápido.

— É o seguinte: tenho a impressão de que está partindo em expedição.

— Não digo que não.

— Teve alguma ideia nova.

— É possível, Planchet.

— Não haveria um novo capital a investir? Ponho cinquenta mil libras na ideia que pretende explorar.

Planchet esfregou rapidamente as mãos, sinal de uma grande alegria.

— Há um porém.

— Qual?

— A ideia não é minha... Não há o que investir nela.

Ouvir isso arrancou um grande suspiro do fundo do peito de Planchet. A cupidez é uma ardente conselheira. Ela transporta a pessoa como Satã transportou Jesus a um monte muito alto e, depois de mostrar à pobre vítima todos os reinos do mundo,[255] ela, a cupidez, descansa, contando com sua companheira, a ambição, para terminar o trabalho.

Planchet tomara gosto pelo lucro fácil e não pararia mais com seus desejos, mas como tinha boa alma, apesar da cupidez, e como adorava d'Artagnan, não deixou de fazer mil recomendações, cada uma mais afetuosa que a outra.

Por outro lado, não ficaria descontente em desvendar uma pontinha qualquer do segredo tão bem guardado pelo ex-patrão, mas seus conselhos, artimanhas e espertezas foram inúteis e ele nada conseguiu.

Assim se passou a ceia. Em seguida, d'Artagnan se ocupou do equipamento e foi fazer um afago em seu cavalo, examinando ferraduras e pernas. De volta ao quarto, depois de contar mais uma vez o dinheiro, enfiou-se na cama e, como aos vinte anos, por não ter preocupações nem remorsos, cinco minutos depois de soprar a lamparina já caíra no sono.

Muita coisa, no entanto, poderia mantê-lo acordado. Os pensamentos se atropelavam no cérebro, as conjecturas abundavam, e d'Artagnan era muito dado a previsões astrológicas. Mesmo assim, com imperturbável fleuma, que faz mais do que o talento pela fortuna e pela felicidade dos homens de ação, ele deixou toda reflexão para o dia seguinte, temendo, como disse a si mesmo, não estar com a cabeça bem arejada naquele momento.

Veio o alvorecer. A rua dos Lombardos teve a sua cota de carícias da Aurora de dedos cor-de-rosa,[256] o que despertou d'Artagnan.

Sem acordar ninguém, ele pôs no braço a sacola pendente que iria para o lombo do cavalo, desceu a escada sem que um só degrau rangesse e sem perturbar os roncos sonoros que se orquestravam do sótão ao porão. Depois, tendo selado o cavalo e fechado o estábulo e a loja, partiu para sua expedição à Bretanha.

Comprovou-se que estava certíssimo em não pensar, na véspera, em todas as facetas políticas e diplomáticas que se apresentavam, pois na manhã, no

---

255. Ver Mateus 4,8-10 e Lucas 4,5-8.

256. Figura literária com origem no grego Homero, sendo Aurora uma deusa que traçava no céu os seus riscos rosados.

frescor e na doce alvorada, suas ideias se desenvolveram puras e fecundas, ele percebeu.

Antes de tudo, passou diante da casa de Fouquet e jogou, numa ampla caixa escancarada à porta, a malfadada ordem de pagamento que, no dia anterior, já fora tão difícil arrancar das garras retorcidas do intendente.

No envelope em nome de Fouquet, o documento nem sequer havia despertado suspeitas em Planchet, que, como adivinho, nada ficava devendo a Calchas ou ao Apolo Pítio.[257]

D'Artagnan deixou o recibo sem se comprometer e sem ter mais que se culpar com relação a isso.

Depois de cumprida essa cômoda restituição, ele disse a si mesmo:

— Agora respiremos fundo o ar matinal, descontraídos e saudáveis. Deixemos também respirar o cavalo Zéfiro, que incha seus flancos como se quisesse aspirar todo um hemisfério, e sejamos muito hábeis em nossos pequenos planejamentos.

"Está na hora de traçar um plano de campanha e, pelo método Turenne, que era teimoso mas com boas ideias, antes do plano de campanha convém estabelecer um retrato consistente dos generais inimigos a serem enfrentados.

"Para começar, temos o sr. Fouquet. O que é o sr. Fouquet?

"O sr. Fouquet é um belo homem, muito apreciado pelas mulheres, um galante homem, muito apreciado pelos poetas, e um homem de inteligência refinada, muito execrado pelos medíocres.

"Não sou mulher, nem poeta, nem medíocre. Ou seja, nada tenho contra nem a favor do sr. superintendente. Encontro-me absolutamente na posição em que se encontrava o general Turenne quando ganhou a batalha das Dunas.[258] Não detestava os espanhóis, mas os derrotou inapelavelmente.

"Nem isso, tenho melhor exemplo, caramba: estou na posição em que se encontrava o mesmo sr. de Turenne quando enfrentou o príncipe de Condé em Jargeau, Gien e no faubourg Saint-Antoine.[259] Não detestava o sr. Príncipe, com certeza, mas obedecia ao rei. O sr. Príncipe é um homem encantador, mas o rei é rei: Turenne suspirou fundo, chamou Condé de 'meu primo' e acabou com o seu exército.

---

257. Calchas era o adivinho citado por Homero na *Ilíada* e descrito como "de longe, o melhor dos adivinhos, conhecendo o futuro, o presente e o passado". Apolo Pítio era o deus grego que presidia o templo de Delfos e, através de três sacerdotisas, denominadas pitonisas, dava respostas (frequentemente ambíguas) a perguntas feitas por quem vinha consultar o oráculo.

258. Batalha acontecida em 14 de junho de 1658 em que Turenne, a serviço da França, derrotou Condé, o sr. Príncipe, então a serviço da Espanha, e conquistou a cidade de Dunquerque.

259. Batalhas ocorridas durante a rebelião da Fronda, num período em que Condé esteve do lado dos revoltosos.

"E agora, o que quer o rei? Isso não é da minha conta.

"E agora, o que quer o sr. Colbert? Já aí, temos outra coisa. O sr. Colbert quer tudo o que não quer o sr. Fouquet.

"O que quer o sr. Fouquet? Já aí, a coisa fica mais grave. Ele quer exatamente tudo o que quer o rei."

Terminado esse monólogo, d'Artagnan se pôs a rir, fazendo sua chibata assobiar no ar. Já estava em estrada aberta, assustando os passarinhos nas moitas, escutando os luíses que tilintavam na bolsa de couro fino a cada sacolejada e, devemos dizer, quando d'Artagnan se encontrava em semelhantes estados de espírito, a candura não era a sua característica dominante.

— Bom — ele continuou seu solilóquio —, a expedição não chega a ser perigosa, e a viagem se passará como na peça a que o sr. Monck me levou, em Londres, que se chamava, creio, *Muito barulho por nada.*[260]

---

260. *Much Ado About Nothing*, comédia de Shakespeare (1564-1616) apresentada pela primeira vez em 1598, na qual, após uma série de imbróglios, tudo se esclarece e tem seu desfecho previsto. Dumas procura apenas fazer uma homenagem; lembremos que, num artigo de 1838, "Como me tornei autor dramático", falando da influência do bardo inglês, escreveu: "Descobri, enfim, que Shakespeare foi quem mais criou no mundo depois de Deus".

66. Viagem

Talvez já fosse a quinquagésima vez, desde o dia em que começamos esta história, que aquele homem com coração de bronze e músculos de aço abandonava lar e amigos, quer dizer, tudo, partindo em direção ao risco da fortuna e da morte. Esta última, a morte, constantemente recuara, como se dele tivesse medo. A outra, a fortuna, apenas havia cerca de um mês realmente lhe sorrira.

Mesmo não sendo um grande filósofo, como quando as pessoas se referem a um Epicuro ou a um Sócrates, nosso herói era dono de poderoso raciocínio, juntando a prática da vida à do pensamento. Ninguém é bravo, aventureiro e hábil, como era d'Artagnan, sem ser ao mesmo tempo um pouco sonhador.

Ele havia então, aqui e ali, guardado algumas coisas de La Rochefoucauld, dignas de serem passadas para o latim pelos cavalheiros de Port-Royal, assim como havia coletado de passagem, no convívio com Athos e Aramis, muitos trechos de Sêneca e de Cícero, por eles traduzidos e aplicados ao uso da vida comum.[261]

O desprezo pelas riquezas, que o nosso gascão havia observado como norma durante os seus trinta e cinco primeiros anos de vida, por muito tempo foi visto como o artigo primeiro do Código da Bravura.

— Artigo primeiro — ele preceituava —: somos bravos por nada termos; e nada temos por desprezarmos as riquezas.

Assim sendo, com tais princípios que, como dissemos, regeram os trinta e cinco primeiros anos da sua vida, tão logo ficou rico, d'Artagnan precisou se perguntar se, apesar da riqueza, continuava bravo.

Com relação a isso, para qualquer um que não fosse o próprio d'Artagnan, os eventos da praça de Grève serviriam como resposta. Muitas consciências já se contentariam com isso, mas d'Artagnan era bravo o bastante para se perguntar, sincera e conscienciosamente, se continuava de fato bravo.

---

261. François de La Rochefoucauld (1613-80), príncipe de Marcillac, militar e escritor, conhecido sobretudo por suas *Máximas*. Sêneca (4 a.C.-65) foi político e filósofo estoico romano, e Cícero (106 a.C.-43 a.C.), um político famoso por sua oratória, considerada um modelo da expressão latina clássica.

Da seguinte forma:

— Tenho a impressão de haver bem firmemente desembainhado e bem destemidamente aplicado espadadas a torto e a direito na praça para estar tranquilo quanto à minha bravura.

Fora a resposta dada a si mesmo.

— Ótimo, capitão, mas isso nada garante. Fui bravo naquele dia porque incendiavam a minha casa, e aposto cem ou mesmo mil contra um que se aqueles amotinados não tivessem tão infeliz ideia o plano deles teria dado certo, ou pelo menos não teria sido eu que me oporia àquilo.

"E agora, o que vão tentar contra mim? Não tenho casa a ser incendiada na Bretanha, não tenho por lá tesouro nenhum que possam me roubar.

"Não, mas tenho minha pele, essa preciosa pele do sr. d'Artagnan, que vale mais do que todas as casas e todos os tesouros do mundo, essa pele que prezo acima de tudo porque é, afinal, o invólucro de um corpo em que bate um coração bem quente, bem satisfeito de bater e, consequentemente, de viver.

"Concluindo, quero viver e, na verdade, vivo bem melhor, bem mais completamente desde que fiquei rico. Quem, diabos, dizia que o dinheiro não traz felicidade? É mentira, juro por minha alma. Tenho a impressão, pelo contrário, de que agora absorvo dupla quantidade de ar e de sol. Caramba! O que vai ser se eu dobrar ainda essa fortuna e se, em vez dessa chibata que levo na mão, eu tiver o bastão de marechal?[262]

"Se isso acontecer, não sei se ainda haverá ar e sol suficientes para mim.

"Na verdade, não é impossível. O que, diabos, impede que o rei me torne duque e marechal como o pai dele, Luís XIII, tornou duque e condestável Albert de Luynes? Não sou tão bravo e muito mais inteligente que aquele imbecil do Vitry?[263]

"Ah, é justamente o que vai prejudicar minha trajetória; não sou imbecil o bastante.

"Felizmente, se houver alguma justiça neste mundo, a fortuna estará do meu lado, nas compensações. Ela me deve, é claro, alguma recompensa por tudo o que fiz por Ana da Áustria e um pagamento por tudo o que ela não fez por mim.

"De um jeito ou de outro, no atual momento estou bem com o rei, e um rei que parece querer reinar.

"Que Deus o guarde nesse ilustre caminho! Pois se quiser reinar vai precisar de mim, e terá que me dar o que prometeu. Calor e luz. Ou seja, comparativamente, avanço hoje como avançava antigamente, do nada ao tudo.

---

262. Era a insígnia do marechalato na França: um cilindro ornado de estrelas.
263. Charles d'Albert (1578-1621), duque de Luynes, favorito de Luís XIII graças à paixão comum pela falcoaria. Participou da execução de Concino Concini pelo então capitão da guarda Nicolas de L'Hospital (1581-1644), barão de Vitry, no mesmo dia promovido a marechal.

"Só que o nada de hoje é o tudo de antigamente. Houve essa pequena mudança na minha vida.

"E agora, bom, vejamos a parte do coração, já que falei disso ainda há pouco.

"Mas, na verdade, falei só por falar."

Dizendo isso, o gascão levou a mão ao peito como se efetivamente procurasse o local do coração.

— Ah, coitado! — ele murmurou, sorrindo com amargor. — Ah, pobre espécie! Por um momento, você bem que esperou não ter coração... e veja que tem um, cortesão disfarçado, e inclusive dos mais sediciosos.

"Você tem um coração, e que se põe a favor do sr. Fouquet.

"E o que é o sr. Fouquet, quando se trata do rei? Um conspirador, um verdadeiro conspirador que nem se deu ao trabalho de esconder que conspira. Que arma você teria contra o superintendente se o bom trato e a fina inteligência dele não servissem de bainha a essa arma?

"Revolta à mão armada! Pois, afinal, se tratava de uma revolta à mão armada.

"Enquanto o rei vagamente desconfia de uma surda rebelião por parte do sr. Fouquet, eu sei, e posso provar, que o sr. Fouquet fez ser derramado o sangue de súditos do rei.

"Agora, vejamos: sabendo tudo isso e se calando, o que mais quer esse coração tão lamentável para corretamente julgar o sr. Fouquet, em que pesem um adiantamento de quinze mil libras, um diamante de mil pistolas, um sorriso em que havia tanto amargor quanto complacência? Estou salvando a vida dele.

"E agora espero", continuou o mosqueteiro, "que o imbecil desse coração saiba guardar silêncio, pois está quite com o sr. Fouquet.

"O rei é agora o meu sol, e como o meu coração está quite com o sr. Fouquet, que se cuide quem se puser diante do meu sol! Avante por Sua Majestade Luís XIV, avante!"

Tais reflexões eram os únicos entraves a prejudicar o ritmo de d'Artagnan e, uma vez feitas, ele apertou o passo da sua montaria.

Mas por perfeito que fosse o cavalo Zéfiro, ele não deveria continuar e, já no dia seguinte, foi deixado em Chartres, aos cuidados de um hoteleiro que, havia muito tempo, se tornara um bom amigo do mosqueteiro.

A partir desse momento, ele viajou usando cavalos de posta e, assim, atravessou a distância entre Chartres e Châteaubriant.

Nessa última cidade, ainda suficientemente afastada do litoral para que ninguém imaginasse que pretendia chegar ao mar, e também suficientemente afastada de Paris para que ninguém suspeitasse vir de onde vinha, o mensageiro de Sua Majestade Luís xiv, que ele havia chamado de sol, não passando ainda de pálida estrela no céu da realeza, mas que um dia faria desse astro o seu emblema, o mensageiro do rei Luís xiv, dizíamos, abriu mão dos animais de posta e comprou um pangaré da mais pífia aparência, um desses que jamais um oficial de cavalaria escolheria, temendo cair em desonra.

Exceto pela cor da pelagem, o quadrúpede muito lembrava a d'Artagnan o famoso cavalo amarelado com o qual, ou melhor, sobre o qual ele se tinha apresentado à sociedade.[264]

Deve-se dizer que, no momento em que montou nesse novo companheiro, não era mais d'Artagnan quem viajava, era apenas um sujeitinho trajando um gibão cinza-chumbo e calções marrons, com aparência entre o padre e o laico. O que mais o aproximava de um homem da Igreja era um barrete de veludo surrado, por cima do qual se assentava um chapéu grande e preto. A espada desapareceu, cedendo vez a um bastão preso por uma corda ao antebraço, mas ele esperava acrescentar, como auxiliar inesperado, uma adaga de dez polegadas escondida sob a capa.

O pangaré comprado em Châteaubriant completava o disfarce. Chamava-se, quer dizer, passou a ser chamado, de Furão.

— Se Zéfiro foi substituído por Furão — ele pensou —, preciso também simplificar meu nome.

"Então, em vez de d'Artagnan, serei apenas Agnan. É uma concessão que vai combinar com este traje cinzento, o chapéu redondo e o gorrinho surrado."

O sr. Agnan viajou sem exigir muito de Furão, que, mesmo trotando meio de través, como fazem os cavalos manhosos, era capaz de muito bem cumprir suas doze léguas diárias graças a quatro pernas secas como cambitos, mas das quais o seu experiente comprador havia apreciado a firmeza e a segurança sob os espessos pelos que as escondiam.

Ao longo do caminho, o viajante tomava notas, analisava o território severo e frio que atravessava, enquanto procurava um pretexto para sua ida a Belle-Île-en-Mer sem despertar suspeitas.

Desse modo, foi se convencendo da importância do que ia fazer à medida que se aproximava.

Aquela região isolada, o antigo ducado da Bretanha, não era ainda francesa — como continua não sendo —, e o seu povo ignorava o rei da França.

Não só o ignorava como queria continuar a ignorá-lo.

Para os bretões, uma única ocorrência se mostrava à superfície do fluxo político. Seus antigos duques não governavam mais e, no seu lugar, havia um vazio, só isso. Em vez do duque, reinavam os senhores de paróquia.

---

264. Botão de Ouro (no primeiro volume da saga), o cavalo do herói ao deixar a sua Gasconha natal e se dirigir a Paris, motivando, por sua má aparência, as aventuras iniciais do futuro mosqueteiro.

Acima deles, apenas Deus, que nunca foi esquecido na Bretanha.

Entre esses soberanos de castelos e de campanários, o mais poderoso, o mais rico e, sobretudo, o mais popular era Fouquet, o senhor de Belle-Île.

Na região, diante dos mistérios em torno daquela ilha, lendas e tradições consagravam suas maravilhas.

Nem todo mundo podia ter acesso. Com seis léguas de comprimento e mais seis de largura, a ilha era uma propriedade senhorial que por muito tempo o povo havia respeitado, respaldada que era pelo nome de Retz,[265] tão temido por toda aquela região.

Pouco depois da sua elevação a marquesado por Carlos IX, Belle-Île tinha passado para o sr. Fouquet.

A celebridade da ilha não era recente: seu nome, ou melhor, sua qualificação remetia à mais alta Antiguidade. Os ancestrais a chamavam Kalonese, a partir de duas palavras gregas que significam bela ilha.

Assim, há mil e oitocentos anos, em outra língua ela já era conhecida pelo mesmo nome.

Dava então o que falar a propriedade bretã do sr. superintendente, além da sua posição a seis léguas do litoral da França, posição que a tornava soberana naquela solidão marinha, como um majestoso navio que fizesse pouco das praias e orgulhosamente lançasse suas âncoras em pleno oceano.

D'Artagnan descobriu tudo isso sem parecer minimamente se espantar. Descobriu também que a melhor maneira de ouvir falar do assunto era passando por La Roche-Bernard, cidade de certa importância, na foz do Vilaine.

Talvez dali pudesse também tomar um barco ou então, percorrendo a cavalo os alagados salinos, avançar até Guérande ou Croisic, esperando uma oportunidade para fazer a travessia. Desde Châteaubriant, aliás, ele se dera conta de que nada parecia impossível a Furão, bem conduzido pelo sr. Agnan, ou ao sr. Agnan, bem transportado por Furão.

O viajante se preparava então para cear uma cerceta e um caranguejo num hotel de La Roche-Bernard, tendo encomendado também, para acompanhar essas duas iguarias bretãs, uma sidra, e bastou nela encostar os lábios para perceber que era infinitamente ainda mais bretã.

---

265. Retz era um território na região da Bretanha, que foi provavelmente a que mais resistiu à vontade centralizadora dos reis franceses desde o século XVI. O *pays de Retz*, como era chamado, foi alçado à condição de ducado quando passou, por dote matrimonial, a Albert de Gondi, avô do futuro memorialista cardeal de Retz, personagem importante em *Vinte anos depois* e que, em 1658, vendeu a ilha para Fouquet.

67. Como d'Artagnan conheceu um poeta que se tornou impressor para que os seus versos fossem impressos

Antes de se pôr à mesa, como de hábito d'Artagnan foi em busca de informações, mas um axioma da bisbilhotice é que, para bem e frutuosamente fazer perguntas, a gente deve, antes, se propor a elas.

Então, com seu tato de sempre, procurou no hotel de La Roche-Bernard um curioso que lhe fosse útil.

E, justamente, hospedavam-se no primeiro andar dois viajantes ocupados com os preparativos das suas ceias, ou já com elas próprias.

O mosqueteiro havia observado os cavalos no estábulo e os seus equipamentos no salão.

Um deles viajava com um lacaio, dando-se ares de importância. Serviam-lhes de montaria duas éguas da região do Perche, belos e competentes animais.

O outro era um pequeno operário, viajante de modesta aparência, com sacolas empoeiradas, roupa surrada, botas mais fatigadas pelo chão duro do que pelo estribo da sela. Tinha vindo de Nantes numa carroça puxada por um cavalo tão parecido com Furão, pela cor, que d'Artagnan teria que procurar por cem léguas para encontrar melhor companheiro se quisesse formar uma parelha.

Juntavam-se na carroça alguns volumes grandes, embrulhados em panos ordinários.

Concluiu o mosqueteiro:

"Esse viajante e eu somos farinha do mesmo saco. Simpatizo com ele, que provavelmente simpatizará comigo. O sr. Agnan, com seu gibão cinza e gorrinho maltratado, não fará feio ceando com o cavalheiro das botas gastas e do cavalo velho."

Concluído o raciocínio, d'Artagnan chamou o hoteleiro e pediu que servisse a cerceta, o caranguejo e a sidra no quarto do hóspede de aparência modesta.

Levando o seu prato, ele subiu então a escada de madeira e bateu à porta.

— Pode entrar — ouviu-se gritar lá de dentro.

D'Artagnan entrou cheio de delicadezas, apoiando o prato com o braço, chapéu numa mão, uma vela na outra e disse:

— Queira desculpar, amigo. Estou também em viagem, sem conhecer ninguém no hotel e tenho o mau hábito de me entediar quando como sozinho, a ponto de isso estragar todo o meu prazer na refeição. Ainda há pouco o senhor desceu para pedir que abrissem as suas ostras; eu o vi e logo simpatizei. Além disso, notei que tem um cavalo igualzinho ao meu. Provavelmente por causa dessa semelhança nosso hoteleiro inclusive os pôs um ao lado do outro no estábulo e eles parecem se dar muito bem. Não vejo então por que os seus donos ceariam sozinhos, se os seus animais comem juntos as suas rações. Por isso vim pedir que me dê a alegria da sua companhia à mesa. Chamo-me Agnan, a seu dispor. Estou a serviço de um rico senhor que pretende comprar salinas na região e me mandou visitá-las. Na verdade, espero que minha intrusão não o desagrade e me esforçarei nesse sentido.

O desconhecido, que d'Artagnan via pela primeira vez, pois antes o havia apenas percebido de passagem, o desconhecido tinha olhos pretos e brilhantes, tez amarelada, testa um pouco enrugada pelo peso dos cinquenta anos, com certa bonomia no conjunto das feições, mas inteligência no olhar.

"O sujeito parece", pensou d'Artagnan, "só ter exercitado a parte de cima da cabeça: o olho e o cérebro. Deve transitar na área da ciência, pois a boca, o nariz e o queixo são absolutamente inexpressivos."

— Fico muito honrado — respondeu aquele de quem se vasculhava as ideias e o aspecto. — Não que me entediasse, minha própria companhia sempre me distrai — acrescentou, com um sorriso. — Mesmo assim, fico muito feliz de recebê-lo.

Dizendo isso, o homem das botas gastas examinou, preocupado, a sua mesa, da qual as ostras já haviam desaparecido, restando apenas um pedaço de toucinho salgado.

— Nosso hoteleiro está trazendo um belo pato assado e um esplêndido caranguejo — apressou-se a dizer d'Artagnan, tendo logo pressentido que talvez o companheiro o imaginasse um parasita.

E acertou, pois o homem da aparência modesta ficou visivelmente aliviado.

Como se esperasse a deixa para entrar, o hoteleiro chegou nesse momento com os pratos anunciados.

O caranguejo e a cerceta se juntaram ao toucinho grelhado. Os dois convivas se sentaram, um diante do outro, e fraternalmente compartilharam a refeição.

— Veja o senhor que coisa maravilhosa é a companhia — disse d'Artagnan.

— Por quê? — perguntou o outro, de boca cheia.

— Vou dizer.

O desconhecido deu trégua à movimentação dos maxilares a fim de ouvir melhor.

— Para começar, em vez de uma vela a que cada um tinha direito, agora são duas a nos iluminar.

— É verdade — concordou o outro, impressionado com a sagacidade da observação.

— Em seguida, vejo que dá preferência ao meu caranguejo, enquanto venho preferindo o seu toucinho.

— Mais uma verdade.

— E por último, acima do prazer da melhor iluminação e de comer algo que no momento nos apetece mais, está o da conversação.

— Noto que o senhor é bastante jovial — observou simpaticamente o desconhecido.

— Jovial como todos que nada têm na cabeça. O que de forma alguma é o caso do senhor, em cujos olhos brilha a chama do entusiasmo — continuou d'Artagnan.

— Ah, por favor...

— Vejamos... admita uma coisa.

— Qual?

— É alguém que domina uma ciência.

— Bem...

— Acertei?

— Quase.

— Vamos, entre nós!

— Sou escritor.

— Isso! — alegrou-se d'Artagnan, batendo palmas. — Não me enganei! É formidável...

— Por favor...

— Quem diria! Tenho a honra de estar conversando com um autor, um autor célebre, quem sabe?

— Ah! — ruborizou-se o desconhecido. — Célebre não é a palavra exata.

— Modesto! — exclamou d'Artagnan, incrédulo. — É modesto!

Depois, voltando-se para o desconhecido, mais calmo:

— Mas que eu pelo menos saiba os títulos das suas obras; pois note que não me disse seu nome e fui obrigado a descobrir por conta própria tudo o que sei do senhor.

— Meu nome é Jupenet.

— Que belo nome! Realmente bonito, juro, e não sei por quê. Desculpe-me a impropriedade, se for uma, mas acho já ter ouvido esse nome em algum lugar.

— Escrevo versos — disse modestamente o poeta.

— Ah, é isso! Devo tê-los ouvido.

— Uma tragédia.

— Devo ter assistido.

O poeta ficou ainda mais vermelho.

— É improvável, pois meus versos nunca foram impressos.

— Pois afirmo ter sido a tragédia aquilo que me tornou familiar o seu nome.

— Engana-se ainda, pois os atores do Hôtel de Bourgogne[266] não a aceitaram — disse o poeta, com um sorriso do qual somente alguns orgulhosos conhecem o segredo.

D'Artagnan teve que morder o lábio.

— Resumindo — continuou o poeta —, está equivocado. Como de forma alguma sou conhecido, não pode ter ouvido falar de mim.

— Fico realmente confuso. O nome Jupenet me parece mesmo um belo nome, que merece ser tão conhecido quanto os dos srs. Corneille, Rotrou e Garnier.[267] Gostaria muito que o senhor lesse um pouco da sua tragédia mais tarde, depois da sobremesa. Seria a *rôtie au sucre*,[268] caramba! Oh, me desculpe, é uma imprecação habitual do meu patrão, que eu me permito às vezes imitar, pois me parece de bom gosto. Digo-a só quando ele não está presente, é claro, pois na presença dele... Mas afinal, esta sidra é horrível, não acha? Além disso, está num jarro de forma tão irregular que mal se equilibra na mesa.

— E se o escorarmos?

— Seria preciso, mas com o quê?

— Com essa faca.

— E a cerceta, com que cortá-la? Está pensando em deixá-la de lado?

— Nem pensar.

— E então?

— Espere.

O poeta procurou no bolso e puxou um pedacinho oblongo e quadrangular de liga metálica, com espessura de mais ou menos um doze avos de polegada e uma polegada e meia de comprimento.

Mas assim que tirou o objeto, achou ter sido imprudente e quis devolvê--lo ao bolso.

D'Artagnan percebeu o movimento. Era alguém de quem nada escapava.

---

266. Uma das primeiras salas de teatro de Paris e uma das iniciativas que dariam origem à Comédie-Française, criada em 1680.

267. Pierre Corneille (1606-84), um dos grandes autores clássicos, renovou a tragédia francesa; Jean de Rotrou (1609-50), dramaturgo do grupo Comédiens du Roi, do Hôtel de Bourgogne, justamente; Robert Garnier (1545-90), dramaturgo, expoente da tragédia humanista, sem tanto sucesso de público, mas muito admirado por poetas e literatos.

268. Guloseima antiga e pouco conhecida, citada por Denis Diderot (1713-84) em *Jacques le fataliste* e que seria basicamente uma pera cozida no forno e caramelada ou, segundo outros estudiosos, uma bebida fortificante à base de vinho quente adoçado e pão de mel, tradicional em festas de casamento de algumas regiões da França.

Estendeu a mão ao pedacinho de liga cor de chumbo.

— Ah, que bonitinho — ele disse. — Posso ver?

— Claro — respondeu com espontaneidade o poeta. — Claro que sim, mas por mais que olhe — ele acrescentou, satisfeito —, se eu não disser para que serve, não vai adivinhar.

D'Artagnan viu como uma confissão as hesitações do poeta e a sua pressa em esconder o objeto que impensadamente fora tirado do bolso.

Reconhecendo naquilo algo a que devia dar atenção, ele voltou à circunspecção que, nessas ocasiões, sempre o deixava numa posição privilegiada. De qualquer forma, apesar do que dissera o sr. Jupenet, o objeto tinha sido perfeitamente identificado.

Era um tipo para máquina impressora.

— Consegue adivinhar? — continuou o poeta.

— Não. Realmente não vejo o que possa ser.

— Pois esse pedacinho de metal é uma letra de impressão.

— Não!

— Uma maiúscula.

— Quem diria? — espantou-se o sr. Agnan, arregalando ingênuo os olhos.

— Isso mesmo, um J maiúsculo, a primeira letra do meu nome.

— É uma letra isso?

— Exatamente, uma letra.

— Pois devo confessar uma coisa.

— O quê?

— É melhor não. Vou dizer besteira.

— Não tem problema — encorajou mestre Jupenet, paternalmente.

— Pois bem, se isso for uma letra, como, a partir dela, fazer uma palavra?

— Uma palavra?

— Para imprimir.

— É muito simples.

— Explique.

— Isso o interessa?

— Muitíssimo.

— Vou mostrar. Espere um pouco.

— Espero.

— Vou começar.

— Será ótimo.

— Observe.

— Estou observando.

D'Artagnan de fato parecia absorto na contemplação. Jupenet tirou do bolso sete ou oito pedacinhos de metal, só que menores.

— Ah!

— O que foi?

— O senhor tem toda uma impressora no bolso. Puxa! É realmente curioso.

— Não é mesmo?

— Quanta coisa a gente descobre viajando, meu Deus!

— Saúde — brindou Jupenet, satisfeito.

— À sua, caramba, à sua! Mas espere um pouco, não com essa sidra. É uma bebida abominável e indigna de um homem que bebe a água do Hipocrene. Não é como os poetas chamam a sua fonte?[269]

— É como se chama, de fato, a nossa fonte. Vem de duas palavras gregas, *hippos*, que quer dizer cavalo...

— Pois vou lhe fazer — interrompeu d'Artagnan — beber uma maravilha que vem de uma única palavra francesa e nem por isso menos bonita: a palavra uva. Essa sidra me enjoa e estufa ao mesmo tempo. Permita que eu me informe com nosso hoteleiro se não tem uma boa garrafa de Beaugency ou de Coulée de Céran[270] escondida atrás da lenha empilhada no celeiro.

O hoteleiro foi chamado e logo trouxe o que queriam os hóspedes, mas o poeta lembrou:

— Amigo, creio que não teremos como tomar o vinho, a menos que o façamos muito rápido, pois preciso aproveitar a maré para pegar o barco.

— Que barco? — perguntou d'Artagnan.

— O barco para Belle-Île.

— Ah, para Belle-Île?

— Os senhores terão bastante tempo — disse o hoteleiro, tirando a rolha da garrafa. — O barco só parte dentro de uma hora.

— Mas como vou saber? — indagou o poeta.

— Pelo seu vizinho de quarto.

— Eu mal o conheço.

— Quando o ouvir sair, será o momento de fazer o mesmo.

— Ele também vai a Belle-Île?

— Também.

— O cavalheiro acompanhado por um lacaio? — perguntou d'Artagnan.

— Ele mesmo.

— Um fidalgo?

— Não sei.

— Como assim, não sabe?

— Tudo o que sei é que bebe o mesmo vinho que os senhores.

— Puxa, que honra para nós! — observou d'Artagnan, servindo o seu companheiro enquanto o dono do hotel se afastava.

---

269. Fonte na encosta do monte Hélicon, na Grécia, e dedicada ao deus Apolo. Uma patada do cavalo alado Pégaso teria fendido a rocha, fazendo brotarem as suas águas. Quem delas bebia entrava em comunhão com as musas.

270. Na verdade chamado Coulée de Serrant, é um vinho branco de Anjou, celebrado por Luís XIV como um dos melhores da França.

— Quer dizer — voltou o poeta à ideia que o dominava — que nunca viu uma impressora?

— Nunca.

— Pois olhe, pegam-se as letras que compõem uma palavra, por exemplo, AB; bom, aqui temos um R, dois E e um G.

Ele juntou as letras com uma rapidez e habilidade que não escaparam da observação de d'Artagnan. Em seguida, concluiu:

— *Abrégé.*[271]

— Estou vendo. As letras estão reunidas, mas como mantê-las?

Ele serviu o segundo copo de vinho ao poeta, que sorriu como alguém que tinha resposta para tudo e, tirando ainda do bolso uma pequena régua de metal, formada por duas partes fixadas em esquadro, reuniu e alinhou os caracteres, pressionando-os com o polegar esquerdo.

— E como se chama essa reguazinha de metal? Deve certamente ter um nome.

— Chama-se componedor. É com isso que formamos as linhas.

— Realmente, insisto no que disse, o senhor tem uma prensa no bolso — disse d'Artagnan, rindo de forma tão simplória que completamente convenceu o poeta da sua boa-fé.

— Não é o caso — respondeu o outro. — Mas sou preguiçoso para escrever e quando faço um verso na cabeça, imediatamente monto-o no componedor. É um trabalho dobrado.

"Caramba!", pensou d'Artagnan, "preciso esclarecer isso."

Alegando um pretexto qualquer, o que nunca foi difícil para aquele mosqueteiro fértil em expedientes, desceu, foi depressa ao hangar no qual estava a pequena carroça e averiguou com a ponta do punhal o conteúdo de um dos embrulhos de pano, que estava cheio de caracteres iguais àqueles que o poeta impressor tinha no bolso.

"Bom, não sei ainda se o sr. Fouquet quer fortificar belicamente Belle-Île, mas aqui tem, em todo caso, boa munição para a mente", ele disse a si mesmo e, satisfeito com a descoberta, voltou à mesa.

Já sabia o que queria saber, mesmo assim permaneceu com o companheiro até ouvir a movimentação no quarto ao lado, com os preparativos para partir.

O impressor-poeta se levantou. A carroça o esperava à porta do hotel, pois dera instruções para que o seu cavalo fosse atrelado. O outro viajante se punha em sela, no pátio, com o lacaio.

D'Artagnan acompanhou Jupenet até o porto, ajudando o embarque do carro e do cavalo.

---

271. Literalmente, "abreviado". Como substantivo, "breviário".

O viajante opulento fez o mesmo, com suas duas montarias e o empregado. Mas por mais que se esforçasse para descobrir seu nome, d'Artagnan nada conseguiu.

De qualquer forma, registrou para sempre o seu rosto na memória.

Tinha muita vontade de subir a bordo com os dois passageiros, mas um interesse mais forte do que a curiosidade, relativo à sua missão, o levou de volta à terra firme e ao hotel.

Voltou suspirando e se pôs imediatamente à cama, para estar bem-disposto de manhã cedo, com ideias frescas e o bom conselho da noite.

68. D'Artagnan prossegue com as investigações

Ao amanhecer, ele selou Furão, que havia festejado a noite inteira, devorando o que sobrara das rações dos companheiros de estábulo.

Buscou se informar com o hoteleiro, que se mostrou polido, desconfiado e, de corpo e alma, ligado a Fouquet.

Para não levantar suspeitas, manteve a história da possível compra de algumas salinas.

Tomar o barco para Belle-Île ali mesmo, em La Roche-Bernard, o exporia a comentários que talvez já se fizessem e seriam transmitidos ao castelo.

Além disso, era estranho que o viajante com o lacaio continuasse incógnito, apesar das perguntas feitas ao hoteleiro, que parecia conhecê-lo muito bem.

Limitou então sua curiosidade às salinas e tomou a direção dos alagados, deixando o mar à sua direita e penetrando nessa planície ampla e desolada que mais parece um mar de lama, no qual, aqui e ali, algumas linhas de sal prateiam as ondulações.

Com suas pequenas patas ágeis, Furão avançava maravilhosamente pelas trilhas compartimentando as salinas e que tinham pouco mais de trinta centímetros de largura. Tranquilo com relação a uma eventual queda, que no máximo provocaria um banho frio, d'Artagnan o deixava ir por conta própria, concentrando-se em observar, no horizonte, os três rochedos pontudos que saíam como ferros de lança da planície sem vegetação.

Vistas dali, as cidades de Piriac, Batz e Le Croisic se assemelhavam e prendiam toda a sua atenção. Para melhor se orientar, olhando para o outro lado ele avistava no horizonte três outras elevações, que eram os campanários de Guérande, Le Pouliguen e Saint-Joachim. A circunferência assim traçada dava ao viajante a impressão de um grande campo de boliche[272] no qual Furão e ele eram a bola errante. Piriac era o primeiro pequeno porto à sua direita e para lá ele se dirigiu, tendo o nome dos principais exploradores de salinas na cabeça. No momento em que passou pelo pequeno porto, cinco grandes chatas carregadas de pedras ganhavam o largo.

---

272. O jogo de boliche era praticado desde a Idade Média, em terra batida ou grama, com uma bola ou outro projétil. As regras variavam muito de região a região.

Pareceu estranho a d'Artagnan que pedras partissem de uma região nada pedregosa, e ele recorreu à urbanidade do sr. Agnan para saber, com pessoas do porto, a causa dessa singularidade.

Um velho pescador respondeu que as pedras não vinham das redondezas nem, é claro, das salinas.

— E de onde vêm? — ele perguntou.

— De Nantes e de Paimbœuf.

— E para onde vão?

— Belle-Île.

— Ah! — ele exclamou, com o mesmo tom com que dissera ao impressor que os seus caracteres lhe interessavam. — Estão fazendo obras em Belle-Île?

— E como! Todos os anos o sr. Fouquet faz reparos nos muros do castelo.

— Está em ruínas?

— É velho.

— Entendo.

"Fato é", ele pensou, "que nada é mais natural, e um proprietário tem todo o direito de zelar pela conservação da sua propriedade. É como se viessem dizer a mim que estou fortificando o Imagem de Nossa Senhora enquanto pura e simplesmente faço obras necessárias de reparo. Na verdade, creio que passaram maus relatórios a Sua Majestade, que pode estar numa falsa pista…"

— Há de concordar — ele continuou a conversa com o pescador, sentindo-se obrigado a se manter desconfiado, dada a finalidade da sua missão —, há de concordar, meu amigo, que essas pedras viajam um bocado.

— Como assim?

— Vêm de Nantes ou de Paimbœuf pelo Loire, não é?

— Descendo o rio.

— Concordo que é cômodo. Mas por que não partem de Saint-Nazaire para Belle-Île?

— Porque as chatas não são barcos que suportem bem o mar — respondeu o pescador.

— Não chega a ser um motivo.

— Vê-se que o senhor nunca navegou — observou o homem, com certo desprezo.

— Explique-me então, por favor. Tenho a impressão de que vir de Paimbœuf a Piriac e de Piriac a Belle-Île é como ir de La Roche-Bernard a Nantes e de Nantes a Piriac.

— De barco, é o caminho mais curto — respondeu, imperturbável, o pescador.

— Faz-se uma quebra de direção.

O pescador negou com a cabeça.

— O caminho mais curto entre dois pontos é a linha reta — continuou d'Artagnan.

— Está se esquecendo da correnteza.

— Está bem, mesmo com a correnteza.

— E do vento.

— Ah! Entendo.

— É claro. O fluxo do Loire praticamente leva as barcas a Croisic. Se precisarem de algum reparo ou descansar um pouco a tripulação, vêm a Piriac, costeando. Em Piriac, encontram uma correnteza inversa que as leva à ilha Dumet, a duas léguas e meia.

— Estou vendo.

— Ali, o fluxo do Vilaine as empurra até a ilha d'Hoëdic.

— Parece claro.

— E como não? Dali até Belle-Île o caminho é curto. Protegido dos dois lados, o mar é cruzado como se fosse um canal, um espelho d'água entre as duas ilhas. As chatas deslizam como patos no Loire. É simples!

— Mesmo assim — insistiu o teimoso Agnan —, é um bocado de caminho.

— É como quer o sr. Fouquet! — afirmou conclusivamente o pescador, tirando o gorro de lã ao pronunciar o nome tão venerável.

O olhar vivo e penetrante como uma lâmina de espada do mosqueteiro só encontrou, no coração do velho, ingênua credulidade, e na sua fisionomia, satisfação e indiferença. Ele dizia "Como quer o sr. Fouquet" como se diz "Deus assim quis!".

D'Artagnan já havia também se exposto demais naquele lugar. Aliás, perdida a possibilidade de embarcar nas chatas, restava em Piriac apenas o barco daquele mesmo pescador, que não parecia disposto a partir sem muitos preparativos.

Ele fez então um afago em Furão, que em mais uma demonstração da sua encantadora índole retomou a caminhada pelas salinas, com as narinas empinadas ao vento bem seco que curvava os juncos marinhos e as magras urzes que cresciam por ali. Assim chegaram, por volta das cinco horas, em Croisic.

Se o nosso mosqueteiro fosse poeta, seria um belo espetáculo aquele das imensas praias, de uma légua ou mais, que o mar em maré alta cobre e, na vazante, se mostram acinzentadas, desoladas, carregadas de pólipos e de algas mortas, com seixos dispersos e brancos, parecendo pedaços de esqueletos num vasto cemitério. Mas tínhamos ali apenas o soldado, o político, o ambicioso, sem sequer esse doce consolo de olhar o céu para nele discernir uma esperança ou algum aviso.

Para essas pessoas, o céu vermelho significa vento e tormenta. As nuvens brancas como ramas de algodão, no azul, indicam simplesmente que o mar estará calmo e convidativo. D'Artagnan viu o céu limpo, a brisa carregada de maresia, e pensou: "Vou pegar um barco na primeira maré, nem que seja uma jangada".

Em Croisic, como em Piriac, ele notou quantidades enormes de pedras alinhadas na praia. Essas gigantescas muralhas, demolidas a cada maré pelos transportes que se faziam para Belle-Île, lhe pareceram dar continuidade e comprovar o que havia pressentido em Piriac. Seria apenas um paredão que o sr. Fouquet reconstruía ou uma fortificação? Para saber, era preciso ir ver.

D'Artagnan deixou Furão no estábulo, ceou, se deitou e, no dia seguinte, foi passear no porto, ou melhor, pelos seixos da praia.

Le Croisic tem um porto com pouco mais que cento e cinquenta metros e um posto de vigia que parece um enorme brioche pousado num prato. As praias planas são o prato. Uma centena de carregamentos de terra consolidada com seixos, arredondada numa forma cônica e com trilhas sinuosas, constitui ao mesmo tempo o brioche e o posto de vigia.

Assim é hoje em dia, assim era há cento e oitenta anos. Só que o brioche era menor e provavelmente não se viam em volta dele as treliças de proteção que as autoridades dessa pobre e piedosa comunidade plantaram como peitoril ao longo das trilhas que sobem em caracol até um pequeno terraço.

Nos seixos, três ou quatro pescadores discutiam sardinhas e camarões.

O sr. Agnan, olho risonho e sorriso nos lábios, se aproximou, puxando conversa:

— Pesca-se hoje?

— Se Deus quiser — respondeu um deles. — Estamos só esperando a maré.

— E onde os amigos pescam?

— Pelos litorais.

— E quais são os melhores?

— Ah, isso depende. Ao redor das ilhas, por exemplo.

— Ficam longe?

— Nem tanto, quatro léguas.

— Quatro léguas? É uma viagem!

O pescador riu no nariz do sr. Agnan.

— Deixe-me perguntar — continuou este último, com sua nativa ingenuidade —, a quatro léguas não se vê mais a costa, não é?

— Bom... nem sempre.

— Quer dizer... é longe... muito longe, eu diria. Não fosse isso pediria que me aceitassem a bordo e me mostrassem algo que nunca vi.

— O quê?

— Um peixe de água salgada vivo.

— O senhor é do interior? — perguntou um dos homens.

— É, sou de Paris.

O bretão deu de ombros e perguntou:

— Já viu o sr. Fouquet em Paris?

— Muitas vezes — respondeu Agnan.

— Muitas vezes? — interessaram-se os pescadores em volta do parisiense.

— Conhece o sr. Fouquet?

— Um pouco; é amigo do meu patrão.

— Ah! — exclamaram os pescadores.

— E estive em todos os castelos dele, em Saint-Mandé, em Vaux e na mansão de Paris.

— Tudo é bonito?

— Maravilhoso.

— Nada que se compare a Belle-Île — declarou um pescador.

— Imagine! — riu, de forma um tanto desdenhosa, o sr. Agnan, irritando a todos.

— Vê-se logo que não conhece Belle-Île — replicou o pescador que parecia ser o mais curioso. — Sabe que mede seis léguas e tem árvores que nem em Nantes se veem, junto do fosso?

— Árvores? No mar? — exclamou d'Artagnan. — Bem que gostaria de ver isso!

— Nada mais fácil. Vamos pescar na ilha de Hoëdic, venha conosco. De lá verá, como num paraíso, as árvores escuras de Belle-Île contra o céu. Verá a linha branca do castelo, que corta como uma lâmina o horizonte no mar.

— Deve ser mesmo bonito. Mas há cem campanários no castelo de Vaux, sabiam?

O bretão ergueu a cabeça, profundamente impressionado, mas não convencido.

— Cem campanários! Que seja, Belle-Île é melhor. Quer ir ver?

— Será que é possível? — perguntou Agnan.

— É, se tiver permissão do administrador.

— Mas não conheço o administrador.

— Já que conhece o sr. Fouquet, bastará dizer o seu nome.

— Não sou fidalgo, meus amigos!

— Qualquer um entra em Belle-Île — continuou o pescador, em sua língua bela e pura — se não quiser mal a Belle-Île nem ao seu senhor.

Um leve arrepio percorreu o mosqueteiro de cima a baixo e ele disse por dentro: "É verdade".

Então, se refazendo:

— Se tivesse certeza de não enjoar no mar...

— No meu barco? — disse o pescador, mostrando com orgulho sua bonita embarcação de casco bojudo.

— Convenceu-me! — exclamou o sr. Agnan. — Irei ver Belle-Île, mas não me deixarão entrar.

— Nós entramos sem maiores problemas.

— Verdade? Por quê?

— Ora... para vender peixe nos corsários.[273]

— O quê? Nos corsários, foi o que disse?

— O sr. Fouquet mandou construir dois corsários para ir contra holandeses e ingleses. E vendemos peixe à tripulação desses pequenos navios.

"Veja só! Está cada vez melhor! Uma impressora, bastiões e corsários! O sr. Fouquet não é um inimigo qualquer, como imaginei. Vale mesmo a pena que eu me mexa para ver isso de perto."

— Saímos às cinco e meia — acrescentou com firmeza o pescador.

— Estou com os senhores e não os largo mais.

De fato, Agnan acompanhou os pescadores enquanto guinchavam com uma grande manivela o barco até a beira da água e, na maré montante, ele subiu a bordo, não sem demonstrações de medo que fizeram rir os jovens grumetes que ajudavam e o observavam com olhos arregalados e inteligentes.

Acomodou-se em cima de uma vela dobrada em quatro e esperou que o aparelhamento se completasse. Depois, com sua grande vela quadrada, o barco logo ganhou o largo.

Andando de um lado para outro, os pescadores verificavam estar tudo em ordem, sem notarem que o passageiro sequer perdera a cor, não havia gemido nem passava mal. Apesar do terrível balanço da embarcação, à qual ninguém se preocupava muito em dar uma direção, o passageiro novato mantinha a presença de espírito e o apetite.

Passaram à pesca e o resultado foi dos melhores. Camarões eram usados como iscas, com linguados e solhas dando fortes fisgadas. Garoupas e badejos pesados demais já haviam rompido duas linhas. Três congros se debatiam em agonia no porão, em escorregadias contorções.

D'Artagnan lhes dava sorte, eles disseram. O soldado gostou tanto de tudo aquilo que pôs a mão na massa, quer dizer, nas linhas, e soltou rugidos de alegria e carambas que teriam espantado até os seus mosqueteiros toda vez que uma nova presa repuxava a linha e exigia a musculatura do braço, obrigando-o a usar força e habilidade.

Tanto alvoroço o fez esquecer a missão diplomática. Estava em plena luta com uma terrível garoupa, agarrado na amurada com uma das mãos para puxar a cabeçorra do antagonista, quando um pescador disse:

— Cuidado para que não o vejam de Belle-Île!

Isso fez o mesmo efeito em d'Artagnan que a primeira bala, num dia de batalha, a assobiar no ouvido: ele largou a vara e a garoupa que a carregava, e ambas sumiram no mar.

D'Artagnan deparou, a no máximo meia légua, com a silhueta azulada e acentuada dos rochedos de Belle-Île, dominada pela linha branca e majestosa do castelo.

---

273. Na época, navio armado para fazer o corso, isto é, sem a bandeira do país, atacar navios e portos inimigos.

Mais além, se via a terra, com florestas e campos verdejantes. Nesses campos, gado.

Foi o que imediatamente chamou a atenção do mosqueteiro.

O sol, tendo percorrido o primeiro quadrante do céu, dardejava raios dourados no mar, fazendo brilhar uma bruma esplendorosa em torno da ilha encantada. Por causa dessa claridade ofuscante, apenas planícies eram percebidas: qualquer sombra cortava duramente e listrava, com uma faixa negra, o pano luminoso da pradaria ou das muralhas.

— Ei! — exclamou d'Artagnan, impressionado com aquelas massas de rochas escuras. — Temos aí fortificações que não precisam de engenheiro nenhum para dificultar um desembarque. Mas por onde se consegue acostar nessa terra que Deus tão favoravelmente protegeu?

— Por ali — disse o capitão, alterando a posição da vela e movimentando com brusquidão o leme, o que pôs o barco na direção de um pequeno porto bem gracioso e bem recentemente defendido por ameias e seteiras.

— O que, diabos, estou vendo aqui? — espantou-se d'Artagnan.

— Está vendo Locmaria — respondeu o marujo.

— E ali?

— Bangor.

— E lá?

— Sauzon… Mais adiante, Le Palais.

— Caramba! É todo um mundo. Ah, soldados!

— Tem mil e setecentos homens em Belle-Île — declarou o pescador, com orgulho. — E a menor das guarnições compreende vinte e duas companhias de infantaria.

— Caramba! — exclamou baixinho d'Artagnan, batendo com o pé. — Sua Majestade até que pode ter razão.

69. Quando o leitor irá provavelmente se surpreender tanto quanto d'Artagnan ao encontrar um velho conhecido

Quase sempre, num desembarque, mesmo que de pequeno porte, há tanta movimentação e urgência que um simples observador não tem a disponibilidade necessária para de imediato dar atenção ao novo lugar.

A ponte móvel, o marinheiro agitado, o barulho da água nos seixos, os gritos e as expectativas daqueles que estão em terra firme... são muitos detalhes, gerando uma sensação que se resume num único resultado: a hesitação.

Foi então só minutos depois do desembarque que d'Artagnan notou no porto, e sobretudo mais adentro, se movimentar uma quantidade de trabalhadores. Bem perto, reconheceu as cinco chatas com pedras de alvenaria que tinha avistado partindo do porto de Piriac. Estavam sendo ainda descarregadas na praia por meio de uma corrente formada por vinte e cinco ou trinta camponeses.

As pedras maiores eram postas em carroças que as levavam na mesma direção que as de alvenaria, quer dizer, as obras das quais d'Artagnan não podia ainda apreciar a qualidade nem o volume.

Por todo lugar reinava uma atividade como a que Telêmaco notou ao desembarcar em Salento.[274]

D'Artagnan queria muito ir mais adiante, mas se controlava, para que sua curiosidade não levantasse suspeitas. Avançava, então, pouco a pouco, sem muito se distanciar da linha que os pescadores formavam na praia, só observando e nada dizendo, a não ser perguntas tolas ou cumprimentos bem-educados, para evitar possível desconfiança.

---

274. Em *As aventuras de Telêmaco*, o escritor (e bispo católico) Fénelon (1651-1715) retoma os personagens homéricos Mentor e Telêmaco num romance utópico que teve considerável e duradoura influência literária. O livro, publicado em 1699 com intenção pedagógica (Fénelon era preceptor do neto de Luís xiv), foi considerado crítico ao governo. A passagem citada se encontra no livro viii, em que Mentor resolve ajudar a tornar a cidade calabresa de Salento socialmente civilizada.

Mas enquanto os companheiros faziam o seu comércio, vendendo ou propagandeando seus peixes aos operários ou aos habitantes da cidade, sem chamar atenção ele foi ganhando terreno e, se sentindo mais seguro, passou a arriscar olhares esmiuçadores sobre os homens e as coisas que via.

Some-se a isso que d'Artagnan logo reconheceu, em tudo aquilo, uma movimentação que é familiar à dos soldados.

Nas duas extremidades do porto, para que os disparos se cruzassem no grande eixo da elipse formada pela enseada, já tinham sido erguidas duas baterias e se previam outras ao lado, pois operários terminavam as plataformas e dispunham a semicircunferência de madeira que permite à peça de artilharia girar em todas as direções acima da mureta de proteção.

Junto de cada uma, outros trabalhadores empilhavam gabiões cheios de terra para a mútua defesa dessas baterias, formando canhoneiras. Um supervisor dos trabalhos chamava o tempo todo a atenção dos operários que, com ligações de vime, montavam as junções entre os tubos cheios de pólvora e controlava ainda os que recortavam os losangos e retângulos de grama para a sustentação das tais canhoneiras.

Pela atividade que se empregava naquelas obras, já bem adiantadas, elas se mostravam praticamente concluídas. Os canhões não tinham sido trazidos, mas já dispunham do leito e do pranchão assentados nas plataformas e fixados por terra cuidadosamente socada. Assim que a artilharia chegasse à ilha, em menos de dois ou três dias o porto estaria perfeitamente armado.

Ao transferir sua atenção das baterias de costa para as fortificações da cidade, o que surpreendeu d'Artagnan foi descobrir que a ilha era defendida por um sistema muito moderno, que ele conhecia por ter, mais de uma vez, ouvido o conde de La Fère citá-lo como um grande progresso. Mas nunca o havia visto aplicado no terreno.

Eram fortificações que não seguiam o método holandês de Marollois nem o método francês do cavaleiro Antoine de Ville, mas o sistema de Manesson Mallet, talentoso engenheiro que, seis ou oito anos antes, havia trocado Portugal pela França para prestar seus serviços.[275]

As obras chamavam a atenção pelo fato de, em vez de se erguerem a partir do chão, como as antigas muralhas que protegiam as cidades contra as es-

---

275. Samuel Marollois (1572-1627), matemático e engenheiro militar holandês; seu sistema de fortificação que previa largos fossos cheios de água já se tornara obsoleto, dado o progresso das armas de fogo. Antoine de Ville (1596-1640), engenheiro militar francês, projetou diversas praças-fortes na França. Alain Manesson Mallet (1630-1706), engenheiro militar, geógrafo e cartógrafo francês (foi, aliás, mosqueteiro sob Luís XIV). Em 1663 foi para Portugal, onde fortificou alguns castelos, voltando à França apenas em 1668. Em 1671 publicou o manual ilustrado *Les travaux de Mars* [Os trabalhos de Marte], que teve muito sucesso e de onde Dumas provavelmente tira os detalhes técnicos.

caladas, pelo contrário, afundarem; as muralhas se constituíam, então, pela profundidade dos fossos.

D'Artagnan não precisou de muito tempo para perceber a superioridade desse sistema, que não oferece resistência ao canhão.

Além disso, como esses fossos ficavam abaixo do nível do mar, podiam ser inundados através de comportas subterrâneas.

As obras estavam muito avançadas e um grupo de trabalhadores, recebendo ordens de um homem que parecia ser quem as dirigia, assentava as últimas pedras.

Uma ponte de tábuas lançada sobre o fosso, para maior comodidade das idas e vindas dos carrinhos de mão, ligava o exterior ao interior.

Com ingênua curiosidade, d'Artagnan perguntou se podia atravessar a ponte e lhe disseram que ordem nenhuma se opunha a isso.

Ele então atravessou e foi na direção do grupo, que era dominado pelo tal dirigente, que parecia ser o engenheiro-chefe. Um mapa estava aberto em cima de uma pedra grande que servia de mesa; a alguns passos funcionava um guindaste.

Dada a sua importância, o tal engenheiro havia logo chamado a atenção de d'Artagnan, sobretudo por usar um gibão cuja suntuosidade destoava do trabalho que fazia. De fato, um traje de mestre de obras seria mais adequado do que o seu, de castelão.

Além disso, era alguém de grande estatura, ombros largos e quadrados, com um chapéu coberto de penachos. Gesticulava da maneira mais majestosa e parecia — pois d'Artagnan o via de costas — reclamar da inércia e do pouco empenho de seus operários.

O visitante se aproximou mais.

Naquele momento, o homem dos penachos havia parado de gesticular e, com as mãos apoiadas nos joelhos e encurvado, acompanhava o esforço de meia dúzia dos seus homens que tentavam levantar uma pedra à altura de uma peça de madeira que devia suportá-la, para que fosse possível passar por baixo dela a corda do guindaste.

Os seis trabalhadores, reunidos num dos lados da pedra, juntavam esforços para erguê-la oito ou dez polegadas do chão, enquanto um sétimo tentaria, assim que houvesse espaço suficiente, fazer o rolo da máquina passar por baixo. Mas a pedra já havia escapado duas vezes, sem alcançar altura suficiente.

É claro que, vendo a pedra escapulir, os homens davam um pulo para trás, evitando ter os pés esmagados.

E a cada tentativa frustrada a pedra se atolava mais na terra, o que dificultava a operação.

A terceira vez não teve maior sucesso e só aumentou o desânimo dos operários, apesar de coordenados pelo homem dos penachos, que, com forte voz de comando, havia gritado "Agora!" no momento certo.

Ele então se endireitou e disse:

— Diabos, mas o que é isso? São feitos de quê? De palha? Chifre de boi! Fiquem vendo para aprender.

— Santa madre! — disse d'Artagnan. — Será que ele pretende levantar esse rochedo? Seria até engraçado.

Cabisbaixos, os homens daquela forma repreendidos se puseram de lado balançando a cabeça, à exceção daquele que manobrava o pranchão e se dispunha a fazer o que devia.

O homem dos penachos se aproximou da coisa, se abaixou, enfiou a mão sob o lado atolado na terra, tensionou músculos hercúleos e, sem um sacolejo, num movimento lento como o de uma máquina, ergueu o rochedo uns bons trinta centímetros.

O encarregado do pranchão aproveitou para passá-lo sob a pedra.

— Pronto! — disse o gigante, pousando controladamente o rochedo no suporte.

— Caramba! — exclamou d'Artagnan. — Só uma pessoa é capaz de fazer isso.

— Hein? — disse o colosso, se virando.

— Porthos! — murmurou o mosqueteiro, paralisado com a surpresa. — Porthos em Belle-Île!

O homem dos penachos, por sua vez, fixou seu olhar no falso comprador de salinas e, apesar do disfarce, o reconheceu:

— D'Artagnan!

E um rubor cobriu o seu rosto.

— Psiu! — pediu um.

— Psiu! — pediu também o outro.

É verdade que Porthos acabava de ser desmascarado por d'Artagnan, que, por sua vez, acabava de ser desmascarado por Porthos.

O interesse em manter os respectivos segredos se impunha.

Mas a primeira reação dos dois amigos foi se abraçarem.

O que queriam esconder das pessoas em volta eram os seus nomes e não, necessariamente, a amizade.

Porém, depois do abraço, foi a vez da reflexão:

"Por que, diacho, Porthos está em Belle-Île levantando pedras?", se perguntou d'Artagnan.

Só que fez a pergunta a si mesmo. Menos dado a diplomacias, Porthos pensou em voz alta:

— Por que, diabos, está em Belle-Île? O que faz aqui?

Era preciso responder sem titubear.

Titubear em responder a Porthos seria um golpe do qual o amor-próprio de d'Artagnan jamais se recuperaria.

— Ora, meu amigo! Estou em Belle-Île porque você está — ele então respondeu.

— Ah, veja só! — disse Porthos, visivelmente confuso com o argumento e tentando entender, com aquela sua lucidez dedutiva que conhecemos.

— Exato — continuou d'Artagnan, não querendo dar ao amigo tempo de entender. — Fui a Pierrefonds procurá-lo.

— É mesmo?

— Sim.

— E não me encontrou?

— Não, mas encontrei Mouston.

— Ele está bem?

— Como não?

— Mas Mouston não disse que eu estava aqui.

— Por que não diria? Por acaso deixei de gozar da confiança de Mouston?

— Não; mas ele não sabe.

— Ah! Essa é uma razão que pelo menos não ofende meu amor-próprio.

— E o que fez para me encontrar?

— Ora, um grande senhor como o meu amigo sempre deixa traços por onde passa. Ficaria envergonhado se não fosse capaz de segui-los.

A explicação, por mais lisonjeira que fosse, não satisfez plenamente.

— Não posso ter deixado traços, pois vim disfarçado — afirmou Porthos.

— Ah! Veio disfarçado?

— Vim.

— De quê?

— De moleiro.

— E um grande senhor como você, Porthos, pode imitar maneiras da gente comum a ponto de enganar as pessoas?

— Pois posso jurar, meu amigo, que todo mundo se enganou de tão bem que representei o meu papel.

— Não tão bem assim, pois cheguei aqui e o descobri.

— Justamente, como chegou aqui e me descobriu?

— Espere só um pouco, eu ia contar uma coisa. Imagine que Mouston...

— Ah! Foi aquele danado do Mouston — disse Porthos, franzindo os dois arcos do triunfo que tinha no lugar das sobrancelhas.

— Mas espere, espere mais um pouco. Mouston não teve culpa nenhuma, pois não sabia do seu paradeiro.

— Não sabia. E por isso mesmo quero tanto entender.

— Como ficou impaciente, Porthos!

— Quando não entendo, sou terrível.

— Já vai entender. Aramis não escreveu para Pierrefonds?

— Sim.

— Não pediu que você chegasse antes do equinócio?

— Pediu.

— Pois foi assim — d'Artagnan esperava que bastasse como explicação.

Porthos pareceu entrar num violento trabalho mental.

— Ah, entendi. Como Aramis me disse para chegar antes do equinócio, você percebeu que era para encontrá-lo. Informou-se do paradeiro de Aramis, pensando: "Onde Aramis estiver, estará Porthos". Soube que Aramis estava na Bretanha e pensou: "Porthos está na Bretanha".

— Exato! Na verdade, Porthos, não sei por que não se tornou adivinho. Então, veja: chegando a La Roche-Bernard, soube das imensas obras de fortificação de Belle-Île. O que ouvi me deixou curioso e peguei um barco de pesca, na verdade sem saber que você estava aqui. Cheguei, vi um sujeito erguendo uma pedra que nem Ájax[276] conseguiria mover, e exclamei: "Só o barão de Bracieux é capaz de semelhante façanha". Você me ouviu, se virou, me reconheceu, nos abraçamos e, Deus do céu, outro abraço!

— Eis que, de fato, tudo se explica — tranquilizou-se Porthos, abraçando o amigo com tão grande amizade que o mosqueteiro ficou sem respirar direito por cinco minutos.

— Diabos, os braços estão mais fortes do que nunca, felizmente — disse d'Artagnan.

Porthos agradeceu com um gracioso sorriso.

Nos cinco minutos que levou para recuperar a respiração, d'Artagnan pensou no quanto seria difícil representar o seu papel.

Tratava-se de sempre fazer perguntas, sem nunca responder.

Ao normalizar a respiração, tinha seu plano de ação traçado.

---

276. Na *Ilíada*, um dos heróis gregos — o mais forte deles — a sitiar Troia.

70. Quando as ideias de d'Artagnan, primeiro um tanto confusas, começam a se aclarar um pouco

Ele imediatamente tomou a ofensiva:

— Agora que contei tudo, ou melhor, que você tudo adivinhou, querido amigo, o que faz aqui, coberto de poeira e lama?

Porthos enxugou a testa e, olhando em volta, cheio de orgulho disse:

— Acho que pode ver o que faço aqui.

— Claro, claro; ergue pedras.

— Isso foi só para mostrar a esses preguiçosos o que é um homem! — ele explicou, com desprezo. — Mas afinal...

— Entendo, não fez disso uma profissão, mesmo que seja a de muita gente, e que não a cumpre tão bem. Foi o que me levou à pergunta de ainda há pouco: "O que faz aqui, barão?".

— Estudo a topografia, cavaleiro.

— Estuda a topografia?

— Isso. Mas e você, o que faz, vestido como burguês?

O mosqueteiro percebeu ter cometido um erro, levado pela surpresa. Porthos tinha aproveitado para responder com uma pergunta.

Ele felizmente estava preparado para isso.

— Pois saiba que sou mesmo um burguês, e o traje é condizente com a minha condição.

— Como, você? Um mosqueteiro?

— Está desatualizado, amigo. Pedi demissão.

— Não!

— Juro que sim!

— Abandonou o serviço?

— Abandonei.

— Abandonou o rei?

— Tudo junto.

Porthos ergueu as mãos ao céu, como alguém que acaba de saber de algo incrível.

— Fico realmente confuso — ele disse.

— Pois é.

— E o que o levou a isso?

— O rei me decepcionou. Do Mazarino eu já tinha aversão há muito tempo, como você sabe... então joguei o uniforme às urtigas.

— Mas Mazarino morreu.

— E eu não sei? Mas quando morreu eu já estava fora fazia dois meses. E foi quando me vi livre que corri a Pierrefonds e procurei meu querido Porthos. Tinha tomado conhecimento da feliz divisão dos dias que você organizou e quis fazer o mesmo com os meus, por duas semanas.

— Meu amigo, você bem sabe que não é por duas semanas que a casa lhe está aberta, mas por um ano, por dez, pela vida toda.

— Obrigado, Porthos.

— Nem preciso dizer! Como está de dinheiro? — ele perguntou, fazendo soar uma meia centena de luíses que tinha na bolsa. — Se for o caso...

— Não, não. Estou bem. Apliquei minhas economias com o Planchet, que me repassa o rendimento.

— Suas economias?

— Isso mesmo. Por que se espanta que eu tivesse algum dinheiro, como qualquer um?

— Eu? Pelo contrário, sempre achei... Quer dizer, Aramis sempre achou que você tivesse algum dinheiro. Pessoalmente, não me meto nesses assuntos, mas imagino que um mosqueteiro não consiga economizar grandes coisas.

— Isso para você, Porthos, que é milionário. Mas julgue você mesmo: eu tinha vinte e cinco mil libras.

— Que bom — disse Porthos, gentil.

— Às quais acrescentei, dia 25 do mês passado, mais duzentas mil.

O amigo arregalou os olhos, como quem pergunta: "E onde roubou essa quantia?", mas se controlou:

— Duzentas mil libras!?

— Isso. Com as vinte e cinco mil que eu já tinha e mais vinte mil que tenho no bolso, disponho de duzentas e quarenta e cinco mil libras.

— Mas, bom... De onde vem essa fortuna?

— Ah, isso contarei mais tarde, meu amigo. Mas como você tem muito mais a contar, deixemos essa história na espera.

— Que bom! Os dois somos ricos. Mas o que eu tinha a contar?

— Ia contar como Aramis foi nomeado...

— Ah, bispo de Vannes.

— Exato — aproveitou-se d'Artagnan. — Nosso querido Aramis! Que caminho percorreu!

— Sem dúvida. E não vai ficar nisso.

— O quê? Acha que não bastam as meias roxas e ele quer um gorrinho vermelho?

— Psiu! Já está prometido.

— Irra! Pelo rei?[277]

— Por alguém mais poderoso.

— Ai, diabos! Você diz realmente coisas incríveis, Porthos!

— Por que incríveis? Na França não houve sempre alguém mais poderoso que o rei?

— É verdade. No tempo de Luís XIII era o duque de Richelieu, no tempo da regência era o cardeal Mazarino, no tempo de Luís XIV é...

— Vamos, diga!

— O sr. Fouquet.

— Pimba! Acertou de primeira.

— Foi então o sr. Fouquet que prometeu o gorro a Aramis?

Porthos assumiu ares de mistério e disse:

— Caro amigo, não me meto em assuntos alheios e menos ainda revelo segredos que talvez os interessados prefiram manter. Quando estiver com Aramis, ele lhe dirá o que achar conveniente dizer.

— Está coberto de razão, Porthos. Você é um cadeado no que se refere à segurança. Voltemos então a você.

— É melhor.

— Pelo que disse, está aqui para estudar a topografia?

— Exato.

— Com a breca, amigo! Que belo estudo!

— Por que diz isso?

— Essas fortificações são admiráveis.

— Acha mesmo?

— Com certeza. Sem um cerco total, Belle-Île parece invulnerável.

Porthos esfregou as mãos.

— É também a minha opinião.

— Mas, com os diabos!, quem fortificou assim este lugar?

Porthos se estufou todo.

— Eu não cheguei a dizer?

— Não.

— E você nem desconfia?

— Não. Mas é alguém que comparou todos os sistemas e visivelmente escolheu o melhor.

— Psiu! Não provoque abalos na minha modéstia, meu caro.

— Como? — exclamou d'Artagnan. — Você?... Foi quem...?

— Por favor, amigo!

---

277. Os bispos (que usam paramentos roxos) e cardeais (que usam paramentos vermelhos) eram indicados pelo rei da França desde a Concordata de Bolonha, em 1516, assinada pelo papa Leão X e pelo rei Francisco I. Era o único país a gozar desse privilégio, que durou até a Revolução Francesa, em 1789.

— Foi quem imaginou, traçou e equilibrou essas torres com suas respectivas cortinas, esses redentes, esses reforços na base, e preparou esse caminho coberto?

— Por favor...

— Foi quem ergueu essa luneta, com obra corna e hornaveque?

— Meu amigo...

— Quem deu às laterais das canhoneiras a inclinação que de forma tão eficaz protege os artilheiros?

— É... eu mesmo.

— Ah, Porthos, Porthos, é preciso reverenciá-lo, admirá-lo! Sempre escondeu dos amigos esse talento! Espero que mostre tudo isso em detalhe.

— Nada mais simples, tenho aqui o mapa.

— Quero ver.

Porthos levou d'Artagnan até a pedra que lhe servia de mesa, em cima da qual se via, aberto, o mapa.

Na parte de baixo estavam escritas estas linhas, naquela formidável escrita de Porthos a que já nos referimos:

> Em vez de se servir do quadrado ou do retângulo, como até hoje se fez, a praça estará assentada num hexágono regular, que tem a vantagem de oferecer mais ângulos do que o quadrilátero. Cada lado desse hexágono, cujo comprimento se determina pelas dimensões da praça, deve ser dividido em duas metades, partindo desse ponto divisório uma perpendicular que se dirige ao centro do polígono e será igual, em comprimento, à sexta parte do lado.
>
> Das extremidades, de cada lado do polígono devem ser traçadas duas diagonais que cortarão a perpendicular. Essas duas retas formarão as linhas de defesa.

— Incrível! — admirou-se d'Artagnan. — É um sistema completo, Porthos!

— Completo — ele concordou. — Quer continuar?

— Não é preciso, já li o bastante. Mas por que escreveu tudo isso, já que dirige pessoalmente os trabalhos?

— Ah, meu amigo, a morte!

— Como assim, a morte?

— Somos todos mortais.

— Isso é verdade. Você tem mesmo resposta para tudo — admitiu d'Artagnan, pondo de volta o mapa em cima da pedra.

Mas no pouco tempo em que teve o mapa nas mãos, por baixo das letras garrafais de Porthos ele notara outras, bem mais delicadas, que lembravam certas cartas a Marie Michon, vistas quando era jovem.[278]

---

278. Em *Os três mosqueteiros*, era o nome usado pela duquesa de Chevreuse em suas operações políticas clandestinas, fazendo-se passar por simples costureira. Era amante de Aramis, que a dizia sua prima.

Essa escrita anterior fora cuidadosamente apagada com uma borracha e teria passado despercebida a qualquer um com vista menos aguçada que a do nosso mosqueteiro.

— Muito bem, meu amigo, parabéns! — disse d'Artagnan.

— Então já sabe tudo que queria saber, não é? — concluiu Porthos, cheio de si.

— Por Deus, com certeza! Mas faça-me ainda um último favor, amigo.

— É só dizer, sou o maioral aqui.

— Diga-me quem é o cavalheiro ali adiante.

— Onde?

— Ali, por trás dos soldados.

— O que está com um lacaio?

— Ele mesmo.

— Na companhia de um fulano vestido de preto?

— Exato!

— É o sr. Gétard.

— E quem vem a ser o sr. Gétard, meu amigo?

— O arquiteto da casa.

— Qual casa?

— A do sr. Fouquet.

— Ah... — exclamou d'Artagnan. — E você mesmo, Porthos, é da casa do sr. Fouquet?

— Eu? Por quê? — pulou o topógrafo, ficando vermelho até as orelhas.

— É que você fala de Belle-Île como se falasse do castelo de Pierrefonds. Porthos mordeu o lábio.

— Meu caro, Belle-Île pertence ao sr. Fouquet, concorda?

— Sim.

— Como Pierrefonds a mim?

— Totalmente.

— Você foi a Pierrefonds?

— Como disse, não tem nem dois meses.

— E viu por lá um sujeito que caminha sempre com uma régua na mão?

— Não. E o teria visto, se fosse o caso.

— Pois então! Esse cavalheiro é o sr. Boulingrin.[279]

— E quem é o sr. Boulingrin?

— É aonde eu queria chegar. Quando esse cavalheiro anda por aí com sua régua na mão e me perguntam "Quem é esse Boulingrin?", respondo: "É o arquiteto da casa". O sr. Gétard é o Boulingrin do sr. Fouquet. Ele nada tem a ver com as fortificações, que dependem só de mim, veja bem. Absolutamente nada.

---

279. Nos jardins à francesa, área gramada e cercada de taludes. O termo, usado assim como se fosse um personagem, pode ser pejorativamente entendido como um paisagista.

— Ah, Porthos! — exclamou d'Artagnan, deixando os braços caírem como alguém que se dá por derrotado. — Você não é só um hercúleo topógrafo, é também um dialético de primeira.

— Não concorda que foi um bom raciocínio?

E ele bufou como a garoupa que d'Artagnan havia deixado escapar naquela manhã.

— E por último — continuou o visitante —, o tal fulano que está com o arquiteto, também é da casa?

— É o Jupenet, ou Juponet, uma espécie de poeta — respondeu Porthos, com desprezo.

— Que está se mudando para cá?

— Creio que sim.

— Achei que o sr. Fouquet já tinha um bocado de poetas em volta dele: Scudéry, Loret, Pellisson, La Fontaine. Na minha opinião, esse poeta o compromete.

— Felizmente, ele não está aqui como poeta.

— Está como o quê?

— Como impressor. E isso, aliás, me fez lembrar que tenho duas coisinhas a dizer ao infeliz.

— Vá em frente.

Porthos fez sinal a Jupenet, que vira d'Artagnan e não fazia questão nenhuma de atender.

O que naturalmente levou Porthos a insistir, e de forma tão imperativa que foi preciso obedecer.

Jupenet então se aproximou.

— Então desembarcou ontem e já está fazendo das suas! — esbravejou Porthos.

— Como assim, sr. barão? — perguntou, trêmulo, o poeta.

— Sua impressora gemeu a noite inteira, chifre de boi! Não me deixou dormir!

— Senhor... — defendeu-se timidamente Jupenet.

— Ainda não tem o que imprimir. O que tanto imprimiu à noite?

— Uma poesia leve, de minha autoria...

— Leve? A prensa gemia que dava dó. Que isso não aconteça mais, entendeu?

— Não acontecerá.

— Promete?

— Prometo.

— Está bem. Por esta vez está perdoado. Pode ir.

O poeta se retirou, tão humilde quanto havia chegado.

— Bom! Agora que demos uma esfregada nesse coitado — disse Porthos —, almocemos.

— Isso mesmo, almocemos — animou-se d'Artagnan.

— Infelizmente, meu amigo, devo avisar que teremos só duas horas de almoço.

— Fazer o quê? Tentemos nos limitar a isso. Mas por que temos só duas horas?

— Porque a maré sobe à uma hora e, com ela, devo ir a Vannes. Mas volto amanhã. Fique na minha casa como se estivesse na sua. Há bom cozinheiro e boa adega.

— Tenho ideia melhor — interrompeu d'Artagnan.

— Qual?

— Não está indo a Vannes?

— Isso.

— Para encontrar Aramis?

— Sim.

— E vim de Paris para isso...

— É verdade.

— Vou com você.

— Ótimo! Claro!

— E eu que imaginava ver Aramis primeiro e você depois. Mas você sabe, o homem propõe e Deus dispõe. Acabei começando por você e vou terminar por Aramis.

— Muito bom!

— Em quantas horas se vai daqui a Vannes?

— Deus do céu, umas seis! Três horas de mar daqui a Sarzeau, três horas de estrada de Sarzeau a Vannes.

— É tranquilo! E você vai sempre a Vannes, já que está tão perto do bispado?

— Uma vez por semana. Mas deixe-me recolher o mapa.

E fez isso, dobrando-o com cuidado e enfiando-o num amplo bolso, enquanto d'Artagnan dizia a si mesmo:

"Bom, agora sei quem é o verdadeiro engenheiro da fortificação de Belle-Île."

Duas horas depois, na maré cheia, Porthos e d'Artagnan partiam para Sarzeau.

71. Uma procissão em Vannes

A travessia de Belle-Île a Sarzeau foi rápida, graças a um dos pequenos corsários de que já haviam falado a d'Artagnan e que, projetados para a velocidade e para a caça, estavam ao abrigo em Locmaria, onde um deles, com um quarto do que deveria ser sua tripulação de guerra normal, garantia o transporte entre a ilha e o continente.

Mais uma vez d'Artagnan confirmou que Porthos, mesmo posando de engenheiro e topógrafo, não estava bem inserido nos segredos de Estado.

Sua perfeita ignorância teria inclusive passado como requintada dissimulação para qualquer outra pessoa, mas o mosqueteiro conhecia bem demais o amigo e, se houvesse algum segredo, ele saberia localizar; mais ou menos como esses solteirões organizados e minuciosos que, de olhos fechados, sabem encontrar determinado livro na estante da biblioteca ou tal peça de roupa na gaveta da cômoda.

Se então o astuto d'Artagnan nada encontrou, revirando pelo avesso o companheiro, é porque realmente nada havia ali.

Ele então pensou: "Bom, em Vannes saberei mais em meia hora do que Porthos soube em Belle-Île nesses dois meses. Mas para descobrir alguma coisa, preciso que ele não avise Aramis da minha presença".

Todo o cuidado do mosqueteiro se concentrou então em vigiá-lo.

Diga-se logo ter sido injusto tal excesso de desconfiança; Porthos seguia em absoluta boa-fé. Assim que se encontraram, ele talvez tenha ficado meio de pé atrás, mas quase de imediato d'Artagnan recuperou, naquele bom e impulsivo coração, o lugar que sempre fora seu, sem que nuvem alguma sombreasse os olhares que de vez em quando o barão, com carinho, fixava nele.

Ao desembarcar, Porthos quis logo saber se os seus cavalos o esperavam e, de fato, os viu na bifurcação do caminho que passa em torno de Sarzeau e, sem entrar na cidade, leva a Vannes.

Eram dois animais, um para o sr. de Vallon e outro para o seu escudeiro.

Pois Porthos tinha um escudeiro desde que Mousqueton ficara reduzido ao carrinho de mão como meio de locomoção.

D'Artagnan achou que o amigo fosse querer mandar o escudeiro num dos cavalos para lhe trazer o outro. Preparou-se então para se opor, mas não foi preciso. Porthos simplesmente disse ao primeiro que esperasse em Sarzeau por sua volta, ficando d'Artagnan com o segundo cavalo.

Feito isso, assim que se viu em sela, disse d'Artagnan:

— Você é precavido, meu amigo.

— Sou sim, mas é mais uma gentileza de Aramis, que pôs suas cocheiras à minha disposição, já que não tenho muita coisa aqui.

— E para animais de um bispo eles são muito bons, caramba! Mas é verdade que Aramis é um bispo bem particular.

— Um santo homem — disse Porthos, com um tom quase anasalado e alçando o olhar ao céu.

— Então mudou muito, pois quando o conhecemos era bastante profano.

— A graça divina o tocou.

— Que bom! Isso aumenta ainda mais minha vontade de vê-lo.

E d'Artagnan esporeou sua montaria, que partiu em velocidade.

— Puxa! — comentou Porthos. — Se formos nesse ritmo levaremos só uma hora, em vez de duas.

— Qual é mesmo a distância que temos que cobrir?

— Quatro léguas e meia.

— Podemos fazer num bom ritmo.

— Seria possível ir de barco, pelo canal, mas é horrível depender de remadores e de cavalos de tração![280] Os primeiros vão como tartarugas, os outros, como lesmas. Com um bom corcel, estamos muito mais bem servidos do que de barco ou qualquer outro meio.

— Tem toda a razão. Sobretudo você, que sempre foi magnífico a cavalo.

— Um tanto pesado, meu amigo. Pesei-me há pouco.

— E quanto marcou?

— Cento e cinquenta! — ele respondeu, com orgulho.

— Parabéns!

— Com isso, percebe, é preciso que me deem cavalos com dorso reto e largo, ou acabo com eles em duas horas.

— Cavalos de gigante, não é, Porthos?

— Está sendo gentil, amigo — agradeceu o engenheiro, majestosamente afetuoso.

— Na verdade, tenho a impressão de que a sua montaria já está suando.

— É, está mesmo fazendo calor. Veja! Daqui já se percebe Vannes!

— Pois é, e muito bem. Uma bela cidade, pelo que dizem.

---

280. Para subir um rio ou canal na contracorrente, os barcos eram puxados a partir das margens por animais de tração.

— Aramis acha-a encantadora. Para mim, os edifícios são escuros demais, mas parece ser como preferem os artistas, o que me contraria.

— Por quê, Porthos?

— Porque, justamente, acabo de caiar de branco meu castelo de Pierrefonds, que tinha o cinzento do tempo.

— Hum... de fato, o branco é mais alegre.

— Também acho, mas é menos augusto, segundo Aramis. Felizmente pode-se comprar tinta preta: mandarei pintar Pierrefonds de novo, nada mais simples. Se o cinzento é bem visto, imagine o preto...

— Puxa! É pura lógica.

— E você nunca veio a Vannes?

— Nunca.

— Então não conhece a cidade?

— Não.

— Pois bem! Veja — Porthos ficou de pé nos estribos, o que fez toda a parte anterior do cavalo empinar na sua direção —, ali, aquela flecha na contraluz...

— Estou vendo.

— É da catedral.

— Como se chama?

— São Pedro. E agora ali, já nos arredores, à esquerda, está vendo aquela outra cruz?

— Perfeitamente.

— É São Paterno, a paróquia preferida de Aramis.

— Ah!

— De fato. O santo passa como tendo sido o primeiro bispo de Vannes. É bem verdade que Aramis, propriamente, diz que não. E ele sabe tanto que isso pode mesmo ser apenas um paro... um paro...

— Um paradoxo — ajudou d'Artagnan.

— Isso. Obrigado, minha língua travou... Deve ser do calor.

— Mas, por favor, continue sua interessante exposição, caro amigo. E aquele grande prédio branco, cheio de janelas?

— Ah, é o colégio dos jesuítas. Diacho, você acertou em buscar por ali. Está vendo, perto do colégio, uma casa grande com torrezinhas ornamentais num belo estilo gótico, como diz aquele cretino do sr. Gétard?

— Estou, vejo sim. O que é?

— É onde mora Aramis.

— Como? Ele não mora na sede do bispado?

— Não. Ela está em ruínas. Além disso, fica na cidade e Aramis prefere o subúrbio. Por isso gosta mais de São Paterno, que fica fora do centro e conta com um passeio público, um terreno para jogo de pela e uma casa de dominicanos. Veja, é aquela com um belo campanário que vai até o céu.

460 O VISCONDE DE BRAGELONNE

— Muito bom.

— E o subúrbio é como se fosse uma cidade à parte, tem suas muralhas próprias, suas torres, seus fossos. O cais inclusive chega até lá e os navios podem acostar. Se o nosso corsário não exigisse seis pés de água, poderíamos chegar de velas estufadas às janelas de Aramis.

— Porthos, meu amigo, você é um poço de saber, uma fonte de reflexões engenhosas e profundas. Nem me surpreende mais; você me confunde.

— Chegamos — mudou de assunto o barão, com sua modéstia de sempre.

"Bem a tempo, pois seu cavalo está derretendo como se fosse de neve", pensou d'Artagnan.

Já estavam entrando no subúrbio, mas assim que avançaram umas cem passadas se surpreenderam ao ver as ruas enfeitadas com guirlandas.

Dependuradas nas velhas paredes de Vannes, viam-se as mais antigas e estranhas tapeçarias da França.

Dos balcões de ferro fundido se estendiam compridos lençóis brancos com buquês de flores.

As ruas estavam desertas; a população inteira parecia ter se juntado em algum ponto.

Com as persianas fechadas, o frescor entrava nas casas ao abrigo das tapeçarias, que criavam amplas sombras escuras entre as projeturas e as fachadas.

De repente, numa esquina, uma cantoria chegou aos ouvidos dos recém--desembarcados. Uma multidão endomingada surgiu por trás das névoas de incenso que subiam ao céu em flocos azulados e nuvens de folhas que rodopiavam até a altura do primeiro andar das casas.

Acima de todas as cabeças, distinguiam-se cruzes e estandartes, os símbolos sagrados da religião.

Em seguida, abaixo dessas cruzes e desses estandartes, parecendo por eles protegidas, dezenas e dezenas de jovens vestidas de branco e coroadas de florezinhas azuis.

Dos dois lados da rua, fechando o cortejo, viam-se soldados da guarnição, com buquês na boca das espingardas e na ponta das lanças.

Era uma procissão.

Enquanto d'Artagnan e Porthos olhavam, com um fervor de bom-tom e procurando disfarçar a extrema impaciência para seguir caminho, um magnífico pálio se aproximava, precedido por uma centena de jesuítas e outra centena de dominicanos, escoltado por dois arquidiáconos, um tesoureiro, um confessor e doze cônegos.

Um cantor com voz trovejante, certamente escolhida entre todas as vozes trovejantes da França, como era o tambor-mor da guarda imperial entre todos os gigantes do Império, esse cantor, acompanhado por quatro outros cantores que só estavam ali para servir de coro, entoava hinos e fazia vibrarem todas as vidraças das janelas.

Sob o pálio via-se um rosto pálido e nobre, de olhos negros, como também os cabelos, já mesclados de fios prateados, lábios finos e circunspectos, queixo proeminente e anguloso. Com majestosa graça, ele ostentava a mitra episcopal, que lhe emprestava, além do soberano aspecto, os da ascese e da meditação evangélica.

— Aramis! — exclamou involuntariamente o mosqueteiro, quando essa altiva figura passou à sua frente.

O prelado estremeceu, parecendo ter ouvido aquela voz como um morto que ressuscita ao ouvir a voz do Salvador.

Ele ergueu seus grandes olhos escuros com cílios longos e os dirigiu sem qualquer hesitação ao ponto de onde tinha partido a exclamação.

Imediatamente distinguiu Porthos e, a seu lado, d'Artagnan.

Este último, por sua vez, graças à acuidade do próprio olhar, tudo havia registrado, tudo havia compreendido. O retrato inteiro do prelado se inscrevera na sua memória, para nunca mais sair.

Uma coisa em particular o impressionou:

Ao identificá-lo, Aramis se ruborizou antes de, logo depois, recuperar sua atitude senhorial. Mas não sem demonstrar a imperceptível afetuosidade de amigo.

Era evidente que se perguntava: "Por que d'Artagnan está aqui com Porthos e o que veio fazer em Vannes?".

Ao olhar de novo e ver que d'Artagnan não havia baixado os olhos, Aramis entendeu o que se passava na sua mente.

Conhecendo a fineza daquela inteligência, ele temeu que o amigo adivinhasse o motivo do seu rubor e do seu espanto. Era o mesmo Aramis de sempre, sempre com algum segredo a esconder.

Para se livrar daquele olhar de inquisidor que era preciso fazer baixar a qualquer preço, como a qualquer preço um general deve asfixiar o fogo de uma bateria que o atrapalha, Aramis estendeu sua bela e alva mão, na qual brilhava a ametista do anel pastoral, traçou no ar o sinal da cruz e fulminou os dois amigos com a sua bênção.

Talvez pelo estado de devaneio em que se encontrava, e sendo ímpio apesar do que dizia, d'Artagnan não se inclinou agradecendo a santa bênção, mas Porthos notou esse lapso e amigavelmente apoiou sua mão imensa na nuca do companheiro, o que quase o esmagou.

O mosqueteiro se curvou e pouco faltou para que caísse de barriga no chão.

Nesse meio-tempo, Aramis passou.

D'Artagnan, como Anteu,[281] assim que conseguiu apoio na terra se virou para Porthos, disposto a brigar.

---

281. Na mitologia grega, Anteu era um lutador imbatível, filho de Gaia, a deusa da terra. Hércules descobriu que ele perdia força sem contato com a mãe e conseguiu, numa luta, erguê-lo pela cintura, vencendo-o então com facilidade.

Mas não havia como se enganar com as intenções do hercúleo amigo: o sentimento de compostura religiosa era o que o havia motivado.

No caso de Porthos, inclusive, em vez de a palavra disfarçar a intenção, ela a completava:

— Foi muito delicado, da parte dele, dar a nós dois uma bênção exclusiva. Realmente, além de santo, é um bom homem.

Menos convencido disso, d'Artagnan preferiu não responder.

— Veja só — continuou Porthos. — Viu-nos e, em vez de seguir no passo lento da procissão, ele se apressa. Veja como todos dobraram o ritmo. Está com pressa de nos ver e nos abraçar, o querido Aramis.

— É verdade — respondeu d'Artagnan em voz alta.

E, para si mesmo, continuou:

"Droga, aquela raposa me viu e vai ter tempo para se preparar!"

Terminada a procissão, o caminho estava livre.

D'Artagnan e Porthos seguiram direto para o palácio episcopal, que um grande aglomerado de gente cercava para ver entrar o prelado.

Esse aglomerado se compunha basicamente de burgueses e de militares, como observou o mosqueteiro, reconhecendo nisso uma característica do amigo.

De fato, Aramis não era alguém que procurasse a simples popularidade: pouco lhe importava ser querido por pessoas que não fossem úteis.

Mulheres, crianças e velhos, ou seja, o rebanho usual dos pastores, não formavam o seu rebanho particular.

Os dois visitantes tinham cruzado o pórtico do bispado havia dez minutos quando Aramis chegou em triunfo. Os soldados apresentaram armas como a um superior militar; os burgueses o cumprimentavam como um amigo ou um chefe, e não como personalidade religiosa.

Havia nele algo daqueles senadores romanos que tinham suas portas sempre apinhadas de clientes.

Sob o pórtico, ele falou por meio minuto com um jesuíta que praticamente se meteu sob o pálio para ouvir com maior discrição.

Afinal entrou no prédio e as portas foram lentamente fechadas. As pessoas se dispersaram enquanto ainda se ouviam cantos e orações.

Um magnífico dia. Perfumes da terra se misturavam a perfumes do ar e do mar. A cidade transpirava felicidade, alegria e força.

D'Artagnan sentiu algo como a presença de uma invisível mão que, todo--poderosa, criava aquela força, aquela alegria, aquela felicidade, e espalhava todos aqueles perfumes.

"Veja só! Porthos engordou, mas Aramis engrandeceu", ele disse a si mesmo.

72. O engrandecimento do bispo de Vannes

Porthos e d'Artagnan tinham entrado no bispado por uma porta particular, conhecida apenas pelos mais próximos.

Nem é preciso dizer que o digno barão serviu de guia, comportando-se como se estivesse na própria casa. No entanto, fosse por tacitamente reconhecer a santidade do personagem, fosse pelo hábito de respeitar o que a ele se impunha no plano moral — belo hábito que o tornou um soldado modelo no referente à disciplina —, por todos esses motivos, dizíamos, Porthos conservava por Sua Grandeza, o bispo de Vannes, uma espécie de consideração que d'Artagnan notou, inclusive em sua atitude com relação aos criados e aos clérigos residentes.

Mas nem por isso deixava de fazer perguntas mais prementes.

Souberam então que Sua Grandeza fora direto a seus apartamentos e se trocava para, na intimidade, se mostrar menos majestosa do que se apresentara a seu rebanho.

De fato, depois de passarem quinze minutos à toa e a girar os polegares nas diferentes possibilidades de evoluções entre o norte e o sul, uma porta da sala foi aberta e Sua Grandeza surgiu, vestindo um singelo traje de prelado.

Aramis mantinha o nariz alto, como quem está acostumado a mandar, com o hábito roxo levantado de lado e uma mão na cintura.

Afora isso, o bigode fino e o cavanhaque longo do tempo de Luís XIII se mantinham.

Exalava da sua pessoa esse perfume delicado que, entre os elegantes e as mulheres da alta sociedade, nunca muda e parece ter se incorporado ao corpo, parecendo sua emanação natural.

No presente caso, porém, ao tal perfume se incrustara algo da sublimidade religiosa do incenso e ele não só embriagava como também profundamente penetrava. Não inspirava mais apenas desejo, inspirava respeito.

Ao entrar, nem por um instante Aramis hesitou e, sem nada dizer, pois qualquer palavra seria trivial, foi direto até o mosqueteiro, tão bem disfarçado como sr. Agnan, e o abraçou com um carinho que afastava qualquer suspeita de frieza ou afetação.

Também d'Artagnan o abraçou com idêntica sinceridade.

Porthos apertou a mão delicada do bispo nas suas, enormes, e d'Artagnan notou que Sua Grandeza lhe entregava a esquerda, provavelmente porque, antes, por mais de dez vezes seus dedos com anéis devem ter sido esmagados pela prensa que o amigo tinha no punho. Escolado pela dor, o bispo então se prevenia e apresentava apenas dedos nus a serem comprimidos, sem a intermediação do ouro ou das facetas de um diamante.

Entre dois abraços, Aramis cordialmente ofereceu uma cadeira a d'Artagnan, de frente para a janela e onde a luz incidia nos seus olhos, sentando-se ele próprio à sombra.

Diplomatas e mulheres estão familiarizados com essa manobra, que vem da esgrima, da vantagem de guarda que buscam certos duelistas, de acordo com suas habilidades ou hábitos.

D'Artagnan fingiu não perceber. Sentia-se acuado, mas justamente por isso, achava estar em boa posição para uma descoberta, pouco se importando — como bom *condottiero* —[282] de parecer derrotado, se pudesse tirar disso o proveito da vitória.

Foi Aramis que deu início à conversa:

— Meu amigo, meu bom d'Artagnan, que maravilhoso acaso!

— Um acaso guiado pela amizade, meu reverendo companheiro. Procurei-o como sempre que tive alguma grande empreitada pela frente, ou simplesmente algumas horas livres.

— Ah, procurou-me? — perguntou o bispo, sem muita curiosidade.

— Procurou sim — entrou na conversa Porthos. — E prova disso é que me encontrou em Belle-Île. Simpático, não é?

— Ah, claro... em Belle-Île — disse o anfitrião.

"Pronto! Sem nem se dar conta, meu nada sutil Porthos já disparou seu canhonaço", pensou d'Artagnan.

— Em Belle-Île? — repetiu Aramis. — Nesse lugar perdido, nesse deserto? Foi mesmo simpático.

— E contei que você estava em Vannes — continuou Porthos, no mesmo tom.

D'Artagnan se preparou e disse, quase com ironia:

— Na verdade eu sabia, mas quis ver.

— Ver o quê?

— Se nossa velha amizade ainda se sustenta. Se nossos corações, calejados que estão pela idade, ainda soltariam aquele bom grito de alegria com que se comemora a chegada de um amigo caso nosso encontro de fato ocorresse.

— Então deve ter ficado satisfeito, não?

— *Cosi-cosi.*[283]

---

282. Chefe de soldados mercenários, na Itália medieval, passando em seguida a designar o militar que chega ao posto de chefia por mérito pessoal (e não por linhagem nobiliárquica), ou ainda o aventureiro à frente de um bando armado.
283. Em italiano (no original, uma corruptela afrancesada da expressão), um "assim-assim" bastante reticente.

— Como assim?

— É verdade. Porthos me disse "Psiu!" e você…

— Eu o quê?

— … me deu sua bênção.

— Fazer o quê, meu amigo? — sorriu Aramis. — É o que de mais precioso tem um pobre prelado como eu.

— É mesmo?

— Não acredita?

— Dizem em Paris que o bispado de Vannes é um dos melhores da França.

— Ah, quer falar dos bens materiais? — perguntou Aramis, com descaso.

— Certamente é do que quero falar.

— Nesse caso, falemos — sorriu ainda Aramis.

— Concorda que é um dos mais ricos prelados da França?

— Meu amigo, já que quer saber das minhas contas, posso dizer que o bispado de Vannes gera vinte mil libras de renda, nem mais nem menos. É uma diocese que engloba sessenta paróquias.

— Interessante — disse d'Artagnan.

— Formidável — completou Porthos.

— Mesmo assim — continuou d'Artagnan, olhando bem Aramis —, você não pretende se enterrar aqui para sempre?

— Desculpe, mas não me considero enterrado.

— Para mim, quem está tão longe de Paris está enterrado, ou quase isso.

— Caro amigo, estou envelhecendo. O barulho e o tumulto da cidade não combinam mais comigo. Aos cinquenta e sete anos, devem-se buscar a calma e a meditação. Encontrei isso aqui. O que há de mais belo e mais austero do que esta região? Encontro nela o contrário do que apreciava antes, e é o que se deve buscar no fim da vida, sendo o fim o contrário do início. Algo dos meus prazeres da juventude vem ainda me fazer um aceno de vez em quando, mas sem me distrair da salvação. Ainda estou neste mundo, mas a cada passo que dou me aproximo de Deus.

— Eloquente, discreto e consistente: você é um prelado completo. Parabéns.

— Mas certamente, amigo — manteve o sorriso Aramis —, não veio aqui só me parabenizar… Diga, o que o trouxe? Será que terei a felicidade de poder ajudá-lo, de uma maneira ou outra?

— Obrigado, mas graças a Deus não, nada assim. Estou rico e livre.

— Rico?

— Sim. Quer dizer, no meu entender, não no seu e no de Porthos, é claro. Tenho umas quinze mil libras de renda.

Aramis o olhou desconfiado. Não dava para acreditar que o antigo amigo fosse dono de tão bela fortuna, sobretudo vendo-o com aquela aparência.

D'Artagnan então, percebendo ser chegada a hora das explicações, contou sua aventura na Inglaterra.

Enquanto falava, vinte vezes viu brilharem os olhos e se agitarem os dedos compridos do prelado.

Porthos, por sua vez, demonstrava não só admiração, mas entusiasmo, num verdadeiro delírio.

Terminada a narrativa, Aramis perguntou:

— E então?

— Então, como veem, tenho na Inglaterra amigos e propriedade; na França, um tesouro. Se quiserem, estão a seu dispor. Foi o que me trouxe.

Por mais seguro que fosse o seu olhar, ele não conseguiu, ali, sustentar o de Aramis. Desviou-o então na direção de Porthos, como a espada que cede diante de uma pressão poderosa demais e procura outro caminho.

— Em todo caso — disse o bispo —, escolheu um estranho traje de viagem.

— Horrível, sei disso! Não queria viajar como cavaleiro nem como senhor. Desde que fiquei rico, fiquei também avaro.

— E disse então que foi a Belle-Île? — voltou Aramis, sem transição.

— Sim. Sabia lá poder encontrar Porthos e você.

— A mim? — estranhou Aramis. — Estou aqui há um ano e nunca cruzei o mar.

— Ah, não imaginei que tivesse se tornado tão doméstico.

— É preciso que saiba, caro amigo, não sou nem sombra do que fui no passado. Acho o cavalo incômodo, o mar cansativo. Sou um pobre padre com saúde delicada, se queixando o tempo todo, resmungando e inclinado à austeridade, que me parece já um acerto com a velhice, uma negociação com a morte. Não saio de casa, d'Artagnan, nunca me afasto muito.

— Melhor ainda, meu caro, pois provavelmente seremos vizinhos.

— Hein? — exclamou Aramis, sem nem mesmo disfarçar a surpresa. — Você, meu vizinho?

— Por Deus, é bem possível.

— De que maneira?

— Vou comprar umas salinas que parecem bem vantajosas, entre Piriac e Le Croisic. Imagine só, meu amigo, uma exploração com doze por cento de rendimento líquido. Sem ter nunca períodos improdutivos nem despesas imprevistas. O oceano, fiel e regular, de seis em seis horas traz a matéria-prima ao meu caixa. Sou o primeiro parisiense a pensar em semelhante especulação. Não conte a ninguém, por favor, e nos falaremos em breve. Terei três léguas por trinta mil libras.

Aramis deu uma olhada em Porthos como se perguntasse se tudo aquilo era mesmo verdade, se não havia alguma armadilha por trás daquela tranquilidade. Mas rapidamente, como se se envergonhasse por consultar tão ingênuo informante, ele juntou suas forças para um novo ataque — ou uma nova defesa.

— Por fonte segura, soube que você teve algum conflito com a corte — ele continuou —, mas que se saiu com todas as honrarias da batalha, como sempre soube fazer.

— Eu? — E forçou uma gargalhada o mosqueteiro, sem conseguir esconder seu desconforto, pois achou que Aramis talvez soubesse das suas recentes relações com o rei. — Então sabe mais do que eu; estou curioso.

— Bom, contaram a este pobre bispo perdido no meio do mato que o rei o tomou como confidente dos seus amores.

— Amores? Com quem?

— Com a srta. de Mancini.

D'Artagnan respirou aliviado.

— Ah, isso não nego.

— Pelo que soube, ele o levou, certa manhã, além da ponte de Blois para falar com a sua bela.

— É verdade. Mas se está tão informado, deve saber que no mesmo dia pedi demissão.

— Sincera?

— Não podia ser mais.

— Foi quando procurou o conde de La Fère?

— Sim.

— E a mim?

— Isso.

— E Porthos?

— Também.

— Para uma simples visita?

— Não. Não imaginei que tivessem compromissos e quis chamá-los para ir à Inglaterra.

— Entendo. E então fez sozinho, personagem incrível que é, o que pensava nos propor. Imaginei que pudesse mesmo ter algo a ver com essa bela restauração, ao saber que foi visto em recepções do rei Carlos, que o tratava como amigo, ou até mesmo como alguém a quem devia um favor.

— Diabos, mas como sabe de tudo isso? — perguntou d'Artagnan, temendo que as investigações de Aramis tivessem ido mais longe.

— Caro amigo, minha amizade é mais ou menos como a solicitude desse vigia noturno que temos numa pequena torre, na extremidade do cais. Ele todas as noites acende a lanterna para ajudar os barcos que vêm do mar. Fica na sua guarida e os pescadores não o veem, mas ele os acompanha atento, prevê, chama e guia na direção do porto. Sou como esse vigia. De vez em quando algumas notícias chegam e me levam à lembrança de tudo aquilo que eu tanto amava. Então sigo os amigos que estão no mar tumultuoso do mundo; eu, pobre vigia a quem Deus teve a bondade de dar uma guarida.

— E depois da Inglaterra, o que mais fiz? — perguntou d'Artagnan.

— Está querendo demais; minha visão se turvou desde o seu regresso. Lamentei que não pensasse em mim, mas me enganei: está aqui à minha frente e isso é uma festa, uma grande festa, juro... E Athos, como vai?

— Muito bem.

— E nosso jovem pupilo?

— Raoul?

— Isso.

— Parece ter herdado a habilidade do pai, Athos, e a força do tutor, Porthos.

— Teve provas disso?

— Meu Deus, na véspera mesmo de partir.

— Não diga!

— Houve uma execução na Grève, que gerou um motim. Ficamos presos no tumulto, foi preciso sacar as espadas e ele se saiu maravilhosamente bem.

— Ah... o que fez? — interessou-se Porthos.

— Para começar, jogou um homem pela janela como se fosse um balote de algodão.

— É mesmo um bom começo! — aprovou Porthos.

— Depois sacou a espada e deu estocadas dignas de nós, nos bons tempos.

— E por que o motim? — continuou Porthos.

Aramis parecia desinteressado e o narrador respondeu, sem nada perder da sua reação.

— Eram dois altos prestadores de serviços financeiros a quem o rei mandara enforcar, dois amigos do sr. Fouquet.

Apenas um vago estremecer das sobrancelhas indicou que o prelado havia escutado.

— Ai, ai, ai! — alarmou-se Porthos. — E como se chamavam?

— D'Emerys e Lyodot — respondeu d'Artagnan. — Conhece os nomes, Aramis?

— Não — respondeu sem maior interesse o bispo. — Provavelmente dois financistas.

— Exato.

— E o sr. Fouquet permitiu que enforcassem os seus amigos? — estranhou Porthos.

— Por que não permitiria? — cortou Aramis.

— Porque tenho a impressão...

— Se enforcaram esses dois infelizes foi por ordem do rei, e não é por ser superintendente das finanças que o sr. Fouquet decide sobre a vida e a morte das pessoas, creio eu.

— Mesmo assim — resmungou Porthos. — No lugar dele...

Aramis preferiu não esperar pelo resto da frase e quis mudar o rumo da conversa:

— Mas chega de falar dos outros e falemos de você, d'Artagnan.

— De mim você já sabe tudo o que posso contar. Em vez disso, falemos de você, Aramis.

— Como eu disse, amigo, nada mais resta de Aramis em mim.

— Nem do padre d'Herblay?[284]

— Nem mesmo isso. Tem à sua frente um homem a quem Deus pegou pela mão e levou a uma posição que ele jamais ousaria esperar, e nem deveria.

— Deus? — duvidou d'Artagnan.

— Deus.

— Que estranho! A mim disseram ter sido o sr. Fouquet.

— Quem? — reagiu Aramis, sem que nem toda a sua força de vontade pudesse impedir um leve rubor que lhe coloriu o rosto.

— Ora, Bazin!

— Que idiota!

— Não digo que seja um gênio, é verdade; mas foi de quem ouvi e por isso repeti.

— Nunca vi o sr. Fouquet — respondeu Aramis, com um olhar tão sereno e puro quanto o de uma jovem virgem que jamais mentiu.

— E não haveria mal nenhum se o tivesse visto ou até conhecido. É alguém muito agradável, o sr. Fouquet.

— Ah!

— Um grande político.

Aramis fez um gesto de indiferença.

— Um poderoso ministro.

— Remeto-me apenas ao rei e ao papa — declarou Aramis.

— Mas ouça — continuou o mosqueteiro, num tom perfeitamente ingênuo —, digo isso porque todo mundo aqui jura em nome do sr. Fouquet. As planícies são do sr. Fouquet, as salinas que comprei são do sr. Fouquet, a ilha em que Porthos se tornou topógrafo é do sr. Fouquet, a guarnição é do sr. Fouquet, os navios são do sr. Fouquet. Então não me surpreenderia, confesso, o seu avassalamento, ou melhor, o da sua diocese, ao sr. Fouquet. É diferente do rei, mas um senhor tão poderoso quanto.

— Felizmente, amigo, não sou vassalo de ninguém. Não pertenço a ninguém, sou todo meu — respondeu Aramis, que durante toda a conversa seguia de perto cada gesto de d'Artagnan, cada piscada de Porthos.

Mas um se mantinha impassível e o outro imóvel. Os golpes habilmente aplicados eram aparados por um hábil adversário: nenhum o atingiu.

De qualquer forma, estavam todos cansados dessa luta e o anúncio da ceia foi muito bem-vindo.

A refeição mudou o rumo da conversa. Aramis e d'Artagnan, diga-se, na defensiva como estavam, viram que nada mais conseguiriam um do outro.

Já o terceiro à mesa, Porthos, não vira coisa alguma. Tinha ficado imóvel por Aramis ter feito sinal para que não se agitasse. A ceia, para ele, era apenas uma ceia, e isso lhe bastava.

---

284. É o nome de família de Aramis e como ele é chamado em *Vinte anos depois*.

Tudo então se passou às maravilhas.

D'Artagnan se mostrou borbulhante de alegria.

Aramis se superou, com sua doce afabilidade.

Porthos comeu como o falecido Pélope.[285]

Falou-se de guerra e finanças, de artes e amor.

Aramis se mostrava surpreso a cada assunto político que d'Artagnan mencionava. A longa série de surpresas aumentou a desconfiança de d'Artagnan, como sua permanente indiferença com relação a isso provocou a desconfiança de Aramis.

O mosqueteiro, enfim, trouxe à baila o nome de Colbert, pois tinha deixado para o fim esse golpe.

— Quem é? — perguntou o bispo.

"Ele realmente exagera!", falou com seus botões d'Artagnan. "Tenho que ficar de olho, caramba, ficar de olho!"

E deu sobre Colbert todas as informações que Aramis pudesse querer.

A ceia, ou melhor, a conversa, se prolongou até uma da manhã entre d'Artagnan e Aramis, pois às dez horas precisas Porthos dormiu na cadeira e passou a roncar como um órgão de igreja.

À meia-noite foi acordado para que fosse se deitar.

— Hum… — ele disse. — Acho que dei uma cochilada. No entanto, era muito interessante o que diziam.

À uma hora, Aramis acompanhou d'Artagnan ao quarto que lhe fora reservado, o melhor do palácio episcopal.

Dois empregados ficaram à disposição.

— Que tal um passeio a cavalo com Porthos amanhã, às oito horas? — ele propôs, se despedindo do mosqueteiro.

— Às oito? Tão tarde?

— Você sabe, preciso de sete horas de sono.

— É verdade.

— Boa noite, meu caro.

Ele abraçou o amigo com cordialidade e se retirou.

— Bom, às cinco horas estarei de pé — disse d'Artagnan, assim que a porta se fechou.

Depois, tomada essa decisão, ele se deitou e, como se diz, tratou de dormir.

---

285. Na mitologia grega, rei de cujo nome se originou o Peloponeso. Foi morto pelo pai, que o serviu num banquete, mas os deuses o devolveram à vida (ou seja, no festim, não foi pelo apetite que se notabilizou). É conhecido sobretudo por uma corrida de carro em que conseguiu a mão da esposa, Hipodâmia, mas sofreu uma maldição que afetou seus descendentes e deu origem a muitas das tragédias gregas que nos são familiares.

73. Quando Porthos começa a se arrepender de ter trazido d'Artagnan

Mal d'Artagnan apagou a vela, Aramis, que esperava atrás das suas cortinas o último brilho de luz no quarto do amigo, atravessou o corredor na ponta dos pés e se dirigiu àquele em que dormia Porthos.

O gigante, deitado havia uma hora e meia, se esparramava em cima do edredom, na feliz tranquilidade do primeiro sono que, nele em particular, resistia a badaladas de sino e a disparos de canhão. Sua cabeça flutuava no doce balanço que lembra o movimento ritmado de um navio. Um minuto mais e Porthos estaria sonhando.

A porta do quarto foi aberta devagarzinho pela mão delicada de Aramis.

O bispo se aproximou da cama e um espesso tapete abafava o barulho dos seus passos. De qualquer forma, Porthos roncava de maneira a encobrir qualquer outro barulho.

Aramis pousou a mão em seu ombro e disse:

— Vamos, amigo, acorde.

Sua voz era doce e afetuosa, mas transmitia mais do que uma insinuação: transmitia uma ordem. A mão era leve e, no entanto, sinalizava um perigo.

Do fundo da inconsciência, Porthos ouviu a voz e sentiu a mão de Aramis. Assustou-se:

— Quem está aí? — ele perguntou com sua voz de gigante.

— Psiu, sou eu!

— Você? Por que, diabos, está me acordando?

— Você precisa partir.

— Partir?

— Sim.

— Para onde?

— Paris.

Porthos deu um pulo na cama e se sentou, fixando em Aramis os olhos arregalados.

— Paris?

— Paris.

— São cem léguas!

— Cento e quatro — corrigiu o bispo.

— Santo Deus! — suspirou Porthos, voltando a se deitar, como as crianças que lutam com quem as acorda para ganhar uma ou duas horas de sono.

— Trinta horas a cavalo — acrescentou firme Aramis. — Há boas postas de muda, você sabe.

Porthos moveu uma perna com um gemido.

— Vamos, vamos, amigo — insistiu o prelado, com certa impaciência.

Porthos tirou a outra perna da cama.

— É absolutamente necessário?

— É urgente.

Porthos ficou de pé e começou a fazer estremecerem o piso e as paredes com seus passos de estátua.

— Sem barulho, pelo amor de Deus! — pediu Aramis. — Vai acordar alguém.

— É verdade — disse Porthos, com voz de trovão. — Estava esquecendo, mas não se preocupe, tomarei cuidado.

Dizendo isso, deixou cair o boldrié com a espada, as pistolas e uma bolsa, da qual rolaram escudos com um barulho vibrante e demorado.

Isso fez ferver o sangue de Aramis, enquanto, em Porthos, provocou uma formidável risada.

— Que engraçado! — ele disse, no mesmo tom de voz.

— Mais baixo, Porthos, mais baixo!

— É verdade.

E ele, de fato, baixou o tom da voz.

— Eu ia dizer — ele continuou — que é engraçado: a gente nunca é tão lento como quando quer se apressar, nem faz tanto barulho como quando não quer fazer.

— É verdade, tem razão, mas vamos contrariar essa máxima; vamos ser rápidos e silenciosos.

— Pode ver que estou fazendo o possível — disse Porthos, vestindo seus calções.

— Muito bem.

— Parece ser coisa urgente?

— Mais do que isso, Porthos, é coisa grave.

— Oh!

— D'Artagnan fez perguntas, não fez?

— A mim?

— A você, em Belle-Île.

— De forma alguma.

— Tem certeza, Porthos?

— Ora, se tenho!

— Tente se lembrar.

— Ele perguntou o que eu fazia e eu disse: "Topografia". Gostaria de ter dito outra palavra, que você já usou um dia.

— Castrametração?[286]

— Essa mesmo. Nunca consigo me lembrar.

— Ainda bem. O que mais ele perguntou?

— Quem era o sr. Gétard.

— O que mais?

— Quem era o sr. Jupenet.

— Ele não viu, por acaso, o mapa da fortificação?

— Viu.

— Ai, droga!

— Mas não se preocupe, eu tinha apagado a sua letra com uma borracha. Não teria como imaginar que você pudesse ter me ajudado no trabalho.

— Tem bons olhos, o nosso amigo.

— E o que você tanto teme?

— Temo que tudo seja descoberto. Trata-se então de nos adiantarmos a uma possível calamidade. Mandei que meu pessoal trancasse todas as portas. D'Artagnan não poderá sair antes do amanhecer. Seu cavalo está selado. Vá à primeira posta. Às cinco horas da manhã já terá percorrido quinze léguas. Vamos.

Aramis passou a ajudar Porthos a se vestir com a rapidez do melhor dos criados de quarto.

Um tanto confuso e semiatordoado, Porthos aceitava a ajuda, se desculpando.

Uma vez pronto, Aramis o pegou pela mão e o conduziu com todo o cuidado, pé ante pé, pelos degraus da escada, impedindo que esbarrasse nos umbrais das portas, manobrando-o como se fosse ele o gigante e Porthos o anão.

Era como a alma que procura dar vida à matéria.

Um cavalo já aguardava no pátio.

Porthos montou.

Aramis pegou o animal pela brida e o guiou por sobre uma trilha de esterco preparada com a evidente intenção de abafar o barulho. Ao mesmo tempo, apertava suas narinas para evitar os relinchos.

Chegando ao portão externo, puxou Porthos, que já ia partir sem nem perguntar por quê, e disse a seu ouvido:

— Vá a Paris sem o menor descanso, amigo Porthos. Coma a cavalo, beba a cavalo, durma a cavalo, sem perder um minuto.

— Entendido, sem descanso.

---

286. Termo militar para a técnica de medir e preparar o terreno para um acampamento ou fortificação.

— Custe o que custar, essa carta tem que ser entregue ao sr. Fouquet ao meio-dia de amanhã.

— Será.

— E tenha outra coisa em mente.

— Qual?

— Você está indo em busca dos títulos de duque e de par.[287]

Os olhos de Porthos brilharam.

— Irei em vinte e quatro horas, nesse caso.

— Tente.

— Então largue a brida e em frente, Golias!

Aramis de fato largou não a brida, mas as narinas do cavalo. Porthos estendeu a mão e enfiou as duas esporas na barriga do animal que, furioso, partiu a galope.

Enquanto pôde entrever Porthos no escuro, Aramis o seguiu com os olhos. Depois de perdê-lo de vista, voltou ao pátio.

Não havia movimentação nenhuma no quarto de d'Artagnan.

O criado deixado de vigia à porta do mosqueteiro não havia notado nenhuma claridade nem ouvido nenhum barulho.

Foi então mandado ir se deitar e Aramis se dirigiu a seu próprio quarto, fechando a porta com cuidado e pondo-se também na cama.

D'Artagnan, de fato, nada percebera e achou estar em vantagem ao acordar por volta das quatro e meia.

Ainda de camisola, foi à janela que dava para o pátio. Amanhecia.

Tudo estava deserto, nem as galinhas haviam deixado seus poleiros.

Criado nenhum aparecia.

Todas as portas estavam fechadas.

"Bom, tudo sossegado!", disse d'Artagnan a si mesmo. "Não tem problema, fui o primeiro a acordar. Vou me vestir e pelo menos isso já estará feito."

Então se vestiu.

Mas dessa vez se esmerou em não dar ao traje de sr. Agnan a dureza burguesa e quase eclesiástica de antes. Conseguiu inclusive, ajustando mais, abotoando de certa maneira, inclinando mais o chapéu, dar à sua aparência coloração vagamente militar, cuja falta havia, de certa maneira, chocado Aramis.

Satisfeito com o resultado, decidiu testá-lo — ou pelo menos foi o que arranjou como pretexto — e entrou sem se anunciar no quarto do anfitrião.

Aramis dormia ou fingia dormir.

---

287. Na Idade Média, os pares eram vassalos que tinham o mesmo status que o soberano. Mais tarde, o termo passou a significar membro do Conselho do rei, sendo sobretudo um título honorífico e, já no século XIX, membro da Alta Assembleia Legislativa, uma espécie de senador.

Um livro estava aberto na mesinha de cabeceira e a vela ainda ardia numa bandeja de prata. Isso comprovava a inocência e as boas intenções do prelado.

O mosqueteiro fez com o bispo exatamente o que ele fizera com Porthos: sacudiu um pouco o seu ombro.

Aramis evidentemente fingia, pois em vez de acordar com brusquidão — ele que tinha o sono tão leve — fez com que se repetisse o chamado.

— Ah, é você! — ele disse, se espreguiçando. — Que boa surpresa! Veja, o sono me fez até esquecer a felicidade de ter sua visita. Que horas são?

— Nem sei — respondeu d'Artagnan, um pouco desconcertado. — Acho que madrugada. Mas não consigo perder o maldito hábito de acordar pouco antes do amanhecer.

— E quer sair? — perguntou Aramis. — Parece ser bem cedo.

— Como quiser.

— Tínhamos combinado um passeio a cavalo às oito.

— É possível, mas tinha tanta vontade de estar com você que pensei: "O quanto antes melhor".

— E minhas sete horas de sono? Tome cuidado, pois contava com elas, e o que faltar terei que compensar mais adiante.

— Tenho a impressão de que antes não dormia tanto. Era agitado, nunca estava na cama.

— Justamente por isso é que agora aprecio muito estar.

— Confesse que não foi para dormir que marcou de nos encontrarmos só às oito horas.

— Achei que ia zombar de mim se dissesse a verdade.

— Diga, então.

— É que das seis às oito faço meus exercícios espirituais.

— Exercícios espirituais?

— É.

— Não imaginei que um bispo seguisse exercícios tão rigorosos.

— Um bispo sacrifica mais às aparências do que um simples padre.

— Caramba, Aramis! Disse algo que realmente me reconcilia com Vossa Grandeza. Às aparências. Parece coisa de mosqueteiro, aleluia! Um viva às aparências!

— Em vez de me congratular, me perdoe, d'Artagnan. Foi algo bem mundano que deixei escapar.

— Devo então deixá-lo em paz?

— Preciso de algum recolhimento, amigo.

— Bom, vou deixá-lo. Mas pense neste seu amigo pagão, que precisa da sua palavra, e tente abreviar tanto recolhimento.

— Está bem, prometo que em uma hora e meia...

— Uma hora e meia de exercícios espirituais? Ah, companheiro, menos! Chegue a algo mais em conta.

Aramis riu.

— Continua o mesmo jovem alegre e encantador. E resolveu vir à minha diocese para me afastar da graça.

— Bah!

— E sabe que nunca resisti às suas proposições; isso ainda me custará a salvação.

D'Artagnan franziu os lábios.

— Não se preocupe, ponha o pecado na minha conta. Trace um simples sinal da cruz bem cristão, reze um padre-nosso e vamos.

— Psiu! — fez Aramis. — Tem pessoas subindo a escada.

— Livre-se delas, mande-as embora.

— Não posso. Lembrei agora que marquei com o principal do colégio jesuíta e o superior dos dominicanos.

— O seu estado-maior.

— O que vai fazer?

— Acordar Porthos e esperar com ele o fim da reunião.

Aramis não esboçou a menor reação. Nada alterou seu rosto nem sua voz.

— Então vá.

D'Artagnan se dirigiu à porta e o amigo perguntou:

— Sabe qual é o quarto dele?

— Não, mas perguntarei.

— Pegue o corredor, é a segunda porta à esquerda.

— Obrigado, até logo — disse o mosqueteiro, tomando a direção indicada.

Nem dez minutos se passaram e ele voltou.

Encontrou Aramis entre o principal do colégio jesuíta e o superior dos dominicanos, na exata situação em que, muitos anos antes, o havia encontrado na taberna de Crèvecoeur.[288]

Tal companhia não o intimidou.

— O que houve? Tem algo a me dizer? — perguntou tranquilamente o bispo.

— É que Porthos não está no quarto — disse d'Artagnan, olhando firme o amigo.

— Estranho! — ele respondeu, com toda a calma. — Tem certeza?

— Como não? Estou vindo de lá!

— Onde pode estar?

— Pergunto eu.

— Não tentou se informar?

— Exatamente, fiz isso.

---

288. Em *Os três mosqueteiros*, capítulo 26, quando tem início, para Aramis, a ideia de se dedicar à religião.

— E o que disseram?

— Que Porthos às vezes sai de manhã cedo, sem avisar.

— E o que você fez?

— Fui à cocheira — respondeu d'Artagnan, trivialmente.

— Para quê?

— Para ver se saiu a cavalo.

— E? — interrogou o bispo.

— Falta o cavalo número cinco na manjedoura, Golias.

Todo esse diálogo, pode-se imaginar, se fazia com certa afetação por parte do mosqueteiro e uma perfeita complacência por parte de Aramis.

— Ah, já sei! — disse este último, depois de pensar um pouco. — Porthos quer nos fazer uma surpresa.

— Uma surpresa?

— Sim. O canal que vai de Vannes ao mar é ótimo para caçar cercetas e narcejas. É a caça favorita de Porthos, que nos trará uma dúzia para o almoço.

— Acha que é isso?

— Tenho certeza. Aonde mais pode ter ido? Aposto que levou a espingarda.

— É possível — disse d'Artagnan.

— Faça o seguinte, pegue um cavalo e vá encontrá-lo.

— Tem razão, farei isso.

— Quer que alguém o acompanhe?

— Não. Porthos não é difícil de se achar. Perguntarei.

— Quer levar um arcabuz?

— Obrigado, não.

— Escolha o cavalo que quiser e mande selar.

— O que montei ontem, vindo de Belle-Île.

— Ótimo. Sinta-se à vontade.

Aramis chamou e deu ordem para que preparassem o cavalo que o hóspede escolhesse.

D'Artagnan seguiu o criado encarregado da tarefa e este, chegando à porta, se pôs de lado para dar passagem. Nesse momento, o seu olhar e o do bispo se cruzaram e um rápido sinal bastou para que ele entendesse o que fazer.

O mosqueteiro montou e Aramis ouviu o barulho das ferraduras no chão pavimentado.

Pouco depois, o criado voltou.

— E então? — perguntou o bispo.

— Ele seguiu o canal, na direção do mar.

— Obrigado. É tudo.

De fato, sem suspeitar de nada, d'Artagnan seguia naquela direção, esperando a qualquer momento avistar no mato ou na praia a colossal silhueta do amigo Porthos.

Insistia em procurar pegadas de cavalo em poças d'água.

Às vezes imaginava ouvir um tiro de arma de fogo.

Essa ilusão durou três horas.

Por duas ele procurou Porthos.

Na terceira, voltou para casa.

"Devemos ter passado um pelo outro, vou encontrar os dois me esperando", pensou.

Engano seu: assim como não encontrara Porthos à beira do canal, não o encontrou no bispado.

Assim que o viu, do alto da escada, parecendo aflito, Aramis perguntou:

— Não conseguiram avisá-lo?

— Não. Mandou me procurarem?

— Peço desculpas, mil desculpas por tê-lo feito inutilmente andar, mas às sete horas o capelão de São Paterno veio me ver a pedido de du Vallon, que, não querendo acordar ninguém no bispado, o encarregara de um recado. Aproveitando a maré da manhã, Porthos resolveu dar um pulo em Belle-Île, temendo que o sr. Gétard se aproveitasse da sua ausência para alguma bobagem.

— Mas Golias não atravessaria quatro léguas de mar, não é?

— Na verdade são seis.

— Seria então mais difícil ainda.

— Golias está na estrebaria, e bem contente por não ter Porthos em sela, posso garantir — disse o prelado com um afetuoso sorriso.

O cavalo, de fato, tinha sido trazido da posta a mando de Aramis, que se preocupava com todos os detalhes.

A explicação pareceu perfeitamente satisfatória a d'Artagnan, que dava início a um papel que se adequasse melhor às suas suspeitas, cada vez mais fortes.

Almoçou entre o jesuíta e Aramis, sorrindo para o dominicano à sua frente, que, aliás, tinha uma cara bem simpática.

O almoço foi demorado e suntuoso, com a colaboração de um excelente vinho da Espanha, belas ostras do Morbihan, peixes maravilhosos da foz do Loire, camarões graúdos de Paimbœuf e a caça requintada das charnecas.

D'Artagnan comeu bastante e pouco bebeu.

Aramis nada bebeu, ou apenas água.

Pouco depois, o mosqueteiro perguntou:

— Posso pedir o arcabuz que propôs?

— Claro.

— Vou aceitá-lo.

— Vai caçar?

— Acho que é o melhor a fazer até a volta de Porthos.

— Pegue o que quiser do que está pendurado na parede.

— Não me acompanha?

— Seria um grande prazer, mas caçar é proibido aos bispos.

— Ah! Não sabia.

— De qualquer forma, estarei ainda ocupado por um momento.

— Irei então sozinho?

— Infelizmente sim, mas não deixe de vir jantar.

— Com certeza! Come-se bem demais aqui e não vou perder a ocasião.

D'Artagnan então cumprimentou os companheiros de mesa, pegou o arcabuz e, em vez de ir à caça, seguiu direto ao pequeno porto de Vannes.

Olhou para averiguar se estava sendo seguido. Ninguém à vista.

Alugou um pequeno barco de pesca por vinte e cinco libras e partiu às onze e meia, convencido de não haver ninguém em seu encalço.

E não havia, de fato, mas desde cedo um frade jesuíta, no alto do campanário da igreja, com uma excelente luneta não perdia nenhum dos seus passos.

Faltando um quarto para o meio-dia Aramis soube que d'Artagnan estava a caminho de Belle-Île.

A viagem foi rápida: um bom vento nor-nordeste o ajudou.

Aproximando-se, ele já buscava na costa ou mais acima, nas fortificações, o chamativo traje de Porthos e sua exuberante estatura sobressaindo contra o céu ligeiramente brumoso.

Foi inútil. Ele nada viu e ainda soube, pelo primeiro soldado a quem perguntou, que o sr. du Vallon não voltara ainda de Vannes.

Então, sem perder tempo, pediu que seu pequeno barco tomasse o rumo de Sarzeau.

Como se sabe, o vento muda ao longo das diferentes horas do dia, e passara então de nor-nordeste a sudeste. Isso quer dizer que era tão favorável para ir a Sarzeau quanto fora para vir a Belle-Île. Em três horas, d'Artagnan estava de volta ao continente e mais duas foram suficientes para desembarcar em Vannes.

Apesar da rapidez da viagem, o que d'Artagnan precisou engolir de impaciência e de frustração naquela travessia só o convés do barco em que ele procurou se conter por três horas poderia contar à história.

Num pulo, ele foi do cais ao palácio episcopal.

Imaginou aterrorizar Aramis com a rapidez da sua volta e se dispunha a reclamar da sua evidente duplicidade — de forma ponderada, mas num tom firme o bastante para que ele se desse conta —, e com isso, quem sabe, desvendaria também um pouco do seu segredo.

Graças à sua verve particular — que diante de um mistério era como um ataque a baioneta contra um reduto fortificado —, ele esperava, enfim, tirar do misterioso Aramis algo que o orientasse.

Mas já no vestíbulo do palácio encontrou um criado que, com um sorriso e ares beatificados, impediu sua passagem.

— Onde está monsenhor? — gritou d'Artagnan, tentando afastá-lo.

Por um instante abalado, o homem recuperou o equilíbrio e perguntou:

— Monsenhor?

— É claro! Não me reconhece, imbecil?

— Sim, reconheço, é o sr. d'Artagnan.

— Então deixe-me passar.

— Não precisa.

— Por que não preciso?

— Porque Sua Grandeza não está.

— Como não está? E onde se encontra?

— Viajou.

— Viajou?

— Sim.

— Para onde?

— Não sei. Mas talvez tenha dito ao sr. cavaleiro.

— Como? Quando? De que maneira?

— Nesta carta que me entregou, para o sr. cavaleiro.

O criado tirou uma carta do bolso.

— Mas que palerma, me dê logo isso! — d'Artagnan arrancou das mãos do homem a carta e, logo à primeira linha, disse: — Ah, entendi. Com certeza entendo.

Estava escrito:

Caro amigo,

Um problema dos mais urgentes me chama a uma das paróquias da diocese. Esperava vê-lo antes de partir, mas perco a esperança, imaginando que provavelmente ficará dois ou três dias em Belle-Île com nosso querido Porthos.

Divirtam-se, mas não tente competir com ele à mesa: é algo que não aconselharia nem mesmo a Athos na sua melhor e mais vistosa época.

Adeus, e creia que muito lamento não poder aproveitar melhor e por mais tempo a sua excelente companhia.

— Caramba! — exclamou d'Artagnan. — Fui feito de bobo! Animal, estúpido, triplo idiota que sou! Mas ri melhor quem ri por último. Diacho! Tapeado como um macaco que ganha um coco vazio!

Depois de dar um soco no nariz do risonho criado, ele correu para fora do palácio episcopal.

Furão, por melhor que fosse o seu trote, não estava à altura das circunstâncias.

D'Artagnan foi então à posta e escolheu um cavalo que o ajudasse a mostrar que, com boas esporas e mão ligeira, era possível provar que os veados não são os mais ágeis corredores da Criação.

74. D'Artagnan corre, Porthos ronca, Aramis aconselha

Trinta ou trinta e cinco horas depois do que acabamos de narrar, Fouquet trabalhava naquele gabinete que já conhecemos tendo proibido que o incomodassem, como era seu hábito, quando uma carruagem puxada por quatro cavalos banhados de suor entrou a galope no pátio.

O carro devia estar sendo esperado, pois três ou quatro lacaios se precipitaram à portinhola e a abriram, enquanto o superintendente deixava a escrivaninha e corria à janela.

Um homem saiu da carruagem, se apoiou no ombro de dois criados e, com muita dificuldade, desceu os três degraus do estribo.

Assim que disse o seu nome, o criado que estava livre correu à escadaria principal e desapareceu no vestíbulo.

Ia prevenir o dono da casa, mas não foi preciso bater, pois Fouquet já estava de pé na soleira.

— O bispo de Vannes! — anunciou o criado.

— Obrigado — respondeu Fouquet, que, em seguida, debruçando-se na escada interna que Aramis começava a subir, exclamou:

— Você, meu querido bispo? Chegou rápido!

— Eu mesmo, mas em que estado! Moído, como pode ver.

— Meu pobre amigo! — ofereceu um braço Fouquet, substituindo o apoio dos empregados que respeitosamente se afastaram.

— Bah! Não há de ser nada. O principal era chegar e aqui estou.

— Conte logo — disse o superintendente, fechando a porta do gabinete assim que Aramis e ele entraram.

— Estamos a sós?

— Perfeitamente a sós.

— Ninguém pode nos ouvir?

— Fique tranquilo.

— O sr. du Vallon chegou?

— Sim.

— E entregou minha carta?

— Entregou. O caso é mesmo grave, já que o trouxe aqui num momento em que sua presença é tão importante lá.

— Tem razão, não poderia ser mais grave.

— Obrigado, mil vezes! Do que se trata? Mas, por Deus, antes de qualquer coisa, respire. Está pálido de dar medo.

— De fato, não me sinto nada bem. Mas, por favor, não se preocupe comigo. Du Vallon disse alguma coisa ao entregar minha carta?

— Não. Ouvi um barulho forte e fui à janela. Junto à escadaria, estava uma espécie de cavaleiro de mármore. Desci, ele me entregou a carta e seu cavalo desabou, morto.

— E ele?

— Caiu com o cavalo. Foi carregado até um quarto. Depois de ler a carta, fui vê-lo para ter mais notícias, mas ele dormia de tal maneira que foi impossível acordá-lo. Fiquei com pena e mandei que lhe tirassem as botas e o deixassem em paz.

— Bem, vou dizer do que se trata. Conheceu o sr. d'Artagnan em Paris, não é?

— Estive com ele. Um homem de fina inteligência e também muito coração; apesar de ter causado a morte dos nossos amigos Lyodot e d'Emerys.

— Eu soube, lamento. Recebi em Tours um correio que me trazia uma carta de Gourville e mensagens de Pellisson. Já pensou bem no que aconteceu, ministro?

— Sim.

— E percebe ser um ataque direto à sua soberania?

— É o que acha?

— Sim, é como vejo toda essa movimentação.

— Pois confesso que essa sombria ideia também me ocorreu.

— Não se iluda, pelo amor de Deus. Ouça... Voltando a d'Artagnan.

— Continue.

— Em que situação o viu?

— Veio buscar dinheiro.

— A mando de quem?

— Tinha uma ordem de pagamento do rei.

— Direta?

— Assinada por Sua Majestade.

— Pois veja! D'Artagnan esteve em Belle-Île, disfarçado. Dizia-se intendente de alguém, que o mandara pesquisar salinas para comprar. D'Artagnan não recebe ordens de ninguém além do rei, e era como enviado de Sua Majestade que estava ali. Ele encontrou Porthos.

— Quem é Porthos?

— Perdão, o sr. du Vallon. E d'Artagnan sabe, como o senhor e eu, que Belle-Île foi fortificada.

— E acha que o rei o enviou? — perguntou Fouquet, pensativo.

— Tenho certeza.

— E d'Artagnan, nas mãos do rei, é um instrumento perigoso?

— O mais perigoso de todos.

— Então o avaliei bem no primeiro contato.

— Como assim?

— Procurei cooptá-lo.

— Se o tiver avaliado como o mais bravo, mais fino e mais hábil servidor da França, avaliou bem.

— É preciso então trazê-lo para o nosso lado, a qualquer preço!

— D'Artagnan?

— Não acha?

— Acho. Mas não conseguirá.

— Por quê?

— Porque perdemos a oportunidade. Ele estava em dissenção com a corte, teria sido o momento certo. Depois foi à Inglaterra, teve uma participação importante na restauração, ganhou uma fortuna e afinal voltou ao serviço do rei. E se voltou, foi por ter sido bem pago.

— Não seja por isso, podemos pagar mais.

— O problema é que d'Artagnan tem uma só palavra e, uma vez dada, ele não volta atrás.

— E o que conclui disso? — perguntou Fouquet, preocupado.

— Que é preciso aparar o fortíssimo golpe que se prepara.

— E como fazer?

— Espere... d'Artagnan virá prestar contas da missão ao rei.

— Temos então algum tempo.

— Como assim?

— Graças à rapidez com que veio, tem boa vantagem de tempo, não?

— Cerca de dez horas, mais ou menos.

— Pois em dez horas...

Aramis balançou a cabeça, pálido.

— Veja as nuvens que correm no céu, as andorinhas que cortam o espaço: d'Artagnan é mais rápido que a nuvem e a andorinha, ele é o próprio vento que as carrega.

— Está exagerando.

— Afirmo haver algo de sobre-humano nele. Tem a minha idade e o conheço há trinta e cinco anos.

— O que quer dizer?

— Acompanhe o meu cálculo: enviei du Vallon às duas da manhã, ou seja, oito horas de vantagem com relação a mim. A que horas ele chegou?

— Há quatro horas, mais ou menos.

— Como vê, tirei quatro horas de diferença. No entanto, Porthos é um cavaleiro grande e deixou mortos na estrada oito animais, dos quais vi os cadáveres. No que me concerne, fiz cinquenta léguas com cavalos de posta, mas sofro de gota, de cálculos, não sei mais de quê, o cansaço me mata. Tive que parar em Tours e pegar uma carruagem. Semimorto, desfeito, procurando como me acomodar no carro, mas mantendo a galope quatro animais furiosos para chegar. E cheguei, ganhando quatro horas. Mas d'Artagnan não pesa cento e cinquenta quilos como Porthos, não tem gota ou cálculos como eu: não é um cavaleiro, é um centauro. Estava a caminho de Belle-Île no momento em que eu tomava a estrada para cá, mas apesar das dez horas de diferença, chegará duas horas depois de mim.

— Acidentes podem acontecer.

— Não com ele.

— Podem faltar cavalos.

— Ele correrá mais rápido.

— Santo Deus!

— É alguém que amo e admiro. Amo porque é bom, grandioso e leal; admiro porque representa o máximo a que o homem pode chegar. Mas apesar de amá-lo e admirá-lo, temo-o e sei o que fará. Resumindo, ministro: dentro de duas horas d'Artagnan estará em Paris. Tome a dianteira, corra ao Louvre e veja o rei antes de d'Artagnan.

— E o que direi ao rei?

— Nada. Dê Belle-Île a Sua Majestade.

— Sr. d'Herblay! — exclamou Fouquet. — Quantos projetos estariam indo por água abaixo!

— Depois de um projeto abortado, sempre haverá outro a ser levado adiante! Não nos desesperemos, apenas corra, ministro, rápido.

— E aquela guarnição escolhida a dedo, o rei vai desmontá-la.

— Aquela guarnição era fiel ao rei e agora é fiel a você: é o que sempre acontece com quinze dias de ocupação, qualquer que seja a guarnição, aceite isso. É o inconveniente de se ter um exército em vez de um ou dois regimentos, e isso se descobre ao final de um ano. Não vê que a sua guarnição de hoje o apoiará em La Rochelle, Nantes, Bordeaux, Toulouse ou qualquer lugar para onde for enviada? Rápido, ministro, rápido que o tempo corre e d'Artagnan, enquanto isso, voa como uma flecha na estrada.

— Sua palavra, d'Herblay, é sempre um gérmen que frutifica no meu pensamento: vou ao Louvre.

— Neste instante.

— Apenas o tempo de trocar de roupa.

— Lembre-se que d'Artagnan não precisa passar por Saint-Mandé e irá direto ao Louvre. É uma hora a menos à frente dele.

— D'Artagnan pode ter o que for, mas não os meus cavalos ingleses. Estarei com o rei em vinte e cinco minutos.

E sem perder um segundo, Fouquet mandou preparar o carro.

Aramis teve tempo apenas de dizer:

— Volte também rápido, estarei impaciente.

Cinco minutos depois, o superintendente voava rumo a Paris.

Enquanto isso, Aramis pedira que lhe indicassem o quarto em que Porthos descansava.

Ao sair do gabinete de Fouquet, foi abraçado por Pellisson que, sabendo da sua presença, deixara sua sala para ir vê-lo.

Com sua afável elegância, Aramis recebia os respeitosos e carinhosos cumprimentos quando, bruscamente, parou.

— Que barulho é esse vindo lá de cima? — ele perguntou.

Ouvia-se, é verdade, um grunhido abafado, semelhante ao de um tigre faminto ou um leão impaciente.

— Oh, não se preocupe — disse Pellisson, sorrindo.

— Mas o que é?

— Apenas o sr. du Vallon, que ronca.

— Devia ter imaginado. Só ele seria capaz de fazer um barulho assim. Permite que eu suba para ver se precisa de alguma coisa?

— E permite que eu o acompanhe?

— Melhor ainda!

Os dois entraram no quarto.

Porthos estava estirado na cama, com o rosto mais para o roxo do que para o vermelho, olhos inchados, boca escancarada. O rugido que saía das profundas cavidades do seu peito sacudia os vidros das janelas.

Diante dos músculos faciais tensos e esculpidos em relevo, com os cabelos grudados de suor e a enérgica movimentação dos ombros, era impossível não se admirar: a força levada a tal ponto é quase uma divindade.

Ao incharem, as pernas e os pés hercúleos de Porthos haviam estourado as botas de couro e a força inteira daquele corpanzil se convertera em pétrea rigidez. Porthos estava tão imóvel quanto aquele gigante de granito na planície de Agrigento.[289]

---

289. São os gigantes de quase oito metros no vale dos Templos de Agrigento, na Sicília, e que davam sustentação a um dos edifícios, consagrado a Zeus. Foram erguidos por volta de 480 a.C., em comemoração à conquista grega da Sicília sobre os cartagineses.

Por ordem de Pellisson, um criado de quarto retalhou as botas, pois força nenhuma no mundo poderia arrancá-las.

Quatro lacaios já haviam tentado, puxando-as como cabrestantes de navio, mas nem sequer tinham acordado o barão.

As botas só saíram cortadas em tiras e então as pernas voltaram a cair na cama. As roupas foram também dilaceradas e o corpo levado a uma banheira, onde ficou por uma hora. Em seguida o puseram numa camisola branca e o deitaram numa cama preaquecida. Tudo isso com dificuldade e uma movimentação que teria feito um morto reclamar, mas Porthos nem mesmo abriu um olho e, nem por um segundo, interrompeu o sopro formidável do seu ronco.

Aramis, por sua vez, com seu temperamento tenso e permanente ânimo, quis fazer pouco do cansaço e trabalhar com Gourville e Pellisson, mas desmaiou na cadeira em que insistira em se sentar.

Foi carregado para um quarto próximo, onde o repouso do leito não demorou a lhe devolver a calma.

75. O sr. Fouquet age

Enquanto isso, Fouquet corria ao Louvre com suas parelhas inglesas a galope.

O rei estava em reunião com Colbert e havia parado por um momento, pensativo. Às vezes lhe voltavam à lembrança as duas condenações à morte recém-assinadas.

Eram duas manchas de luto que ele via de olhos abertos, duas manchas de sangue que via de olhos fechados.

— Tenho por vezes a impressão — ele disse de repente ao intendente — que os dois homens que o senhor me fez condenar não eram tão culpados.

— Foram escolhidos, Sire, dentro de um grupo que era preciso dizimar, de contratantes de serviços.

— Escolhidos como?

— Pela necessidade, Sire — respondeu friamente Colbert.

— A necessidade! É um grande termo! — murmurou o jovem rei.

— Uma grande deusa, Sire.[290]

— Eram amigos muito próximos do superintendente, não é?

— Sim, amigos que dariam a vida pelo sr. Fouquet.

— E deram.

— É verdade, mas à toa, felizmente, o que não era a intenção deles.

— Quanto dinheiro haviam desviado?

— Uns dez milhões, dos quais recuperamos seis.

— E esse dinheiro está em meus cofres? — quis saber o rei, com certa sensação de repulsa.

— Perfeitamente, Sire. Mas esse confisco, mesmo ameaçando o sr. Fouquet, não o atingiu.

— E o que conclui disso, sr. Colbert?

— Que se o sr. Fouquet levantou contra Vossa Majestade uma tropa de bandidos para salvar seus amigos, levantará um exército quando se tratar de salvar a si próprio.

---

290. Na mitologia grega, Ananké.

O rei lançou sobre o intendente um desses olhares que se assemelham ao sombrio clarão de um relâmpago na tempestade, um desses olhares que iluminam as trevas das mais profundas consciências.

— Espanta-me que, julgando o sr. Fouquet capaz disso, não tenha me sugerido algo mais.

— Como assim, Sire?

— Diga exatamente o que pensa, sr. Colbert, de forma clara e precisa.

— Sobre qual assunto?

— Sobre o comportamento do sr. Fouquet.

— Penso que ele não visa apenas ao dinheiro, como o sr. de Mazarino, privando Vossa Majestade de boa parte do seu poder. Quer também os amigos da vida fácil e dos prazeres: entre os preguiçosos os poetas, e entre os políticos os corruptos. Penso que ele invade prerrogativas da Coroa e não vai parar até completamente enfraquecer e obscurecer Vossa Majestade.

— E como se qualificam projetos assim, sr. Colbert?

— Os projetos do sr. Fouquet?

— Sim.

— São crimes de lesa-majestade.

— E o que se faz com quem os comete?

— Deve ser preso, julgado e punido.

— E o senhor está certo de ter o sr. Fouquet concebido em pensamento tais crimes?

— Vou mais longe: há início de execução.

— Pois então volto ao que disse antes, sr. Colbert.

— Sim?...

— Sugira alguma coisa.

— Pois não, Sire, mas antes tenho ainda algo a acrescentar.

— Diga.

— Uma prova evidente, palpável e material de traição.

— Qual?

— Acabo de saber que o sr. Fouquet fortifica Belle-Île-en-Mer.

— É mesmo?

— Exatamente, Sire.

— Tem certeza?

— Plena. Vossa Majestade sabe o número de soldados em Belle-Île?

— Não, por Deus. E o senhor?

— Também não. E gostaria então de propor que alguém seja enviado lá.

— Quem?

— Eu, por exemplo.

— O que faria em Belle-Île?

— Procuraria saber se, a exemplo dos antigos senhores feudais, o sr. Fouquet montou ameias nas muralhas.

— E por que ele faria isso?

— Para um dia se defender do seu próprio rei.

— Se for assim, seria preciso fazer imediatamente o que o senhor disse: prender o sr. Fouquet.

— É impossível!

— Acho já ter dito que suprimi essa palavra do meu serviço.

— O sr. Fouquet é procurador-geral, e o serviço de Vossa Majestade é forçado a levar isso em consideração.

— Continue.

— Consequentemente, ele tem consigo todo o Parlamento. Do mesmo modo que tem o Exército por suas generosidades, a literatura por suas graças e a nobreza por seus presentes.

— Quer dizer que nada posso contra o sr. Fouquet?

— Nada. Pelo menos por agora.

— O senhor é um conselheiro um bocado estéril.

— De forma alguma, Sire, pois não me limitarei mais a apenas apontar o perigo.

— Então diga! Por onde podemos minar o colosso? Prossiga!

O rei não conteve uma risada de amargura.

— Ele cresceu pelo dinheiro, deve ser morto pelo dinheiro.

— E se eu tirá-lo do cargo?

— Não é um bom meio.

— E qual então, qual?

— É preciso arruiná-lo.

— Mas como fazer isso?

— Não faltarão ocasiões; todas devem ser aproveitadas.

— Indique-as.

— Temos uma desde já. Sua Alteza Real, Monsieur, vai se casar, e as núpcias serão magníficas. É uma bela ocasião para que Vossa Majestade peça um milhão ao sr. Fouquet. Ele paga vinte mil libras de uma vez devendo apenas cinco, não vai poder negar um milhão a Vossa Majestade.

— Já é uma ideia, farei isso.

— Se Vossa Majestade assinar a ordem de pagamento, irei pessoalmente buscar o dinheiro — disse Colbert, dispondo diante do rei o papel e a pena.

Nesse momento, o camareiro entreabriu a porta e anunciou o sr. superintendente.

Luís ficou branco.

Colbert deixou cair a pena e se afastou do rei, sobre quem ele estendia suas asas negras de anjo nefasto.

O superintendente entrou como homem de corte, a quem uma simples olhada já basta para apreciar a situação.

E a situação não era tranquilizadora para ele, qualquer que fosse a consciência que tivesse da própria força. O olhinho negro de Colbert, dilatado de inveja, e o olho cristalino de Luís XIV, inflamado de raiva, assinalavam um perigo iminente.

Os cortesãos se assemelham, com relação aos burburinhos, aos velhos soldados que distinguem, pelos rumores do vento e da folhagem, a ressonância distante dos passos de uma tropa armada e podem, prestando atenção, dizer quantos homens marcham, quantas armas vibram, quantos canhões são transportados.

Para Fouquet, bastou considerar o silêncio feito à sua chegada, carregado de ameaçadoras revelações.

O rei esperou que ele, com toda a calma, avançasse gabinete adentro.

Sua timidez adolescente impunha essa momentânea passividade e Fouquet intrepidamente se aproveitou disso:

— Sire, estava impaciente para ver Vossa Majestade.

— E por qual motivo, ministro?

— Para uma boa notícia.

Colbert, tirante a grandeza do personagem, tirante a generosidade do coração, em muitas coisas se parecia com Fouquet.

Tinha a mesma sagacidade, o mesmo hábito de lidar com as pessoas. Além disso, uma grande força de contração, que dá aos hipócritas tempo para pensar e se recolher para só depois reagir.

Fouquet tomava a dianteira no golpe que ele, Colbert, havia preparado.

Seus olhos brilharam.

— Que notícia? — perguntou o rei.

O superintendente pôs em cima da mesa um rolo de papel e disse:

— Que Vossa Majestade queira dar uma olhada nesse documento.

O rei lentamente abriu o rolo.

— Um mapa?

— Sim.

— E de quê?

— De uma nova fortificação, Sire.

— Ah! — exclamou o rei. — Então se interessa por tática e estratégia, sr. Fouquet?

— Interesso-me por tudo que possa ser útil ao reinado de Vossa Majestade.

— Belo desenho! — observou o rei, admirando o mapa.

— Que Vossa Majestade certamente identifica — disse Fouquet, debruçando-se sobre o papel. — Isso é o cinturão de muralhas, aqui os fortes, aqui as obras exteriores.

— E isso, o que é?

— O mar.

— Por tudo em volta?

— Isso mesmo, Sire.

— E que fortaleza é essa cujo mapa me mostra?

— É Belle-Île-en-Mer, Sire — respondeu Fouquet, com toda a simplicidade.

Ouvindo esse nome, Colbert se agitou de forma tão brusca que o rei se virou para ele, pedindo que se controlasse.

Fouquet ignorou a reação de Colbert e fingiu não notar o sinal do rei.

— O senhor então mandou fortificar Belle-Île?

— Mandei, Sire. E trouxe comigo a relação das obras e dos custos — explicou Fouquet. — Gastei um milhão e seiscentas mil libras nessa operação.

— Por que motivo? — replicou com frieza Luís, incentivado por um olhar cheio de ódio do intendente.

— Pensando em algo que facilmente se explica. Vossa Majestade estava em estado de tensão com a Grã-Bretanha.

— Sim, mas desde a restauração do rei Carlos II somos aliados.

— Há apenas um mês, como muito bem disse Vossa Majestade. E as fortificações de Belle-Île tiveram início há seis meses.

— Tornaram-se então inúteis.

— Fortificações nunca são inúteis. Tomei a iniciativa pensando nos srs. Monck, Lambert e todos aqueles burgueses de Londres que bancavam soldados. Belle-Île estará fortificada contra os holandeses, contra os quais a Inglaterra ou Vossa Majestade não deixarão de entrar em guerra.

Uma vez mais, o rei ficou em silêncio e olhou Colbert de viés.

— Belle-Île, creio, é propriedade sua, sr. Fouquet.

— Não, Sire.

— E de quem é?

— De Vossa Majestade.

Colbert se apavorou como se um abismo se escavasse a seus pés.

Luís estremeceu de admiração, não sabemos se pelo gênio ou pela probidade de Fouquet.

— Explique-se, por favor.

— Nada mais simples, Sire. Belle-Île é uma propriedade minha. Fortifiquei-a às minhas custas, mas como nada no mundo pode impedir que um súdito faça uma humilde doação a seu rei, ofereço a Vossa Majestade a propriedade da terra, da qual me será deixado o usufruto. Enquanto praça de guerra, Belle-Île deve ser ocupada pelo rei, que poderá ali manter uma guarnição de sua confiança.

Colbert quase desmoronou no assoalho escorregadio. Para não cair, precisou se segurar nas colunas dos lambris.

— Demonstrou grande habilidade de homem de guerra nesse projeto, ministro — disse Luís XIV.

— Sire, a autoria não é minha. Muitos oficiais a inspiraram, e a planta, propriamente, foi traçada por um engenheiro dos mais distintos.

— Seu nome?

— Sr. du Vallon.

— Du Vallon? — surpreendeu-se Luís. — Não conheço. É estranho, sr. Colbert — ele continuou —, eu não conhecer pessoas de talento que dignificam meu reino.

Dizendo isso, ele se voltou para Colbert, que, se sentindo pisoteado, com gotas de suor a escorrerem da testa, não conseguia articular palavra alguma e sofria um inexprimível martírio.

— Guarde esse nome — acrescentou Luís XIV.

O intendente se inclinou, mais pálido do que os seus punhos de renda de Flandres.

Fouquet continuou:

— As alvenarias foram consolidadas com argamassa romana que arquitetos compuseram por encomenda minha, a partir de indicações da Antiguidade.

— E os canhões? — perguntou Luís.

— Ah, Sire! Isso será com Vossa Majestade. Não poderia instalar canhões sem que a fortaleza fosse de Vossa Majestade.

Luís se sentia indeciso entre o ódio que lhe inspirava aquele homem tão poderoso e o desdém que lhe inspirava aquele outro, abatido e mais parecendo uma imitação barata do primeiro.

Mas a consciência do seu dever enquanto rei se sobrepujou aos sentimentos pessoais.

Ele estendeu a mão sobre o papel e observou:

— A execução desse projeto deve ter custado muito.

— Achei ter dito o montante a Vossa Majestade.

— Diga de novo, pois não me lembro.

— Um milhão e seiscentas mil libras.

— Um milhão e seiscentas mil libras! É imensamente rico, sr. Fouquet!

— Vossa Majestade é rica, uma vez que Belle-Île lhe pertence.

— É verdade, obrigado. Mas por mais que eu seja rico, sr. Fouquet…

Ele parou.

— E então, Sire? — perguntou o superintendente.

— Pressinto que me faltará dinheiro.

— Em que momento, Sire?

— Já amanhã, por exemplo.

— Que Vossa Majestade, por favor, me explique.

— Meu irmão, Monsieur, se casa com Madame, da Inglaterra.

— Isso é ótimo, mas qual o problema, Sire?

— O problema é que devo dignamente receber a neta de Henrique IV.

— Nada mais justo, Sire.

— E preciso de dinheiro para tanto.

— É evidente.

— Creio que...

Luís XIV hesitou. A soma que pediria era exatamente a mesma que fora obrigado a recusar a Carlos II.

Virou-se para o intendente, querendo que ele aplicasse o golpe, e continuou:

— Creio que precisaria amanhã...

— De um milhão — disse brutalmente Colbert, feliz por ter uma revanche.

Fouquet estava de costas para ele e nem mesmo se virou, esperando que o rei repetisse, ou melhor, murmurasse:

— Um milhão.

— Francamente, Sire, um milhão? O que fará Vossa Majestade com um milhão?

— Parece-me, no entanto... — hesitou Luís XIV.

— É o que se gasta no casamento de um principezinho qualquer da Alemanha.

— Ministro...

— Vossa Majestade precisa de, no mínimo, dois milhões. Só os cavalos já levam quinhentas mil libras. Terei a honra de enviar ainda hoje um milhão e seiscentas mil libras a Vossa Majestade.

— Um milhão e seiscentas mil libras?

— Sei, é claro, que faltam quatrocentas mil — continuou Fouquet, ainda sem se voltar para Colbert —, mas esse cavalheiro da intendência — e por cima do ombro o indicou com o polegar —, esse cavalheiro da intendência... tem em seu ativo novecentas mil libras do meu caixa.

O rei olhou para Colbert, que apenas gaguejou:

— Mas...

— Há oito dias o cavalheiro recebeu um milhão e seiscentas mil libras — continuou Fouquet, ainda falando indiretamente a Colbert. — Cem mil libras foram pagas à guarda, setenta e cinco mil aos hospitais, vinte e cinco mil aos suíços, cento e trinta mil para os víveres, mil para a manutenção das armas, dez mil gastas em despesas diversas. Então não me engano em contar com uma sobra de novecentas mil libras.

Virando-se então pela metade para o intendente, como faz um chefe mostrando desprezo a seu inferior, ele completou:

— Que essas novecentas mil libras sejam entregues ainda hoje, em ouro, a Sua Majestade.

— Mas serão dois milhões e quinhentas mil libras!

— Sire, essas quinhentas mil libras a mais servirão para as pequenas despesas pessoais de Sua Alteza Real. Entendeu, sr. Colbert? Ainda hoje, antes das oito.

Depois disso, cumprimentando com todo o respeito o rei, ele se retirou aos recuos e sem sequer olhar para o invejoso cuja cabeça acabava de praticamente esmagar.

Colbert destruiu de raiva seus rendados de Flandres e mordeu o lábio a ponto de fazê-lo sangrar.

Fouquet nem chegara à porta do gabinete e o camareiro, passando a seu lado, anunciou:

— Um correio da Bretanha para Sua Majestade.

— D'Herblay estava certo — murmurou Fouquet, puxando um relógio —, uma hora e cinquenta e cinco minutos. Bem a tempo!

76. D'Artagnan acaba enfim conseguindo sua promoção

Sabe perfeitamente o leitor quem o camareiro anunciava como correio da Bretanha.

Nada mais fácil do que reconhecê-lo.

Era d'Artagnan, com roupas empoeiradas, feições crispadas, cabelos molhados de suor, pernas travadas por câimbras. Mal conseguia erguer os pés a cada degrau, nos quais tilintavam as esporas sujas de sangue.

Surgiu à porta do gabinete no momento em que por ela passava o superintendente.

Fouquet cumprimentou com um sorriso aquele que, tivesse chegado uma hora antes, teria causado sua ruína, quando não a morte.

Com a boa natureza que tinha e seu inesgotável vigor físico, d'Artagnan ainda teve suficiente presença de espírito para se lembrar da boa acolhida que recebera do ministro e também o cumprimentou, mais por simpatia e solidariedade do que por respeito.

Sentiu vir à boca o conselho que tantas vezes haviam dado ao duque de Guise: "Fuja!".[291]

Mas pronunciá-lo seria trair uma causa, e fazer isso ali, no gabinete do rei e ao lado do camareiro, seria se perder à toa, sem salvar ninguém.

Limitou-se então a cumprimentar, sem nada dizer, e entrou.

Naquele momento, o rei se via entre a surpresa causada pelas últimas palavras de Fouquet e o prazer com o regresso de d'Artagnan.

Sem ser cortesão, o mosqueteiro tinha o mesmo olhar seguro e rápido.

Logo ao entrar, notou a devoradora humilhação impressa na testa de Colbert.

Chegou inclusive a ouvir esta frase, que lhe dizia o rei:

---

291. O assassinato do duque de Guise, em 23 de dezembro de 1588, em plena guerra de religião entre católicos e protestantes (1562-98), era uma morte anunciada, sendo ele o principal personagem da Liga que se formara contra o rei Henrique III. Seu irmão, cardeal e arcebispo de Reims, teve idêntico destino um dia depois e, no ano seguinte, o próprio rei também foi assassinado.

— Ah, então o senhor tinha novecentas mil libras da superintendência?

Tenso, Colbert se inclinou sem nada responder.

Toda essa cena entrou no entendimento de d'Artagnan pelos olhos e pelos ouvidos ao mesmo tempo.

A primeira palavra de Luís XIV a seu mosqueteiro, como se quisesse assim se opor ao que dizia naquele momento, foi para amigavelmente cumprimentá-lo.

A segunda, logo depois, foi para dispensar Colbert, que se retirou do real gabinete lívido e trôpego, enquanto d'Artagnan retorcia as pontas do bigode.

— Fico até satisfeito de reconhecer, por baixo dessa lamentável aparência, um dos meus servidores — disse o rei diante do deplorável, mas mesmo assim marcial, aspecto do seu enviado.

— Verdade é, Sire, que achei minha presença no Louvre urgente o bastante para me apresentar assim.

— Isso significa que traz grandes notícias? — perguntou o rei, com um sorriso.

— Vou resumir a coisa, Sire: Belle-Île foi fortificada, admiravelmente fortificada. Tem uma dupla cintura de proteção, uma cidadela, dois fortes em separado. O porto abriga três corsários e às baterias de costa faltam apenas os canhões.

— Sei disso — respondeu o rei.

— Verdade? — espantou-se o mosqueteiro.

— Tenho inclusive o mapa das fortificações.

— Tem o mapa?…

— Aqui está.

— Com efeito. É o mapa. Igual ao que eu vi.

O rosto inteiro de d'Artagnan se ensombreceu e ele disse, num tom carregado de mágoa:

— Acho que entendo. Vossa Majestade não confiou apenas em mim e enviou também outra pessoa.

— O que importa como eu soube, uma vez que soube?

— Vossa Majestade está certíssima — continuou o mosqueteiro, sem procurar nem mesmo disfarçar o descontentamento. — Só que eu não precisava então me apressar tanto nem correr, vinte vezes, o risco de me quebrar os ossos para ser recebido assim. Quando não confiamos nas pessoas, Sire, ou as julgamos incapazes, não as convocamos.

Com um gesto muito militar, ele bateu os calcanhares, fazendo cair no assoalho poeira endurecida de sangue.

Por dentro, o rei exultava com o triunfo e acrescentou, após um momento:

— Aliás, não só tenho conhecimento como Belle-Île é propriedade minha.

— Entendo, Sire, perfeitamente. Não preciso de maiores explicações, que Vossa Majestade apenas me demita!

— Como assim? Quer que o demita?

— Foi o que disse. Tenho orgulho demais para comer um pão que não ganhei, quer dizer, que não fiz por merecer. Minha demissão, Sire!

— Opa!

— Que Vossa Majestade me demita ou demito-me eu.

— Está irritado?

— E não sem motivo, caramba! Há trinta e duas horas galopo sem parar, com prodígios de velocidade, meu corpo está duro como o de um enforcado, e outro mensageiro chegou antes de mim! Estou sendo feito de bobo! Minha demissão, Sire!

— Sr. d'Artagnan — continuou Luís xiv, apoiando sua alva mão no braço empoeirado do mosqueteiro —, o que acabo de dizer em nada altera o nosso trato. Palavra dada, palavra cumprida.

E o jovem rei foi à escrivaninha, abriu uma gaveta e pegou um papel dobrado em quatro.

— Aqui está sua patente de capitão dos mosqueteiros, que fez por merecer, sr. d'Artagnan.

O oficial abriu nervosamente o papel e leu duas vezes. Não podia acreditar no que via.

— E isso lhe é dado não só pela viagem à Bretanha como também pela brava intervenção na praça de Grève, onde o senhor muito corajosamente me prestou um grande serviço.

— Ah! — reagiu d'Artagnan, sem que seu autocontrole impedisse certo rubor. — Também disso sabe Vossa Majestade?

— Sim. Também.

O rei tinha um olhar penetrante e o discernimento infalível quando se tratava de decifrar uma consciência. Continuou:

— Sinto que tem algo a dizer. Vamos, fale francamente. De uma vez por todas, lembre-se de que já lhe pedi isso.

— Pois o que se passa, Sire, é que eu gostaria de ser capitão dos mosqueteiros por um ataque à frente da minha companhia, por ter calado uma bateria ou tomado uma cidade, e não por enforcar dois infelizes.

— É mesmo o que pensa?

— E por que estaria dizendo, se não fosse assim?

— Porque, se o conheço bem, nunca se arrepende de sacar a espada em meu nome.

— Pois Vossa Majestade se engana, e muito! Na verdade, me arrependo de ter sacado a espada pelas consequências que isso provocou. Aqueles pobres coitados não eram vossos inimigos nem meus. Aliás, sequer se defendiam.

O rei ficou em silêncio por um momento.

— E o seu companheiro, sr. d'Artagnan, igualmente se arrepende?

— Meu companheiro?

— O senhor não estava sozinho, pelo que soube.

— Sozinho? Onde?

— Na praça de Grève.

— Não, Sire — disse d'Artagnan, desconcertado, achando que o rei pudesse imaginar que queria guardar só para si os louros da façanha —, não, caramba! Tinha inclusive um excelente companheiro, como disse Vossa Majestade.

— Um jovem?

— Isso mesmo, um jovem. Aproveito para cumprimentar o serviço de espionagem que tão bem vos informa do que se passa fora e dentro de Paris. O sr. Colbert é quem faz todos esses belos relatórios?

— O sr. intendente só diz boas coisas a seu respeito, e não seria bem recebido, caso contrário.

— Ah, folgo em saber!

— Mas contou também ótimas coisas a respeito desse jovem.

— Nada mais justo.

— Ao que parece é um bravo — disse Luís XIV, querendo provocar o que imaginou ser pouco-caso do mosqueteiro.

— Com certeza, um bravo — repetiu d'Artagnan, na verdade encantado com a oportunidade de chamar a atenção do rei para Raoul.

— Sabe como se chama?

— Ora…

— Então o conhece?

— Há mais ou menos vinte e cinco anos, Sire.

— Mas ele tem no máximo essa idade!

— E isso quer dizer que o conheço desde que nasceu.

— É mesmo?

— Sire, Vossa Majestade parece ter desconfianças estranhas. O sr. Colbert, que tão bem vos informa, esqueceu de dizer que esse jovem é filho de um amigo muito próximo meu?

— O visconde de Bragelonne?

— Ah! O próprio, Sire. O visconde de Bragelonne é filho do conde de La Fère, que tanta importância teve na restauração do rei Carlos II. Bragelonne vem de uma linhagem valorosa, Sire.

— Ele então é filho daquele gentleman que veio me ver, na verdade ao sr. de Mazarino, da parte do rei Carlos II para nos oferecer aliança?

— Exato.

— E é um bravo, esse conde de La Fère?

— Sire, ele sacou mais vezes a espada por vosso falecido pai do que restam de dias na bem-aventurada vida de Vossa Majestade.

Foi Luís XIV quem então mordeu o lábio.

— Entendi, sr. d'Artagnan. E o conde de La Fère é seu amigo?

— Há quase quarenta anos, Sire. Vossa Majestade bem vê que não falo de ontem ou de anteontem.

— Gostaria de ver esse jovem, sr. d'Artagnan?

— Adoraria, Sire.

O rei tocou uma campainha e um camareiro apareceu.

— Chame o sr. de Bragelonne — disse Luís.

— Ah! Ele está aqui? — surpreendeu-se d'Artagnan.

— Hoje está de guarda no Louvre, com a companhia de fidalgos do sr. Príncipe.

Mal o rei deu essa explicação Raoul já se apresentava e, ao ver d'Artagnan, sorriu com esse encanto que só se encontra no rosto dos jovens.

— Vamos, vamos — disse familiarmente o mosqueteiro a Raoul —, o rei permite que me beije. Mas agradeça à Sua Majestade.

Raoul se inclinou com tanta graça que Luís, que sabia apreciar todo tipo de qualidade superior que não fizesse sombra às suas, admirou a beleza, o vigor e a modéstia do visconde.

— Cavalheiro — disse o rei, se dirigindo a Raoul —, pedi ao sr. Príncipe que me ceda o senhor e já recebi resposta. O senhor está a meu serviço desde a manhã de hoje. O sr. Príncipe é um bom chefe, mas o senhor nada perderá com a troca.

— É verdade, Raoul, fique tranquilo, o rei tem boas coisas — disse d'Artagnan, conhecendo a personalidade de Luís e explorando seu amor-próprio (dentro dos limites, é claro, mantendo sempre as conveniências, mesmo quando parecia estar zombando).

— Sire — respondeu então Bragelonne, num tom suave, cheio de graça, com a dicção natural e fácil herdada do pai —, não é de hoje que estou a vosso serviço.

— Fui bem informado sobre a sua façanha na praça de Grève. Naquele dia, é verdade, agiu por mim.

— Não, Sire, não é ao que me referia nem seria cabível lembrar tão pálida colaboração na presença de alguém como o sr. d'Artagnan. Falo de uma circunstância que marcou minha vida e fez com que eu me dedicasse, desde os dezesseis anos de idade, ao serviço de Vossa Majestade.

— Ah! Fale-nos então disso — pediu o rei.

— Quando parti para minha primeira campanha, quer dizer, quando fui me apresentar ao Exército do sr. Príncipe, o conde de La Fère me acompanhou até a basílica de Saint-Denis, onde os restos mortais do rei Luís XIII aguardam, no subterrâneo fúnebre, o sucessor que Deus, assim espero, não lhe enviará tão cedo. Ele me fez jurar ali, sobre o catafalco real, servir à realeza, em vossa pessoa representada e encarnada, em pensamento, em palavras e em ação. Deus e os mortos são testemunhas do meu juramento.

"Nesses dez anos, Sire, não foram tão frequentes quanto eu gostaria as ocasiões de confirmar que sou um soldado de Vossa Majestade e nada mais. Chamando-me agora para perto de si não me faz trocar de amo, apenas de guarnição."

Raoul se calou e se curvou.

Havia terminado e Luís XIV ainda ouvia.

— Caramba! — exclamou d'Artagnan. — Como fala bem, Vossa Majestade não concorda? Boa linhagem, Sire, grande linhagem!

— Concordo — murmurou o rei, emocionado, sem ousar, porém, manifestar seus sentimentos, que vinham do contato com aquele temperamento eminentemente aristocrático. — O que disse, cavalheiro, é verdade; por todo lugar em que esteve, esteve pelo rei. Mas trocando de guarnição terá, acredite, a carreira da qual é digno.

Raoul viu que ali findava o que o rei tinha a lhe comunicar pessoalmente e, com o perfeito tato que caracterizava aquela sublime natureza, se inclinou e saiu.

— Tem algo ainda que o senhor queira me dizer? — perguntou o rei, uma vez sozinho com d'Artagnan.

— Sire, guardei para o final uma notícia que é triste e fará trajar luto a realeza europeia.

— Meus Deus!

— Passando por Blois, Sire, uma palavra, uma palavra de dor, eco do palácio, chegou a meu ouvido.

— Está me assustando, sr. d'Artagnan.

— Uma palavra dita por um empregado dos estábulos, e que usava uma fita preta no braço.

— Meu tio Gastão?

— Ele deu o seu último suspiro, Sire.

— E não fui avisado! — exclamou o rei, sentindo como um insulto não ter recebido oficialmente a notícia.

— Que Vossa Majestade não se ofenda. Correio nenhum viaja no ritmo deste vosso servidor. O de Blois só estará aqui dentro de duas horas, e ele é rápido, posso dizer, pois o vi já depois de Orléans.

— Meu tio Gastão — murmurou Luís, pressionando a testa com a mão e depositando nessas três palavras tantos sentimentos contraditórios em sua memória.

— Pois é, Sire — disse filosoficamente d'Artagnan, adivinhando o pensamento do rei. — O passado se vai.

— É verdade, é verdade, mas ainda nos resta o futuro, graças a Deus, e tentaremos não construí-lo sombrio demais.

— Para isso, conto com Vossa Majestade — disse o mosqueteiro, inclinando-se. — E agora...

— Claro, tem razão. Esqueço que acaba de correr cento e dez léguas. Cuide bem de um dos meus melhores soldados e, já descansado, venha se pôr às minhas ordens.

— Estou sempre, Sire, ausente ou presente.

D'Artagnan se curvou e saiu.

Depois, como se viesse apenas de Fontainebleau, a quinze léguas, perambulou pelo Louvre a fim de encontrar Bragelonne.

77. Um enamorado e sua amada

Enquanto os círios ardiam no castelo de Blois, junto do corpo inanimado daquele último representante do passado, Gastão de Orléans; enquanto os burgueses da cidade faziam seu epitáfio, que estava longe de ser um panegírico; enquanto Madame *douairière*[292] nem se lembrava mais de tê-lo amado a ponto de com ele fugir do palácio paterno[293] e fazia, a vinte passos do salão mortuário, cálculos interesseiros e pequenos sacrifícios de amor-próprio, outros cálculos e outros amores-próprios se acomodavam por todo canto do castelo em que vivalma pudesse penetrar.

Nem os lúgubres toques dos sinos, nem as vozes do coro, nem o brilho dos círios através dos vidros, nem os preparativos funerários conseguiam distrair duas pessoas que estavam numa janela dando para o pátio interno — janela já conhecida nossa — que iluminava um cômodo dos chamados pequenos apartamentos.

Além disso, um alegre raio de sol — pois o sol parecia muito pouco se importar com a perda que a França acabava de sofrer —, um alegre raio de sol, dizíamos, descia naquele ponto, espalhando o perfume das flores vizinhas e animando até mesmo as muralhas.

Essas duas pessoas, preocupadas não com a morte do duque, mas com uma conversa motivada por essa morte, essas duas pessoas eram uma moça e um rapaz.

Este último, um jovem de vinte e cinco ou vinte e seis anos, com feições argutas e eventualmente sonsas, usando a seu favor os imensos olhos que tinha, protegidos por compridos cílios, era de pequena estatura e de pele morena. Ele sorria com uma boca enorme e belos dentes. O queixo, pontudo, mostrava uma estranha mobilidade que a natureza em geral não concede a essa parte do rosto. Muito languidamente, às vezes se espichava na direção da

---

292. Viúva herdeira nas classes superiores, como rainhas e duquesas.
293. Em março de 1631, depois de fracassar numa tentativa de revolta contra o irmão, Gastão se refugiou na corte do duque de Lorraine, em Nancy, mas precisou novamente fugir face ao iminente cerco da cidade e depois de se casar às escondidas com a filha do duque, que tinha dezesseis anos, casamento só legitimado em 1642.

moça que, diga-se, nem sempre recuava tão prontamente quanto as estritas conveniências teriam o direito de exigir.

A jovem nós já conhecemos, pois a vimos nessa mesma janela, à luz desse mesmo sol. No momento a que nos referimos agora, ela apresentava um misto bastante singular de fineza e reflexão: era encantadora rindo e bonita quando séria. Mas desde logo esclareçamos que se mostrava mais frequentemente encantadora do que apenas bonita.

O casal parecia ter chegado ao auge de uma conversa parte brincalhona, parte grave.

— Por favor, sr. Malicorne — dizia a moça —, podemos, enfim, falar sério?

— A srta. Aure acha ser fácil fazer o que queremos, mas só podemos fazer o que é possível... — replicou o rapaz.

— Pronto! E agora ainda se embrulha nas frases.

— Eu?

— Exato. Não me venha com essa lógica de notário, meu querido.

— É mais uma coisa impossível; sou escriturário, minha srta. de Montalais.

— Apenas senhorita, sr. Malicorne.

— Hélas! Bem sei que a distância se impõe.[294] Assim sendo, nada direi.

— Não a imponho, absolutamente. Diga o que tem a dizer, diga, é uma ordem!

— Então obedeço.

— Ora viva! Até que enfim.

— Monsieur morreu.

— Puxa, que novidade! E de onde está vindo para dizer isso?

— De Orléans.

— E é essa a única notícia que trouxe?

— Não... Digo também que Madame da Inglaterra está chegando para se casar com o irmão de Sua Majestade.

— Francamente, Malicorne, está sendo insuportável com essas novidades do século passado. Veja; se foi para debochar de mim que veio, será posto porta afora.

— Santo Deus!

— Juro, está mesmo me irritando.

— É preciso ter paciência, senhorita.

— Está querendo se valorizar e sei por quê. Continue...

— Diga o que quer saber e responderei francamente. Confirmarei, se for o caso.

---

294. Na França, o vocábulo "de" antes do sobrenome até hoje tem uma conotação nobre, pois indicava, antigamente, uma família com propriedade fundiária, privilégio da nobreza. Nessa conversa, em tom de brincadeira é esse "de" que os distancia.

— Sabe muito bem que quero a comissão de dama de honra que caí na besteira de lhe pedir, e agora tenta prolongar o seu crédito.

— Eu?

O rapaz abaixou as pálpebras, juntou as mãos e assumiu seu ar sonso.

— E que crédito poderia ter um pobre escriturário de procurador, pergunto eu.

— Não por acaso o seu pai tem uma renda de vinte mil libras, sr. Malicorne.

— Fortuna provinciana, srta. de Montalais.

— Não por acaso o seu pai tem conhecimento de segredos do sr. Príncipe.

— Vantagem que se limita ao empréstimo de dinheiro a monsenhor.

— Resumindo, não por acaso o senhor é o mais finório intermediador da província.

— Diz isso só para me agradar.

— E estou?

— Está.

— Como assim?

— Acabo de dizer que não tenho crédito algum e a senhorita diz que tenho.

— Vamos ao que interessa: minha comissão?

— Pois, sua comissão.

— Terei ou não terei?

— Terá.

— Sim, mas quando?

— Quando quiser.

— E onde está?

— No meu bolso.

— O quê? No seu bolso?

— É.

E, de fato, com seu sorriso sonso, Malicorne tirou do bolso uma carta, que Montalais agarrou como se fosse uma presa e avidamente leu.

À medida que lia, seu rosto se iluminava.

— Malicorne! — ela exclamou, depois de terminar a leitura. — Você, no final das contas, é uma boa pessoa.

— Por que a senhorita chegou a tal conclusão?

— Poderia ter cobrado por essa comissão e não fez isso.

Ela soltou uma gargalhada, achando deixar constrangido o escriturário, mas ele enfrentou bravamente o ataque e disse apenas:

— Não entendi.

Agora foi Montalais que ficou desconcertada.

— Já declarei meus sentimentos — continuou Malicorne. — E você três vezes falou, rindo, que não me ama, e me beijou uma vez, sem estar rindo. É tudo de que preciso.

— Tudo? — perguntou a orgulhosa e coquete jovem, com um tom que deixava transparecer o amor-próprio ferido.

— Absolutamente tudo — devolveu Malicorne.

— Ah!

O monossílabo podia indicar raiva, tanto quanto gratidão.

— Ouça, Montalais — ele disse, adotando também a familiaridade com que era tratado e sem se preocupar se agradava ou não a amiga —, não vamos insistir nisso.

— Por que não?

— Porque há um ano a conheço e sei que já teria vinte vezes me mandado embora se eu não a agradasse.

— É mesmo? E sob qual pretexto o teria mandado embora?

— Fui suficientemente impertinente para tanto.

— Bem, isso é verdade.

— Está vendo? Foi obrigada a confessar!

— Sr. Malicorne!

— Não se zangue. Quero dizer que, se não fechou a porta para mim, foi por algum motivo.

— Isso não quer dizer que o ame! — irritou-se Montalais.

— Acredito. Creio inclusive que, neste momento, me execra.

— Ah! Poucas vezes disse algo tão verdadeiro.

— Ótimo, pois eu a detesto.

— Tomo nota disso.

— Pois tome. Acha-me bruto e tolo, mas saiba que muitas vezes também a vi desfigurada de raiva, com voz nada suave. Neste momento, por exemplo, preferiria se jogar pela janela a aceitar um beijo meu na ponta dos dedos, mas saiba que eu faria o mesmo para não ter que chegar perto de você. Só que dentro de cinco minutos voltaremos a nos amar. É assim.

— Tenho minhas dúvidas.

— Pois eu garanto.

— Presunçoso!

— Mas essa não é a verdadeira razão. Você precisa de mim, Aure, e eu de você. Quando tem vontade de estar alegre, a faço rir. Quando me convém estar apaixonado, basta olhá-la. Consegui a comissão de dama de honra que você queria, terei o que quiser.

— De mim?

— De você! Mas neste momento, querida Aure, declaro nada querer, absolutamente nada. Assim sendo, fique tranquila.

— Você é odioso, Malicorne. Eu estava toda feliz com essa comissão; você é um estraga-prazeres.

— Bom, nada se perde: vai se alegrar quando eu tiver ido embora.

— Então vá…

— Vou, mas antes, um conselho...

— Qual?

— Volte ao bom humor, fica muito feia quando teima.

— Seu grosseiro!

— Vamos, aproveitemos para dizer algumas verdades, já que começamos.

— Ah, Malicorne, homem de coração ruim!

— Ah, Montalais, mulher ingrata!

O rapaz tranquilamente apoiou os cotovelos no batente da janela.

Montalais abriu um livro.

Malicorne se endireitou, bateu a poeira do chapéu com a mão e ajeitou o gibão preto.

Montalais, fingindo ler, o vigiava de viés.

— É isso — ela exclamou, furiosa. — Assume seus ares de escriturário. Vai se comportar assim por oito dias.

— Quinze, senhorita — disse Malicorne, inclinando-se.

Montalais foi na direção dele com os punhos cerrados.

— Monstro! Ah, se eu fosse homem...

— O que faria?

— Eu o estrangularia!

— Ah, que bom! Acho que começo a querer alguma coisa.

— E o que quer, sr. satânico? Que eu perca a alma de raiva?

Malicorne girava respeitosamente o chapéu entre os dedos. De repente, o deixou cair, pegou a jovem pelos ombros, aproximou-a e nos seus lábios colou lábios bem ardentes para quem se dizia tão indiferente.

Aure quis gritar, mas o grito foi impedido pelo beijo.

Tensa e irritada, ela o empurrou contra a parede.

— Bom — aceitou filosoficamente Malicorne —, serão seis semanas. Adeus, senhorita. Queira aceitar minhas humildes saudações.

Ele deu três passos na direção da saída.

— Pois saiba que não! Não será tão fácil assim! — exclamou Montalais, batendo o pé. — Não saia, é uma ordem!

— Uma ordem?

— Sim, não sou eu quem manda?

— Em minha alma e meu coração, sem dúvida.

— Grandes coisas! A alma é tola e o coração é seco.

— Muito cuidado, moça, pois se bem a conheço ainda voltará a amar este seu criado.

— É verdade — respondeu a jovem, pendurando-se no pescoço dele, mais com infantil indolência do que voluptuoso abandono —, é verdade, pois afinal preciso agradecer.

— Pelo quê?

— Por essa comissão. Não está nela todo o meu futuro?

— E o meu.

Montalais olhou bem para ele e disse:

— É horrível isso de nunca saber se está falando sério.

— Não poderia ser mais sério. Estou indo para Paris, você está indo, estaremos juntos.

— Foi então só por isso que me ajudou, seu egoísta?

— O que fazer, Aure? Não posso ficar longe de você.

— Pois, na verdade, é também o meu caso. No entanto, reconheça, tem um coração bem ruim!

— Aure, querida Aure, tome cuidado! Se voltar aos insultos, sabe o efeito que causam em mim e irei adorá-la.

Dizendo isso, ele outra vez aproximou a jovem de si.

Nesse mesmo instante, ouviram passos na escada.

Os dois estavam tão próximos que seriam pegos nos braços um do outro se ela não o empurrasse com violência. Lançou de costas o rapaz contra a porta que, justamente, estava sendo aberta.

Ouviram-se um grito e alguns insultos.

O grito e os insultos eram da sra. de Saint-Remy: o infeliz Malicorne acabava de imprensá-la entre a muralha e a porta entreaberta.

— Outra vez esse bandido! Sempre aqui! — ela disse.

— Não, minha senhora — respondeu o rapaz, da maneira mais respeitosa. — Fazia oito dias que eu não vinha.

78. Quando finalmente vemos ressurgir a verdadeira heroína desta história

Atrás da sra. de Saint-Remy subia a srta. de La Vallière.

Ouvira a explosão de raiva de sua mãe e, adivinhando o motivo, entrou trêmula no quarto, dando de cara com o infeliz Malicorne, cuja desesperada situação comoveria ou faria rir qualquer observador com algum distanciamento.

De fato, o rapaz se pusera atrás de uma poltrona como se fosse uma barricada que o protegesse dos primeiros assaltos. Como pela palavra não havia a menor possibilidade de se defender, pois o inimigo falava mais alto e sem dar trégua, ele apelava para a eloquência dos gestos.

A velha megera nada ouvia nem via, sendo Malicorne uma das suas antipatias — e há bastante tempo. Mas a sua fúria era grande demais para que não respingasse na cúmplice do infeliz.

Chegou então a vez de Montalais:

— E acha que não contarei a Madame o que se passa nos aposentos de uma das suas damas de honra?

— Ai, mãe, por favor! — tentou interferir Louise. — Não piore as coisas para Aure.

— E você, calada! Perde seu tempo tentando defender pessoas indignas. Que uma moça honesta tenha mau exemplo já é uma grande infelicidade, mas que o aceite tão facilmente é algo que não tolerarei.

— A bem dizer — reagiu afinal Montalais —, não vejo motivo para ser tratada assim. Nada fiz de mal.

— E esse grande malandro, senhorita, está aqui para o bem?

— Nem para o bem nem para o mal, senhora. Ele simplesmente veio me visitar, só isso.

— Que seja! De qualquer forma, Sua Alteza Real será informada e decidirá — trovejou a sra. de Saint-Remy.

— Não vejo por que o sr. Malicorne não poderia ter interesse em mim, se for um interesse honesto — respondeu Montalais.

— Interesse honesto, alguém com esse aspecto? — irritou-se ainda mais a velha.

— Agradeço em nome do meu aspecto — aparteou Malicorne.

— Venha, filha, vamos embora, vamos prevenir Madame. No momento em que ela pranteia o marido, em que todos choramos o soberano desse velho castelo de Blois, nesse momento de dor há quem se divirta e festeje.

— Oh! — reagiram ao mesmo tempo os dois acusados.

— Uma dama de honra! — indignava-se ainda mais a enfurecida senhora, erguendo as mãos ao céu.

— Pois é onde se engana — aborreceu-se por fim a jovem. — Não sou mais dama de honra. Não de Madame, em todo caso.

— Está se demitindo? Ótimo! Só posso aplaudir tal decisão, e é o que faço.

— Não foi o que eu disse, estou simplesmente de partida para outro serviço.

— Na burguesia ou na toga? —[295] perguntou a sra. de Saint-Remy, cheia de desprezo.

— Saiba, senhora, que não serviria a burguesas ou a mulheres de advogados. Estou apenas deixando esta corte miserável em que vegetamos e me transferindo para outra, quase régia.

— Ha, ha, ha! — forçou uma risada a velha Saint-Remy. — Uma corte régia! O que acha disso, Louise?

Ela apelava para a filha, querendo a todo custo colocá-la contra Montalais. A jovem, no entanto, apenas olhava as duas oponentes com seus belos olhos conciliadores.

— Eu não disse régia, pois Madame da Inglaterra, que se casa com Sua Alteza Real Monsieur, não é rainha. Disse quase régia, e isso é verdade, pois será cunhada do rei.

Se um raio caísse no castelo de Blois não causaria o efeito que causou essa última frase na sra. de Saint-Remy.

— Está falando de Sua Alteza Real Madame? — ela balbuciou.

— Vou estar a seu serviço como dama de honra, é o que estou dizendo.

— Dama de honra! — gritaram ao mesmo tempo a mãe e a filha, uma por desespero e a outra de alegria.

— Exato, dama de honra.

A velha senhora abaixou a cabeça, como se o golpe fosse forte demais.

Mas quase de imediato se endireitou, querendo lançar uma última carga contra a adversária:

— Muitas vezes se alardeiam promessas, as pessoas se inflam com esperanças loucas e, na última hora, quando se trata de cumprir o prometido, de concretizar as esperanças, desfaz-se no ar o grande crédito que se contava como certo.

---

295. Ou seja, não mais na nobreza, subentendendo pessoas ricas o bastante para ter damas de companhia, mas das classes industriosas ou notariais.

— Não nesse caso, senhora. O crédito do meu protetor é incontestável, suas promessas valem como determinações.

— E seria indiscreto perguntar o nome de tão poderoso protetor?

— Não, de forma alguma; é o cavalheiro aqui presente — disse Montalais, indicando Malicorne, que durante toda essa cena mantivera imperturbável sangue-frio e a mais cômica dignidade.

— Ele? — explodiu numa gargalhada a sra. de Saint-Remy. — É esse o seu protetor? A pessoa cujo crédito é tão forte que suas promessas valem como determinações?

Malicorne fez uma saudação.

Montalais, por sua vez, como resposta apenas tirou do bolso sua indicação oficializada e mostrou à velha senhora.

Era o fim. Assim que leu o bendito pergaminho, ela juntou as mãos e uma indescritível expressão de inveja e desespero contraiu todo o seu rosto. Foi obrigada a se sentar para não desabar no chão.

Montalais não era má o bastante para se alegrar com a vitória a ponto de tripudiar do inimigo derrotado. Ainda mais por se tratar, ali, da mãe da sua amiga. Mostrou-se então triunfante, mas sem exagerar.

Malicorne foi menos generoso. Tomou poses nobres na poltrona, com um à vontade que, duas horas antes, teria provocado a ameaça de bastonadas.

— Dama de honra da jovem Madame! — repetia a sra. de Saint-Remy, ainda não de todo convencida.

— Pois é... E graças à proteção do sr. Malicorne, repito.

— É incrível! Não acha incrível, Louise?

Louise não respondia. Estava perdida num devaneio, quase aflita, com a testa apoiada na mão, e suspirava.

— Mas, afinal, cavalheiro — disse, de repente, a sra. de Saint-Remy —, como conseguiu isso?

— Pedi.

— A quem?

— A um amigo.

— E tem amigos tão bem relacionados na corte para obter semelhantes provas de crédito?

— Bem... parece que sim.

— E pode-se saber o nome desses amigos?

— Eu não disse ter amigos, falei de um só.

— E esse um, como se chama?

— Puxa, a senhora é bem direta! Quem tem um amigo poderoso assim não sai falando dele tão facilmente, pois pode perdê-lo.

— Acho que tem razão em não dizer o nome, pois isso seria difícil.

— Em todo caso — voltou Montalais —, mesmo que o amigo não exista, a carta patente existe e isso resolve tudo.

— Dou-me conta, então — disse a sra. de Saint-Remy com o sorriso do gato que vai dar uma unhada —, de que ao ver o cavalheiro aqui, ainda há pouco...

— O que tem?

— Ele trazia essa carta.

— Adivinhou, senhora.

— Nesse caso, era uma visita absolutamente correta.

— Creio que sim.

— E cometi um erro ao censurá-la.

— Um grande erro, senhora; mas estou tão acostumada com isso que a perdoo.

— Então vamos embora, Louise. Não temos mais o que fazer aqui. Louise?

— Hein? — assustou-se a srta. de La Vallière. — O que disse?

— Não estava ouvindo, tenho a impressão.

— É verdade, estava pensando.

— Em quê?

— Em mil coisas.

— Pelo menos não está zangada comigo, Louise? — perguntou Montalais, tomando-lhe a mão.

— E por que estaria, Aure? — respondeu a jovem, com sua voz doce e melodiosa.

— E se essa pobre criança estivesse, pelo menos um pouco — voltou à carga a sra. de Saint-Remy —, não seria sem razão.

— E qual razão teria, por Deus?

— Ela é de tão boa família quanto a senhorita, e também bonita.

— Mãe! — exclamou Louise.

— Cem vezes mais bonita, senhora. De melhor família não, mas isso, de qualquer forma, não explicaria me querer mal.

— Acha divertido, para ela, se enterrar em Blois enquanto a amiga brilha em Paris?

— Mas de forma alguma impeço Louise de me acompanhar; pelo contrário, adoraria.

— Creio que o sr. Malicorne, que é todo-poderoso na corte...

— Ah, minha senhora, neste pobre mundo é cada um por si — respondeu o rapaz.

— Malicorne! — exclamou Montalais que, em seguida, se aproximando dele, continuou baixinho:

— Distraia a sra. de Saint-Remy, brigando ou fazendo as pazes. Preciso falar com Louise.

Ao mesmo tempo, uma delicada pressão da mão recompensou o rapaz por sua futura obediência.

Resmungando, ele se aproximou da velha senhora, enquanto Montalais dizia à amiga, passando o braço pelo seu ombro:

— O que está havendo? Diga. Não vai mesmo mais gostar de mim porque vou brilhar, como diz sua mãe?

— Que ideia! — respondeu a jovem, mal controlando as lágrimas. — Pelo contrário, fico muito feliz por você.

— No entanto, parece prestes a chorar!

— Será que só se chora de inveja?

— Ah, entendo. Essa simples palavra "Paris" a fez se lembrar de certa pessoa.

— Aure!

— Certa pessoa que morava em Blois e agora mora em Paris.

— Na verdade, não sei o que tenho, mas estou sem ar.

— Chore, então, já que não pode sorrir.

Louise ergueu o rosto que as lágrimas, escorrendo sem parar, iluminavam como se fossem diamantes.

— Vamos, confesse — disse Montalais.

— Confessar o quê?

— O que a faz chorar. Ninguém chora sem motivo. Sou sua amiga, farei tudo que quiser que eu faça. Malicorne pode mais do que parece. Quer ir a Paris?

— Como?

— Quer ir a Paris?

— Ficar sozinha aqui neste castelo velho, habituada que estava a ouvir suas canções, apertar sua mão, correr com você pelo parque; ah, como serei infeliz, não sobreviverei a isso.

— Quer ir a Paris?

Louise soltou um suspiro.

— Não respondeu.

— O que posso responder?

— Sim ou não. Não é tão difícil.

— Que felicidade a sua, Montalais!

— Isso quer dizer que gostaria de estar no meu lugar?

Louise se calou.

— Garota teimosa! Onde já se viu ter segredos com a amiga? Confesse que gostaria de ir, confesse que morre de vontade de ver Raoul.

— Não posso dizer isso.

— Está errada.

— Por quê?

— Porque... Está vendo esta carta de nomeação?

— Claro que estou.

— Pois eu a faria ter uma igual.

— Como?

— Malicorne.

— Aure, isso é verdade? Seria possível?

— É simples. Ele está aqui, e o que fez por mim terá que fazer por você.

O rapaz ouviu o seu nome ser pronunciado e achou ser bom pretexto para encerrar a conversa com a sra. de Saint-Remy.

— Estão falando de mim? — ele perguntou.

— Venha aqui um instante — falou Montalais, com um gesto imperativo.

Ele obedeceu.

— Outra carta patente, igual a essa — ela ordenou.

— Como assim?

— Outra carta igual, me parece claro.

— Mas...

— É o que quero.

— Ah, o que quer?

— Exato.

— É impossível, não é, sr. Malicorne? — ajudou Louise, com sua voz meiga.

— Bom, se for para a senhorita...

— Para mim, sr. Malicorne, seria para mim.

— E se a srta. de Montalais também pedir...

— A srta. de Montalais não pede, ela exige — corrigiu a própria.

— Nesse caso, tentaremos obedecer.

— Vai fazê-la ser nomeada?

— Tentarei.

— Não me venha com evasivas. Louise de La Vallière será dama de honra de Madame antes de oito dias.

— Está indo com muita pressa.

— Antes de oito dias ou...

— Ou?

— Pegue de volta esta carta, sr. Malicorne. Não vou deixar minha amiga.

— Querida Montalais!

— Está bem, guarde a sua carta. A srta. de La Vallière será dama de honra.

— Verdade?

— Verdade.

— Posso então ter esperança de ir a Paris?

— Pode contar com isso.

— Ah, sr. Malicorne, como fico grata! — exclamou Louise, juntando as mãos e dando um pulo de alegria.

— Garota fingida! — provocou Montalais. — Tente ainda dizer que não está apaixonada por Raoul.

Louise enrubesceu como uma rosa no mês de maio, mas, em vez de responder, foi beijar a sra. de Saint-Remy, contando:

— Mãe, o sr. Malicorne vai conseguir minha nomeação como dama de honra.

— O sr. Malicorne é um príncipe disfarçado, tem todos os poderes — replicou a velha senhora.

— Gostaria também de ser dama de honra? — perguntou o rapaz à sra. de Saint-Remy. — Já que estou com a mão na massa, por que não?

E com isso ele se retirou, deixando a pobre senhora sem as ferraduras, como diria Tallemant des Réaux.[296]

— Que seja — murmurava Malicorne, descendo a escada. — Fazer o quê? Serão mais mil libras que serei obrigado a pagar; meu amigo Manicamp nada faz de graça.

---

296. Gédéon Tallemant des Réaux (1619-92), escritor, conhecido sobretudo como memorialista por *Historiettes*, uma das fontes de Dumas para anedotas do século XVII. A expressão não tem uma intenção grosseira, significando apenas "pouco à vontade como um cavalo que perdeu uma ferradura".

79. Malicorne e Manicamp[297]

A introdução desses dois novos personagens na história, e a misteriosa afinidade dos nomes e dos sentimentos, merecem alguma atenção por parte do historiador e do leitor.

Vamos então entrar em alguns detalhes relativos aos srs. Malicorne e de Manicamp.

Malicorne, como vimos, fora a Orléans buscar a tal carta patente que tanta sensação provocou no castelo de Blois.

Isso por ser em Orléans que, naquele momento, se encontrava o sr. de Manicamp.

Tratava-se, este último, de um singular personagem: agradabilíssimo, sempre sem dinheiro, sempre necessitado, apesar de livremente recorrer à bolsa do sr. conde de Guiche, uma das mais polpudas da época.

De fato, os dois tinham sido amigos de infância, e de Manicamp, fidalgote de família pobre e avassalada aos Grammont,[298] com sua fina e inteligente lábia soubera criar para si um duradouro sustento na opulenta casa do marechal.

Precocemente calculista, desde criança assumia toda a culpa nas estripulias do conde de Guiche. Caso o nobre companheiro tivesse furtado uma fruta que estava reservada para a duquesa, quebrado um vidro, cegado o olho de um cachorro, de Manicamp se declarava culpado e recebia a punição que, apesar de manifestamente aplicada a um inocente, nem por isso era branda.

E esse abnegado acordo era pago. Em vez das roupas medíocres que a pouca fortuna paterna lhe impunha, o menino pobre podia se mostrar esplêndido, sublime como o jovem titular de uma pensão de cinquenta mil libras.

Não que tivesse um caráter vil ou uma idiotice qualquer; era simplesmente filósofo, ou melhor, tinha a indiferença, a apatia e a fantasia que liberam a

---

297. Em *Histoire amoureuse des Gaules*, de 1665, retratando as orgias desenfreadas da época, Roger de Rabutin, conde de Bussy (1618-93), menciona um certo Manicamp, dizendo que o conde de Guiche e ele se amavam "como se fossem de sexos diferentes".

298. Como se viu em *Vinte anos depois*, capítulo 32, o conde de Guiche é filho do duque e marechal de Grammont.

pessoa de toda preocupação relativa ao mundo hierárquico. Sua única ambição era gastar dinheiro.

Mas nisso o nosso bom de Manicamp era um poço sem fundo.

Três ou quatro vezes por ano ele esgotava os recursos do conde de Guiche que, depois de revirar os bolsos e a bolsa na frente dele, declarando precisar de pelo menos quinze dias para que a munificência paterna voltasse a encher bolsa e bolsos, de Manicamp perdia toda a energia, ficava deitado, não comia e vendia suas belas roupas uma vez que, não saindo mais da cama, não precisava delas.

Durante essa prostração da energia e do ânimo, a bolsa do conde de Guiche voltava a se encher e, uma vez cheia, transbordava na de Manicamp, que comprava novas roupas e recomeçava a mesma vida de antes.

A mania de vender suas roupas novas por um quarto do que valiam tornara célebre o nosso herói em Orléans, cidade por ele escolhida — e não sabemos dizer por quê — para os dias de penitência.

Os bon-vivants da província, os nobrezinhos que viviam com seiscentas libras por ano usufruíam dos restos da sua opulência.

Entre os admiradores dos esplêndidos trajes figurava nosso amigo Malicorne, filho de um síndico da cidade,[299] com quem o sr. príncipe de Condé, sempre necessitado — como um Condé —, pegava dinheiro emprestado, a altos juros.

Malicorne administrava as finanças paternas.

Seguindo o exemplo do pai e com empréstimos a curto prazo, ele conseguia, naqueles tempos de frouxa moralidade, uma renda de mil e oitocentas libras anuais, sem contar ainda seiscentas mais, que vinham da generosidade do síndico. Graças a tal artifício, Malicorne era o rei dos elegantes de Orléans, com duas mil e quatrocentas libras a dilapidar, a esbanjar, a distribuir em loucuras de todo tipo.

Mas, ao contrário do sr. de Manicamp, Malicorne era tremendamente ambicioso.

Ele amava por ambição, gastava por ambição, se arruinaria por ambição.

Malicorne queria o sucesso a qualquer preço e por isso, a qualquer preço, conseguira uma namorada e um amigo.

A namorada, a srta. de Montalais, o tratava perversamente no que se referia aos favores do amor, mas era de condição nobre, e isso para ele bastava.

Com o amigo não se tratava propriamente de amizade, mas de Manicamp era o favorito do conde de Guiche, que era amigo de Monsieur, irmão do rei, e isso bastava a Malicorne.

---

299. Na época, advogado representante de uma corporação profissional (significado que deu origem à palavra "sindicato").

Só que, quanto aos custos, a srta. de Montalais representava mil libras por ano, em enfeites, luvas e guloseimas.

De Manicamp custava, em dinheiro emprestado e nunca pago, de mil e duzentas a mil e quinhentas libras por ano.

Nada sobrava então para Malicorne.

Minto: sobrava a movimentação do dinheiro paterno.

Ele conduzia uma manobra com relação à qual mantinha o mais profundo sigilo, que consistia em fazer adiantamentos a si próprio. Com isso, devia ao caixa do síndico o seu ganho de meia dúzia de anos, ou seja, cerca de quinze mil libras, jurando, é claro, preencher esse déficit tão logo a ocasião se apresentasse.

E a ocasião viria com a obtenção de um belo cargo na casa de Monsieur, casa em vias de ser estabelecida com a iminência do casamento.

Um bom cargo na casa de um príncipe de sangue, quando indicado pelo crédito e pela recomendação de um amigo como o conde de Guiche, significava no mínimo doze mil libras por ano. Doze mil libras que chegariam a vinte mil, tendo em vista o hábito de Malicorne de fazer seus dividendos frutificarem.

Uma vez titular desse cargo, Malicorne se casaria então com a srta. de Montalais, que, sendo de uma família em que a descendência se enobrecia, não só traria um dote como também enobreceria Malicorne.

Mas para que a srta. de Montalais, que não tinha grande fortuna patrimonial, mesmo sendo filha única, trouxesse um dote razoável, era preciso que estivesse ligada a alguma grande princesa, tão pródiga como Madame *douairière* era sovina.

E para que a esposa não estivesse num lugar e o marido em outro, situação que apresenta graves inconvenientes, sobretudo se levarmos em consideração as características do futuro casal, Malicorne imaginou estabelecer como ponto central de reunião a própria casa de Monsieur, irmão do rei.

Pronto! Aure de Montalais seria então dama de honra de Madame e Malicorne estaria no serviço de Monsieur.

Vê-se que era um plano perspicaz e estava sendo bravamente executado.

Malicorne havia pedido a Manicamp que solicitasse ao conde de Guiche uma carta patente de dama de honra e o conde de Guiche pediu essa carta a Monsieur, que a assinou sem pestanejar.

O plano final de Malicorne, pois como é de imaginar os projetos de uma inteligência tão ativa não se limitariam ao presente, mas se estenderiam ainda ao futuro, esse plano era o seguinte:

Fazer entrar no serviço de Madame uma jovem de sua confiança, viva, bonita e intrigante para, através dela, ter acesso aos segredos femininos do jovem casal, enquanto ele e o amigo Manicamp saberiam dos mistérios masculinos da jovem comunidade.

Por esses meios se chegaria a uma fortuna rápida e, ao mesmo tempo, esplêndida.

Malicorne é um nome com feia sonoridade e o seu dono era inteligente o bastante para fingir não se dar conta disso; mas se comprasse uma propriedade, Malicorne de alguma coisa, ou mesmo apenas *de* Malicorne, soaria razoavelmente nobre a qualquer ouvido.

Não é impossível, inclusive, que se descobrisse uma origem das mais aristocráticas para aquele nome.

Por exemplo, poderia vir de algum feudo em que um touro com chifres terríveis tivesse causado um grande mal, batizando assim a propriedade com o sangue que derramara.

Na verdade, diversas dificuldades surgiam no plano, mas sem dúvida a maior delas era a própria srta. de Montalais.

Cheia de caprichos, instável, sonsa, distraída, libertina se fazendo de virtuosa, virgem com garras, Erígone[300] que se suja com uvas fingindo ser sangue, às vezes derrubava com um só peteleco dos seus alvos dedos, ou um único sopro dos seus risonhos lábios, o edifício que, com paciência, Malicorne por meses construíra.

Amor à parte, Malicorne era feliz. E esse amor ele não conseguia deixar de sentir, mas tinha força para dissimulá-lo com todo o cuidado, sabendo que à menor frouxidão das cordas com que havia amarrado a sua Proteu[301] fêmea ela o fulminaria e debocharia dele.

Malicorne então humilhava a amada, fazendo pouco-caso do amor. Ardendo de desejo quando a jovem se aproximava para tentá-lo, tinha a arte de parecer feito de gelo, certo de que, se abrisse os braços, ela se afastaria rindo.

Montalais, por sua vez, acreditava não amá-lo, mas na verdade o amava. Só que o rapaz com tamanha frequência se mostrava indiferente que ela de vez em quando acreditava, e achava então detestá-lo. Quando procurava, porém, trazê-lo de volta pelo coquetismo, ele se revelava ainda mais coquete.

O que, no entanto, fazia Montalais indiscutivelmente depender de Malicorne eram os renovados mexericos que ele trazia da corte e da cidade. Por ele chegavam a Blois notícias sobre moda, sobre perfumes e alguns boatos. Some-se a isso que o rapaz nunca pedia um encontro e, pelo contrário, es-

---

300. Na mitologia grega, filha de Egisto e Clitemnestra, meia-irmã de Orestes, a quem ela acusou de matar a mãe. Segundo algumas tradições, Erígone se matou quando o irmão fugiu; segundo outras, acabou se casando com ele e tiveram um filho, Pentilo.

301. Na mitologia grega, filho de Posêidon, mencionado na *Odisseia* como "o velho do mar", que pastoreava o rebanho de focas do pai. Tinha o poder de se metamorfosear, escapando assim (mas nem sempre, pois o rei grego Menelau conseguiu aprisioná-lo) das ciladas.

perava que ela insistisse, aceitando, com ares blasés, afagos que estava louco para receber.

Mas Montalais era também pródiga em histórias e, através dela, Malicorne sabia tudo o que se passava na casa de Madame *douairière*, transmitindo a Manicamp anedotas que o faziam morrer de rir e que ele, por preguiça, repassava ao conde de Guiche, que as contava a Monsieur.

Era essa, em poucas palavras, a trama de pequenos interesses e pequenas conspirações que ligava Blois a Orléans e Orléans a Paris. E foi graças a essa rede que chegou à capital, onde viria a causar tão enorme revolução, a pobre menina La Vallière, ainda longe de imaginar, ao sair toda feliz de braço dado com a mãe, que estranho destino lhe havia sido reservado.

Já o velho Malicorne, síndico em Orléans, não enxergava bem o presente como outros não enxergam o futuro, sem imaginar, ao dar seu passeio diário pela praça Sainte-Catherine, com seu traje cinzento da época de Luís XIII e sapatos de lona com laços enormes, ser ele quem pagava todas aquelas risadas, aqueles beijos, aqueles cochichos, aqueles enfeites e projetos em suspenso que formavam uma cadeia de quarenta e cinco léguas, do palácio de Blois ao Palais Royal.

80. Manicamp e Malicorne

Malicorne então partiu, como foi dito, atrás do amigo Manicamp, em retiro temporário na cidade de Orléans.

Chegou no exato momento em que o jovem senhor se preparava para vender o último traje mais apresentável que lhe restava.

Havia conseguido cem pistolas do conde de Guiche quinze dias antes, para que se movesse um pouco e o acompanhasse a Le Havre, onde desembarcaria Madame.

E mais cinquenta pistolas de Malicorne pela carta patente de Montalais, três dias antes.

Com tudo isso já gasto, ele nada mais podia esperar a não ser a venda de um belo traje de algodão e cetim, com bordados e passamanes de ouro que havia causado sensação na corte.

Mas a venda desse traje — o último de que dispunha, como fomos forçados a revelar ao leitor — forçava Manicamp a permanecer na cama.

Sem lenha para se aquecer, sem dinheiro para pequenos gastos ou passeios, apenas o sono substituía refeições, companhias e bailes.

Diz-se: "Quem dorme, janta", mas seria justo também dizer: "Quem dorme, joga", ou "Quem dorme, baila".

Reduzido ao extremo de não poder mais jogar nem bailar por ainda oito dias, no mínimo, como se pode imaginar Manicamp estava um bocado triste. Esperava um agiota e viu surgir Malicorne.

Decepcionado, deixou escapar uma exclamação, mas logo em seguida continuou, num tom impossível de descrever:

— Ora! É você, caro amigo?

— Eu mesmo, e nada bem-vindo, ao que parece.

— Ah, é que esperava algum dinheiro.

— E se eu estiver trazendo dinheiro?

— Isso muda tudo e, nesse caso, o amigo é muito bem-vindo.

Ele estendeu a mão, não à mão, mas à bolsa de Malicorne, que fingiu não entender e obrigou o amigo ao cumprimento.

— E o dinheiro? — perguntou Manicamp.

— Se quiser dinheiro, terá que ganhá-lo.

— O que preciso fazer?

— Ora! Ganhá-lo.

— De que maneira?

— Algo difícil, vou logo avisando.

— Diabos!

— Vai precisar sair da cama e ir correndo procurar o conde de Guiche.

— Eu? Sair da cama? — zombou Manicamp, espreguiçando-se. — De jeito nenhum.

— Já vendeu tudo o que tinha para vestir?

— Não, ainda tenho um traje, inclusive o mais bonito, mas estou esperando Esaú.

— E os calções?

— Ali, em cima da cadeira.

— Ótimo! Já que tem calções e gibão, vista-os, mande selar um cavalo e pegue a estrada.

— Nem pensar.

— Por quê?

— Então não sabe que de Guiche está em Étampes?

— Achei que estivesse em Paris. Serão então apenas quinze léguas, em vez de trinta.

— Só mesmo você! Quinze léguas com esse traje e ele não será mais apresentável. Em vez de vendê-lo por trinta pistolas, conseguirei apenas cinco.

— Venda-o pelo preço que quiser, mas preciso de outra indicação para dama de honra.

— Entendo. E para quem? A sua Montalais é dupla?

— Engraçadinho! Você é que é, e devora duas fortunas: a minha e a do conde de Guiche.

— Deveria dizer a dele e a sua, nessa ordem.

— É verdade, cada um no seu lugar. Mas, voltando à minha carta…

— Está perdendo tempo.

— Explique-se.

— Meu amigo, Madame terá apenas doze damas de honra. Já consegui para você o que mil e duzentas mulheres querem e, para isso, precisei de toda uma diplomacia…

— Com certeza. Sei que foi heroico, caro amigo.

— São negócios — disse Manicamp.

— E é a mim que vem dizer isso? Mas não se preocupe, quando eu for rei, já lhe prometo uma coisa.

— Qual? Vai se chamar Malicorne i?

— Não. Vou nomeá-lo superintendente das finanças. Mas não é disso que se trata agora.

— Infelizmente.

— Trata-se de conseguir outra indicação para dama de honra.

— Mesmo que me prometa o céu, neste momento não sairei desta cama.

Malicorne bateu no bolso e disse:

— Tenho aqui vinte pistolas.

— E o que quer fazer com vinte pistolas, homem de Deus?

— Podem-se juntar às quinhentas que você já me deve! — aborreceu-se Malicorne.

— Tem razão — estendeu Manicamp de novo a mão. — Visto por esse ângulo, posso aceitar. Passe-as para cá.

— Um momento aí, espertinho! Não basta entender a mão. Se eu lhe der as vinte pistolas, terei a carta?

— Com certeza.

— Logo?

— Hoje mesmo.

— Cuidado com o que diz, sr. de Manicamp! Está prometendo mais do que pedi. Trinta léguas num dia é muito, você vai se matar.

— Para agradar um amigo, nada é impossível para mim.

— Você é heroico.

— E as vinte pistolas?

— Aqui estão — mostrou-as Malicorne.

— Ótimo.

— Mas pense bem, só em cavalos de posta já vai gastar isso.

— De forma alguma, esteja tranquilo.

— Não entendo.

— Quinze léguas daqui a Étampes…

— Catorze.

— Tudo bem; catorze léguas são sete postas. A vinte soldos cada troca, são sete libras. Mais sete libras de correio, são catorze. O mesmo para a volta, vinte e oito. Para dormir e se alimentar será outro tanto. Ou seja, agradar um amigo vai lhe custar umas sessenta libras.

Manicamp se esticou na cama como uma serpente, olhando bem para Malicorne, e concordou, pegando as vinte pistolas:

— Tem razão, só vou poder voltar amanhã.

— Então vá.

— Já que só vou voltar amanhã, temos tempo.

— Tempo para quê?

— Para jogar.

— E o que estará em jogo?

— Essas vinte pistolas, claro!

— Nada disso, você ganha sempre.

— Eu as ponho na mesa, de qualquer forma.

— Contra o quê?

— Outras vinte.

— E o que estaremos apostando?

— O seguinte. Falamos de catorze léguas para ir a Étampes.

— Sim.

— E catorze para voltar.

— Sim.

— Consequentemente, vinte e oito léguas.

— Continue.

— Para essas vinte e oito léguas, você me concede catorze horas?

— Concedidas.

— Uma hora para encontrar o conde de Guiche?

— Sem dúvida.

— E uma hora para que ele escreva uma carta a Monsieur?

— Perfeitamente.

— Dezesseis horas, ao todo.

— Faz contas como o sr. Colbert.

— É meio-dia?

— E meia.

— Puxa! Tem um belo relógio.

— Volte ao que dizia… — pediu Malicorne, guardando o relógio no bolsinho.

— Ah, é mesmo. A aposta é de vinte pistolas, além daquelas que acaba de me emprestar, e você terá a carta do conde de Guiche em…

— Em?

— Em oito horas.

— Tem um cavalo alado?

— Isso é comigo. Apenas aposte.

— Que terei a carta do conde em oito horas?

— Isso.

— Assinada?

— Assinada.

— Na mão?

— Na mão.

— Aposta feita! — disse Malicorne, curioso para saber como o vendedor de trajes se safaria.

— Combinado, então?

— Combinado.

— Passe-me pena, tinteiro e papel.

— Aqui estão.

— Ah! — suspirou Manicamp para se erguer um pouco e, apoiado no braço esquerdo, traçou com bela caligrafia estas linhas:

Vale para um cargo de dama de honra de Madame, que o sr. conde de Guiche se encarregará de obter de imediato.

DE MANICAMP

Terminado esse tremendo esforço, ele voltou a se espalhar na cama.

— E o que isso quer dizer? — perguntou Malicorne.

— Quer dizer que se estiver com pressa de conseguir a carta do conde de Guiche para Monsieur, ganhei a aposta.

— Como assim?

— Parece-me óbvio. Você pega esse papel.

— Sim.

— Vai a Étampes.

— Ah!

— Galopa como louco.

— Entendo.

— Chega em seis horas, em sete terá a carta do conde e ganho a aposta sem sair da cama, o que parece bom para nós dois, imagino.

— De fato, Manicamp, você é um grande homem.

— Eu sei.

— Vou então a Étampes.

— Isso.

— Procuro o conde de Guiche com este vale.

— Que lhe dará outro, igual, para Monsieur.

— Vou a Paris.

— Procura Monsieur com o vale do conde de Guiche.

— Monsieur assina.

— Na hora.

— E tenho minha carta patente.

— Tem.

— Ah!

— Sou bom nisso, não sou?

— Muito.

— Obrigado.

— Consegue então tudo que quer do conde de Guiche, meu caro Manicamp?

— Tudo, exceto dinheiro.

— Droga! É uma exceção e tanto, mas, enfim, não sendo dinheiro, se pedir a ele...

— O quê?

— Algo importante.

— O que considera importante?

— Se um amigo lhe pedisse um favor?

— Eu não atenderia.

— Egoísta!

— Ou pelo menos perguntaria qual favor me faria em troca.

— Ufa! Pois esse amigo está aqui, à sua frente.

— Você?

— Eu.

— Veja só! Você então é bem rico.

— Tenho ainda cinquenta pistolas.

— É exatamente a soma de que preciso. Onde estão essas cinquenta pistolas?

— Aqui — disse Malicorne, batendo no bolso.

— Então diga, querido, do que precisa?

Malicorne pegou de novo o tinteiro, a pena e o papel, dispondo tudo à mão de Manicamp, e falou:

— É só escrever.

— Pode ditar.

— "Vale para um posto na casa de Monsieur."

— Opa! — parou Manicamp, erguendo a pena. — Um posto na casa de Monsieur por cinquenta pistolas?

— Deve ter ouvido mal.

— O que disse?

— Disse quinhentas.

— E onde estão?

Malicorne tirou do bolso um rolo de moedas de ouro, que abriu por uma ponta.

— Aqui mesmo.

Manicamp devorou com os olhos o rolo, que dessa vez foi mantido a distância por Malicorne, que continuou:

— O que acha? Quinhentas pistolas...

— Acho que é claro, meu amigo — disse Manicamp, pegando de novo a pena. — Já dispõe da minha indicação, é só ditar.

Malicorne continuou:

— "Que meu amigo, conde de Guiche, obterá de Monsieur para meu amigo Malicorne."

— Está feito — disse Manicamp.

— Falta assinar.

— É verdade. E as quinhentas pistolas?

— Aqui tem duzentas e cinquenta.

— E as outras duzentas e cinquenta?

— Quando eu obtiver o posto.

Manicamp fez uma careta e disse:

— Nesse caso, devolva-me a recomendação.

— Por quê?

— Para que eu acrescente uma palavra.

— Uma?

— Só uma.

— Qual?

— "Urgente."

Malicorne devolveu o papel e a palavra foi acrescentada.

— Bom — ele pegou de volta o bilhete.

Manicamp contava suas pistolas e disse:

— Faltam vinte.

— Como assim?

— As vinte que ganhei.

— Onde?

— Apostando que teria a carta do conde de Guiche em oito horas.

— É justo — ele concordou, juntando as vinte pistolas.

Manicamp pegou todo aquele ouro aos punhados e o lançou para o alto, recebendo-o como chuva em cima da cama.

— Essa segunda indicação — murmurava enquanto isso Malicorne, fazendo o papel secar — parece à primeira vista custar bem mais que a outra, mas...

Ele parou, pegou a pena e escreveu a Montalais:

A senhorita já pode dizer à sua amiga que a comissão não vai demorar; estou indo buscar a assinatura. São noventa léguas que faço por puro amor...

Depois, com um sorriso demoníaco, retomou a frase interrompida:

— Parece à primeira vista custar mais que a outra, mas... o lucro será proporcional ao custo, e a srta. de La Vallière renderá mais do que a srta. de Montalais; ou não me chamo Malicorne. Até a volta, Manicamp.

E ele se foi.

81. O pátio do palacete Grammont

Ao chegar em Étampes, Malicorne soube que o conde de Guiche tinha voltado a Paris. Descansou por duas horas e retomou a estrada.

Chegou já à noite, hospedou-se num hotelzinho em que costumava ficar quando ia à capital e, no dia seguinte às oito horas, se apresentou no palacete Grammont.

Bem a tempo.

O conde de Guiche se preparava para se despedir de Monsieur, pois partia para Le Havre, onde a elite da nobreza francesa ia receber Madame, que vinha da Inglaterra.

Malicorne disse o nome de Manicamp e foi imediatamente levado ao conde de Guiche, que se encontrava no pátio do palacete Grammont, inspecionando o equipamento de viagem que cavalariços e estribeiros faziam desfilar à sua frente.

O conde elogiava ou criticava, para os fornecedores e o seu pessoal, a roupagem, os animais e os arreios que eram mostrados quando, no meio dessa importante ocupação, anunciaram o nome de Manicamp.

— Manicamp? E por que não entrou logo, meu Deus? — dizendo isso, ele deu quatro passos na direção da porta, que ficara entreaberta.

Malicorne apareceu e, vendo a surpresa do rapaz ao se deparar com um desconhecido, se explicou:

— Aceite minhas desculpas, sr. conde, creio que houve um erro e anunciaram o próprio Manicamp, enquanto sou apenas um enviado seu.

— Ah! — exclamou de Guiche, um pouco decepcionado. — E o que trouxe?

— Uma carta, sr. conde.

Malicorne apresentou o primeiro vale, observando a expressão do conde, que começou a rir, dizendo:

— Outra vez! Mais uma dama de honra? Era só o que faltava, o maluco do Manicamp protege então todas as damas de honra da França?

Malicorne se inclinou.

— E por que não veio pessoalmente?

— Está de cama.

— Ai, miséria! De novo sem dinheiro? Como consegue gastar tanto?

Malicorne fez um gesto, querendo dizer que, nessa área, não sabia mais do que o conde.

— Que use o crédito que tem — continuou de Guiche.

— Acho que, nesse sentido, há um problema.

— Qual?

— O sr. conde é o seu único crédito.

— Ele então não irá a Le Havre?

Mais um gesto dúbio de Malicorne.

— Tem que ir, todo mundo vai estar lá!

— Sinceramente espero que ele não desperdice tão bela oportunidade, sr. conde.

— Já deveria estar aqui.

— É provável que vá direto, para recuperar o tempo perdido.

— E onde ele está?

— Em Orléans.

— O senhor me parece alguém de bom gosto — disse de Guiche, com um cumprimento.

Malicorne usava uma roupa que fora de Manicamp; retribuiu o cumprimento e respondeu:

— É uma grande honra que me faz o sr. conde.

— Com quem tenho o prazer de falar?

— Chamo-me Malicorne, senhor.

— Sr. de Malicorne, o que acha da fundição dessas pistolas?

Malicorne logo compreendeu a situação. Aliás, o *de* posto antes do seu nome o alçava à altura do interlocutor. Examinou como bom conhecedor as armas e sem hesitar declarou:

— Parecem-me pesadas.

— Está vendo? — disse de Guiche ao encarregado dos equipamentos. — O cavalheiro, que é um apreciador, considera pesada a fundição dessas pistolas, como eu disse ainda há pouco.

O homem se desculpou.

— E esse cavalo, que tal? — perguntou ainda de Guiche. — Foi mais uma aquisição recente.

— De aparência me parece perfeito, sr. conde, mas precisaria montá-lo para dar uma opinião.

— Pois faça isso, sr. de Malicorne. Dê duas ou três voltas com ele no picadeiro.

O pátio interno de fato fora arrumado para servir de picadeiro, quando necessário.

Muito à vontade, Malicorne juntou a rédea e o freio, segurou a crina com a mão esquerda, apoiou o pé no estribo e subiu à sela.

Fez primeiro o cavalo dar uma volta no pátio em passo de marcha.

O PÁTIO DO PALACETE GRAMMONT   529

A segunda volta ao trote.

E a terceira a galope.

Em seguida apeou ao lado do conde e entregou a rédea a um cavalariço.

— E então, sr. de Malicorne, o que achou?

— O animal é de raça mecklemburguesa. Averiguando se o mordente se encaixa bem no travão, confirmei que está se aproximando dos sete anos de idade, quando se deve preparar o cavalo de guerra. A frente é ágil. Cavalo de fronte achatada, dizem, não cansa a mão de quem o cavalga. A cernelha é um tanto baixa. A reentrância do lombo põe em dúvida a pureza da raça alemã; deve ter algum sangue inglês. É bem equilibrado nas patas, mas resvala um pouco para trás no trote. Deve encostar o casco da pata em movimento na que apoia. Cuidado com as ferraduras. No mais, é bastante manejável. Nos giros e trocas de marcha achei que obedece bem.

— Ótima observação, sr. de Malicorne — disse o conde. — Realmente sabe do que fala.

E emendou, mudando de assunto:

— Tem um belíssimo traje. Não vem da província, imagino; não se vê esse corte em Tours ou Orléans.

— É verdade, veio de Paris.

— Salta aos olhos... Mas voltemos ao que o trouxe... Manicamp então quer nomear uma segunda dama de honra?

— Foi o que ele escreveu, sr. conde.

— Quem era mesmo a primeira?

Malicorne sentiu o rubor tomar conta do seu rosto.

— Uma encantadora dama de honra, Aure de Montalais.

— Ah! O senhor então a conhece?

— Sim, é minha noiva... mais ou menos...

— Isso muda tudo... Meus parabéns! — exclamou de Guiche, que já se preparava para alguma piadinha de cortesão, reprimida pela explicação de Malicorne.

— E a segunda indicação é para quem? — continuou de Guiche. — Para a noiva de Manicamp? Se for o caso, coitada da jovem! Terá um péssimo marido.

— Não, sr. conde... A segunda indicação é para a srta. La Baume Le Blanc de La Vallière.

— Desconhecida.

— Desconhecida? — repetiu Malicorne, sorrindo. — De fato.

— Bom, falarei com Monsieur. Aliás, é solteira?

— Sim, e de ótima família, dama de honra de Madame *douairière*.

— Ótimo! Quer me acompanhar? Tenho que me despedir de Monsieur.

— Com prazer, se me der essa honra.

— Está com sua carruagem?

— Não, vim a cavalo.

— Com essa roupa?

— Não, vim de Orléans em cavalos de posta e me troquei para vir vê-lo.

— Ah, é verdade, está vindo de Orléans — ele disse, enfiando com descuido a carta de Manicamp no bolso.

— Por favor — acrescentou timidamente Malicorne —, creio que não leu tudo.

— Como não?

— São dois bilhetes, no mesmo envelope.

— Ah! É mesmo?

— Com certeza.

— Vejamos então — disse o conde, reabrindo o lacre. — É verdade, não tinha reparado!

Desdobrou o papel que não fora lido e prosseguiu:

— Como imaginava. Outro pedido, só que de nomeação para a casa de Monsieur. É mesmo um poço sem fundo, nosso Manicamp. Que bandido! Será que faz comércio disso?

— Não, sr. conde, é um favor que ele quer fazer.

— A quem?

— A mim.

— Mas por que não disse logo, meu caro sr. de Mauvaisecorne.

— Malicorne!

— Ah, me desculpe! É culpa do latim, o horrível hábito das etimologias. Com mil diabos, por que obrigar os jovens de família ao latim? *Mala: mauvaise*.[302] Veja, é a mesma coisa. Pode me perdoar, não é, sr. de Malicorne?

— A bondade do sr. conde me toca muito, mas é uma razão a mais para que eu diga logo uma coisa.

— É? O quê?

— Não sou fidalgo. Tenho bom coração, algumas luzes, mas me chamo apenas Malicorne.

— Pois o senhor me dá a impressão de ser ótima pessoa — exclamou de Guiche olhando para a maliciosa expressão do interlocutor. — Aprecio muito os seus modos, sr. Malicorne. E é preciso que tenha tremendas qualidades para ter agradado o egoísta do Manicamp. Diga a verdade, deve ser algum santo que desceu à Terra.

— Por que diz isso?

— Ora, para que ele lhe tenha dado alguma coisa. Não disse que ele quis lhe fazer um favor com a nomeação?

— Se eu porventura obtiver essa nomeação, ela não virá dele, mas do sr. conde.

---

302. *Mauvaise*, em francês: má. Confusão pela tradução do nome, que seria algo como "chifre ruim".

— E talvez não tenha sido bem um favor, não é?

— Sr. conde...

— Espere um pouco, tem um Malicorne em Orléans... Como não? É isso! Que empresta dinheiro ao sr. Príncipe.

— Creio que se refere ao meu pai...

— Entendi! O sr. Príncipe tem o pai e esse devorador do Manicamp tem o filho. Tome cuidado, eu o conheço e ele vai roer o que o senhor tiver, até os ossos.

— E note que empresto sem juros — sorriu Malicorne.

— Bem que eu disse, deve ser um santo ou coisa assim. Terá a sua nomeação ou verei isso como uma vergonha para mim.

— Ah, sr. conde, como fico grato! — disse Malicorne, nas alturas.

— Vamos falar com o príncipe, meu caro Malicorne, vamos ao príncipe.

E de Guiche tomou a direção da porta, fazendo sinal a Malicorne para que o seguisse. Prestes a sair, um jovem apareceu do outro lado.

Era um cavaleiro de vinte e quatro ou vinte e cinco anos, rosto pálido, lábios finos, olhos brilhantes, cabelos e sobrancelhas morenos.

— Ei, muito bom dia! — ele disse, praticamente empurrando de Guiche de volta ao pátio.

— Ah, é você, de Wardes?[303] Aqui, de botas, esporas e chibata na mão?

— Não é como deve estar alguém a caminho de Le Havre? Amanhã não haverá mais ninguém em Paris.

O recém-chegado cumprimentou cerimoniosamente Malicorne, a quem o belo traje dava ares principescos.

— Sr. Malicorne — apresentou-o de Guiche ao amigo.

De Wardes cumprimentou.

— Sr. de Wardes — disse de Guiche a Malicorne.

Foi a vez deste último cumprimentar.

— Então, de Wardes — continuou o anfitrião —, você que se interessa por esse tipo de coisa, quais funções estão ainda disponíveis na corte, ou melhor, na casa de Monsieur?

— Na casa de Monsieur? — refletiu o jovem, erguendo os olhos ao céu. — Hum, creio que a de grande escudeiro.

— Por Deus! — exclamou Malicorne. — Nem falemos de postos assim, minha ambição não chega a um quarto disso.

De Wardes tinha o olhar mais desconfiado do que de Guiche e imediatamente avaliou Malicorne.

— É verdade que, para um cargo assim, precisa ser duque e par.

---

303. François-René Crespin du Bec (1621-88), marquês de Vardes. Muito dado a intrigas, será exilado em 1665.

— Tudo o que peço é um posto simples. Pouco sou e não me ponho acima do que sou.

— O sr. Malicorne, aqui presente — explicou de Guiche —, é uma encantadora pessoa cujo único porém é não ser fidalgo. Mas, como sabe, faço pouco-caso de quem não apresenta mérito nenhum além do berço.

— Entendo — respondeu de Wardes —, mas lembro, meu caro conde, que sem qualidade nobiliárquica não se pode pensar num cargo na casa de Monsieur.

— É verdade, a etiqueta é formal — concordou o conde. — Droga, droga! Não pensei nisso.

— É uma grande desgraça para mim — disse Malicorne, ligeiramente pálido. — Uma grande desgraça.

— Mas que, espero, se possa remediar — respondeu de Guiche.

— Nada mais simples! — exclamou de Wardes. — E o remédio é óbvio, é só torná-lo fidalgo, meu caro. Sua Eminência, o cardeal Mazarini, fazia isso o tempo todo.

— Calma, calma, de Wardes! — interrompeu o conde. — Nada de brincadeiras de mau gosto. Pode-se comprar nobreza, é verdade, mas é algo triste demais para que riamos disso.

— Veja só! Você é bem puritano, como dizem os ingleses.

— O sr. visconde de Bragelonne — anunciou um camareiro no pátio, como se estivesse num salão.

— Ah, meu amigo Raoul, aproxime-se, aproxime-se. Também de botas! E esporas! De partida?

Bragelonne foi até o grupo de jovens e saudou a todos, da sua característica maneira grave e meiga. O cumprimento se dirigiu sobretudo a de Wardes, que ele não conhecia e cujas feições, ao ver Raoul, se tinham crispado de estranha maneira.

— Meu amigo — disse o visconde a de Guiche —, vim buscar sua companhia. Vamos todos a Le Havre, não é?

— Ah, que boa coisa! Maravilha! Faremos uma viagem fantástica. Sr. Malicorne, sr. de Bragelonne. Ah, e o sr. de Wardes, que igualmente apresento.

Os dois últimos trocaram saudações formais. Eram naturezas que, de imediato, pareciam opostas: de Wardes era maleável, fino, dissimulado; Raoul, sério, educado, reto.

— Resolva uma questão entre mim e de Wardes, Raoul — disse de Guiche.

— Sobre qual assunto?

— Sobre nobreza.

— Quem poderia saber mais sobre isso senão um Grammont?

— Não estou pedindo cumprimentos, apenas uma opinião.

— Precisaria conhecer o objeto da discussão.

— De Wardes entende que estão abusando dos títulos, enquanto sustento ser o título desnecessário ao homem.

— E está certo — disse tranquilamente Bragelonne.

— Mas também penso ter razão, sr. visconde — insistiu de Wardes, de forma um tanto afirmativa.

— Sob qual alegação, por favor?

— Eu dizia que se faz, na França, o máximo para humilhar os fidalgos.

— E quem faz isso? — perguntou Raoul.

— O próprio rei, cercando-se de pessoas que sequer têm quatro gerações comprovadas de nobreza.

— De onde, diabos, você tirou isso, de Wardes? — perguntou de Guiche.

— Vou dar um exemplo — ele respondeu, olhando bem para Bragelonne.

— Faça isso.

— Sabe quem acaba de ser nomeado capitão-comandante dos mosqueteiros, cargo mais importante do que o de par, cargo que o põe acima dos marechais da França?

Raoul começou a ficar vermelho, vendo perfeitamente aonde de Wardes queria chegar.

— Não. Quem foi nomeado? Não tem muito tempo, em todo caso, pois há oito dias o lugar estava vago, tanto que o rei o negou a Monsieur, que o queria para um protegido seu.

— Pois o rei o recusou ao protegido de Monsieur para dá-lo ao cavaleiro d'Artagnan, um filho caçula da Gasconha[304] que arrastou espada por trinta anos nas antecâmaras.

— Desculpe interrompê-lo — disse abruptamente Raoul —, mas provavelmente não conhece a pessoa de quem fala.

— Não conheço o sr. d'Artagnan? Deus do céu! Quem não o conhece?

— Quem o conhece, cavalheiro — retomou Raoul, com maior calma e frieza —, deve saber que, mesmo abaixo do rei em termos de fidalguia, o que de forma alguma é culpa sua, ele se iguala a todos os reis do mundo em coragem e em lealdade. É a opinião pessoal de alguém que, com a graça de Deus, conhece o sr. d'Artagnan desde que nasceu.

De Wardes ia responder alguma coisa, mas de Guiche o interrompeu.

---

304. Como tradicionalmente apenas o primogênito tinha direito à terra, nas famílias nobres os filhos seguintes eram encaminhados para carreiras na Igreja e no Exército ou na Marinha. De qualquer forma, como se vê no capítulo 1 de *Os três mosqueteiros*, a família de d'Artagnan não era rica.

82. O retrato de Madame

A discussão ia azedar e de Guiche logo percebeu.

De fato, havia no olhar de Bragelonne algo instintivamente hostil.

E, no do seu opositor, algo como uma agressão calculada. Sem se dar conta dos diversos sentimentos em jogo, de Guiche quis desde logo aparar os golpes que um deles certamente desferiria, ou talvez os dois. Então disse:

— Cavalheiros, vamos nos separar, pois preciso ir ver Monsieur. Proponho que de Wardes venha comigo ao Louvre e Raoul, que conhece tudo da casa, dê uma última olhada nos preparativos da viagem.

Sem temer confrontos, mas também sem buscá-los, Raoul meneou a cabeça, concordando, e foi se sentar num banco ao sol.

— É melhor assim — agradeceu de Guiche. — Peça que lhe mostrem os dois cavalos que acabo de comprar. Quero muito saber o que acha deles, pois a transação depende da sua aprovação para se confirmar. Aliás, me perdoe! Nem pedi notícias do sr. conde de La Fère.

Com essas últimas palavras, de Guiche procurava, na verdade, observar o efeito que provocaria em de Wardes o nome do pai de Raoul.

— Obrigado. Ele está muito bem.

Um relâmpago de ódio havia brilhado no olhar do outro amigo.

De Guiche fingiu não perceber o lampejo funesto e, despedindo-se de Raoul, disse apenas:

— Encontramo-nos no pátio do Palais Royal?

Depois, fazendo sinal a de Wardes — que balançava de uma perna à outra —, continuou:

— Então vamos. Venha também, sr. Malicorne.

O nome causou estranheza em Raoul.

Estava certo de já tê-lo ouvido, mas sem se lembrar onde. Enquanto tentava se recordar, em parte distraído e em parte irritado pela conversa com de Wardes, os três jovens se encaminharam para o Palais Royal, onde estava morando Monsieur.

Ao sair, Malicorne percebeu duas coisas.

A primeira era que seus dois companheiros tinham assuntos a tratar.

A segunda era que não devia caminhar ao lado deles.

Manteve-se então mais atrás.

Assim que se distanciaram alguns passos do palacete Grammont, de Guiche exclamou:

— Enlouqueceu? Atacou o sr. d'Artagnan na frente de Raoul?

— E qual é o problema?

— Ainda pergunta?

— Sim. Por acaso é proibido atacar o sr. d'Artagnan?

— Sabe muito bem que o sr. d'Artagnan compunha o temível e glorioso quarteto que a tradição agora denomina "os mosqueteiros".

— Sei, mas não vejo por que não posso detestar o sr. d'Artagnan.

— E o que ele fez a você?

— A mim, nada.

— Por que então o detesta?

— Pergunte à sombra do meu pai.

— Isso, meu amigo, me surpreende. O sr. d'Artagnan não é alguém que deixe para trás uma inimizade sem pedir explicação. O seu pai, por sua vez, era bastante arrogante, pelo que me contaram. E não há tão grandes inimizades que não se lavem no sangue de um bom e leal duelo.

— De um jeito ou de outro, havia esse ódio entre meu pai e o sr. d'Artagnan. Convivi com isso quando era criança, é um dos legados que me foram deixados.[305]

— E esse ódio se dirigia ao sr. d'Artagnan apenas?

— Ah, ele estava ligado demais a seus três amigos para que a coisa não respingasse neles. O sentimento era forte o bastante e pôde se distribuir de forma que cada um tivesse a sua parte.

De Guiche não perdia de vista o companheiro e estremeceu, percebendo o pálido sorriso que se esboçava. Algo como um pressentimento o assustou: estava terminado o tempo dos acertos de contas à espada entre fidalgos, mas o ódio, extravasando do fundo do coração, mesmo sem escorrer para fora não deixava de ser ódio, e às vezes o sorriso podia ser tão sinistro quanto a ameaça. Resumindo, depois dos pais, que se tinham odiado com o coração e combatido com o braço, vinham os filhos, com o mesmo ódio no coração, mas combatendo apenas pela intriga e pela traição.

E como em Raoul não era possível imaginar traição nem intriga, foi por ele que de Guiche estremeceu.

---

305. No capítulo 20 de *Os três mosqueteiros*, d'Artagnan fere o (então) conde de Wardes, ligado ao cardeal Richelieu, num duelo em Calais e rouba sua identidade para poder chegar à Inglaterra. Depois disso, em várias situações ele ainda se faz passar pelo conde.

Enquanto esses sombrios pensamentos obscureciam o semblante de um, o outro recuperava seu autocontrole e disse:

— É claro, nada tenho de mais pessoal contra o sr. de Bragelonne, pois sequer o conheço.

— Em todo caso, de Wardes — disse o conde, num tom bastante sério —, não se esqueça de que Raoul é o melhor dos meus amigos.

De Wardes se inclinou.

A conversa ficou nisso, mesmo que de Guiche tudo fizesse para ter maiores informações. O outro se decidira a nada mais dizer, mantendo-se impenetrável, e o jovem conde achou que poderia, mais tarde, se esclarecer melhor com Raoul.

Com isso chegaram ao Palais Royal, que estava cercado por uma multidão de curiosos.

A casa de Monsieur, em peso, aguardava apenas as suas ordens para escoltar os embaixadores que trariam a Paris a jovem princesa inglesa.

O luxo dos cavalos, das armas e das librés naquele tempo compensava, graças à boa vontade do povo e às tradições de respeitosa devoção aos reis, as enormes despesas pagas à custa de impostos.

Mazarino dissera: "Deixai-os cantar, desde que paguem".

Luís XIV dizia: "Deixai-os admirar".

A visão havia substituído a voz: podia-se ver, mas não mais cantar.

De Guiche deixou de Wardes e Malicorne ao pé da escadaria principal e subiu direto aos aposentos de Monsieur, pois tinha entrada privilegiada, assim como o cavaleiro de Lorraine, que sempre o recebia com sorrisos, mas não o suportava.

Encontrou o jovem príncipe diante do espelho, passando ruge nas bochechas.

Num canto do gabinete, esparramado em almofadas, de Lorraine descansava, tendo acabado de frisar sua longa cabeleira loura, que balançava com trejeitos femininos.

O príncipe se voltou ao ouvir o barulho e, vendo o conde, disse:

— Ah, é você, Guiche. Entre e me diga a verdade.

— É um dos meus defeitos, monsenhor.

— Imagine, Guiche, que esse infame cavaleiro me causou um grande desgosto.

De Lorraine fez um movimento de fastio com os ombros.

— Como assim? Não é hábito seu.

— Pois ele disse ainda há pouco que a srta. Henriqueta tem melhor aparência, como mulher, do que eu, como homem.

— Cuidado, monsenhor — disse de Guiche, franzindo a testa. — Pediu-me a verdade.

— Por favor — respondeu Monsieur, quase tremendo.

— Então direi.

— Também não se apresse, Guiche — exclamou o príncipe. — Tem todo o tempo. Olhe-me com atenção e lembre-se bem de Madame.[306] Aliás, aqui tem um retrato que me foi enviado, veja.

Ele estendeu ao amigo uma miniatura, um finíssimo trabalho.

De Guiche observou o retrato, demoradamente.

— Não há o que dizer, monsenhor, ela é adorável.

— Mas olhe também para mim, olhe — exclamou o príncipe, tentando trazer de volta a atenção do conde, que parecia presa ao retrato.

— Na verdade, é maravilhosa! — murmurou de Guiche.

— Ei! Até parece que nunca a viu — continuou Monsieur.

— É verdade, mas há cinco anos, e grandes mudanças acontecem entre os doze e os dezessete anos.

— Dê então sua opinião, vamos, fale!

— Minha opinião é que o retrato deve tê-la favorecido, monsenhor.

— Ah, isso é verdade — constatou o príncipe, triunfante. — Certamente é verdade. Mas se não fosse o caso, qual seria a sua opinião?

— Vossa Alteza deve se considerar feliz por ter tão encantadora noiva.

— Ótimo, e a sua opinião? Comparando.

— Minha opinião é que monsenhor é bonito demais para um homem.

O cavaleiro de Lorraine deu uma gargalhada.

Monsieur compreendeu a crítica embutida na opinião do conde de Guiche, se encrespou e disse:

— Tenho amigos muito pouco complacentes.

De Guiche olhou mais uma vez o retrato e, segundos depois, com certo esforço devolveu-o a Monsieur, dizendo:

— Realmente, prefiro dez vezes contemplar Vossa Alteza do que uma só vez Madame.

O cavaleiro deve ter notado algum mistério nessas palavras — que passaram despercebidas ao príncipe —, pois exclamou:

— Então por que não se casam?

Monsieur continuou sua maquiagem e depois, dando-se por satisfeito, olhou uma vez mais o retrato, admirou-se no espelho e sorriu.

Sem dúvida contente com a comparação.

— Foi muito gentil da sua parte ter vindo — ele disse a de Guiche. — Temi que partisse sem se despedir.

— Monsenhor me conhece o bastante para saber que não cometeria tal inconveniência.

— Nada tem a pedir, antes de deixar Paris?

— Vossa Alteza adivinhou. De fato tenho.

— É só dizer.

---

306. Em *Vinte anos depois*, os dois adolescentes, Guiche e Henriqueta, tinham inclusive um flerte.

O cavaleiro de Lorraine aguçou olhos e ouvidos, achando sempre que qualquer favor feito a outro o prejudicava.

Como de Guiche parecia hesitar, o príncipe perguntou:

— É dinheiro? Seria um bom momento, pois estou riquíssimo. O sr. superintendente das finanças me enviou cinquenta mil pistolas.

— Agradeço, mas não se trata de dinheiro.

— E o que é, então?

— Uma carta patente de dama de honra.

— Deus do céu, Guiche, mas que protetor você é! — reclamou desdenhosamente o príncipe. — Nunca vai falar de outra coisa senão dessas jovenzinhas?

O cavaleiro de Lorraine sorriu: era desagradar monsenhor proteger jovenzinhas.

— Não sou eu que protejo diretamente a pessoa por quem venho pedir, é um amigo.

— Ah, já é diferente. E como se chama a protegida do seu amigo?

— Srta. de La Baume Le Blanc de La Vallière, já dama de honra de Madame *douairière*.

— Arre! Ela puxa de uma perna —[307] disse o cavaleiro de Lorraine, ajeitando-se numa almofada.

— Verdade? — espantou-se o príncipe. — Madame terá isso à sua vista? Por Deus, não. Será perigoso demais quando estiver grávida.

De Lorraine achou engraçadíssimo.

— Sr. cavaleiro — dirigiu-se a ele de Guiche —, o que está fazendo não é nada gentil. Solicito algo e o senhor me prejudica.

— Ah, peço que o sr. conde me perdoe — respondeu Lorraine, na verdade assustado com o tom empregado. — Não era minha intenção. Creio que confundo essa pessoa com outra.

— Com certeza. Afirmo que se equivoca.

— Bom, faz mesmo questão, Guiche? — perguntou o príncipe.

— Muita, monsenhor.

— Então está feito! Mas não me peça mais cartas patentes, não há mais lugar.

— Ah, meio-dia! — exclamou o cavaleiro. — É a hora marcada para a partida.

— Está me mandando embora? — perguntou de Guiche.

— Puxa, conde! Como está zangado comigo hoje! — respondeu afetuosamente Lorraine.

— Por Deus, senhores — aparteou Monsieur. — Não briguem assim, não veem que isso me aflige?

— Minha assinatura? — pediu de Guiche.

---

307. Ver capítulo 15 de *Vinte anos depois*, sobretudo nota 177.

— Pegue para mim uma carta patente nessa gaveta.

De Guiche pegou o papel com uma mão, enquanto com a outra apresentava a Monsieur uma pena já mergulhada na tinta.

O príncipe assinou.

— Pronto — ele disse, entregando o documento. — Mas sob uma condição.

— Qual?

— Que fique de bem com o cavaleiro.

— Nada mais fácil — respondeu de Guiche, estendendo a mão a Lorraine, com uma indiferença bastante próxima do desprezo.

— Até breve, conde — disse o cavaleiro, sem parecer notar a atitude altiva do rival. — Boa viagem, e traga-nos uma princesa que não tagarele demais com o seu retrato.

— Sim, vá e seja cuidadoso... Por falar nisso, quem está levando com você?

— Bragelonne e de Wardes.

— Dois bravos companheiros.

— Bravos demais — acrescentou o cavaleiro. — Trate de trazer os dois de volta, conde.

— Que alma nociva! — murmurou para si mesmo de Guiche. — Só vê o mal por todo lugar.

Depois, cumprimentando Monsieur, se retirou.

Saindo do vestíbulo, ergueu na mão a carta patente assinada e Malicorne se aproximou correndo, trêmulo de alegria.

Assim que a entregou, de Guiche percebeu que ele esperava ainda alguma coisa e disse:

— Paciência, amigo, paciência. O cavaleiro de Lorraine estava lá e achei que desperdiçaria a oportunidade se pedisse demais. Espere-me voltar. Até lá!

— Até lá, sr. conde. Agradeço muito.

— E mande-me Manicamp. Aliás, é verdade que a srta. de La Vallière é manca?

No momento em que fazia a pergunta, um cavalo parava bem atrás.

Ele se virou e viu, empalidecendo, Bragelonne, que chegava naquele momento ao pátio.

O pobre enamorado tinha ouvido.

Malicorne, porém, já estava fora do alcance da voz.

"Por que falam de Louise?", perguntou-se Raoul. "Que de Wardes, sorrindo satisfeito ali perto, não diga uma palavra a respeito dela, ou vai se haver comigo!"

— Então vamos, senhores, a caminho! — comandou o conde.

O príncipe, naquele momento, tendo terminado seus preparativos de toalete, apareceu à janela.

A escolta inteira o saudou com aclamações e, dez minutos depois, estandartes, fitas coloridas e penachos ondulavam ao sabor do galope dos cavalos.

83. Em Le Havre

Toda aquela corte, tão brilhante, alegre e animada por sentimentos diversos, chegou a Le Havre quatro dias depois. Eram cerca de cinco horas da tarde e não se tinha qualquer notícia de Madame.

Devia-se ainda procurar hospedagem, e tiveram início certo tumulto entre os amos e discussões entre os criados. No meio da confusão, o conde de Guiche achou ter visto Manicamp, e era de fato ele. Mas como Malicorne tinha ficado com o seu mais belo traje, ele só conseguira comprar de volta um outro, de veludo roxo com bordados de prata.

De Guiche o reconheceu tanto pelo rosto quanto pela roupa, pois várias vezes o tinha visto com ela, que era sempre o seu último recurso.

Manicamp se aproximou e, ao se encontrarem, estavam sob um arco de tochas que mais incendiavam do que iluminavam o portal pelo qual se entrava na cidade, perto da torre de Francisco I.[308]

Vendo a sua expressão macambúzia, o conde não pôde deixar de rir e zombou:

— Ei, meu pobre Manicamp! Todo de roxo, está de luto?

— Isso mesmo, estou sim.

— De quem, ou de quê?

— Do meu traje azul e dourado, que se foi e só consegui este. E olhe que ainda fui obrigado a economizar para comprá-lo de volta.

— Não diga!

— Sou forçado a isso e não vejo por que se espanta, já que me deixa à mingua.

— Bom, o principal é que tenha vindo.

— Por estradas execráveis.

— Onde está hospedado?

— Hospedado?

— Isso.

---

308. A torre, com trinta metros de altura e vinte e cinco metros de diâmetro, era uma construção militar para a defesa do pôrto. Foi inaugurada com a cidade, em 1517, pelo rei Francisco I. Era um emblema de Le Havre até a sua demolição, em 1861.

— Não estou hospedado.

De Guiche riu.

— E onde vai se hospedar?

— Onde você se hospedar.

— Pois é, e eu não sei onde.

— Como não sabe?

— Como saberia?

— Não reservou um lugar?

— Eu?

— Você ou Monsieur.

— Não pensamos nisso. Le Havre é grande, imagino; basta encontrar estábulo para doze cavalos e uma casa adequada, numa boa área da cidade.

— Ah, tem casas até que bem confortáveis.

— Então será fácil...

— Não para nós.

— Por que não para nós? Para quem seriam?

— Para os ingleses, é claro!

— Para os ingleses?

— Sim. Foram todas alugadas.

— Por quem?

— Pelo sr. de Buckingham.

— O quê? — alarmou-se de Guiche.

— Pois é, o sr. de Buckingham. Sua Graça mandou alguém, há três dias, e alugou todos os locais minimamente confortáveis da cidade.

— O quê? Fale sério, Manicamp.

— Droga! Acho que estou sendo bem claro.

— Mas o sr. de Buckingham não está ocupando Le Havre inteira, diabos!

— Só não ocupa porque ainda não chegou, mas assim que desembarcar, ocupará.

— Oh!

— Vê-se logo que não está acostumado com os ingleses, eles tomam tudo o que veem pela frente.

— Mesmo assim! Um sujeito pega uma casa, mas não duas.

— E se forem dois sujeitos?

— Está bem, duas casas. Quatro, seis, dez se quiser, mas tem cem casas na cidade.

— Se houver, estão as cem alugadas.

— É impossível!

— Mas que cabeça dura! A verdade é que o sr. de Buckingham alugou todas as casas em volta daquela em que devem ficar Sua Majestade a rainha *douairière* da Inglaterra e a princesa, sua filha.

— Isso parece bem estranho — comentou de Wardes, alisando o pescoço do seu cavalo.

— Pois é como estão as coisas.

— Está certo disso, sr. de Manicamp? — continuou de Wardes, olhando para de Guiche, como se indagasse o grau de confiança a dar a seu amigo.

Enquanto tudo isso acontecia, caiu a noite e as tochas, os pajens, os lacaios, os escudeiros, os cavalos e as carruagens atravancavam o portal e a praça. A iluminação se refletia nas águas do canal, que subiam com a maré crescente; do outro lado do cais, mil curiosos, marinheiros e burgueses tentavam nada perder do espetáculo.

Ao longo de todas aquelas hesitações, Bragelonne se mantivera alheio, montado e um pouco em recuo, olhando os reflexos da luz na água, respirando com prazer o perfume do mar, que batia fragoroso nas praias, nos seixos e nas pedras cobertas de algas, espalhando sua espuma na atmosfera e seu barulho no espaço.

— Mas afinal — insistia de Guiche —, por que o sr. de Buckingham quis tantos alojamentos?

— Exato, por quê? — reforçou de Wardes.

— Ah, teve um excelente motivo — respondeu Manicamp.

— E você sabe qual?

— Acho que sim.

— E está esperando o quê? Diga.

— Abaixe um pouco.

— Diabos! Algo que só se pode dizer baixinho?

— Ouça e decida você.

— Hum — resmungou de Guiche, se abaixando na sela.

— O amor — disse Manicamp.

— Não compreendo.

— Não compreende ainda.

— Explique.

— Saiba que é tido como certo, sr. conde, que Sua Alteza Real Monsieur será o mais desafortunado dos maridos.

— O quê? O duque de Buckingham?

— É um nome que não traz boas lembranças aos príncipes da França.

— Então... o duque?

— Pelo que dizem, é apaixonadíssimo por Madame e não quer ninguém mais por perto da lady.

De Guiche ficou vermelho.

— Bem, obrigado! — ele apertou a mão de Manicamp e continuou, endireitando-se no cavalo:

— Pelo amor de Deus! Que essa história do duque de Buckingham não chegue a ouvidos franceses. De outra forma, Manicamp, brilharão sob o nosso céu espadas que não temem o aço inglês.

— Na verdade — sugeriu o amigo —, é algo de que ouvi falar. Talvez não passe de boato.

— Não — respondeu de Guiche. — Deve ser verdade.

Os seus dentes, em todo caso, não se descerravam.

— Mas afinal, o que você tem com isso? A mim, pouco importa que Monsieur seja o que o falecido rei foi. Buckingham pai e a rainha, Buckingham filho e Madame. Para o resto do mundo, isso não altera coisa alguma.

— Manicamp!

— Mas, ora bolas, é um fato, ou pelo menos um boato!

— Cale-se! — gritou o conde.

— Por quê? — interferiu de Wardes. — É um fato que em nada envergonha a nação francesa. Não acha o mesmo, sr. de Bragelonne?

— Qual fato? — ele perguntou, sem muito ânimo.

— Que os ingleses assim homenageiem a beleza de uma rainha e uma princesa nossas.

— Peço que me desculpe, não segui o que diziam. Queira explicar.

— É simples: foi necessário que o sr. de Buckingham fosse a Paris para que Sua Majestade, o rei Luís XIII, percebesse que sua mulher era uma das mais belas da corte. E agora o sr. de Buckingham filho, por sua vez, consagra a beleza de uma princesa de sangue francês. Poderemos considerar um certificado de beleza ter inspirado um amor no além-mar.

— Pessoalmente, não gosto desse tipo de irrisão. Os fidalgos são os guardiões da honra de rainhas e princesas. Se rirmos disso, o que farão os lacaios?

— Oh, cavalheiro! — disse de Wardes, cujas orelhas tinham se avermelhado. — Como devo entender isso?

— Como preferir — respondeu friamente Raoul.

— Bragelonne, Bragelonne! — murmurou de Guiche.

— Senhor de Wardes! — exclamou Manicamp, vendo-o aproximar seu cavalo do de Raoul.

— Senhores! Senhores! — voltou de Guiche. — Não deem um exemplo assim em público, na rua. De Wardes, você está errado.

— Errado? Em quê? Queira me dizer.

— Por sempre falar mal de alguma coisa ou de alguém — cortou Raoul, com seu implacável sangue-frio.

— Por favor, Raoul — pediu em voz baixa de Guiche.

— E não briguem até estarem descansados; sequer proporcionariam bom espetáculo — opinou Manicamp.

— Vamos, vamos! — disse de Guiche. — Em frente, cavalheiros, em frente!

Dizendo isso, e afastando cavalos e pajens, ele foi abrindo caminho na multidão até a praça, seguido pelo cortejo de franceses.

Um portão dando para um pátio estava aberto. De Guiche entrou e Bragelonne, de Wardes, Manicamp e três ou quatro outros fidalgos o seguiram.

Improvisou-se ali uma espécie de conselho de guerra, deliberando sobre qual meio empregar para salvar a dignidade da embaixada.

Bragelonne achou que se devia respeitar o direito de prioridade.

De Wardes propôs saquear a cidade.

Esta última proposta pareceu um tanto louca a Manicamp, que propôs dormirem antes de tomarem qualquer decisão. Era o mais razoável.

Só que, para isso, faltavam duas coisas: uma casa e camas.

De Guiche pensou por um tempo e depois, em voz alta, disse:

— Sigam-me os que estiverem comigo.

— Nós também? — perguntou um pajem que se aproximara.

— Todo mundo! — exclamou o impetuoso jovem. — Vamos, Manicamp, leve-nos à casa em que Sua Alteza, Madame, deve se hospedar.

Sem nada saber do que pretendia o conde, seus amigos o seguiram, levando junto uma multidão de pessoas cujas aclamações e festejos criavam um feliz presságio para o projeto, ainda desconhecido, daquela ardente juventude.

O vento soprava ruidosamente, vindo do porto em pesadas lufadas.

84. No mar

O dia seguinte amanheceu mais calmo, mas o vento continuava a soprar.

O sol se levantou, atravessando nuvens avermelhadas e lançando seus raios sangrentos sobre a crista das ondas escuras.

Do alto das vigias, os olhos se mantinham fixos no horizonte.

Por volta das onze da manhã, um navio surgiu, um navio com as velas enfunadas. Dois outros apareceram em seguida, à distância de meio nó.

Vinham como flechas disparadas por um poderoso arqueiro e, no entanto, o mar estava tão mexido que a rapidez do avanço em nada diminuía o balanço que ora deitava os navios a estibordo, ora a bombordo.

Pouco depois, a forma das naves e a cor das flâmulas confirmavam a frota inglesa. À frente vinha a nau em que se encontrava a princesa, ostentando o pavilhão do almirantado.

A notícia prontamente se espalhou. Toda a nobreza francesa acorreu ao porto, enquanto o povo se aglomerava nos cais e nos quebra-mares.

Duas horas depois, as duas outras naus tinham se juntado à almiranta e as três, provavelmente por não quererem se arriscar no estreito gargalo do porto, lançaram âncora entre Le Havre e Hève.

Terminada a manobra, a nau almiranta saudou a França com uma salva de doze tiros de canhão, que foram respondidos pelo forte Francisco I.

Cem embarcações foram lançadas ao mar, ornadas com ricos tecidos, e deviam levar os fidalgos franceses aos navios fundeados.

Mas ainda no porto elas balançavam violentamente e, para além do quebra-mar, viam-se ondas iguais a montanhas que vinham depois arrebentar na praia com terríveis estrondos. Ficou claro que nenhuma daquelas embarcações completaria a quarta parte da distância prevista sem emborcar. Mesmo assim, um barco piloto se preparou para deixar o porto, apesar do vento e do mar, indo se pôr à disposição do almirante inglês.

De Guiche procurava, entre todas aquelas embarcações, uma que parecesse mais sólida que as outras e o levasse até os navios ingleses quando viu que o piloto portuário aparelhava.

— Raoul — ele disse —, não acha vergonhoso criaturas inteligentes e fortes como nós recuarem diante da força brutal do vento e da água?

— É o que eu me dizia em voz baixa — respondeu Bragelonne.

— Concorda então que embarquemos com o piloto? E você, de Wardes?

— Pensem bem, vão acabar se afogando — ponderou Manicamp.

— E por coisa alguma — acrescentou de Wardes. — Fora do porto, o vento estará batendo ainda mais forte e não chegarão aos navios.

— Isso quer dizer que não irá?

— Com certeza! Não temo arriscar a vida numa luta contra homens — ele olhou de viés Bragelonne —, mas enfrentar essas massas de água salgada tendo como arma apenas um leme, isso realmente não me tenta.

— E eu — acrescentou Manicamp —, mesmo que chegasse aos navios, seria um problema perder a única roupa decente que ainda tenho: a água salgada respinga e mancha.

— Você também se nega?

— Sem a menor hesitação. Por favor, acredite, nego-me não só uma, mas duas vezes.

— Mas vejam — exclamou de Guiche —, do tombadilho da nau almiranta as princesas já acompanham o que fazemos.

— É um motivo a mais, caro amigo, para não tomar um banho ridículo.

— É a sua última palavra, Manicamp?

— Sim.

— É a sua última palavra, de Wardes?

— Sim.

— Então irei sozinho.

— Eu o acompanho — disse Raoul. — Foi o que combinamos.

Fato é que Raoul, sem a mesma motivação e medindo o risco com mais sangue-frio, se dava conta do perigo, mas estava contente de fazer uma coisa diante da qual de Wardes recuava.

A embarcação já partia e de Guiche chamou o piloto.

— Ei, do barco! — ele gritou. — Preciso de dois lugares!

E, enrolando cinco ou dez pistolas num pedaço de papel, jogou de onde estava o embrulho a bordo.

— Os jovens fidalgos não têm medo de água salgada? — perguntou o patrão.

— Não temos medo de coisa alguma — respondeu de Guiche.

— Sejam então bem-vindos.

O piloto se aproximou do cais e os dois rapazes, com igual facilidade, saltaram a bordo.

— Coragem, amigos — disse de Guiche. — Tenho ainda vinte pistolas nesta bolsa, e se chegarmos ao navio inglês elas são dos senhores.

Os remadores prestamente se curvaram sobre os remos e o barco partiu por cima das ondas.

Todo mundo se interessou pela aventurosa empreitada. A população da cidade se comprimia nos quebra-mares, com todas as atenções concentradas na embarcação.

Ela às vezes parecia parar por um instante nas cristas espumosas, para de repente escorregar ao fundo de um abismo avassalador, dando a impressão de que de lá não voltaria.

Mesmo assim, após uma hora de luta, o barco entrou afinal nas águas da nau almiranta, da qual dois botes já estavam descendo para prestar socorro.

No castelo de popa do navio, sob um dossel de veludo e arminho, preso por sólidas amarras, a senhora *douairière* e a jovem Madame, tendo ao lado delas o almirante, conde de Norfolk, acompanhavam aterrorizadas a pequena embarcação, às vezes erguida na direção do céu, outras mergulhando na direção do inferno. Contra a escura vela, como duas luminosas aparições, brilhavam as duas nobres figuras dos dois fidalgos franceses.

A tripulação, apoiada na amurada e pendurada nos ovéns, aplaudia a bravura daqueles dois intrépidos, a habilidade do piloto e a força dos remadores.

Um triunfante hurra festejou a chegada deles a bordo.

O conde de Norfolk, belo rapaz de vinte e seis ou vinte e oito anos, foi recebê-los.

Lépidos, de Guiche e Bragelonne subiram a escada de estibordo e, guiados pelo almirante, foram saudar as princesas.

O respeito — e sobretudo certo temor, do qual ele próprio não se dava conta — tinha até então impedido que de Guiche olhasse mais atentamente a jovem Madame que, pelo contrário, de imediato reparara nele e tinha perguntado à mãe:

— Não é Monsieur ali naquele barco?

A sra. Henriqueta, que conhecia Monsieur melhor do que a filha, sorriu diante daquele equívoco do amor-próprio e apenas disse:

— Não, é o sr. de Guiche, seu favorito.

Ouvindo isso, a princesa foi obrigada a conter o instintivo encanto que a audácia do conde havia provocado.

Por coincidência, naquele mesmo momento, de Guiche se atrevia a enfim erguer os olhos e comparar o retrato visto em Paris a seu modelo.

E viu um rosto pálido, olhos vivos, adoráveis cabelos, lábios trêmulos e gestos tão eminentemente nobres que pareciam agradecer e, ao mesmo tempo, encorajar. Isso invadiu o rapaz de tão grande emoção que, não tivesse Raoul dado apoio, ele teria cambaleado.

O olhar surpreso do amigo e o gesto compreensivo da rainha trouxeram de Guiche de volta à realidade.

Ele logo explicou sua missão, disse ser o enviado de Monsieur e cumprimentou, respeitando os seus postos e respectivas saudações, o almirante e os diferentes oficiais ingleses em volta das princesas.

Raoul foi igualmente apresentado e graciosamente recebido. Era conhecida de todos a importância do conde de La Fère na restauração do rei Carlos II e de ter sido ele o encarregado da negociação para o casamento que trazia de volta à França a neta de Henrique IV.

Raoul falava inglês fluentemente e serviu de intérprete ao amigo diante dos jovens senhores ingleses não familiarizados com a língua francesa.

Enquanto estavam nesses introitos, apareceu um jovem de notável beleza e esplêndidos traje e armas. Aproximou-se das princesas, que conversavam com o conde de Norfolk, e, maldisfarçando a impaciência, disse:

— Vamos, miladies, é hora de descermos à terra firme.

A jovem Madame se levantou e já ia aceitar a mão que o recém-chegado oferecia com uma intensidade cheia de significações diversas quando o almirante se pôs entre os dois e disse:

— Só um momento, milorde de Buckingham, ainda não é possível a travessia. O mar está agitado demais para nossas passageiras, mas por volta das quatro horas é provável que o vento se acalme. Só então desembarcaremos.

— Que o sr. almirante nos dê licença — respondeu Buckingham, com clara irritação —, mas está nos atrasando sem ter esse direito. Uma dessas senhoras inclusive já pertence, infelizmente, à França, que nos enviou seus embaixadores.

E ele indicou de Guiche e Raoul, cumprimentando-os ao mesmo tempo.

— Não creio que seja a intenção desses cavalheiros expor a vida das princesas — respondeu Norfolk.

— Esses cavalheiros, no entanto, vieram apesar do vento. O perigo não será maior para as senhoras, que ainda o terão soprando a nosso favor.

— Eles foram muito destemidos — respondeu o almirante. — Vimos que outros estavam no porto e não ousaram acompanhá-los. O anseio em recepcionar Madame e sua ilustre mãe os fez enfrentar o mar em condições hostis até para marinheiros. Relatarei o fato a meu estado-maior, como um belo exemplo que não deve, contudo, ser seguido pelas senhoras.

Um olhar rápido de Madame surpreendeu o rubor que subiu às faces do jovem de Guiche.

Buckingham não notou esse olhar, preocupado apenas em vigiar Norfolk, de quem, muito evidentemente, tinha ciúmes. Por isso sua pressa em tirar as princesas daquele chão movediço em que o almirante era rei.

— De qualquer forma — ele continuou —, remeto-me à decisão de Madame.

— E eu, milorde — respondeu Norfolk —, às minhas consciência e responsabilidade. Prometi entregar Madame sã e salva à França, e cumprirei a promessa.

— Mas o senhor...

— Permita-me lembrar, milorde, que sou o único a comandar aqui.

— Tem consciência, cavalheiro, do que está dizendo? — retrucou Buckingham, com arrogância.

— Perfeitamente e, repito, sou o único a comandar aqui, onde tudo me obedece: o mar, o vento, os navios e os homens.

A frase era grandiosa e foi pronunciada com nobreza. Raoul prestou atenção no efeito produzido em Buckingham. Seu corpo inteiro vibrou e ele se apoiou num dos suportes do dossel para não cair. Os olhos se injetaram de sangue e a mão que ainda estava livre foi à guarda da espada.

— Milorde — interferiu a rainha —, permita-me dizer que concordo plenamente com o conde de Norfolk. É preciso aguardar que o tempo esteja tranquilo e favorável, e não como no presente momento. Devemos ainda essas horas ao oficial que tão venturosamente nos trouxe até as costas da França, onde ele se despedirá de nós.

Buckingham, em vez de responder, consultou com os olhos Madame.

Semioculta pelas cortinas de veludo e pelos fios dourados que a protegiam, ela nada ouvia de toda aquela discussão, com a atenção presa no conde de Guiche, que conversava com Raoul.

Foi mais um terrível golpe para Buckingham, que achou ver no olhar de Madame Henriqueta um sentimento mais profundo que o da simples curiosidade.

Retirou-se então dali e, vacilante, esbarrou no mastro grande.

— O sr. de Buckingham não tem o *pied marin* —[309] disse em francês a rainha-mãe. — Provavelmente por isso tem tanta pressa em chegar à terra firme.

O jovem ouviu o comentário, ficou ainda mais descorado, deixou caírem as mãos em desânimo e se retirou, confundindo num só suspiro seus antigos amores e os novos ódios.

O almirante, no entanto, sem se preocupar muito com o mau humor de Buckingham, convidou as princesas à sua sala da popa, onde o jantar foi servido numa magnificência digna dos convivas.

Norfolk reservou para si o lugar à direita de Madame, dispondo, à esquerda da jovem, o conde de Guiche.

Durante toda a viagem, aquele tinha sido o lugar de Buckingham.

Então, ao entrar na sala de jantar, foi para ele mais um desgosto se ver relegado pela etiqueta — essa outra soberana que se devia respeitar — a uma posição inferior à que ocupava até então.

De Guiche, por sua vez, mais pálido ainda que o rival, mas de felicidade e não de raiva, sentou-se nervoso ao lado da princesa, cujo vestido de seda, encostando em seu corpo, da cabeça aos pés provocava arrepios de volúpia até

---

309. "Pé de marinheiro", literalmente, significando pessoas que se sentem à vontade e equilibradas no convés.

então desconhecidos. No momento de deixar a mesa, Buckingham se apressou em oferecer a mão a Madame.

Coube porém ao francês repreender o duque, observando:

— Queira milorde não mais se pôr entre mim e Sua Alteza Real. Neste momento, de fato, Madame pertence à França e é na mão de Monsieur, irmão do rei, que toca a mão da princesa quando ela me dá essa honra.

Dizendo isso, ele apresentou sua mão à jovem Madame, com tão visível timidez e, ao mesmo tempo, tão corajosa nobreza que os ingleses deixaram escapar um murmúrio de admiração e Buckingham um suspiro de dor.

Raoul, que amava, depois disso tudo logo compreendeu. Lançou a de Guiche um desses olhares profundos dos quais apenas o amigo ou a mãe são capazes, olhar de proteção ou de vigilância sobre a criança ou o amigo que possivelmente se perde.

Por volta das duas horas, enfim, o sol apareceu e o vento parou. O mar parecia uma grande planície de cristal e a bruma que cobria a costa se desfez em farrapos como um véu.

As risonhas encostas da França apareceram com mil casinhas brancas que se destacavam sobre o verde das árvores ou o azul do céu.

85. As tendas

O almirante, como vimos, resolvera não mais levar em consideração os olhares ameaçadores e os arrebatamentos de Buckingham. Na verdade, ele pouco a pouco se habituara a isso, desde o início da viagem. De Guiche não parecia ter notado a animosidade que o jovem lorde alimentava agora também contra ele e, mesmo assim, não simpatizava com o favorito de Carlos II. A rainha-mãe, mais experiente e com maior distanciamento, percebia tudo e também o perigo, preparando-se a interferir quando fosse necessário. E tal momento chegou. A calma se restabelecera por todo lugar, exceto no coração de Buckingham, que, em sua impaciência, repetia em voz baixa à jovem princesa:

— Senhora, em nome de Deus, apressemos o desembarque! Esse enfatuado conde de Norfolk me irrita com seus cuidados e olhares de adoração.

Henriqueta ouviu essas palavras, sorriu e, sem se voltar para ele, murmurou, apenas dando à voz essa inflexão de doce censura e cálida impertinência que o encanto feminino sabe tão bem empregar para tudo aceitar, mas levantando certa defesa:

— Meu querido lorde, eu já disse, o senhor está louco.

Nenhum desses detalhes escapava a Raoul, que ouvira o pedido de Buckingham e a resposta da princesa; vira o duque recuar um passo ao ouvir, soltar um suspiro e passar a mão na testa. Sem que véu nenhum lhe impedisse os olhos ou o coração, ele tudo compreendia, ansioso diante daquela situação.

O almirante, enfim, com estudada lentidão deu as últimas ordens para a descida dos botes.

Buckingham as acompanhou com tanto interesse que um estranho poderia realmente ver naquilo algum distúrbio mental.

Ao comando de Norfolk, um barco maior e todo engalanado suavemente desceu pelo flanco da nau almiranta; um barco com capacidade para vinte remadores e quinze passageiros.

Tapetes de veludo, cobertas bordadas com as armas da Inglaterra e guirlandas de flores — pois naquele tempo se cultivava ainda a parábola nas alianças políticas — formavam o principal ornamento daquela embarcação realmente digna de majestades.

Assim que ela pousou no mar e os remadores, como soldados que apresentam armas, postaram em riste seus remos para o embarque da princesa, Buckingham correu à escadinha.

Mas a rainha o fez parar:

— Milorde, não convém que minha filha e eu cheguemos à cidade sem saber ao certo se os alojamentos foram corretamente preparados. Peço então que nos preceda e garanta estar tudo em ordem.

Foi um novo golpe para o duque, ainda mais difícil por ser inesperado.

Ele balbuciou, ficou vermelho, mas nada conseguiu responder.

Contava estar perto de Madame durante o trajeto, saboreando os últimos momentos concedidos pelo destino. Mas a ordem era formal.

O almirante também a ouvira e imediatamente comandou:

— Barco menor ao mar!

A ordem foi executada com a rapidez característica dos navios de guerra.

Desolado, Buckingham dirigiu um olhar de desespero à princesa, outro de súplica à rainha, e mais um, de ódio, ao almirante.

A princesa fingiu não perceber.

A rainha virou o rosto.

O almirante sorriu.

Percebendo, Buckingham esteve prestes a se lançar sobre Norfolk.

A rainha-mãe se levantou e, com autoridade, ordenou:

— Agora vá, sr. duque.

Ele parou.

Olhando em volta, tentou um último esforço e perguntou, com a voz embargada por tantas emoções diversas:

— E os srs. de Guiche e Bragelonne não me acompanham?

De Guiche se inclinou e respondeu:

— Estamos ambos às ordens da rainha; caberá a ela decidir.

Em seguida olhou para a princesa, que evitou tomar partido.

Foi a rainha então que respondeu, dizendo a Buckingham:

— O sr. de Guiche representa aqui Monsieur e é quem deve nos fazer as honras em nome da França, como o senhor, na Inglaterra. Ele não pode então deixar de nos acompanhar. E, aliás, devemos a ele esse pálido favor pela coragem demonstrada ao vir nos encontrar, enfrentando tempo tão contrário.

Buckingham chegou a abrir a boca como se fosse dizer alguma coisa, mas não encontrou o quê, ou não encontrou palavras para expressar o que queria. Então, sem nada dizer, saltou estabanadamente do navio para o barco.

Os remadores mal tiveram tempo de reequilibrar tudo a bordo, pois o peso e o impacto por pouco não fizeram virar a embarcação.

— De fato, milorde está enlouquecido — disse o almirante a Raoul.

— Temo que sim — ele respondeu.

Durante todo o tempo que o bote levou para chegar ao cais, o duque não parou de olhar para o navio, como faria o avarento que fosse afastado do seu cofre ou a mãe vendo levarem a filha à morte. Mas ninguém respondia a seus sinais, a seus apelos e a suas outras lamentáveis atitudes.

Buckingham estava tão desanimado que afinal desabou num banco e mergulhou a mão nos cabelos, enquanto os marujos tranquilamente faziam o barco deslizar pelas ondas.

Ao chegar, estava num torpor tamanho que nem sequer saberia o que fazer se não o esperasse no porto quem ele havia encarregado de alugar os alojamentos.

Chegando à casa que lhe fora reservada, ele lá se fechou como Aquiles na sua tenda.[310]

No momento em que o duque pisava no cais, a embarcação que levava as princesas deixava a nau almiranta.

Outra a seguia de perto, com oficiais e cortesãos.

A população inteira de Le Havre se enfiara às pressas em barcos de pesca, em chatas ou em longas barcaças fluviais normandas, indo encontrar ainda no mar a embarcação real.

Os canhões dos fortes se faziam ouvir, os três navios ingleses respondiam e nuvens de chamas se espalhavam em flocos algodoados a partir das bocas de ferro, até se evaporarem no azul do céu.

A princesa subiu os degraus do cais e foi recebida por uma alegre fanfarra que passou a acompanhá-la.

Enquanto seguia em direção ao centro da cidade, tendo sob seus delicados pés ricas tapeçarias e braçadas de flores, de Guiche e Raoul, escapulindo do grupo de ingleses, pegaram ruelas para mais depressa chegarem ao lugar escolhido para hospedar Madame.

— É melhor nos apressarmos — disse Raoul —, pois pelo que percebi do seu temperamento, esse Buckingham pode nos criar problemas quando vir o resultado da nossa deliberação de ontem.

— Felizmente ficaram tomando conta de de Wardes, que sabe ser firme, e Manicamp, que sabe ser maleável — tranquilizou-o o conde.

Mas nem por isso deixavam de se apressar e, cinco minutos depois, já estavam nas proximidades da prefeitura.

O que antes de tudo os impressionou foi a quantidade de gente na praça.

— Bom, parece que nossos alojamentos foram levantados — disse de Guiche.

---

310. A *Ilíada*, de Homero, começa com a revolta do herói Aquiles contra o chefe geral dos gregos, Agamêmnon. Aquiles se fecha em sua tenda e deixa de participar dos combates, o que momentaneamente desequilibra a guerra a favor dos troianos.

De fato, ocupando a praça diante da prefeitura, oito elegantes tendas, ostentando no alto as bandeiras da França e da Inglaterra, tinham sido montadas.

O prédio da prefeitura estava por elas cercado como por uma cinta colorida. Dez pajens e doze cavalarianos emprestados como escolta aos embaixadores montavam guarda.

O espetáculo era curioso, estranho, com algo de maravilhoso.

Os alojamentos improvisados haviam sido erguidos durante a noite. Forradas por dentro e por fora com os mais ricos tecidos que de Guiche conseguira em Le Havre, as tendas cercavam completamente a prefeitura, onde se hospedaria a princesa. Estavam ligadas entre si por simples cabos de seda, esticados e guardados por sentinelas, de forma que o plano de Buckingham tinha sido todo desfeito, se fosse mesmo seu intento manter para si e seus ingleses os arredores da prefeitura.

O único acesso aos degraus do edifício, e que não estava fechado pela barreira de seda, era guardado por duas tendas que mais pareciam dois pavilhões, cujas portas se abriam de cada lado da passagem.

Eram aquelas reservadas para os dois principais embaixadores, e que deviam estar sempre ocupadas enquanto eles estivessem ausentes: a do conde, por de Wardes, e a de Bragelonne, por Manicamp.

Em volta dessas duas tendas e das seis outras, uma centena de oficiais, de fidalgos e de pajens fulgurantes de seda e ouro zumbiam como abelhas em torno da colmeia.

Todos, de espada na cinta, prontos para agir ao menor sinal dos dois chefes da embaixada, de Guiche e Bragelonne.

No momento mesmo em que tomavam uma rua desembocando na praça, eles viram, passando a galope por essa mesma praça, um jovem fidalgo de maravilhosa elegância. Atravessava a multidão de curiosos e, ao se deparar com aqueles alojamentos improvisados, deu um grito, num misto de raiva e desespero.

Era Buckingham, Buckingham livre do estupor que pouco antes o paralisava, deslumbrantemente vestido para aguardar, na prefeitura, Madame e a rainha.

Mas foi forçado a parar ao chegar às tendas.

Furioso, ergueu o chicote e dois oficiais o contiveram. Dos amigos que guardavam as tendas principais, só um estava presente. De Wardes se encontrava na própria prefeitura, repassando ordens deixadas por de Guiche.

Pelo estardalhaço que fazia o lorde inglês, Manicamp — tranquilamente deitado em almofadas numa das tendas da entrada — se levantou com sua fleuma habitual e, constatando que o barulho não cessava, apareceu sob o cortinado.

— O que está havendo, por que todo esse vozerio?

Por coincidência, naquele exato momento se fizera silêncio e todo mundo ouviu a pergunta, apesar de ter sido feita com entonação afável e moderada.

Buckingham se virou e viu apenas aquele corpo grande e magro, na sua indolência de sempre.

É provável também que a aparência do nosso fidalgo — vestido com muita simplicidade, como já foi dito — não lhe tenha inspirado muito respeito, pois ele respondeu, com evidente menosprezo:

— Quem é o senhor?

Manicamp se apoiou no braço de um enorme cavalariano, firme como uma pilastra de catedral, e respondeu, no mesmo tom tranquilo:

— E o senhor?

— Milorde duque de Buckingham. Aluguei todas as casas em torno da prefeitura. Aluguei-as: são minhas e as aluguei para ter livre acesso à prefeitura. Não podem me impedir de passar.

— Mas quem impede o cavalheiro de passar? — perguntou Manicamp.

— Suas sentinelas.

— Ah! É por estar querendo passar a cavalo. A ordem é que apenas pedestres passem.

— Ninguém pode dar ordens aqui, exceto eu — disse Buckingham.

— Como assim, cavalheiro? — perguntou Manicamp, com sua voz melosa. — Por favor, explique esse mistério.

— Porque, como disse, aluguei todas as casas da praça.

— Disso sabemos, uma vez que só nos restou a própria praça.

— Engana-se, senhor. A praça é minha, como as casas.

— Creio ser do senhor o engano. Aqui na França dizemos que a rua é do rei; ou seja, a praça é do rei. Como somos embaixadores do rei, a praça é nossa.

— Eu já perguntei quem é o senhor! — gritou Buckingham, irritado com a placidez do interlocutor.

— Chamam-me Manicamp — ele respondeu com uma voz eólica,[311] de tanto que era harmoniosa e suave.

Buckingham deu de ombros e disse:

— Quando aluguei as casas em torno da prefeitura, a praça estava livre. Essas barracas obstruem minha vista, retire-as!

Um surdo e ameaçador murmúrio percorreu a multidão de curiosos.

De Guiche chegava nesse momento. Afastou as pessoas entre ele e o inglês e chegou com Raoul por um lado, enquanto de Wardes também se aproximava, por outro.

---

311. Ou seja, de Éolo, o deus dos ventos na mitologia grega (é bem verdade que seus sopros nem sempre eram harmoniosos e suaves).

— Perdão, milorde, mas se tiver alguma reclamação a fazer, seria comigo, que projetei essa construção — ele disse.

— Ah, e gostaria de lembrar que a palavra empregada, barracas, é bastante injusta — acrescentou, bem-humorado, Manicamp.

— Milorde então dizia? — continuou de Guiche.

— Eu dizia, sr. conde — voltou Buckingham, ainda com irritação na voz, mas temperada pela presença de um igual —, dizia que não podem, essas tendas, permanecer aqui.

— Não podem? E por quê?

— Elas me incomodam.

De Guiche teve uma reação de impaciência, mas um olhar frio de Raoul o conteve.

— Devem incomodá-lo menos do que, a nós, esse abuso de prioridade que o senhor se permitiu.

— Abuso?

— Com certeza. Enviou alguém que alugou, em seu nome, toda a cidade, sem se preocupar com os franceses que viriam receber Madame. É bem pouco elegante, sr. duque, vindo do representante de uma nação amiga.

— A terra é do primeiro que a ocupa — disse Buckingham.

— Não na França.

— E por que não?

— Por ser a França o país da elegância.

— O que isso quer dizer? — exclamou Buckingham, de maneira tão alterada que as pessoas em volta recuaram, esperando um choque imediato.

— Quer dizer — respondeu de Guiche, ficando pálido — que mandei construir essas tendas para mim e meus amigos como abrigo para os embaixadores da França, única alternativa que nos foi deixada. E nelas nos manteremos, a menos que uma vontade mais poderosa e, sobretudo, mais soberana do que a sua me diga o contrário.

— Ou seja, que nos tire daqui, como se diz em linguagem palaciana — acrescentou Manicamp.

— Conheço uma que cumprirá essa função, creio, se é o que quer — respondeu Buckingham, levando a mão à guarda da espada.

Nesse momento em que, inflamando os espíritos, a deusa Discórdia se aprestava a mover todas as espadas contra peitos humanos, Raoul pousou suavemente a mão no ombro de Buckingham e pediu:

— Permita-me uma palavra, milorde.

— Meu direito! Meu direito, antes de tudo! — gritava o fogoso jovem.

— É justamente sobre o que peço a honra de dizer alguma coisa — explicou Raoul.

— Diga, mas sem discursos demorados, por favor.

— Vou me limitar a uma só pergunta. Como vê, não poderia ser mais breve.

— Pergunte, estou ouvindo.

— É com o senhor ou com o sr. duque de Orléans que vai se casar a neta do rei Henrique IV?

— Como? — perguntou Buckingham, recuando assustado.

— Apenas responda, por favor — insistiu tranquilamente Raoul.

— Sua intenção é zombar de mim, cavalheiro? — perguntou Buckingham.

— Já é uma resposta, senhor, e ela me basta. Concorda então não ser aquele com quem vai se casar a princesa da Inglaterra.

— Sabe perfeitamente disso, senhor.

— Sei, apesar do que demonstra o seu comportamento.

— O que está querendo dizer?

Raoul se aproximou do duque e continuou, em voz baixa:

— Milorde não vê que seus furores parecem motivados pelo ciúme? Tal ciúme, com relação a uma pessoa que não é sua prometida nem esposa, é descabido. Por mais forte razão, milorde deve compreender, se a pessoa em questão for uma princesa.

— Estaria o senhor insultando Madame? — exclamou Buckingham.

— Milorde é quem a insulta, peço que note — respondeu friamente Bragelonne. — Ainda há pouco, no navio, o senhor exasperou a rainha e levou ao extremo a paciência do almirante. Eu observava milorde e primeiro achei que estivesse apenas louco, mas depois adivinhei a natureza dessa loucura.

— Visconde!

— Só mais um instante, pois tenho algo a acrescentar. Espero ser o único francês a ter percebido o que acabo de dizer.

— Sabe estar sustentando uma linguagem que merece revide? — ameaçou Buckingham, tremendo de raiva, mas também de preocupação.

— Que milorde meça suas palavras — disse Raoul com altivez. — Não sou de um sangue que tolere reprimendas por suas vivacidades. Já o senhor tem em sua ascendência paixões suspeitas para os bons franceses. Tome nota disso, milorde, repito mais uma vez.

— Estaria me ameaçando?

— Sou filho do conde de La Fère, sr. de Buckingham, e nunca ameaço, mas ajo. Então, entendamo-nos bem, o que lhe digo é que…

Buckingham cerrou os punhos, mas Raoul continuou como se nada percebesse.

— … à primeira palavra fora da estrita cortesia que o senhor se permitir com relação à Sua Alteza Real… Ah, seja paciente, sr. de Buckingham, como eu próprio tenho sido.

— O senhor?

— Com certeza. Enquanto Madame esteve em território inglês, eu me calei, mas agora que chega ao solo da França, agora que a recebemos em nome do príncipe, ao primeiro insulto que, com seus estranhos arroubos, o senhor cometer contra a casa real francesa, terei apenas duas alternativas: declarar diante de todos o tipo de loucura que o acomete e fazê-lo ser devolvido com opróbrio à Inglaterra; a outra, caso prefira, seria enfiar meu punhal em sua garganta diante de todos. Na verdade, esta última alternativa me parece melhor; creio que me limitarei a ela.

Buckingham estava mais branco do que o rendado inglês que tinha ao redor do pescoço.

— Sr. de Bragelonne — ele disse —, será mesmo um fidalgo que está falando?

— Sim, mas um fidalgo que fala com um louco. Cure-se, milorde, e ouvirá outra linguagem.

— Mas, o senhor está vendo, isso está me matando! — murmurou o duque, parecendo se sentir sufocar e levando a mão ao pescoço.

— Se isso de fato acontecesse neste momento, milorde — disse Raoul com seu inalterável sangue-frio —, seria boa solução, pois preveniria todo tipo de coisas ruins que se diriam a seu respeito e a respeito das pessoas ilustres às quais os seus arroubos comprometem tão insanamente.

— O senhor tem razão, tem toda a razão — disse o jovem inglês, desvairado. — Morrer, sim, é melhor a morte do que sofrer o que sofro neste momento.

Ele levou a mão a um bonito punhal ornado com pedras preciosas, oculto no peito, mas Raoul o conteve antes que a arma aparecesse por inteiro e disse:

— Cuidado, milorde. Se não se matar, estará cometendo um ato ridículo; caso se mate, estará manchando de sangue o vestido nupcial da princesa inglesa.

Buckingham hesitou por um minuto, durante o qual seus lábios vibravam, as faces tremiam, os olhos vacilavam como num delírio. Mas ele de repente pareceu se acalmar e disse:

— Sr. de Bragelonne, não conheço mais nobre coração. É o digno filho do mais perfeito gentleman que conheço. Mantenham suas tendas!

Dizendo isso, ele abraçou Raoul.

Todos que assistiam, maravilhados por esse gesto inesperado, dadas a irritação de um dos adversários e a dura insistência do outro, se descontraíram, e mil vivas e mil aplausos de alegria foram lançados ao céu.

De Guiche, por sua vez, abraçou Buckingham, meio a contragosto, mas abraçou.

Foi a deixa: ingleses e franceses, que até então se mediam com desconfiança, na mesma hora confraternizaram.

Nisso chegou o cortejo das princesas, que, sem Bragelonne, teria encontrado dois exércitos em luta, com sangue derramado sobre as flores.

Tudo se reorganizou como sugeriam os estandartes.

86. A noite

Aconcórdia voltara a se estabelecer na praça das tendas. Ingleses e franceses competiam em galanterias às ilustres viajantes e em recíprocas civilidades.

Os ingleses enviaram aos franceses flores que haviam trazido para festejar a chegada da jovem princesa. Os franceses os convidaram para uma ceia que ofereceriam no dia seguinte.

Em sua travessia da cidade, Madame recebeu unânimes felicitações. Pelo respeito que inspirava, parecia uma rainha e, pela adoração de alguns, um ídolo.

A rainha-mãe a tudo retribuía da maneira mais afetuosa. Havia nascido na França e sido infeliz demais na Inglaterra para que não estivesse contente em voltar. Transmitira à filha o amor pelo país onde ambas tinham encontrado asilo e encontrariam agora fortuna e um futuro brilhante.

Depois de se retirarem no interior do prédio e o público começar a se dispersar, quando só de longe se ouviam a fanfarra e o barulho da multidão, quando caiu a noite, envolvendo com seus véus estrelados o mar, o porto, a cidade e o campo, ainda agitados por aquele grande acontecimento, só então de Guiche se recolheu à sua tenda. Sentou-se num banco com tal expressão de dor que Bragelonne, que o acompanhava com os olhos, ouvindo-o suspirar, se aproximou. O conde estava inclinado para trás, contra a parede improvisada, a testa apoiada nas mãos, o peito arfante e o joelho agitado.

— Está sofrendo, amigo? — perguntou Raoul.

— Cruelmente.

— Do corpo, não é?

— Do corpo, sim.

— O dia foi mesmo cansativo — continuou Bragelonne, sem despregar dele os olhos.

— Foi, mas o sono vai me recuperar.

— Quer que o deixe só?

— Não, gostaria ainda de dizer algo.

— Ouvirei, mas depois de fazer, eu mesmo, uma pergunta.

— Pois faça.

— Mas seja franco.

— Como sempre.

— Sabe por que Buckingham se mostrava tão estranho?

— Acho que imagino.

— Ele ama Madame, não é?

— Ao menos é a impressão que dá.

— Pois não é isso.

— Hum… dessa vez está enganado, Raoul. Pude ver a dor nos seus olhos, nos gestos, em tudo o que fez o dia inteiro.

— Você é poeta, meu amigo, e vê poesia por todo lugar.

— Vejo sobretudo o amor.

— Onde ele não está.

— Onde está.

— Não acha que está se enganando?

— De jeito nenhum! Tenho certeza! — exclamou o conde, convicto.

— E o que lhe garante tal sensibilidade, meu amigo? — perguntou Raoul, observando o outro com atenção.

— Ora, o amor-próprio — hesitou de Guiche.

— Amor-próprio! É uma palavra longa demais.

— O que quer dizer?

— Quero dizer que o meu amigo não costuma se mostrar tão triste.

— É o cansaço.

— O cansaço?

— Sim.

— Ouça. Fizemos campanha juntos, cavalgamos lado a lado por dezoito horas seguidas, perdemos três cavalos, mortos de cansaço ou de fome, derrubamo-nos com eles e ainda assim ríamos. Não é o cansaço que o deixa triste.

— Então a contrariedade.

— Qual?

— A de ainda há pouco.

— O desvario de lorde Buckingham?

— Provavelmente. Não é terrível, para franceses que representam Monsieur, ver um inglês cortejar Madame, a segunda dama do reino?

— Tem razão, mas não considero lorde Buckingham perigoso.

— Perigoso não, mas inoportuno. E por pouco não estabeleceu animosidade entre os ingleses e nós. Sem você, sem sua admirável prudência e curiosa firmeza, teríamos todos sacado espadas em plena cidade.

— E ele se acalmou, como pôde ver.

— Exato. Foi uma grande surpresa. Vocês falaram em voz muito baixa, o que disseram? Acho que ele a ama, mas o amor não recua com tanta facilidade. Será que não é amor?

Essa última frase foi dita de tal forma que Raoul ergueu a cabeça para observar o amigo.

O seu nobre semblante evidenciava clara decepção. Raoul respondeu:

— Posso repetir o que disse a ele. Ouça bem: O senhor olha com desejo, com injuriosa cobiça a irmã do seu príncipe, que não é sua noiva, que não é nem pode ser sua prometida. Faz com isso uma afronta a nós, que viemos buscá-la para o casamento.

— Foi o que disse? — perguntou de Guiche, vermelho.

— Nesses termos. Inclusive fui mais longe.

De Guiche aguardou.

— Disse ainda: O que pensaria se percebesse entre nós alguém insensato e desleal a ponto de conceber qualquer sentimento diferente do mais puro respeito diante de uma princesa destinada àquele a quem devemos fidelidade?

Tais palavras eram tão diretamente dirigidas a ele que de Guiche empalideceu e, tomado por súbito tremor, conseguiu apenas estender maquinalmente a mão para Raoul, enquanto com a outra cobria os olhos e a fronte.

— Mas, graças a Deus — continuou Raoul, sem parar diante daquela demonstração de culpa —, os franceses, apesar da fama de levianos, indiscretos e temperamentais, sabem aplicar julgamento e moralidade saudáveis às questões de alta proficiência. E prossegui: Saiba, sr. de Buckingham, que nós, fidalgos da França, servimos a nossos reis sacrificando nossas paixões, tanto quanto nossa fortuna e nossa vida. Se porventura o demônio nos sugerir um desses maus pensamentos que incendeiam o coração, extinguimos essa chama nem que seja derramando nela o nosso sangue. Com isso mantemos a salvo três títulos de honra: o do nosso país, o do nosso amo e o nosso, propriamente. É como agimos, sr. de Buckingham, e é como todo homem íntegro deve agir. Foi o que eu disse ao sr. de Buckingham, querido de Guiche, e ele se rendeu às minhas razões.

O conde, até então esmagado sob as palavras do amigo, orgulhosamente se aprumou e, com mão febril, pegou a de Raoul. Suas faces, depois de estarem frias como gelo, pareciam em chamas.

— Foi muito decisivo — ele disse, com voz abafada. — É um grande amigo, Raoul, obrigado. Agora, por favor, preciso estar só.

— É o que quer?

— Sim, preciso descansar. Muitas coisas agitaram hoje minha cabeça e meu coração. Amanhã, quando nos virmos, não serei o mesmo.

— Então vou deixá-lo.

O conde deu um passo na direção do amigo e o abraçou fraternalmente.

Um abraço em que se podia sentir o tremor de uma grande paixão sendo combatida.

A noite estava agradável, estrelada, esplêndida. Depois da tempestade, o calor do sol havia trazido de volta a vida, a alegria, a segurança. Formaram-se no céu algumas nuvens compridas e esgarçadas, com a brancura azulada que prometia uma série de belos dias temperados por uma brisa de leste. Na praça da prefeitura, grandes sombras, cortadas por amplos raios luminosos, formavam um gigantesco mosaico de lajes pretas e brancas.

Logo em seguida tudo adormeceu. Restava uma tímida claridade no apartamento de Madame, que dava para a praça. Essa suave luz da lamparina era como a imagem do tranquilo sono de uma jovem, um sono em que a vida mal se manifesta ainda, pois sua chama igualmente se ameniza enquanto o corpo dorme.

Bragelonne saiu da sua tenda com os movimentos lentos e comedidos de quem está curioso para ver, mas sem querer ser visto.

Então, por trás dos espessos cortinados, abarcando toda a praça num só relance, ele pouco depois viu a abertura da tenda bem à sua frente balançar e, entre os panos, se esboçar um vulto.

Era de Guiche, com olhos que cintilavam no escuro, voltados com ardor para a janela de Madame, iluminada pela tênue claridade interna do apartamento.

Esse suave brilho, que bruxuleava através dos vidros, era a estrela do enamorado. Toda a sua aspiração interior claramente subia aos olhos. Oculto à sombra, Raoul imaginava os pensamentos apaixonados que estabeleciam, entre a tenda do jovem embaixador e o balcão da princesa, um misterioso e mágico elo de afeto. Elo formado por pensamentos cheios de tanta vontade, de tanta obsessão que convocavam sonhos amorosos a descerem àquele leito perfumado que o conde devorava com os olhos da alma.

Mas de Guiche e Raoul não eram os únicos a velar aquela moldura. A janela de uma das casas da praça estava aberta; era a janela da casa em que se encontrava Buckingham.

Na contraluz dessa última janela, vigorosamente se realçava a silhueta do duque, que, placidamente apoiado no parapeito esculpido e forrado de veludo, enviava ao balcão de Madame seus sentimentos e seus loucos anseios de amor.

Bragelonne não pôde deixar de sorrir.

"Temos um pobre coração fortemente sitiado", ele pensou, referindo-se a Madame.

Em seguida, lembrando-se com piedade de Monsieur:

"E um pobre marido bem ameaçado. Mesmo sendo um grande príncipe e dispondo de todo um exército para salvaguardar o seu bem."

Por um momento, ele espiou ainda as ações dos dois suspirantes, mas logo ouviu o ronco sonoro e incivil de Manicamp, tão satisfeito que parecia estar com seu traje azul. Em seguida, voltou sua atenção para a brisa, que trazia o canto distante de um rouxinol, e, tendo feito sua provisão de melancolia, outra mazela noturna, foi se deitar, pensando no próprio caso: talvez quatro ou seis olhos tão ardentes quanto os do conde e os do duque igualmente velassem por sua própria musa no castelo de Blois.

— E não chega a ser um exército dos mais confiáveis, a srta. de Montalais — ele disse baixinho, com um suspiro mais alto.

87. De Le Havre a Paris

No dia seguinte, os festejos se deram com toda a pompa e toda a alegria possíveis para os recursos da cidade e o estado de espírito das pessoas.

As últimas horas em Le Havre transcorreram nos preparativos para a viagem por terra.

Depois de se despedir da frota inglesa e prestar uma derradeira homenagem à pátria, representada por seu pavilhão, Madame subiu à carruagem, com brilhante escolta.

De Guiche esperava que Buckingham voltasse com o almirante à Inglaterra, mas o duque conseguiu convencer a rainha de quanto seria inconveniente permitir que Madame chegasse quase abandonada por seus compatriotas a Paris.

Resolvida essa questão, o jovem duque escolheu um cortejo inglês de fidalgos e militares. Foi então um verdadeiro exército que se encaminhou a Paris, semeando ouro e brilho pelas cidades e vilarejos pelos quais passou.

Foram agradáveis dias de sol. A França se mostrava bela, sobretudo vista daquele caminho percorrido pela comitiva. A primavera lançava flores e folhas perfumadas aos pés de toda aquela juventude. A Normandia, com vegetação exuberante, horizonte azul e rios platinados, se apresentava como um paraíso para a nova irmã do rei.

Na estrada, tudo se resumia a festejos e alegria. De Guiche e Buckingham haviam deixado tudo para trás: o francês querendo prevenir novas tentativas do inglês, e este querendo despertar no coração da princesa uma lembrança mais viva da pátria, à qual se remetia a lembrança de dias felizes.

Infelizmente para o pobre duque, era claro que a imagem da sua querida Inglaterra a cada dia se apagava um pouco mais para Madame, à medida que se imprimia com mais profundidade o amor pela França.

De fato, era visível que aquelas tentativas desesperadas não despertavam nenhum reconhecimento e, mesmo cavalgando um dos mais fogosos corcéis de Yorkshire, só por acaso e acidentalmente os olhos da princesa o acompanhavam.

Ele em vão procurava atrair um daqueles olhares perdidos no espaço ou outra coisa, extraindo da natureza animal tudo o que ela podia concentrar de força, de vigor, de raiva e de destreza. Em vão o duque forçava o cavalo, com as ventas em chamas, fazendo-o — ao risco de mil vezes se arrebentar contra uma árvore ou despencar por um barranco — saltar obstáculos ou descer, desenfreado, bruscas colinas. Ouvindo às vezes o barulho, Madame girava por um instante a cabeça e depois, com um ligeiro sorriso, voltava à sua fiel guarda pessoal, Raoul e de Guiche, que tranquilamente cavalgava junto das portas da carruagem.

Buckingham se via então esmagado por todas as torturas do ciúme. Uma dor desconhecida, inaudita e ardente percorria suas veias, inundando-lhe o coração. Nesses momentos, para demonstrar algum controle da própria loucura, e querendo compensar, com humilde submissão, suas escapadas tresloucadas, ele acalmava o cavalo e o forçava, banhado de suor, coberto de uma densa espuma esbranquiçada, a morder o freio junto à carruagem na multidão de cortesãos.

Às vezes, alguma frase de Madame o recompensava, mas vinham frequentemente a partir de uma crítica:

— Fico contente, sr. de Buckingham. Parece mais ajuizado.

Outras vezes era Raoul que observava:

— Vai matar o seu cavalo, duque.

Buckingham o ouvia de bom grado, sentindo, sem qualquer comprovação, que Raoul moderava os ímpetos do conde de Guiche. Sem Bragelonne, alguma atitude precipitada — do francês ou dele próprio — já teria provocado a ruptura, o choque e talvez o exílio.

Desde a famosa conversa diante das tendas, em Le Havre, quando Raoul apontou a inconveniência dos seus modos, mesmo a contragosto o duque o respeitava.

Ele então com frequência puxava conversa, quase sempre para falar do conde de La Fère ou de d'Artagnan, amigo em comum que nele despertava quase tanto entusiasmo quanto em Raoul.

O visconde procurava sempre levar a conversa para esse assunto, sobretudo se de Wardes estivesse por perto. Ao longo de toda a viagem, de Wardes vinha se sentindo ameaçado, vendo que perdia influência sobre de Guiche. Com olho afiado e inquisidor, além de uma natureza nefasta, ele logo notara não só a tristeza que oprimia o conde mas também suas aspirações amorosas com relação à princesa.

Em vez de se limitar à reserva de Raoul nesse assunto, em vez de imitá-lo valorizando as conveniências e os deveres, de Wardes decididamente reforçava no conde as tendências, sempre vivas, da audácia juvenil e do orgulho egoísta.

Certo fim de tarde, numa pausa nos arredores de Mantes, o conde e ele conversavam, apoiados numa barreira, enquanto Buckingham e Raoul faziam o mesmo caminhando. Com sua docilidade, civilidade e natural tendência conciliadora, Manicamp cortejava as princesas, que já o tratavam muito à vontade.

De Wardes dizia a de Guiche:

— Confesse que não parece nada bem e o seu pedagogo não ajuda muito.

— Não sei do que está falando — respondeu o conde.

— Não é tão difícil: está se acabando de amor.

— Que ideia, de Wardes!

— Seria uma ideia estapafúrdia, concordo, se Madame se mostrasse indiferente a seu martírio. Mas não é o caso e ela inclusive se compromete; não duvido que o seu pedagogo Bragelonne, chegando a Paris, os denuncie.

— De Wardes! Tudo isso é só para atacá-lo!

— Vamos, chega de criancice — retomou a meia-voz o anjo ruim —, você sabe tanto quanto eu do que estou falando. E percebe que o olhar da princesa muda quando você está por perto. Ela gosta de ouvir a sua voz, presta atenção nos versos que recita. E não notou que, toda manhã, ela diz ter dormido mal?

— Mesmo que fosse verdade, para que me dizer isso?

— Não acha importante ver as coisas com clareza?

— Não quando elas podem me enlouquecer.

E, aflito, o conde olhou para onde estava a princesa como se, mesmo rejeitando as insinuações feitas, buscasse a confirmação nos seus olhos.

— Veja! Ela o chama! — disse de Wardes. — Aproveite que o pedagogo não está aqui.

De Guiche não resistiu. Uma força invencível o atraía.

Sorrindo, de Wardes o viu se afastar.

— Está enganado — disse Raoul, saltando a barreira atrás da qual ele se encontrava nos últimos instantes. — O pedagogo está aqui e o ouviu.

Sem precisar se virar, de Wardes reconheceu a voz e puxou pela metade a espada da bainha.

— Guarde a espada — disse Raoul. — Sabe muito bem que qualquer demonstração desse tipo é inútil enquanto durar a viagem. Guarde a espada, mas também a língua. Por que levar a um amigo o fel que destrói o seu coração? Já tentou me pôr contra um homem honesto, amigo de meu pai e dos meus! No conde, quer intensificar o amor pela mulher destinada a quem devemos fidelidade! Eu poderia dizê-lo traidor e covarde se não o achasse, antes de tudo, demente.

— Não me enganei chamando-o de pedagogo — exclamou de Wardes, irritado. — O tom que procura ter e os modos com que se apresenta são os de um jesuíta torturador e não os de um fidalgo. Quando se dirigir a mim, por favor deixe de lado esses modos e esse tom. Odeio o sr. d'Artagnan por ter cometido uma covardia com meu pai.

— O senhor mente — disse brutalmente Raoul.

— Ah! Está me desdizendo?

— Como não estaria, se não é verdade o que diz?

— E faz isso sem sacar a espada?

— A mim mesmo prometi só matá-lo depois de entregarmos Madame a seu noivo.

— Matar-me? Ora, os seus castigos de pedagogo não matam, sr. pedante.

— Não — respondeu friamente Raoul. — Mas a espada do sr. d'Artagnan mata. E não só tenho a meu favor essa espada como foi ele que me ensinou a usá-la. E será com essa espada que vingarei, no momento certo, o seu nome vilipendiado.

— Visconde, visconde! — exclamou de Wardes. — Tome cuidado! Se não me der razão imediatamente, qualquer meio será bom para a minha vingança!

— Oh! — exclamou Buckingham, entrando em cena. — Ouço uma ameaça que cheira a assassinato, o que parece de muito mau gosto para um fidalgo.

— O que disse o sr. duque? — perguntou de Wardes, se virando.

— Disse que notei palavras que soam mal a meus ouvidos ingleses.

— Pois se acha isso — exclamou de Wardes, fora de si —, ótimo! Ao menos terei, assim, alguém que não se sirva de pretextos para escapulir. Ouça então minhas palavras como quiser.

— Ouço-as como devo ouvir — respondeu Buckingham, com o tom altivo que lhe era característico e dava, mesmo numa simples conversa, um ar de desafio. — O sr. de Bragelonne é meu amigo; o senhor insulta o sr. de Bragelonne e terá que me prestar contas por isso.

De Wardes olhou para Bragelonne que, cumprindo seu papel, permanecia calmo e frio.

— Para começar, não creio ter insultado o sr. de Bragelonne, uma vez que ele, dispondo de uma espada, não parece se considerar insultado.

— E a quem, então, insulta?

— Ao sr. d'Artagnan — continuou de Wardes, percebendo ser o que mais enraivecia Raoul.

— A situação então é outra — disse Buckingham.

— Não concorda? — animou-se de Wardes. — Cabe aos amigos do sr. d'Artagnan defendê-lo.

— Concordo — respondeu o inglês, recuperada toda a sua fleuma. — Com relação à ofensa ao sr. de Bragelonne eu não podia, por óbvio, tomar a sua defesa, pois ele está presente. Mas já que se trata do sr. d'Artagnan...

— O senhor me dá esse direito, não é?

— Não, pelo contrário: saco a espada — disse Buckingham, tirando-a da bainha. — Mesmo que o sr. d'Artagnan tenha ofendido o seu pai, ele prestou, ou pelo menos tentou prestar, um grande serviço ao meu.

De Wardes ficou surpreso.

— O sr. d'Artagnan é o mais galante fidalgo que conheço. Adorarei então, já que devo favores pessoais a ele, pagá-los às custas do senhor, com minha espada.

Dizendo isso, com elegância Buckingham terminou de desembainhá-la, saudou Raoul e se pôs em guarda.

De Wardes deu um passo à frente.

— Um momento, senhores! — interrompeu Raoul, erguendo a própria espada nua entre os duelistas. — Nada disso justifica que nos degolemos praticamente sob os olhos da princesa. De Wardes falou mal do sr. d'Artagnan, mas ele sequer o conhece.

— Oh! — disse de Wardes, rangendo os dentes e abaixando a ponta da espada até o bico da bota. — Está dizendo que não conheço o sr. d'Artagnan?

— Estou. Não o conhece e não sabe onde ele se encontra.

— Não sei onde ele se encontra?

— Não deve saber, pois nunca o procurou diretamente.

De Wardes ficou pálido.

— Pois vou dizer onde ele se encontra — continuou Raoul. — O sr. d'Artagnan vive em Paris. Mora no Louvre quando está de serviço ou na rua dos Lombardos, quando não está. Pode ser facilmente encontrado num desses dois endereços. Com tantas queixas, é estranho que não exija diretamente a satisfação que parece pedir a todo mundo, exceto a ele.

De Wardes enxugou a testa banhada de suor.

— Veja — continuou Raoul —, não se deve bancar o valente havendo editais contra duelos. O rei não vai gostar da desobediência, sobretudo na atual circunstância, e estará certo.

— Desculpas! Pretextos!

— Vamos, são só bravatas, de Wardes. Sabe muito bem que o duque de Buckingham é um galante gentleman que dez vezes já sacou a espada e sacaria mais uma. Tem uma reputação à qual se deve respeito! Eu próprio, o senhor sabe que não me nego a luta nenhuma. Estive na linha de choque em Lens, em Bléneau, em Dunas,[312] abrindo caminho cem passos à frente dos artilheiros, enquanto o senhor, diga-se, estava cem passos atrás. É verdade que havia gente demais para que se pudesse notar a sua bravura, e por isso o senhor se escondia, enquanto aqui pode dar espetáculo, fazer escândalo, pois é só o que quer. Mas não conte com minha ajuda para isso, não lhe darei esse prazer.

— Tem toda a razão, sr. de Bragelonne — disse Buckingham, embainhando a espada. — E peço que me desculpe por ter me deixado levar por um primeiro impulso.

Furioso, de Wardes deu mais um passo à frente e, de espada em riste, atacou Raoul, que teve tempo apenas para uma parada em quarta.[313]

— Eia! — disse o agredido. — Cuidado para não me furar um olho.

— Vai lutar ou não, afinal? — gritou de Wardes.

---

312. Batalhas em 1648 contra os espanhóis, em 1652 entre franceses, à época da Fronda, e em 1658 novamente contra os espanhóis.

313. Parada, em esgrima, é qualquer defesa armada contra a arma do adversário; "em quarta" se refere à posição da mão que empunha a espada.

— Não, não agora. Mas ouça o que proponho: assim que chegarmos a Paris eu o levarei ao sr. d'Artagnan e poderá contar as queixas que tem contra ele. O sr. d'Artagnan pedirá ao rei permissão para furá-lo com a ponta da espada e o rei a concederá. Feito isso, o meu caro de Wardes considerará com mais simpatia os preceitos do Evangelho que recomendam o perdão às injúrias.[314]

— Ah! — exclamou de Wardes, furioso com tanta complacência. — Vê-se logo que é um semibastardo, sr. de Bragelonne![315]

Raoul ficou branco como a gola da camisa que usava. Seu olho dardejou um raio que fez de Wardes recuar.

O próprio Buckingham ficou chocado, mas se lançou entre os dois adversários, vendo que iam se jogar um contra o outro.

De Wardes guardara aquela injúria para o final. Segurou convulsivamente o cabo da espada e esperou o ataque.

— O senhor tem razão — disse Raoul, fazendo um violento esforço para se acalmar. — Conheço apenas o nome do meu pai, mas sei o quanto o sr. conde de La Fère é um homem de bem e de honra, não temendo então, nem por um instante, como o senhor parece insinuar, haver alguma nódoa no meu nascimento. A ignorância do nome da minha mãe é, para mim, uma infelicidade, mas não um opróbrio. E ao senhor falta lealdade, falta cortesia, acusando em mim uma infelicidade. Mas pouco importa; houve insulto e, dessa vez, me considero insultado! Deixemos então estabelecido: depois de resolver sua pendência com o sr. d'Artagnan, terá que se haver comigo.

— Oh! — respondeu de Wardes, com um sorriso cínico. — Admiro sua prudência. Ainda há pouco me prometia uma estocada da parte do sr. d'Artagnan; é depois disso que nos enfrentaremos?

— Não se preocupe — respondeu Raoul, com uma raiva surda. — O sr. d'Artagnan é muito competente em tudo o que diz respeito às armas e pedirei que o trate como tratou o senhor seu pai, isto é, que não o mate e deixe para mim esse prazer, quando estiver curado. Precaução nenhuma é exagerada contra pessoas nefastas, de Wardes.

— Eu próprio farei o mesmo com relação a você, pode esperar.

— Permita-me traduzir essas últimas palavras num conselho que darei ao sr. de Bragelonne: proteja-se com uma cota de malha —[316] avisou Buckingham.

De Wardes cerrou os punhos e em seguida disse:

— Entendo. Os senhores esperam me enfrentar só depois de tomada essa precaução.

---

314. Por exemplo, em Lucas 17,4: "Se ele pecar contra você sete vezes no dia, e sete vezes nesse mesmo dia o procurar dizendo 'arrependo-me', perdoe".

315. Ver em *Vinte anos depois*, capítulo 22, a rocambolesca história da gestação de Raoul.

316. Subentende-se com isso um ataque do tipo traição.

— Bom! Já que insiste tanto, vamos acabar com isso — decidiu-se Raoul, dando um passo à frente e estendendo a espada.

— O que está fazendo? — inquietou-se Buckingham.

— Fique descansado, não vai demorar — disse Raoul.

Com os dois em postura de guarda, as lâminas se cruzaram.

De Wardes se lançou com tanta precipitação sobre o adversário que, à primeira troca de golpes, ficou claro para Buckingham que Raoul procurava apenas se esquivar dos ataques. Ele então deu um passo atrás, decidido a simplesmente assistir.

Raoul estava calmo como se empunhasse um florete em vez de uma espada. Liberou-a do corpo a corpo recuando um passo e aparou com um contra os três ou quatro golpes tentados por de Wardes. Em seguida, com uma ameaça em quarta baixa que o adversário parou com um giratório, ele embaralhou as duas lâminas e enviou a do rival a vinte passos, do outro lado da barreira.

Com de Wardes desarmado e sem saber o que fazer, Raoul embainhou a própria espada, agarrou-o pela gola e pela cinta e o jogou também do outro lado da barreira, tremendo e berrando de raiva.

— Isso não terminou, voltaremos a nos ver! — gritou de Wardes, levantando-se e guardando a espada.

— Mas, santo Deus! É o que lhe digo há uma hora.

Em seguida, dirigindo-se a Buckingham, pediu:

— Por favor, duque, não comente com ninguém o que viu. É uma vergonha ter chegado a esse extremo, deixei que a raiva me levasse. Peço que me desculpe e esqueça o que aconteceu.

— Meu caro visconde — respondeu o duque, apertando aquela mão tão rude e tão leal —, permita-me, pelo contrário, não esquecer e também lembrá-lo: esse homem é perigoso e quer matá-lo.

— Meu pai passou vinte anos sob a ameaça de um inimigo bem pior — respondeu Raoul — e não foi morto.[317] Sou de uma estirpe que goza da graça de Deus.

— Seu pai tinha bons amigos, visconde.

— É verdade — suspirou Raoul. — Amigos como não se fazem mais.

— Por favor, não diga isso no momento em que quero propor minha amizade — falou Buckingham, abrindo os braços a Bragelonne, que recebeu com alegria a aliança oferecida.

E o duque acrescentou:

— Na minha família, morremos por aqueles de quem gostamos, o senhor sabe.

— Sei sim, duque, perfeitamente.

---

317. Com o duradouro ódio do vilão Mordaunt (ver *Vinte anos depois*).

88. O que o cavaleiro de Lorraine achava de Madame

Nada mais perturbou o final da viagem.

Inventando um pretexto qualquer, de Wardes discretamente tomou a dianteira na estrada.

Levou com ele Manicamp, que tinha temperamento estável e calmo, podendo servir de contrapeso a seus ímpetos.

De fato, é comum que pessoas belicosas e agitadas busquem companhias afáveis e cordiais, como se no contraste procurassem o repouso para suas tensões, ao passo que os outros ganham uma defesa para sua apatia.

Buckingham e Bragelonne, como agora também de Guiche, compunham, ao longo do caminho, um concerto de elogios à princesa.

O visconde, porém, insistia para que esse concerto se fizesse a três e não por solos individuais, como parecia ser a perigosa tendência dos dois rivais.

Esse método de harmonia agradou muito à rainha-mãe Henriqueta, mas nem tanto à jovem, que era coquete como um demônio. Onde não havia situações de risco ela as buscava e, de fato, tinha um desses corações afoitos e temerários que se sentem confortáveis nos extremos da galanteria e se expõem ao fogo com certa atração pela possibilidade de se queimar.

Seus olhares, sorrisos e trajes passaram a constituir permanentes armas a ferir os três jovens cortesãos, e desse inesgotável arsenal escapavam ainda olhares, beija-mãos e mil outros acenos que atingiam a distância outros fidalgos da escolta, assim como burgueses e oficiais das cidades por que passavam, pajens, gente do povo ou lacaios: era uma ofensiva geral, uma devastação universal.

No fim da viagem, Madame havia conseguido cem mil apaixonados no caminho e tinha, em sua escolta, uma meia dúzia de loucos e dois desvairados.

Apenas Raoul, percebendo tamanha vontade de sedução, e por ter o coração já tomado, sem qualquer brecha em que se pudesse plantar uma flecha, chegou incólume e prevenido à capital.

Em determinado momento no caminho ele chegou a comentar com a rainha-mãe aquele charme alucinante que Madame espalhava a seu redor, e a velha senhora, a quem tantas infelicidades e decepções haviam fornecido experiência, disse:

— Minha filha seria ilustre mesmo que tivesse nascido na obscuridade, pois é alguém com imaginação, caprichos e vontade.

De Wardes e Manicamp, na função de batedores e correio, tinham anunciado a chegada da princesa e, nos arredores de Nanterre, ao cortejo que vinha de Le Havre se juntou uma brilhante escolta de fidalgos e carruagens.

Era Monsieur, que, acompanhado pelo cavaleiro de Lorraine e outros favoritos, seguidos ainda por parte da casa militar do rei, vinha cumprimentar sua prometida real.

Pouco antes, em Saint-Germain, a princesa e sua mãe haviam trocado a diligência de viagem, pesadona e já desgastada, por um elegante e rico cupê atrelado a seis cavalos com penachos brancos e dourados.

Nessa espécie de caleche, como num trono sob um guarda-sol de seda bordada e longas franjas de plumas, via-se a jovem e bela princesa, cujo rosto radiante recebia os róseos reflexos que ainda mais realçavam sua pele de nácar.

Chegando perto da carruagem, Monsieur ficou impressionado e demonstrou de forma explícita sua admiração, a ponto de fazer o cavaleiro de Lorraine, num grupo de cortesãos, dar de ombros, e o conde de Guiche, assim como o duque de Buckingham, sentirem uma pontada no coração.

Cumprido o cerimonial, todos retomaram mais lentamente a estrada de Paris.

As apresentações tinham sido rápidas e o nome do sr. de Buckingham fora mencionado entre os dos demais fidalgos ingleses. Monsieur não deu maiores atenções a nenhum deles.

No caminho, porém, notando a habitual solicitude do duque junto à porta da caleche, ele perguntou a seu inseparável de Lorraine:

— Quem é esse inglês?

— Foi apresentado ainda há pouco. É o belo duque de Buckingham.

— Ah, verdade!

— O paladino de Madame — acrescentou o favorito, com um trejeito e um tom que só os invejosos são capazes de dar às mais simples frases.

— Como? O que está dizendo? — surpreendeu-se o príncipe, sem deixar de cavalgar.

— Eu disse o paladino.

— Madame tem um paladino declarado?

— Como não? Estão bem ali. Basta ver como os dois riem e se divertem. É como uma página de *Cyrus*.[318]

— Os três.

---

318. *Le grand Cyrus*, dos irmãos Georges e Madeleine de Scudéry (1601-67 e 1607-1701), publicado em 1650, se tornou um exemplo do preciosismo no romance sentimental.

— Como assim, os três?

— Os três. Também de Guiche.

— É verdade!... Estou vendo... Isso prova que Madame tem dois paladinos, em vez de um só.

— Você, sua víbora, envenena tudo.

— Não há veneno nenhum. Ah, que espírito negativo, o seu! Prestam as homenagens francesas à mulher de monsenhor e ele não está contente.

O duque de Orléans temia a verve satírica do cavaleiro quando a percebia ultrapassando certo limite. Preferiu então mudar de assunto.

— A princesa é bonita — ele disse, sem demonstrar maior interesse, como se falasse de uma estranha.

— Verdade — respondeu de Lorraine, no mesmo tom.

— Você concorda como quem discorda. Mas acho que tem olhos negros muito bonitos.

— Pequenos.

— De fato, mas brilhantes. E uma estatura avantajada.

— Passa um pouco do ponto, monsenhor.

— Não nego. A aparência é nobre.

— Mas o rosto magro.

— Os dentes me pareceram admiráveis.

— Mostram-se demais, porque a boca é grande. Santo Deus! Realmente me enganei, monsenhor é mais bonito do que sua mulher.

— E acha também que sou mais bonito que o duque de Buckingham?

— Ah, com certeza! E ele sabe disso, veja só, pois se esforça ainda mais junto de Madame para não ser ofuscado por monsenhor.

O príncipe teve uma reação de impaciência, mas ao ver um sorriso de triunfo passar pelos lábios do cavaleiro voltou a conter sua montaria.

— Na verdade — ele disse —, por que perder tempo com minha prima, como se não a conhecesse? Não fui criado com ela? Não a via quando era criança, no Louvre?

— Ah, que monsenhor me perdoe! Houve uma mudança. Naquele tempo, a princesa não brilhava tanto e era bem menos orgulhosa. Não se lembra de uma noite em que o rei não quis dançar com ela, por achá-la feia e malvestida?

Essas palavras calaram fundo no duque de Orléans. De fato, pareceu-lhe pouco digno se casar com alguém que o rei ignorara na juventude.

Talvez fosse responder, mas notou que de Guiche vinha na direção deles, tendo se afastado da carruagem.

O conde, é verdade, vendo de longe Monsieur e seu favorito, se preocupou e parecia querer adivinhar o que diziam.

Por perfídia ou impudência, de Lorraine não se deu ao trabalho de dissimular e o recebeu dizendo:

— O conde é pessoa de bom gosto.

— Obrigado pelo cumprimento — respondeu de Guiche. — Mas por que diz isso?

— Ora!… Que Sua Alteza me confirme…

— É verdade. E Guiche sabe que o considero perfeito cavalheiro.

— Assim sendo, continuo. O conde está com Madame há oito dias, não é?

— Sem dúvida — respondeu de Guiche, sem poder deixar de enrubescer.

— Pois diga francamente o que pensa da sua pessoa.

— Da sua pessoa? — ele repetiu, muito surpreso.

— Sim, da sua pessoa, da sua maneira de ser, enfim… como um todo.

Atordoado, o conde hesitou em responder.

— Vamos, de Guiche! — riu o cavaleiro. — Diga o que acha, seja franco. É uma ordem de Monsieur.

— Sim, seja franco — pediu o príncipe.

De Guiche balbuciou algumas palavras ininteligíveis.

— Sei que é embaraçoso — continuou Monsieur —, mas sabe que pode me contar tudo. O que acha dela?

Para esconder o que se passava em seu íntimo, de Guiche recorreu à única defesa que encontra alguém pego de surpresa: mentiu.

— Nada de bem nem de mal… Mais para o bem do que para o mal.

— Veja só, quem diz isso é a pessoa que se extasiou a suspirar diante de um simples retrato! — zombou de Lorraine.

De Guiche corou até as orelhas. Felizmente o seu cavalo, que era arisco, com um movimento brusco o ajudou a disfarçar.

— Retrato? — ele murmurou, tornando a se aproximar. — Que retrato?

De Lorraine não havia parado de observá-lo.

— O retrato. A miniatura não era fiel?

— Não sei. Não me lembro de retrato nenhum.

— No entanto, naquele momento pareceu lhe causar um forte efeito — continuou o cavaleiro.

— É possível.

— Pelo menos tem boas qualidades de inteligência e vivacidade? — perguntou o futuro marido.

— Creio que sim, monsenhor.

— E o sr. de Buckingham, também? — aproveitou-se o cavaleiro.

— Não sei dizer.

— Mas com certeza sim — continuou de Lorraine —, pois diverte Madame, que parece gostar muito de tê-lo por perto. E mulheres inteligentes não gostam da companhia de um tolo.

— Ele então deve ter — disse ingenuamente de Guiche, ao que Raoul apareceu em seu socorro, percebendo-o em dificuldade naquele perigoso interrogatório e forçando uma mudança rápida de assunto.

O fim da viagem foi efusivo e alegre. Para homenagear o irmão, o rei ordenara que tudo fosse magnificamente preparado. As duas Henriquetas chegaram ao Louvre, aquele mesmo Louvre em que haviam, no tempo do exílio, tão dolorosamente vivido no escuro, na miséria, nas privações.

Aquele palácio inospitaleiro para a infeliz filha de Henrique IV, com paredes nuas, pisos afundados, tetos povoados de teias de aranha, imensas lareiras com seus mármores fendidos e cavidades frias que a esmola do Parlamento mal pudera aquecer, tudo estava bem mudado.

Tecidos esplêndidos, espessos tapetes, lajes reluzentes, pinturas restauradas e com largas molduras douradas... Candelabros por toda parte, espelhos e móveis suntuosos; por todo lugar, guardas com altiva aparência e penachos ondulantes, um mundo de criados e de cortesãos nas antecâmaras e nas escadas.

Os pátios em que antes ainda crescia o mato, como se o ingrato do Mazarino achasse bom mostrar aos parisienses que a solidão e a desordem seriam, junto com a miséria e o desespero, o acompanhamento das monarquias questionadas; naqueles pátios imensos, abandonados e desolados desfilavam agora cavaleiros cujas montarias faziam salpicar uma infinidade de centelhas na impecável pavimentação.

Carruagens estavam ali estacionadas, com belas e jovens mulheres que esperavam para cumprimentar, quando passasse, a filha de uma filha da França a quem, em sua viuvez e exílio, às vezes faltaram uma acha de lenha para se aquecer e um pedaço de pão para mastigar, menosprezada pelos mais humildes servidores do palácio.

Foi então com o coração cheio de dor e de amargas lembranças que a sra. Henriqueta entrou no Louvre, ao contrário da filha, dona de um temperamento que depressa de tudo se esquece, vendo por todo lugar apenas triunfo e alegria.

A velha rainha perfeitamente se dava conta de que a brilhante recepção era para a feliz mãe de um rei que voltava ao segundo trono mais importante da Europa, enquanto a má recepção se dirigira à filha de Henrique IV, punida por ter sido infeliz.

Uma vez acomodadas, as hóspedes ilustres puderam repousar. A escolta que as trouxera também teve tempo para se recuperar do cansaço da viagem e os homens retomaram em seguida seus hábitos e ocupações.

Bragelonne começou indo ver o pai, mas Athos havia voltado para Blois.

Procurou então o sr. d'Artagnan, que, atarefado com a organização da nova casa militar do rei, não pôde ser encontrado.

Buscou então de Guiche, mas o conde tinha, com seus alfaiates e Manicamp, reuniões que tomariam todo o seu dia.

Com o duque de Buckingham teve menos sorte ainda.

O inglês comprava cavalos e mais cavalos, diamantes e mais diamantes. Tudo o que Paris tinha de bordadeiras, de lapidadores e de alfaiates, ele monopolizava. De Guiche e ele duelavam de forma nem sempre cortês, numa disputa em que o duque se dispunha a gastar um milhão enquanto o marechal de Grammont havia liberado apenas sessenta mil libras para o filho. Buckingham ria e gastava o seu milhão.

De Guiche suspirava e teria arrancado os cabelos se de Wardes não o aconselhasse.

— Um milhão! — repetia diariamente de Guiche. — Não vou dar conta. Por que o marechal não quer adiantar minha parte da herança?

— Porque você a devoraria inteira — disse Raoul.

— E, para ele, que importância tem? Posso morrer nessa frustração e não precisarei mais de coisa alguma.

— Mas por que morrer? — insistia Raoul.

— Não quero ser derrotado em elegância por um inglês.

— Querido conde — sugeriu então Manicamp —, a elegância não é uma coisa cara, é apenas difícil.

— Sei. Mas as coisas difíceis custam caro, e tenho apenas sessenta mil libras.

— Bem, isso é de fato um problema! — exclamou de Wardes. — Gaste tanto quanto Buckingham, são só novecentas e quarenta mil libras de diferença.

— E onde encontrá-las?

— Faça dívidas.

— Já fiz.

— É uma razão a mais.

Opiniões assim transtornaram tanto de Guiche que ele cometeu loucuras enquanto Buckingham apenas gastava.

A notícia de tanta prodigalidade alegrava todos os fornecedores de Paris e, do palacete de Buckingham ao de Grammont, maravilhas eram propostas.

Enquanto isso, Madame descansava e Bragelonne escrevia à srta. de La Vallière.

Quatro cartas já haviam sido enviadas sem que resposta nenhuma chegasse quando, na manhã da cerimônia de casamento, que devia ocorrer na capela do Palais Royal, Raoul, vestindo-se, ouviu o criado anunciar:

— Sr. de Malicorne.

"O que pode querer comigo esse tal Malicorne?", pensou Raoul.

— Diga que espere — ele respondeu.

— É um cavalheiro que está chegando de Blois — acrescentou o criado.

— Ah, então mande entrar! — agitou-se Raoul.

Malicorne entrou, belo como um astro e carregando uma deslumbrante espada.

Depois de uma graciosa saudação, disse:

— Sr. de Bragelonne, trago mil cumprimentos de uma jovem.

Raoul ficou vermelho.

— Uma jovem de Blois?

— Sim, a srta. de Montalais.

— Ah, obrigado. Desculpe-me, só agora o identifiquei — explicou-se. — E o que espera de mim a srta. de Montalais?

Malicorne tirou do bolso quatro cartas e as entregou a Raoul.

— Minhas cartas! Como é possível? — ele se surpreendeu, empalidecendo. — Nem sequer foram abertas!

— Não alcançaram mais em Blois a pessoa a quem se dirigiam, e por isso estão sendo devolvidas.

— A srta. de La Vallière não se encontra em Blois? — estranhou Raoul.

— Não, há oito dias.

— E onde está?

— Provavelmente aqui, em Paris.

— Mas como souberam que as cartas eram minhas?

— A srta. de Montalais reconheceu a letra e o lacre.

Raoul corou e sorriu.

— Muito amável da parte dela, que é sempre bondosa e encantadora.

— Sempre.

— Deve ter dito alguma coisa mais sobre a srta. de La Vallière, para que eu não precise procurar por toda essa imensa Paris.

Malicorne tirou do bolso outra carta e disse:

— Talvez aqui.

Raoul rompeu ansiosamente a estampilha. A letra era da srta. Aure e dizia:

Paris, Palais Royal, dia da bênção nupcial.

— O que significa isso? — perguntou Raoul a Malicorne. — O senhor sabe?

— Sei, visconde.

— Então por favor me diga.

— Não posso.

— Por quê?

— A srta. Aure me proibiu.

Raoul olhou para o estranho personagem, sem saber o que fazer.

— Pelo menos diga se é uma notícia boa ou má.

— O senhor verá.

— É bastante intransigente na discrição.

— Gostaria de pedir um favor.

— Em troca desse que não me faz?

— Exato.

— Diga.

— Tenho todo o interesse em assistir à cerimônia e não consegui um convite, apesar de tudo o que tentei. Poderia me ajudar?

— Posso.

— Faça isso, visconde; será um grande favor.

— Com prazer, entre comigo.

— Ponho-me à sua inteira disposição.

— Achei que fosse amigo do sr. de Manicamp...

— E sou, mas esta manhã, enquanto ele se vestia, deixei cair uma garrafa de verniz no seu traje novo e fui atacado de espada em punho. Tanto que precisei fugir. Donde não ter pedido a ele o convite. Poderia ser morto.

— É compreensível. Acho-o mesmo capaz de matar o infeliz que cometeu semelhante crime. Mas não seja por isso; prendo minha capa e serei seu guia e bilhete de entrada.

89. A surpresa da srta. de Montalais

Madame se casou na capela do Palais Royal, diante de um público de cortesãos rigorosamente escolhido.

Foi então um grande favor cumprir a promessa de fazer entrar Malicorne, que queria muito ver tudo aquilo.

Já na capela, Raoul percebeu de Guiche e se aproximou do amigo, que, contrastando com seu esplêndido traje, mostrava um rosto tão devastado pela dor que apenas o duque de Buckingham podia competir com ele em termos de palidez e abatimento.

— Tome cuidado, conde — disse Raoul, preparando-se para lhe dar apoio no momento em que o arcebispo abençoava marido e mulher.

É verdade: o sr. príncipe de Condé observava com curiosidade aquelas duas imagens da desolação, de pé como cariátides,[319] nos dois lados da nave. O conde procurou se controlar melhor. Terminada a cerimônia, o rei e a rainha passaram ao salão principal para a apresentação de Madame e seu séquito.

Observou-se que o rei, que já parecia maravilhado, fez à cunhada os seus mais sinceros cumprimentos.

Observou-se que a rainha-mãe, lançando ao duque de Buckingham um olhar demorado e sonhador, inclinou-se para a sra. de Motteville[320] e perguntou discretamente:

— Não acha que ele se parece com o pai?

Observou-se, enfim, que Monsieur observava todo mundo e parecia bastante descontente.

Depois de recepcionar príncipes e embaixadores, Monsieur pediu permissão ao rei para lhe apresentar — e à Madame — os integrantes de sua nova casa.

O sr. Príncipe perguntou baixinho a Raoul:

---

319. Estátuas, em geral representando mulheres, que servem como pilastras de sustentação, na arquitetura clássica, a um entablamento.

320. Françoise de Motteville (1621-89), primeira dama de honra de Ana da Áustria. Deixou um livro de memórias, *Mémoires pour servir à l'Histoire d'Anne d'Autriche*, umas das importantes fontes de Dumas.

— Sabe dizer, visconde, se foi pessoa de bom gosto que se encarregou da formação dessa casa? Teremos alguns rostos apresentáveis?

— Ignoro totalmente, monsenhor — respondeu Raoul.

— Ah! Está se fazendo de desinformado.

— Por que diz isso, monsenhor?

— De Guiche, que é próximo de Monsieur, é seu amigo.

— É verdade, mas como a coisa não me interessava, não perguntei; e ele, por sua vez, não sendo perguntado, nada me disse.

— E Manicamp?

— De fato, vi o sr. de Manicamp em Le Havre e durante a viagem, mas não fiz pergunta alguma. Aliás, poderia saber alguma coisa, sendo um personagem na verdade secundário?

— Ora, meu caro visconde, de que planeta está vindo? São os personagens secundários que, nessas ocasiões, têm toda a influência, e a prova é que quase tudo se fez por apresentações do sr. de Manicamp a de Guiche e dele a Monsieur.

— Pois ignorava completamente tudo isso — disse Raoul. — É algo que descubro graças a Vossa Alteza.

— Quero crer que sim, apesar de parecer bem estranho. De qualquer forma, não vamos esperar muito: eis que o esquadrão volante avança, como dizia a boa rainha Catarina.[321] Veja só! Quantos rostos bonitos!

Um grupo de jovens efetivamente se aproximava, sob a batuta da sra. de Navailles[322] e, devemos dizer a favor de Manicamp — se de fato tivera nessa seleção a importância imaginada pelo príncipe de Condé —, era um grupo encantador para os olhos de apreciadores de todo tipo de beleza, como o sr. Príncipe. Uma jovenzinha loura, devendo ter vinte ou vinte e um anos, com grandes olhos azuis que emitiam deslumbrantes fulgores, vinha na frente e foi a primeira a ser apresentada.

— Srta. de Tonnay-Charente —[323] disse a Monsieur a velha sra. de Navailles.

E Monsieur repetiu, cumprimentando Madame:

— Srta. de Tonnay-Charente.

— Ah! Essa já me parece bastante agradável — comentou o sr. Príncipe, voltando-se para Raoul. — Já temos uma.

---

321. Segundo certa tradição, eram as damas de honra e espiãs de Catarina de Médici (1519-89), que se serviam do próprio charme para passar informações à rainha sobre seus inimigos.

322. Suzanne de Parabere (1625-1700), duquesa de Navailles, primeira dama de honra da rainha Maria Teresa da Espanha, de 1660 a 1664, quando foi banida da corte por se opor aos namoros do rei com as damas de honra.

323. Françoise-Athénaïs de Rochechouart (1641-1707), futura sra. de Montespan (e futura amante oficial de Luís XIV, com quem teve sete filhos).

— É mesmo bonita — disse o rapaz. — Apesar de maneiras um tanto altivas.

— Bah! Conhecemos essas maneiras, visconde. Em três meses estará amansada... Mas veja, outra beldade.

— Ah! — exclamou Raoul. — E uma beldade que conheço.

— Srta. Aure de Montalais — anunciou a sra. de Navailles.

Nome e sobrenome foram fielmente repetidos por Monsieur.

— Deus do céu! — assustou-se Raoul, olhando para a porta de entrada.

— O que foi? — perguntou o príncipe. — A srta. Aure de Montalais é a responsável por esse seu "Deus do céu!"?

— Não, monsenhor, não foi isso — respondeu Raoul, pálido e trêmulo.

— Não sendo assim, imagino que a culpada seja essa encantadora loura que vem logo a seguir. Olhos muito bonitos, sem dúvida! Um pouco magra, mas com muito charme.

— Srta. de La Baume Le Blanc de La Vallière — apresentou a sra. de Navailles.

Com esse nome chegando ao fundo do coração de Raoul, uma bruma lhe subiu do peito aos olhos.

Ele nada mais viu e nada mais ouviu. Sem ter para quem cochichar suas observações, o sr. Príncipe se afastou, procurando se aproximar das moças que, numa primeira avaliação, havia achado mais interessantes.

— Louise em Paris! Dama de honra de Madame! — murmurava Raoul.

Sem que em nada o esclarecessem, seus olhos iam de Louise a Montalais.

Esta última, aliás, já deixara de lado a falsa timidez, que servira apenas para o momento da apresentação e das reverências.

Em seu lugar do salão, ela tranquilamente observava as pessoas em volta e, tendo localizado Raoul, se divertia com o visível espanto que a presença dela e da amiga causava no pobre enamorado.

Esse olhar atrevido, malicioso e zombeteiro, que Raoul queria evitar mas ao qual inapelavelmente voltava, era para ele um verdadeiro suplício.

Já Louise, fosse por timidez natural ou por outro motivo qualquer, que escapava a Raoul, tinha o tempo todo os olhos baixos. Intimidada e impressionada, com a respiração curta, ela se mantinha afastada o quanto podia, insensível inclusive às cotoveladas de Montalais.

Para o pobre visconde, tudo aquilo era um enigma, que ele se disporia a pagar bom preço para decifrar.

Mas ninguém que pudesse ajudar estava por perto, nem mesmo Malicorne, que, preocupado ao se ver entre tantos fidalgos e tendo ainda que enfrentar os olhares provocadores de Montalais, havia traçado um círculo e, pouco a pouco, se pusera a alguns passos do sr. Príncipe, atrás do grupo de damas de honra, quase ao alcance da voz da amiga, planeta em torno do qual ele, humilde satélite, parecia forçosamente gravitar.

Recuperando-se, Raoul achou reconhecer à sua esquerda algumas vozes. De fato, eram de Wardes, de Guiche e de Lorraine, que conversavam.

É verdade que falavam tão baixo que mal se percebia, no amplo salão, que conversavam.

Falar em postura ereta, sem se inclinar, sem olhar para a pessoa com quem se fala é um talento cuja sublimidade os novatos não percebem tão rápido. É preciso um longo estudo dessas conversas que, sem olhares e sem movimentação da cabeça, parecem um colóquio de estátuas.

Desse modo, em volta dos grandes círculos do rei e das rainhas, enquanto Suas Majestades falavam e todos pareciam ouvi-las em religioso silêncio, um bom número daquelas silenciosas trocas de observações se sustentava, nas quais a lisonja não era a nota dominante.

Mas Raoul era experiente nesse estudo dentro da etiqueta e, por leitura labial, conseguia adivinhar o que se dizia.

— Quem é essa Montalais? — perguntava de Wardes. — Quem é essa La Vallière? O que toda essa província vem fazer aqui?

— A Montalais eu conheço — disse o cavaleiro de Lorraine. — É boa moça e vai divertir a corte. Já a Vallière é uma encantadora coxa.

— Argh! — fez de Wardes.

— Não faça cara feia, de Wardes. Há, sobre as claudicantes, alguns axiomas latinos muito bons e bem particulares.

— Senhores, por favor — pediu de Guiche, percebendo a proximidade de Raoul —, mantenham alguma compostura.

Mas a preocupação do conde, ao menos aparentemente, era desnecessária. Raoul se mantinha controlado, mesmo sem nada perder do que fora dito. Parecia registrar as insolências e liberdades que tomavam os dois provocadores para um acerto de contas em momento oportuno.

Adivinhando essa intenção, de Wardes continuou:

— Quem são os amantes dessas senhoritas?

— Da Montalais? — perguntou o cavaleiro.

— Sim, comecemos por ela.

— Ora, você, eu, de Guiche, quem quiser!

— E da outra?

— Da srta. de La Vallière?

— Ela mesma.

— Cuidado, cavalheiros — aparteou de Guiche, querendo impedir a resposta do cavaleiro. — Madame nos ouve.

Raoul enfiava a mão inteira no gibão e dilacerava o peito e as rendas do punho.

Tanta impertinência contra indefesas mulheres o fez tomar uma séria decisão e ele pensou:

"Essa pobre Louise veio para cá com alguma finalidade honrosa e graças a alguma honrosa proteção, mas preciso saber que finalidade é e quem a protege."

Imitando a manobra de Malicorne, ele se aproximou do grupo das jovens damas de honra.

Terminada a apresentação, o rei, que não parara de olhar e admirar Madame, deixou a sala de recepção com as duas rainhas.

O cavaleiro de Lorraine recuperou seu lugar junto de Monsieur e, a seu lado, lhe deitava no ouvido algumas gotas do veneno juntado na última hora, observando novos rostos e suspeitando de pessoas que pudessem parecer felizes.

Ao sair, o rei levou consigo uma parte dos convidados; mas os cortesãos que procuravam se mostrar independentes ou galantes se aproximaram das jovens.

O sr. Príncipe foi cumprimentar a srta. de Tonnay-Charente. Buckingham cortejou as sras. de Chalais e de La Fayette, que Madame já distinguira e parecia apreciar. O conde de Guiche, por sua vez, deixando de estar com Monsieur desde que, como marido, ele podia se aproximar sozinho de Madame, conversava animadamente com sua irmã, a sra. de Valentinois, e as sras. de Créquy e de Châtillon.

No meio de tantos interesses políticos e amorosos, Malicorne procurava ter a atenção de Montalais, que preferia conversar com Raoul, nem que fosse pelo prazer de ver sua surpresa e saber quais perguntas faria.

Raoul na verdade tinha ido falar com Louise, cumprimentando-a da forma mais respeitosa, mas ela ficou muito vermelha e conseguiu articular apenas balbucios. Foi quando Montalais a socorreu:

— Quem diria, meu caro visconde, aqui estamos nós — ela disse.

— Estou vendo. E é justamente sobre o que vim pedir alguma explicação.

Malicorne se aproximou, com seu sorriso mais encantador, e Montalais o repreendeu:

— Deixe-nos, sr. Malicorne. Está sendo indiscreto.

O rapaz mordeu o lábio e deu dois passos atrás, sem nada dizer.

Mas seu sorriso passou de cordial a irônico.

— Quer uma explicação, sr. Raoul? — perguntou Montalais.

— Com certeza. Parece-me necessário: a srta. de La Vallière, dama de honra de Madame?

— E por que não seria, tanto quanto eu? — quis saber Montalais.

— Recebam, ambas, meus parabéns — disse então Raoul, achando que não queriam lhe responder diretamente.

— Diz isso de forma bem impessoal, sr. visconde.

— Verdade?

— Certamente. O que acha, Louise?

— O sr. de Bragelonne talvez considere a posição acima da minha condição — disse Louise, pouco à vontade.

— Ah, de forma alguma — replicou de imediato o rapaz. — Sabe muito bem não ser esse o meu sentimento. Não me surpreenderia que ocupasse o lugar de rainha, quanto mais o de dama de honra. Minha surpresa é por saber disso só hoje e por acaso.

— Ah, é verdade! — disse Montalais com a superficialidade de sempre, virando-se para a amiga. — Você não deve estar entendendo. O sr. de Bragelonne lhe escreveu quatro cartas, mas você não estava em Blois e era preciso que essas cartas não chegassem à sua mãe. Então eu as interceptei e as mandei de volta ao sr. Raoul, de forma que ele a imaginava em Blois e não em Paris, além de não saber que tinha subido em dignidade.

— Como? Eu pedi que o prevenisse! — surpreendeu-se Louise.

— Para quê? Ele viria com toda essa austeridade, recitando máximas... Acabaria desfazendo o que conseguimos com tanta dificuldade. De jeito nenhum!

— Sou tão austero assim? — perguntou Raoul.

— De qualquer forma, foi o que achei melhor — respondeu Montalais. — Eu ia partir, o senhor estava em Paris e Louise chorava o tempo todo. Interprete como bem entender. Pedi a meu protetor, que já havia conseguido minha nomeação, o mesmo para Louise. Ele conseguiu, Louise veio para encomendar seus trajes e fiquei eu em Blois, pois já tinha os meus. Vi suas cartas e as devolvi, com um bilhete, avisando que teria uma surpresa. E a surpresa aqui está. Parece-me boa; não espere melhor. Vamos, sr. Malicorne, vamos deixar esses dois pombinhos, que têm um monte de coisas a se dizer. Dê-me sua mão, sr. Malicorne, uma grande honra lhe está sendo feita.

— Perdão, senhorita — Raoul interrompeu a afoita Montalais, dando às suas palavras uma gravidade que contrastava com as maneiras da moça. — Perdão, mas posso saber o nome desse protetor? Ele certamente teve suas razões para protegê-la, mas não vejo por que protegeria a srta. de La Vallière.

— Por Deus! — exclamou ingenuamente Louise. — É bem simples e não vejo porque eu mesma não diria... Meu protetor é o sr. Malicorne.

Raoul ficou por um momento estupefato, perguntando-se se não estavam zombando dele. Virou-se então para Malicorne, mas ele já estava longe, carregado por Montalais.

A srta. de La Vallière quis seguir a amiga, mas Raoul a conteve e disse, com meiga autoridade:

— Por favor, Louise, precisamos conversar.

— Mas estamos sozinhos — ela respondeu, ruborizada. — Todos se foram... Vão se inquietar, nos procurar.

— Não se preocupe — sorriu o rapaz. — Não somos importantes o suficiente para que as pessoas notem nossa ausência.

— E o meu serviço?

— Esteja tranquila. Conheço os costumes da corte; só começará amanhã. Pode dispor de alguns minutos e me dar os esclarecimentos que terei a honra de pedir.

— Como está sério! — ela se alarmou.

— Porque a circunstância é séria. Pode me ouvir?

— Estou ouvindo, mas volto a repetir que estamos muito isolados aqui.

— Tem razão — disse Raoul, oferecendo a mão e levando a jovem a uma galeria ao lado do salão, cujas janelas davam para a praça.

Todos se aglomeravam na janela do meio, que tinha um balcão externo, do qual se podiam acompanhar, em todos os detalhes, os lentos preparativos para a partida dos convidados.

Raoul abriu uma das janelas laterais e ali, sozinho com a srta. de La Vallière, disse:

— Louise, desde criança você foi para mim como uma irmã, confidente de todas as minhas tristezas e também objeto de todas as minhas esperanças.

— Eu sei — ela respondeu em voz baixa.

— E sempre demonstrou a mesma amizade, a mesma confiança. Por que, dessa última vez, não foi assim? Por que não confiou em mim?

A jovem não respondeu.

— Achei que me amasse — continuou Raoul, com voz cada vez mais vacilante. — Achei que concordasse com os projetos de felicidade que juntos fizemos, num passeio pelas grandes alamedas de Cour-Cheverny[324] e sob os salgueiros da estrada levando a Blois. Não vai me responder, Louise?

Ele parou de falar e depois continuou, com a respiração suspensa:

— Será que não me ama mais?

— Não posso dizer isso — ela murmurou.

— Então confirme, por favor. Depositei toda a minha esperança em você, a quem escolhi por suas maneiras meigas e simples. Não se deixe deslumbrar, Louise, agora que está em plena corte, onde tudo o que é puro se corrompe, onde tudo o que é jovem logo envelhece. Tape os ouvidos para não saber o que dizem, Louise, feche os olhos para não ver os exemplos, e os lábios para não respirar a atmosfera pútrida. Sem mentiras, sem subterfúgios, Louise, devo crer no que disse a srta. de Montalais? Veio para cá por ser onde estou?

La Vallière corou e escondeu o rosto nas mãos.

— É verdade, não é? — exclamou Raoul, animando-se. — Foi por esse motivo que veio. Ah, amo-a mais do que nunca! Obrigado, Louise, por tanta dedicação, mas preciso protegê-la de qualquer insulto, garanti-la contra qualquer infâmia. Louise, uma dama de companhia na corte de uma jovem princesa, em nossa época de costumes frouxos e amores inconstantes, uma dama

---

324. Vilarejo a dezesseis quilômetros de Blois.

de companhia está no centro dos ataques, sem qualquer defesa. Tal condição não pode ser boa para você: é preciso que seja casada para que a respeitem.

— Casada?

— Sim.

— Meu Deus!

— Aqui está a minha mão, Louise, coloque a sua.

— Mas e o seu pai?

— Meu pai me deixa livre.

— No entanto...

— Entendo sua hesitação, Louise; consultarei meu pai.

— Ah, Raoul, pense melhor. Espere.

— Esperar é impossível, Louise. E pensar, quando se trata de você? Seria um insulto. Sua mão, querida Louise; tenho liberdade para isso. Meu pai concordará, posso garantir. Sua mão, não me faça mais esperar. Diga uma só palavra, ou vou acreditar que um único passo no palácio, um único sopro do favor, um único sorriso das rainhas, um único olhar do rei bastou para mudá-la.

Raoul nem tinha terminado essa última frase e La Vallière ficou mortalmente pálida, na certa temendo chamar atenção.

Com a rapidez do pensamento, ela pôs suas duas mãos sobre a dele e em seguida se retirou, sem nada acrescentar, desaparecendo sem olhar para trás.

Raoul sentiu todo o seu corpo tremer ao contato daquela mão.

Viu tudo aquilo como um compromisso solene, arrancado da virginal timidez pelo amor.

90. O consentimento de Athos

Raoul deixou o Palais Royal com pensamentos que não admitiam qualquer demora na execução.

Montou a cavalo no pátio e tomou a estrada para Blois enquanto continuavam, para grande alegria dos cortesãos e desespero de Buckingham e de Guiche, as núpcias de Monsieur e Madame.

Com pressa, em dezoito horas Raoul chegou a Blois.

No caminho, organizou melhor sua argumentação.

Também a febre é um argumento sem réplica, e ele tinha essa febre.

Athos estava no escritório, acrescentando algumas páginas às suas memórias, quando Raoul entrou, trazido por Grimaud.

Ao perspicaz fidalgo bastou apenas uma rápida olhada para ver algo diferente na atitude do filho.

— Tenho a impressão de ser um assunto específico que o trouxe — disse ele, apontando uma poltrona a Raoul depois de beijá-lo.

— De fato, e peço que me dê sua carinhosa atenção, que nunca me faltou.

— Fale, Raoul.

— Qualquer preâmbulo seria indigno de alguém como o senhor. A srta. de La Vallière está em Paris, como dama de honra de Madame. Consultei meus sentimentos, sei que a amo acima de tudo e não me convém deixá-la numa função em que sua reputação e virtude podem ficar vulneráveis. Quero então me casar e vim pedir seu consentimento.

Athos ouviu em silêncio, mantendo absoluta reserva.

Raoul havia começado a explanação procurando parecer frio, mas no final era manifesta sua emoção.

O conde o olhou com profundidade, alguma tristeza e perguntou:

— Pensou bem em tudo o que está dizendo?

— Pensei.

— Creio já ter deixado claro o que acho dessa aliança.

— Já — respondeu Raoul em voz baixa. — Mas disse também que se eu insistisse...

— E você insiste?

Bragelonne balbuciou um sim quase ininteligível.

— É preciso então que o sentimento seja muito forte para que você insista, apesar da minha contrariedade — continuou Athos, com placidez.

Raoul passou pela testa a mão trêmula, enxugando o suor que a inundava.

Olhando para ele, Athos sentiu uma grande pena descer até o fundo do seu coração e se pôs de pé:

— É claro, meus sentimentos pessoais pouco significam, pois é dos seus que tratamos. Estou a seu dispor. Aliás, o que espera de mim?

— Apenas sua indulgência. Sua indulgência, antes de tudo — disse Raoul, pegando as mãos do pai.

— Equivoca-se com relação a meus sentimentos, Raoul. Dispõe de muito mais do que isso no meu coração.

Raoul beijou as mãos que tinha nas suas como faria um apaixonado.

— Estou pronto, Raoul. O que preciso assinar?

— Nada. Mas seria bom que pudesse escrever ao rei, pedindo permissão para o meu casamento com a srta. de La Vallière, pois estou a serviço de Sua Majestade.

— Foi bom ter lembrado. De fato, depois de mim, ou melhor, antes, você tem a quem prestar contas: o rei. Submete-se a uma dupla aprovação e é muito correto da sua parte.

— Obrigado.

— Vou agora mesmo atender a seu pedido, Raoul — disse o conde, aproximando-se da janela e se debruçando um pouco.

— Grimaud! — ele gritou.

Grimaud surgiu por detrás de uma moita de jasmim que estava podando.

— Meus cavalos! — continuou o conde.

— O que isso quer dizer? — surpreendeu-se Raoul.

— Que partimos em duas horas.

— Para onde?

— Paris.

— Como assim? Irá a Paris?

— Não é onde está o rei?

— Certamente.

— Então será preciso ir; perdeu o sentido das coisas?

— Mas não espero que tenha esse incômodo — disse Raoul, quase assustado com a condescendência paterna. — Uma simples carta...

— Equivoca-se quanto à minha importância, Raoul. Não é correto que um simples fidalgo como eu escreva a seu rei. Quero e devo falar com Sua Majestade. É o que farei. Partiremos juntos.

— É muita bondade.

— Como acha que Sua Majestade o vê?

— A mim?

— Sim.

— Creio que me considera muito bem.

— Ouviu isso do rei, pessoalmente?

— Sim.

— Em qual situação?

— Talvez por recomendação do sr. d'Artagnan, por algo acontecido na Grève, em que precisei sacar a espada por Sua Majestade. Imagino então, sem maiores pretensões, estar bem na sua consideração.

— Ótimo.

— Mas por favor — continuou Raoul —, não guarde comigo tanta seriedade e comedimento, não me faça lamentar ter seguido um sentimento mais forte.

— É a segunda vez que diz isso, Raoul; não é necessário. Quer um consentimento formal, que já foi dado, não falemos mais disso. Venha ver as novas plantações.

O rapaz sabia que, depois de externar sua vontade, o conde não deixava mais espaço para controvérsias.

Então abaixou a cabeça e o seguiu pela propriedade.

Athos tranquilamente mostrou os enxertos, os brotos e os quincunces.

Tanta serenidade desconcertava cada vez mais Raoul. O amor que preenchia o seu coração lhe parecia grande o bastante para que o mundo mal o pudesse conter. Como Athos podia se manter frio e fechado a isso?

Juntando então todas as suas forças, ele de repente disse:

— É impossível que não tenha um motivo para rejeitar assim a srta. de La Vallière. É tão boa pessoa, tão meiga e pura que o senhor, com sua suprema sabedoria, deveria apreciá-la. Em nome de Deus, existe alguma inimizade entre as famílias, algum rancor hereditário?

— Veja, Raoul, que belo canteiro de junquilhos. Repare como a sombra e a umidade lhe fazem bem. As folhas desse sicômoro ao lado deixam passar o calor, mas não o ardor do sol.

Raoul parou, mordeu o lábio e depois, sentindo o sangue latejar nas têmporas, corajosamente continuou:

— Por favor, uma explicação. Seu filho é um homem, não pode se esquecer disso.

— Prove então ser um homem, pois não está provando ser um filho — respondeu Athos, assumindo uma postura severa. — Pedi que esperasse o momento certo para uma ilustre aliança; eu encontraria alguém no topo da rica nobreza para você. Queria que desfrutasse do duplo brilho da glória e da fortuna, pois o da linhagem você já tem.

— Há pouco tempo — exclamou Raoul, deixando-se levar pelo impulso — me criticaram por não saber quem é minha mãe.

Athos ficou lívido. Depois, franzindo o cenho como o deus supremo da Antiguidade, majestosamente disse:

— Quero saber o que respondeu.

— Oh, me desculpe, sinto muito... — murmurou o rapaz, caindo do alto da sua exaltação.

— O que respondeu? — insistiu o conde, batendo o pé no chão.

— Eu tinha a espada à mão e quem me insultou estava em guarda. Fiz com que sua espada passasse por cima de uma cerca viva e o joguei em seguida para junto dela.

— Por que não o matou?

— Sua Majestade proíbe os duelos e eu, naquele momento, era embaixador de Sua Majestade.

— Entendo, mas é uma razão a mais para que eu vá falar com o rei.

— Que razão é essa, senhor?

— Pedir autorização para sacar a espada contra quem nos ofendeu.

— Se não agi como deveria ter agido, peço que me desculpe.

— Quem o está censurando, Raoul?

— E essa permissão que quer pedir ao rei?

— Pedirei a Sua Majestade que assine o seu contrato de casamento.

— Senhor...

— Mas com uma condição...

— E precisa de condições? Ordene que obedecerei.

— A condição — continuou Athos — é que me diga o nome de quem falou da sua mãe.

— Mas por que precisa desse nome? Fui eu o ofendido e, com a permissão de Sua Majestade, cabe a mim a vingança.

— O nome?

— Não aceitarei que se exponha a isso.

— Acha que sou um Dom Diegue?[325] Seu nome?

— É uma exigência?

— É o que quero.

— Visconde de Wardes.

— Ah! — disse Athos. — Melhor assim, eu o conheço. Mas nossos cavalos estão prontos. Em vez de partirmos em duas horas, vamos logo. A cavalo, Raoul, a cavalo!

---

325. Personagem da peça *O Cid*, de Pierre Corneille, que transfere ao filho a tarefa de vingá-lo, não se sentindo mais capaz de sustentar a espada (ato I, cenas III e IV).

CRONOLOGIA

Vida e obra de Alexandre Dumas

1802 | 24 jul: Nascimento em Villers-Cotterêts, a cerca de duzentos quilômetros de Paris, de Alexandre Dumas, filho do general de divisão Alexandre Dumas-Davy de la Pailleterie e de Marie-Louise Elisabeth Labouret. "Minhas raízes estão em Villers--Cotterêts, cidadezinha do departamento de Aisne, situada na estrada entre Paris e Laon ... a dez quilômetros de La Ferté-Milon, onde nasceu Racine, e a trinta quilômetros de Château-Thierry, onde nasceu La Fontaine."

1806: Morte do general Dumas. Marie Labouret passa por dificuldades financeiras e permanece junto a seus pais em Villers-Cotterêts.

1815: Durante os Cem Dias de Napoleão, Alexandre Dumas entrevê o imperador no albergue de sua cidade natal.

1816: A sra. Dumas obtém a concessão de uma tabacaria. Dumas conclui sua formação numa escola católica particular e trabalha como contínuo num cartório da cidade.

1818: Torna-se amante de Adèle Tellier. Paixão pelo teatro. Conhece Leuven, futuro autor dramático e diretor do Opéra-Comique. Escrevem juntos dois *vaudevilles* e um drama.

1823: Vai para Paris e, por intermédio de ex-colegas do general Dumas, é nomeado secretário do duque de Orléans. Sua amante na época é a vizinha Marie-Catherine--Laure Labay, que não demora a engravidar.

1823 | 27 jul: Nascimento de seu filho Alexandre Dumas, reconhecido por ele em 17 de março de 1831. Lê Walter Scott, Byron, Fenimore Cooper. Sua mãe instala-se em Paris, onde passam a morar juntos.

1825: Escreve, em colaboração com Leuven e Pierre-Joseph Rousseau, um *vaudeville*, que assina como "Davy", encenado sem maiores repercussões no Ambigu.

1826: Publica *Novelas contemporâneas*, que consiste em três narrativas e alguns poemas.

1827: Assiste entusiasmado à turnê parisiense de uma companhia inglesa que representa Shakespeare (muito pouco conhecido na França até essa época). Torna-se amante de Mélanie Waldor, jovem que sonha ser escritora.

1828: Escreve *Christine em Fontainebleau*, tragédia recusada pela Comédie-Française, e o drama histórico *Henrique III e sua corte*, aceito. Conhece o célebre escritor Charles Nodier, em cuja casa é apresentado aos escritores Victor Hugo, Lamartine, Vigny, Musset e ao pintor Louis Boulanger.

1829: Triunfo de *Henrique III e sua corte*. Dumas aloja sua mãe doente na rua Madame, instala Catherine Labay e seu filho em Passy e aluga para seu uso um apartamento na rua de l'Université. É nomeado bibliotecário-adjunto do duque de Orléans.

1830: Estreia de *Christine* no Odéon. A atriz Belle Krelsamer torna-se sua amante. Participa da Revolução de Julho, da qual faz um amplo relato em suas *Memórias* e correspondência (a Mélanie Waldor, com a habitual imodéstia: "Tive a felicidade de desempenhar um papel digno de ser notado por La Fayette e pelo duque de Orléans ... tendo me apoderado de um paiol de pólvora. Provavelmente o duque será o rei.").

1831: Pede demissão do cargo de bibliotecário. | **5 mar:** Belle Krelsamer dá à luz uma filha, Marie-Alexandrine, que Dumas reconhece em 7 de março. Consegue na Justiça a guarda do filho, que, depois de uma briga com Belle Krelsamer, passará por diversos internatos. | **3 mai:** Estreia de *Antony*, no teatro da Porte Saint-Martin, sucesso extraordinário. | **20 out:** Estreia, no Odéon, de *Carlos VII*, sucesso popular. | **10 dez:** Estreia, na Porte Saint-Martin, de *Richard Darlington*.

1832: Grande sucesso de *Teresa*. A atriz Ida Ferrier torna-se sua amante. | **29 mai:** Triunfo de *A torre de Nesle*, escrita por Frédéric Gaillardet e retrabalhada por Dumas. | **5-6 jun:** Depois de se envolver nos levantes republicanos, viaja para a Suíça.

1834: Publica os tomos I e II de suas *Impressões de viagem à Suíça*. Viaja com os pintores Godefroy Jadin e Amaury Duval para o sul da França.

1835: Viaja à Itália com Ida Ferrier e o pintor Jadin. Publica novelas e poemas.

1836: Publica compilações das *Crônicas* de Froissart e uma tradução em versos do *Inferno*, de Dante. Estreia na Porte Saint-Martin de *Don Juan de Marana* e, no Variétés, de *Kean*, grande sucesso.

1837: É nomeado cavaleiro da Legião de Honra. Estreia, no Opéra-Comique, de *Piquillo*, ópera-cômica escrita em colaboração com Gérard de Nerval. Estreia, na Comédie-Française, de *Calígula*, um fracasso.

1838: Publica dois romances: *O capitão Paul* e *O mestre de armas*. | **10 ago:** Morte da mãe. Viagem com Nerval à Alemanha. Escrevem *Léo Burckart*, que Nerval retrabalhou mais tarde e foi encenada em abril de 1839. | **Dez:** Por intermédio do próprio Nerval, conhece aquele que será o seu maior colaborador literário, Auguste Maquet, então com vinte e cinco anos.

1839: Publica *Novas impressões de viagem: quinze dias no Sinai* (nunca estivera lá, escrevendo a obra de acordo com as recordações e desenhos de Adrien Dauzats). Publica *Acteu*, romance histórico sobre o reinado de Nero. Estreia na Comédie--Française de *Mademoiselle de Belle-Isle*, encenada mais de quatrocentas vezes entre 1880 e 1884. Instala-se na rua de Rivoli.

1840: Publica cinco romances. Casa-se com Ida Ferrier em fevereiro, partindo para Florença, onde o casal ficará até setembro.

1841: Publica *Novas impressões de viagem: o Speronare*. | **Jun:** Em companhia do príncipe Napoleão (filho de Jerônimo Bonaparte), visita a ilha de Elba, a Córsega, e, durante uma expedição de barco, vislumbra a ilha de Monte Cristo, um rochedo perdido no mar. Breve passagem pela França, onde comparece ao enterro do duque de Orléans.

1843: Publica quatro romances e *Impressões de viagem: o Corricolo*. Passa a morar num palacete da rua de Richelieu. Aluga, em Saint-Germain, a *villa* Médicis, onde residirá até 1846.

1844: Escreve *Os três mosqueteiros* e o início de *O conde de Monte Cristo*, que será publicado em 1844-45. Separa-se amigavelmente de Ida Ferrier. Compra em Marly um terreno onde irá construir o castelo de Monte Cristo.

1845: Publica *A rainha Margot* e *Vinte anos depois*. Estreia no Ambigu o drama *A juventude dos três mosqueteiros*, baseado no romance.

1846: Publica quatro romances: *O cavaleiro da Casa Vermelha, A dama de Monsoreau, As duas Dianas, O bastardo de Mauléon*. Início da publicação de *José Bálsamo* (primeiro romance da série *Memórias de um médico*). Funda o Théâtre Historique, que ergue num terreno por ele adquirido no bulevar do Temple. Parte para a Argélia em missão de relações públicas para o governo francês, em companhia do filho, de Maquet e Boulanger, viagem que foi alvo de intensas críticas por parte da oposição.

1847: Retorna a Paris. Inauguração do Théâtre Historique. Tem um caso com a atriz Béatrix Parson. Estreia de *A rainha Margot*. Conhece Dickens. Instala-se no castelo de Monte Cristo. Publica a continuação de *José Bálsamo* e o final de *As duas Dianas*.

CRONOLOGIA 595

1848: Publica o final de *José Bálsamo* e *Os quarenta e cinco*; início da publicação de *O visconde de Bragelonne* e de *Impressões de viagem: De Paris ao Tânger*. Tem um caso com a atriz Celeste Scrivaneck. Participa de diversas manifestações republicanas. Estreia, no Théâtre Historique, de *Monte Cristo*. Venda do castelo de Monte Cristo. Publicação do primeiro número de *Mois*, revista dedicada à história e à política inteiramente redigida por Dumas. Fracasso de sua candidatura nas eleições para a Assembleia Constituinte. Graves dificuldades financeiras, com o Théâtre Historique cheio de dívidas. Estreia de *Catilina*.

1849: Continuação do *Visconde de Bragelonne*, relatos de viagem, *O colar da rainha*. No teatro, montagens de *A juventude dos mosqueteiros*, *O cavaleiro de Harmental*, *A guerra das mulheres*, *O testamento de César*, *O conde Hermann*, entre outras.

1850: Publica *A tulipa negra*, *A boca do inferno* e os finais do *Visconde de Bragelonne* e do *Colar da rainha*. No teatro: *Urbain Grandier*, *O vinte e quatro de fevereiro*, *Paulina*. | **Out:** Falência do Théâtre Historique. Caso com a sra. Anna Bauër, com quem tem um filho não reconhecido.

1851: Montagens de *O conde de Morcerf* e *Villefort*, derivadas de *O conde de Monte Cristo*. | **Dez:** Parte para Bruxelas, em consequência do golpe de Estado de Luís Napoleão. Embora as razões sejam políticas, Dumas também pretende escapar de seus credores (153 listados). Início da publicação de suas *Memórias* (até outubro de 1853) pelo jornal *La Presse*.

1852: Publica *Olympe de Clèves* e *Os dramas do mar*. Estreia de *Benvenuto Cellini*. É assediado pelos credores e vai com Victor Hugo para a Antuérpia.

1853: Publicação de *Ângelo Pitou*, *A condessa de Charny* e *Isaac Laquedem*. Instala-se definitivamente em Paris. Cria *Le Mousquetaire*, jornal diário que será publicado até 1857.

1854: Publica *Os moicanos de Paris*. Estreia de *Rômulo*, *A juventude de Luís XIV* e *A consciência*.

1855: Termina a publicação de *Os moicanos de Paris*.

1856: Estreia de *Oréstia*, *A torre Saint-Jacques* e *O ferrolho da rainha*. Vai a Varennes para se informar sobre a fuga de Luís XVI.

1857: Auguste Maquet move processo contra Dumas por acertos atrasados de direitos autorais e para "recuperar sua propriedade" sobre livros escritos em colaboração. Dumas faz uma curta viagem à Inglaterra com seu filho para assistir às corridas em Epsom. Criação do *Monte Cristo*, "semanário dedicado a romances, história, viagem e poesia" (último número em 1862), redigido por ele.

1858: Publica *O capitão Richard*. Processo Dumas-Maquet: o tribunal concede a Maquet 25% dos direitos autorais, mas não reconhece seu direito de propriedade sobre as obras escritas em colaboração com Dumas. | **Jun:** Partida para a Rússia, convidado por amigos.

1859 | Mar: Retorna à França. Publica suas *Impressões de viagem* no *Monte Cristo* e no *Constitutionnel*. Ida Ferrier morre em Gênova. Curta visita a Victor Hugo, então exilado na ilha de Guernsey. Caso com a jovem atriz Emélie Cordier.

1860: Publica *A casa de gelo*, *A estrada de Varennes* e *Conversas*. Estreia de diversas peças. Faz uma viagem à Itália acompanhado por Emélie Cordier, com quem tem uma filha, não reconhecida por ele. | **Set:** Embarca na pequena escuna que mandara construir em Marselha e participa da expedição à Sicília ao lado de Garibaldi, que o nomeia curador dos museus de Nápoles.

1861: Estreia de *O prisioneiro da Bastilha*.

1862: Fracasso de uma segunda peça sobre *Monte Cristo*.

1864: Retorna a Paris, acompanhado de sua amante, a cantora italiana Fanny Gordosa. Estreia de *Os moicanos de Paris*. Viagem ao sul da França.

1865: Publicação da edição definitiva das *Impressões da viagem à Rússia*. Encena *Os forasteiros em Lyon* quando assume a direção do Grande Teatro Parisiense.

1866: Aluga no bulevar Malesherbes o apartamento que será sua última residência em Paris. | **Jun:** Temporada em Nápoles e Florença. | **Jul:** Viaja à Alemanha e à Áustria para preparar um romance. Relança *O Mosqueteiro*, que será publicado até abril de 1867.

1867: Publica *Os brancos e os azuis*, *O terror prussiano* e *Os homens de ferro*. Caso com a atriz norte-americana Adah Menken.

1868: Publica *História de meus animais* e *Recordações dramáticas*. | **Fev:** Primeiro número de *D'Artagnan*, "jornal de Alexandre Dumas". Estreia de *Madame de Chamblay*. Morte de Catherine Labay, mãe de Dumas filho.

1869: Trabalha no *Grande dicionário de culinária*.

1870 | Set: Já com a saúde debilitada, sofre um derrame cerebral que o deixa semiparalítico. Instala-se então na casa de campo do filho, em Puys, região balneária de Dieppe. | **5 dez:** Morre em Neuville-les-Pollet, lugarejo próximo, onde é provisoriamente sepultado.

CRONOLOGIA 597

1872: Sepultamento oficial em Villers-Cotterêts.

1872-73: Publicação póstuma dos dois volumes de *As aventuras de Robin Hood*.

1883: Inauguração na praça Malesherbes, em Paris, da estátua de Alexandre Dumas, tendo a seus pés d'Artagnan e uma constelação de leitores, de autoria de Gustave Doré.

2002 | 30 nov: No ano do bicentenário de seu nascimento, seus restos mortais são trasladados para o Panthéon, em Paris.

ESTA OBRA FOI COMPOSTA POR MARI TABOADA EM MINION PRO E IMPRESSA
EM OFSETE PELA GRÁFICA SANTA MARTA SOBRE PAPEL PÓLEN NATURAL
DA SUZANO S.A. PARA A EDITORA SCHWARCZ EM OUTUBRO DE 2024

A marca FSC® é a garantia de que a madeira utilizada na fabricação do papel deste livro provém de florestas que foram gerenciadas de maneira ambientalmente correta, socialmente justa e economicamente viável, além de outras fontes de de origem controlada.